KB061819

술의
반란

나남
nanam

나남신서 1978

술의 반란

2018년 11월 15일 발행
2018년 11월 15일 1쇄

지은이   최명
발행자   趙相浩
발행처   (주) 나남
주소   10881 경기도 파주시 회동길 193
전화   (031) 955-4601 (代)
FAX   (031) 955-4555
등록   제 1-71호 (1979.5.12)
홈페이지   http://www.nanam.net
전자우편   post@nanam.net

ISBN 978-89-300-8978-4
ISBN 978-89-300-8655-4 (세트)

책값은 뒤표지에 있습니다.

나남신서 1978

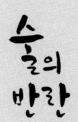

술의 반란

나남
nanam

머리말

2014년에 〈술의 노래〉란 책을 냈다. 제목이 그렇지, 꼭 술 이야기만은 아니다. 술을 곁들인 신변 이야기(身邊雜話)였다. 자기 책에 관하여 무슨 말을 하는 것은 좀 우스운 일이기는 하나, 재미있다고 한 독자들이 꽤 있었다. 이 책 〈술의 반란〉은 그 후편이다. 왜 반란인가?

그렇게 좋아하며 많이 마시던 술을 2017년 4월 16일부터 끊었다. 끊었다기보다는 안 마신다. 특별한 이유가 있던 것은 아니다. 그 전날에도 예와 같이 많이 마셨다. 새벽에 또 예와 같이 술이 깼다. 그리고 가만히 생각하니, 이젠 술을 그만 마셔도 될 것 같았다. 그러면 오늘부터 마시지 말자. 전에도 술탈이 나서 속이 아주 불편하면 하루 이틀, 아니 며칠씩은 더러 참았다. 그러나 아주 여러 날 술을 입에 대지 아니한 적은 기억에 없다.

그런데 이번에는 아무런 이유가 없다. 그도 저도 아니다. 수십 년을 두고 많이 마셨으니, 그만두어 볼까 하는 생각이었다. "三盃通大道 一斗合自然"(삼배통대도 일두합자연)이라는 이백(李白)의 시구(詩

句)가 순간 머리를 스쳤다. 석 잔이면 큰 도와 통하고, 한 말 술이면 자연과 혼연일체가 된다는 뜻이다. 술을 끊으면 대도와 결별하고, 자연을 멀리하는 것이란 생각이 들었다. 그러나 그것은 이백의 말이고, 나와는 상관이 없다.

술을 많이 마시다가 나이가 들어서인지 근자에는 적게 마시는 친구들이 있다. 아예 못 마시는 친구도 있다. 그러나 아직도 두주불사(斗酒不辭)하는 친구도 있다. 유유상종(類類相從)이 아니라 '주유상종'(酒類相從)이어서 그런지, 자연 그들과 어울리는 자리가 많았다. 이제 그들은 나의 결연한 금주를 이상하게 여기는 것이다. 친구뿐 아니다. 술 좋아하는 제자들도 선생님의 돌출한 기행(奇行)을 의심쩍어하는 눈치라, 안 마시는 이유 혹은 동기를 설명해야 했다. 최 아무개가 술을 끊었다는 소식은 장안의 화제까지는 아니라도 뉴스라면 뉴스였다. "아무개가 술을 끊었대." 그러면 "어디 아픈가?" 아니면 "그게 어디 오래갈까?" 등 별별 얘기가 다 들렸다.

고등학교 동기들의 '강북회'란 오랜 모임이 있다. 매월 두 번째 화요일 저녁에 관철동의 '대련집'이란 곳에서 모인다. 그런데 매년 10월이면 이 모임이 하루 나들이를 간다. 그 모임의 회장인 이준의 군이 작년(2017년) 초에 그해 10월에는 영주에 가면 어떻겠느냐고 나에게 물었다. 내 집이 영주에 있는 것을 알기 때문이다. 흔쾌히 승낙했다. 사전에 한번 답사를 다녀오자 하여 7월 22일에 영주엘 갔다. 부석사를 위시하여, 10월에 갈 장소를 미리 둘러보자는 심산이었다.

저녁을 마치고 서울로 오는 차 안이다. 이 군은 거나하게 취했다. 나는 맹숭맹숭한데, 취한 친구를 상대하자니 쉬운 일이 아니다. 나도 술을 먹었을 적에는 저랬을 거니 하면서, 이런저런 얘기를 주고받았다. 그러다가 〈술의 노래〉 이야기가 나왔다. 후편인지 속편인지는 나오지 않느냐는 것이다. 실은 그 후에 쓴 글이 꽤 있어서 어쩔까 망설이는 중인데, 이를 묻는 것이었다. 그래 사실대로 고했다. 이 군은 내가 술을 끊은 줄을 안다. 술을 안 마시면서 〈술의 노래〉란 제목은 맞지 않는다는 것이다. 순간, 그러면 "술의 반란"은 어떨까 하는 생각이 들었다. 내가 안 마시면 안 마셨지, 어찌 술이 반란을 일으켰다고 할 수 있나 하는 생각도 들었다. 반란은 반란이다. 술이 반란을 일으켰는지, 아니면 내가 반란을 일으켰는지는 분명치 않다.

"노래"인지 "반란"인지는 사실 중요치 않다. 이런 책을 또 내야 하느냐를 놓고 고민했다. 그런데 작년 9월, 사건이 하나 생겼다. 내가 평소에 존경하는 연세대학교 명예교수 김동길 박사가 나의 단주를 축하하는 글을 써 주신 것이다. 내용은 "抽刀斷水水更流 擧杯鎖愁愁更愁"(추도단수수갱류 거배쇄수수갱수) 란 이백의 시구였다. "칼을 뽑아 물을 베어도 물은 다시 흐르고, 잔을 들어 근심을 없애려 해도 근심은 다시 생기기 마련"이란 뜻이다. 그럴지도 모른다. 김 박사는 나의 단주를 가상히 여기신 모양이다. 그 글을 받고 나는 "칼로 물 베기"란 수필을 썼다. 김 박사의 글에 대한 보답이다. 나의 다른 글들은 세상에 나오지 않아도 되겠으나, "칼로 물 베기"는 여러 사람이 좀 보았으면 하는 생각이 들었다.

김동길 박사와 연관하여 이야기가 하나 더 있다. 이 책에는 내가 쓰지 않은 글 두 편이 수록되었다. 하나는 70년 전 연희대학 학생 시절의 김동길 박사가 쓴 '좁은 문'이란 학생회조직의 창간사이다. 다른 하나는 1941년 초에 영국의 한 공군조종사가 죽음을 예감하고 당신의 어머니에게 쓴 편지와 김동길 박사의 번역문이다. 실리게 된 경위는 그 글들 앞에 밝혔다.

이 책의 여러 글들은 〈술의 노래〉 이후에 쓴 것이 대부분이나, 그 전에 쓴 것도 있다. 술독에 미처 들어가지 못한 것들이다. 누가 내 글에 그리 관심을 가지랴마는 제멋에 겨워 그러는 것이니, 독자 여러분의 너그러운 이해가 있으면 한다.

평소 나의 글에 관심이 많은 김형국 서울대 명예교수와 "열심히 좋은 책 만들겠다"고 약속한 나남출판의 조상호 대표가 이 책의 산파라면 산파다. 편집부 정지윤 선생의 노고가 컸다. 고맙게 생각한다. 실은 이 책이 아니라도 평소 늘 고마움을 전하고 싶은 사랑하는 사람들이 많다. 행복들 하시기를 축수한다.

2018년 추석

최명

술의 반란

차례

1

사람들

2
생활의 낙수

3
여행기

4
편지, 추천사, 서평 등

칼로 물 베기

아무리 잘 드는 명검이라도 물을 자를 수는 없다. 천하의 명검이라고 하는, 예컨대 오나라의 어장검(魚腸劍), 조자룡의 청강검(靑釭劍), 혹은 엑스칼리버(Excalibur)로도 물을 자를 수는 없다.[1] 아니, 잘라도 흔적이 남지 않는다. 소용이 없다. 그래 이백(李白)도 "추도단수수갱류"(抽刀斷水水更流)라고 읊었다. "칼을 뽑아 물을 베어도 물은 다시 흐른다"는 것이다. 흐르는 물이나 그릇에 담긴 물이나 마찬가지다. 누가 모르나? 다 아는 이야기를 왜 하나? 그러나 내 나름의 이유가 있다.

　나는 최근에 이백(李白)의 위의 시를 김동길(金東吉) 박사에게서 받았다. 얼마 전에 김 박사가 그것을 나에게 전하라고 하면서 김형국

---

[1] 명검은 무수히 많다. 여기서 다 열거할 수는 없다. 위의 세 칼도 명검의 대표라고 할 수 없을지 모른다. 그냥 생각나는 대로 적어 본 것에 불과하다. 하나 고백할 것이 있다. 나는 이제껏 조자룡의 '청강검'을 '청홍검'(靑虹劍)으로 잘못 알고 있었다.

(金炯國) 교수에게 주었다는데, 김 교수에게 그것을 받은 것은 8월 11일(2017년)이었다. 김동길 박사는 '링컨연구소'를 운영하고, 한 달에 한 번씩 서대문구 대신동 '김옥길기념관'에서 모임을 갖는다. 지난 8월 11일 모임에서는 유일영 교수의 "링컨의 친구들"이란 발표가 있었다. 오랜만에 내가 참석하였다. 그 자리에서 이백의 시를 받은 것이다. 유 교수의 강의가 끝났다. 김 박사가 강의에 대한 코멘트를 포함하여 이런저런 이야기를 하던 끝에, 느닷없이 내가 술을 끊어 신통하다는 이야기를 하시는 것이었다. 그 자리는 여러 사람의 공적인 모임이고, 내 이야기가 나올 자리가 아니었다. 순간 당혹스럽기도 하고 민망스럽기도 하였다. 그래 간단하게 자초지종을 설명하려고 받은 시를 들고 일어나 앞으로 나갔다.

김동길 박사가 쓴 글은 내가 금주한 것을 축하하는 것이다. 둘레가 금색으로 도금된 가로 34센티미터, 세로 23센티미터의 노란 마분지에 붓으로 쓰셨다. 불편한 오른손으로 쓰신 것이다. 글은 세로로 되어 있으나, 여기서는 편의상 가로로 옮겨 적는다.

抽刀斷水更流[2]
擧杯鎖愁愁更愁
李白詩

---

2 "抽刀斷水水更流"인데, "水" 한 글자를 빼고 쓰셨다. 순간의 실수로밖에 생각할 수 없는데, 김 박사가 그런 실수를 하셨으니 작품은 더 돋보이게 되리라는 생각이다.

祝 崔明博士 禁酒斷行

丁酉年 立秋前日

盟山人九十叟

山南 金東吉

그리고 그것으로 미진하였던지, 그 옆에 다시 두 구를 더 쓰셨다.

年年歲歲花相似

歲歲年年人不同

劉庭芝詩

그래 앞으로 나아가 그 글을 읽었다. 그랬더니 앞자리에 앉은 김혜선 박사가 해석을 좀 하라 하여 어쭙잖은 해석인지 설명인지를 하게 되었다. 다음은 그때 설명의 부연이다.

이백의 시는 〈선주 사조루에서 교서 숙운을 전별하며〉(宣州謝眺樓餞別校書叔雲)라는 시의 두 구이다. 〈당시 삼백수〉(唐詩三百首)에도 포함된 유명한 시다.

棄我去者 昨日之日不可留 (기아거자 작일지일불가류)

　나를 버리고 가는 사람을 어제는 잡지를 못하고

亂我心者 今日之日多煩憂 (난아심자 금일지일다번우)

　내 마음 어지럽히는 사람은 오늘에도 근심 걱정이 많다.

長風萬里送秋雁 對此可以酣高樓 (장풍만리송추안 대차가이감고루)[3]

거센 바람 따라 일만 리 밖 가을 기러기 날아갈 때 이를 보며 높은 누

각에서 어찌 한 잔 술이 없을쏘냐.

蓬萊文章建安骨[4] 中間小謝又淸發 (봉래문장건안골 중간소사우청발)[5]

숙운의 문장은 건안의 풍골이고 중간의 소사도 청신하고 재기발랄

俱懷逸興壯思飛 欲上靑天覽日月 (구회일흥장사비 욕상청천람일월)

뛰어난 흥취 품고 장쾌한 시상이 날아다니며 푸른 하늘로 올라가 해와

달을 잡으려 한다.

抽刀斷水水更流 擧杯鎖愁愁更愁 (추도단수수갱류 거배쇄수수갱수)

칼을 뽑아 물을 베어도 물은 다시 흐르고 술잔 들어 근심을 씻으려 하

나 근심은 다시 솟는다.

人生在世不稱意 明朝散髮弄扁舟 (인생재세불칭의 명조산발농편주)

한평생 살아가는 게 뜻대로 되지 않으니 내일 아침 머리 풀고 조각배

---

3 "酣"(감)은 술이 얼큰히 취한 모습이다.

4 "蓬萊"(봉래)는 본래 동쪽 바다 가운데 있다는 삼신산(三神山)의 하나다.
여기서는 교서랑 이운(李雲)을 일컫는다. "建安骨"(건안골)은 건안시대의
풍골(風骨). 건안이란 후한의 마지막 황제인 헌제(獻帝)의 연호이다. 그 시
대에는 공융(孔融), 진림(陳琳), 조식(曹植) 등의 시인이 많이 등장했는
데, 그들의 시문은 풍격이 강건하고 청신했다고 한다. 이운의 시를 건안시
대 시인들의 그것에 비유한 것이다.

5 "中間"(중간)은 건안시대에서 당(唐)나라까지이다. 사령운(謝靈運)을 대사
(大謝)라고 하는 것에 대비하여 "小謝"(소사)는 사조(謝朓)를 가리킨다.
"淸發"(청발)은 청신수발(淸新秀發), 즉 청신하고 재기가 넘친다는 뜻이다.
일견 사조의 시풍을 말하는 것 같으나, 실은 이백이 자신을 사조에 비유한
것이다.

16

타고 떠나리라.

좀 어렵다. 시는 이백이 53세 때 지은 것이다. 집안 아저씨뻘 되는 교서 벼슬의 이운을 전송하는 시다. '사조루'(謝眺樓)란 누각에서다. 선주(宣州)는 지금 안휘성 선성현(宣城縣)이다. 이백의 분방호탕한 기풍이 흐르고 있다. 세월은 무상하고, 오늘도 근심과 번뇌가 머리를 떠나지 않는다. 이운의 문장도 뛰어나지만, 나 이백의 문재(文才)도 괜찮다. 그러나 뜻을 이루지 못하고 있다. 마시지 않을 수 없다. 술을 마시면서 근심을 잊으려 했으나 소용이 없다. 세상사가 마음대로 되지 않는다면, 차라리 유랑이나 떠날까? 이백은 세속에서 일탈을 꿈꾸고 있었음이 분명하다.[6]

그런데 김동길 박사가 왜 이백의 이 두 구를 내게 써 주신 것일까? 물은 칼로 베어도 소용이 없다. 근심을 잊으려고 술을 마셔도 근심이 없어지지 않는다. 근심을 잊으려고 술을 마셔도 소용이 없음을 가르치신 것인가? 술은 근심을 잊기 위하여만 마시는 것인가? 이백은 그랬는지 모른다. 아니, 두보(杜甫)가 그를 두고 말했듯이, 이백은 주야장천 "흠뻑 술을 마시고 미친 듯 노래하며 하염없이 나날을 보냈다". 〈증이백〉(贈李白)이란 시에서 그랬다.

---

6 손수·장섭 엮음, 신동준 옮김, 〈당시 삼백수〉(인간사랑, 2016), 167~170 쪽 참조.

秋來相顧尙飄蓬　未就丹砂愧葛洪　(추래상고상표봉 미취단사괴갈홍)

　가을이 되어 서로를 돌아보니 들쑥은 바람에 날리고, 단사를 못 얻어 갈홍에게 부끄럽다네. [7]

痛飮狂歌空度日　飛揚跋扈爲誰雄　(통음광가공도일 비양발호위수웅)

　흠뻑 술을 마시고 미친 듯 노래하며 하염없는 나날을 보내니 누구를 위하여 날아올라 호탕하게 날뛰었는가?

그러나 술만 마시고 지낸 것이 아니다. 하늘이 내린 시재(詩才)가 그에게 있었다. 두보가 〈음중팔선가〉(飮中八仙歌)에서 말했듯이 "한 말 술을 마시면 시가 백 편이나 쏟아졌다"는 것이다.

李白一斗詩百篇　長安市上酒家眠　(이백일두시백편 장안시상주가면)

　이백은 한 말 술을 마시면 시가 백 편이나 쏟아졌고 장안 거리 술집에서 쓰러져 자며

天子呼來不上船　自稱臣是酒中仙　(천자호래불상선 자칭신시주중선)

　천자가 불러도 배에 오를 생각은 않고 스스로 일컫기를 소신은 주정뱅이 신선입니다.

술을 마셔야 시가 나왔나? 그런 모양이다. 그러나 술을 마셔도 소용이 없다. 아니, 소용이 있었던 경우도 있었나 보다. 아래의 시는 그것을 말하고 있다.

7　갈홍은 연금술에 능했고, 그 원료인 단사를 구하고자 했다고 한다.

愁多酒雖少　酒傾愁不來　(수다주수소 주경수불래)

　시름은 넘치고 술은 비록 적지만 술잔을 기울이니 시름은 지워지네.

이것은 〈월하독작〉(月下獨酌) 넷째 수(首)의 두 구다.

窮愁三千端　美酒三百杯　(궁수삼천단미주삼백배)

　답답한 근심 삼천 갈래니 맛있는 술 삼백 잔을 마셔야 하네.

愁多酒雖少　酒傾愁不來　(수다주수소 주경수불래)

　시름은 넘치고 술은 비록 적지만 술잔을 기울이니 시름은 지워지네.

所以知酒聖　酒酣心自開　(소이지주성 주감심자개)

　술을 성인이라 한 까닭을 알겠고 술이 거나하니 마음 절로 열리네.

辭粟臥首陽　屢空飢顏回　(사속와수양 누공기안회)

　곡식을 마다하고 수양산에 숨은 백이 숙제나 쌀뒤주가 노상 빈 안회나

當代不樂飲　虛名安用哉　(당대불락음 허명안용재)

　당시는 즐겨 마시지 못하고서 허명만 남겼으니 무슨 소용인가.

蟹螯卽金液　糟丘是蓬萊　(해오즉금액 조구시봉래)

　게, 가재 안주는 신선의 선약이요 쌓인 술찌끼는 바로 봉래산인 듯

且須飲美酒　乘月醉高臺　(차수음미주 승월취고대)

　이제 마냥 좋은 술 마시고서 달과 함께 높은 대에 올라 취하여 보련다.

　술을 마셔도 근심과 걱정이 없어지지 않는다고도 했고, 술을 마시면 시름이 없어진다고도 했다. 취해서 헛소리를 한 것인가? 아닐 것이다. 높은 이상을 지녔던 이백의 목표는 "나라를 편안하게 하고, 백

성을 구제하는 것"(安社稷濟蒼生)이었다. 무엇보다 덕과 경륜이 있는 사람에게 이를 발휘할 수 있는 기회가 주어져야 한다. 그러나 천보〔天寶, 당나라 현종(玄宗)의 후기 연호〕연간의 부패한 정치는 그를 외면했고, 더구나 안사〔安史, 안록산(安祿山)과 사사명(史思明)〕의 난 등은 그를 크게 실망시켰다. 그래 또 그는 이렇게 노래했다.

我本不棄世　世人自棄我　(아본불기세 세인자기아)
내가 세상을 버리지 않았는데 세상 사람들이 스스로 나를 버렸네.

다시 적거니와, 이것은 〈송채산인〉(送蔡山人)이란 시의 두 구다.

我本不棄世　世人自棄我　(아본불기세 세인자기아)
내가 세상을 버리지 않았는데 세상 사람들이 스스로 나를 버렸네.
一乘無倪舟　八極縱遠柂　(일승무예주 팔극종원이)
한번 오르면 끝없이 떠도는 배로 사면팔방으로 멀리 배 모네.
燕客期躍馬　唐生安敢譏　(연객기약마 당생안감기)
연객은 뛰는 말을 기약하니 당생이 어찌 감히 비웃으랴. [8]
採珠勿驚龍　大道可暗歸　(채주물경룡 대도가암귀)
여의주를 얻으려면 용을 놀라게 하지 말고 대도를 얻으려면 몰래 돌아

---

8 "燕客"(연객)은 진나라의 재상이 된 채택(蔡澤)이고, "唐生"(당생)은 관상 쟁이로서 채택의 관상을 본 당거(唐擧)다. 채택은 큰 포부를 갖고 있었는 데, 당거는 그의 관상을 보고 하찮게 말했던 것이다. 사마천(司馬遷)의 〈사기〉, 79권, "범수채택열전"(范睢蔡澤列傳) 이야기이다.

갈 수도 있네.

故山有松月　遲爾翫淸暉 (고산유송월 지이완청휘)

옛 산엔 소나무와 달이 있어 그대 기다리며 맑은 광채와 논다네.

그러니 이백은 외로운 존재일 수밖에 없었다. 근심과 걱정이 없을 수 없었다. 혹시 술을 마시면 근심과 걱정, 아니 시름이 없어질까? "술잔을 기울이니 시름도 사라진다"고 하지 않았나? 아무튼 마셨다. 일구월심 마셨다. 그건 이백의 사정일 것이다. 그럼 나는 무엇이고, 나는 어떤가? 또 다시 말하거니와, 김동길 박사가 "抽刀斷水水更流"라고 써 주신 뜻은 무엇인가?

내 이야기를 먼저 하자. 아는 사람은 알지만, 나는 연전에 〈소설이 아닌 임꺽정〉이란 책을 낸 적이 있다. [9] 1996년의 일이니 20년도 넘었다. 미진한 부분을 좀 고쳐서 〈벽초, 임꺽정 그리고 나〉란 제목으로 다시 상재했다. [10] 그것도 오래전인 2004년이다. 나는 어려서, 정확하게는 초등학교 4학년 때, 벽초 홍명희(碧初 洪命憙, 1888~1968년)의 소설 〈임꺽정전〉(林巨正傳)을 읽었다. 1950년 6·25전쟁이 터진 후 서울서 적치(赤治) 3개월을 보내면서 읽은 것이다. 그 후로도 여러 번 읽어서 그에 관한 책을 낸 것인데, 거기 나오는 인물들이 술을 많이 마셔 댔다. 그래 술에 대한 이야기를 하였다.

---

9 〈소설이 아닌 임꺽정〉(조선일보사, 1996).
10 〈벽초, 임꺽정 그리고 나〉(책세상, 2004).

이백은 술을 마시고는 불후의 시라도 썼지만, 범인이야 술 [많이] 마시면 토하고, 주사를 부리고, 남과 시비하며, 제 몸을 상하게 하여 수명을 단축시킨다. 그렇다면 술의 좋은 점이 과연 무엇인가?

혹자는 그럴 것이다. 술을 마시면 때로는 용기가 생기고, 때로는 관용도 생긴다. 술은 때로는 수치심도 잊게 하고, 때로는 시름도 잊게 하고, 때로는 호연지기(浩然之氣)도 생기게 한다고 말한다. 그러나 나는 말한다. 술을 마시고 생기는 용기는 만용이요, 술을 마시고 생기는 관용은 거짓이다. 술을 마시고 수치심을 잊는다면 그것은 인간성의 아름다움을 잊는 것이요, 술을 마시고 시름을 잊는다면 그것은 찰나적 사고의 발로다. 또 술을 마시고 얻는 호연지기는 〈맹자〉를 읽지 못한 사람의 이야기인 것이다. 술은 사람에게서 냉정과 침착[이성]을 빼앗고, 따라서 판단력을 약화시킨다. 술은 사람의 정신기능에 이상을 초래하는 이상한 물건이다. 그래서인지 불가에서는 음주를 금한다.[11]

다소 긴 인용이다. 술이 아니라 아마 제 글에 취해서 길게 인용한 것이다. 아무튼 술은 그런 것이다. 그런데 이상한 일도 있다.

공자도 술을 자셨으니 먹어서 안 될 것은 아닌지도 모른다. 게다가 공자의 술 솜씨도 보통은 아니었던 모양이다. "술만은 일정한 양이 없었으나 난잡하게 되는 일은 없으셨다"(惟酒無量不及亂)고 한 것을 보면,[12] 무척

---

11 〈소설이 아닌 임꺽정〉, 381~382쪽.
12 〈논어〉, "향당"(鄕黨)편 제8장 참조.

많이 마셨으나 주사를 부리지 않았다는 것이다. 주사를 부리지 않는다고 해도 술은 좋을 것이 없는 음식인데 왜들 그렇게 마셔 대는가?[13]

20여 년 전에 위와 같은 글을 쓴 것을 보면, 그때 이미 술을 끊을 생각을 하고 있었던 것 같다. 그러나 나는 술을 끊지 못했다. 그 후에도 계속하여 주야장천(晝夜長川) 마셨다. 장경흡백천(長鯨吸白川)이란 말이 있다. 큰 잔의 술을 단숨에 들이키는 대주가(大酒家)의 면모를 표현하는 말이다. 대주가는 물론 아니지만, 그런 식으로 마셨다. 그러다가 문자 그대로 단주인지 금주인지를 한 것이 2017년 4월 16일이었다. 이유는 나도 모른다. 그냥 그날부터 술을 안 마신 것이다.

술을 좋아하고 많이 마시니 내 주변에는 술친구가 많다면 많다. 나의 단주는 그들에게 반갑지 않은 뉴스였다. 제자들이야 선생님이 그러시다니, 속으론 아쉬운 생각이 들기도 했겠지만 별 말이 없었다. 단주 이유를 두고 그들 나름의 소문만 무성했다. 그러나 친구들에게서는 별별 이야기를 다 들었다. 배신자라는 소리도 들었으니 할 말은 없다. 나를 사랑해서 한 말이라고 생각한다. "어쩌면 그럴 수가 있을까?" 하고 내심 부러워서 한 말일 수도 있다. 이제는 시간이 상당히 지나서 술자리에서도 나의 행동에 관하여 무어라지 않는다. 주위의 지청구에서 해방된 것이다.

그런데 김동길 박사가 이백의 시를 나에게 써 주신 이유는 무엇인가? 다시 생각한다. "抽刀斷水"를 나는 "칼로 물 베기"라고 했다. 이

---

13 〈소설이 아닌 임꺽정〉, 380쪽.

글의 제목도 그렇게 붙였다. 흔히 부부싸움을 칼로 물 베기라고 한다. 칼로 물을 베어도 잘리지 않는 것처럼, 많은 경우에 부부싸움도 유야무야(有耶無耶) 된다는 말이다. 김동길 박사야 평생 총각이니 부부싸움이 어떤 것인지 모를 것이다. 그러나 이백의 시는 알아서 쓰신 것이다.

그러나 다시 생각하면, 아니 위에서도 말했지만, "칼을 뽑아 물을 베어도 물이 다시 흐른다"고 하니 칼로 물 베기란 누차 말하지만 소용없는 일을 가리킨다. "단주를 했다는데, 어디 며칠이나 가나 보자!" 그런 의미로 쓰신 것은 아닌지 하는 생각도 든다. 나의 의지를 시험하자는 의도가 있는지도 모른다. 호의로 써 주신 글을 두고 이러쿵저러쿵하는 것이 옳지 않다는 것도 나는 안다. 어차피 칼로 물 베기인 것이다.

그런데 실은 그게 아니다. 위에서 썼듯이 김 박사는 이백의 시를 쓰고 낙관을 하신 다음, 그 옆에 유정지(劉庭芝)의 시 두 구를 더 쓰셨다. 그 뜻과 함께 다시 적는다.

年年歲歲花相似 歲歲年年人不同 (연년세세화상사 세세연년인부동)
  해마다 꽃은 비슷하게 다시 피지만 해마다 사람들은 달라진다네.

〈고문진보〉(古文眞寶)는 이 시를 〈유소사〉(有所思)라는 제목으로 송지문(宋之問)이 지었다고 소개한다. 그러나 다른 곳에서는 유희이(劉希夷)가 지었다고 하고, 제목은 〈대비백두옹〉(代悲白頭翁), 일명 〈백두음〉(白頭吟)이라 한다. "庭芝"는 유희이의 자다(廷芝 혹은

延芝라고도 한다). 칠언고풍의 긴 시다. 아래에 적는다.

洛陽城東桃李花　飛來飛去落誰家　(낙양성동도리화 비래비거낙수가)

　낙양성 동쪽의 복숭아와 오얏꽃은 이리저리 날리며 누구의 집에 떨어

　지나.

幽閨兒女惜顏色　坐見落花長歎息　(유규아녀석안색 좌견낙화장탄식)

　깊은 규방의 아가씨는 얼굴빛을 아끼어 떨어지는 꽃을 앉아서 보며 길

　게 탄식한다.

今年花落顏色改　明年花開復誰在　(금년화락안색개 명년화개부수재)

　올해도 꽃 떨어지니 이 얼굴 늙어가고 명년에 꽃 다시 필 때 누가 그

　얼굴 그대로일까?

已見松柏摧爲薪　更聞桑田變成海　(이견송백최위신 갱문산전변성해)

　오래된 소나무와 측백이 잘리어 땔감 됨을 보았고 뽕밭이 바다로 변했

　다는 말도 들었네.

古人無復洛城東　今人還對落花風　(고인무부낙성동 금인환대낙화풍)

　옛사람은 낙양성 동쪽을 다시 찾지 않는데 지금 사람은 그래도 꽃 떨

　어뜨리는 바람을 대하고 있다네.

年年世世花相似　歲歲年年人不同　(연년세세화상사 세세연년인부동)

　해마다 꽃은 비슷하게 다시 피지만 해마다 사람들은 달라진다네.

寄言全盛紅顏子　須憐半死白頭翁　(기언전성홍안자 수련반사백두옹)

　홍안의 아주 왕성한 젊은이에게 말하노니 반은 죽은 흰머리의 노인을

　불쌍히 여겨라.

此翁白頭眞可憐　伊昔紅顏美少年　(차옹백두진가련 이석홍안미소년)

이 노인의 흰머리는 정말로 가엾은 것이니 그도 옛날엔 홍안 미소년이
었다네.

公子王孫芳樹下　淸歌妙舞落花前　(공자왕손방수하 청가묘무낙화전)

　　공자와 왕손〔귀족〕들은 꽃 피는 나무 아래서 맑은 노래와 묘한 춤으로
　　지는 꽃 앞에서 즐기고 있는데

光祿池臺開錦繡　將軍樓閣畫神仙　(광록지대개금수 장군누각화신선)

　　화려한 못 속의 누대[14]는 수놓은 비단휘장으로 장식되었고 장군의 누
　　각[15]에는 신선의 그림이 그려져 있네.

一朝臥病無相識　三春行樂在誰邊　(일조와병무상식 삼춘행락재수변)

　　하루아침에 병들어 누우니 알아주는 이 하나 없고 한 봄의 행락은 어
　　디에 가 있나.

婉轉蛾眉能幾時　須臾鶴髮亂如絲　(완전아미능기시 수유학발난여사)

　　아리따운 미인도 어이 영원히 갈 수 있는가, 눈 깜박할 사이에 흰머리
　　가 실처럼 헝클어지고 말지.

但看古來歌舞地　惟有黃昏鳥雀飛　(단간고래가무지 유유황혼조작비)

　　예로부터 노래와 춤으로 즐기던 곳에도 오직 황혼에 새들만이 날고 있
　　다네.

떨어지는 꽃을 보며 인생의 무상을 읊은 것이다. 부귀영화를 누리

---

14 "光祿池臺"(광록지대)를 "화려한 못 속의 누대"라고 하였는데, 한(漢)나라
　　의 광록대부인 왕근(王根)이 정원 연못 속에 축대를 쌓고 사치를 누렸다는
　　고사를 비유한 것이다.
15 후한의 장군 양기(梁冀)가 지었다는 호화 누각을 말한다.

고 사치를 다하여 논들, 사람은 결국 모두 죽는다. 죽고 나면 그만이다. 인생은 허무한 것이 아닐 수 없다. 시는 그렇다고 하자. 유명한 것은 "年年歲歲花相似 歲歲年年人不同"이란 구절이다. 그냥 구절이 아니라 명구다. 여기에는 이런 일화가 전한다. 〈당재자전〉(唐才子傳)에 있는 것을 옮긴다.

일찍이 유희이는 〈백두음〉의 한 연(聯)에서 이렇게 읊었다.

今年落花顏色改 明年花開復誰在 (금년낙화안색개 명년화개부수재)
올해도 꽃 떨어지니 이 얼굴 늙어가고 명년에 꽃 다시 필 때 누가 그 얼굴 그대로일까?

그리고는 탄식하며, "이 구절은 내가 죽을 참언(讖言, 앞에 올 일의 예언)이로다" 하면서 꺼림칙하게 여겼다. 그는 서진(西晉) 시대의 석숭(石崇)이란 사람이 "白首同所歸"(백수동소귀, 흰 머리와 함께 돌아가리라)란 글귀를 짓고 난 후 피살된 것을 상기한 것이다. 그리하여 그 구절을 빼어 버리고, 대신 "年年歲歲花相似 歲歲年年人不同"을 넣었다. 그리고는 다시 탄식하기를, "죽고 사는 것이 명에 달린 것인데, 어찌 시구 때문에 죽는단 말인가?" 하고는 빼 버렸던 구절을 다시 넣어 시를 완성했다.

그의 외삼촌뻘 되는 송지문이 나중 구절을 좋아했다. 그것이 아직 세상에 알려지지 않았음을 알고 자신에게 달라고 간청했다. 유희이는 주겠노라고 약속하였으나 결국 주지 않았다. 송지문은 그가 자신을 속였다고 노하여 노비를 시켜 그를 흙 포대로 눌러 압살(壓殺)해 버렸다. 그

때 유희이는 30세도 채 못 된 젊은이였다. 사람들 모두가 그를 불쌍히 여겼다. [16]

옛날 일이라고는 하나, 어처구니없는 사건이다. 재주가 너무 뛰어나 투기를 받은 것인가?[17] 그러다 보니 고려조의 김부식(金富軾)과 정지상(鄭知常)의 일화가 떠오른다. 일찍이 이 두 사람이 어느 절에 같이 간 적이 있었다. 그곳에서 정지상이 지은 시의 마지막 구가 "琳宮梵語罷 天色淨琉璃"(임궁범어파 천색정유리)였다. "산속 절에 불경 소리 그치니, 하늘빛은 유리같이 맑고도 깨끗하다"는 것이다.

김부식이 그 글을 사랑하여 자기에게 달라고 하였으나 정지상은 거절하였다. 그로 인하여 두 사람의 사이가 나빠졌다고 한다. 그 후 묘청(妙淸)의 난(1135년)이 났을 적에 김부식은 정지상을 난에 연루시켜 죽였다는 이야기가 전한다. [18]

다시 본론으로 돌아가자. 그러면 김동길 박사가 그 글을 쓰신 이유는 무엇인가? 위에서 말한 것처럼 인생무상을 나에게 가르치신 것인

---

16 신문방 지음, 임동석 역주 및 해제, 〈당재자전〉(김영사, 2004), 66~67쪽. 내가 다소 윤색·첨삭했음을 밝힌다.

17 한편 송지문은 이런저런 벼슬을 잘 살았으나 잘못이 많았다. 결국 어사의 탄핵을 받고 사약을 받았다고 한다. 유희이를 죽인 업보라는 것이다. 위의 책, 63쪽.

18 〈소설이 아닌 임꺽정〉, 49쪽. 나는 이 책에서 김부식과 정지상의 이야기의 출처를 밝히지 않았다. 각주를 달 성격의 책이 아니었기 때문이다. 그때 참고한 문헌은 문일평(文一平) 지음, 〈한국의 문화〉(을유문화사, 1969), 134~137쪽.

가? "너는 이제 술을 끊었으니, 어제와는 같지 않은(不同) 사람이 되었다"고 하는 말씀인가? "아니, 술을 끊어도 그렇지. 마시나 안 마시나 늙어가는 것은 마찬가지인데, 안 마시면 안 마셨지 유난부릴 것 없다"는 말씀인가? 이런저런 생각을 하였으나 그런 것 같지는 않았다. 김동길 박사의 글을 받던 날, 그것을 들고 앞에 나가서 참석한 분들에게 보였다는 이야기는 위에서 했다. 읽고 해설도 하라 하여 이백의 시에 이어 유희이의 명구에 대해서도 내 나름의 이야기를 덧붙였다.

내가 그때 순간적으로 생각한 것은 인생무상이 아니었다. 사람이 '같지 않은' 것은 해마다 늙어 가기 때문이 아니라, 학문과 인격의 발전이 있기 때문일 것이라는 생각이 들었다. 그래 얼른 떠오른 것이 〈삼국지〉에 나오는 오나라 대도독 여몽(呂蒙)의 이야기였다. 여몽은 노숙(魯肅)이 오주(吳主) 손권(孫權)에게 추천한 인물이다. 하루는 손권이 그를 보고 권하였다.

"경이 이제 중책을 맡았으니, 마땅히 공부를 열심히 하여 스스로 크게 이익 됨이 있게 하라."

그러자 그는 군무가 바빠서 공부할 틈이 없다고 대답하였다. 손권이 다시 권하며 말하였다.

"내가 어찌 경에게 경서(經書)를 익혀서 박사가 되기를 바라겠는가? 다만 모름지기 여러 책을 섭렵하여 지나간 일들을 돌아보게 할 따름이다. 경이 일이 많다고 하는데, 어찌 나보다 일이 많겠는가? 나는 독서할 때 항상 크게 이익 되는 것이 있다고 스스로 생각한다."

이 말을 듣고 여몽은 크게 깨달아 공부를 하기 시작했다. 그 후 노숙이 여몽과 무슨 논의를 하다가 매우 놀라 말하기를 "경의 무략(武

略)과 학식이 이제는 오하(吳下)의 아몽(阿蒙, 여몽의 어렸을 적의 이름)이 아닐세!"라고 칭찬하였다. 그의 지식이 전보다 크게 발전했음을 발견한 것이다. 그러자 여몽이 말하기를 "선비가 이별한 후 사흘 지나 만나면, 눈을 비비고 서로 대하는 법이오. 대형께서는 어찌하여 이를 깨달음이 늦습니까?" 하고 대답하였다.[19]

"선비가 사흘만 떨어져 있으면 눈을 비비고 서로 대한다"(士別三日 卽當刮目相對)는 것은 학식이나 재주가 별안간 부쩍 늘어 혹시 다른 사람이 아닌가 하고 다시 쳐다본다는 말이다. 괄목상대(刮目相對, '相待'라고도 쓴다)라는 말의 출전이다. 여몽의 이야기가 길어졌다. 그런데 나의 이야기는 그게 아니다. 김동길 박사가 "歲歲年年人不同"이라 쓰신 것은 내년에는 금년과 다르게 학문의 발전이 있으라고 부탁 겸 격려하신 것이리라. 그러면 어떻게 하여야 하나? 어차피 술은 안 마신다. 시간을 그만큼 벌고 있다. 이제 촌음을 아껴서 책을 읽지 않으면 안 된다. 그런 생각을 한 것이다.

손권은 여몽에게 공부를 권하면서, 자기는 어려서부터 〈시경〉(詩經), 〈서경〉(書經), 〈예기〉(禮記), 〈좌전〉(左傳), 〈국어〉(國語)를 읽었고,[20] 또 집권한 후에는 삼사(三史, 〈사기〉(史記)·〈한서〉(漢

19 진(晉)나라 진수(陳壽) 편찬, 송(宋)나라 배송지(裴松之) 주석, 〈三國志〉, 54권, "주유·노숙·여몽전"(臺北: 宏業書局, 1974), 1274쪽 참고. 배송지는 주석에서 "강표전"(江表傳)을 인용하여 '괄목상대'를 이야기한다. 본문의 글은 이것을 간추린 것이다. 또 나의 〈소설이 아닌 삼국지〉(조선일보사, 1993), 200~201쪽 참고.
20 그러나 〈주역〉(周易)만은 읽지 않았다고 하였다. 그 이유는 모른다.

書) · 〈동관기〉(東觀記)〕와 여러 병서(兵書)를 읽었다고 하였다.

그러나 지금은 다르다. 그러한 책들은 요즘 일반 교양인의 필독서가 될 수 없다. 그러면 우리는 무슨 책을 읽어야 하나? 고전도 고전 나름이다. 읽어야 될 고전도 많고, 두고 보면 후대에 고전이 될 현대물도 있다. 또 독서라고 해도 취향이 다르고, 지향하는 바도 다르다. 김동길 박사는 참으로 어려운 숙제를 내게 주신 것이다. "지금까지 하던 공부를 계속하면 그만이지, 무슨 고민이 그리 많은가?" 하실지 모른다. 그러면 "지금까지 하던 공부란 무엇인가?" 참으로 어려운 문제에 나는 봉착하고 말았다. 다 집어치고 다시 술을 마시면 될까? 칼로 물을 베면 흔적도 안 남는다는데….

내가 술을 끊었다고 하니, 주위에서는 여러 가지가 궁금한 모양이다. 우선 그 이유다. 어디가 아픈지? 몸에 이상이 있어서 의사가 금주하라고 한 것은 아닌지? 주위의 압력 때문인지? 압력 때문이라면, 그 효력이 하필 이제 나타났는지? 그냥 자의로 끊었다고 하면, 그 배경의 심리는 무엇인지? 오래 살려고 그런 것인지? 과음이 몸에 좋지 않다고는 하나 술을 평생 입에 대지 않던 사람도 단명한 경우가 많다. 사람은 팔자대로 산다는 것이 나의 평소 지론이다. 이 나이에 술을 끊을 팔자인 모양이다.

또 금단현상이 없느냐는 질문도 받는다. 별로 느끼지 못한다고 대답한다. 풋술이기 때문에 그럴 것이라고 웃어넘긴 적도 있다. 나는 평소에 "대한민국에서 속 편한 놈이 있으면 나와 보라고 해!" 하는 말을 더러 한다. 술을 끊은 후, 속은 다소 편해진 것도 같다. 그러나 "대한민국에 속 편한 놈이 없다"는 나의 생각에는 변함이 없다.

술을 입에 대지 않은 지 4개월이 좀 넘었을 뿐이다. 아직 초년병이
다. 술을 끊으면 체중이 좀 준다는 말을 들은 적이 있다. 그러나 아직
체중의 변화도 없다. 변화라고 하면 술 이외의 다른 음료, 예컨대 맹
물이나 커피 등을 그전보다 현저하게 더 마시는 것이다. 마시는 것에
도 '질량불변의 법칙'이 적용되는 모양이다. 아무튼 별것 아닌 나의
단주가 주변의 관심을 끌고 있다. 김동길 박사도 그것이 대견하다 생
각하여 글을 써 주신 것이고, 그래 이 장황하고 두서없는 글이 나오게
되었다. 단주의 효과라고나 할까?

아직 한 생각이 남는다. 김동길 박사는 글 쓴 날을 "丁酉年 立秋前
日"(정유년 입추전일)이라고 명기하였다. 입추는 양력으로 8월 7일이
었다. 그 전날이면 6일이다. 그냥 "8월 6일"하면 될 것인데, 좀 멋있
게 "立秋前日"이라고 쓰신 것이다. 그러나 다시 생각하면, 그는 "前
日"을 강조한 것이다. "前日"은 다음 날의 도래를 상정한다. 미래가
있음을 말한다. 다음 날이 입추가 아니라도 우리에겐 미래가 있다.
미래를 준비하자는 의미로 "전일"을 강조하신 것이 아닌가 한다.

(2017년 8월 28일 전일)

〈추기〉

앞의 글을 마친 그야말로 다음 날이다. 김동길 박사의 일을 돕는 홍의
빈 처장이 무얼 보내겠다는 전화를 했다. 김 박사의 편지와 함께 한
뭉치의 선물이 왔다. 그 편지를 그대로 옮긴다.

최명 교수

최 교수가 Bacchus에게 작별을 고하고 우리가 다 흠모하는 Thomas Carlyle의 모습을 되찾은 사실에 감격을 금치 못하며 앞으로도 오랜 세월 이 겨레의 교사로서 이들을 깨우치고 가르쳐 주실 것을 바라는 마음뿐입니다.

지난번 형국 교수 댁에서 저녁을 같이하던 그 자리에서 "술을 끊고 나서 예전보다 coffee를 더 마신다"는 한마디에, 원두를 갈아서 끓이는 매우 수수한 기구를 구하여 원두 몇 봉과 함께 보내오니 이 노인의 정성을 헤아려 웃으며 받으시기를!

2017년 8월 28일

九十叟 孟山人

山南 金東吉 書

받기는 받았는데, 무어라 할 말이 없다. 욕변이망언(欲辯已忘言)이다. 상황이 다르고 도연명(陶淵明)도 아니지만 "말을 하려고 해도 이미 할 말을 잊었다".

"형국 교수 댁에서의 저녁"은 지난 18일 이틀 앞당긴 김형국 교수의 생일파티다. 민어잔치였다. 김동길 박사, 김혜선 박사, 나의 처와 나, 넷이 초대를 받았다. 우연히 커피 이야기가 나왔는데, 그만 일이 커진 것이다. 하나 첨언하면, 김동길 박사는 그 생일파티에 관한 이야기를 "평창동 꼭대기의 생일잔치"란 제목으로 2017년 8월 20일 자 그의 칼럼 '자유의 파수꾼'(No. 2957)에 쓰셨다. 妄言多謝!

(2017년 8월 28일)

1

사람들

백세청풍의 화백

김병기

내가 김병기(金秉騏, 1916년~) 화백의 선성을 들은 지는 꽤 오래다. 그러나 인연은 없었다. 2015년 가을, 김 화백의 전시회가 과천 현대미술관에서 열린다는 소식이 들렸다. 서울대 미대의 정영목 교수가 같이 가자고 했다. 기대를 했다. 그런데 연락이 없다. 또 김 화백 평전(評傳)을 김형국(金炯國) 명예교수가 쓰기로 했다가 어쩐 일인지 그 일이 정영목 교수에게 넘어갔다는 얘기를 들은 적도 있다. 그것도 소식이 없다. 유야무야란 말은 그런 것을 두고 생긴 모양이다.

　나야 미술에는 문외한이다. 그러나 그림이고, 조각이고, 글씨고, 어쩌다가 보면 아름답다고 느끼기는 한다. 나만 그런 것은 아닐 것이다. 해가 바뀌었다. 여러 가지 변화가 있었다. 그중 하나는 정영목 교수가 서울대미술관 관장이 된 일이다. 정 교수는 산악인이기도 하다. 2004년 봄 서울대 교수산악회가 처음 생겼을 적에, 어쩌다가 내가 초대회장이 되었고 정 교수는 등반대장이 되었다. 여기저기 국내외의 산에 다니면서 친해졌다. "산은 산이고 물은 물"이란 말도 있지만, 산이 아닌 곳에서도 같이 술을 많이 마셨다. 그런 그다. 그런데 김병기 전시회에 같이 가자 한 약속을 어긴 것이다.

정 교수가 미술관장이 된 후 연락이 왔다. 산악회 임원들을 미술관에 초대하여 구경을 하고 저녁을 같이하자는 것이다. 3월 2일이라고 했다. 다른 일도 있었지만, 못 간다고 했다. 김병기 전시회 생각이 나서였다. 그리고 잊고 있었다. 얼마 안 지나서 정 교수가 다시 전화했다. 김병기 화백이 17일에 학교에 오기로 했다며, 내가 오면 좋겠다는 이야기였다. 11시에 미술관을 둘러보고 점심을 같이하자 했다. 2일의 모임을 보이콧한 것이 다소 마음에 걸렸던 터라 그러마고 했다.

나는 정년 후 관악에 거의 가지 않는다. 강의한 적도 없다. 그런데 이번은 다르다. 미술관 구경은 그렇다고 하고, 대화백을 만날 기회라서 간다 한 것이다. 관장실에 앉아서 차를 마시는데, 김 화백의 도착이 늦는다는 전화가 온 모양이다. 그래 점심 장소로 바로 오라고 했다면서, 나보고는 미술관 구경을 먼저 하자는 것이다. 〈뉴 올드 가구 디자인〉이란 제목으로 여러 종류의 가구들이 전시되어 있었다. 작품들도 훌륭하고 전시의 구성도 잘 되어 보였다.

12시 가까이 미술관 앞에서 정 교수의 차를 탔다. 묘령의 두 여인이 동승했다. 미술관 책임학예사 정신영과 정 교수의 조교 박신영이다. 점심장소인 '금룡'으로 갔다. 김 화백은 아직 도착하지 않았다. 무료한 시간이다. 우선 제일 싼 포도주를 한 병 시켰다. 시작은 그리했다. 술을 마시면 됐지, 김병기고 피카소가 나에게 무슨 소용인가?

12시 15분이 지나서 김 화백이 나타났다. 버버리 코트 차림에 지팡

이를 짚기는 했는데, 백 세라는 나이와는 달리 행동과 얼굴은 젊다. 씩씩했다. 그의 사위 송기중 서울대 명예교수가 모시고 왔다. 나와 김병기 화백이 마주 앉았다. 그는 1947년에 평양에서 월남했다고 했다. 그러면서 그때 평양, 아니 한반도의 분위기가 "바람이 일어나는" 형세였다고 했다. 바람은 일어날 수도 있고, 세차게 불기도 하고, 잔잔할 수도 있고, 또 바람은 피울 수도 있겠으나, 그의 말은 당시 세상 돌아가는 것이 심상치 않아 떠나야겠다고 생각했다는 것이다. 이야기는 백 세 노인답지 않게 그치지 않는다. 그래 옆에 앉은 정 교수의 조교에게 "김 화백의 말씀을 녹음하는 것이 좋겠다"고 했더니, 그렇지 않아도 녹음하고 있다고 했다.

음식이 나온다. 어디 포도주 한 병으로 되나? 첫 병이 비자 정 교수는 '탈보'(Talbot)란 술을 시킨다. 김 화백은 조금 받아 놓고 입에 대는지 마는지 한다. 송 교수는 차를 가지고 왔다면서 안 마신다. 정 교수도 마찬가지다. 오후 일정이 있다는 것이다. 두 여자는 좀 마셨는지 모르겠으나, 포도주 세 병이 순식간에 동이 났다. 김병기 화백과의 처음 만남은 그러했다.

김 화백의 전시회가 3월 25일부터 평창동 '가나화랑'에서 열린다는 것을 알고 있었기 때문에, 그날 뵙겠다고 하고 헤어졌다. 25일이다. 오프닝이 오후 5시다. 4시 반쯤 도착하였다. 벌써 많은 사람들이 웅성대고 있다. 김 화백이 의자에 앉아서 인사를 받는다. 가까이 가서 인사했다. "아! 최명 교수!" 하며 손을 내민다. 점심을 같이하긴 했지만 여드레 전에 만난 사람의 이름을 잊지 않다니! 노인의 기억력이 비범하다.

좀 떨어진 곳에 김동길 박사가 휠체어에 앉아 있다. 나는 김 박사의 글도 많이 읽고, '낭만논객'이란 텔레비전 프로그램에서 그를 여러 번 보았기 때문에 낯이 설지 않다. 그러나 얼굴을 맞대기는 처음이다. 김형국 교수가 나를 끌고 갔다. 그리고는 이승만 대통령에 대하여 글을 쓴 서울대의 아무개라고 나를 소개했다. 반갑게 손을 잡는다. 우리 역사의 기려야 할 인물들에 대한 이야기 모음이 책으로 곧 출판될 예정이라 그렇게 소개한 것이다. 사진도 같이 찍었다.

김형국 교수의 사회로 오프닝 행사가 시작하자, 김동길 박사의 활기찬 축사가 있었다. 이번 전시회의 제목이 〈百世淸風(백세청풍): 바람이 일어나다〉이나, '백세청풍'이 아니라 '백세비룡'(百世飛龍)이라는 덕담이 주된 내용이었다. 이어진 주인공 김병기 화백의 인사는 "감사하다"는 말 두 번으로 끝났다. 그리고 김 화백의 제자인 윤명로 화백의 은사에 대한 추억담이 잠시 있었다. 이호재 가나화랑 대표의 인사말도 있었다.

전시회에 왔으니 그림을 보아야 한다. 정말로 "바람이 일어날" 것 같은 그림이 수십 점이다. 오래된 그림도 있으나 대부분이 근작이다. 그림마다 기운이 뻗친다. 요즘도 밤늦게까지 작업을 하고, 자다가 깨서도 영감(靈感)이 떠오르면 화필을 잡는다는 것이다. 서울대에서 점심을 같이할 때, 1947년 남하할 무렵의 평양 분위기가 "바람이 일 것 같았다"는 이야기를 들었다고 앞서 언급했다. 그런데 이번 전시회의 부제(副題)가 "바람이 일어나다"인 것을 보면, 김 화백은 최근 한반도 상황을 불길하게 보고 있는 것은 아닌지 하는 생각이 들었다.

화랑에서 두 가지 선물을 받았다. 하나는 전시회의 화보다. 화보에는 김형국 교수의 해제(解題)가 국·영문으로 실려 있다. 김 화백의 그림에 대한 도연명의 시를 곁들인 해석이 일품인데, 설명은 리얼하고 일목요연하다. 그림도 그림이지만 해제도 해제다. 다른 하나는 김 화백 생일파티 초청장이다. 4월 10일(일요일)이 김 화백의 일백 세 생일인데, 축하연을 김동길 박사가 베푼다는 것이다. 약 50명의 하객을 초대한다는데, 나보고도 오라는 것이다.

— 모시는 글

우리들이 존경하여 마지않는 김병기 화백께서 오는 4월 10일 백(100) 회 생신을 맞이하게 되었습니다.

그 일이 하도 감격스러워 다음과 같이 축하하는 자리를 마련하오니 부디 오셔서 기쁨을 함께하시기 바랍니다.

· 때: 2016년 4월 9일(토) 낮 12시
· 곳: 서울 서대문구 성산로 559번지(대신동 진솔빌딩) 2층 태평양회관
     (봉원동 로터리에서 바로)
· 메뉴: 냉면·빈대떡

2016년 3월
맹산사람 김 동 길

'정중하게 금테 두른' 초대장을 받았으니 안 갈 수가 없다. 눈 깜짝할 사이에 4월 9일이 되었다. 빈손으로 가기가 무엇하다는 아내의 말을 듣고, 작지만 내 딴에는 예쁜 꽃다발을 하나 준비하여 그곳에 도착한 것은 12시 15분 전이었다. 벌써 많은 사람이 테이블에 앉아 있다.

김동길 박사의 사무실로 가려는데 마침 휠체어를 타고 김 박사가 나온다. '낭만논객'의 김동건 아나운서가 뒤따른다. '옳지! 사회를 보러 왔구나.' 김동건 군은 나와 고등학교 동기다. 반갑게 김 박사와 김 군과 악수를 하였다.

김형국 교수가 같이 앉자는 테이블로 갔다. 제일 구석이다. 왜 그 자리를 마련했는지 나는 안다. 오늘은 냉면과 빈대떡만 제공되고 술은 없다. 그래 김 교수가 나를 위하여 특별히 소주를 준비하겠다고 했었다. 술을 마시려면 구석자리가 좋다는 배려였다. 그랬더니 바로 옆 테이블에 김혜선 박사가 앉아 있다. 술을 마셔서가 아니라, 우연히 자리가 그렇게 된 것이다.

테이블에는 김치와 같은 밑반찬이 미리 놓여 있다. 12시가 가까이 되자 김동건 군이 입을 열기 시작한다. 주인공 김병기 화백이 좀 늦으니 잠시 기다리라면서, 들어오면 모두 일어나 큰 박수로 환영해 달라는 얘기였다. 무료하다. 그런 내 낌새를 알아차렸는지, 김형국 교수가 검정 비닐주머니 속에서 250밀리리터짜리 납작한 등산용(?) 참이슬을 꺼낸다. 하나가 아니라 그 속에 그런 병이 가득하다. 소주잔은 없지만 종이컵은 있다. 컵은 크다. 더 좋다. 우선 한 컵을 따랐다. 그리고 앞자리에 앉은 이규덕 박사의 잔에도 부었다. 장욱진 화백의 둘째 사위인데, 본래 소아과의사다. 고등학교 7년인가 후배다.

그 임시에 김병기 화백이 들어왔다. 사회가 말한 대로 모두 일어나 박수를 쳤다. 김 화백은 단상의 가운데 앉고, 우측에 김동길 박사, 좌측에 윤명로 서울대 명예교수가 앉았다.

식이 시작된다. 식이 시작된 것이 아니라 내 잔이 비기 시작했다.

나는 오래전부터 "빈 잔도 못 참고, 찬 잔도 못 참는다"는 이야기를 들어 온 처지다. 잔이 비면 다시 채워야 하고, 잔이 차면 곧 비운다는 말이다. 따라 주는 사람이 없으니 혼자 계속 따를 수밖에 없다.

　순서는 잘 기억이 나지 않으나, 김동길 박사의 인사가 처음을 장식했다. 오늘 모임의 내력을 먼저 설명했다. 김 화백과의 만남을 이야기했다. 작년에 처음 만났다고 했다. 그때 그의 얼굴에는 '맑은 바람'(淸風)이 산들산들 불고 있었고, 그의 얼굴에 넘치는 힘은 피카소를 연상케 했다고 했다. 그래 그 자리에서 "선생님의 백수연은 제가 마련하겠습니다"고 약속했고, 그래서 이 자리가 마련되었다고 했다 (피카소가 들으면 섭섭했을 것이다. 왜 내 생일파티는 한 번도 안 차렸느냐고). 그리고는 백세청풍의 주인공을 위해서라며 미국 시인 조이스 킬머(Joyce Kilmer, 1886~1918년)의 〈Trees〉라는 시를 읊고, 또 우리말로 옮겼다.

I think that I shall never see

A poem lovely as a tree.

A tree whose hungry mouth is prest

Against the earth's sweet flowing breast;

A tree that looks at God all day,

And lifts her leafy arms to pray;

A tree that may in Summer wear

A nest of robins in her hair;

Upon whose bosom snow has lain;

Who intimately lives with rain.

Poems are made by fools like me,

But only God can make a tree.

나무 한 그루처럼 사랑스러운

시 한 수를 대할 수는 없으리로다.

달콤한 젖 흐르는 대지의 품에

굶주린 듯 젖꼭지를 물고 있는 나무.

하늘을 우러러 두 팔을 들고

온종일 기도하는 나무 한 그루.

여름이면 풍성한 그 품 찾아와

로빈새 둥지 트는 나무 한 그루.

겨울이면 그 가슴에 눈이 쌓이고

비가 오면 비를 맞는 다정한 나무.

나 같은 바보는 시를 쓰지만

하나님 한 분만이 저 나무 한 그루를.

처음에는 김동길 박사가 왜 그 시를 읊나 했다. 다시 생각하니, 김동길 박사가 생각하는 김병기 화백은 킬머가 말하는 '나무'였다. 훌륭한 나무인 것이다(축하연을 소개하는 A4용지의 글 두 장이 있었다. 김병기 화백의 백수연을 마련하게 된 내력을 적은 김동길 박사의 것과 〈백세청풍전〉에 붙인 김형국 교수의 것이다. 나는 그 글들을 참조하면서 이 내용을 썼다).

44

다음에 김 화백의 답사(?)가 있었다. 백 세 노인(?)이 노인답지 않게 〈백세청풍: 바람이 일어나다〉에 관한 이야기와 오늘 자리에 대한 고마움을 씩씩하게 말씀하시는 것이었다. 그리고는 김 화백과 그의 그림에 대한 김형국 교수의 긴 설명이 있었다. 이어 약간의 여흥이 있었다. 자니 브라더스의 김준의 노래와 한 소프라노 가수의 〈그리운 금강산〉 노래가 있었다.

행사에 대한 이야기는 그만하고, 술 마시는 이야기를 더 하기로 한다. 초청장에 기록된 바로는 냉면과 빈대떡이 주식이다. 그런데 기대하지 않았던 돼지고기수육이 나왔다. 그래 계속 따라 마시는데, 누가 또 좀 늦게 와서 우리 테이블에 앉게 되었다. 의자를 하나 더 놓고 좀 좁게 앉았다. 김형국 교수가 김 화백의 그림 소개를 위하여 자리를 뜨기 직전이었다. 김형국 교수에게 누구냐고 물었다. 아무개라고 하면서 나의 고등학교 선배라는 것이다. 그런데 주위가 산만하여 이름을 옳게 듣지 못했다. 술 말고는 다 선배다. 아니 술 선배도 있다. 이태백도 있고, 도연명도 있다. 그러나 앞과 옆의 선배도, 후배도 술을 별로 마시지 않는 눈치다. 그러자 빈대떡과 냉면이 나왔다. 돼지고기수육과 빈대떡은 말할 것도 없이 소주와 궁합이 잘 맞는다. 친밀한 관계다. 그래 내 잔이 계속 차고 비었다. 냉면대접에 고명은 없고, 육수에 사리만 들어 있다. 술잔을 채우고 비우는 동안 사리는 불어 터졌고, 육수는 사리가 다 마셔서인지 온데간데없다. 그래 한 두어 젓가락을 입에 대다 말았다.

다음 날 김형국 교수와 통화를 했다. 어제 늦게 내 옆에 온 분이 누구냐고 다시 물었다. 김용원 씨라면서, 김진영 교수의 부친이라고 했다. 김진영 교수는 연전에 당신 집에서 만난 적도 있고, 그가 번역한 알렉산드르 푸시킨의 〈예브게니 오네긴〉(을유문화사, 2009)을 받은 일도 있다. 안다면 아는 사이다. 그것보다 김용원 씨는 오랫동안 〈日本포럼〉의 발행 겸 편집인이었다. 내가 애독하던 잡지다. 그러나 그것이 문제가 아니다. 서울대 정치학과 김의영 교수(김진영의 동생)의 부친인 것이다. 김의영은 내가 사랑하는 제자다. 세상이 좁은 것인지, 넓은 것인지?

'아이고, 내가 큰 실수를 했구나.' 행사장이 시끄럽고 취기가 동하여 어제 인사를 건성으로 한 것이 후회되었다. 바로 김의영 교수에게 전화를 걸었다. 어제 이만저만한 일이 있었는데 춘부장께 제대로 인사를 여쭙지 못했으니 말씀을 잘 드려 달라고 했다. 김병기 화백과 관련된 이런저런 이야기다.

(2016년 4월)

〈추기〉

김병기 평전이 나왔다. 유범모 지음, 〈백년을 그리다: 102살 현역화가 김병기의 문화예술비사〉(한겨레출판, 2018).

반세기의 논객
김대중

김대중은 내가 존경하는 친구다. 그런데 금년(2015년)이 그가 조선일보사에 입사하여 기자 생활을 시작한 지 50년이 되는 해다. 그래서 신문사에서 이런저런 기념행사를 마련하는 모양이다. 며칠 전에 문화부의 이한수 기자가 전화했다. 이만저만하니 김대중에 관한 글을 하나 써 주면 좋겠다는 이야기였다. 내가 작년(2014년) 여름에 펴낸 수필집 〈술의 노래〉(도서출판 선)에 김대중에 관한 글(398~411쪽)이 있어서 나에게 청탁한 것인지 모른다. 그와의 관계를 생각하면 거절하기가 어려웠다.

신문사고 어디고 한 직장에서 50년을 보낸다는 것은 쉬운 일이 아니다. 그런데 김대중은 한 신문사에서만 반세기 동안 기자 생활을 한 것이다. 우리나라 신문 역사에서는 처음이고, 아마 마지막일 것이다. 오너가 아닌 이상, 한 직장에서 50년을 보낸다는 것은 정년 연령이 점점 낮아지는 요즘의 추세를 염두에 두지 않더라도 상상하기 어려운 일이다.

김대중은 1965년 수습 8기로 조선일보사에 입사했다. 편집부, 외신부, 사회부를 거쳐서 1967년에 정치부로 갔다. 제일 적성에 맞았다고 했다. 물론 정치부로 가기 전에도 민완기자였다. 취재도 잘하고 글도 잘 썼다. 그러나 무엇보다 정치 현실을 보는 안목이 날카로워 정치부로 가게 된 것이 아닌가 한다.

　그러다가 그는 주미특파원으로 발탁되어 1972년에 워싱턴으로 갔다. 유신이 막을 내린 1979년까지 미국에 있었다. 유신독재를 안방에서 목도(目睹)하지 않고 지낼 수 있었으니 마음이 편했다고 할 수도 있겠으나, 외국에서 한국을 보면 더 잘 보이기 때문에 실은 마음이 편치 않은 7년을 미국서 보낸 것이다. 7년이란 긴 세월 동안 민주주의가 어떻게 운영되는가를 그 본향에서 배웠다. 민주주의에 대한 그의 확고한 신념도 이때 성숙되었다. 누가 무어라 해도 그는 철두철미한 자유민주주의자다.

　민주주의와 관련해 한마디 첨언하고 싶은 것이 있다. 김대중이 전두환 정권과의 마찰로 자의반타의반 다시 한국을 떠나 1년 남짓 영국으로 피신한 일이다. 1986년이다. 영국은 근대 민주주의의 발상지다. 여기서 민주주의에 대한 그의 신념이 투철하게 재충전되었다고 나는 확신한다. 민주주의에 대한 그의 신념과 자유주의적인 사고는 군사독재와 깊은 관련이 있다.

　근자에 대한민국이 기적적으로 민주화를 이룩했다고 떠드는 사람들이 있다. 그러나 현실은 선진 민주국가의 그것에 비하면 한참 후진이다. 실은 민주주의도 아니다. 정치가 4류란 말도 있었지만 '개판'만도 못한 국회가 민의를 대변하는 기구라고 한다.

50년 동안 쓴 김대중의 글을 내가 다 알지는 못한다. 그러나 그의 글은 한결같이 어떻게 하면 자유민주주의가 우리나라에 정착할 수 있는가, 어떻게 하면 한국사회가 바르고 질서 있게 될 것인가, 어떻게 하면 대한민국이 일류의 품격을 갖춘 국가가 될 것인가 하는 문제들을 심도 있게 다뤄 왔다.

그는 현실주의자이다. 이상국을 꿈꾸지 않았다. 점진적으로 조금씩 나아가는 방법을 늘 제시했다. 정치, 경제, 사회, 문화, 교육 등 여러 분야가 그가 생각하는 방향으로 나아가지 않는 이 시점, 2015년에 그는 한 신문사에서 50년을 맞는다. 세월이 많이 흐른 것이다.

내가 김대중을 알게 된 것은 1958년 봄 서울대 법과대학에 입학해서였다. 그러니까 그가 조선일보사에 입사하기 7년 전이고, 이제 60년이 다 되어 간다. 사실 처음엔 그를 잘 몰랐다. 물론 처음부터 잘 아는 사람도 없다. 대학을 졸업할 임시까지 그를 잘 몰랐다. 서울법대는 좀 이상한 곳이다. 학생들은 대체로 개성이 강하다. 대부분이 고등고시(지금의 사법고시에 해당) 준비에 열중이었다. 다른 곳에 한눈을 잘 팔지 않았다. 하기야 당시엔 바둑도 많이 두고, 당구도 많이 치고, 등산도 더러 다니기는 했다. 그러나 대체로 같은 고등학교를 졸업한 친구들끼리 몰려 다녔다. 그와 나는 고등학교가 다르다.

그런데 나는 대학 2학년 때부터 평생의 지기(知己)가 된 김광웅(서울대 명예교수)과 친해졌다. 일찍 혼자되신 어머니가 그해(1959년)에 돌아가시고, 김광웅은 두 살 위인 누나 김문자와 수유리에서 살았다. 김문자는 우리와 같은 학년으로 이화여대 영문과에 다녔다. 정말로

"남매는 단 둘"이었다. 그러다가 졸업 다음 해인 1963년인가 김광웅은 우리나라 최초의 아파트인 '마포아파트'로 이사 갔다. 그 집에 어쩌다 놀러 가면 김대중이 더러 와 있었다.

그때 김대중은 ROTC 1기의 통역장교였다. 자세한 내막은 모르나 김대중은 김광웅의 누나와 친했다. 그는 문재(文才)의 기자로 평생을 보냈지만, 당시는 연애 재주도 비상했다. 친구의 여동생과 사귀는 경우는 더러 있다. 그러나 친구의 누나와 연애하는 경우는 드물다. 뛰어난 능력인 것이다. 김대중이 김문자와 가까워진 것은 아마 편지를 잘 썼기 때문이라고 나는 생각한다. 김대중은 중학 시절부터 문학에 심취하여 "휴머니즘이 녹아 있는 촉촉한 글을 쓰고 싶다"고 했다는데, 그 촉촉한 연애편지에 김문자가 녹아난 것이 아닌가 한다. 그래 결혼했다. 그건 그렇고 나는 김광웅과 어울려 다니며 김대중을 잘(?) 알게 되었고, 친해졌다.

나는 1964년 말에 미국으로 유학을 떠났다. 그래 한동안 우리는 만나지 못했다. 김대중이 조선일보사에 입사했다는 것도 미국에서 들었다. 나는 1970년 여름에 귀국했다. 그리고는 두세 번 만났을까? 위에서 말한 바와 같이 그는 1972년에 워싱턴으로 갔다. 소식은 워싱턴 특파원의 글을 통해서였다. 여러 해가 지났다. 1978년 8월, 나는 하버드대학에서 모였던 '중국공산운동에 있어서 농촌기지'란 워크숍에 논문을 발표하러 가게 되었다. 당시 나는 서울대 사회과학연구소에서 중국 연구를 책임지고 있었고, 워싱턴의 정부인쇄국에서 발간한 중국 관련 자료에 어떤 것이 있나 궁금했다. 필요하다고 판단되면 구입하려는 생각도 있어서 케임브리지에 가는 도중에 워싱턴을 먼저 들렀다.

아니, 그것보다는 이왕 동부로 가는 길이니 오래 떨어져 있던 김대중이 보고 싶어서였다. 그래 나는 8월 13일 오후, 댈러스국제공항에 내렸다. 김대중이 기다리고 있었다. 다짜고짜 자기 집으로 나를 데리고 갔다. 김문자 여사가 철판에 연신 굽는 고기를 안주로 1리터짜리 시바스리갈 한 병을 우선 다 비웠다. 무얼 더 마셨는지, 무슨 이야기를 하였는지는 기억에 없다. 취한 김에 그랬겠지만, 염치불구하고 그 집에서 잤다. 다음 날 아침 김대중은 나를 정부인쇄국에, 또 늦은 오후엔 공항에 데려다 주었다.

다음 해(1979년)에 귀국한 김대중은 정치부장, 편집국장, 주필, 이사기자를 지내면서 참으로 훌륭한 기사와 칼럼을 많이 썼다. 그래서 한국에서 가장 영향력이 있는 언론인의 자리를 굳게 지켰다. 지금은 고문이다. 그런데 그동안 그도 바쁘고 나도 바빠서, 또 직장이 다르고 하는 일이 달라서 자주 만나지 못했다. 그는 비상한 머리의 소유자라 글을 쉽게 술술 쓰는지 모르나, 무엇을 어떻게 쓸까 하는 문제를 늘 생각해 왔을 것이니 바빴을 수밖에 없었을 것이고, 나는 없는 머리를 가지고 학생들을 가르쳐야 했으니 바쁠 수밖에 없었다. 그런저런 이유로 1년에 서너 번 만나면 잘 만나는 그와 나였다.

이런 일은 기억에 남아 있다. 20년 전이다. 하루는 어디선지 그와 엄청 마셨다. 당시 나는 서울 반포동에 살았고, 그의 집은 방배동이다. 강북에서 가자면 방향이 같다. 또 그에게는 기사가 딸린 차가 있다. 취하면 으레 나를 데려다 준다. 그날도 그랬다. 우리 집 앞에 먼저 왔다. 그냥 헤어지기가 아쉬웠다. 주당들이 헤어질 때는 늘 미진하다. 그래 2차인지 3차인지 내 아파트에 들어가자고 했다. 선선히 따라 들어왔다. 취해서였을 것이다. 그가 왜 술을 좋아하고 많이 마시는지는 모르나, 나를 위시하여 내가 아는 술꾼들은 다 외로운 존재들이다. 나의 경우에 술을 마시면 외로움이 좀 덜하다. 그도 그런지 모른다. 집에는 다른 술도 병깨나 있었겠지만, '법성포 소주'가 말로 있었다. 독하긴 하나 맛이 기막히게 좋은 밀주다. 서울법대 박병호 교수를 통해서 구한 것이다. 코가 비뚤어지도록 마셨을 것이다. 코는 비뚤어져도 정신은 있다. 그래 한 되를 따라 주어 보냈다. 한동안 그 이야기를 가끔 하더니, 요즘은 안 한다. 그러나 법성포 소주 이야기가 나오면 그는 절레절레 고개를 흔든다.

50년 기자 생활을 하는 동안 김대중은 매우 많은, 그리고 여러 종류의 사람들과 만났을 것이다. 다니면서 밥이고 술이고 먹은 집도 부지기수일 것이다. 그러니 잘 아는 밥집도 많고, 음식 잘하는 집도 많이 안다. 자연히 미식가가 될 수밖에 없다. 그러나 비싼 집은 잘 다니지 않는다. 소탈하기 때문이다. 예를 들면, 그는 칼국수 같은 음식을 좋아한다. 자주 가는 국숫집도 물론 있다. 지하철 4호선 성신여대입구역(돈암동)에서 가까운 태극당 건물의 뒤편에 위치한 허름한 집이다. 김영삼 씨가 대통령 되기 전에 자주 다닌 것으로 소문난 삼선교역 근처의 '국시집'에서 오랫동안 일하던 여자가 독립해 나와 차린 집이다. 옥호는 '밀양칼국수'다. 국시집에서 여러 해 닦은 솜씨니 칼국수는 물론이고, 소고기수육과 생선전이 특이하게 맛있다. 또 그 집의 김치가 일품이다.

이런 에피소드가 있다. 그 집의 사장인지 주방장인지 하는 여자는 미인은 아니나 유명한 국시집에서 오래 일했기 때문에 장안의 명사들을 많이 안다. 독립해 나오면서 국시집의 명사 고객과 단골들을 대거 끌고 왔다. 김대중도 그중 하나다. 그런데 그녀의 취미는 대통령 이름이 새겨진 시계를 수집하는 것이다. 드나드는 명사들에게 부탁하면 '대통령 시계'는 쉽게 얻을 수 있을 것이란 계산으로 시작한 취미인지 모른다. 그래 대통령 시계를 갖다주는 단골들이 꽤 있었다고 한다. 맛있는 음식을 먹자면 그녀에게 잘 보여야 하기 때문이다. 박정희 대통령이 봉황무늬가 있는 시계를 만들어 새마을 지도자들에게 나누어 준 것이 대통령 시계의 효시(嚆矢)라고 한다. 최규하 대통령 때는 모르겠으나, 아무튼 그 후 역대 대통령 모두가 시계를 만들어 청와대를 방문하는 인사들에게 선물로 주곤 했다. 대통령 시계가 남발(?) 되기 시작한 것이다.

그런데 박근혜 대통령은 취임 처음 몇 달 동안 시계를 만들지 않고 지냈다. 예산을 아끼기 위해서 그랬는지 모른다. 여러 가지 말이 있었다. 그러다가 오륙 개월이 지나서 시계를 만들어 새누리당 의원 등에게 돌렸다고 한다. 그전처럼 남발되지 않았기 때문인지 비교적 귀했다. 그런데 밀양칼국수의 그녀가 김대중에게 박근혜 대통령 시계를 하나 구해 달라고 했다고 한다. 김대중도 그 시계를 받지 못했다. 갖고 있었으면 선뜻 주었을 것이다. 그래 청와대에 출입하는 기자에게 부탁했다고 한다. 그 기자가 청와대 홍보수석비서관에게 말한 모양인데, 며칠 후 홍보수석이 김대중 사무실로 시계를 직접 들고 왔다고 한다. 그러면서 누구에게 주려는 것이냐 물으면서 소문을 내지 말라는 부탁을 하더란 것이다. 이유는 알 수 없으나, 그런 형편이니 박근혜 시계는 다른 대통령들의 시계처럼 흔하게 돌아다니지 않았던 것이 아닌가 한다. 그 시계를 받은 칼국숫집의 그녀는 입이 함박만 해졌을 것이다. 시계사건 후 나도 김대중과 그 집엘 두어 번 갔다.

나는 집에서 다른 신문도 보나 오래전부터 〈조선일보〉를 구독한다. 그러니 '김대중 칼럼'을 매번 읽는다. 위에서 잠시 언급한 바와 같이, 그는 늘 나라를 걱정하는 글을 쓴다. 때문에 그의 글은 우국지사의 문장이고, 그의 글을 읽으면 우국지사의 면모가 약여(躍如) 하게 떠오른다. 나는 위에서 김대중에 대하여 〈술의 노래〉에서 쓴 적이 있다고 말했다. 거기서 위암(韋庵) 장지연(張志淵) 에 관한 언급이 있었다. 경우는 다르나, 위암도 우국의 글을 썼고 김대중도 우국의 글을 쓰고 있기 때문이다. 요약하여 다시 소개한다.

김대중은 뛰어난 언론인이고 그의 글 또한 영향력이 크기 때문에 몇 개의 큰 상을 받았다. 내가 시상식에 참석하여 축하한 상도 몇 된다. 그 가운데는 '자랑스러운 서울법대인 상'(2004년) 도 있고, '경암학술상'(2013년) 도 있다. 여러 상 가운데 김대중이 가장 긍지를 느끼고 자랑스럽게 생각하는 상이 1991년에 받은 '장지연 상'이 아닌가 한다. 다 알다시피 위암은 항일 언론인으로 1905년 을사늑약(乙巳勒約) 을 규탄하는 "시일야방성대곡"(是日也放聲大哭) 이란 유명한 논설을 〈황성신문〉에 실었던 지사다. 그는 1962년 국가보훈처로부터 '건국훈장국민장'을 추서(追敍) 받았다. 뿐 아니라, 같은 보훈처는 2004년 11월에 '이 달의 독립운동가'로 그를 선정했다. 그런데 나라가 어찌 되려는지 이명박 정부의 국가보훈처는 2010년 11월 위암의 서훈을 취소하였고, 국무회의는 2011년 4월 5일에 이 취소 결정을 확정했다.

　서훈 취소에 김대중은 노했다. 그는 "장지연 상(賞)을 반납해야 하나?"라는 제목의 칼럼을 썼다(〈조선일보〉, 2011년 4월 18일). "정부가 장지연을 친일 인사로 단정 짓고 과거 정부가 그에게 줬던 훈장을 도로 빼앗기로 결정한 이상, 나는 친일 인사를 기려서 만든 상을 더 이상 자랑스러워 할 이유가 없어졌다"고 개탄했다. 개탄의 이유는 여럿이다. 그 하나는 '이명박 정부'에 대한 것이다. "언필칭 보수정권이라고 하고 또 실제로 보수·우파의 지지로 권력을 담임한 정부임에도 불구하고 하는 일들을 보면 … 이쪽도 저쪽도 아닌 기회주의적 집단인 것으로 드러나고 있다. … 이 정부는 한마디로 '철학이 없는' 정부다" 하고 일갈했다. 그렇기 때문에 그는 김황식 총리의 '인식'과 서훈 취소를 "말 한마디 없이 통과시킨 국무위원들의 무식함이 부끄럽다"고 했다. 대통령이 그 모양이니 그 밑의 총리나 국무위원들이 오죽하겠느냐는 의미가 여기엔 분명 내포되어 있다. 그래서 김대중은 서훈 취소를 의결한 국무위원들이 " '시일야방성대곡'을 읽어 보기나 했는지 … 그의 다른 글이 얼마나 '매국적'인지 읽어 본 적이 있는지 묻고 싶다"고 했다.

　이와 같은 김대중의 지적에 나는 전적으로 동감했다. 한 걸음 더 나아가, 그 국무위원들이 위암의 논설을 읽어 보았자 무슨 얘긴지 이해할 수도 없는 집단일 것이란 생각도 했다. 그러면 왜 정부는 위암의 서훈을 취소했는가? 내 나름대로 취소 결정의 배경을 유추했다.

　몇 해 전부터 경술(庚戌) 이후 위암의 행적을 시비하는 좌파 무리들이 등장했다. 그들은 위암이 총독부의 어용신문인 〈매일신보〉의 주필이 되어 친일의 글을 썼다고 떠들어 댔다. '민족문제연구소'란 간판을 내건 그들은 2008년 〈친일인명사전〉을 만든다면서 위암을 수록 대상자에 포함시켰다. 짐작건대, 나라가 어떻게 돌아가는지 알지 못하는 김황식 총리가 주재하는 국무회의는 민족문제연구소의 작태에 부화뇌동한 것이다. 명색이 우파로 자처하던 이명박 정부가 좌파에 밀린 것이다. 이어서 나는 몇 가지 문제를 부언했다.

첫째, 훈장을 추서한 정부와 그것을 취소한 정부가 과연 동일성 있는 대한민국의 정부인가? 과거의 결정이 잘못된 것이라면 뒤집을 수도 있다. 다만 왜 잘못되었는지를 심사숙고해야 할 것이다. 설사 위암이 친일적인 글을 썼다고 하자. 그러나 그것이 "시일야방성대곡"을 없었던 것으로 만들 만큼 친일적이고 매국적인가? 길고 짧은 것은 대보고, 조금이라도 길면 길다고 해야 하는 것이 상식이다.

둘째, 결정의 번복이 가져올 결과도 생각하여야 한다. 상을 받은 김대중이 아니라도 절대다수의 대한민국 국민들은 위암을 항일지사로 알고 있다. 존경의 대상이다. 어려운 시절에 붓을 꺾지 않고 민족혼에 호소하는 항일의 글을 썼기 때문이다. 그러나 서훈이 취소되면서 하루아침에 위암이 항일지사에서 친일 매국노로 전락하는 상황이 발생했다. 그러면 우리는 이제 그를 존경이 아닌 치욕의 대상으로 삼아야 하나? 우리에게는 광화문 앞의 세종대왕과 이순신 장군 말고는 존경하고 사표로 삼을 선대의 인물이 없다. 자라나는 이 땅의 어린이들에게 너희 조상 가운데는 훌륭한 인물이, 존경할 인물이 하나도 없다고 가르칠 것인가? 예컨대, 윤치호, 이광수, 최남선과 같은 훌륭한 인물들이 정당하게 평가받지 못하고 친일분자로 억울하게 매도되는 사례가 너무나 많다. 균형 있는 평가로 옥과 돌이 구분돼야 할 것이다. 이것이 우리 세대가 해결해야 할 과제인 것이다.

셋째, 친일의 문제가 근자에 와서 왜 집요하게 우리 사회를 흔드는가? 문명의 충돌도, 종교의 갈등도 도처에 있는 것이 요즘의 세계적인 현상이다. 그러나 한반도에서와 같이 이념과 정치로 분열이 심한 사회도 드물다. 친일 문제도 기본적으로 이념의 문제고 정치의 문제다. 그것은 한반도의 분단에서 시작된 것이다. 북한이 줄기차게 내세우는 것은 김일성이 항일투쟁을 했고, 그 항일 집단이 정권을 창출했다는 선전이다. 그러면서 남한은 친일세력의 집단이라고 계속해서 비방해 왔다. 대한민국의 정통성을 부정하는 작업으로 일관했다. 특히 1998년 김대중 정권이 들어서면서 좌파들이 기를 펴기 시작했다. 한동안 잠잠했던 과거 친일 문제가 고개를 들었다. '햇볕'을 쬐기 시작했다. 그 임시부터 친일을 집요하게 물고 늘어지는 사람들 가운데는 불순한 목적으로 움직이는 세력이 있을지 모른다. 이 문제도 우리가 척결해야 할 과제라고 믿는다.

김대중은 위에서도 말했듯이 자유민주주의의 신봉자다. '장지연 상'에 대한 칼럼에서와 같이 그에게는 보수적인 사고의 측면도 강하다. 다른 칼럼들의 색채도 그와 유사한 것이 많다. 나는 이렇게 생각한다. 김대중의 보수주의는 한반도가 처한 상황의 산물이라고, 또 자유민주주의와 보수주의가 상충하는 것도 아니라고. 아니, 보수주의가 아니라 우파 성향이라고. 북한의 도발이 계속되는 현실에서, 종북 좌파들이 서울 한복판에 똬리를 틀고 앉아 기승을 부리는 현실을 직시할 때, 그의 우파 성향은 당연한 것이다. 그의 보수는 대한민국을 위한 보수이며, 한마디로 그의 칼럼은 '대한민국 지킴이'다.

김영삼 정부 출범 당시 황인성 초대 총리의 발탁이 김대중의 추천으로 성사되었던 설이 있다. 문민정부라고는 하나 오랫동안 정부의 운영기제(運營機制)가 군사정권에 익숙했던 만큼 군인 출신에게 초대 총리를 맡기는 것이 안전(?)할 것이라는 취지였다. 나라를 위한 추천이었다. 그런 형편이니 김대중 본인에게 어찌 입각 교섭이 없었겠는가? 그러나 그때마다 거절했다고 한다. 김대중(DJ) 정권 때도 그랬다는 이야기도 있다. 언론에 하마평이 돈 적은 없지만, 비교적 최근까지 청와대에서는 그를 국무총리 후보로 고려한 적도 있다고 한다. 본인에게 물어볼 수도 없는 일이다. 또 그게 무슨 대수도 아닐 것이다. 그러나 이런 기억은 있다.

1999년 5월 말에 김대중의 처남인 김광웅이 DJ 정권의 초대 인사위원장으로 입각했다. 김대중은 DJ를 좋아하지 않았다. 그의 사상과 정책을 싫어했다. 그래서 그 밑으로 벼슬을 살러 들어간 처남을 매우 못마땅하게 생각한 것이다. 김대중은 옹졸한 사람이 아닌데도 불구하고, 그로부터 약 2년 동안 처남을 만나도 본척만척했고 말 한마디도 건네지 않았다. 내가 목격한 경우도 있다. 그러니 입각이고 자시고 그런 것에는 관심이 없었다고 해야 옳을 것이다.

김대중은 줄기차게 한 직장을 지켰다. 나의 옛 기록을 보니 1985년 3월 27일에, "김대중 국장이 전화했다. 〈월간조선〉 편집위원이 되어달라는 얘기다. 거절했다"고 간단히 적혀 있다. 그가 편집국장 때였던 모양이다. 교수가 신문사 잡지의 편집위원 노릇을 하는 것이 큰 외도는 아닌지 모르나, 나도 한눈을 팔지 않고 한 직장을 수십 년 지켰다. 나는 선생 말고는 다른 재주가 없어서 그랬고, 김대중은 다른 재능도 많은데 외길을 걸었다. 족탈불급이다. 더 무슨 말을 하랴! 신문사를 그만두더라도 건강히 오래 건필을 휘두르기 바란다. 술도 많이 마시고.

(2015년 5월 25일)

〈추기〉

① 위의 글은 〈조선일보〉 웹페이지 (2015년 6월 1일 자)에 실린 것을 다소 고친 것이다.

② 위암의 서훈 취소가 무효라는 판결도 있었다. 보훈처의 결정 이후, "장지연 선생의 유족은 법원에 보훈처 처분을 취소하라는 소송을 냈다. 상당수의 학자도 '문제의 글 가운데 장 선생이 쓰지 않은 것도 포함돼 있다'며 의문을 제기했다. 1심을 맡은 서울행정법원은 올 1월 '대통령의 권한인 서훈 취소를 국가보훈처가 한 것은 월권'이라며 유족들의 손을 들어 줬다. 서울고법 행정9부 (재판장 조인호)도 27일 '대통령이 권한을 위임하지 않았는데도 국가보훈처장이 서훈을 취소한 것은 절차적 하자가 명백해 무효'라며 1심과 같이 유족에게 승소판결을 했다 (〈조선일보〉, 2012년 12월 28일)." 그러나 나는 이 문제를 이렇게 본다. 절차적 차원에서 서훈 취소가 무효라는 판결도 있을 수 있지만, 법원은 실체적인 문제도 다뤘어야 했다. 위암이 실제로 친일의 글을 얼마나 썼는지, 또 그것이 서훈을 취소할 만큼 중대 중요한 것인지를 판단했어야 옳았을 것이다. 이 문제가 대법원까지 갔는지 여

부는 확인하지 못했다.

③ 나는 김대중이 〈조선일보〉에서 50년을 봉직하고 퇴직하는 줄 알았다. 그러나 퇴직하지 않고 계속 건필을 휘두르고 있다. 다행이다.

(2018년 1월 31일)

바둑계의 이단아
문용직

문용직(文容直)이란 친구가 있다. 호칭이 마땅치가 않다. 친구이기
이전에 서울대 정치학과에서 나에게 배웠다. 제자라고 해도 좋다. 문
군이라고 불러도 좋을지 모른다. 박사학위가 있으니 박사라고 불러
도 된다. 그는 바둑의 명문인 충암고를 졸업했다. 전문기사가 될 계
획이었으나 대학 공부에도 미련이 있어서 1978년에 서강대에 입학했
다. 1982년에 졸업했다. 다음 해 그는 전문기사가 되었다. 말하자면
두 마리 토끼를 쫓은 셈이다. 전문기사로서의 활약도 활발했다. 1988
년에는 제3기 신인왕전에서 우승했다. 같은 해 제5회 박카스배에서
결승에 올랐다. 상대는 조훈현 국수다. 세 판을 져서 준우승에 그쳤
으나 대단한 전과다. 그 이야기를 들었을 적에 나는 내가 조 국수와
두어도 졌을 것이란 생각을 했다.
    내가 그를 만난 것은 1988년 초다. 바둑으로 만난 것은 아니다. 하
루는 서강대 정외과의 이갑윤(李甲允) 교수가 전화했다. 이러이러한
사람이 있다면서 서울대에서 공부할 기회가 주어졌으면 좋겠다는 이

야기였다. 학부에선 영문학이 전공이었으나, 대학원에선 정치학으로 전공을 바꿨다. 1987년에 석사학위를 받았다. 거기서 정치학 공부를 더 할 수도 있다. 그런데 이 교수는 그를 서울대로 보내려는 것이다. 서울대가 좀 낫다고 생각한 모양이다. 나는 이갑윤 교수와 오래전부터 자별한 사이다. 그러나 그가 누구를 추천하고 어쩌고 할 사람은 아닌 줄로 알고 있었다. 그런 그가 문 군을 추천하는 것이었다.

그런가 하고 있었는데, 면접일에 문 군이 나타났다. 대학원 입학은 필기시험이 주(主)지만 면접시험도 있다. 교수 몇이 수험생과 문답을 한다. 왜 서울대에 왔느냐? 앞으로 무얼 하겠느냐? 또 프로기사 (당시 4단)인데 정치학을 공부하여 어쩔 것이냐? 대강 그런 얘기가 오갔다. 그런데 긴장해서인지 대답이 신통치 않았다. 게다가 어눌했다. 좋게 얘기하여 눌변이다. 면접에 참여했던 대학원위원회 교수들의 다수 의견은 필기시험과 관계없이 합격시키지 말자는 것이다. 그래 이 교수에게 전화했다. 이만저만한 결정이 났다. 혹시 모르니 내년에 다시 지원하는 것도 한 방법이라고 하였다. 일 년이 지났다. 말솜씨가 일 년 사이에 크게 늘지는 않았을 터이나 이번에는 합격했다. 필기시험을 더 잘 보았는지도 모른다.

새로운 환경이었을 것이다. 그러나 사람이 싹싹하고 지혜로웠다. 쉽게 적응하는 것 같았다. 그때는 내가 대학원에서 비교정치와 동양정치사상을 강의하였다. 첫 학기에 내 과목을 수강했다. 열심이었다. 바둑을 두고 싶기도 했으나, 학기 중에는 그러한 내색을 하지 않았다. 강의를 듣는 학생과 대국하는 것이 옳지 않다는 생각이 들었기 때문이다.

가을학기가 시작될 무렵인데, 하루는 문 군이 〈삼국지〉를 들고 왔다.[1] 표지를 여니 "崔明(최명) 선생님께 感謝(감사) 드립니다"라고 적혀 있다. 그 아래에 "台北訪問紀念(대북방문기념), 1976. 8. 22. 容直(용직)"이란 서명이 있다. 1976년 여름 '한·중 고등학교 바둑대회'가 타이베이에서 열려서 갔을 적에 산 것인데 나에게 준다는 것이다.

1990년 봄이다. 결혼하게 됐다면서 주례를 부탁했다. 결혼일은 5월 12일 토요일이다. 마포구 서교동의 '청기와예식장'이다. 당시 대학원생이던 강원택 군(현 서울대 정치외교학부 교수)과 같이 갔다. 보통 같으면 가고도 남을 시간을 두고 떠났다. 나의 집에서 서교동을 가려면 동작대교를 건너 강변북로를 타면 된다. 시간도 넉넉하여 느긋하게 앉았는데, 한강철교 밑을 좀 지나더니 길이 막히기 시작했다. 좀 천천히 가나 했다. 그러나 웬걸 차가 가다 서다 하기를 거듭한다. 아주 멈춰 서기도 했다. 큰 사고가 있었던 것이다. 다행히 늦지는 않았다. 잘 살기를 바랐다. 이래저래 이런저런 인연이 생긴 것이다.

문 군은 황수익 교수의 지도를 받으며 정당을 주제로 논문을 써서 박사학위를 받았다. 1994년 2월이다. 서울대를 비롯한 경희대·서강대·이화여대·충남대 등에서 한국정치론·정당론·정치통계학 등을 가르치기 시작했다. 훌륭한 논문도 10여 편을 발표했다.[2] 그러나

---

1 진평양후상 진수(晉平陽侯相 陳壽) 지음, 송중서시랑서향후 배송지(宋中書侍郞西鄕侯 裴松之) 주석, 〈三國志〉(臺北: 宏業書局, 중화민국 65년).

2 그가 대표로 꼽는 논문은 "국회의원선거에서의 현직 국회의원 효과", "한국의 선거제도와 정당제도", "The Road Taken: Democratization in South Korea Reconsidered" 등이다.

전임이 되지 않았다. [3]

　보통의 경우, 예컨대 정치학을 전공하여 박사학위를 받았다 하자. 다른 곳에 눈을 돌릴 여유가 없다. 죽으나 사나 정치학만 쳐다보아야 한다. 그러나 문 군에게는 바둑이란 다른 전공이 있다. 대안(代案)이 있는 것이다. 그래서 문 군은 다시 바둑공부에 열중했다. 1998년 〈바둑의 발견〉이란 책을 상재했다. 바둑에서의 패러다임 변천과 지속 문제, 바둑 이론의 발전과 수준을 기술했다. 토마스 쿤의 패러다임 개념을 원용하고 있으나, [4] 한마디로 그 책은 "바둑은 무엇인가"를 심층 탐구한 철학책이다. 바둑 이론서로는 파천황의 대저였다. 반상(盤上)에서 펼쳐지는 사유(思惟)의 지평(地平)을 무한히 넓힌 책이라고 나는 감히 말한다. 그는 내친 김에 〈바둑의 발견 2〉를 출판했다. 인간의 우주관, 사회의 질서, 게임의 논리, 조화의 개념과 같은 관념들이 바둑의 이해에 어떤 영향을 미쳐 왔는지를 밝힌 것이다. [5]

　문 군은 '발견'을 좋아한다. 그래 나는 그가 오래전에 스페인에서 태어났더라면 콜럼버스(이탈리아 태생)에 앞서서 미 대륙도 발견했을 것이라고 말한 적도 있다. 그에 부응해서는 아니겠으나, 2007년에

3　근자(2015년 1월)에 들은 바에 의하면, 무슨 이유인지 논문 지도교수에게 추천서를 부탁하지 않았다고 한다. 또 박사학위를 받고 얼마 안 될 무렵 명지대 바둑학과에 오라는 교섭을 받았으나 거절했다는 얘기도 있었다. 그때만 해도 바둑은 멀리하고 정치학만 가르치고 싶었던 것이 아닌가 한다.

4　Thomas S. Kuhn, *The Structure of Scientific Revolution* (University of Chicago Press, 1962).

5　그 사이에 〈수담과 무언〉(2002), 〈수법의 발견〉(전 10권, 2005) 등의 바둑 책도 썼다.

〈주역의 발견〉이란 책도 냈다. 외도(外道)라면 외도고, 아니라면 아닌 책이다. 문 군은 대학 다닐 적에 지곡(芝谷) 서당 이광호(李光虎) 선생에게서 한문을 배웠다. 그때 어깨너머로 〈주역〉을 읽게 되었고, 아니 외우고 다녔다는 것인데, 그 결과 또 하나의 발견으로 이어진 것이다. 이론과 논리로 주역의 본질을 추적한 책이다. 아니, 콜럼버스의 달걀과 같은 것인지도 모른다. 주역을 조금이라도 읽은 사람이면 누구나 나름의 생각을 갖게 된다. 문 군도 그 나름의 방식대로 주역을 해석했다. 그러나 나에게는 미로(迷路)였다. 아니, 그 미로를 쫓아가다 보면 출구가 환히 보이는 그러한 책이다. 책의 말미에서 그는 이렇게 말한다.

그렇다. 모든 점(占), 모든 말씀… 그 모든 것이 역경(易經)의 다른 모습이다. 그러면 우린 어디에?
세상에서 제일 무섭고 또 비밀스러운 곳은 어디일까?
세상을 만들어 내는 곳이 그곳 아닐까?
아, 그거!

뚱딴지같은 말이지만 일리(一理)가 있다. 그런 책을 썼던 것이다. 그런데 그와 같은 그의 편력이 그의 정신세계에 영향을 주지 않았나 한다. 〈주역의 발견〉을 출간한 임시에도 그는 〈국민일보〉와 〈영남일보〉에 바둑 칼럼과 관전기를 집필하고 있었고, 인터넷 바둑사이트 〈사이버오로〉에서 '오로 산책'을 연재하고 있었다. 그러다가 2008년 봄에 그는 프로기사 사직원을 한국기원에 제출했다. 프로기사 생활을 접었다. 프로기사의 세계에서 매우 드문 예다. 그는 이미 오래전부터 마석 시골 산속에 방을 하나 얻어 혼자 은둔하면서 세속과의 인연을 끊다시피 하고 지냈다. 그래도 그는 나를 더러 찾았다. 구반포 85동의 나의 집에 와서 술도 같이 마셨다. 나는 그가 정치학으로 호구지책을 마련하지 못하는 것이 마음에 걸렸다. 또 그는 나에게 바라는 것은 없어도 기대고 싶은 생각은 있지 않았나 싶다.

이런 일도 있었다. 한번은 마오타이주를 같이 마시다가 나는 내가 아끼던 〈위기수첩〉(圍碁手帖)이란 책을 보여 주었다.[6] 빌려 달라는 것이다. 며칠 후 아주 오래된 바둑책을 한 권 들고 왔다. 나에게 주겠다면서 하는 말이 〈위기수첩〉을 빌려가던 날, 길에서 잃어버렸다는 것이다. 취했기 때문이라고 했다. 같이 마셨으니 그가 취한 것에는 나의 책임이 크다. 그러니 책의 분실에 관하여 내가 무어라고 할 처지가 못 된다. 그가 들고 온 바둑책은 8 · 15해방 전에 출판된 잡지였다. 나보다 그에게 더 필요할 것 같아 받지 않았다. 그리고는 물각유주(物各有主)란 말을 생각했다. 길에서 잃어버린 책도 다른 주인에게 가서 잘 있겠지 했다.

그리고는 시간이 많이 흘렀다. 2010년 11월 4일 오후다. 문 박사가 느닷없이 전화했다. 오래 연락을 못 했다면서 내가 보고 싶다는 것이다. 마침 내가 신사동 사무실에 있었다. 오라고 했다. 다섯 시 가까이 그가 나타났다. 약간 취기가 있다. 맥주가 있으면 좀 달라는 것이다.

---

6 그것은 세고에 겐사쿠(瀨越憲作)와 하시모토 우타로(橋本宇太郎) 두 고수가 편찬한 것이다. 정확한 기억은 없는데 1940년경에 나온 책이었다.

맥주를 한잔 마시더니, 내 족상(足相)을 보겠다는 것이다. 발을 내밀기가 무엇하여 그냥 술이나 마시라고 하였다. 그날 저녁은 강원택 교수가 마련한 자리가 있었다. 관세청 근처의 '강꼬스시'란 집에 김수진·백창재·김용민·권형기·김경희·임혜란 교수가 오기로 되어 있었다. 다 잘 아는 사이다. 같이 가서 저녁을 하였으면 좋으련만, 내 권유를 뿌리치고 그냥 일어섰다. 섭섭했다. 사람 만나기를 싫어하는 눈치였다.

그런데 한 월여(月餘) 지나 우연히 〈중앙일보〉를 보다가 문학평론가 조우석 씨의 칼럼을 조우(遭遇)했다.[7] 문용직 5단의 근황을 그의 지인으로부터 들었다면서, 다소 동정적인 말로 칼럼은 시작했다. "몇 해 전 바둑을 접었던 그가 출가를 결심했고, 벌써 수행 3년째라는 얘기다. 뜻밖이다. 하지만 엉뚱하게 들리진 않았다. 삶과 죽음에 대해 남다른 의문을 품은 종교적 인간(homo religiosus)이라면 그럴 수 있는 게 아닐까." 그리고는 2008년 프로기사 사직원을 한국기원에 제출한 것과 관련하여 "프로기사에게 은퇴란 전례가 없었기 때문에 기원 측이 놀랐다. 전전긍긍하던 기원이 뒤늦게 사직원을 처리했지만, 문용직이 지리산으로 내려간 뒤다. 통산 318승(346패)을 거둔 프로기사가 왜 세상과의 인연을 정리했을까."

그 이유를 나도 잘 모르는데 조우석 씨가 알 턱이 없을 것이다. 그러나 조 씨는 나름대로의 이유를 설명했다.

---

7 "'반상의 소크라테스' 문용직, 그가 산에 든 까닭", 〈중앙일보〉, 2010년 12월 17일 자.

"프로 선언(1983년) 이후 서울대에서 박사학위 공부를 '겸업'한 것도 그 아니면 불가능했다. 그만큼 고민도 컸다. 학위 딴 뒤 내심 기대했던 교수 자리가 주어지지 않자 마음고생이 심했다. 이혼도 했고, 우울증·고혈압은 물론 무병(巫病) 비슷한 것에도 시달렸다. 삶의 결단이 필요했다. 바둑은 매력적인 도락(道樂)의 세계이나, 번뇌를 씻어 주진 않았다. 그렇다면 오래전 꿈의 수행을 실행할 때다. 문제는 절차다."

그리고 그 절차인지 무엇인지와 관련하여 사주 이야기도 있었다. 어떤 명리학자가 용직의 사주를 보더니만 "딱 청담스님 사주네" 했다는 것이다. "세상 인연을 끊기 전엔 어떤 일에도 정 못 붙이고 고생만 하는 사주랍니다." 그러니 출가밖에 길이 없다는 얘기였다. 문용직이 산으로 간 이유는 사주 때문이란 것이다.

"삭발했건 아니건, 운수납자(雲水衲子)로 떠돌건 아니건, 그런 구분 자체가 큰 의미가 없다. 어쩌면 세상살이 자체가 수행 아닐까." 그럴지도 모른다. 조 씨는 문용직의 행적을 빌려 자기 나름의 철학을 읊고 있었다. 문용직에 대한 조 씨의 묘사가 옳으냐 정확하냐를 떠나, 그가 세인의 관심 대상이란 사실이 그 칼럼에 대한 나의 감상이었다.

그 후 한 반년이 지났다. 다시 우연히 〈조선일보〉의 '제16회 LG배 세계기왕전' 기보에 문용직의 이야기가 잠시 났다. 이홍렬 바둑전문기자의 글이다.

"세계 유일의 '박사 기사' 문용직이 최근 모습을 드러냈다. 기사직 은퇴 후 홀연히 사라진 지 햇수로 3년 만이다. 어디서 무얼 하며 지냈는지 그는 밝히지 않았다. 예전보다 조금 더 말랐고, 조금 더 덥수룩

해졌으며, 눈빛이 조금 더 형형해졌다. 그리고 다방면에 걸친 지식과 지식들을 교통 정리하는 철학적 사유(思惟)의 범위가 더 넓어졌다는 느낌이 전달돼 왔다. 인터넷과 바둑 잡지에 그 특유의 날카로운 이론이 다시 실리기 시작했다."

그렇다면 문용직은 조우석 씨의 칼럼 이후에 속세로 돌아온 모양이다. 그러나 나에겐 연락이 없으니 나는 속세에 있는 것이 아닌가 하는 생각도 들었다. 아무튼 그가 바둑계에 다시 나타났다니 반가웠다. '연락이 있겠지!' 하는 기대 속에서 다시 근 3년이 지났다. 그런데 작년(2014년) 1월 26일 자 〈중앙 SUNDAY〉에 문용직에 관한 광고(?)가 실렸다. 2월부터 그가 인문학적 바둑평론인 '반상(盤上)의 향기'란 칼럼을 연재한다는 것이다. '아! 건재하구나!' 그 자리에서 통화를 시도하였다. 없는 번호라는 것이다. 그래 〈중앙일보〉의 김진국 대기자(정치학과 78학번)에게 전화했더니 〈중앙 SUNDAY〉의 남윤호 국장(정치학과 81학번)의 번호를 준다. 둘 다 내 제자라 스스럼이 없다. 남 국장은 문용직이 정치학과 대학원을 다닌 줄을 모르고 있었다. 어쨌거나 문용직은 정치학과의 선배다. 남 국장에게서 전화번호를 받으면서 잘 도와주라고 부탁하였다.

그날 오후, 문 박사와 통화가 되었다. 쌍계사 근처에 있다면서, 웃으며 하는 말이 한 5년 전에 득도(得道)하여 "머리는 깎았으나 그래도 중은 아니라"고 했다. 그리고 신문에 글을 연재하게 된 것은 돈이 필요하기 때문이라고 덧붙였다. 중은 아니라고 했지만, 중에게도 돈은 필요한 물건이다. 그랬는데 다음 날 그가 전화를 했다. 실은 그 전날 쌍계사 근처에 있다고 하였는데 서울에 있었다는 얘기였다. 거처가 남도이니 무심결에 그렇게 말했을 수도 있고, 오래 연락을 안 한 것이 미안하여 사실을 숨겼는지도 모르나, 전날의 거짓말이 마음에 걸렸던 모양이다. 자리가 잡히면 한번 만나자고 하고 전화를 끊었다.

　이건 좀 다른 얘기지만, 문 박사가 〈중앙일보〉와 관계를 맺게 된 것은 신문사의 사정에 따른 변화였다. 중앙일보사는 오랫동안 '삼성화재배 월드바둑마스터스'란 국제대회를 후원해 왔다. 박치문 기자가 그 관전기 담당이다. 박 씨는 자타가 공인하는 아마 고수다. 게다가 국문학과를 나와서인지 문장력도 뛰어나다. 그런데 중앙일보사의 홍석현 회장이 2014년 초에 재단법인 한국기원의 총재로 선출되면서 박 씨를 부총재로 발탁하여 한국기원의 살림을 총괄케 했다. 그래서 신문사는 새로 관전기를 쓸 인물을 찾게 되었다. 다섯 명의 후보 가운데 문용직이 뽑혔고, 그 와중에서 '반상의 향기'가 기획되었다. '반상의 향기'가 처음 향기를 뿜은 것은 2014년 2월 9일이다. "한·중·일 포석 삼국지"란 제목의 글이었다. 그것을 시작으로 2015년 6월 7일까지 모두 스물두 번의 향기가 있었다. 처음에는 3주마다 연재하였다. 그러나 2주 간격도 있고, 4주 간격도 있다. 또 16회가 오리무중이다. 넘버링 실수라는 것이다. 참고로 연재된 '향기'의 각 제목을 소개하면 다음과 같다.

　1. 한·중·일 포석 삼국지: 조선 = 질서, 중국 = 사활, 일본 = 공간… 포석엔 삼국 세계관 (2014년 2월 9일)
　2. 바둑과 주역: 형상의 놀이 vs. 숫자와 은유 (2014년 3월 2일)

70

은 운의 기예" 탄식 (2014년 11월 9일)

15. 훈수의 세계: 한판 바둑 며칠 이어질 땐 '봉수'로 커닝바둑 봉쇄 (2014년 11월 23일)

17. 영원한 국수: 술과 藝(예) 와 無心(무심)··· 낭만 기객 김인, 세상 과 반상을 잇다 (2014년 12월 21일)

18. 명국의 조건: 두 점 접어주고 한 집 패배, 명인에겐 극도의 자부심 (2015년 1월 4일)

19. 국수의 문화: 풍진세상일랑 잊고··· 사랑방 한편서 바둑 삼매 (2015년 2월 1일)

20. 新포석 개척자: 일본 바둑 세운 기타니, 藝의 구도자이자 한국의 은사 (2015년 2월 22일)

21. 세미프로의 시대: 70년대 재야 고수들, 적수 찾아 전국 떠돌며 '방랑대국' (2015년 3월 15일)

22. 70~80년대의 입단대회 풍경: 생존자는 단 2명··· 콜로세움의 결투 닮은 프로 입단전 (2015년 5월 10일)

23. 시간과의 싸움: 장고 끝 악수? 8시간 장고파 다무라, 결국 혼인보 명인 차지 (2015년 6월 7일)

그 후 넘버링이 없이 '향기'가 여러 번 더 실렸다.

· 승부의 균형추: 반상의 정의 실현 위해··· 일본 막부 시절에도 덤 채택 (2015년 7월 5~6일)

· 승부 세계의 유혹: "내기 바둑 두지 마라, 잔수 신경 쓰다 바둑 망

가진다"(2015년 7월 19~20일)

- 이틀걸이 대국: 오늘과 내일 승부 사이에 인간·공간이 들어가는 封手(봉수) (2015년 8월 2~3일)
- 우리 고유의 바둑: "왜놈 바둑 왜 두나"… 이승만 질책에 순장바둑 둔 조남철 (2015년 8월 16~17일)
- 상담바둑의 세계: 바둑 고수들 머리 맞대도 찾을 수 없는 '신의 한수'(2015년 9월 13~14일)
- 원격바둑의 등장: "화장실 가는 徐(서) 명인"… 깨알 중계에 웃음보 터진 전화 대국 (2015년 10월 11~12일)
- 혼인보 영예 사회 환원… 반상의 '라스트 사무라이' 슈사이 (2015년 11월 8~9일)
- 프로와 흉내바둑: 반상의 자유는 무한… 주원장·도요토미도 즐긴 흉내바둑 (2015년 11월 22~23일)
- 프로기사 파동: 서슬 퍼렇던 유신 시절, 프로들 뭉쳐 '바둑 권력'(한국기원)에 저항 (2015년 12월 20~21일)
- 新포석이 만든 새로운 세상: 중국철학과 일본전통의 융합… '관념의 혁명' 불붙인 신포석 (2016년 1월 3~4일)
- 일본기원의 설립: 잡기에서 기예로… 현대 바둑의 융성 이끈 '결정적 포석'(2016년 1월 17~18일)
- 한국 바둑과 응씨배: '전광석화' 조훈현, 한국 바둑 절정의 순간 맛보다 (2016년 2월 14~15일)
- 역사 속의 승부: 스승 부탁 받고 유력자에게 모른 척 져 준 슈사쿠 (2016년 4월 17~18일)

넘버링이 없는 글은 모두 열셋이다. 혹시 내가 빠트린 것이 있을지 모른다. 또 이세돌과 알파고의 대국에 관하여도 집필했다.

- 이세돌·알파고 세기의 대결: 1000년치 공부한 알파고, 프로의 '감'도 형상으로 소화 (2016년 2월 26~27일)
- 이세돌·알파고 세기의 대결 결산: 알파고와의 대국, 창의력 아니라 계산서 승패 갈렸다 (2016년 3월 20~21일)

'향기'가 연재되면서 문용직은 '삼성화재배 월드바둑마스터스'의 관전기를 박치문 씨의 뒤를 이어 집필하기 시작했다. 또 일주일에 한 번 꼴로 〈중앙일보〉에 '바둑의 산책'이란 칼럼도 집필했다. 거의 한 페이지에 달하는, 그때그때의 바둑 뉴스였다. 재미있게 썼다.

문용직이 사회활동을 다시 시작한 것이 기쁜 일이다. 그를 도와준 〈중앙 SUNDAY〉의 남윤호 국장에게 고마워, 내가 점심 자리를 마련한 것이 2014년 3월 12일이었다. 신사동 '사와'란 일식집에서 모였다. 그 자리에는 이지수 명지대 교수도 참석했다. 남 국장은 술을 거의 안 마시고, 나머지는 거나하게 취해서 헤어졌다. 그 후 나는 문용직의 '향기'와 '산책'을 열심히 읽었다. 또 '삼성화재배' 관전기도 빼지 않고 읽었다.

그럭저럭 2014년도 저물어가는 12월 중순이다. 문 박사가 전화를 했다. 원고료로 수입이 좀 생겼는지, 점심을 대접하고 싶다며 이지수 교수도 불렀으면 좋겠다고 했다. 날짜가 잡힌 것은 공교롭게도 크리스마스였다. 이 교수의 부인 신교임 여사는 독실한 기독교 신자인데

74

교회도 제쳐 놓고 나오겠다 하여 12시에 넷이서 신사동 '피오렌티나'에서 모였다. 더러 가는 파스타집이다. 이 교수가 샴페인 한 병과 와인 네 병을 들고 왔다. 다섯 병이 모자랐다면 믿기지 않을지 모르나, 미진한 것은 늘 끝이다. 내가 점심값을 치르는 것으로 끝났으면 좋으련만, 일행은 거기서 멀지 않은 내 사무실로 향했다. 와인 세 병을 더 마시고 나서야 직성이 풀렸는지, 바둑이 시작됐다. 문 박사나 나나 취해도 바둑은 둔다. 석 점 치수로 한 오십여 수 진행되었다. 교제로 하는 말인지도 모르나 나보고 바둑이 줄지 않았다고 한다. 몇 수 더 진행하다가 그만두었다. 이 교수 내외는 먼저 갔다. 바둑돌을 거두고는 잠이 든 문 박사를 깨워서 보내고 나니, 해가 가장 짧을 때라 밖은 캄캄하다. 시계는 여섯 시 반을 지나고 있었다. 2014년 크리스마스는 그렇게 저물었다.

다른 이야기도 있다. 얼마 지나지 않은 2015년 정초다. 두 가지 사건이 있었다. 첫째는 4일(일요일) 오전이다. 내가 마침 영주에 가 있어서 그날 아침 〈중앙 SUNDAY〉를 읽지 못했다. 그런데 이지수 교수가 카톡을 보냈다. '바둑의 향기'에 서임수 교수의 일화가 있다면서 문 박사에게 서 교수 이야기를 더 들었으면 한다는 것이었다. 그래 내가 이틀 후 서울에 가니 날짜를 정하여 문 박사에게 연락하라고 했다.

서울 와서 읽은 '향기'의 이야기는 이렇다. 명국의 조건은 많다. 그런데 명인들도 두 점 치수로 박빙의 승부(한 집 차?)가 된 바둑을 명국으로 꼽은 경우가 있다면서, 그러한 예를 들었다. 그러면서 반상의 전고(典故, 앞선 범례)도 문학에서의 전고와 같다고 주장했다. 그러면서 오래전에 읽은 수필을 기억한다면서, 그 내용을 적었다.

40년은 된 듯한데 한국 제1세대 정치학자 서임수 교수(93)의 수필이 생각난다. 하루는 집으로 막 돌아오니 현관까지 베토벤의 〈크로이체르 소나타〉가 들려오더라는 것이다. 그래서 '아! 톨스토이' 하고 한마디 던졌는데, 방에서 아버지의 말을 듣고 있던 어린 아들이 크게 웃더라는 이야기. 그래서 자신도 크게 웃었다는 이야기.

빙그레 웃음 짓는 분이 계실 듯하다. '아, 톨스토이!' 하고 미소 지을지도 모르겠고, '아, 크로이체르!' 하는 탄식도 있을 듯하다. 톨스토이의 단편 중에 〈크로이체르 소나타〉가 있다. 도덕적으로 엄격했던 톨스토이가 세간의 사랑을 그린 것이다. 그래, 좌우간 이런 게 전고의 활용이다.[8]

바둑의 전고와 문학의 전고가 같다는 이야기이나 다소 어려운 비유다. 전고라기보다는 이심전심(以心傳心)이라고 하는 것이 좋을 듯하다. 그러나저러나 약속한 8일(목요일) 저녁에 '사와'에서 만났다. 그날 송현순 변호사(정치학과 88학번)도 합석했다. 이날은 이런저런 포도주 여섯 병으로 끝났다.

두 번째 이야기도 정초에 시작된다. 5일, 〈중앙일보〉 김진국 대기자가 전화했다. 같은 회사에 근무하는 서울대 정치학과 후배 기자들이 나와 자리를 같이했으면 한다는 얘기였다.[9] 그러면서 장소는 나의

---

8 '반상의 향기' 18번, "명국의 조건: 두 점 접어주고 한 집 패배, 명인에겐 극도의 자부심"(2015년 1월 4일).
9 〈중앙일보〉에는 김진국을 위시하여 전영기(80학번), 남윤호(81학번), 최상

집에서 가까우면 좋겠다고 하였다. 나보고 멀리 나오지 않아도 된다는 배려였다. 날짜는 28일, 장소는 내방역 근처의 '한우가'로 정해졌다. 그날 신문사에서는 김진국과 남윤호만 나왔다. 문용직 박사, 이지수 교수와 나, 다섯이 모였다. 김진국이 들고 온 맥캘란 18년도 있었고, 또 이 교수가 가져온 조니워커 블루라벨도 있었다. 모자랐다.

이야기를 좀 전으로 돌리자. 2014년 크리스마스에 술을 마시면서 문 박사는 〈중앙일보〉의 글쓰기를 그만두겠다고 말한 적이 있었다. 이유를 물었는데 대답은 모호했다. 다시 지리산 자락으로 들어가 명상을 계속하겠다는 것 같았다. 그러면서 2월 하순까지 '반상의 향기'만은 일 년치를 미리 앞당겨 써 줄 계획이고, 관전기와 '바둑의 산책'도 그 임시에 끝내겠다고 했다. '산책'의 마지막이 언제인지는 확인하지 못했으나, 관전기의 마지막은 2015년 3월 2일이었다. '2014년 삼성화재배 월드바둑마스터스' 준결승 1국(김지석 9단 대 스웨 9단)으로 김지석 9단이 승리한 바둑이다. 끝에 아래와 같이 적혀 있다.

승부는 끝났다. … 스웨가 돌을 던졌다. 바둑을 해설한 박영훈 9단은 감탄으로 해설을 마쳤다. '무서운 감각, 무서운 수읽기.' … 밝은 새해가 엊그제 같은데 어언 3월이다. 독자 여러분께 인사드린다. 오늘을 끝으로 문용직은 관전기를 떠난다. 손종수 씨가 내일부터 관전기를 담당한다. 변변찮은 글 읽어 주신 데 대해 감사드린다. 고운 꿈 여미시라.

연(82학번), 박장희(86학번), 강찬호(87학번) 등이 포진하고 있다.

그 글을 읽고 나자, 잔잔한 물결이 나의 가슴을 스쳤다. 김지석과 스웨의 바둑은 끝났다. 그러나 문용직의 승부는 끝나지 않았다고 나는 믿었다. 그는 승부를 초월한 사람이기 때문이다. 그의 마지막 관전기에 대한 나의 감상이었다. 한 3주가 지난 3월 23일에 문자메시지가 왔다.

선생님, 용직입니다. 오늘 경남 화개 임시 거처로 짐 보냅니다. 내려가서 잘 지내겠습니다. 다음 서울 올라올 때 찾아뵙겠습니다.

잘 지내기 바란다. 사람은 혼자 사는지 모르나 사회적 동물이기도 하다.

그가 서울에서 활동했으면 하는 아쉬움에서 나온 내 짜증스런 반응이었다.

(2015년 8월 5일)

〈추기〉

문용직이 〈중앙 SUNDAY〉에 실은 마지막 글은 "바둑과 주역(상) 은유의 세계: 질서 세우려는 마음, 바둑·주역 이해에 큰 영향"(2016년 7월 31일~8월 1일)이 아닌가 한다. 썼는지도 모르나, "바둑과 주역(하)"는 나오지 않았다. "바둑과 주역(상)"에는 아래와 같은 편집자주가 있다. 참고로 적는다.

지난 3월 인공지능(AI) 알파고가 이세돌 9단을 상대로 한 대국에서 4대

1로 이겼다. 동양의 대표적인 신비영역인 바둑과 주역. 바둑이 무너지면서 이제 남은 것은 주역이다. 전 프로기사이자 주역 전문가인 문용직은 말한다. "바둑에는 애초에 신비가 없었다. 형상과 은유의 놀이였기에 생동감을 주었고 신비롭게 여겨졌을 뿐이다. 마찬가지로 주역에도 신비가 없다. 경이롭긴 하지만 오해가 가득할 뿐 합리적인 세계다. 하지만 주역의 배경에는 아직 풀지 못한 미지의 세계가 있다. 앞으로 과학이 다루어야 할 미개척지다. 미지의 세계와 신비를 구별하면 삶과 세상에 대한 성찰이 가능하다."

알파고의 등장은 충격이지만 과학에 대한 신뢰를 더해 주었다. 한국은 냉정하게 세상의 변화를 다뤄 가야만 한다. 인류 역사에서 인간의 신비와 우주의 신비에 대한 이해는 이제 첫걸음을 내딛고 있다. 바둑과 주역을 통해 이를 풀어 본다.

그런데 그 하편이 나오지 않았으니, "인간의 신비와 우주의 신비"가 풀리지 않은 것이다. 나왔다면 신비가 풀렸을지 모른다. 나왔는데 내가 몰라서 읽지 못했으면 하는 마음이다.

(2017년 1월 31일)

철학과의 여학생

소크라테스

이런 글도 쓸 수 있는지 모르겠다. 그냥 기록을 남기고자 하는 생각에서다. 나는 1994년 6월 초부터 다음 해 2월 말까지 김종운 총장 밑에서 9개월 동안 교무처장이란 직책을 맡았다. 그때의 한 에피소드다. 10월 6일(목요일) 오전이다. 총장실에서 오라는 것이다. 이야기인즉, 김숙희 교육부장관의 부탁이라면서 청와대에서 '소크라테스'를 찾았으면 한다는 것이다. 청와대 김정남 교육문화수석비서관이 장관에게 전화했다고 한다. 김영삼 대통령(YS)이 서울대 철학과에 다닐 때 같은 과에 소크라테스란 별명의 여학생이 있었던 모양이다. 지나가는 말로 한 것을 교육문화수석비서관이 찾겠다고 나선 것인지도 모르고, YS가 한번 알아보라고 시킨 일일 수도 있다.

당시 교무처는 학교의 교무·수업·학적 업무를 담당하고 있었다. 나는 학적과장을 불렀다. 학적부에 소크라테스란 이름은 없겠으나, YS와 같은 시기에 철학과에 다닌 학생들을 살펴보자는 심산이었다. 다른 중요한 일도 많은데 이게 무언가 하는 생각도 들었다. 그러나 총장의 지시다. 찾는 시늉이라도 해야 한다.

한편 철학하는 분들에게 물으면 도움이 되리라는 생각이 들었다. 철학과의 소광희(蘇光熙) 교수에게 전화했다. 아무리 전공이 철학이고 같은 학교지만, 오래전의 소크라테스를 알 리가 없다. 그러나 박순경(朴淳敬)이란 분을 찾아보란 힌트를 주었다. 박순경을 찾을 궁리를 하다가 숭실대 조요한(趙要翰, 1926~2002년) 총장이 머리에 떠올랐다. 조 총장은 나와 절친한 서울대 심리학과의 조명한(趙明翰) 교수의 큰 형이다. 철학계의 원로다. 친절하게 재학 시절의 이야기를 많이 해 주셨다. 그 전해(1993년)에 총장직을 그만두었기 때문에 좀 한가했는지 모른다. 박순경의 이야기도 있었다. 연락처는 모른다고 했다. 재미로 이야기하자면, 조요한 총장은 〈아리스토텔레스의 철학〉(1988)이란 책을 냈다. 소크라테스에 관한 저술은 없다. 그러니 아리스토텔레스에는 정통해도 소크라테스는 모를 수밖에 없었다.

나는 또 이화여대 사회학과의 조형(趙馨) 교수에게 전화했다. 조 교수는 여성학계에 발이 넓다. 혹시 박순경 씨를 아느냐고 물었다. 안다면서 이대 기독교학과 교수를 지냈다고 했다. 그래서 박순경 교수와 연락이 되었다. 나흘 후인 10일이다. 처음에는 박 교수도 소크라테스가 누군지 모른다고 했다. 그러면서 좀 생각해 보겠다고 했다. 다음 날 다시 박 교수와 통화했는데, 소크라테스로 추정되는 인물은 김용덕(金容德)이란 분이라고 했다. 그래 찾았다.

찾는 것은 그렇다고 하고 지금 어디에서 무엇을 하고 있는지가 중요했다. 아마 교육부장관이 알고 싶어 하는 것이 그것이었을 것이다. 아니, YS가 알고 싶은 것도 그것일지 모른다.

학적과의 자료에 의하면 김용덕 씨(1921년생)가 1947년 9월 1일에 서울대 철학과에 입학한 것은 확실하나, 졸업은 분명치 않다. 학적과에서는 김 씨의 거처가 경기도 군포시 산본동의 '사회복지법인 앨린 복지회'라는 것도 알아냈다. 총장이 그러라고 하니 학적과장에게 학적부를 좀 찾아보라고 하였던 것이고, 또 학적부만 가지고는 소크라테스를 찾을 수가 없어서 이래저래 수소문한 것이다. 서울대 교무처가 대검중앙수사부도 아니나, 우여곡절 끝에 그 일을 해냈다.

나는 수집한 자료를 총장에게 보고했다. 다음 날이다. 다른 일로 총장실엘 가게 되었다. 총장이 웃으면서 교육부장관과 통화한 얘기를 했다. 김용덕 씨에 관한 정보를 전했더니, 장관 왈, "청와대 교육수석에게 먼저 보고하지 않으셨겠지요?" 하더란 얘기였다. 그냥 고맙다고, 애썼다고 했으면 될 일이었다. 장관은 혹시 서울대 총장이 자기를 바이패스하여 교육문화수석에게 직접 보고하지 않았나 의심한 것이다. 권력관계는 그런 모양이다.

대통령이 아니라도 옛일이 그리울 수가 있다. 아니, 그냥 지나가는 말을 던진 것이 참모들의 충성심(?)을 자극한 것인지도 모른다. 대통령이란 자리가 그렇게 한가한 자리는 아닐 것이다. YS도 소크라테스에 관한 보고를 받고 그 특유의 사투리로 "쓸데 없는 짓을 와 했노?" 했기 쉽다. 그런 일을 가지고 교무처 직원들에게 학적부를 뒤져 보도록 하고, 여러 사람에게 전화한 나도 딱하다는 생각이 든다.

(2014년 12월 28일)

〈추기〉

그때 안 사실이다. 김영삼 씨(1927년생)는 중앙대 전문부 2년을 수료하고, 서울대에 청강생으로 등록한 기록이 있다. 학적부에는 1947년 9월 1일 1학년 신입, 1951년 9월 29일에 문리과대학 문학부 철학과 졸업(증서번호 1763)으로 되어 있다. 서울대 제5회, 6명이 같이 졸업했다. 박순경 씨도 그중 한 명이다. 기록 삼아 적는다.

그리운 친구

요시다 아키히로

〈술의 노래〉란 책에서 나는 요시다 아키히로(吉田章宏) 이야기를
했다. 이것은 그와 만난 최근의 이야기다. 어쩌면 속편일 수도 있다.
지금이 2016년 6월이니 벌써 작년 이야기다. 그러니까 2015년 초다.
나는 인터넷으로 요시다에게 안부를 전하면서 해가 가기 전에 한번
보자 했다. 내 딴의 약속인 것이다. 그냥 그럴 수도 있는 말이었다.
여름이 지나고 가을이 되면서 그 약속이 자꾸 마음에 걸렸다. 연락은
더러 있어서 잘 지내는 줄은 알지만, 그를 본 지는 오래다. 마지막 본
것이 2010년 봄이니 만 다섯 해가 지난 것이다.

10월 중순이다. 메일을 보냈다. 11월 초에 시간이 날 것 같아서 2
일(월요일)에 가면 어떠냐고 물었다. 그랬더니 3일이 천황과 관계되
는 무슨 국경일(?)이기 때문에, 그날을 피했으면 좋겠다는 답이 왔
다. 그래 일주일이 연기되었다. 어디 가고 싶으냐고 묻기에, 그냥 이
런저런 이야기나 하면 됐지 특별히 가고 싶은 곳도, 보고 싶은 것도
없다고 답했다. 그랬더니 요코하마와 가마쿠라에 가는 것이 어떠냐

고 묻는 메일이 5일에 왔다. 인사 삼아 그냥 좋다고 했다. 그래 일본에 가게 된 것이다.

그런데 요시다는 아주 꼼꼼한 사람이다. 11월 5일에 이메일로 편지를 보냈다. A4용지 두 장 분량의 2박 3일 일정이 빼곡하게 적혀 있다. 대강 그 일정에 따른 여행이었다.

11월 9일(월요일). 대한항공 편으로 하네다공항에 내린 것이 오전 11시 5분이다. 수속을 마치고 대합실로 나오다. 요시다가 웃고 있다. 5년 전보다 좀 늙었겠으나, 여전히 건강해 보이고 명랑하다. 하기야 나도 5년만큼 늙었으니 서로 비겼다. 그건 그렇고, 내가 묵을 KKR호텔로 먼저 가자는 것이다. 전에도 두어 번 묵었던 익숙한 호텔이다. 황궁(皇宮)에서 가까운 치요다구(千代田區) 오테마치(大手町)에 있다. 우선 모노레일을 타고, 다시 JR트레인을 탄다. 그리고 도쿄역에서 내린다. 얼마 안 되는 거리이나, 또 택시를 탄다. 방을 정하고 나니 점심시간이다. 호텔에서 간단한 점심을 했다.

오후는 쇼핑이다. 아내가 이세미야키라는 상표의 옷을 하나 사고 싶다고 하고, 전에 신주쿠(新宿)의 이세탄(伊勢丹) 백화점에 간 적이 있다고 하여 그리로 갔다. 물론 지하철이다. 요시다는 물론이고 나도 쇼핑에는 별 관심이 없다. 이세미야키 가게 앞에서 아내와 헤어졌다. 한 시간 후에 만나자고 했다. 요시다와 나는 커피숍에 앉아서 이 이야기 저 이야기를 하며 시간을 보냈다. 한 시간이 훌쩍 지났다. 나는 평소에 칼에 관심이 많다. 손칼도 여러 개고, 식칼도 많다. 그래도 나는 '旬'(순)이란 브랜드의 식칼을 하나 사고 싶었다. 시간도 있고, 이왕

백화점엘 왔으니 이것저것 구경이나 좀 할까 하다가 칼에 생각이 미쳤다. 어느 가게에서 칼 파는 곳이 어디냐고 물었다. 그런데 그곳이 바로 칼 가게 옆이다. '旬'이란 상표의 칼이 어마어마하게 많이 진열되어 있다. 그런데 괜찮아 보이는 것의 값이 생각보다 몹시 비싸다. 30만 엔은 주어야 한다. 집에는 내가 잘 쓰는 국산 식칼도 있지만, 쌍둥이란 별명의 독일제 칼(Zwilling J. A. Henckels)도 있고, '兼常'(가네쓰네)라는 일본제 칼도 있다. 또 'Kyocera'라는 세라믹(ceramic) 칼도 있다. 'Fiskars' 브랜드의 핀란드제 칼도 있고, 자주 쓰지는 않지만 'Mighty Oak'표의 큰 식칼(cleaver)도 있다. 상표는 모르나 중국집 주방에서 쓸 만한 큰 칼도 있다.

재료가 없으면 없었지 칼이 없어서 요리를 못 하지는 않는다. 그러니 새 칼이 꼭 필요하지는 않다. 나는 칼을 잘 간다. 좋은 숫돌도 두세 개 있다. 자주, 그리고 열심히 갈아서 쓴다. 칼 사는 것을 포기했다. 그러다가 몇 집 지나자 모자 가게가 눈에 띄었다. 아내가 모자를 하나 사 주겠다는 것이다. 그래 모자가 하나 생겼다. 부엌에서는 새 칼을 '쓰게' 되지 않았으나, 머리에는 새 모자를 '쓰게' 된 것이다. 이래저래 저녁때가 가까워졌다.

다시 요시다를 따라간 곳은 이케부쿠로(池袋) 역에서 가까운 '다케와카'(竹若)라는 일식집이다. 활어코스였다. 그리 비싼 것 같지는 않았다. 다음 날 아침 8시 반에 호텔로 오겠다면서, 요시다는 자기 숙소로 돌아갔다.

10일(화요일). 약속한 시간에 로비로 내려왔다. 요시다가 기다리

고 있다. 오늘 스케줄은 요코하마와 가마쿠라 구경이다. 따라나서는
수밖에 다른 도리가 없다. 택시로 도쿄역 바로 근처의 유명한 하토버
스(Hato-bus) 정류장으로 갔다. 하토버스는 도쿄 시내는 물론 근교
관광으로 이름이 높다. 9시 10분 출발이다. 한 시간 조금 더 걸렸을
까? 요코하마의 산케이엔(三溪園) 앞에서 내렸다. 메이지시대 말부
터 다이쇼시대까지 제사(製絲)와 생사(生絲) 무역으로 갑부가 된 하
라산케이(原三溪)가 조성한 공원(5만 3천 평 규모)이다. 2007년에 공
원 전역이 명승(名勝)으로 지정된 문화재다. 열일곱 개나 되는 여러
형태의 건축물이 아름다운 자연과 어울려 있다. 예술관의 전시가 아
름답고, 문학관도 인상적이다. 또 일본의 전통 차(茶) 문화를 소개하
는 방도 흥미로웠다.

　다음 목적지는 차이나타운이다. 차이나타운은 1859년 요코하마의
개항부터 번성하기 시작하였다고 한다. 지금은 관광명소로서 6백여
개의 점포가 밀집되어 있다. 간단한 점심 후, 멀리서 관제묘(關帝廟,
관우의 사당)를 보고 다방에서 커피를 마시다.

　하토버스는 가마쿠라로 간다. 가마쿠라에서는 엔가쿠지(圓覺寺)
와 스루가오카 하치만구(鶴岡八幡宮)를 보다. 전자는 약 9백 년 전
가마쿠라 바쿠후의 집권 당시 몽골군과 싸우다 전몰한 병정들의 영혼
을 위로하기 위하여 세워진 절이다. 후자는 역시 비슷한 시기에 건조
된 신사(神社)다. 경내에 고색창연한 건축물들이 많다. 그런데 요시
다도 나도 관광에는 별 관심이 없다. 그는 친구가 온다니까 여러 가지
계획을 세운 것이고, 나는 그의 호의를 고맙게 생각하여 그저 따라다
닌 것이다. 무슨 이야기인지 이야기만 하면 된다. 그는 현상학을 교

육심리에 도입하여 논문도 많이 쓰고 책도 여러 권을 집필하였는데, 아직도 그 분야의 연구를 계속하고 있다. 나처럼 잡문이나 쓰는 것과는 다른 생활을 하고 있다. 나에게 자극을 많이 준다.

하토버스가 아침에 출발한 도쿄역에 도착하니, 6시가 좀 넘었다. 저녁은 내가 묵는 호텔에서 하기로 정했다. 내가 초대하는 만찬이다. 요시다는 〈요미우리(讀賣) 신문〉의 시모다 아키라(下田陽) 란 기자를 불러도 괜찮겠느냐고 물었다. 좋다고 했다. 8시에 온다는 것이다. 그때까지 시간이 좀 있다. 요시다가 자기 숙소에 잠시 가자 한다. 내 호텔에서 걸어서 10여 분 걸리는 곳에 위치한 가쿠시카이간(學習會館) 이다. 이 회관은 일본 본토에 있는 제국대학 졸업생 및 기타 관련된 인사들의 편의를 위하여 1928년에 건립되었다. 현재는 여러 목적으로 쓰이는 호텔이나, 아직도 제국(?) 대학과 관련이 있는 인사에게 회원권과 우선사용권을 준다고 한다. 건물 내부를 대강 구경했다. 아름답다. 식당에서 맥주도 한 잔씩 마셨다. 그리고 생각했다. 우리나라에서는 국립대학 졸업생들에게만 회원권을 주는 회관 따위가 생기지도 않겠으나, 만일 생긴다면 아마 난리가 날것이다. 왜 국립대학에만 특혜를 주느냐고 데모가 날 것이 분명하다.

시모다 기자는 요시다의 제자다. 명함에는 편집관리부의 전임차장이라고 되어 있다. 문화를 주로 담당한다고 하고, 바둑과 관련된 일도 한다고 한다. 요미우리사는 일본 제일의 기전(棋戰)인 '기성전'(棋聖戰)을 주관한다. 그래 자연 바둑 이야기가 많았는데, 서울도 여러 번 다녀간 이른바 지한파(知韓派)였다.

11일(수요일). 12시 25분 출발의 비행기다. 8시 반에 호텔을 나섰다. 공항에 일찍 나가서 손해 볼 것이 없다는 생각이다. 요시다가 빨리 돌아가라고 나는 서둘러서 탑승구로 들어갔다. 그는 마지막까지 나에게 손을 흔들고 있었다.

(2016년 12월 15일)

⟨추기⟩

① 참고로 KKR호텔 비용을 적는다.

아침식사 1,400엔 × 2명 × 2일 = 5,600엔

방값 16,800엔 × 2일 = 33,600엔 (합 = 39,200엔)

② 일본에 다녀온 후다. 몇 번의 이메일이 오갔다. 그런데 요시다는 내가 자기에 관하여 쓴 글을 자기 홈페이지에 올려도 좋겠느냐고 물었다. 좋다고 했다. 내가 그에 관하여 쓴 글은 ⟨나의 글, 나의 정치학⟩(2006)과 ⟨술의 노래⟩(2014)에 있다. 그랬더니 올렸다면서 홈페이지 주소를 보내 왔다. 들어가 보았다. 거기에는 1967년 그가 귀국할 적에 시카고에서 헤어지고 난 후 쓴 시(詩)가 있고, 그 시의 영역이 있다. 내가 영역하여 보낸 모양인데, 전혀 기억이 없다.

큰 돌쟁이 형
한용진

내가 좋아하는 한용진(韓鏞進, 1934년~) 형은 크고 작은 돌을 다듬
어 아름답게 만드는 돌쟁이다. 좀 점잖게 말하면 돌조각가다. 그의
작품을 보고 있노라면 어떻게 그야말로 별 볼 일 없는 돌덩어리를 저
렇게 아름답고 사랑스럽게 다듬을까 하는 데에 생각이 미친다. 한편
으로 타고난 예술가적 자질이 그의 머릿속을 끊임없이 맴돌고, 다른
편으론 돌을 다루는 두 손과 두 팔, 아니 몸 전체가 그 자질을 떠받치
고 있기 때문이 아닌가 한다. 말하자면, 범상치 않은 머리와 그 지시
를 받아 움직이는 육체가 혼연일치한 뛰어난 장인이다.

그런데 이 글을 초(草) 하는 나는 머리가 돌이다. 한 형은 작품의 소
재로 돌을 다루고 나는 돌인 머리로 이 글을 쓰고 있으니, 분명 두 돌
의 대결인 것은 틀림없다. 부딪치면 어느 것이 깨질지는 뻔하다. 그
러나 그것은 나중의 일이다. 두고 보기로 한다.

"우리 만남은 우연이 아니야, 그것은 우리의 바램이었소." 이런 가
사의 노래를 기억하지만, 내가 한용진 형을 만난 것도 우연은 아니

다. 내가 그를 만난 것은 20년 전의 일이다. 그러나 아직도 그의 인품을 생각하고 그의 돌을 생각하면, 그와의 만남을 그저 우연으로 치부할 수는 없다. 내가 그를 처음 만난 것은 1994년 11월 8일이었다. 그날 서울대 김형국 교수를 따라 '갤러리현대'에 갔다. 한용진 형의 전시회였다. 인사하면서 그의 큰 손을 잡기도 했는데, 중고등학교 선배이기도 했지만, 푸근한 모습이 정말 친형 같았다. 또 여러 형태의 돌을 많이 보기는 했으나, 그런 돌은 처음이었다. 무언지 가슴에 찌르르 와닿는 것이 있었다. 그래 그날 밤 〈한용진의 돌〉이란 제목의 짧은 글을 하나 지었다.

"날렵하게 보이지만 육중하고, 작게 보이지만 크다. … 큰 사람이 다듬은 돌이라, 작아도 크게 보이는 돌"이다. 그 돌은 "환한 돌"이고 "연연히 아름답다"고 했다. 정말 그랬다. 또 "조각된 것 같지 않은 돌"인데, 거기에는 "태고의 미가 흐르기 때문이고", "자연의 투박미가 그대로 보이기 때문"이라 했다. 그리고는 "한용진의 돌은 나쁜 돌이다. 나를 홀리기 때문이다. 그러나 나는 그 돌을 보고 홀릴 때가 행복하다. 행복마저 잊고 있는 순간순간이니까." 대충 그런 글이었다.

그리고 얼마 안 있어 한 형은 뉴욕으로 갔다. "마누라는 남의 마누라가 예쁘고, 글은 자기 글이 가장 좋아 보인다"고 말한 린위탕(林語堂)을 끌어들이지 않더라도, 나의 글을 그에게 보이고 싶었다. 그래 컴퓨터에 쓴 글을 A4용지에 프린트하여, 좀 어울리지는 않지만 낙관도 찍어서 뉴욕으로 보냈다. 그랬더니 얼마 후에 연락이 왔다. 거두절미하고, 그렇게 프린트된 것은 멋도 맛도 없으니 손으로 써서 주었으면 좋겠다는 이야기였다. 중학교 이후 나는 붓을 만져 본 기억이 없는지라 붓글씨엔 젬병이다. 그러나 어쩌랴. 한지를 좀 사서 연습을 한번 했는데, 그건 개발새발이었다. 두 장을 써서 그래도 좀 나아보이는 것 하나를 다시 뉴욕으로 보냈더니, 이번에는 가타부타 말이 없었다. 이것이 초기의 인연이었다.

한 형도 바쁘고 나도 그리 한가하지 않아서였겠으나, 한동안 소식이 없었다. 그러다가 1995년 여름에 한 형이 또 서울에 나온 적이 있어서 신사동 '풀향기'란 한식집에서 저녁을 하였다. 6월 27일이었다. 내 선친의 기일(忌日) 전날이라 기억하는 것이다.

그 다음 해 1996년 11월 하순이다. 하루는 김형국 교수가 연락하고는 한 형이 서울에 왔는데, 저녁을 같이하자며 12월 초하루, 그날은 일요일인데 논현동 도산사거리의 '한성국시'로 나오라고 했다. 정시에 도착했다. 한 형 내외분, 신수희 화백, 자리를 주선한 김 교수가 먼저 와 있었다. 한 형의 부인인 서양화가 문미애 여사를 만난 것이 이때가 처음이었고, 문 여사의 제자인 신 화백을 만난 것도 그랬다. 화제는 주로 미술과 관계되는 것이어서 나는 대화에 그리 참여하지 않았다. 사실 내가 끼어들 여지가 없었다. 그러나 자리는 결코 어색하지 않았다. 국수전문점이지만 여러 가지 안주가 맛이 있어서 나는 주로 소주만 마셨기 때문이다.

기억에 남은 것은 한 형 내외분이 담배를 많이 태우시는 것이었고, 또 신 화백은 그 두어 달 전에 작고한 부친 이야기를 하면서 "보이게 맑게 울던 눈의 총명(聰明)이 푸른빛을 뿌렸다"는 인상 등이었다(마지막 따옴표 안의 것은 1997년 10월 말에 청담동 '원화랑'에서 열린 신 화백의 작품전에 다녀와서 지은 시 〈신수희展에 다녀와서〉의 한 구절이다).

다시 한 3년 지나서다. 1999년 6월 한용진·오수환·이영학 삼인 전이 갤러리현대에서 열렸다. 내가 간 것은 8일 개막일이었다. 삼인 전이라 그랬겠지만, 한 형의 작품이 그리 많지 않았다. 기획이 그래 서인지 마지못해 내놓은 작품들 같았다. 분위기도 어수선했다. 더구 나 세 사람의 예술을 소개하는 책자에서 김형국 교수가 한 형의 작품 을 논하면서, "이런 작업세계가 갖는 분위기에 대해, 빼어난 문사(文 士) 최명 교수가 1994년 갤러리현대의 개인전에서 그의 작품을 처음 보고 그 감명을 단번에 한 편의 서사시로 옮긴다. 〈한용진의 돌〉이란 제목인데 아주 간명하고 적확하게 그의 작품세계를 압축하고 있어 내 가 막연하게 생각했던 바가 그 글로 말미암아 구름이 걷히듯 개운해 졌다"고 썼다. 딴에는 칭찬으로 쓴 글이겠으나, 나로서는 민망스러운 일이 터진 것이다. 내가 〈한용진의 돌〉의 카피를 김 교수에게 읽어 보라고 준 것이 잘못이라면 잘못인데, 남을 골탕 먹이는 방법도 가지 가지가 아닌가 했다.

그 임시부터 한 형은 경기도 용인시 기흥구에 있는 '이영(利瑛) 미 술관'에서 화강석과 그가 막돌이라 부르는 잡석(?)을 가지고 대형작 품을 만들기 시작했다. 관장인 김이환 씨가 초대한 것이었다. 당시는 미술관이 정식으로 개관되기 전이었는데 그의 작품을 보러 간 것이 2000년 4월 16일 일요일. 황량한 벌판 같은 정원의 바람은 쌀쌀했다. 그러나 십여 점의 한용진의 돌에서는 온기가 감돌았다. 그리고 나는 그해 12월 17일에 다시 그 미술관엘 갔다. 한 형의 돌을 또 보고 싶어 서였다. 추위를 잘 견디나 보러 간 것이다. 역시 돌들은 따스한 김을 뿜어내고 있었다.

〔이영미술관은 돼지를 기르던 돈사를 개조하여 2001년에 6월에 개관한 경기도 최대 규모의 개인미술관이다. 2008년에 구 미술관에서 멀지 않은 영덕동 56의1번지에 새 미술관을 짓고 새 시대를 열었다. 6월 2일 비가 억수로 쏟아지는 오후에 개관식이 있었다. 한용진의 작품은 근 십 년간 옛 미술관 정원에서 풍상(風霜)을 겪다가 새 터로 이사 왔다. 큰 정원과 야산에 흩어져 있기는 하나, 자연과 매우 잘 어울려 있다. 여기서도 비와 바람은 맞을 것이고, 내뿜는 온기도 여전할 것이다.〕

아니, 그전에 이런 일도 있었다. 용인에서 작업을 하니, 한 형은 서울에 자주 왔었다. 하루는 신수희 화백이 방배동 자기 집에서 저녁을 하자고 전화했다. 한 형 내외분이 서울 계시니 자리를 마련한 모양인데, 나를 부른 것은 1997년에 쓴 시를 생각해서였을 것이다. 한 형 내외분, 김형국 교수, 신 화백의 언니인 피아니스트 신수정 교수가 자리를 같이했다. 음식도 괜찮게 차렸을 터인데, 음식에 대한 기억은 없고 포도주를 마신 기억만 남았다. 그것이 1999년 12월 20일 저녁이었다. 신 화백의 부군인 배순훈 박사는 집에 없었다(앞서 언급한 것처럼 신 화백을 알게 된 것은 한 형 덕분이다. 2003년 4월 갤러리현대에서 열린 신 화백의 전시회에 갔다가 〈Beautiful Memory〉란 화제의 그림을 한 점 샀다. 우리 집 식당에 지금도 걸려 있다).

또 이런 일도 있었다. 2001년 1월 11일에 플라자호텔 중식당인 '도원'에 같이 갔다고 수첩에 적혀 있으니 가긴 간 모양이나, 누구와 어떻게 갔는지는 모르나, 간 것은 분명하다. 그리고 그 해 11월 한 형과 송영방·김종학 두 화백의 삼인전이 종로구 소격동의 고미술화랑 '예나르'에서 열린 일이 있었다. 내가 간 것은 초하루였는데 마침 송 화백이 계셔서 인사했다. 나는 이영미술관 등에서도 그와 인사한 적이 한두 번 있어서 구면이나, 그는 나를 처음 만난 듯이 대하였다. 우현(牛玄, 송영방의 아호)은 한 형보다 나이가 두어 살 아래인 것으로 아는데, 나이 먹으면 저렇게 되나 하는 생각을 하였던 기억이다. 김종학 화백과는 이런저런 인연으로 여러 번 만났고 그의 〈세한도〉도 지금 내 서재에 걸려 있지만, 모두 한 형을 알게 되어 생긴 일이다.

별로 하고 싶지는 않으나, 하지 않을 수 없는 이야기가 있다. 2004년 봄에 문미애 여사가 미국서 별세한 것이다. 그 소식을 들은 나는 어떻게 조의를 표하나 고민하다가 편지를 한 형에게 보냈다.

한용진 선배께
　부인께서 편찮으시다는 이야기를 들은 것은 한참 전의 일이지만 돌아가셨다는 소식을 접한 것은 얼마 되지 않았습니다. 김형국 교수와 유평근 교수로부터 그 소식을 듣고 놀랍고 안타까웠습니다. 위로의 말씀을 드려야겠다고 생각하면서도 실천이 늦어 여러 날이 지나고 말았습니다.
　제가 문미애 여사를 처음 뵌 것은 김형국 교수가 마련한 자리에서였고 아마 '한성'이란 음식점이었습니다. 그때 신수희 씨도 자리를 함께 한 것으로 기억합니다. 그 후 한 선배를 뵐 때마다 문 여사도 뵈었고, 참으로 좋게 느껴져서 서울에서 한 선배께서 활동을 하시면 좀더 자주 뵐 수 있겠다는 생각을 했었습니다. 어쩌다가 이렇게 되었습니까? 하늘은 항상 착한 사람의 편을 들어 준다는 말이 있지만, 반드시 그런 것 같지는 않습니다. 하늘은 착한 사람에게 별로 해 주는 것이 없는 것같이 느끼기 때문입니다. 그래도 문 여사께서는 좋은 곳으로 가셨겠지요. 그렇게 믿고 싶습니다.

언제 서울에 오시는지 이 후배에게 한번 모실 기회를 주십시오. 건강에 유의하시고, 또 좋은 작품을 많이 제작하십시오. 제 처도 한 선배께 위로의 말을 전하고 싶어 합니다.

2004년 3월 29일
최명 배상

그리고는 또 몇 해가 지났다. 부인을 잃은 아픔에서 벗어났는지 어떤지는 모르나, 한 형은 더 열심히 작품 활동을 한 것 같다. 한번은 서울 청담동의 '2×13 갤러리'에서 전시가 있으니 오라는 초청을 받았다. 2007년 8월 중순이었다. 30일이 개막일이라 오후 늦게 찾기 어려운 골목길을 물어서 갔다. 포도주 잔을 손에 든 한 형은 건강해 보였다. 조명은 전시된 돌들을 비추었기에 한 형의 얼굴을 비추고 있지는 않았는데, 한 형의 얼굴은 환했다. 지금도 기억나는 작품은 태(胎) 속에서 거의 자란 아기가 고개를 숙이고 있는 모습의 〈돌하나〉였다. 인상적이었다.

아니, 다른 이야기도 있다. 내가 그 〈돌하나〉에 열중하고 있을 적에 이회창 씨가 들어왔다. 이 씨는 한 형과 고등학교 동기·동창이니 전시회를 축하하고 작품을 감상하려고 온 것이겠으나, 대통령선거에서 두 번씩 떨어지고 나니 친구가 그리워진 모양이고, 그래 온 것이 아닌가 하는 생각이 들었다. 쓸쓸한 기억이다.

다시 몇 해가 지났다. 2011년 초가을부터 한 형이 제주도 저지예술 인마을에서 작업을 시작하였다는 소식이 들렸다. 예나르의 양의숙 대표가 후원자라고 했다. 다 아는 사실이지만, 양 대표는 오래전부터 KBS '진품명품' 프로그램의 고정 감정위원으로 출연하여 이름이 높은데, 본래 제주 출신이라 그곳에 연고가 있다.

그런 이야기를 들은 지 얼마 후인데, 하루는 김형국 교수가 전화해서 제주도엘 같이 가자는 것이다. 〈한용진 조각전〉이 열린다는 것이다. 그래 따라나선 것이 2012년 2월 4일(토요일)이었다. 나와 내 처가 제주공항에 내린 것은 11시 25분이었다. 조금 먼저 도착한 김 교수 내외가 한 형과 같이 기다리고 있었다. 수인사가 끝나자 한 형의 그 낡은 털털이 기아 카렌스(최근에 들으니 소나타로 바꿨다고 함)를 타고 간 곳이 공항에서 멀지 않은 연동의 '장춘식당'이었다. 이곳은 제주에 가면 한 번은 들르는 곳이고, 다른 것도 괜찮지만 고등어회가 일미인 집이다. 기사인 한 형은 아니 마시고 김 교수와 나는 소주가 거나한데, 일어나고 싶지 않지만 어쩌랴! 다시 간 곳은 제주시 한경면의 '라온골프클럽'이었다. 그곳은 한 형이 둥지를 틀고 작업하는 저지예술인마을에서 지근거리라, 한 형이 우리의 숙소를 클럽빌리지에 예약했던 것이다. 짐을 풀자마자 조각전이 열리는 한림읍 월림리의 '갤러리노리'로 갔다. 정원에 들어서자 눈에 먼저 띄는 것은 '바보'라는 별명의 기둥조각이다. 높이가 한 2미터쯤 될까? 입을 꾹 다문 것같이 보이는 특이한 조각이다. 김종학 화백의 설악산 작업실 정원에 있던 것인데, 어찌된 영문인지 바다 건너 제주로 온 것이다. 바보는 어디 있으나 바보인가 보다. 설악산 자락에서도 입을 꾹 다물고 있었고, 여기서도 마찬가지다.

우리가 갤러리에 도착한 것은 3시가 좀 넘어서였고 오프닝은 4시인데, 사람들은 벌써 웅성대기 시작했다. 전시장에 들어서자 제주 특유의 작은 구멍이 숭숭 뚫린 듯한 〈토산〉과 〈섬〉이란 제목의 작품 여러 점이 빛을 발하고 있었다. 조각전 이름의 부제는 "벽돌 갈아 거울 만들기"이고, 거기에 관하여는 김형국 교수가 조각전 팸플릿에 자세히 썼기 때문에 나는 그냥 지나간다. 전시장에서 갤러리노리의 이명복 씨, 한국미술정보센터의 김달진 씨를 위시하여 여러 명사들을 만났고, 사인조 젬베 축하공연이 흥을 돋우기도 했다. 젬베는 처음 보는 악기였다.

해가 진다. 제주도에서도 뉘엿뉘엿. 저녁도 있어야 하는데 준비가 안 된 것 같다. 그래 내가 서귀포시 안덕면 용머리 해안에 있는 '남경미락'으로 가자고 했다. 큰 파티였다. 양의숙 대표가 저녁값을 냈다. 만만치 않은 식대에 놀라 카드에 서명하던 손이 부들부들 떨리지나 않았는지?

다음 날 클럽하우스에서의 아침이다. 내 테이블에는 한 형, 김종학 화백, 갤러리 현대의 박명자 대표의 부군인 도진규 고문이 앉았다. 골프장이 내려다보이는 전망 좋은 자리인데, 테이블에는 타이거 우즈, 콜린 몽고메리, 최경주, 박세리의 이름이 새겨 있다. 2004년 11월 14일이 라온골프클럽의 개관일인데, 기념으로 우즈 등이 초청되어 앉았던 자리였다. 한 형 덕분에 우즈가 앉았던 테이블에서 아침을 한 것이다.

방에 돌아와서 나는 한 형에게 전화했다. 저녁을 따로 대접하고 싶어서였다. 그랬더니 저녁은 약속이 있다는 것이다. 나는 제주대의 장원석 교수와 낮 약속이 있어서 그를 기다리고 있는데, 누가 왔다. 나가 보니 한 형이었다. 밸런타인 17년산을 한 병 들고 온 것이다. 내가 그 전날 갤러리노리에서 연전에 파키스탄에서 사 온 모자를 한 형에게 선물하였으니 그 답례로 가져왔는지 모르나, 그보다는 내가 술을 좋아하는 줄 너무 잘 알기 때문이었을 것이다. 나는 그 술을 들고 저녁에 남경미락에 다시 갔다.

나는 오래전부터 한 형 작품을 하나 소장하고 싶었으나 마음대로 되지 않았다. 그 사정은 김형국 교수도 잘 안다. 그해(2012년) 12월 초인데, 김 교수가 전화했다. 제주에 또 가자는 것이다. 그러면서 당신 집에 한 형의 작품이 두어 점 있으니, 가기 전에 와서 보고 마음에 들면 하나를 가져가라는 것이었다. 13일 오전에 갔다. 목침보다는 좀 큰, 작은 다듬잇돌만 한 것이 눈에 들어왔다. 그러나 김 교수가 좋아서(?) 집에 갖다 놓은 것을 내가 들고 오는 것도 염치없는 일이란 생각이 들었다. 보기만 하고 이북오도청 가는 길목에 있는 유명한 사철탕집인 '싸리집'에서 점심을 하는데, 소주잔에 그 돌이 어른거렸다.

그건 그렇고, 제주 가는 날짜가 16일로 잡혔다. 미국에 있던 김 교수의 작은 여식 해진 양이 마침 서울에 와 있어서, 그 집 세 식구와 내 처와 나, 다섯이서 제주행 대한항공 비행기를 탔다. 한 형이 공항에 또 마중을 나왔다. 역시 장춘식당이다. 나는 1994년에 쓴 〈한용진의 돌〉의 습작 한 점이 남았기에 그것을 가져가서 전했다. 처음 전한 것은 아마 한 형의 뉴욕 집 어디에 있을 것이나, 제주엔 없을 것이기에 전한 것이다(나중에 들으니, 김형국 교수가 그것을 표구하여 전달했다고 한다). 그리고 간 곳이 한 형의 작업장이기도 한 '이창원의 돌하르방 석공장'이었다. 스스로를 돌쟁이라고 부르는 이창원 씨는 한 형을 무척 따르고 아낀다. 보기 좋다. 저녁은 예외 없이 모두 같이 남경미락이었다.

해가 바뀌어 2013년이 되었다. 1월 19일인데, 집에 들어가니 한 형이 보낸 밀감 한 상자가 기다리고 있었다. 위스키는 그렇다고 하더라도 밀감은 예상치 못한 것이다. 잘 먹었을 것이다. 얼마 안 되어 미국에 가는 길이라고 한 형이 2월에 서울에 왔다. 14일에 한 형, 김형국 교수 내외와 '두가헌갤러리' 와인레스토랑에서 점심을 같이했다. 점심이 끝나자 한 형은 과천의 국립현대미술관인가에 간다면서 택시를 하나 잡았다. 멀어서 안 간다는 것이다. 그러자 한 형은 바른손 식지와 중지로 V자를 그렸다. 두 배를 준다는 신호였다. 그제야 간다는 것이다. 그는 택시를 탔다. 한국의 나쁜 관행을 그는 빨리도 배워서 실천하고 있었다.

비교적 근자의 일이다. 작년(2013년) 10월인데, 김형국 교수가 제주에 또 가자는 것이다. 17일 제주공항에 내리니 한 형이 웃고 있다. 예의 장춘식당에서 점심을 하고, 다시 라온골프클럽에 짐을 풀었다. 저녁을 남경미락에서 하자고 했더니, 거기는 다음 날 가고 그날 저녁은 약속된 집이 있다는 것이다. 그래 따라 나선 곳이 이근명 박사의 집이다. 이 박사는 서울대 천문학과를 졸업하고, 일찍이 뉴욕주립대

학(SUNY at Stony Brook)에 유학하여 전자공학을 전공했다고 한다. 그리고는 보스턴에 인접한 서머빌(Somervile)의 한 전자회사(MagiQ Technologies)에 취직하여 반평생을 보냈다는 것이다.

사십여 년을 미국서 살다가 제주에 터를 잡은 지는 얼마 되지 않았다는데, 집이 매우 아름답다. 이 박사의 일은 이제 전자와는 관계없는 정원 가꾸기다. 부인은 강경희 씨인데, 세계적인 피아니스트 강동석 씨의 매씨다. 강동석의 대성(大成)에는 그 누이의 뒷바라지가 절대적이었다는 이야기도 들었다. 김형국 교수와 이 박사와는 오래 아는 사이다. 나는 한 형의 손님으로, 또 김 교수의 친구로 그 댁에 간 것인데, 내가 주호란 말을 들었는지 준비된 와인이 많았다. 또 내가 가져간 와인도 있어서 술은 부족하지 않았는데, 음식이 훌륭하여 술이 취하지 않았다.

다음 날 오전 김 교수네와 유명한 제주 돌문화공원엘 갔다. 무지무지하게 많은 돌이 지천으로 널려 있다. 다듬어진 것도 있고, 기기묘묘한 자연석도 있다. '별들의 고향'이 아니라 '돌들의 천국'이란 인상이었다. 갔다 와서 그 이야기를 한 형에게 했더니, 돌이 너무 조밀하게 전시되어 있어서 예술적인 균형이 부족한 것이 아쉽다고 했다. 좋은 작품이 많더라도 적절하게 전시 혹은 배치되는 것이 또한 예술이란 이야기였다. 그 말을 듣고 보니 과연 그랬다. 예술가의 안목은 다르다. 참으로 그렇다. 조화(調和)가 문제로구나 하는 생각이 순간 머리를 스쳤다.

그나저나 제주엔 돌이 많다지만, 이번에도 이래저래 돌만 보고 다닌 기분이었다. 처음 말했다시피 내 머리가 돌인데, 그 돌이 한용진의 돌과 돌문화공원의 돌 사이를 돌았던 것이다. 머리가 뱅뱅 "돌"지 않은 것이 다행이었다.

저녁은 남경미락. 한 형은 물론, 김 교수 내외, 이근명 박사 내외, 돌쟁이 이창원 씨, 감물염색의 장색(匠色)으로 제주갈옷의 명인 양순자 여사를 내가 초대하였다. 용머리 해안의 경치는 언제 보아도 절경이다. 고개를 돌려 우측을 바라보면 삼방산이 위용을 자랑하고, 앞을 보면 툭 터진 푸른 바다가 끝이 없어 보인다. 아니, 시작이 있는 것은 끝이 있다고 그 옛날 플라톤이 말한 것을 기억하지만, 저 바다도 끝이 있을 것인가?

아주 최근, 한 형이 미국 가는 길에 서울에 들른다고 했다. 한국에 비교적 오래 있는 경우, 그는 2월이면 미국에 간다. 뉴욕 집을 돌보기도 해야 할 것이고, 아마 처리할 다른 일들도 있을 것이다. 그래 내가 점심을 같이하자고 하였다. 성북동 '국시집'에서 보자 하였다. 그랬더니 한 사람이 더 와도 되느냐는 김형국 교수의 말이 있었다. 물론이라고 하였다. 금년 2월호 〈월간조선〉의 '명사와 함께하는 예술기행'이란 칼럼에 한용진 형의 이야기가 났는데, 그 칼럼의 작가 최지인 씨를 불러도 되겠느냐고 하는 것이었다. 그래 한 형, 김 교수, 최지인 씨 그리고 나의 처와 내가 자리를 같이했다. 감기 기운이 있는데도 나는 소주를 많이 마셨다. 한 형과의 그런 자리가 앞으로 몇 번이나 있을까 싶었다. 그것이 바로 엊그제 2014년 2월 12일이었다.

한용진 형과 나의 이야기가 두서없이 주절주절 연대기처럼 되었다. 아니, 김형국 교수의 발림으로 그를 따라다닌 이야기이기도 하

102

다. 그러나 어쩔 수 없다. 그랬으니까. 한용진 형은 큰 인물이다. 큰 인물이 만드는 돌이라 그의 돌은 항상 커 보인다. 나는 20년 전에 이미 그의 돌을 그냥 돌인 '石'이 아니라 큰 돌인 '碩'이라고 했다. 그래 나는 이 글의 제목에서 그를 '큰 돌쟁이'라고 부른 것이다. 아니, 아호(雅號)가 있어야 하는지는 알 수 없지만, 나는 이제껏 한 형의 호를 들어본 적이 없다. 그래 내가 이 계제에 한 형의 호를 만들어 감히 드리고 싶다. 문자 그대로 큰 돌쟁이인 "碩工"이다. 괜찮으시면 웃으시고 받으시라. 그나저나 건강하게 오래 수(壽) 하시어 좋은 작품을 많이 남기시라.

(2014년 2월)

〈추기〉

① 이 글은 김형국 편저, 〈Han Yong Jin, 한용진: 그 사람, 그 예술〉 (가나문화재단, 2015), 200~209쪽에 있다.

② 본문 말미에서 나는 한 형의 호를 들어본 적이 없다고 하였는데, 실은 '막돌'이란 자호(自號)도 있고, 송영방 화백이 지어준 '수암'(瘦巖. 몸매가 몹시 마른 상태에서 돌을 다룬다는 의미에서 '마른 돌'이란 뜻)도 있다고 한다. 이것은 나중 이야기고, 내가 윗글을 쓸 적에는 호가 있는지 몰랐다. 화가들은 그림에 흔히 호와 이름을 쓰고 낙관을 하는 것이 보통이나, 조각가에게는 그런 것이 드물다.

건국의 아버지

이승만

2001년 8월이다. 경북 영주에 간 일이 있다. 친한 후배 정대수(鄭袋洙) 사장의 대접을 받았다. 가장 큰 대접은 나를 부석사엘 데리고 간 것이다. 나는 부석사가 초행이었다. 부석사의 역사, 위치, 산세, 건물들의 배치, 무량수전 등에 관하여 그는 해박한 지식으로 나를 감탄시켰다. 그중 가장 큰 감탄은 무량수전 앞에 있는 안양루(극락세계로 들어가는 문)를 바라볼 때 저절로 나왔다. "安養樓"(안양루)란 큰 현판 아래 "浮石寺"(부석사)란 좀 작은 현판이 눈에 들어왔다. 절 이름이 그 자리에 있는 것이 기이했으나, 달필이었다. 부석사의 "浮"자가 정말로 '떠서' 나는 듯했다. 정 사장은 그 현판이 이승만(李承晚) 대통령의 글씨라면서 다음과 같은 설명을 덧붙였다.

1956년 초에 이 대통령이 부석사를 방문하여 휘호를 시도했다. 바람도 많이 불고, 날씨는 찼다. 게다가 주위는 황량했다. 글씨가 제대로 되지 않았던 모양이다. 그래 휘호를 그만두고 그냥 떠났는데, 석 달 후인가 경무대(지금 청와대)에서 새로 쓴 글씨를 보냈다는 것이다.

"浮石寺"란 현판의 내력이다. 정 사장은 당시 영주중부국민학교 5학년이었다고 한다. 화동(花童)으로 뽑혀서 이 대통령이 휘호하는 모습을 옆에서 지켜보았다고 회고했다.[1]

우남(雩南) 이승만은 황해도 평산군에서 몰락한 조선왕조의 후예로 1875년에 태어났다. 쇄국정책을 고집하던 대원군이 물러나고, 명성황후의 일족인 민씨가 권력을 장악하게 된 2년 후였다. 또 일본과의 병자수호조약이 체결되기 1년 전, 나라가 안팎으로 복잡한 시기였다. 대부분의 양반 자손들이 그랬듯이 이승만도 어려서 근 10년을 서당에 다니면서 한학(漢學)을 익혔다. 13세이던 1887년부터 과거에도 여러 차례 응시했다. 불우했다. 과거에 급제하여 벼슬길로 나갔다면 그의 인생길은 달랐을 것이다.

갑오경장으로 과거제도가 없어지자, 그는 서당 공부를 그만두게 된다. 경장 다음 해인 1895년, 그는 서당 친구의 권유로 배재학당(培材學堂)에 입학한다. 배재학당은 미국 북감리교 선교사인 아펜젤러(Henry Appenzeller)가 세운 신식학교다. 이승만은 여기서 서양의 학문과 기독교에 접하게 된다. 특히 그는 자유, 평등, 인권 등의 서양혁명사상을 배운다. 미국식 민주주의를 신봉하게 된다.

---

1 최근 인터넷을 보면 이승만 대통령이 부석사에 방문한 KTV의 동영상(?)이 뜬다. 제작이 1956년 11월 30일이라고 되어 있다. 그런데 내용은 1월 16일에 대통령 전용열차로 서울을 출발하여 17일에 부석사를 둘러보았다는 것이다. 그 1월은 1956년일 것이다. 그러면 그 뉴스의 제작이 왜 근 1년 후인 11월에 된 것인지 납득이 가지 않는다. 그래서 나는 정대수 사장의 말에 따른 이야기를 서술하였다. 역사 기술은 아무튼 어렵다.

또 배재학당에서 이승만은 "위대한 스승" 서재필(徐載弼)을 만난다. 이승만의 사상이 형성된 데에는 서재필의 영향이 또 매우 컸다.[2] 행운이라고 해야 할 것이다. 서재필은 갑신정변 중심인물 중 한 사람이다. 정변 실패 후 미국에서 오래 망명 생활을 하다가 귀국하였다. 의학박사이자 개화파 지식인이었다. 독립협회를 창립하여 한국인의 개화와 계몽을 주도하고 있었다. 나는 이승만의 이와 같은 초기의 배움이 그가 말년에 이룩한 자유민주주의 대한민국 건국의 시원(始源)이라고 생각한다.

자유민주주의에 대한 그의 신념은 미국 유학과도 무관치 않다. 이승만은 1904년 말, 정부 밀사 자격으로 미국에 도착한다. 그의 손에는 민영환(閔泳煥)의 밀지(密旨)가 있었다. 일본의 조선 침략을 저지하고 독립을 지원하도록 요청하는 내용이었다. 일이 뜻대로 되지 않자, 그는 출국 전부터 꿈꾸어 왔던 대학 공부를 시작한다. 그리하여 1905년 2월에 조지워싱턴대학에 특별장학생으로 편입한다. 2년 만에 학부를 졸업하고, 하버드대학에서 석사, 프린스턴대학에서 박사학위를 3년 만에 마친다. 널리 알려진 바와 같이 학위논문은 "미국의 영향을 받은 영세중립론"이다.[3] 학부부터 시작하여 5년 만에 석·박사학위를 취득한 것은 초고속의 진행이다. 그것은 물론 그의 총명함과 명민함이 작용한 것이나, 한국이 하루 빨리 새로운 시대로 발돋움해야

---

2 안병훈, 〈사진과 함께 읽는 대통령 이승만〉(기파랑, 2011), 259~260쪽.
3 Syngman Rhee, *Neutrality as Influenced by the United States* (Princeton University Press, 1912).

한다는 긴박감이 그에게 큰 힘을 실어 주었기 때문이라고 생각한다. 새로운 시대란 무엇인가? 말할 것도 없이 그것은 한국의 독립이다.

1910년 10월에 귀국한 이승만은 YMCA의 교사, 학생부 간사로서 한편으로 기독교 전파에, 다른 한편으로 청년들에게 민주주의 사상을 불어넣는 일에 매진한다. 그것이 독립의 길이라고 생각했다. 그러나 조국에서의 활동도 오래가지 못했다. 1912년 이른바 '105인 사건'[4]에 연루된 이승만은 다시 한국을 떠나지 않을 수 없었다. 그로부터 1945년 10월의 귀국까지 장장 33년 동안 망명생활을 해야만 했다. 그의 머릿속에는 자나 깨나 한국의 독립 외에는 아무것도 없었고, 오나가나 그의 행동도 독립운동가의 그것이었다.

이 장황한 이야기는 민주주의에 대한 이승만의 굳은 신념과 독립정신의 배경을 설명하기 위한 것이다. 이에 못지않게 중요한 것은 그의 영어(囹圄) 생활이다. 그는 1899년 1월부터 1904년 8월까지 5년 7개월을 한성감옥에서 보냈다. 미국 유학생활보다 긴 기간이다. 고종황제를 등에 업은 수구세력은 독립협회가 군주제를 폐지하고 공화정을 수립하려 한다는 익명의 투서를 날조하고 협회 간부들을 무고하였다. 이에 놀란 고종은 독립협회 간부들을 구속하고, 협회를 혁파하라는 조칙을 내렸다. 그것이 1898년 11월이다.[5] 뿐만 아니라 협회에 동조

4　경술국치(庚戌國恥) 후 국권회복을 위한 여러 운동이 국내외에서 일어났다. 그 탄압의 일환으로 1911년 조선총독부는 데라우치(寺內正毅) 총독 암살미수 사건을 조작했다. 사건과 연루되어 유죄판결을 받은 인사가 105명이다. 그래 '105인 사건'이라고 부른다.
5　이광린(李光麟), 〈한국사 강좌: 근대편 V〉(일조각, 1981), 448쪽.

하는 인사들을 탄압하기 시작하였다. 이승만은 창간에 관여한 〈매일신문〉과 〈제국신문〉 등에 투고함으로써 적극적인 반정부 활동을 전개했다는 미움을 받았다. 탄압 대상이 되어 옥고를 치른 것이다. 그 직접적인 혐의는 이승만이 고종을 퇴위시키고 일본에 망명 중인 박영효(朴泳孝)를 영입하여 새로운 혁신내각을 조직하려는 쿠데타 음모에 가담했다는 것이었다. 다행히 혐의가 입증되지 않았으나, 탈옥 시도 등의 죄를 뒤집어썼다.

어떤 이유로 영어 생활을 하게 되었는지는 중요치 않다. 중요한 것은 그의 영어 생활이 배재학당 시절과 미국 유학 못지않게 그의 학문과 사상을 크게 발전시킨 계기가 되었다는 사실이다. 한 이승만 연구자는 이렇게 말한다.

이승만이 문필가(독립운동가가 아닌)로서 출중한 업적을 남길 수 있었던 데에는 남다른 또 하나의 특수 요인이 있었다. 그것은 그가 (만) 24세부터 29세까지의 재기발랄(才氣潑剌) 한 청년기에 5년 7개월이나 영어(囹圄) 생활을 하며 준(準) 학구적 활동을 지속하였다는 사실이다. … 그는 서울 종로에 위치한 한성감옥서(漢城監獄署)에 정치범으로 수감되어 있으면서 많은 양의 독서와 사색 그리고 글쓰기(書役)를 하였던 것이다. 동시에 그는 동료 죄수들과 함께 성경(聖經) 연구를 하였고 서적실(書籍室, 도서실)을 만들어 동서양의 각종 서적을 돌려 읽었으며, 또 '옥중학당'(옥중학교)을 개설하여 무식한 죄수들과 간수의 자제들을 모아 가르치기도 했다.

아울러서 그는 자기가 탐독한 외국 서적을 골라 번역하고, 〈뎨국신문〉과 〈신학월보〉에 논설을 기고하고 또 틈틈이 한시(漢詩)를 지었다. 이러한 학구·집필 활동의 일환으로 그는 〈신영한사전〉(新英韓辭典)의 편찬을 시도하였고, 〈중동전기본말〉(中東戰紀本末)이라는 한문 역사서를 우리말로 편역하였으며, 마지막으로 그의 주저(主著) 〈독립정신〉을 탈고하였다. 이렇게 따져볼 때, 한성감옥이야말로 이승만에게는 '대학 이상의 대학'이었던 셈이다. [6]

내가 이 글의 서두를 이승만의 "浮石寺"라는 현판으로 시작한 것은 그가 붓글씨에 능했다는 이야기이기는 하나, 그의 붓글씨도 필시 한성감옥에서 대성했을 것이라는 생각 때문이다. 또 그는 당(唐)의 시인 못지않은 뛰어난 솜씨의 한시를 평생 2백여 수나 지었다. 내가 아는 그의 〈제석〉(除夕)이란 시를 적어 본다(이수웅 역).

平生除夕客中過　鄕思年年此夜多 (평생제석객중과　향사연년차야다)
　　평생 섣달그믐을 나그네로 보내니 고향 생각이 매해 이 밤이면 간절해
異域送迎慣成習　在家還復憶歸家 (이역송영관성습　재가환복억귀가)
　　타향에서 맞음이 습관이 되어 집에 와서도 돌아갈 집을 생각한다.

1955년, 여든 나이의 작품이다. 오랜 망명 생활을 하는 동안, 이승만은 제야(除夜)가 아니라도 늘 고국을 그리워했던 것이다. 아니, 어

6　유영익, "이승만의 〈옥중잡기〉 백미(白眉)", 유영익 편, 〈이승만 연구: 독립운동과 대한민국 건국〉(연세대 출판부, 2000), 2~3쪽.

쩌면 아주 돌아갈 곳을 생각하고 지은 시란 생각도 든다. 그러나 이승만이 글씨를 잘 쓰고, 한학에 능하고, 한시를 잘 지었다는 것, 문필가로도 뛰어났다는 것은 그의 한 면에 불과하다.[7] 그러면 이승만은 누구인가?

이승만은 대한민국을 세운 어른이다. 상해임시정부의 초대 대통령이다. 1948년 대한민국이 건국되면서 초대, 2대, 3대 대통령을 지냈다. 그가 아니라면 오늘날의 자유민주주의 대한민국은 없다. 그럼에도 불구하고 그는 부정적인 평가를 받기도 하고, 심하게 폄훼되기도 한다. 그것은 우리나라가 극심한 이념의 분열 속에 있기 때문이다. 이념의 갈등, 문명의 충돌, 또 종교를 내세운 전쟁은 전 세계적인 현상이다. 그러나 요즘의 대한민국처럼 이념으로 분열된 사회는 없지 않나 싶다. 그리고 이승만에 대한 부정적 평가와 폄훼는 이 이념적 분열과 직결된다. 분단된 한반도의 비극이다.

물론 이승만 당년에도 그에 대한 부정적인 평가가 없지 않았다. 예컨대, 발췌개헌을 이끌어 낸 1952년 부산 정치파동, 1954년 '사사오입' 개헌을 통한 장기집권, 자유당 정권의 부패와 실정 등이 그를 지지하던 많은 국민의 등을 돌리게 했던 것도 사실이다. 더구나 1960년 3·15 부정선거로 폭발된 4·19혁명으로 하야(下野) 한 후 하와이로 망명한 이승만은 이미 "신화적" 인물이 아니었다.[8]

---

7 오영섭, "이승만 대통령의 문인적 면모", 유영익 편, 〈이승만 대통령 재평가〉(연세대 출판부, 2006), 437~468쪽 참조.

8 이승만과 오랜 친교를 맺었던 올리버는 1955년에 출판한 〈이승만 전기〉의 부제를 "신화의 인물"이라고 했었다. Robert T. Oliver, *Syngman Rhee*:

비판을 받아 마땅한 일도 많다. 그러나 누구에게나 장단점이 있듯이, 큰 인물일수록 공(功)과 과(過)가 있다. 길고 짧은 것은 대보면 안다. 공과 과도 비교하면 안다. 공이 크면 크다고 해야 한다. 이 이야기는 다시 한다.

그런데 요즘 이승만에 대해서는 공과 과의 문제를 넘어섰다. 사실이 아닌 것이 사실인 양, 잘못된 인식이 널리 퍼져 있다. 예컨대, 이승만이 남북분단을 고착화시킨 장본인이라든지, 친일적이고 친미적인 사대주의자라는 것이다. 이것은 올바른 역사인식이 아니다. 크게 보아 여기에는 두 가지의 배경이 있다. 하나는 박정희·전두환 정권의 독재와 관련된 것이다. 다른 하나는 좌파 민중사관 역사학자들의 역사왜곡에서 연유된 것이다.

첫째, 5·16과 더불어 등장한 군사정부를 보는 시각은 다양하다. 그러나 여러 정치학자와 헌법학자들이 그것을 자유민주주의의 일시적인 일탈현상으로 보는 것이 아닌가 한다. 군사독재정권이 "정통성을 결핍하고 있어도 대한민국은 정통성을 가지고 있는 국가라고 보았다".[9] 순진했다면 순진했다. 3선 개헌 등으로 앞날이 불투명하기는 했으나, 적어도 1972년 유신체제의 등장까지는 군사독재가 조만간 끝나리라는 기대도 있었다. 그런데 1972년에 유신이 선포되고 독재가 강화되었다. 기대가 무너졌다. 자유민주주의가 부활할 수 있을 것

The Man behind the Myth (New York: Dodd Mead, 1954).

9 이정복, 〈한국정치의 분석과 이해〉(개정증보판; 서울대 출판부, 2006), ix쪽 참고.

인가? 민주주의에 대한 회의(懷疑)가 팽배한 가운데 1979년, 유신정권이 무너졌다. 자유화의 물결이 나부꼈다. 그러나 그것도 잠시였다. 전두환 군부독재의 비극적 출현은 군부독재가 영구화되는 것이 아닌가 하는 의구심을 자극했다.

4·19부터라고 해도 민주화운동은 뿌리가 깊다. 반독재투쟁이었다. 주로 대학생 중심의 운동이었다. 목표는 자유민주주의의 쟁취였다. 그러나 1980년대로 들어서면서 운동의 성격이 달라졌다. 민주화에 대한 기대가 사라져서인지, 일부이긴 하나 급진적인 학생운동은 민족해방노선과 민중민주주의노선을 표방했다. 김일성의 이른바 주체사상을 동경했다. 미 제국주의의 타도를 목표로 삼았다. 또는 민중민주주의혁명을 부르짖었다. 그리고 그들 세력의 힘은 강했다. 전두환 정권이 강력한 무력을 배경으로 등장했기 때문에 그에 대항하는 세력 역시 강하고 영향력이 컸다. 그리하여 그들은 군부독재의 타도를 외치면서 대한민국의 정통성까지 부정하기에 이르렀다.[10] 그 와중에서 대한민국 건국의 주역인 이승만의 업적도 폄훼되기 시작했다.

둘째, 좌파 민중사관 역사학자들의 현대사 왜곡이다. 최근 논란이 되는 한국사 교과서 국정화 문제에서 나타났듯이, 대부분의 역사교과서는 예컨대 이승만에게 남북분단의 책임이 있는 것으로, 또 그가 남한 단독정부를 수립함으로써 통일국가 수립을 방해했다고 기술하고 있다. 이것은 좌파 민중사관의 역사학자들이 위에서 언급한 민족해방노선과 민중민주주의노선의 영향을 받았든지, 아니면 북한의 대

---

10 위의 책, x쪽.

남 심리전략에 놀아났든지, 아니면 이 둘이 중첩되어 작용했든지, 순진무구한 학생들에게 잘못된 지식이 전달되고 있는 것이다. 그리고 여기에는 김대중·노무현 좌파정부의 책임도 크다. 그 정부들은 햇볕정책이니 뭐니 하면서 대한민국 국가 정체성을 혼란시켰다. 좌파 집단이 양산되었다.

　나는 여기서 대한민국의 건국에서 시작하여 대한민국의 발전에 기여한 이승만의 공[업적]을 객관적으로 기술하려 한다. 나에게는 그에 대한 우리 사회의 잘못된 인식이 다소라도 불식되었으면 하는 소망이 있다. 여기에는 다른 이유도 있다. 이 책에 수록되지 않았더라도, 우리에겐 사표(師表)로 삼아야 할 훌륭한 선대의 인물들이 많다. 훌륭한 인물들이 훌륭한 업적을 많이 남겼기 때문에 오늘날 대한민국이 존재한다고 해도 과언이 아니다. 그렇다면 어떤 방법으로든지 그들의 업적을 기려야 한다. 그들의 업적을 널리 알려야 한다. 우리 세대는 그러한 책무를 우리의 후대에게 지고 있다.

1. 건국

1945년 10월 16일, 이승만은 여의도비행장에 도착했다. 망명 33년 만에 몽매에도 그리던 조국 땅을 밟았다. 그를 맞이하러 나온 인사들은 많지 않았다. 그러나 감개무량의 순간이었다. 그것과는 달리, 그의 마음속은 어떻게 하면 우리 민족을 대동단결시켜서 한반도에 새로운 나라를 세우는가 하는 일념으로 가득 차 있었다. 독립을 위하여 온갖 고생을 마다하지 않고 온갖 역경을 감내해야 했던 오랜 망명 생활이 주마등같이 머릿속을 스쳤을 것이다. 그러나 그것도 잠시, 다음 날 조선총독부(지금은 없어진 중앙청, 광화문 뒤에 있었다) 건물에서의 기자회견을 시작으로 그는 조국 땅에서 건국의 길을 걷는다. 그의 귀국도 실은 순탄치 않았다. 건국의 길은 험난했다. 귀국이 순탄치 않은 것은 미 국무부와의 알력 때문이었다. 건국의 길이 험난했던 것은 국내외의 사정이 복잡했기 때문이었다.

첫째, 이승만과 미국과의 관계다. 그는 배재학당에 재학할 당시부터 미국에 호의를 가졌다. 미국이 정치적 자유를 보장하는 나라라는 인식에 근거한 것이다. 미국 유학도 그러한 인식의 연장이었다. 1912년 미국으로 망명한 후에도 이승만은 미국이 한국의 독립에 도움이 되리라는 기대 아래 동분서주했다. 그러나 그의 기대는 1905년에 미국과 일본 사이에 체결된 이른바 '가쓰라 - 태프트 협약'의 내용이 알려지면서 무너지기 시작했다. 그것은 미국 육군장관 태프트(William H. Taft)와 일본수상 가쓰라 고로(桂太郎) 사이의 비밀협약이다. 여기서 미국은 일본의 한국 지배를 승인하는 대가로 일본으로부터 필리핀을 침략하지 않는다는 약속을 받았다.

이승만은 이 조약이 1882년에 체결된 '한미수호조약'을 배반한 것이고, 따라서 미국에게는 기대할 것이 없다는 생각을 갖게 되었다. 1924년이었다. 인식의 전환이다. 이때부터 이승만과 미국과의 관계는 애증(愛憎)의 반복이었다.

1941년 6월 이승만은 *Japan Inside Out: The Challenge of Today*란 책을 출판했다.[11] 여기서 그는 일본 제국주의의 내막을 낱낱이 밝히고 미국과의 전쟁을 예견했다. 예견한 바와 같이 그해 12월, 일본은 진주만을 공격하며 미국과 전쟁을 시작했다. 전쟁이 발발하면서 애증 관계에도 변화가 왔다. 증(憎)의 비중이 커지기 시작한 것이다. 이유는 다음과 같다.

하나, 전쟁이 발발하자 이승만은 일본의 패배가 명약관화하다고 믿었다. 그러면 한국의 독립은 필연적이다. 필연이라고 해도 이승만은 한국의 독립에 대한 미국의 도움을 기대했다. 그것은 다름 아닌 중경(重慶)에 있는 대한민국임시정부에 대한 미국의 승인이었다. 이것이 이승만의 거듭된 주장이었다. 그러나 미국은 소련과의 관계를 의식하여서인지, 혹은 망명정부 승인에 관한 유럽의 사례와 다르다는 취지에서인지 이승만의 주장을 무시했다.[12]

둘, 한국의 신탁통치 문제다. 그것을 미 국무부가 문제로 삼은 것은 1942년 초였다. 이듬해 3월에 루스벨트 대통령이 그것을 미국의 정책으로 채택했다. 이에 격분한 이승만은 루스벨트에게 신랄한 항의문을 보냈다. 미국에게 그는 이미 달가운 존재가 아니었다.[13] 신탁통치 문제는 해방 정국에서도 중요한 이슈였다. 이승만은 당시 극동에서의 소련의 야욕을 감지하고 있었고, 미국의 미온적인 한반도 정

---

11 New York: Fleming H. Revell Co., 1941. 〈일본 내막기〉 혹은 〈일본을 벗기다〉 등의 제목으로 된 우리말 번역본이 있다.

12 당시 유럽에는 여덟 나라의 망명정권이 있었다. 국민투표가 선행되어야 한다는 것이 망명정권에 대한 미국의 승인 원칙이었다. 그렇지 않으면 정통성이 없다는 이유에서였다. 이정식, "해방전후의 이승만과 미국", 그의 〈대한민국의 기원〉(일조각, 2006), 299∼300쪽. 이 논문은 위의 유영익 편, 〈이승만 연구〉, 405∼435쪽에 있는 것을 약간 수정한 것이다.

13 이정식, 위의 논문, 301쪽.

책에 불만을 갖고 있었던 것이 분명했다.

셋, 미 국무부와 이승만의 알력은 1945년 5월 샌프란시스코에서 열린 유엔 창립총회로 이어진다. 미국이 얄타회담에서 한반도를 소련에 넘겨주겠다고 했다는 '밀약설'에 대한 잘못된 정보도 있었고, 이승만의 오해도 있었다. 그러나 중경임시정부에 대한 미국의 입장 때문에 미 국무부와 이승만의 알력의 골은 깊어졌다.

그러한 이승만이 어떻게 친미 사대주의자일 수 있는가? 아무튼 이런저런 미국과의 껄끄러운 관계 때문에 이승만의 귀국은 늦어졌다. 그러나 그의 귀국에는 미군정의 요구가 중요하게 작용했다. 미군정은 혼돈에 빠진 해방 정국을 수습하기 위하여 이승만의 존재가 필요하다고 판단했던 것이다.[14] 예컨대, 그는 1919년 9월 상하이의 대한민국임시정부의 초대 대통령으로 뽑히기도 했고, 또 후술하는 바와 같이 해방 후에도 여운형(呂運亨)이 주도한 조선건국준비위원회(이하 건준)의 조각에 주석으로 선출되는 등 시대의 선후와 이념의 좌우를 초월한 미래의 지도자로서 명망이 높았기 때문이다.

둘째, 해방 정국이다. 해방은 우리 민족이 자력으로 쟁취한 것이 아니다. 연합국의 승리로 갑자기 얻은 것이다. 그렇기 때문에 우리 민족은 해방 정국에 대하여 아무런 준비가 없었다. 1945년 8월 초순 일본의 패망이 확실시되자, 조선총독부의 고위 관리들은 송진우(宋鎭禹) 등의 민족지도자를 만나 행정위원회의 설치 혹은 독립준비를 해도 좋다는 감언이설로 한반도에 거주하는 일본인의 안전과 재산보

---

14 위의 논문, 320쪽.

116

호 등을 포함한 치안유지에 관하여 협조를 교섭했다. 그러나 송진우의 거절로 성사되지 않았다. 8월 15일 아침, 총독부의 정무총감 엔도 류사쿠(遠藤柳作)는 여운형을 만나 정오에 일본 천황이 무조건 항복을 발표할 것임을 암시하면서 치안유지권의 인수를 요청했다. 여운형은 이 제의를 수락한다. 그는 이날 오후부터 안재홍(安在鴻)과 협의하고 좌우익을 망라한 건준을 발족시킨다. 건준은 9월 6일에 전국인민대표대회를 소집한다. 대회는 '조선인민공화국'(인공)이란 국호를 채택한다. 9월 14일에는 그 국호의 공화국을 정식 선포한 다음, 본인들의 승낙을 받지 않은 희대의 조각(組閣) 명단을 발표하기에 이른다.[15] '인공'(人共)이 아니라 '가공'(架空)인 셈이다. 좌익계의 사주를 받은 것이다.

미군이 한반도에 진주한 것은 9월 9일이다. 일본의 지배는 공식적으로 끝나고, 미군정이 시작되었다. 미군정 당국은 건준을 하나의 정당운동으로 치부했고, 물론 인공도 인정하지 않았다. 여운형의 건준은 어떠한 조건 아래서도 좌우합작이 결코 성공할 수 없다는 사실을 극명하게 표출시켰을 뿐이다.

해방 후 제일 먼저 창당된 정당은 박헌영(朴憲永)이 주도한 조선공산당이다. 해방 정국을 헤집고 다닌 세력이 조선공산당이었고, 건준도 실질적으로는 그에 의하여 놀아났다. 이러한 좌익계열의 정치적 움직임에 맞선 민족진영의 집결체로서 한국민주당(한민당)이 탄생한 것도 건준에 의한 인공 선포 직후였다. 그리하여 좌익과 우익세력의

---

15 이병도 등 편, 〈해방 20년사〉(희망출판사, 1965), 114~116쪽 참조.

대립은 필연이었다. 한민당은 처음에 상해임시정부의 정통성을 받들고 출범했다. 그러나 1948년 1월 이승만의 단독정부론(단정론)과 김구(金九)와 김규식(金奎植)의 남북협상론이 대립될 때 전자를 지지했다. 이승만의 건국에 협조했다.

이승만은 귀국 다음날의 연설에서 한인 사회의 분열을 개탄하면서 "살아도 함께 살고, 죽어도 함께 죽는다"는 취지의 발언을 했다. 이것이 "뭉치면 살고, 흩어지면 죽는다"는 구호로 유행했다. 그러나 그의 마음은 한민족이 살기 위해서는 '독립이 우선'이라는 생각뿐이었다. 사실 33년간의 망명 생활도 한국의 독립을 위한 것이었고, 귀국 후의 그의 언행도 그 연장선상이다.

한 정치학자는 독립정부 수립을 위한 이승만의 노력을 아래와 같이 설명한다. 첫째, 워싱턴 연락사무소를 통한 활동이다. 당시 이승만을 위하여 로비에 앞장섰던 인물은 올리버(Robert T. Oliver)와 임병직(林炳稷)이다. 이들은 신문에 글을 기고하고 국무부에 편지를 보내는 등 미국 내 여론 조성과 로비에 기여한다. 둘째, 1945년 12월 하순 미·영·소의 3상회의(모스크바)가 한국의 신탁통치를 결정하자 제일 먼저 반대하고 나선 인물이 이승만이다. 그는 바로 대한독립촉성국민회(독촉)를 조직하여 한국의 독립, 38선 철폐, 신탁통치반대를 주장하였다. 이승만은 독촉을 통하여, 또 전국적인 유세를 통하여 반탁세력을 규합하는 데 심혈을 기울였다. 셋째, 미국을 방문하여 직접 로비에 나서기도 했다. 이승만은 1946년 12월 초 미국으로 다시 갔다. 한국의 독립을 위해 미국 정부를 직접 설득하기 위해서였다.[16]

이러한 이승만의 노력은 결국 미국으로 하여금 한국 문제를 유엔에 상정케 하는 것으로 이어진다.[17] 그리하여 1947년 11월 유엔총회는 "유엔 감시 아래의 선거"를 통한 한국의 독립정부 수립을 결의한다. 그러나 소련군이 유엔 한국임시위원단의 북한 지역 활동을 저지하였기 때문에 불가피하게 남한에서만 인구비례에 따른 총선거가 실시되었던 것이다. 그것이 1948년 5월 10일의 제헌국회의원 선거다. 유사 이래 이 땅에서 실시된 최초의 자유·평등·직접·비밀의 원칙에 따른 선거였다. 건국의 초석이 된 선거였다. 그 선거로 구성된 국회는 7월 17일 헌법을 제정했다. 그 헌법에 따라 8월 15일에 자유민주주의 공화국이 한반도에 탄생했다. 건국절로 우리가 마땅히 기념하여야 할 날인 것이다.[18]

---

16 이정식, "이승만의 단독정부론 제기와 그 전개", 위의 책, 448~454쪽. 또 최근 〈이승만 일기〉 발간 기념 학술대회에서 발표된 미국 위스콘신대학 데이비드 필즈(David P. Fields)의 논문, "이승만의 활동과 한반도의 분단"도 위의 분석을 뒷받침하고 있다. 한반도에 대한 미 국무성의 관심은 이승만이 "미 의회와 국무성을 통해 한국 독립의 당위성을 끈질기게 설득한 결과"라는 것이다. 〈조선일보〉, 2015년 10월 23일, A23 참조.

17 이승만이 결사적으로 신탁통치 반대투쟁을 전개할 때, 미국은 이승만을 제거하기 위한 계획(Ever Ready Plan)까지 획책한 일도 있었다. 그러나 대한민국 정부 수립에 있어서는 미국이 이승만과 어느 의미에서 보조를 같이한 것이다. 역사의 아이러니 혹은 양자 사이의 애증관계의 변덕일지 모른다.

18 1987년에 개정된 헌법 전문이 "대한민국은 3·1운동으로 건국된 대한민국 임시 정부의 법통 … 을 계승" 운운한 것을 빌미삼아 1919년이 대한민국의 건국년이라는 주장도 있다. 국가에는 영토·국민·주권이라는 3대요소가 필수적이다. 이 셋 가운데 아무것도 없는 상황에서 건국이란 주장은 어불성설이다. 이러한 주장도 1948년 이승만의 건국을 폄하하는 작업이다.

그럼에도 불구하고 1948년의 5·10선거와 8·15의 건국을 두고 오늘날까지 부정적인 평가를 내리는 세력이 있다. 남한만의 선거와 건국이 한반도의 분단을 고착화시켰다는 친북좌파의 모략과 비방이 한편에 있고, 다른 한편에는 남북협상을 통한 이상주의적 통일정부론을 주장하던 세력의 잔재가 남아 있기 때문이다. 같은 부류의 집단이 아닌가 한다.

이와 관련하여 흔히 이승만의 단정론(單政論)으로 세간에 알려진 1946년 6월 3일의 정읍(井邑) 발언에 관하여 일언을 하고자 한다. 그것은 이승만이 남한만의 정부수립 가능성을 시사한 것이다. 그러나 부당하게도 그것을 이승만의 정권욕이 표출된 것이라든가, 더 나아가 이를 근거로 그를 남북분단 고착화의 장본인으로 치부하는 세력이 있다. 그러나 그것은 옳지 않다.

한반도의 분단은 소련의 야욕과 제2차 세계대전 말기에 소련의 협조를 기대한 미국의 단견적 정책의 결과이다. 1945년 8월 8일의 대일 선전포고를 시작으로 한반도에 진주한 소련군은 이미 8월 하순에는 38도선 이북지역을 모두 점령했다. 실질적인 통치에 착수했다. 그것은 9월 8일 미군의 한반도 진주에 훨씬 앞선 것이다. 스탈린은 9월 하순에 북한에서의 단독정부 수립을 지시하였다.[19] 소련군 소령이던 김성주(김일성의 본명)를 앞세워 단독정부 수립에 박차를 가했다. 그리하여 소련은 1946년 초부터 조만식(曺晚植)을 비롯한 우익인사들의 제거에 착수했다. 2월에는 '북조선 임시 인민위원회'를 설립했다. 3

---

19 이정식, "스탈린의 한반도 정책, 1945년", 위의 책, 178쪽.

월에는 토지개혁을 실시했다. 분단 고착화의 길을 가고 있었다. 이와 같은 북한의 움직임을 간파한 이승만은 좌우합작 혹은 통일정부의 수립이 불가능하다고 판단한 것이다. 정읍 발언의 배경이다.

여기에는 냉전의 확산이라는 국제정세에 대한 정확한 진단이 또 뒷받침이 되었다. 그리고 그 후의 역사도 그러한 방향으로 진행되었다. 〈이승만 없었다면 대한민국 없다〉는 책도 있다.[20] 나도 이 책과 같이 "이승만이 아니었다면 오늘의 대한민국은 없다"고 말한다. 그는 대한민국을 세웠다.

2. 숙군과 농지개혁

숙군(肅軍)은 문자 그대로 군부 숙청이다. 농지개혁과는 별개의 사안이다. 그러나 이 둘은 1950년에 발발한 6·25사변을 우리가 극복하는 과정에 나름대로의 기여가 크고, 거기에는 이승만의 선견지명이 있었기 때문에 함께 다루려고 한다. 대한민국 국군의 전신은 1946년 1월에 창설된 국방경비대였다. 미군정의 주도로 창설되었다. 그러나 모집 기준이 엄격하지 않았다. 선서를 중시하는 선별방식이었다. 미군정 당국과 앞으로 수립될 정부에 충성을 선서하면 충분했다. 좌익이든 우익이든 전력은 중요하지 않았다. 따라서 경찰에 쫓기던 남로당원을 비롯한 좌익 성향의 세력들이 쉽게 군에 입대할 수 있었다. 군을 도피처로 삼은 것이다.[21] 군은 좌익의 온상이었다. 그리하

---

20 로버트 올리버 지음, 박일영 옮김(동서문화사, 2008).

여 건국에서 6·25사변 발발 사이에 군 좌익세력에 의한 반란이 자주 있었다. 그 가운데 큰 규모의 반란은 제주도 4·3사건, 여순반란 사건, 강·표 월북 사건[22] 등이다.

여순반란은 1948년 10월 20일 아침 여수에 주둔 중이던 국군 제14연대가 일으킨 사건이다. 연대는 그 전날 밤에 제주 4·3사건을 진압하기 위하여 출항할 예정이었으나 출항하지 않고 반란을 일으켰다. 진압의 어려움, 피해와 충격의 규모는 이루 말할 수 없이 컸다. 그러나 이 사건이 계기가 되어 숙군이 시작되었다. 사건은 숙군의 촉진제였다. 그러나 숙군은 군 최고 통수권자인 이승만의 단호한 의지가 있었기에 가능했다. 치안국장 김태선(金泰善)이 극비문서 형식으로 작성한 여순반란 전말보고서가 경무대에 전달되자, 이승만은 숙군의 필요성을 누구보다 먼저 인지했다. 즉시 로버츠(William Roberts) 미군사고문단장을 경무대로 불러 국방경비대의 허술한 모병(募兵) 방침에 대하여 일갈한 후, 경찰의 보고서를 전하면서 수습을 명령했다. 로버츠는 그 문서를 이응준(李應俊) 육군참모총장에게, 이응준은 이것을 다시 백선엽(白善燁) 육군정보국장과 신상철(申尙澈) 헌병사령관에 넘겼다.[23] 숙군은 그렇게 시작되었다. 약 1,500명의 군내 좌익분자들이 제거되었다. 국군은 사상적으로 거의 통일되었다. 군의 반공체제가 확립된 것이다. 숙군 작업의 실질적인 책임자였던 백선엽

---

21 백선엽, 〈군과 나〉(시대정신, 2009), 400쪽.
22 이것은 1949년 5월 4일과 5일 춘천 부근에서 38도선 경계임무를 맡은 8연대의 강태무·표무원 소령이 대대병력을 이끌고 월북한 사건이다.
23 백선엽, 위의 책, 413~414쪽.

은 숙군에 대하여 이렇게 말한다.

내 책임 하에 진행된 숙군 작업에서 물론 옥석이 구별되지 않는 경우가
전혀 없었다고 말할 수는 없다. 그러나 이 작업이 사상적으로 혼미상태
에 빠진 국군을 '자기 살을 도려내는 고통'을 통해 소생시켰다는 점은 누
구도 부인할 수 없을 것이다. 그로부터 1년 후 전쟁이 터졌을 때 비록 개
별 병사가 적에게 투항한 사례가 있어도 집단 투항한 사례는 단 한 번도
없었다는 것이 그 증거다. 만약 여순반란 사건이 없었고 숙군이 없었더
라면 이후 6 · 25 상황에서 국군이 자멸의 길을 걷지 않았으리라고 장담
할 사람은 아무도 없을 것이다. [24]

좌익세력의 제거는 군에서만이 아니라 사회 각 분야에서 절실히 요
구됐다. 그 요구를 뒷받침하는 입법이 필요했다. 그래 제정된 것이
1948년 12월의 국가보안법이다. 반국가 활동을 규제함으로써 국가의
안전을 보장하고 국민의 생존과 자유를 확보하기 위하여 제정된 것이
다. 그러나 입법만으로는 반국가 활동을 규제하고 치안을 유지하기
는 힘들다. 물리적인 제재가 뒷받침되어야 한다. 그 한 예가 지리산
공비토벌이다. 여순반란 사건과 특히 6 · 25의 낙동강 전투 이후, 미
처 월북하지 못한 공산군 잔당들은 남부군단을 형성했다. 약 1만여
명의 병력이 지리산을 거점으로 후방을 심하게 교란했다. 치안은 말
할 것도 없고, 유엔군의 작전수행에도 지장이 컸다. 1951년 11월, 정

---

24 백선엽, 위의 책, 416쪽. 숙군은 6 · 26 발발 직전까지 계속되었다.

부는 백야전(白野戰) 전투사령부를 설치하고 공비토벌을 명령했다. 1년여의 작전 끝에 공비는 완전히 토벌됐다. 지리산 일대는 평정됐다. 물리적인 힘으로 평화를 되찾은 것이다.[25] 국가보안법은 제정 이후 여러 차례 개정도 있었다. 요즘도 그 폐지를 주장하는 좌파세력도 있다. 그러나 이 법이 있음으로써 오늘날 대한민국 국민은 자유를 누리는 것이다.

우리나라의 농지개혁은 1950년 2월과 3월에 농지개혁법 개정안과 시행령이 마무리되면서 실행됐다. 말할 것도 없이 그것은 이승만의 주도로 추진된 것이다. 근대화의 초석이 된 사건이다. 여기에는 두 가지 목적이 있었다. 소작농을 자작농으로 바꾸고, 지주(地主)를 산업자본가로 육성하여 농업과 공업을 병행 발전시키자는 것이 첫째의 목적이다. 두 번째의 목적은 공산당을 막기 위한 것이다. 공산당만이 토지개혁을 할 수 있다는 선동에 쐐기를 박은 것이다. 어느 것이 우위의 목적인지는 가늠하기 힘들다. 결과적으로 이승만의 농지개혁은 두 목적을 모두 달성했다.

---

25 백선엽, 위의 책, 261~279쪽 참조. 백선엽 장군이 사령관에 임명되어 백야전투사령부라는 명칭이 생긴 것이다. 그 공을 기리기 위하여 정부는 1979년에 지리산 뱀사골 자락에 '백야전사 전적기념관'(白野戰司 戰跡紀念館)을 세웠다. 그런데 어찌된 영문인지 2006년 초에 기념관이 없어졌다. 대신 그 자리에는 지리산 탐방안내소가 세워졌다. 공비토벌을 못마땅하게 여긴 좌파 집단의 작태라는 것이다. 전적기념관은 그 자체로 보존의 가치가 있기 때문이다. 송헌일, "적은 안에 있다", 이하우·최명 공편, 〈6·25와 나: 서울법대 58학번들의 회고담〉(까치, 2010), 181~201쪽.

이승만은 미군정의 농지불하정책 등이 실효성 없는 것으로 판단했다. 1946년에 전격 실시된 북한의 토지개혁을 지켜본 이승만은 북한과는 다른 우리 나름의 독자적인 농업개혁을 구상했다. 봉건지주제의 혁파가 국가발전의 척도라고 판단한 그는 공산주의자에서 전향한 조봉암(曺奉岩)을 초대 농림부장관에 임명했다. 농지개혁의 포석이다. 그러나 개혁의 과정은 쉽지 않았다. 국회에서조차 반대가 많았기 때문이다. 어느 사회나 그렇지만 사회적 자원(資源)은 불평등하게 분배되기 마련이다. 또 그 불평등은 세습된다. 특히 전근대사회에서는 그것이 우심했다. 아버지가 양반이면 아들도 양반, 아버지가 지주면 아들도 세습 받아 지주, 아버지가 소작인이면 그 자식도 소작인의 신분을 벗어나지 못했다. 이러한 불평등의 세습을 타파하는 것이 이승만의 이상이었다.

　배재학당에서, 미국 유학에서, 오랜 미국 생활에서 배운 것이다. 능력이 아닌 출생에 의해서 자원이 불공평하게 분배되는 것을 근대사회가 용납해서는 안 된다는 것을 깨달은 것이다. 그래서 봉건지주제의 타파를 일찍부터 구상했다. 그리고 그것은 농지개혁을 통해 실현되리라 믿었다. 근대화는 여기서 시작한다고 그는 믿었다.

　농지개혁은 유상매수・유상분배라는 방식으로 실행됐다. 지주에게는 지가증권을 줌으로써 토지를 유상으로 매입하고, 소작농은 1년 수확의 1.5배를 5년 분할로 납입하는 조건으로 농지를 불하받는 조건이었다. 소작농에게 절대적으로 유리한 조건이다. 사유재산의 제한이라는 말도 있었지만, 기본적으로는 자유시장경제의 틀을 벗어나지 않았다. 이것과 1946년 3월에 전격적으로 실시된 북한의 토지개혁과 비교하면 천양지차였다.

북한의 토지개혁은 무상몰수·무상분배의 방식으로 진행됐다. 농민들이 처음에는 좋아했을 것이다. 그러나 그것은 토지의 국유화를 위한 조치였다. 농민들은 소출의 약 40%를 현물 세금으로 내야 했다. 이제는 정부가 지주가 된 꼴이다. 또 그 후의 일이지만, 북한에서는 농민들의 경작권마저 몰수했다. 국영 협동농장체제로 전환시켰다. 북한은 "개인은 아무것도 아니고, 국가가 전부다"(Du bist nichts. Der Staat is alles) 란 구호의 독일 나치보다 더 잔혹한 공산당 사회가 된 것이다. [26]

남한에서는 농지개혁으로 소작농이던 167만여 가구가 말 그대로 자유로운 자작농이 되었다. 누대의 꿈의 실현이다. 농지를 분배받은 농민들은 이승만의 지지기반이 되었다. 동시에 대한민국이라는 "국가의 구성원으로 포섭되어 갔다". [27]

이승만의 농지개혁은 위에서 말한 바와 같이 두 가지 목표를 성취했다. 봉건제와 비슷한 지주·소작관계를 타파하여 농민들로 하여금

---

26 절차적인 차원에서 남한의 농지개혁과 북한의 토지개혁을 비교한다. 1946년 3월의 북한 토지개혁은 북조선인민위원회의의 결정에 의하여 일사분란하게 시행되었다. 그러나 그것은 소련의 지시를 따라 진행된 것이다. 소련은 제2차 세계대전 후 동유럽 여러 나라의 토지개혁을 집행한 경험을 북한에 강제로 재현했다. 남한에서는 본문에서 언급한 바와 같이 국회에서의 반대도 있었고, 입법 과정에서도 우여곡절이 있었으나 민주적 절차를 밟아 토지개혁이 이루어졌다.

27 김일영, "통치자로서의 이승만 대통령", 유영익 편, 〈이승만 대통령 재평가〉, 88쪽.

땅에 대한 자부심을 갖게 하였다. 이것이 그들로 하여금 대한민국과 일체감을 갖도록 고취시켰고, 6·25를 겪는 동안 인구의 4분의 3이었던 농민들이 대한민국의 충성된 지주로 남았다. 김일성이 남침을 기획했을 때, 남로당 출신의 박헌영은 "우리가 남침하면 남한의 20만 농민들이 우리를 위하여 봉기할 것"이라고 했다 한다. 그러나 그러한 상황은 결코 일어나지 않았다. 농지개혁은 한국전쟁에서 농민들의 이반(離反)을 막았다. 공산화를 막은 것이다. 또 농지개혁은 농업자본을 산업자본으로 전환시킨 계기가 되었다는 분석도 있다.

3. 전쟁 극복과 한미동맹

어렵게 건국은 이루었으나, 이미 조국은 분단되었다. 이승만은 분단의 책임이 소련에 있다고 믿었다. 따라서 그는 대한민국이 반소·반공의 기지가 되어야 한다는 신념을 가졌다. 분단 해소는 통일이다. 통일을 위해서는 무력으로 북진하는 길이 최선이라고 생각했다. 그래 기회가 있을 적마다 반공과 북진통일의 당위성을 역설했다. 그 당위가 현실이 될 수도 있는 상황이 발생했다. 전쟁이 발발한 것이다.

1950년 6월 25일, 북한의 김일성은 불법 남침을 자행했다. 6·25, 한국전쟁 등으로 불리는 동란이 터진 것이다. 김일성은 소련의 승인과 지원을 받고, 치밀하게 전쟁을 기획했다. 전면전 준비가 전무했던 남한은 그만 허를 찔렸다. 대통령으로서 이승만 최대의 시련이 시작된 것이다. 통일을 이루지는 못했으나 시련은 극복했다. 전쟁 와중에 이승만은 뛰어난 외교력을 발휘하여 한미동맹을 성사시켰다. 대한민국의 안전과 평화를 위한 보장 장치를 만든 것이다.

북한의 기습 남침에 대한 초기의 정부 대응은 미비했다. 새벽 4시에 시작된 전쟁이 경무대에 보고된 것이 오전 10시 반이었다. 국방수뇌부가 그 동안 무엇을 했는지 알 수 없다. 이전에도 38선 부근에서 남북의 소규모 군사적 충돌이 심심찮게 있었기 때문에, 그런 정도의 충돌일 것이란 안이한 생각을 했는지도 모른다. 오늘의 우리 정치에도 소통이 문제라고 한다. 당시는 더 그랬다. 더구나 부정확했다. 이승만에게 최초로 전황을 보고한 국방장관 신성모(申性模)는 "크게 걱정하실 일이 아니"라고 했다니, 대통령을 안심시키려고 그랬는지 모르나 한심한 일이었다. 그러나 대통령은 경찰 정보를 통하여 사태의 심각성을 뒤늦게 알게 되었다. 그나마 다행이었다.

사태의 심각성을 알고 난 후의 이승만의 행동은 기민했다. 26일 새벽 3시, 그는 도쿄(東京)의 맥아더 극동군사령관에게 전화했다. 한국의 위급상황을 전했다. 지원을 요청했다. 맥아더는 무기와 병력의 지원을 약속했다. 그리고는 또 주미대사 장면(張勉)을 불렀다. "미의회가 승인하고 트루먼 대통령이 결재한 1천만 달러어치 무기 지원"을 독촉하여 받아내라고 지시했다.[28] 이어 이승만은 트루먼에게 원

---

28 프란체스카 도너 리, 〈6・25와 이승만: 프란체스카의 난중일기〉(기파랑, 2010), 22~24쪽. 프란체스카는 대통령이 맥아더에게 전화한 시간이 26일 새벽 3시라고 했다. 당시 경무대 비서였던 민복기(전 대법원장)의 회고에는 26일 밤 10시 반으로 되어 있다. 중앙일보사 편, 〈한국전쟁실록: 민족의 증언 1〉(중앙일보사, 1972), 19쪽. 나는 프란체스카의 일기가 더 정확하다고 본다. 중요한 것은 맥아더를 전화로 불러 지원을 요청한 일이다.

조를 호소하는 전문을 보냈다. 그리고 그 전문을 장면이 트루먼에게 직접 전달토록 명했다. 이러한 일련의 대미 조치가 신속하게 효력을 발휘했다. 미국 참전의 실마리가 된 것이다. 트루먼은 해·공군의 투입을 결정했다. 전쟁 발발 이틀 후였다.

이어 한국 문제는 유엔 안전보장이사회에 상정되었다. 안전보장이사회의 결정으로 미국을 위시한 16개국이 유엔군을 조직하여 참전하였다. 이들 모두 전투부대를 파견했다.[29] 또 의료지원을 위한 인원과 시설을 보내 대한민국을 도운 나라도 5개국이다.[30] 우리가 고맙게 여겨야 할 나라들이다.

이승만은 처음에 서울 사수를 완강하게 고집했다. 그러나 사태가 사태인 만큼, 27일 새벽에 피난을 떠나지 않을 수 없었다. 1953년 8월의 환도(還都)까지 3년 반 넘게 부산이 임시 수도였다. 소련제 탱크를 앞세운 적은 막강한 화력으로 3일 만에 서울을 점령하고, 여세를 몰아 낙동강까지 넘보게 되었다. 그러나 9월 15일 맥아더의 인천상륙작전의 성공으로 전세는 역전되었다. 9월 28일에 서울을 탈환한 국군과 유엔군은 파죽지세로 북으로 진격했다. 이때 이승만은 북진

---

29 미국, 영국, 오스트레일리아, 네덜란드, 캐나다, 프랑스, 필리핀, 터키, 타이, 그리스, 남아프리카 공화국, 벨기에, 룩셈부르크, 콜롬비아, 에티오피아 등이다. 참전 인원의 총규모를 보면, 미국이 178만 9천 명으로 제일 많고, 영국(5만 6천 명), 캐나다(2만 5,687명), 터키(1만 4,936명), 오스트레일리아(8,407명) 등의 순서다. 그들이 왜 낯선 이국땅에 와서 피를 흘리며 싸워야 했는지 되새겨 볼 일이다.

30 스웨덴, 인도, 덴마크, 노르웨이, 이탈리아 등.

의 정당성을 이렇게 주장했다. "북한의 남침으로 38선이 무너졌다. 이제 38선은 없다. 우리나라의 국경선은 압록강과 두만강이다. 따라서 북진하는 것만이 민족의 진로이고, 통일을 위한 길이다." 대한민국의 통치는 남한에 국한되어야 한다는 유엔의 권고를 무시했다. 전쟁 확산을 우려한 워싱턴의 미온적 태도에도 불구하고, 국군과 유엔군은 압록강까지 진격했다. 이승만은 국군이 평양에 입성한 지 10일 만인 10월 30일 국군수송기 편으로 평양에 도착하였다. 수만 평양 시민의 열렬한 환영을 받았다. 통일이 눈앞에 보이는 듯 했다. 그러나 민족의 불운은 다시 시작됐다. 1950년 10월 하순부터 백만의 중국 공산군이 북한을 도와 참전하게 되자 전세는 다시 역전된다.

중공군의 인해전술에 밀려 국군과 유엔군은 후퇴를 하지 않을 수 없었다. 1951년 1월 4일, 정부는 서울을 다시 포기해야만 했다. 그것이 1·4후퇴다. 오산 부근까지 밀린 국군과 유엔군은 다시 반격하여 지금의 휴전선 부근에서 대치하며 2년 넘게 일진일퇴를 거듭했다. 한반도에서 발생한 전쟁이지만, 한국전쟁은 이미 국제전이었다. 그러나 전쟁에 대한 전략적 판단의 차이 때문에 트루먼 대통령은 1951년 4월 맥아더 유엔군사령관을 해임했다. 트루먼 행정부는 전쟁의 장기화를 꺼렸다. 한국전쟁이 12월로 다가오는 미국 대통령선거의 중요한 이슈로 떠올랐기 때문이다. 그리하여 미국 정부의 한반도 정책은 군사적 승리보다는 정치적 해결 쪽으로 기운 것이 아닌가 한다.

이와 직접적인 연관은 아니나, 소련은 1951년 6월 23일 유엔안보리에서 한국전쟁의 휴전 및 정전을 제의했다. 개성에서 시작하여 판문점으로 이어진 휴전회담은 그렇게 시작되었다. 2년 넘게 계속된 지루한 회담이었다. 전선의 소모적 전투는 계속되었다.

나라마다 사정은 다르다. 미국은 한국전쟁의 조속한 휴전을 바라면서 취약한 정책으로 일관했다. 이승만은 추호의 양보도 없이 북진통일을 외치고 있었다. 또 남한에서는 휴전 반대 데모가 그치지 않았다. 그러나 전시작전권을 유엔군에 이양했기 때문에 한국 정부의 행동에는 한계가 있었다. 그렇기 때문에 이승만은 통일에 앞서 전쟁 후의 한국의 안전보장이 더 중요하다고 판단했다. 그 안전보장 장치는 미국과의 상호방위조약이다.

이승만은 그 필요성을 건국 초부터 인지하고 있었으나, 전쟁의 참화를 겪으면서, 또 휴전의 가능성이 커지면서 그것은 목전의 절박한 문제로 부각된 것이다. 이승만은 한미상호방위조약의 성사를 여러 측면에서 타진하며 미국에 압박을 가했다. 통일 없는 휴전을 반대한다는 강력한 메시지를 아이젠하워 대통령에게 통고하기도 했고, 변영태(卞榮泰) 외무장관 명의로 한미상호방위조약을 포함한 휴전수락의 전제조건 등을 미국 정부에 전달하기도 했다.

상황이 불투명한 가운데 이승만은 승부수를 던졌다. 그것은 1953년 6월 18일 반공포로의 석방이었다. 이승만은 부산·마산·광주·논산수용소 등에 분산되었던 2만 7천여 명의 반공포로를 전격 석방하였다. 한국 정부가 독자적인 행동을 취할 수 있음을 전 세계에, 특히 미국에 알린 조치였다. 포로 문제는 휴전 회담의 중요 이슈였다. 반공포로의 석방은 휴전회담을 결렬시킬 수도 있었다. 그러나 이승만이 던진 승부수가 직접적인 효력을 발휘했다. 미국은 이승만의 요구를 받아들이지 않을 수 없었다.

1953년 7월 27일 휴전협정 이후 약 2개월이 지난 10월 1일에 한미 상호방위조약이 체결됐다. 조약의 정식 발효는 이듬해 11월 18일이 었다. 이 조약은 대한민국 안보의 지킴이다. 현재도 그것은 북한의 도발을 억지하고 있다고 나는 믿는다. 또 튼튼한 안보가 경제발전의 초석이 된 것은 물론이다. 한미상호방위조약은 이승만 안보외교의 승리였다. 정치적 결단의 진수(眞髓)였다. 아니, 또 반공포로의 석방은 이승만의 인도주의의 발현이었다. 공산 적치(赤治)로의 강제송환을 거부하는 그들에게 자유를 주었기 때문이다.

다시 6·25를 회고해 본다. 3년여에 걸친 전쟁의 인적·물적 피해는 문자 그대로 막대하다. 정전(휴전) 협정 50주년(2003년)을 지내면서 국방부 군사편찬위원회가 발표한 자료에 의하면, 국군과 유엔군 측의 인명 피해는 아래와 같다.

전사·부상·실종·포로를 합한 국군의 인명 피해는 62만 1,479명, 미군은 13만 7,250명, 나머지 유엔군의 피해 인원을 모두 합하면 77만 6,360명에 이른다. 중공군을 포함한 공산군의 인적 피해는 150만 명이 넘는다. 민간인 피해는 이보다 더하다. 남북한을 합쳐서 사망(학살 포함), 부상, 납치(행방불명 포함)된 숫자는 250만 명에 가깝다. 여기에 피난민 320만여 명, 전쟁미망인 30만여 명, 전쟁고아 10만여 명을 더한다면 생각하고 싶지도 않은 엄청난 수의 사람들이 전쟁으로 인하여 사망하거나 고통을 당한 것이다.[31]

_____

31 본문의 통계는 이하우·최명 공편, 위의 책, 부록(6·25전쟁 관련 통계, 447

재산의 피해는 말할 것도 없다. 대구·부산 등의 경상도 일부와 제주도를 제외한 전국이 초토화되었다고 해도 과언이 아닐 것이다. 통계를 잡기도 불가능하다. 김일성의 불법 남침으로 시작된 6·25전쟁의 참담한 결과인 것이다.

그러한 전쟁에 대하여 '북침'이니 어쩌니 하는 주장이 있는가 하면, 신라와 백제가 싸운 것과 같이 오래된 일인데 지금 와서 떠들 것이 무어냐는 무리가 있다는 이야기도 있다. 그러나 절대 그렇지 않다. 우리는 기억해야 하고, 북한의 도발에 철저히 준비해야 한다. 나의 세대는 6·25전쟁을 직접 겪었다. 나는 〈6·25의 노래〉(박두진 작사, 김동진 작곡)를 부르며 자랐다.

1절: 아아 잊으랴 어찌 우리 이날을
조국을 원수들이 짓밟아 오던 날을
맨 주먹 붉은 피로 원수를 막아내어
발을 굴러 땅을 치면 의분에 떤 날을….

후렴: 이제야 갚으리 그날의 원수를 쫓기는 적의 무리 쫓고 또 쫓아
원수에 하나까지 쳐서 무찔러 이제야 빛내리 이 나라 이 겨레.

2절: 아아 잊으랴 어찌 우리 이날을
불의의 역도들을 맷도적 오랑캐를

―――――
~452쪽)을 참고하여 재구성한 것이다.

하늘의 힘을 빌려 모조리 쳐부수어

흘러온 값진 피의 원한을 풀으리….

3절: 아아 잊으랴 어찌 우리 이날을

정의는 이기는 것 이기고야 마는 것

자유를 위하여서 싸우고 또 싸워서

다시는 이런 날이 오지 않게 하리…. [32]

그러나 "원수의 하나까지 쳐서" 무찌르지 못했다. 1953년 7월의 27
일의 휴전협정 체결로 전선의 총성은 멈췄다. 그러나 전쟁이 끝난 것
은 아니다. 문자 그대로 전투가 멎었을 따름이다. 분단은 장기화되었
다. 통일의 길은 요원하다. 6·25전쟁의 발발 당시 국군의 병력은 8
개 사단에 지나지 아니했다. 그것이 휴전 후 불과 3년 만에 20개 사단
으로 증가했고, 60만 대군으로 발전했다.

그럼에도 불구하고 휴전 이후 60여 년이 지나는 동안 휴전협정을
위반한 북한의 도발은 끝없이 계속되었다. 큰 사건만 몇 열거한다.
청와대를 습격한 1·21사태, 땅굴 굴착, 아웅산 테러, KAL기 폭파

---

32 그런데 언제부터인가 〈신 6·25의 노래〉라는, 종북 좌파가 새로 지은 노래
   가 생겨났다. 김정일을 자극하지 않기 위한 가사라고 했다. 거기에는 1절에
   서 남침 이야기가 빠지고 민족 간의 싸움이라했고, 2절에서는 6·25의 책임
   이 북에 있는 것이 아니라 외세에 있다고 했고, 3절에서는 민족의 공적과 싸
   운다고 했다. 좌파들에 의한 천인공노할 일들이 대한민국에서 벌어지고 있
   다. 이것이 대한민국의 현실이다. 한심한 일이다.

그리고 비교적 근자의 천안함 폭침, 연평도 포격 도발 등이 그 예다. 그리고 3차에 거친 원폭 실험도 모자라, 2016년 벽두인 1월 6일 수소 폭탄 실험에 성공했다고 평양방송은 발표했다. 미국 정부와 군사전 문가들은 그것이 수소폭탄은 아닐 것이라고 하였다. 그러나 대한민 국의 안보에 대한 중대한 위협이고, 도발임에 틀림없다.

북한의 4차 핵폭탄 실험에 대응하여 미국은 괌의 앤더슨기지에 주 둔하고 있는 B-52폭격기를 1월 10일 평택시 오산비행장 상공에 출격 시켰다. 그것은 북한의 위협에 언제든지 응징할 수 있다는 대북 경고 였다. 상호방위에 대한 미국의 의지가 다시 확인됐다. B-52는 수소 폭탄 4발을 비롯해 31톤의 각종 미사일과 폭탄을 탑재할 수 있다. 북 한이 두려워하는 전략폭격기다. 미국의 F-16전투기와 한국의 F-15 전투기의 호위를 받았다. 커티스 스캐퍼로티 한미연합사령관은 "오 늘(10일) 비행은 한·미 동맹의 힘"이며, "한·미 간 긴밀한 군사협력 으로 안보를 위협하는 적에게 언제든지 대응할 준비가 돼 있다"고 말 했다. 또 미 7공군사령관 테런스 오셔너시(주한미군 부사령관)도 "미 국은 한반도의 안전을 위해 통상전력과 더불어 핵우산을 통한 확장억 제능력을 가지고 있다"고 말했다. B-52의 위력비행은 미국의 핵우산 제공 의지를 보여 주는 작전이다.[33] 미국은 지금도 약 2만 5천의 병력 을 한국에 주둔시키고 있다. 자주국방도 중요하고 상호방위도 중요 하다. 이것이 한국의 실정이다. 크고 작은 북한의 도발이 있을 적마 다, 나는 한미상호방위조약을 떠올리게 되고 이승만 대통령을 기억

---

33 예컨대, 〈중앙일보〉, 2016년 1월 11일, 1면과 2면 참조.

하게 된다.

그러나 이것은 한편의 생각이다. 이승만 대통령이 지금 살아 있다면 어떠했을까? 반공포로의 석방과 유사한 독자적인 행동을 취했을 법하다. 북한에 맞서 우리 나름의 핵무기 개발을 추진했을지도 모른다.[34] 그것이 그가 계속 강조하고 주장하던 '자주국방'의 길이다. 그렇다. 남에 의지하지 않고, 우리 스스로가 서는 것이 중요한 것이다. 내가 어렸을 적에 아래 같은 속요(俗謠)가 있었다.

"미국은 믿지 말고, 소련은 속지 말고, 일본은 일어나고, 조선은 조심하라!"[35]

대한민국은 물론 조심하여야 한다. 그러나 우선 강해져야 한다. 대한민국이 강해지면 적이 우리나라를 감히 넘보지 못할 것이기 때문이다. 이것이 이승만의 정신이라고 나는 믿는다.

---

34 독자적인 핵무기 개발을 추진했을지도 모른다는 말은 나의 추측일 따름이다. 그러나 그는 일찍부터 원자력의 중요성을 인식했다. 1958년에는 원자력법이 제정되었고, 1959년 1월에는 이 법에 따라 원자력원과 그 산하의 원자력연구소가 설립되었다. 뿐만 아니라 같은 해 7월에는 35만 달러를 들여 실험용 원자로의 설치가 시작되었다. 원자력에 대한 이승만의 선구적인 이해가 없었으면 불가능한 일이었다. 안병훈 엮음, 위의 책, 128쪽.

35 그런데 여기에 중국은 빠졌다. 당시 중국은 국공(國共) 내전으로 경황이 없던 때였기에 치지도외되었는지 모른다. 그러나 내가 속요를 지었다면, 운(韻)은 맞지 않으나 "조선은 조심하라" 앞에 "중국은 각성하고"란 구절을 넣고 싶다.

4. 평화선 선포

돌이켜보면 이승만의 '평화선'(平和線) 선포는 쾌거다. 가장 유쾌한 업적이다. 1952년 1월 18일 이승만은 "인접해양의 주권에 관한 대통령선언"을 전격적으로 발표했다. 이승만이 선언했다 하여 '이승만 라인'이라고도 하나, 인접국가(주로 일본 그리고 중국)와의 평화유지를 목적으로 했기 때문에 평화선으로 불리는 해양주권선이다.

평화선은 우리나라 해안선으로부터 평균 60마일이며, 이 수역에 존치하는 광물과 수산자원의 보호가 그 일차적 목적이었다. 부차적으로는 어업기술이 월등한 일본과의 어업분쟁 봉쇄 및 북한 공산세력의 연안침투 방지가 중요했다. 독도가 우리 영토에 포함된 것은 물론이나, 외국 선박의 공해상의 자유항행권을 제한하려는 선언은 아니었다. 미국과 중남미 여러 나라의 해양자원 보존 및 대륙붕 영해 확장이란 국제적 선례에 따른 것이기도 했다.

미국은 1945년 9월 일본의 어로수역을 해안으로부터 12마일 이내로 제한하는 이른바 '맥아더 라인'을 발표했다. 그런데 연합국사령부는 이 라인을 세 번에 걸쳐 확장했고, 일본 어선이 우리나라 서남 근해에까지 진출하기 시작했다. 그러자 이승만은 해군참모총장 손원일(孫元一) 제독에게 "앞으로 맥아더 라인을 침범하는 외국 어선은 모조리 나포하라"는 특명을 내린 적도 있다. 이를 계기로 우리 해군은 일본 어선을 나포하기 시작했다.[36] 외교적 마찰이 자연 일어났다. 이

---

36 안병훈 엮음, 위의 책, 122쪽.

러한 상황을 예기치 못한 이승만이 아니었다. 평화선 선포는 미래에 대한 이승만의 혜안이 돋보이는 업적이다.

그것은 그 발표의 시기와 연관이 있다. 1952년 1월이면 한국전쟁이 치열하게 진행되고 있었던 때다. 앞날을 예측하기 어려웠다. 그런데 이승만은 해양주권의 필요성을 감지하고 있었다. 그는 그해 4월에 발효될 '미·일 샌프란시스코 강화조약'을 염두에 두고 있었다. 샌프란시스코 조약은 제 2차 세계대전 종식 후 일본이 세계국가로 발돋움할 수 있는 계기가 된 조약이다. 이 조약에는 전승국에 대한 일본의 전쟁배상 관련 규정이 포함되어 있다. 그러나 한국은 이 조약에 참여하지 못했기 때문에 전시(혹은 그 이전 포함)의 '손해 및 고통'에 대한 배상청구권을 요구할 수 없었다. 그 후의 일이다. 일본은 이 조약에 독도가 한국 땅이란 명문화된 규정이 없다는 이유로 독도에 대한 영유권을 주장하고 나섰다. 이승만은 이러한 것들을 예상하여 독도를 평화선 안에 넣은 것이다. 일본의 주장에 대한 선제적 방어조치를 취한 것이다. 사전 쐐기였다. 그래 나는 위에서 평화선 선포를 '쾌거'라고 한 것이다.

한국전쟁 개전 초에 일본이 군사적으로 한국을 도울 수 있다는 이야기가 나오자, 이승만은 "일본이 군대를 보내면, 우리는 총부리를 돌려 일본과 먼저 싸우겠다"고 말했다는 일화가 전한다. 나라의 독립을 위해 평생을 바쳤다. 어렵사리 건국도 이루었다. 그러나 지금은 전쟁이다. 힘들다. 그런 와중에도 그의 뇌리 속에는 일본에 대한 경계가 늘 우선이었다.

그러한 이승만을 두고 '친일'이라고 비난하는 무리가 있다. 예컨대,

1949년 반민족행위처벌법에 따라 구성된 반민족행위자 특별조사위원회(반민특위)의 활동이 이승만의 방해로 유야무야되면서 끝나고 말았다는 주장이 있다. 이로 인해 친일파 청산이 제대로 이뤄지지 않았으며, 그것이 "민족문화의 정상적인 발전을 저해하고, 대한민국의 정통성을 약화시키는 요인"이 되었다는 시각도 있다.[37] 그러나 이러한 주장은 옳지 않다. 반민특위가 특별한 업적을 남기지 못한 것은 사실이다. 또 건국 후 이승만은 친일 전력이 있는 인물들을 등용하기도 했다. 그러나 그것은 튼튼한 반공국가를 건설하기 위해 필요한 인재의 활용이었다. 친일파의 '포용'이라 해도 좋다. 그렇다고 해도 그것이 어떻게 민족문화의 정상적인 발전을 저해하고 대한민국의 정통성을 '약화'시킨 것일까?

이승만의 친일 문제는 남북분단과 연관이 있고, 기본적으로 이념의 문제이다. 북한이 줄기차게 주장하는 것은 김일성은 항일을 했고, 그 항일집단이 정권을 창출했다는 것이다. 그러면서 남한은 친일세력 집단이라고 매도해 왔다. 그러한 북한의 선전에 동조하는 세력이 이승만의 친일을 문제 삼고 있다. 문자 그대로 '대한민국의 정통성을 약화'시켜서 대한민국의 전복을 꾀하는 무리들이다. 나는 그들에게 대한민국의 정통성이 무엇인지 아느냐고 묻고 싶다.

---

37 한영우, 〈다시 찾는 우리 역사〉(경세원, 1997), 554쪽.

5. 기타

일찍이 공자(孔子)가 위(衛)나라에 간 적이 있다. 제자인 염유(冉有)가 수레를 몰았다.

> 공자: 사람들이 많구나(庶矣哉).
> 염유: 그러면 또 무엇을 더하여야 됩니까(又何加焉)?
> 공자: 그들을 부유하게 만들어야지(富之).
> 염유: 부유해지면 또 무엇을 더하여야 합니까(旣富矣 又何加焉)?
> 공자: 가르쳐야 한다(敎之).[38]

나라가 유지되려면 어느 정도의 인구는 필수불가결이다. 그 전제 위에 공자는 나라를 다스리는 단계를 밝혔다. 그는 민생(경제)을 먼저 말하고, 교육을 다음에 꼽았다. 선후 혹은 순서가 중요한 것은 아닐 것이다. 서로 보완적이기도 하다. 그러나 훌륭한 위정자들은 이둘의 중요성을 간과하지 않았다. 〈논어〉를 읽어서만은 아니겠으나, 이승만도 예외는 아니었다. 여기서 이 둘에 대한 이승만 대통령의 치적을 살펴보기로 한다. "기타"라는 소제목을 달았으나, 앞에서 언급한 다른 업적들보다 중요도가 떨어진다는 의미는 아니다.

첫째, 교육이다. 이승만은 어느 의미에서 정치가에 앞서서 학자이고, 교육자였다. 비록 짧은 기간이긴 하나 교육에 직접 종사한 적도

───────
38 〈논어〉, "자로"(子路)편.

있다. 한국이 일제의 식민 지배를 받지 않고, 따라서 독립이란 절체절명의 과제가 그 앞에 없었다고 하면, 그는 교육자로서 일생을 보냈을지도 모른다. 그만큼 그에게는 교육이 중요했다. 그가 생각한 교육은 개인이 지식을 넓히고 인격을 높이는 것만이 아니라, 새 나라의 주인이 될 국민의 교육이었다. 따라서 모든 국민에게 균등한 교육의 기회를 부여함으로써 국가 건설에 참여할 수 있게 하는 것이 그의 생각이었다. "적어도 초등교육은 의무적이며, 무상으로 한다"는 헌법 조항도 이러한 이승만의 교육관의 반영일 것이다.[39] '적어도'란 어휘가 들어간 것은 확대의 필요성을 시사(示唆)한 것이다. 해방 다음 해인 1946년의 초등학교 취학률은 53.4%였다. 12년 후, 1958년의 그것은 95.2%로 늘어났다. 두 배에 가까운 성장이다. 거의 완전취학이라고 해도 좋다. 이에 따라 성인문맹률이 급격하게 감소하였다. 고등학교 이상의 학생 수도 증가 일로였다. 예컨대, 1952년부터 이승만이 하야한 1960년 사이에 대학생 수의 연평균 증가율은 14.5%였다. 숫자로도 거의 10배가 늘었다.[40] 이러한 양적인 증가와 더불어 물론 교육의 질에도 괄목할 변화가 있었을 것이다. 부산 피난 시절에도 전시연합대학이 운영되었으니, 말할 것도 없다.

이와 같은 교육의 확대와 발전이 그 후 우리나라의 산업화와 민주화의 초석이 된 것은 논의의 여지가 없다. 건국에 즈음하여 이승만의

---

39 건국헌법 제16조. 박명림, "이승만 집권기 한국의 교육과 민주주의", 유영익 편, 〈이승만 대통령 재평가〉(연세대 출판부, 2006), 331~373쪽, 특히 347~350쪽.
40 위의 글, 354~356쪽에 의존함.

주장은 "뭉치면 산다"였다. 건국 후의 그의 구호는 내놓고 외치지는 않았어도 "배워야 산다"는 것이었다고 생각한다.

둘째, 경제다. 간단히 언급한다. 건국은 정치적 안정을 이루는 계기였다. 이와 병행하여 경제 개발을 위한 제도적 장치와 정책이 필연적으로 요구되었다. 건국 이듬해부터 '산업부흥 5개년계획' 등이 수립되기도 했으나 6·25전쟁으로 무산되었다. 그리하여 1950년대 이승만의 경제정책은 남북분단과 6·25전쟁으로 붕괴된 과거의 재생산구조를 어떻게 회복시키는가에 주안점을 두지 않을 수 없었다. 그것은 수입대체공업화 정책으로 나타났다. 이 정책은 "이전에 수입하던 재화를 국내생산을 통해 부분적 혹은 전면적으로 대체하는 공업화 전략"이다. [41] 이를 뒷받침하기 위하여 협정환율과 시장환율을 동시에 인정하는 이중환율제가 채택되었다. "원조자금을 이용하여 수입대체공업화를 추진하는 기업에게〔는〕저환율을 적용하여 원조자금을 배분하는 한편, 수출 등에 대해서는 시장환율을 허용"하였다. [42] 그리고 이것이 성공했다. 그리하여 1956~1957년경에 이르러서는 전쟁 이전 생활수준에 도달하는 부흥이 마무리되었다는 것이다.

여기에는 미국의 원조정책의 변화도 주목된다. 초기의 무상원조가 유상차관으로 전환되면서, 정부는 자립경제 수립에 노력을 기울이지 않을 수 없었다. 부흥이 개발로 이동한 것이다.

이승만 정부는 1950년대에 들어서서 수차례의 경제계획을 발표하

41 최상오, "이승만 대통령의 경제개발정책", 유영익 편, 위의 책, 292쪽.
42 위의 글, 291쪽.

였다. 그 백미는 1959년 부흥부 산업개발위원회가 수립한 '경제개발 3개년계획안'이다. 이는 고용확대, 생활수준 향상 및 경제사회제도의 근대화를 위한 종합적인 계획안이며, 경제관료, 학계와 산업계의 전문가로 구성된 독립기구가 계획을 주도했다는 특징을 가졌다. 불행히도 이 안은 1960년 정치적 격동의 와중에서 햇빛을 보지 못했다. 그러나 1961년 군사정부가 단시일 안에 '제 1차 경제개발 5개년계획'을 작성할 수 있었던 것은 1959년의 '경제개발 3개년계획안'이 있었기 때문이다. [43] 이승만은 박정희 산업화정책에 초석을 깐 것이다. 어부지리(漁父之利) 란 말은 옛날부터 있었다.

이제 글을 마무리할 때가 되었다. 다시 말하거니와 사람에게는 누구나 장단처가 있다. 위대한 정치가에게도 공(功)과 과(過)가 있다. 나는 여기서 두 가지 이야기를 하고자 한다. 첫째, 공과 과에 대한 균형 있는 평가가 중요하다는 것이다. 그 한 예가 마오쩌둥(毛澤東)에 대한 중국공산당의 평가다. 그에게는 공산혁명을 성공시킨 큰 공이 있다. 그러나 대약진(大躍進)과 문화혁명이라는 엄중한 과오도 있다. 중국공산당은 1981년 마오쩌둥에 대하여 "공적이 첫 번째이고, 과오[착오]는 두 번째"라는 평가를 내렸다. 그래 그의 초상화가 지금도 천안문광장에 높이 걸려 있다. 중국공산당 지배에 정통성과 정당성을 부여하고 있다. 이승만에 대한 나의 평가는 이렇다. "건국이라는 그의 공적은 첫 번째고, 장기집권에 따른 과오는 두 번째."

---

43 위의 글, 307~309쪽.

둘째, 이것은 이승만에 국한된 것은 아니나, 대체로 우리나라 사람들은 남에 대한 칭찬에 인색하다는 것이 나의 생각이다. 남의 단처(短處)를 들추고, 남의 공적을 폄훼하는 것으로는 밝은 사회를 기대할 수 없다. 중국의 고사 하나를 이야기한다. 우리에게 친숙한 〈삼국연의〉(三國演義)의 방통(龐統)은 제갈량(諸葛亮)에 버금가는 모사다. 그에 관하여 진수(陳壽)는 아래와 같이 말한다.

〔방통이〕 누구를 칭찬할 때는 항상 그의 재능보다 더 많이 칭찬했다. 옆의 사람들이 이상하게 생각하여 물었다. 방통이 대답했다. "바야흐로 천하는 크게 혼란스럽다. 좋은 도리는 모두 쇠퇴해 버렸다. 선량한 사람은 적고, 악한 사람은 많다. 만일 좋은 풍속을 부흥시키고 옳은 도리를 기르려면 좋은 이야기와 〔좋은〕 사람의 이름을 밝혀야 한다. 그렇지 않으면 아름다운 행동을 부러워하는 마음을 일으킬 수 없다. 좋은 행동을 부러워하는 마음을 일으키지 못하면 좋은 일을 하려는 사람도 적어진다. 이제 내가 칭찬한 사람 열 명 가운데 다섯을 잃는다고 하자. 그래도 그 반을 얻으면 사람들을 교화할 때 모범으로 삼을 수 있을 것이다. 그러면 뜻 있는 사람들로 하여금 스스로 힘쓰게 만들 수 있을 것이다. 이것 역시 옳은 일이 아닌가?" [44]

얼마나 아름다운 말인가! 옥석(玉石)은 구분되어야 마땅하다. 그

---

44 진수 지음, 배송지 주석, 〈三國志〉(臺北: 1976), 37권, "방통법정전"(龐統法正傳) 제7장, 246쪽.

러나 옥은 옥이라고 말하자. 칭찬을 많이 하자.

　마지막으로 내가 어려서 들은 이승만의 일화 둘을 적는다.

　하나, 1952년 여름 부산 피난 시절. 하루는 이 대통령이 동래 부근을 지나게 되었다. 당시는 시골 길가에 거름으로 쓰기 위해 모아 놓은 인분 웅덩이가 많았다. 차창이 열렸던지 냄새가 들어왔다. 앞자리에 앉은 황규면(黃圭冕) 비서에게 이 대통령이 한 말이다. "여보게! 자네는 코도 없나?" 코가 없는 사람이 어디 있겠는가?

　우스개의 말이라도 거기에는 여든에 가까운 노 대통령의 천진무구성이 보인다고나 할까? 그러한 품성이기에 4·19 후 정부의 잘못을 뒤늦게 알게 되자 바로 하야를 단행한 것이 아닌가 한다. 3·15부정선거도, 4·19의 희생자가 다수 생긴 것도 대통령의 지시로 그렇게 된 것은 아니다. 그러나 국정의 최고책임자로서 잘못된 나랏일에 대한 책임을 진 것이다. 미련 없이 청와대를 떠났다. 망명 아닌 망명의 궁핍한 하와이 생활 5년, 귀국의 날을 기다리며 여비를 모은다고 5달러의 이발비도 아꼈다는 생활, 외롭고 쓸쓸한 말년이었다. 그리운 고국에 돌아올 수도 없었다. 민주주의를 무너뜨린 박정희 군사정권이 생전의 그의 귀국을 달갑게 여기지 않았기 때문이다. 민주주의를 세운 인물이기 때문이다. 건국의 아버지에 대한 대접이 이러할진대, 나는 묻는다. "이 땅에서 누가 아버지 노릇을 하겠는가?" 배워먹지 못한 못된 자식들이다.

　다른 하나, 이 대통령이 1953년 1월 도쿄에서 요시다 시게루(吉田茂) 일본 수상을 만났을 적이다. 요시다 수상은 무슨 심보에서인지 느닷없이 이 대통령에게 물었다. "한국에는 아직도 호랑이가 많습니까?" 이 대통령의 응수, "임진왜란 때 가토 기요마사(加藤淸正)가 다 잡아가서 지금은 없습니다." 요시다가 머쓱해졌다 한다. 이 대통령의 위트가 번쩍인 에피소드다.

그러나 일본이 한국에서 "다 잡아가서" 없는 것이 어디 호랑이뿐이겠는가? 거기에는 이 대통령의 반일(反日) 정신이 숨어 있었다. 일본에 대한 이승만의 그러한 정신은 60여년이 지난 지금도 필요하다고 나는 믿는다. 앞으로도 그렇다.

이승만은 어떤 사람이며, 누구인가? 그는 가능한 일의 성취를 위하여 최선을 다 했던 현실주의자였다. 그리고 그의 최고 성취는 대한민국 건국이었다. 국민이 자유선거를 통하여 통치자를 직접 선출하는 민주주의 국가를 세운 것이다. 그래 건국의 아버지인 것이다.

(2016년 1월)

〈추기〉
이 글은 대표필자 김동길 등, 〈이 나라에 이런 사람들이〉(기파랑, 2017), 217~260쪽에 수록되었다.

2

생활의 낙수

이영학의 새 ①

새가 날아든다

"새가 날아든다. 온갖 잡새가 날아든다." 실은 그게 아니다. 온갖 새는 있어도 잡새는 없다. 모두 아름답고 귀여운 새들이다. 칠순이 내일모레인 원로 조각가 이영학(李榮鶴)이 몇 년 칩거하더니 새떼를 몰고 나왔다. 꼭 백 마리의 새가 둥지를 틀고 앉았다. 날 준비를 하며 전시실을 메우고 있다. 서울 사간동 '갤러리현대'에서 28일까지 전시되는 이영학 개인전 〈이영학의 새〉다(2015년 7월 5일까지 연장 전시).

이영학이 새에 관심을 둔 것은 꽤 오래전이다. 처음에 그는 낫, 가위, 연탄집게와 같은 쇠붙이의 자연스러운 모양을 살려서 날렵한 새를 만들기 시작했다. 그의 상상력이 새처럼 비상(飛翔)했다. 작품의 재료가 그래서 그런지도 모르나 낫이나 가위는 절단의 도구다. 연탄집게는 불 속에서 참고 견디면서 무언지 일을 한다. 이영학이 우화등선(羽化登仙)하는 심정으로 세속과의 단절을 추구했던 시절이다. 그러나 그것은 쉽지 않다. 차라리 불 속의 집게처럼 인고(忍苦)를 감수하는 것이 바람직하다고 생각했을 것이다. 새는 날기도 하나 둥지를 틀고 앉기도 한다. 단절과 인고의 양면을 갖고 있다. 새가 되고 싶었던 것이다.

이번 전시는 그런 맥락의 연속이다. 재료도 다양하다. 낫, 가위, 연탄집게는 익숙한 것이나, 까뀌, 끌, 도끼, 돌쩌귀, 문고리, 망치와 마치, 장도리, 톱, 호미는 물론이고, 순가락과 국자 같은 물건도 있다. 모두 우리 전통의 연장이다. 그것들을 이리 맞추고 저리 붙여서 새를 만든 것이다. 어떤 것은 날렵하고 어떤 것은 투박한 모습이다. 새의 아름다움이 이렇게 표현되다니 나이 먹을수록 작품도 훌륭해지는 모양이다. 완숙의 경지에 이른 것이다.

새 이전에 이영학은 자연석 위에 주물(鑄物)로 뜬 사과를 몇 개씩 얹어 놓은 〈사과 연작(連作)〉이란 작품을 자랑했다. 그러다가 돌을 다듬고 무쇠를 끓였다. 여러 동물의 두상(頭像)을 만들었다. 아니 화강암이건 무쇠건 닥치는 대로 익살스러운 호랑이를 만들었다. 조선의 호랑이였다. 그것은 조선적 정조(情調)의 발로였다. 그러더니 또 한동안은 화강암으로 수반(水盤)을 만들어 물을 붓고 이끼와 잔디가 그 위에서 자라는 작품들을 내놓았다. 생명이었다. 이영학이 생명에 눈을 뜬 것이다. 사과 같은 정물에서 새와 호랑이의 동물의 세계로 옮겨가더니 드디어 산 생명에 이르렀다. 생명에 대해 외경(畏敬)을 느끼고 있었다. 생명체라고는 하나 이끼와 잔디는 정(靜)이다. 새나 호랑이와는 다르다. 또 소띠 해인 기축(己丑, 2009)년에는 엿장수의 가위로 수십 개의 소 얼굴을 만들어 전시하기도 했다. 이영학의 조각은 사과의 정(靜)에서 시작하여 새와 호랑이와 소의 동(動)으로, 다시 수반의 정으로 이전했다. 정과 동을 자유자재로 드나들고 있다. '지

자동 인자정'(智者動 仁者靜)이라고 했던가? 이제 압권은 새떼다. 백
마리의 새가 한방에 앉아 있는 풍경을 상상해 보라. 아니 상상으로는
안 된다. 직접 보지 않으면 상상도 안 된다. 〈이영학의 새〉를 본 나
의 감상이다.

(〈조선일보〉, 2015년 6월 16일)

이영학의 새 ②

새떼 이야기

조각가 〈이영학(李榮鶴)의 새〉 전시에 초청받았다. 개막식이 2015년 6월 5일 오후 5시라고 했다. 그 시간에 맞춰 아내와 같이 사간동 갤러리현대에 도착했다. 이미 많은 사람들이 웅성대고 있었다. 1층에는 그야말로 백 마리의 새떼가 촘촘히 들어앉았고, 2층에는 새 드로잉 수십 점이 잘 표구되어 전시되고 있었다. 나는 그가 조각만 잘하는 줄 알았는데, 그림도 뛰어났다. 둘 다 예리한 눈과 연습에 연습을 거듭한 손의 솜씨다.

이영학을 마지막으로 본 것이 2011년 10월 하순이니 3년 반 전이다. 건강하고 명랑해 보인다. 또 그의 아내 상호 엄마(그렇게 부른다)를 본 지는 그보다도 몇 해 전이다. 실로 오래되었다. 반긴다. 또 화랑의 박명자 대표도 친절히 여기저기를 안내한다. 또 김형국 교수도 있어서 같이 감상했다.

이영학의 새 작품은 이전에도 본 일이 있어서 눈에 익다. 그러나 새로운 작품도 많이 있어서 흥미로웠는데, 아내가 한 점을 가리키면서

"이것이 마음에 든다"고 한다. 마음에 든다니 가만있을 수 없다. 이런 저런 이영학과의 관계를 생각하면 한 점은 사는 것이 좋겠다는 생각이 들었다. "12"란 표지가 붙은 작품 하나를 예약했다. 그래서는 아니나 박명자 대표가 화랑 근처의 '비내리'란 식당에 자리를 마련하였으니 저녁을 먹고 가라는 것이다. 2층 드로잉이 전시된 방에 간단한 음식을 차려 놓은 테이블이 있고 포도주도 있어서 이미 몇 잔을 마신 상태다. 김형국 교수와 비내리로 갔다. 마련된 자리에 앉았는데, 마침 동아원의 이희상 회장 내외가 와서 저녁을 함께하게 되었다. 이 회장이 '화요'란 술을 시켜서 같이 마셨다. 그런 일이 있었다.

그리고는 며칠이 지났다. 10일(수요일) 오전이다. 상호 엄마가 전화해서 나를 좀 보았으면 한다고 했다. 가능하면 다음 날 오후 4시 반쯤 갤러리현대로 올 수 있느냐는 것이다. 그러면서 내가 사기로 한 작품도 가져가라는 것이다(나는 전시가 끝나면 가져올 생각이었다). 그러마고 했다. 11일 오후다. 꼭 4시 반이 아니라도 5시쯤 가도 되겠지 하고 좀 늑장을 부리고 있었다. 3호선 강남터미널에서 지하철을 기다리고 있는데 "어디냐?" 하는 메시지가 왔다. 4시 반이었다. 갤러리현대 도착은 5시 정각, 잠시 이영학과 이야기를 나누는데 그가 카운터 옆의 큰 상자를 가리키면서 내가 예약한 작품을 포장했으니 가져가라는 것이다. 그러면서 '두가헌'에서 저녁을 하자는 것이었다. 이게 무슨 꿍꿍이속인가 하면서 따라갔다.

우선 급한 대로 둘이 앉아 포도주를 시켰는데, 이야기의 본론이 나왔다. 내가 이번 전시회에 관한 글을 써서 〈조선일보〉에 실었으면 한다는 얘기였다. 내 글이 그의 전시회 선전(?)에 무슨 도움이 되는지 알 수 없다는 생각을 하면서, 글 쓰는 것도 부담스럽고 글을 실어 달라고 신문사에 부탁하는 것도 쉽지 않은 일이라 약간 당혹스러웠다. 허나 거절하기 어렵다. 그래 문화부의 이한수 기자에게 전화했다. 받지 않는다. 받을 때까지 계속 전화할 수도 없는 일이다. 김대중 고문에게 전화했다. 기다렸다는 듯이 금방 받는다. 이유를 설명했다. 자기가 처리할 터이니 글을 보내라고 한다. 고맙다 하고 끊었다. 저녁을 잘 먹고 취했다. 이영학은 자기 차를 타고 가라는 것이다. 기사가 있는 랜드로버인데 4년 전에 정선에서 타던 차 같았다.

이영학의 작품에 관하여는 전자에도 쓴 글이 있기는 하나, 새로 쓰자니 쉽지가 않다. 더구나 전시가 28일에 끝난다. 보름 남짓 남았다. 시일이 촉박하다. 끙끙대면서 옛글을 참조하여 A4용지 한 장쯤 되는 글을 마친 것이 토요일(13일) 오전이었다. 김대중에게 전화로 이메일 주소를 물었다. 월요일 아침에 비서시켜서 전화하겠다는 것이다. 내가 아쉬워서 하는 일이니 기다리는 수밖에 없다. 다행인 것은 일요일 하루의 시간 여유가 생긴 것이다. 글을 좀 다듬을 수 있기 때문이다. 그런데 나는 월요일 아침에 영주 시골집을 갈 예정이었다. 비서가 9시쯤 출근하는지 어떤지는 알 수 없으나, 전화를 받고 일을 처리한 후 떠나는 것은 늦다. 무작정 전화를 기다릴 수는 없다. 그래 글 쓴 것을 내 딸 정인에게 보내면서 〈조선일보〉와 연락되면 보내라고 부탁했다. 9시 좀 못 되어 영주로 떠났다.

영주에 도착한 것은 11시 반 경이었다. 15일은 영주장이 서는 날이다. 장터에서 멀지 않은, 더러 다니는 손칼국숫집으로 갔다. 여름에는 콩국수가 뛰어나게 맛있는 집이다. 주문하고 자리에 앉았다. 그런데 그때까지 김대중에게서 전화가 없다. 위에서도 말했지만, 아쉬운 쪽은 나다. 그래 내가 다시 김대중에게 전화했다. "왜 전화 안 해?" 하니 거기엔 대답이 없고, 비서가 전화할 것이라고 한다. 바쁜 일이 있었든지, 토요일에 한 나와의 약속을 잊었든지? 그의 무뚝뚝함은 세상이 다 아는 일이긴 하나 무뚝뚝하기 짝이 없다. 곧 비서의 전화가 오긴 왔다. 정인의 전화번호를 알려 주었다. 일이 잘 되었으면 했다.

오후 4시 반에 신문사에서 전화가 또 왔다. 문화부에서 미술을 담당하는 김미리 기자라고 했다. 글이 길어 좀 줄였다면서, 줄인 글을 이메일로 보낼 터이니 보고 고칠 곳이 있으면 말해 달라는 것이었다. 그래 내 이메일 주소를 주었다. 영주 집에는 컴퓨터가 없지만 스마트폰으로 메일을 받아 읽을 수는 있다. 그런데 좀 기다려도 오지 않는다. 그러자 주말에 이메일 비밀번호를 바꾼 것에 생각이 미쳤다. 컴퓨터에서 이메일 비밀번호를 바꾸면 스마트폰에도 새 비밀번호로 바꿔 놓아야 새 메일이 뜬다. 그런데 나는 스마트폰에 새 이메일 비밀번호를 입력하지 않았다. 방법도 모른다. 그래 들어오지 않은 것이다. 그래 김 기자에게 전화했다. 메일을 볼 수가 없으니, 고친 대로 그냥 진행하라고 했다. 믿고 맡길 수밖에 없는 일이다. 거긴 또 신문 만드는 전문가다. 잘하면 수요일 신문엔 나겠다고 생각했다. 더구나 시골 집에는 신문이 오지 않는다. 수요일에 상경하면 보겠지 하는 내 나름의 생각도 했다.

저녁과 밤이 지나 화요일 아침이다. 그런데 폰으로 문자가 들어오기 시작하고, 전화가 온다. 신문에서 내가 쓴 글을 읽었다는 인사였다. 유재천 교수가 제일 먼저 문자를 보냈다. 부지런하다. 나는 읽지를 못했으니, 서울 가서 읽고 연락하겠다고 했다. 그 다음으로 김경엽·임응식·송헌일·손봉숙 제씨가, 정오 임시에 상호 엄마가 전화했다. 남편이 신문에 난 것을 보고 좋아서 아침부터 소주를 마시고 있다는 것이다. 누가 누구에게 하는 말인지는 모르나 적당히 마시라고 잔소리를 좀 하라고 했다. 그러자 김형국 교수가 또 전화했다. 위에서 말했다시피 김 교수와는 전시회에 같이 가기도 해서 신문 기고글의 자초지종을 설명했다. 그러면서 글을 좀 줄였다는데, 어떻게 줄였는지 궁금하나 알 방도가 없다고 했다.

화요일 오후 여섯 시 반이 좀 지났는데 김대중이 전화했다. 자기가 내 글을 좀 고쳤다면서, 신문을 보았을 터인데 왜 전화하지 않느냐는 힐난성의 전화였다. 그래 신문을 못 보아서 전화를 안 했다고 했다. 서울 가서 연락하마 하고 끊었다. 한잔 마시고 취한 저녁 여덟 시인데, 갤러리현대의 박명자 대표가 문자를 보냈다.

"오늘 아침 신문 보고 감동했습니다. 너무 좋은 내용. 어떤 평론가의 글보다 훨씬 가슴에 와닿는 글이었습니다. 감사합니다."

그런 내용이었다. 수요일 오전 11시 좀 지나 서울 집에 도착하여 제일 먼저 〈조선일보〉를 펼쳤다. 크게 고친 것은 눈에 띄지 않고 몇 줄 줄였는데, 맥락이 좀 애매한 부분이 있지만 대체로 괜찮다. 새의 사진도 크게 실렸다. 이영학에게 도움이 될 것이란 기분이 들었다.

일주일이 지난 24일 수요일 오전, 김형국 교수가 다른 일로 전화했다. 전자에 이영학 전시에 한 번 더 가자고 한 약속이 생각이 났다. 이야기 끝에 다음 날 시간이 되면, 점심에 갤러리현대에서 만나자고 했다. 그런데 오후에 상호 엄마에게서 전화가 왔다. 남편이 매일 술만 마시는데, 취하면 "최 교수님" 얘기를 자주 한다는 것이다. 그래 다음날 점심때에 갤러리현대로 갈 예정이니 거기서 보자고 했다. 김형국과 상호 엄마와 약속한 다음날이다. 김 교수가 먼저 와 있다. 그런데 이영학은 보이지 않고, 상호 엄마도 나타나지 않는다. 전날 약속을 잊었을 리는 없는데, 이상한 생각이 들었다. 30여 분을 기다리다가 일어났다. 김 교수와 그 근처 '긴자 바이린'에서 돈까스 안주로 소주를 마셨다. 마시다가 아무래도 좀 걱정이 되어 상호 엄마에게 전화를 했다. 받지 않는다. 별일은 없겠지 하는 생각을 한 것은 좀 나중이었다.

약속대로 김대중에게 연락했다. 시간이 잡힌 것은 27일(토요일) 저녁이었다. 김광웅 내외도 불렀다. 마침 일본 정종(久保多 萬壽)이 한 병 있다. 그것을 들고 '미네스시'로 갔다. 그들은 정종을 마시고, 나는 소주를 마셨다. 정종이 떨어지자 같이 소주다. 빚을 갚은 것이다.

29일, 집으로 택배가 하나 왔다. 이영학의 집에서 보낸 오이지였다. 상호 엄마가 어쩌다 집에서 오이지를 담그면 보낸다. 다음 날 화요일 아침이다. 나는 잊고 있었는데, 아내가 오이지 받은 인사를 하라는 것이다. 전화를 상호 엄마가 받는다. 수인사가 끝나자 타령이다. 남편이 아침부터 술만 마시면서 내 이야기만 한다는 것이다. 그러면서 전화를 바꿔 준다. 위에서도 말했다시피, 또 술을 좀 작작 마시라고 했다. 그에게 하는 이야기가 아니라 그건 또 내가 나에게 하는 말이었다.

그건 그렇고, 7월 3일 오후에 김대중이 문자를 보냈다. 점심 후 갤러리현대에 들렀는데, 박 대표가 15일에 점심을 하잔다는 메시지였다. 한 사람 더 왔으면 한다고 하기에, 문화부의 김미리 기자를 부르라고 했다. 그래 15일 12시에 두가헌에서 모였다. 낮인데도 포도주에 취했다. '이놈 등쳐서 저놈 먹인다'는 말이 있다. 김대중이 박명자의 등을 쳐서 최명을 먹인 것이다. 최명의 정종을 박명자의 포도주로 갚은 것이다.

(2015년 7월 16일)

돌새(石鳥)의 이야기

내가 조각가 한용진 형의 작품을 한 점 갖고 싶다고 쓴 적이 있다. 그리고 그것이 마음대로 되지 않았다는 이야기도 했다.[1] 내가 그를 알게 된 것이 20년도 훨씬 넘었고, 이런저런 그의 전시회에 간 것도 여러 번이었다. 전시회에서 이것을 "사겠소!" 할 형편도 아니었고, 꼭 소장을 해야 되나 하는 생각도 없지 않았다. 그러다가 덧없는 세월만 흘렀다. 그런 내 생각을 눈치채지 못할 한 형도 아니었고, 중간에서 서울대의 김형국 명예교수가 내 뜻을 넌지시 전한 적도 있는 모양이었다.

그의 경력은 김형국 편저인 〈Han Yong Jin〉에 자세히 나와 있다. 그 책에 의하면, 한 형은 서른네 살이 된 1967년부터 뉴욕에 자리를 잡고 작품 활동을 했다. 그러면서 북 캘리포니아의 레딩(Redding),

---

1 최명, "큰 돌쟁이 한용진 형과 나", 김형국 편, 〈Han Yong Jin: 한용진, 그 사람 그 예술〉(가나문화재단, 2015), 206~207쪽.

덴마크의 헤르닝(Herning)과 일본 이와테(岩手) 현에서도 작품을 만들었다. 그와 그의 작품은 한국에서보다 외국에서 더 많이 알려졌다. 그러나 모국과의 인연은 어쩔 수 없는 것이어서 한국에서도 전시회를 여러 번 했다. 작품도 만들었다. 비교적 장기간 한국서 활동을 한 것 중 하나는 88올림픽 기념조각을 위한 1980년대 중반의 서울 작업이다. 둘은 1999년 가을부터 1년여에 걸친 경기도 용인시 이영(利瑛) 미술관의 작업이고, 셋은 2011년 가을부터의 제주 작업이었다. [2]

제주 작업은 인사동과 삼청동 초입에서 '예나르'라는 고미술화랑을 운영하는 양의숙 씨의 초대로 이뤄졌다. 그때 제작된 작품들은 2012년 2월 제주 한림읍 월림리의 '갤러리노리'에서 전시되었다. 나는 4일 오후 그 개막식에 참석했다. 제주도의 돌은 화산석인 현무암이다. 화강암도 대리석도 아니고, 구멍이 숭숭 뚫리다시피 한 제주 돌로 무슨 작품을 만드나 했는데, 장인의 솜씨는 달랐다. 〈토산〉·〈섬〉이란 제목의 작품 10여 점이 서로 뽐내면서 빛을 발하고 있었다. 여기에 감탄한 김형국 교수는 한 형의 그 조각 작업을 "벽돌 갈아 거울 만들기"(磨磗作鏡)라 하였다. 아무리 칠생둔갑(七生遁甲)을 하더라도 벽돌은 거울이 될 수 없다. 그러나 김 교수는 '정신일도 하사불성'(精神一到何事不成)이란 말 그대로 "정신을 고도로 집중하면 벽돌을 갈아서도 거울을 만들 수 있다"고 했다. 전시된 돌들에 거울처럼 내 모습이 비치지는 않았으나, 돌마다 무언지 내 가슴에 와닿는 게 있었다. 게다

2 한용진의 작업과 관련된 이런저런 이야기는 김형국, "한용진: 삶, 친구, 예술", 김형국 편, 위의 책, 210~265쪽 참조.

가 탐라(耽羅)에서 만든 작품이라 그런지 '탐'이 났다. 그러나 작품들 거의 모두가 대작이다. '하나라도 저걸 지고 어떻게 서울 가나?' 하는 생각도, '저 돌들은 나에게 벅차다' 하는 생각도 들었다. 제주 돌과 나는 인연이 없었다.

노리에서의 전시 후에도, 한 형은 그곳에서 지근거리에 있는 이창원의 돌하르방 석공장에서 작업을 했다. 제주 생활이 재미가 있었는지, 심심파적으로 돌을 만지면서 시간을 보냈다. 미국도 그렇고 서울도 그렇고, 여러 가지가 딱히 마땅치 않아서 그랬는지 모른다. 그래도 그는 그 석공방에서 〈제주돌탑〉과 같은 대작을 만들어 샌프란시스코로 보내기도 했다. 빌리 박(Billy Park)이란 분이 구매했다고 한다. 2014년 가을의 일이었다.

그 무렵 나는 제주에 여러 차례 갔다. 언제인지 한 형의 작업장에 들렀을 때다. 나에게 주기 위하여 돌 하나를 다듬는 것 같은 눈치였다. 그렇다고 내가 먼저 물어볼 수는 없다. 작은 다듬잇돌 크기의 것이다. 예뻤다. 그런데 원래 돌이 그런지, 아니면 작업하다가 그랬는지, 뒷면에 금이 갔다. 망가진 것이다. 망가지지 않았으면 나보고 가져가라고 했을지 모른다.

2015년 초다. 한 형이 7월에 미국으로 아주 갈 계획이라는 이야기를 들었다. 한국 생활을 접는다는 것이다. 서운한 생각이 들었다. 그래 1월 29일 제주행 비행기를 탔다. 김 교수 내외와 동행이다. 점심은 제주시의 '장춘식당'이고, 저녁은 삼방산 밑 '남경미락'이다. 제주에서는 그와 마지막 저녁이다. 소주잔이 바빴다. 나는 주로 이창원과 마셨다.

제주에서 돌아온 지 며칠 안 되었다. 미국에 잠시 다녀온다면서 한 형이 서울에 왔다. 김형국 교수의 주선으로 2월 9일에 인사동 '두레'에서 몇이 모였다. 단출한 자리였다. 한 형의 중학 친구인 이홍구 전 총리 내외, 김혜선 박사, 김형국 교수 내외, 나의 처와 내가 참석했다. 담소가 끊임이 없었다. 일단 미국 가서 뉴욕의 일을 좀 정리하고, 월여 후에 다시 한국에 왔다가 아주 떠날 계획이란 말을 했다. 밖에 나오니 가랑비가 내리고 있었다.

한 달이 후딱 지나갔다. 3월 12일 오후다. 한 형이 전화했다. 미국서 왔다면서 우리 집을 구경하고 싶다고 했다. 전자에도 제주에서 우리 집의 거실이 어떤 모양이냐고 물었었다. 그래서 방의 상태에 따라 거기에 걸맞은 작품을 구상하나 보다 하는 추측을 내 나름대로 한 적이 있었다. 무조건 오라고 했다. 4시쯤 되었다. 한 형이 왔다. 이런저런 이야기를 나누다가도 거실의 이곳저곳, 아니 창밖도 살펴보는 눈치였다. 저녁이 가까워졌다. 방배동 '벽제갈비'로 갔다. 김형국 교수에게도 그리로 오라고 했다. 넷이서 '라호이아'(La Jolla) 라는 칠레산 포도주도 두 병 마셨다. 한 형은 이틀 후 제주로 간다고 했다.

그리고는 잊고 있었다. 한 3주 지났을까? 한 형이 전화했다. 무얼 보냈는데, 무거우니 들 적에 허리를 조심하라고 했다. '돌을 하나 보낸 모양이구나!' 속으로 생각했다. 다음날 제주서 택배가 왔다. 무겁기는 하나 혼자 들 수 있었다. 펴보니 작다면 작고 크다면 큰 둥글납작한 화강석이다.[3] 아래 면 위쪽에는 "Y. Han", 아래는 "2006"이라

---

3 가로 세로 높이가 각각 42, 32, 12센티미터.

새겨 있다. 바로 놓고 위에서 보면 영락없는 새의 모습이다. 예쁘다고 할지 아름답다고 할지, 그런 돌이다.

4월 30일 아침, 김형국 교수에게서 연락이 왔다. 한 형이 서울에 와 있다면서 점심을 같이하자는 것이다. 그가 묵고 있는 프레지던트 호텔 앞에서 셋이 택시를 탔다. 목적지는 을지로 3가 '을지면옥'이다. 냉면은 냉면이고, 김 교수가 우선 수육 한 접시, 맥주와 소주를 한 병씩 시킨다. 그 집에서는 소주를 반 병 시켜도 된다. 한 병으로 모자라 반 병을 더 시켰다. 그리고 간 곳이 합정동의 '김형윤편집회사'였다. 그때 김 교수는 한 형의 작품사진첩을 낸다고 그 회사에 디자인과 편집을 맡기고 있었고, 초교가 그날 나온다고 했으니 같이 보러 가자 한 것이다. 따라 갔다. 교정을 좀 보기도 했다. 편집도 디자인도 대체로 잘 된 것 같았다.

4시가 좀 넘어 다시 프레지던트호텔로 왔다. 한 형은 내게 보낸 돌의 받침대를 가져왔다면서, 우리 집에 가서 당신이 직접 받침대 위에 작품을 올려놓겠다고 하였다. 그래 아내에게 전화했다. 한 형이 예의 받침대 보따리를 들고 내려왔다. 집에 오자 그는 보따리에서 보통 붉은 벽돌의 3분의 2 만한 크기의 나무로 얌전하게 깎은 받침대를 꺼낸다. 또 받침대와 돌을 접착시키기 위한 양면 끈끈이도 꺼낸다.[4] 그만큼 치밀한 것이다. 받침대에 끈끈이 넷을 붙이고, 내가 돌을 들어 그 위에 올려 고정시켰다. 작품을 받침대 위에 올려놓으니 훌륭한 작품

---

4 보따리에서는 로얄살루트(Royal Salute)도 한 병 나왔다. 3월에 우리 집에 왔을 적부터 준다고 한 술이다.

이 더 도두보였다. 저녁이라 불도 켰지만, 돌이 환했다. 돌에 조밀하게 섞여 있는 운모가 빛을 내뿜는다. 한 형은 그 돌이 코네티컷산의 화강암이라면서, 뉴욕 집에 갔더니 그것이 특별히 눈에 들어오더란 것이다. '아! 이것이 최 교수의 돌이구나!' 하는 생각이 퍼뜩 들었다고 했다.

주었으니 받았지만 가만있기가 미안하여 실은 작품이 배달된 직후 미화를 좀 바꿨었다. 저녁 후 한 형을 배웅하면서 안 받겠다는 것을 억지로 웃옷 주머니에 꾸겨 넣었다. 그런 일이 있었던 것이다.

이젠 나도 정식으로 한 형의 작품 한 점을 소유하게 된 것이다. 김형국 교수가 준비하는 사진첩이 생각나서 전화했다. 자초지종을 들은 김 교수는 사진을 찍어 보내라고 한다. 난 사진에 재주가 없다. 그래 사진에 소질이 있는 나의 사위 김대근 군(단국대 교수)을 불러 사진을 찍게 하고 전송한 것이 5월 3일이었다. 책 출간까지 충분한 시간이 있으니 걱정하지 말라는 김형국 교수의 말도 있었다.[5]

6월 23일 아침이다. 김형국 교수에게서 연락이 왔다. 한 형이 서울에 있다면서 송별연(?)이 29일에 있을 예정이라고 했다. 그건 그렇고 그전에라도 한 번 만나고 싶어서 전화했다. 당분간 한국에 올 것 같지 않다면서, 만날 사람도 정리할 일도 많아 바쁘다고 했다. 그냥 29일에 보자는 것이다. 며칠이 금방 갔다. 29일(월요일) 저녁이다. 한 형의 친한 친구들 몇이 두레에 모였다. 김형국 교수가 마련한 자리였다. 또 그가 그동안 심혈을 기울여 작업한 한 형의 사진첩이 출판된

---

5 내가 보낸 작품 사진은 김형국 편, 위의 책, 48~49쪽.

날이기도 하다.⁶ 한 형의 환송 모임이라 섭섭한 모임이기도 했으나, 책이 출간되어 기쁜 날이기도 했다. 물방울 화가 김창렬 내외, 우현 송영방 화백, 임송희 화백, 윤명로 화백 내외, 화가 김종학 내외, 서귀포의 박충흠 조각가, 환기미술관의 박미정 관장, 김형국 교수 내외 그리고 내 처와 내가 자리를 같이했다.

한 형은 오랫동안 미국서 활약했으나, 지난 10여 년은 한국에서 많은 시간을 보냈다. 또 최근 몇 년은 제주도에서 돌을 다듬었다. 이제 건강도 좋지 않고 한국 생활에도 지쳐서 아주 미국으로 가는 것인데, 그것도 바로 다음 날 오전 10시 비행기로 떠난다고 했다. 그래도 분위기는 대체로 명랑했다. 두레 이숙희 사장의 창(唱)도 있었고, 한 형도 무슨 노래인지 하나 불렀다. 참석한 분들이 돌아가면서 한 형에 관한 이야기를 하기도 했다. 인상에 남은 이야기는 김종학 화백의 입에서 나왔다. "화가는 그림을 그리다가 죽고, 조각가는 조각을 하다가 죽는다." 그러나 나에겐 어쩌면 한 형을 마지막 보는 모임 같았다. 비감한 생각이 들었다. 소주를 혼자 계속 따라 마셨다. 취중이라도 어떻게 작별 인사는 했을 것이나 기억이 없다.

이것이 내가 소장하게 된 돌새(石鳥)에 얽힌 이야기다.⁷ 금년은 새와 인연이 있다. 조각가 이영학(李榮鶴)이 갤러리현대에서 작품전을 열었다.⁸ 갖가지 모양의 새 전시였다. 한 마리를 샀기 때문인지 조각

---

6 책에 관하여는 위의 주 1)을 참조.
7 한 형과 나의 다른 관계에 대하여는 김형국, 위의 책, 200~209쪽.

가는 나에게 전시회의 감상문을 부탁했다. 내가 쓴 글이 일간 신문에 실렸다. [9] 그래서 새와 인연이 있다고 한 것이다. 우리 집엔 이제 새가 두 마리다. 나도 새가 되어 어디론가 날고 싶다.

(2015년 7월 24일)

---

8 2015년 6월 5일에서 7월 5일.
9 "최명 교수가 본 '이영학의 새'展: 낫, 도끼, 가위 … 그가 만지면 飛翔", 〈조선일보〉, 2015년 6월 16일, A18면.

감자 이야기

어떤 어휘(語彙)를 접했을 적에 사람마다 생각하거나 연상하는 것이 다를 수 있다. 예컨대, '감자'라는 말을 들었을 때 먹는 감자가 떠오르면 보통이다. 회사를 경영하는 사람이라면 '減資'(자본금의 액수를 감소하는 일)을 생각할지 모른다. 또 다소 먹는 것에 관심이 있는 사람이라면 사탕수수인 '甘蔗' 혹은 홍귤(紅橘) 나무의 열매인 '柑子'를 연상할 수도 있다. 후자는 나같이 술 많이 마시는 사람의 주독(酒毒)을 풀고, 위(胃)의 병을 다스리는 약재다. 먹는 감자라고 해도 다양한 감자 요리가 연상될 것이다.

나도 감자 하면 물론 먹는 감자가 제일 먼저 떠오른다. 감자의 다른 이름들은 나중에 말하겠지만, 나는 또 프랑스어의 뽐 드 테르(pomme de terre)를 생각한다. 직역하면 '땅의 사과'란 말인데, 감자를 뜻한다. 아니 그냥 '뽐'이 감자를 뜻하기도 한다. 사과가 일등 과일인 것은 누구나 다 아는 일이나 그것은 나무 위의 열매이고, 감자는 땅 아래의 그런 열매라는 의미일 것이다. 얼마나 귀한 작물로 여겼으면 그런 이름을 붙였을까? 영어의 'potato'는 스페인어 'patata'에서 왔다는데, 프랑스 사람들은 그와 달리 매우 예쁜 이름을 붙인 것이다.

나는 또 강원도의 별칭인 '감자바위'를 생각한다. 한반도에서는 강원도 지역이 감자로 유명하기 때문인데, 감자바위는 강원도민을 다소 얕잡아서 일컫는 말이 되어 버린 느낌이다. 전 학술원 회장인 김상주 교수가 강원도 춘천 출신이라 국무총리를 지낸 이현재 교수가 薯岩(서암)이란 호를 지어준 이야기를 연전에 들은 기억이 있다. 강원도민이면 누구나 그런 호를 가질 수 있을 것이다.

또 어려서 읽은 김동인의 단편 〈감자〉를 생각한다.[1] 자연주의 작품이라고 배웠는데, 그런 것은 눈에 들어오지 않고 복녀라는 주인공의 기구한 운명이 생각난다. 그것도 그녀의 팔자라면 팔자다. "내 팔자가 남의 칠자(七字)만도 못하다"는 말도 있지만, 복녀의 팔자는 칠자, 아니 육자인지도 모른다고 생각한 적도 있었다. 김동인의 그 소설은 일제 수탈기(收奪期)의 상황이 반영된 것이다. 그렇게 생각한 것은 좀 커서의 일이나 별로 즐겁지 않은 기억이다. 〈감자〉가 발표된 것은 1925년이다. 그보다 근 이십 년 후에 출판된 것이기는 하나, 왜 우리나라 작가들은 〈어린왕자〉와 같은 소설을 쓰지 않았던가? 못 쓴 것인가?

감자 하면 나는 또 아이다호감자(Idaho potato)를 연상한다. 다른

---

1 좀 다른 이야기지만, 김동인의 단편 〈감자〉의 감자는 실은 고구마라는 것이다. 일본 니가타현립대학(新潟縣立大學)의 한국 근대문학연구자인 하타노 세스코(波田野節子)의 주장이다.
  http://www.kyosu.net/news/articleView.html?idxno=27628 참조.

나라와 마찬가지로 미국의 여러 주에서도 감자를 재배한다. 그중 가장 유명한 것이 아이다호산(産)이다. 생산량도 많고 품질이 우수하다. 이것은 우스갯소리고 남자들의 얘기지만, '아이다호감자 같은 전립선'(a prostate like an Idaho potato)이란 말도 있다. 크기가 아니라 강인함을 묘사한 것이다. 그것은 베르나르도 베르톨루치(Bernardo Bertolucci)가 감독한 〈파리의 마지막 탱고〉(*Last Tango in Paris*, 1972)의 주인공인 말론 브란도(Marlon Brando)의 표현에서 유행한 것이 아닌가 한다. 그러나 나는 미국 유학 시절인 1960년대에 그런 말을 들은 기억이 있다. 영화에서보다 더 오래된 표현일 것이다.

그리고 그 훨씬 전 고등학교 시절에 나는 〈병정 프리츠〉(*Soldier Fritz*)란 어린이 소설을 읽었다. 여기에도 감자 이야기가 나온다. 나중에 다시 이야기한다. 그런데 내가 감자 이야기를 하는 것은 정작 아래와 같은 연유가 있기 때문이다.

나는 어려서부터 감자를 좋아하여 요즘도 많이 먹는다. 그런데 금년(2015년) 여름에는 감자를 뒤집어쓰도록 더 많이 먹었다. 7월 보름이다. 내가 존경하는 대학동기인 김옥조 군에게서 큰 상자 하나가 택배로 왔다. 무언가 하며 얼른 열어 보았다. 차돌같이 생긴 둥근 감자가 가득하다. 침이 넘어갔다. 김옥조에 대해서는 내가 다른 곳에서 쓴 적도 있는데,[2] 한 달에 두세 번 만나고, 어쩌다가는 바둑도 둔다. 그냥 친한 사이가 아닌 것이다. 그는 여러 해 전에 서울 생활을 접고 경기도 광주시 곤지암읍에 아담한 집을 짓고 낙향했다. 그래 한번 그

---

2 최명, 〈술의 노래〉(도서출판 선, 2014), 75~87쪽 참조.

의 집에 놀러간 적도 있는데, 그것이 2008년 4월 말이니까 7년 전이다. 김광웅 군과 이하우 군과 같이 갔다. 집 뒤로는 양자산(楊子山, 709.5미터)의 한 자락이 아름다움을 뽐내고, 앞으로는 일망무제(一望無際)의 경치가 펼쳐져서 누구나 부러워할 그런 위치다. 또 집 옆으로는 작은 개울이 졸졸 흐르고, 텃밭도 꽤 넓었다는 기억이다.

집도 집이지만 주인 내외의 인품에 새삼 반한 나는 옥호를 하나 지어야겠다고 마음먹었다. 궁리 끝에 '怡顔堂'(이안당)이라고 지었다.[3] 옥호를 지었으니 이왕이면 글씨를 받아야겠다고 생각하다가, 당시 국립경주박물관 이영훈 관장이 붓글씨의 달필인 것에 생각이 미쳤다. 그래 이 관장의 글씨를 받아 보냈다. 3년 전의 일이다. 현판을 잘 만들어 걸었다는 얘기는 나중에 들었다. 옥호는 그렇고, 주인은 취미삼아 텃밭에서 여러 작물을 키운다. 내가 받은 감자는 물론 그곳에서 자란 것이다. 보낸 이의 마음 씀이 고마웠다. 어떻게 보답하나 하다가 우선 감자에 대하여 글을 쓰기로 마음먹은 것이다.

감자를 모르는 사람은 없을 것이고, 아마 감자를 먹어 보지 못한 사람도 없을 것 같다. 감자는 세계적으로 옥수수, 밀, 쌀 다음으로 많이 생산된다. 주식으로도 많이 소비되고, 보조식량 혹은 구황작물(救荒作物)로 이용된다. 영양이 좋고, 재배가 잘 되는 야채이기 때문이다. 야채의 다른 이름은 푸성귀이다. 감자를 푸성귀라고 하면 좀 이상하

---

3 도연명(陶淵明)의 〈歸去來辭〉(귀거래사) 중에서 "引壺觴以自酌 眄庭柯以怡顔"(술병과 잔 들고 자작을 하며, 뜰의 나뭇가지를 보며 흐뭇한 얼굴을 짓네)이란 구절에서 따온 것이다. "怡顔"은 '흐뭇해하다'는 뜻이다.

게 들릴지 모르나 채소임에 틀림없다. 가지과의 다년생식물이라면 이해가 될까? 푸성귀하면 땅위에 나는 풀이 대종이다. 그러나 우리가 먹는 감자는 땅속에서 자란 덩이뿌리〔괴경(塊莖)〕이기 때문에 땅위의 것을 주로 먹는 푸성귀와는 다른 면이 있다. 하기야 땅속에서 자라는 무도 푸성귀이기는 하다.[4] 백과사전을 참조하면서 감자의 이모저모를 살펴본다.[5]

감자가 재배되기 시작한 것은 기원전 8천 년에서 5천 년 사이, 지금의 남부 페루와 서북 볼리비아에서였다고 한다. 남미 대륙을 침략한 스페인 사람들이 감자를 유럽에 소개하였다. 그것이 16세기 후반이다. 17세기 말에 와서 감자는 아일랜드의, 다시 1백 년이 지나서는 유럽 대륙의 주요작물이 되었다. 특히 독일과 영국의 서부지방에서 많이 재배되었다. 아일랜드의 경제가 감자에 크게 의존한 시절이 있

---

4 감자와는 직접 관계가 없으나, 무와는 관계가 되는 이야기가 생각나서 적는다. 옛날에 어떤 도깨비가 텃밭을 얼마 얻었으나 농사를 지을 능력이 없었다. 그래 어느 농부에게 가서 경작을 부탁했다고 한다. 농부가 "내가 밭을 갈기는 하겠는데, 땅위에서 자란 것은 네가 가져가고, 땅 아래의 것은 내가 먹기로 하자"고 제안했다. 대부분의 곡식은 땅위에서 자란다고 생각한 도깨비는 좋다고 했다. 농부는 첫해에 무를 심었다. 도깨비는 그야말로 무청만 가져가게 되었다. 약이 올랐다. 그래서 다음 해에는 반대로 하자고 했다. 농부는 좋다고 하고는 이번에는 배추를 심었다. 도깨비는 배추꼬리만 먹게 되었다. 사람이 도깨비보다 현명하다는 이야기인지, 그냥 우스갯소리인지 판단이 잘 안 되는 어렸을 적의 이야기다.
5 https://en.wikipedia.org/wiki/Potato

었던 것은 유명한 이야기이고, 1845~1846년의 대기근은 역병으로 감자 생산이 감소한 직접적인 결과였다. 인구의 20퍼센트가 줄었다고 한다. 그러나 19세기 초부터 감자는 점차로 전 세계로 퍼졌다.

유엔 식량농업기구의 발표에 따르면 2013년 전 세계의 감자 생산량은 3억 6천 8백만 톤이었다고 한다. 그 가운데 약 3분의 2는 사람들이 먹고, 나머지는 가축 사료 혹은 전분의 재료로 쓰인다. 쉽게 얘기하여 오늘날 한 사람이 1년 동안 먹는 감자는 약 33킬로그램 정도이다. 그러나 물론 감자의 중요성은 지역에 따라 다르다. 오늘날 감자는 유럽의 필수 작물이고, 인구수로 따지면 생산량도 유럽이 가장 높다. 다만 지난 반세기 동안 남아시아와 동아시아의 감자 생산이 크게 늘어났다. 2007년 자료에 의하면 감자를 가장 많이 생산하는 나라는 중국이다. 오늘날 중국과 인도는 전 세계 감자의 3분의 1을 생산한다. 이것은 최근의 이야기이고, 감자가 중국에 최초로 전래된 것은 명나라 때라고 한다. 옥수수나 고구마와 비슷한 시기에 도입되었다는 것이다. 일본에는 1603년에 네덜란드 사람이 가져왔다고 한다.[6]

그러면 우리나라에는 언제 감자가 들어왔는가? 순조 말년(1824~1825년)에 산삼을 캐기 위하여 조선에 온 청나라 사람들이 감자를 가져와 재배하였다는 기록이 있다. 또 다른 기록에 의하면, 북방으로부터 감자가 들어온 지 7~8년 되는 1832년에 영국 상선이 전라북도 해안에 약 한 달가량 머문 적이 있었는데, 그 배에 타고 있던 선교사가 씨감자를 나누어 주고 재배법을 가르쳐 주었다고 한다. 재배법을 배

6 위키피디아의 내용을 참고하였다.

위 보급시킨 이의 아들 김창한(金昌漢)이 그에 관한 기록을 적은 〈원저보〉(園藷譜)란 책도 전한다고 한다.[7]

　이것은 초기의 일이고, 재배가 크게 늘어난 것은 1920년대부터다. 강원도 회양군(淮楊郡) 난곡면(蘭谷面)에서 농업 연구를 하던 어떤 독일인이 신품종 감자를 개발하여 대규모로 보급하였다고 하는데, 위에서 말한 감자바위란 별칭도 그래 나왔다고 생각한다. 강원도는 지리와 기후조건이 감자 재배에 적합하고, 다른 작물에 비하여 단위 면적당 수확량이 많았기 때문에 화전민들이 주로 감자를 재배했다. 또 1930년대 초엽에는 일본 북해도에서 남작(男爵)이란 품종이 도입되었다. 그것이 전국으로 퍼진 것은 그 후의 일이고, 지금 재배되는 감자의 품종은 매우 많다. 아무튼 그것이 요즘은 곤지암읍까지 번진 것이다. 오늘날 많은 나라에서 감자를 현대식 기계화 영농법에 의하여 경작·수확하나, 상당량의 감자가 곤지암에서와 같이 작은 텃밭에서 재배되는 것이 분명하다. 그래 나까지 그 혜택을 본 것이다. 사전에는 감자의 우리말 어원도 나와 있어서 잠시 옮긴다.

　감자는 처음에 감저(甘藷)라고 불렸다는데, 이것은 고구마를 가리키던 말이었다. 우리나라에는 고구마가 먼저 들어오고, 감자의 전래는 약 60년 후라고 한다. 북방에서 들어왔기 때문에 감자는 북감저(北甘藷)로 불리다가 본래의 감저는 고구마란 이름으로 굳어지고, 북감저는 감자로 불리게 되었다는 것이다. 제주도에서는 현재도 고구마를 감저라 하고, 감자를 지실(地實)이라 부른다. 또 전라·충청도

---

7 http://jdm0777.com/a-yakchotxt/gamja.htm

에서는 고구마를 무수감자 혹은 무감자라 하고, 이에 대비하여 감자를 하지감자라고도 한다.[8]

이외에 백과사전에는 감자에 대한 여러 가지 이야기가 있다. 여기서 이루 다 소개하지 않는다. 다만 우리가 감자를 먹어야 하는 이유를 설명한다. 첫째, 감자에는 칼륨(kalium, 영어로는 potassium)이 풍부하다. 칼륨은 가장 가벼운 금속으로 체내 세포의 정상적인 활동에 필수적인 물질이다. 세포 내 칼륨 농도가 낮아지면 나트륨의 침투를 막지 못한다. 그러면 세포 내 산성과 알칼리의 균형이 파괴된다. 또 칼륨은 근육 운동, 특히 심장 운동에 필수적이고, 혈압을 조절하는 감압작용(減壓作用)을 한다. 칼륨은 바나나, 레몬, 요구르트, 셀러리, 브로콜리, 양배추, 시금치 등에도 많으나, 보통 크기의 감자 하나에도 바나나 4개와 맞먹는 양의 칼륨이 있다고 한다.

둘째, 감자에는 섬유질이 많다. 껍질에 섬유질이 더 많다고 하고, 콜레스테롤 수치를 낮추며, 당뇨 예방에도 도움이 된다.

셋째, 감자에는 비타민 C가 풍부하다. 이것 역시 껍질에 많다. 보통 감자 100그램에는 대체로 6~12밀리그램의 비타민 C가 들어 있다. 같은 양 사과의 3배가량이다.

넷째, 감자에는 망간(manganese)이 많다. 망간은 콜레스테롤 분해 및 활성산소를 제거하는 항산화 작용을 하며, 뼈를 만들고 혈당을 조절하는 중요한 영양소다.

---

8 각주 6 참조.

다섯째, 감자에는 또 비타민 B6가 풍부하다. 비타민 B6는 심혈관, 소화, 면역, 근육, 신경계에 중요한 영양소이며, 뇌 호르몬을 생성하는 데 필수적이다.[9] 사람은 감자와 우유만 먹으면 건강하게 살 수 있다는 이야기를 언젠가 들은 기억이 있다. 그만큼 감자에는 여러 가지 우리 몸에 필요한 영양소가 풍부하다는 말일 것이다. 그러나 다른 맛있는 음식, 예를 들면 스카치위스키와 포도주도 있는데, 어찌 감자와 우유만 먹는단 말인가? 맛 모르는 사람들의 이야기일 것이다.

별로 재미도 없는 이야기가 길어졌다. 이제 위에서 말한 〈병정 프리츠〉로 돌아가기로 한다. 병정 (兵丁) 이란 말이 근자에는 잘 쓰이지 않기 때문에, 그냥 '솔저'(soldier) 란 말을 쓸까도 생각했다. 그러나 처음 생각대로 병정이란 단어를 쓰기로 한다. 병정이 한자이기는 하나, 솔저보다는 우리말이기 때문이다. 〈병정 프리츠〉를 내가 읽은 것은 고등학교 때이다. 그 소설은 오래전에 미국서 출판된 초등학교 5학년 교재에 첫 번째로 수록되어 있다.[10] 2부 (部) 로 나눠진 이 소설은 말미에 피카드 (J. C. Pickard) 가 독일어를 번역했다는 말이 있고, 원 저자의 이름은 없다. 소개를 하기보다는 여기서 그 소설을 번역하기로 한다. 중역 (重譯) 이다.

---

9 http://www.huffingtonpost.kr/2014/08/21/story_n_5698598.html

10 Charles J. Barnes, *New National Fifth Reader* (New York, Cincinnati, Chicago: American Book Company, 1884), pp. 33~41.

병정 프리츠

— 제1부

병정 프리츠는 프러시아군의 한 상병의 작은 아들이었습니다. 브란덴부르크에 살고 있었습니다. 병정놀이를 좋아했습니다. 그래 사람들은 그를 '병정 프리츠'라고 불렀습니다.

그의 아버지는 라인 강변에 주둔한 한 연대에 속해 있었습니다. 당시는 프랑스와 전쟁 중이었습니다. 한번은 그가 집에 편지를 보내어 채소가 부족하다면서 집에서 기른 감자가 먹고 싶다는 얘기를 했습니다. "우리 집에 있는 좋은 감자가 한 자루만 있다면! 얼마나 맛이 좋을까?"

병정 프리츠는 밤낮으로 아버지를 생각했습니다. 또 꿈도 꾸었습니다. 그리고는 마침내 그는 어머니 몰래 광에서 아주 좋은 감자를 골라서 큰 자루에 담고는 무작정 아버지를 찾아 떠났습니다.

길 떠난 첫날 한낮쯤, 그는 어떤 작은 마을에 도착했습니다. 그리고는 처음 눈에 띈 여관으로 들어가서 좀 쉬려고 벤치에 앉았습니다. 큰 방에는 손님들이 많았고, 그 가운데는 나무다리를 한 불구의 나이 먹은 병사도 한 명 있었습니다.

"어이, 소년! 왜 그러고 있냐?" 그 병사는 일어나서 프리츠에게 다가갔습니다. 그리고는 놀란 눈으로 머리부터 발끝까지 프리츠의 이모저모를 살펴보는 것이었습니다.

"라인강으로 가려고 합니다." 소년은 대답했습니다. "아버지가 상사로 진급하셨습니다. 그러나 아버지는 그런 것에는 관심이 없으시고 감자만 있으면 하신답니다. 그래 아버지에게 감자를 갖다드리려고 좋은 것을 골라서 여기 이 자루에 담았습니다."

"이것 봐라, 너 참 이상한 아이구나! 정말 그게 네 진심이냐? 내가 알아들을 수 있게 한 번 더 말해 봐라." 병사가 말했습니다. 프리츠가 다시 말하자, 방 안에 있던 다른 사람들도 다소곳이 들었습니다. 늙은 병사의 눈에는 눈물이 고였습니다. 방에 있던 모든 사람들도 감상에 젖었습니다.

"넌 진짜 군인의 아들이구나. 이제 네 말을 듣고 보니, 기쁜 나머지 가슴이 마구 떨리는구나." 그러면서 그 고참 병사는 프리츠를 끌어안고 뺨에 입을 맞추었습니다. 다른 사람들도 그랬습니다. 심지어 덩치 큰 여관 주인도 마음속 깊이 감동을 받았습니다. 프리츠가 그날 떠나서는 안 된다고 모두들 생각했습니다. 그래 그는 그 여관에 머무를 수밖에 없었습니다. 진짜 왕자처럼 대접받게 되었던 것입니다.

저녁이 되자 프리츠는 같은 이야기를 새로 온 손님들에게도 했습니다. 마침내 그는 푹신한 침대가 있는 큰 침실로 안내되어 단잠을 자게 되었습니다. 그가 자는 동안, 고참 병사는 이 용감한 소년이 무일푼으로 여행을 계속하도록 내버려 두어서는 안 된다고 손님들에게 말했습니다. 그것은 모두에게 창피한 일이라고도 말했습니다. 그 말을 듣자 손님들은 모두 흔연히 지갑을 열었습니다. 이 훌륭한 소년을 위하여 흔쾌히 돈을 냈습니다. 여관 주인은 그 돈을 보관하였습니다. 프리츠가 잠자리에서 일어나자 주인은 아침을 잘 차려 주었습니다. 그리고 보관했던 돈을 프리츠의 윗저고리 안쪽에 넣고 바늘로 꿰맸습니다. 그리고는 그의 앞날에 행운이 있기를 마음속으로 기원하며 작별했습니다.

그날도 프리츠는 또 저녁까지 걸었습니다. 그는 다시 한 동네에서 밤을 보내게 되었습니다. 여기서도 전날처럼 자기 이야기를 했고, 또 융숭한 대접을 받았습니다. 여러 날이 지났습니다. 그는 드디어 프러시아 군영(軍營)에 도달했습니다. 제일 앞에 있는 보초병(步哨兵)을 멀리서 보고는 쏜살같이 달려갔습니다.

"우리 아버지가 어디 있는지 아세요?" 그는 숨이 차서 헐떡거리며 물었습니다.

"야, 이 바보 녀석아! 내가 네 아버지 이름이 무어고, 어느 연대에 속하는지 아는 줄이나 알고 하는 말이냐?" 보초병은 불쾌한 듯이 퉁명스럽게 대답했습니다.

"그게 아니고요! 아버진 키 큰 병사로 뽑혀서, 키 큰 이들로 구성된 브란덴부르크 연대에 속해 있어요. 이름은 마틴 볼러만이에요. 아버진 상사인데요."

"좋다. 그게 사실이면 찾아가 봐라. 여긴 통과다."

프리츠는 뛰었습니다. 두 번째와 세 번째 초소도 통과했습니다. 마지막으로 부대의 부관장교 앞에까지 가게 되었습니다. 그는 프리츠에게 이것저것 자세히 물었습니다. 대답을 들을수록 그의 표정은 점점 온화해졌습니다. 마침내 그는 소년의 뺨을 부드럽게 어루만졌습니다.

"나를 따라 와라! 네 아버지를 곧 찾을 수 있을 것 같다." 그는 말했습니다.

그리고 그는 아주 큰 깃발이 펄럭이고 있는, 크고 웅장한 막사로 향했습니다. 프리츠도 신이 나서 발걸음을 성큼성큼 떼어 놓았습니다. 물론 감자 자루를 지고, 부관장교 옆에서 보무당당하게 천막 안으로 들어갔습니다. 여기서 그는 나이가 좀 들어 보이고 번쩍번쩍한 옷을 입은 장교를 보았습니다. 그 장교는 큰 팔걸이의자에 앉아서 책상 위에 있는 지도를 열심히 연구하는 것같이 보였습니다. 프리츠와 같이 간 부관장교가 조심스럽게 그에게 다가가자, 거의 거들떠보지도 않고 그저 고개만 조금 끄떡였습니다.

　"저 분이 진짜 장군인가 보다." 막사에 들어서서 가만히 서 있던 프리츠가 생각했습니다. 프리츠의 생각대로 그는 진짜 장군이었습니다. 부관장교가 작은 소리로 장군에게 무어라고 말하자, 그는 곧 지도에서 눈을 떼고는 부관장교의 이야기를 조심성 있게 들으면서, 가끔 프리츠를 힐긋힐긋 보곤 했습니다. 장군은 부관장교에게 무어라고 지시하고는 나가라고 했습니다. 그리고는 프리츠에게 가까이 오라고 손짓했습니다. 말을 듣지 않을 수 있겠습니까? 프리츠는 병정다운 자세로 장군 앞에 섰습니다.

　"이름이 무어냐?" 장군이 물었습니다.

　"프리츠 볼로만입니다. 사람들을 '병정 프리츠'라고 부릅니다."

　장군은 미소를 지으면서, 다시 물었습니다.

　"어디서 왔느냐?"

　"브란덴부르크에서 왔습니다."

　"무슨 일로 왔느냐?"

　"아버지에게 감자를 드리려고 왔습니다."

"이럴 수가 있나?" 장군은 놀라면서 속으로 중얼댔습니다.

"어디? 정말 감자가 네 자루 속에 있느냐?" 이번에는 좀 큰 목소리를 냈습니다.

"물론입니다. 우리 광에 있던 제일 좋은 놈들입니다." 프리츠는 그렇게 말하면서 어깨에서 자루를 내리고는 열었습니다.

"각하! 보시면 압니다. 모두 둥글고 매끄럽기가 차돌 같습니다."

"좋다, 좋아! 얘야! 모두 최고의 식욕을 돋우는 상등품이구나. 근데 너는 이제 옆방으로 가서, 내가 부를 때까지 기다려라. 그리고 그자루는 여기에 잠시 놓고 나가거라."

프리츠는 들은 대로 옆방으로 갔습니다. 큰 팔걸이의자에 앉았습니다. 하루 종일의 강행군에 지쳤고, 또 아마 감정 때문에 그랬겠으나, 그는 곧 고개를 숙이고 꾸벅꾸벅하며 졸더니 그만 깊은 잠에 빠졌습니다. 반 시간 정도 지났을까? 장군이 프리츠가 있는 방에 들어왔습니다. 깊은 잠에 빠져 있는 것을 보았습니다. 그냥 자게 내버려 두고 조용히 나왔습니다.

프리츠가 이렇게 모든 것을 잊고 꿈속을 헤매고 있을 때, 장군은 나름대로 바빴습니다. 브란덴부르크 연대의 마틴 볼러만이라는 나이 좀 든 상사를 불러 만날 때까지 잠시도 쉬지 않았습니다. 그리고는 그에게 당장 저녁 만찬에 참석하라는 명령을 내렸습니다. 뿐만 아니라 고급장교 여러 명도 초대했습니다. 물론 취사병에게 이러이러한 준비를 하라고 지시하는 것도 잊지 않았습니다.

제 2 부

만찬에 초대 받은 고급장교들은 모두 제 시간에 모였습니다. 식탁에 둘러앉았습니다. 그들은 장군의 식탁에 상사의 복장을 한, 그야말로 상사 한 사람이 앉아 있는 것을 보고 놀라는 눈치였습니다. 그러나 정작 놀란 사람이 있었습니다. 바로 상사 자신이었습니다.

상사는 그렇다고 하고, 또 이상하게 눈에 띄는 것은 뚜껑이 덮인 큰 접시였습니다. 손님들은 필시 그 안에 값비싸고 맛있는 것이 들어 있으리라고 생각했습니다. 모두들 궁금한 눈초리로 그 접시를 보고 있었습니다. 장군은 손님들의 궁금증을 짐작하면서도 모르는 체했습니다. 시치미를 떼고 있었습니다. 그러나 그는 가끔 접시를 바라보면서 미소를 띠었습니다. 그러면서 또 부관장교와 슬쩍슬쩍 의미 있는 눈길을 주고받았습니다. 손님들의 궁금증은 최고조에 도달했습니다.

그러자 장군은 큰 소리로 옆 좌석의 상사에게 뚜껑을 벗기라고 명령했습니다. 그 순간 손님들의 눈은 그 이상한 접시에 집중되었습니다. 자, 그들이 본 것은 과연 무엇이었을까요? 껍질을 채 벗기지 않은, 아주 깨끗하고 먹음직스러운 감자였습니다. 전혀 다른 요리를 기대했던 손님들의 까다로운 입맛에는 다소 실망스러운 것인지도 모릅니다. 그러나 유일하게 마음속으로 환희를 터트린 사람은 볼로만 상사였습니다. 놀람과 기쁨이 최고조에 달한 그는 거의 소리를 지를 뻔했습니다.

"지금까지" 입가에 밝은 미소를 머금으면서 장군은 말했습니다. "지금까지, 당신들은 나의 손님이었네. 그러나 당신들이 저 훌륭한 감자를 즐길 생각이라면 볼로만 상사를 바라보게. 감자는 그의 것이니까." 장교들은 시큰둥한 표정으로 어깨를 으쓱했습니다. 그러나 장군은 그들의 불만을 대수롭지 않게 여기는 눈치였습니다.

"당신들이 저 감자가 어떤 경로로 우리 군영에 왔는지를 안다면 감자 한 알을 집을 때마다 그것을 영광으로 생각하여야 하네."

"어떻게요? 어떻게 된 일입니까?" 그들은 떠들었습니다. "제발 말씀 좀 해주시죠."

"내가? 아니야! 난 이 훌륭한 이야기를 차마 말할 자격이 없네. 그러나 나는 당신들이 저 정직한 볼로만과 마찬가지로 궁금증에 사로잡혀 있다는 사실을 알기 때문에, 다른 방법으로 그 궁금증을 풀어보도록 하겠네. 부관! 오늘의 주인공을 데려오게!"

부관이 나갔습니다. 모두들 눈이 빠지게 출입문을 보면서 기다렸습니다. 볼러만의 가슴은 터질 듯이 뛰었습니다. 진실을 알 것도 같은 다소 미심쩍은 생각이 그의 머릿속을 스쳤기 때문입니다. 그의 얼굴은 하얗게 되었다 붉어졌습니다. 그렇게 몇 번 반복됐습니다. 그러나 장군의 눈길이 왜 계속해서, 아니 또 무슨 이유로 그에게 집중되는지는 눈치채지 못했습니다. 곧 수수께끼가 풀렸습니다. 부관 바로 옆에서 병정 프리츠가 따라 들어왔습니다. 두려움이라고는 조금도 없는 맑은 눈을 두리번거렸습니다. 프리츠는 그 모습 그대로였습니다.

"프리츠야!" 상사는 소리를 질렀습니다. 상관들에 대한 예의도 잊은 채, 팔을 벌리면서 벌떡 일어났습니다. "프리츠야! 어떻게 여길 왔냐?"

소년은 아무 말도 없이 큰 소리로 울면서 아버지의 품에 안겼습니다. 그 둘은 오랫동안 꼭 껴안았습니다. 장교들도 짙은 감정에 사로잡혀 이 진기한 광경을 바라보았습니다. 존경할 만하고 마음씨 착한 장군의 눈에도 기쁨의 눈물이 맺혔습니다.

"얘야! 네가 왜 그리고 어떻게 여기까지 오게 됐는지 얘길 좀 해라." 장군이 말했습니다. "아! 그런데 우선 마음 놓고 저 테이블로 가서 앉아라. 임금의 테이블은 아닐지 모르나, 주저할 것 없다. 아버지에 대한 너의 진정한 사랑이 아니라도, 너는 거기에 앉을 충분한 자격이 있다."

프리츠는 아버지의 손을 잡고 이야기를 했습니다. 장교들은 주의 깊게 들었습니다. 그들의 엄숙한 자세도 이제 풀리기 시작했습니다. 그들 모두의 표정도 밝아졌습니다. 아버지를 그렇게 마음깊이 사랑하여 수백 리를 마다 않고 걸어서, 더구나 맛있는 먹을 것을 가져온 소년의 이야기에는 모두 깊은 감명을 받지 않을 수 없었습니다. 아버지 상사도 기쁜 감정에 북받쳐 거의 정신이 나갔습니다. 울다가 웃고, 웃다가 울었습니다.

이야기가 끝났습니다. 상사는 그의 주위에 누가 있는지 생각도 않고 용감한 아들을 다시 껴안았습니다. 그리고는 그의 입술에 셀 수 없이 많은 뽀뽀를 했습니다. 또 여러 가지 궁금한 것을 물었고, 프리츠는 아는 대로 정직하게 대답했습니다.

이윽고 장군의 지시에 따라 참석자들은 모두 막사를 떠났습니다. 그러나 기쁨에 들떠 있는 아버지는 사랑하는 아들과 남았습니다. 한 시간쯤 지났을까? 장군이 돌아왔습니다. 아버지 상사에게 한손으로는 무엇이 씌어 있는 종이를, 다른 손으로는 금화가 들어 있는 큰 주머니를 건넸습니다.

"여보게, 친구! 이것이 자네의 제대증이네. 거기에는 종신 연금으로 자네의 봉급 전액이 지급된다는 약속이 포함되어 있다네. 그리고 이것은 자네의 귀한 아들에게 주는 작은 선물이네. 우리 장교들이 모은 것이라네. 아들을 위하여 그가 장성할 때까지 잘 간직하여 유익하게 쓰도록 부탁하네. 자! 이제 부인과 다른 아들들이 있는 집으로 떠나게! 그들이 자네를 보면 기뻐 날뛰겠지."

"아! 존경하는 장군님! 이 은혜는 죽어도 잊지 못할 것입니다." 기쁨에 들뜬 상사는 말을 더듬거렸습니다. 순간 그는 장교들의 호의, 혹은 연금, 또는 아들 프리츠가 부자가 된 일 가운데서 무엇이 그를 제일 기쁘게 만들었는지 몰랐습니다.

"제가 이런 대접을 받아도 되는 것입니까?"

"물론이네. 이번 전쟁에서 발휘한 자네의 용감한 행동, 또 마지막 전투에서 부상을 당한 일, 그 때문에 자네는 평생 몸이 불편하게 되지 않았나? 그리고 마지막으로 자네의 아들, 병정 프리츠의 덕이라면 덕일세. 나는 자네의 아들을 보고는 자네가 훌륭한 아버지인 줄 알았네. 자네 같은 사람은 전쟁터에 있기보다는 집으로 가는 것이 바람직하다고 우리 국왕께서도 생각하실 것이네. 여보게, 친구! 이제 자네는 해방이야. 진짜 병정다운 이 아이와 똑같이 다른 아들들도 키우기 바라네. 하느님이 도울 것일세. 자, 작별의 시간이네. 프리츠가 우리 국왕을 위하여 총을 들 수 있을 만큼 성장하면, 잊지 말고 그를 우리 연대에 보내게. 이것이 나의 마지막 당부네."

(끝)

다소 모호한 부분이 있기는 하나, 내 나름의 번역이다. 윤색한 부분도 있다. 소설의 배경이 된 전쟁은 흔히 보불전쟁(普佛戰爭)이라고 불리는 프로이센-프랑스 전쟁(1870~1871년)이다. 프로이센의 명재상 비스마르크(Otto von Bismarck, 1815~1898년)가 독일 통일을 이룩하고자 통일의 걸림돌이던 프랑스와 싸운 전쟁이다. 승리한 프로이센은 1871년 1월에 파리 근교의 베르사유 궁전에서 프랑스와 '프랑크푸르트 조약'을 체결했다.

제국의 성립도 선포되었다. 프로이센 국왕인 빌헬름 1세가 초대 독일제국의 황제로 추대되었다. 또 독일은 알자스·로렌 지방을 획득하고, 막대한 전쟁배상금도 받았다. 프랑스로서 기분이 좋을 리 없는 것은 두말할 필요가 없다. 그리하여 프랑스와 독일의 적대 관계는 제2차 세계대전이 끝날 때까지 지속되었다. 제1차, 제2차 세계대전에서 독일은 패망하였다. 그러나 보불전쟁에서 승리하여 통일 독일제국을 수립한 독일의 저력은 병정 프리츠와 같은 인물들이 많았기 때문인지도 모른다. 소설을 읽고 소설 같은 이야기를 하고 있는 것이다. 병정 프리츠와 비스마르크와 같은 인물이 이 땅에서도 출현하기를 염원하기 때문인가?

위에서 〈병정 프리츠〉는 미국의 초등학교 5학년 영어교재에 실린 것이란 이야기를 했다. 그 책은 1919년에 31세로 요절하신 나의 할아버지가 연도는 알 수 없으나 한성영어학교(관립)에 다니실 적에 배우시던 교재다. 서울서 무슨 일이 있었는지 모르나, 할아버지는 3·1운동 직후 경기도 시흥군 서면의 본가로 피신을 오셔서 칩거하셨다고 한다. 앙앙불락, 연일 과음을 하시다가 6월 30일 새벽에 돌연 돌아가셨다고 오래전 할머니에게서 들었다. 할아버지가 돌아가신 해에 나의 아버지는 열한 살이었다.

감자 이야기가 이상한 곳으로 흘렀다. 마지막으로 한마디. 감자 요리는 무수히 많다. 내가 비교적 근자에 맛있게 읽은 감자 요리 이야기는 나오키 문학상과 중앙공론 문예상 등을 수상한 일본의 대표적 여성 작가 가쿠타 미쓰요(角田光代)의 "세계 감자여행"이다. 그 글은 그녀의 〈오늘도 잘 먹었습니다〉(염혜은 번역, 디자인하우스, 2013)에 있다(88~93쪽).

나는 감자칩도 좋아한다. 제일 좋아하는 감자칩은 'Terra : Real Vegetable Chips'다. 푸른 감자로 만든 것이다. 뉴욕주 레이크 석세스(Lake Success)의 'The Hain Celestial Group'의 생산품이다. 5온스(141그램)짜리 한 봉지가 약 5달러다. 좀 짜나 맛이 있다. 미국의 항공사인 '제트블루'(jetBlue Airways)의 비행기를 타면 작은 봉지의 이 칩을 준다. 대한항공의 땅콩과 같은 것이다.

(2015년 9월)

문 이야기

일이란 우연하게 생기는 경우가 많다. 2018년 2월 4일(일요일) 저녁이다. 김혜선 박사가 낮에 예수모임에 다녀왔다고 톡으로 메시지를 보냈다. 그 모임은 김동길 박사가 중심이 되어 매월 첫 일요일에 모인다. 날씨가 추워서 갈까 말까 하다가, 김 교수의 설교(?)가 있다고 하여 갔다고 한다. 그래 무슨 말씀이 있었느냐고 물었다. 좁은 문에 관한 이야기였다고 하였다. 좁은 문이라기에 문득 앙드레 지드(Andrè Gide, 1869~1951년)의 소설을 생각했다. 그런데 지드의 이야기는 없었고, 성경의 '좁은 문' 이야기만 있었다고 했다. 지드의 소설은 성경에 나오는 좁은 문 때문에 가능했다. 이상하다 생각했다. 여주인공 알리사는 좁은 문에 관한 목사의 설교를 듣고, 그것을 삶의 목표로 삼았다. 좁은 문을 통하여 행복(?)을 추구하려 했기 때문에 제롬과의 사랑을 이루지 못하고 생을 마감한다. 그런 소설이다.

성경에서 좁은 문을 찾아 다시 읽었다. 〈마태복음〉 7장 13절과 14절이다.

Enter ye in at the strait gate: for wide is the gate, and broad is the way, that leadeth to destruction, and many there be which go in thereat: Because strait is the gate, and narrow is the way, which leadeth unto life, and few there be that find it. (King James Bible)

좁은 문으로 들어가라. 멸망으로 인도하는 문은 크고 그 길이 넓어 그리로 들어가는 자가 많고 생명으로 인도하는 문은 좁고 길이 협착하여 찾는 이가 적음이니라.

내가 본 우리말 성경은 〈빅컬러 훼밀리 성경〉(3판; 성서원, 2005)이다. 주(註)에 좁은 문에 대한 설명이 있다. "기독교인 삶에 박해와 환난이 있음을 암시해 주는 말"이라고 되어 있다. 또 〈사도행전〉 14장 22절과 〈누가복음〉 13장 23절과 24절을 괄호 안에 적고 있다.

… 또 우리가 하나님 나라에 들어가려면 많은 환난을 겪어야 할 것이라고 하고 …. (〈사도행전〉 14장 22절)

혹이 여짜오되 주여 구원을 얻은 자가 적으니이까 저희에게 이르시되 좁은 문으로 들어가기를 힘쓰라 내가 너희에게 이르노니 들어가기를 구하여도 못하는 자가 많으니라. (〈누가복음〉 13장 23~24절)

생각건대, 언제부터인가 교회는 기업이 되었다. 한국에는 대기업이 된 교회도 많다. 그러나 초기 기독교인들은 교회랄 것도 없이 하나

님을 믿었다. 박해도 많았다. 그래 몸을 낮추고, 남을 비판하지 말고, 대접받고 싶으면 먼저 남을 대접하라고 가르친 것이다. 그것이 좁은 문으로 가는 길이요, 또 생명으로 가는 길인 것이다. 대접받고 싶으면 먼저 대접하라는 것은 〈마태복음〉 7장 12절의 말이다.

Therefore all things whatsoever ye would that men should do to you, do ye even so to them: for this is the law and the prophets.

그러므로 무엇이든지 남에게 대접을 받고자 하는 대로 너희도 남을 대접하라. 이것이 율법이요 선지자니라.

"Do to others what you wish to be done by others"란 영어 격언이 바로 여기서 나온 것이란 생각이 든다. 좀 오래된 영어로는 "Do unto others as ye would that others should do unto you"이다. "그리스도의 방식(Christ's plan)이라고도 하는 황금률(The golden rule)인 것이다.
〈논어〉에도 유사한 말이 있다. 자공(子貢)이 공자에게 물었다. "한마디로 평생토록 행할 만한 것이 있습니까?" 공자가 대답하였다. "서(恕)일 것이다. 자기가 바라지 않는 것을 남에게 하지 않는 것이다."[1] 여기서 '恕'란 남의 정상을 잘 살펴서 동정하는 어진 마음을 가

---

1 "子貢問曰, 有一言而可以終身行之者乎. 子曰, 其恕乎. 己所不欲 勿施於人." 〈논어〉, "위령공"(衛靈公)편 23장.

리킨다. 다른 사람의 정상을 살핀 다음에야 어찌 함부로 그를 대하겠는가? 내가 원하는 바를 마땅히 그에게 베풀 것이다. 성인들의 생각은 같다.

좁은 문 이야기를 듣고, 처음 떠오른 것이 지드의 소설이었다고 앞서 말했다. 지드는 그 소설로 1947년에 노벨문학상을 받았다. 그래 문을 생각하게 되었다. 바로 이백의 〈望天門山〉(망천문산) 이란 시가 생각났다. 또 한 손으로 턱을 괴고 궁상스럽게 앉아 있는 조각을 포함한 로댕(Auguste Rodin, 1840~1917년)의 〈지옥문〉, 기누가사 데이노스케(衣笠貞之助, 1896~1982년)가 각본을 쓰고 감독한 같은 이름의 영화(1953)가 머리를 스쳤다. 이 영화는 그 다음 해에 제7회 칸 영화제에서 그랑프리상을 받았다.

영화에 생각이 미치자 〈라쇼몽〉(羅生門, 1950)이 또 떠올랐다. 구로사와 아키라(黑澤明, 1910~1998년)를 세계적인 감독의 반열에 올려놓은 영화다. 1951년 베니스영화제에서 황금사자상을 수상했다. 내가 한때 좋아했던 미후네 도시로(三船敏郎, 1920~1997년)가 주연이다. 그러나 〈라쇼몽〉은 아쿠타가와 류노스케(芥川龍之介, 1892~1927년)가 1915년에 발표한 소설이다. 아쿠타가와는 요사(天死)한 천재다. 그를 기리기 위한 아쿠타가와상(賞)은 1935년에 창설된 순수문학상으로 매년 신인 소설가에게 주어진다. 소설도 영화도, 라쇼몽은 '진실이 무엇인가'라는 어려운 문제를 깊이 다룬다.

천문(天門)과 지문(地門)

돌아보면 사방에 문이다. 문 천지이다. 천지는 하늘과 땅을 가리키나, 아주 많은 것을 일컫기도 한다. 그렇다면 하늘에도 있다. 천문(天門)이다. 그러면 땅에는 지문(地門)이 있을 법하다. 사전을 보면 천문에는 여러 뜻이 있다. 첫째가 하늘로 들어가는 문이다. 하늘은 광활하여 그런지 문은 보이지 않는다. 천당으로 들어가는 문인가? 천당엔 가기가 어렵다고 한다. 문이 좁아서일까? 보통 천문은 천제(天帝)의 거소(居所)인 천궁의 문을 가리킨다. 본 사람이 없다. 또 천자가 기거하는 궁의 문을 지칭하기도 한다. 대궐문(大闕門)이다. 대궐에 천자가 살기 때문이다. 우리나라에서는 대궐문을 천문이라고 하지는 않았다. 왕은 천자가 아닌 까닭일까?

또 천문은 사람 얼굴의 양미간(兩眉間, 두 눈썹 사이)을 말하기도 한다. 관상학(觀相學)에서는 인당(印堂)이라고 부른다. 콧구멍이란 뜻도 있다. 좁기 때문일까? 또 탑(塔)의 꼭대기를 지칭한다고 한다. 하늘에 가깝기 때문일까?

이제 위에서 말한 이백의 〈望天門山〉(망천문산)이란 시를 보자.

天門中斷楚江開　碧水東流至北廻　(천문중단초강개 벽수동류지북회)
　　하늘 문 한가운데 갈라져 초강이 터져 흐르고 푸른 물줄기 동쪽으로
　　흐르다 북쪽으로 돌아 흐르네.
兩岸靑山相對出　孤帆一片日邊來　(양안청산상대출 고범일편일변래)
　　양 강변에 푸른 산 마주 솟았고 돛배 한 척이 해 언저리에서 내려오네.

천문산은 지금 안휘성(安徽省) 무호(蕪湖) 부근에 있다. 장강(長江, 양자강)을 끼고 동량산(東梁山)과 서량산(西梁山)이 마주 보고 있다. 강 양쪽의 마주 보는 푸른 산은 바로 이 두 산을 말한다. 아마 그 모습이 하늘의 문같이 생긴 모양이다. 이백은 가서 시를 지었으니 보았을 것이다. 나는 못 갔기 때문에 하늘의 문이 어떻게 생겼는지 모른다. 그러나 시를 읽으면, 광대한 자연의 기기묘묘한 형상과 인간의 미미함이 대조를 이루고 있다. 청산과 벽수 사이에서 인간은 돛배 하나에 의지하여 어디론가 가고 있다.

또 천문개합(天門開闔)이란 말도 있다. "하늘의 문은 열렸다 닫혔다 한다"는 뜻이다. 노자(老子)의 이야기다(〈노자〉, 10장). 열리는 것은 만물의 생성을 말하고, 닫히는 것은 소멸을 말한다. 만물의 생멸변화(生滅變化)는 하늘의 조화(造化)다. 따라서 사람은 모름지기 수동적으로 처신해야 함을 가르치고 있다. 노장(老莊) 사상의 무(無) 혹은 도(道)와 같은 의미이다. 나가고 들어가는 그런 문이 아니다. 어렵다. 이 정도에서 그치자.

또 천문등팔(天門登八)이란 말도 있다. 진(晉)의 도간(陶侃)이 꿈 속에서 날개를 달고 날았다. 하늘의 여덟 개의 문을 지나 마지막 문을 통과하려 하였으나 아무리 해도 지나갈 수가 없었다. 그러다가 문지기에게 지팡이로 찍혀 땅으로 떨어졌다. 날개가 부러졌다. 그 후 그는 팔주(八州)를 관리하면서 더 높은 벼슬을 얻으려고 했으나, 꿈 생각이 떠올라서 더 이상의 출세를 접었다는 고사에서 나온 성어(成語)다. 관직에 올라 그 정점에 가까워지면 오히려 자신의 몸이 위태롭게 될 수 있다는 것을 비유한 것이다〔〈진서〉(晋書) 도간전(陶侃傳)〕. 이

이야기대로라면 하늘의 문은 아홉 개다. [2]

지문(地門)이란 말은 쓰이지 않는다. 지문이 "대지(大地)의 문"이라고 한 사전은 있으나 설명이 없다. [3] 무엇을 의미하는지 알 수 없다. 그런데 승천입지(昇天入地)란 말이 있다. 하늘로 오르고 땅으로 들어감을 뜻한다. 승천은 도가(道家)의 말이다. 득도(得道)하여 날아서 하늘에 이르러 신선과 노는 경지를 일컫는다. 어떻게 하늘에 이르나? 천문을 통해서 들어가야 할 것 같다. 그냥 내 생각이다. 땅으로 들어가려면 지문(地門)으로 들어가야 될 것 같다. 그런데 "대지의 문"이 있다고 하니, 입지는 그 문으로 들어가는 것인가? 알 수 없다. 생각건대, 땅은 문을 통해서 들어가는 것이 아니고, 파고 들어가는 것인가? 땅을 파서 굴을 만들면 입구는 있다. '굴문'이라고 하지는 않는다. 굴의 입구라고는 한다. 또 땅을 파서 거적 같은 것으로 덮어 한서(寒暑)나 풍우(風雨)를 피하거나, 겨울에 화초 또는 채소를 넣어 두는 움(움집 또는 움막, 土幕)에는 거적문이 있다(거적은 짚을 두툼하게 엮거나, 새끼를 날로 하여 짚으로 쳐서 자리처럼 만든 물건을 말한다. 이희승 편, 〈국어대사전〉). 그러나 많은 나라에서 사람이 죽으면 흔히 땅을 파고 묻는다. 그게 승천입지의 입지인지는 알 수 없으나, 그래도 지문을 통해 들어간다고 하지는 않는다.

---

2 〈大漢和辭典〉(大漢和辭典)(수정판 제1쇄; 東京: 大修館書店, 1986), 제3권, 513쪽 참조.

3 위의 책, 제3권, 141쪽.

거적문을 얘기하다 보니 사립문이 떠올랐다. 사립짝 또 사립짝문이라고도 한다. 잡목의 가지로 엮어서 만든 문이다. 유식하게는 시문(柴門)이라고 한다. 그러다가 호관(戶關)이란 단어가 생각났다. 언제부터인지는 모르나 어려서부터 아는 얘기가 있다. 옛날 어느 시골 마을에서 원이 기우제(祈雨祭)를 지냈다. 그런데도 비가 오지 않았다. 어떤 친구가 그것을 비꼬는 시를 지었다.

太守親祈雨 萬人皆喜悅 (태수친기우 만인개희열)
　태수가 친히 비를 비니 온 백성이 기뻐하더라.
中宵推戶關 明月 (중소퇴호관 명월)!
　한밤중에 사립짝을 밀치니 밝은 달이라!

달을 보기 위해 호관을 밀었다면 그것은 사립문일 수도 있으나, 그것보다는 들창일 것 같다. 들창은 벽 위쪽으로 자그맣게 만든 창이다. 들창문이라고도 하니 문은 문이지만, 사립문은 아니다. 사립문은 보통 사람이 드나들기 때문이다. 들창문은 들어 올려 열기 때문에 그런 이름이 붙은 모양이다. 보통 외짝이다. 미닫이 모양도 있고, 겉창이 따로 있는 것도 있다. 덧문 혹은 덧창이라고도 한다. 창과 문의 구분이 모호하다. 또 되창 혹은 되창문도 있다. 들창을 되창이라고 쓰기도 하나, 되창은 사람이 드나드는 작은 방문이다. 들창과는 구별해야 옳다.

　다음은 호관과는 관계가 없지만, 마저 적는다. 위의 시가 태수의 귀에 들어갔다. 태수가 노하여 시를 지은 이를 잡아다가 볼기를 스무

대 때렸다. 태형(笞刑)이다. 아팠을 것이다. 매 맞은 김에 또 이어서 시를 지었다.

作詩十七字 受笞二十度 (작시십칠자 수태이십도)
　　열일곱 자 시를 짓고 곤장 스무 대를 맞았네.
若作萬卷書 打殺 (약작만권서 타살)?
　　만일 만 권의 책을 쓰면 때려죽일 게 아닌가?

이것이 또 태수의 귀에 들어갔다. 매로 안 될 놈이다. 귀양을 보낸다. 봇짐을 싸들고 귀양길에 나선다. 장인이 쫓아와서 배웅을 한다. 그 모습을 또 시로 남겼다.

落日淸江裏 丈人送我情 (낙일청강리 장인송아정)
　　떨어지는 해는 맑은 강 속에 잠기고 장인이 정으로 나를 전별하는데
兩人相對泣 三行 (양인상대읍 삼항)!
　　두 사람이 서로 대하여 우는데 석 줄이라!

강변에 살았던 모양이다. 전별 나올 주변의 사람이라고는 장인뿐이었는지 모르나, 두 사람이 마주 대하여 운다. 그런데 석 줄이라니? 좀 안된 이야기지만, 장인은 애꾸였다. 한쪽 눈에서는 눈물이 나오지 않는다. 그래 석 줄인 것이다. 애꾸가 우는 모습을 상상해 보라! 귀양가는 처지에도 해학(諧謔)이 있다. 아니, 처음부터 해학이다. 이런 인물이 곤장이나 맞고 귀양간다고 하면 무언가 잘못된 것이다. 천인

(賤人)이기 때문일 것이다. 어쩌다 어깨 너머로 문장(文章)이 되었다고 해도 과거를 볼 수 없다. 진나라의 도간처럼 팔주는 고사하고, 한 고을도 다스릴 수 없다. 그러니 자연 세상을 비관하거나 풍자(諷刺)를 일삼을 수밖에 없다. 전통시대의 신분사회가 그랬다. 사립문인지 들창문인지 하는 호관 때문에 이야기가 곁다리를 쳤다. 다시 문으로 돌아간다.

문은 사방에

사방에 문이다. 도처에 문이다. 집마다 대문이 있다. 중문이 있는 집도 있다. 또 방마다 문이 있다. 다락에도 문이 있다. 광에도 있고, 심지어 뒷간에도 있다. 전에는 다른 사람의 집을 방문할 적에 대문 밖에서 "이리 오너라!" 하고 외쳤다. 그러면 그 집 하인이 나와 문을 열었다. 두드리기도 한다. 성경에는 "두드리라"고 했다. 말보다 물리적 힘이 더 효과적이기 때문일까? "문을 두드리라. … 두드리는 이에게 열릴 것이니라(〈마태복음〉, 7장 7~8절)." 또 "승고월하문"(僧敲月下門)이란 시구도 있다. 중이 달 아래의 문을 두드린다는 뜻이다. 중이 문을 밀 수도 있다. 퇴고(推敲)란 말이 여기서 생겼다. 또 "열려라! 참깨!" 해야 열리는 문도 있다. 〈알리바바와 40인의 도적〉에 나오는 문이다. 돌로 된 문이다. 그래야 열린다니 아무리 소설이나 의문(疑問)이다. 의문은 사람이 드나드는 문은 아니다.

사방에 문이라고 했다. 사방은 동서남북이다. 서울로 말하면 사대문이 있다. 홍인문(興仁門), 돈의문(敦義門), 숭례문(崇禮門), 숙청

196

문(肅淸門)이 그것이다. 인의예지(仁義禮智)에 따른 이름이다. 서대문인 돈의문은 일제가 전차 길을 만든다고 헐었다. 요새 같으면 시민단체들이 난리를 피웠을 것이다. 숙청문은 숙정문(肅靖門)으로 이름이 바뀌기도 했다는데, 통행문으로 쓰이지는 않았다.

우리가 잘 아는 것은 동대문인 흥인문과 남대문인 숭례문이다. 흥인문은 언제부터인가 흥인지문(興仁之門)으로 바뀌었다. 기(氣)가 무엇인지 그것을 높이기 위해 "지"(之)자를 넣었다고 한다. 1396년에 건립되고 1869년에 개축되어 현재에 이르고 있다. 보물 제1호다.

임진왜란 등의 여러 전란으로 문들이 파괴되어 다시 짓기도 한 모양이다. 우리가 아는 근자의 사건은 숭례문의 화제다. 숭례문은 일제가 보물 제1호로 정해서인지, 우리나라 국보 제1호다. 태조 때(1396년) 건립되었고 여러 전란에도 파괴되지 않고 견뎠다. 그런데 2008년 2월 8일 방화로 폭삭 타버렸다. 우여곡절 끝에 복원되었으나, 말이 많았다. 잘해도 말, 못해도 말. 참으로 우리에겐 말도 많고, 탓도 많다. 특기할 것은 숭례문의 현판은 태종의 큰 아들인 양녕대군이 썼다는데, 다른 현판과 달리 세로로 되어 있다. 관악산이 불꽃 모양의 화산(火山)이라 그 기운을 막기 위해서라고 한다. 남대문으로 사람들이 많이 드나들었기 때문에 생겼는지 모르나 '남대문 입납'(南大門 入納)이란 말도 있다. 주소가 불분명한 편지나 이름도 모르고 집을 찾는 일을 조롱하는 말이다. 사전에는 "남대문 구멍 같다"는 표현도 있다. 매우 큰 구멍을 이르는 말이라고 한다.

대문이 있으면, 그 사이에 소문(小門)도 있다. 사소문이 그것이다. 혜화문(惠化門), 광희문(光熙門), 소의문(昭義門), 창의문(彰義

門)이 그것이다. 동소문인 혜화문은 처음에 홍화문(弘化門)이었다. 창경궁을 짓고 그 동문을 홍화문이라 하면서, 동소문의 이름을 혜화문으로 바꿨다고 한다. 문은 없어졌다. 지금 혜화동로터리(전에는 가운데에 분수대가 있었음)가 그 자리가 아닌가 한다.

내가 성북동에 오래 살았기 때문에 혜화동로터리를 자주 지나다녔다. 동양서림이란 책방이 있고, 그 옆에 고려당이란 제과점이 있었다. 서점은 지금도 있는 것 같으나 빵집도 그저 있는지? 나는 심심하면 책방엘 들르는 버릇이 있어서 동양서림에도 끔찍이 많이 드나들었다. 서점 주인은 국사학자 두계(斗溪) 이병도(李丙燾, 1896~1989년) 박사의 따님이고, 그 부군이 유명한 장욱진(張旭鎭, 1917~1990년) 화백이다. 동양서림에도 고려당에도 문이 있다.

남소문에 해당하는 광희문은 이름과 달리 그 역할은 그리 아름답지 못했다. 개천수구와 가깝다하여 수구문(水口門)이라고도 불렸고, 산 사람들도 드나들었겠으나, 시신(屍身)을 주로 내보내던 문이라 시구문(屍軀門)이라고도 했다. 나는 중학 2학년 여름부터 미국 유학을 가던 1964년까지 신당동에서 살았다. 광희문 옆을 많이 지나다녔다. 시체가 나가는 것을 본 기억은 없으나 부근이 장터인 기억은 있다.

중학 3학년 초여름이다. 하루는 광희문 쪽으로 향하다가 왕십리 방향의 큰길 우측에 기원(棋院) 간판이 달린 것을 우연히 보았다. 기원은 낡은 집 2층이다. 허허실실(虛虛實實)로 그냥 들어갔다. 바둑이 무언지 모를 적이다. 웬 젊은이가 바둑을 두러 왔느냐고 묻는다. 배우러 왔다고 하였다. 아홉 점을 놓고 두라고 했다. 그래 바둑을 배우게 되었다. 그 기원은 현호실거사(賢乎室居士)란 필명으로 〈동아일보〉의 국수전 관전기를 쓰던 유진하(柳鎭河, 1892~1964년, 당시 2단) 옹이 주인이었다. 노국수(老國手)다. 유 옹에게 직접 바둑을 배우진 못했다. 돌이켜보면 바둑 배운 것을 후회하지는 않으나, 바둑에 투자한 그 많은 시간을 다른 공부에 썼더라면 하는 아쉬움은 있다(그런데 그 기원의 이름이 생각나지 않는다. '동양기원'이 아닌가 한다). 광희문 이야기가 바둑으로 번졌다.

서소문인 소의문은 처음엔 소덕문(昭德門)이었다. 광희문과 함께 이 문도 시신의 통로였다. 특히 그 문밖에서는 중범죄인들이 많이 처형됐다고 한다. 사육신도 그곳에서 처형당했다고 한다. 일제 때 없어졌다. 지금 서소문동 어디일 것이다.

마지막으로 창의문이다. 청운동에 있다. 자하문(紫霞門)이 그 딴 이름이다. 문은 아직 멀쩡하나 사람들의 통행문은 아니다. 하기야 위에서 얘기한 다른 문들도 사람들이 다니지는 않는다. 나는 1947년 봄부터 종로구 통인동에서 살았다. 청운국민학교를 다녔다. 거기서 북쪽으로 얼마 안 가면 언덕 위에 자하문이 있다. 그 문을 통해서는 아니나, 자하문 밖에는 여러 번 갔었다. 문밖은 능금과 앵두로 유명했다. 또 한지(韓紙)를 떠서 만드는 집이 여러 곳 있었다. 지금은 앵두나무도 한 그루 없고, 한지 만드는 집도 물론 없다. 상전벽해(桑田碧海)가 아니라, 왕년의 능금과 앵두밭이 대로(大路)와 건물로 변한 것이다.

자하문 밖을 다닌 것은 어렸을 적만이 아니다. 요즘도 자하문터널을 가끔 지나다닌다. 북한산에 오르기 위하여 혹은 평창동 쪽에 볼일이 더러 있기 때문이다. 터널을 지나 북쪽으로 가자면, 왼편에 석파

정(石坡亭)이란 흥선대원군(興宣大院君, 1820~1898년)의 왕년 별장이 있다. 지금도 그런지 모르겠으나, 한동안 한정식집이던 기억이다. 또 앞에 보이는 산 언덕에는 상명대가 크게 자리를 잡고 있다. 세검정삼거리에서 우측으로 돌면, 다시 오른편에 세검정(洗劍亭)이 보인다.

세검정은 1747년(영조 23년)에 홍제천(弘濟川)이란 개천가 바위 위에 세워진 육각형의 정자다. 그곳은 한성의 인후(咽喉)에 해당하는 중요한 곳이라 영조 때 총융청(摠戎廳, 軍營)을 그리로 옮기고, 한성 방비와 북한산성 수비를 담당케 했다고 한다. 1941년에 화재로 소실되었기 때문에, 내가 어렸을 적에는 그 개천에서 탁족(濯足)을 했는지는 모르나 정자는 없었다. 지금의 정자는 1977년에 복원된 것이다.

세검정과 관련된 일화를 두 개 적는다. 하나는 인조반정 때, 반정의 주도자인 이귀(李貴)와 김류(金瑬) 등이 거사 전에 그곳에서 칼을 갈았다는 것이다. 그랬는지도 모른다. 그런데 인조반정은 1623년의 일이고, 세검정이 건립된 것은 1747년이다. 120여 년 전에 칼 간 것을 기리기 위하여 세검정이라고 이름을 지었나? 칼을 갈았으면 마검(摩劍) 혹은 마도(摩刀)라고 할 것이지, 왜 세검이라 했나? 남이(南怡, 1441~1468년) 장군은 "白頭山石摩刀盡"(백두산의 돌을 칼 갈아 없앤다)이라고 했었다. 가는 것보다 씻는 것이 좀 부드럽기 때문일까? 어차피 반정은 무력쿠데타이고, 부드러움과는 거리가 멀다.

다른 하나는 추사(秋史 金正喜, 1786~1856년)와 관계되는 일화다. 어떤 연고인지 추사는 이재(彛齋) 권돈인(權敦仁, 1783~1859년)의 친구다. 후자는 아까운 인재이나, 중앙에 연줄이 없어서인지 출세를 못하고 있었다. 그래 추사가 꾀를 냈다. 세검정에서 당시 중앙의 명사들이 모여서 시회(詩會)를 갖는 날이다. 이러저러하라고 권에게 일렀다. 시회에서는 흔히 모인 사람들이 시를 지어 두루마리에 적는다. 시들을 품평하면서 술을 마시고 논다. 시 짓기가 끝날 무렵이다. 추사는 그 북편에 있는 소림사를 향하여 걸어가는 괴나리봇짐의 어떤 사람을 우연히 본 것처럼 혼자 중얼거린다.

"저 사람이 권 아무개 같은데, 여긴 웬일인가?" 그러자 옆에서,

"아는 사람인가? 그러면 어차피 노는 자리인데 부르게!"

그리하여 권돈인은 말석에 참여하게 되었다. 수인사가 끝났다.

"쓰신 글을 한번 보면 영광이겠습니다." 권이 두루마리를 일별한 후, 자기도 시 한 수를 지어 마지막에 적는다. 그리고 다시 음미하는 척하다가, 바람이 약간 불어서인지 두루마리를 떨어뜨렸다. 홍제천에 빠뜨린 것이다. 빠른 속도로 떠내려간다. 낭패도 이만저만 낭패가 아니다.

"소인이 죽을죄를 지었습니다. 두루마리를 하나 새로 주시면 먼저 것과 똑같이 적어 놓겠습니다."

새 두루마리를 받자 권은 먼저 두루마리의 시들을 그대로 적는다. 일자일획 틀림이 없다. 게다가 추사 못지않은 명필이다. 좌중은 권의 박람강기(博覽强記), 시와 글씨에 크게 놀란다. 그래 권은 일약 당대 명사들에게 알려졌고, 출세의 길도 트이게 되었다고 한다. 권돈인은 나중에 영의정도 지냈다. 어려서 들은 이야기라 정확하지 않을 수도 있다. 자하문으로 더 많이 알려진 창의문 이야기가 길어졌다.

이것은 서울의 성문 이야기다. 성안에도 큰 문이 많다. 아니 그 전에 성문 이야기를 하나 더 하려고 한다. 성문이 아니라, 성문 앞의 이야기다. 어려서 부르던 노래 가사다.

성문 앞 샘물 곁에 서 있는 보리수
나는 그 그늘 아래 단꿈을 꾸었네.
가지에 희망의 말 새기어 놓고서
기쁘나 슬플 때나 찾아온 나무 밑
찾아온 나무 밑.

슈베르트의 연작가곡인 〈겨울 나그네〉 중 제5곡인 "보리수"(Der Linden-baum)란 노래다. 20여 년 전이다. 부산 태종대에 갔었다. 커다란 보리수가 있었다. 팻말에 "보리수"라고 적혀 있고, 그 아래에 정확치는 않으나 "기쁘나 슬플 때나 찾아오는 곳"이라고 쓰여 있는 것을 본 기억이 있다. 보리수 열매에 독한 소주나 보드카를 넣고 오래 두면 술맛이 좋아진다.

서울의 궁궐과 문

서울 사대문 안에는 궁이 여럿이다. 경복궁, 창덕궁, 창경궁, 덕수궁, 경희궁 등이다. 경복궁은 조선시대의 정궁이다. 임진왜란 때 불에 탔다. 대원군이 중건하였다. 말이 많았다. 일제 때 조선총독부 건물이 그 안에 들어섰고, 정문인 광화문도 동쪽 건춘문(建春門) 북쪽으로 옮겨졌다. 그나마 6·25전쟁 때 소실되었다가, 우여곡절 끝에 지금의 자리에 복원된 것이 2010년이다. 현판에 대해서도 말이 많다. 광화문은 왕이 드나들던 문이고, 사방에 작은 문들이 많다.

예컨대, 서문은 연추문(延秋門)이다. 영추문(迎秋門)이라고도 한다. 정 송강(松江 鄭澈, 1536~1593년)은 〈관동별곡〉(關東別曲)에서 "(전략) 연추문 들이달아 경회남문 바라보며, 하직코 물러나니 옥졸이 앞에 섰다. …" 하고 읊었다. 지나가다 본 기억에는 지금의 현판은 "迎秋門"이다. 그 반대편인 동쪽이 있는 것이 위에서 말한 건춘문이다. 북쪽에 신무문(神武門)이 있다. 내가 대학 다닐 때까지만 해도 해마다 가을이면 '대한민국 미술전람회'(국전)가 경복궁 안의 건물에서 열렸다. 지금의 민속박물관 자리인 것 같다. 신무문을 통해서 다녔다.

창덕궁은 태종의 지시에 따라 설계된 궁이다. 경복궁의 동쪽에 위치한다고 하여 동궐(東闕)이라 부르기도 했다. 또 동관대궐이라고도 했다. 사전(이희승 편, 〈국어대사전〉)을 찾아보니 동관대궐은 동구안 대궐이다. 여기서 동구는 "洞口"이니 동쪽 방향과는 관계가 없다. 왜 그런 이름이 생겼는지는 모른다.

창덕궁은 왕의 집무가 편하도록 지어졌다 한다. 실제로도 조선의 왕들은 이곳에서 제일 많이 기거했다. 그 정문이 돈화문(敦化門)이다. 왕이 주로 드나들었지만 삼사(三司)의 우두머리들도 드나들었다. 사헌부(司憲府)의 대사헌(大司憲), 사간원(司諫院)의 대사간(大司諫)과 홍문관(弘文館)의 대제학(大提學)이 돈화문으로 다녔다. 삼사는 나라의 기강과 인사를 담당하는 기관이기 때문에 그 장들을 높이 대접했던 것이 아닌가 한다.

　돈화문과 이웃한 서쪽 대문이 금호문(金虎門)이다. 벽초 홍명희의 〈임꺽정전〉에 이런 이야기가 있다. 활 잘 쏘는 이봉학이 서울 와서 의흥중위〔義興中衛, 오위(五衛)라는 군조직의 하나〕의 낮은 벼슬아치가 되어 금호문을 지키고 있었을 때다. 이날 다 저녁때 기생같이 치장을 차린 하님(계집종) 하나가 보자(褓子, 보자기)로 싼 목판을 이고 문 앞에 와서 "영부사댁이오"라는 말 한마디 하고 들어가는 것을 군사가 막지 아니하여 봉학이 앞으로 나서서, "내 말 들어보지 않구 어디를 들어가!" 하고 가로막았다.

　"영부사댁에서 왔단 말 듣지 못했소?"

　"영부사댁에서 왔더래두 수직(守職)하는 관원의 허락을 받구 들어가야지."

　"그래 나를 못 들어가게 하겠단 말이오?"

　"영부사댁 하님이면 궐문(闕文) 출입하는 법을 잘 알겠네, 그려. 알거든 어서 선인문(宣人門)으로 가게."

　"왜 선인문으로 가라오?"

　"아는 건 무얼 알았나? 이 금호문은 조신(朝臣)이 드나드는 문이구, 돈화문은 대간〔臺諫, 간언(諫言)을 관장하던 사헌부와 사간원의 관리〕이 드나드는 문이구, 자네 따위 드나드는 문은 선인문이야. 어서 그리 가게."

　영부사댁은 당시 권신이던 윤원형(尹元衡)의 집이다. 윤원형은 중종의 계비인 문정왕후(文定王后, 명종의 생모)의 동생이다. 을사사화(乙巳士禍)를 일으킨 장본인이다. 사류(士類)를 대량으로 학살하기도 했다. 심부름 온 하인은 윤원형의 첩인 정난정의 종이다. 이봉학의 말대로라면 지체(대대로 전하여 내려 온 지위나 문벌)나 신분에 따라 드나드는 문이 달랐다. 권문세도가의 종년이 금호문으로 다닌 것은 예외다. "예외 없는 규칙은 없다"(There is no rule without exception)는 영어속담이 있지만, 예외가 많은 사회는 안정된 사회가 아니다.

지금도 돈화문 앞을 지나 동쪽으로 조금 걷자면 선인문이란 작은 문이 나타난다. 그 일대가 와룡동이다. 창덕궁에는 다른 궁들과 마찬가지로 작은 문들이 또 여럿이다.

창경궁의 정문이 홍화문이란 이야기는 위에서 했다. 처음에는 수강궁(壽康宮)이었다. 성종 때 그 자리에 궁궐을 다시 짓고 창경궁이라고 했다. 임란 때 불에 탔다. 광해 때 중수하여 오늘에 전한다. 정전은 명정전(明政殿)이다. 다른 궁궐의 정전이 남면한 것과는 달리 명정전은 동면하고 있다. 그 앞의 문인 명정문은 그 좌우의 회랑과 함께 우아한 풍치를 자랑하고 있다. 그러나 일제는 창경궁 안에 동물원과 식물원 등을 만들었다. 이름도 창경원(昌慶苑)으로 바꿨다. 1983년에 창경궁으로 복원되었다.

우여곡절을 겪은 경희궁의 정문인 흥화문(興化門)은 일제 때 박문사(博文寺)란 절의 문으로, 그 뒤 다시 신라호텔의 정문으로 사용되었다. 흥화문의 원 위치는 현재 구세군회관 건물이 있는 곳이라고 한다. 1988년 경희궁 복원계획에 따라 지금의 장소에 세워졌다. 문의 수난이다.

마지막으로 덕수궁의 대한문(大漢門)이다. 덕수궁의 본전은 중화전(中和殿)이다. 중화전 앞에 중화문(中和門)이 있다. 대한문도 처음에는 대안문(大安門)이었다. 본래 중화전의 정면에 있던 것을 지금의 동쪽으로 옮겼다. 덕수궁미술관과 석조전의 전시를 보러 가려면 대한문을 이용해야 한다.

우리나라의 다른 성과 문

성은 서울만이 아니라 도처에 있다. 임진왜란 초에 송상현(宋象賢, 1551~1592년)이 순국한 동래성(東萊城)이나 김시민(金時敏, 1554~1592년)이 수호하다 전사한 진주성(晉州城)도 있다. 진주성의 정문은 북문인 공북문(拱北門)이다. '공북'은 충성을 맹세한 신하가 북쪽의 임금을 향하여 공손하게 예를 올린다는 뜻이다. 예는 고사하고, 선조(宣祖)가 똑똑한 임금이었으면, 일본은 감히 조선 침략을 생심도 못했을 것이다. 그랬다면 김시민의 전사도, 촉석루에서의 논개(論介)의 죽음도 없었다. 그때나 이때나 최고 지도자가 훌륭해야 한다.

대첩(大捷)의 행주산성(幸州山城)도 있다. 문을 굳게 닫고 싸웠을 것이다. 대첩의 공으로 권율(權慄, 1537~1599년)은 도원수(都元帥)가 되기도 했다. 못난 선조가 의주(義州)로 피란 가기 전에 잠시 머물렀던 평양에도 성이 있다. 동문이 대동문(大同門)이다. 물론 나는 보지 못했다. 모르긴 해도 평양성에도 사대문이 있을 것이다. 잘 있는지 모르겠다.

병자호란 당시 임경업(林慶業, 1594~1646년)이 지키던 백마산성에도, 선조 못지않게 못난 인조(仁祖)가 피란 갔던 남한산성(南漢山城)에도 문들은 있다. 국제정세엔 눈이 어둡고 당리당략(黨利黨略)

에만 눈에 불을 밝히던 조선이었다. 오죽하면 인조는 삼전도(三田渡)에서 청 태종에게 항복할 때 피가 나도록 이마를 땅에 쪼았다. 그리고도 조선은 정신을 못 차렸다. 지금과 꼭 같다.

우리나라의 문을 말할 때 빠뜨릴 수 없는 문이 있다. 독립문(獨立門)이다. 1896년 독립협회는 한국의 영구독립을 위하여 상징적인 기념물을 만들기로 결정하였다. 종로구 교북동(橋北洞)에 있던 영은문(迎恩門)을 헐고 그 자리에 독립문을 건립하고, 또 모화관(慕華舘)을 개수하여 독립관으로 사용키로 한 것이다. 독립공원도 조성키로 했다. 독립은 청나라로부터의 독립이다. 말할 것도 없이 영은문과 모화관은 청나라 사신을 영접하기 위한 사대(事大)의 건축물이다. 그렇기 때문에 당시 지사들은 조선의 자주독립을 위해서 허물어 마땅한 건물이라고 생각한 것이다. 모금도 순조로웠다. 독립문은 착공한 지 1년 뒤인 1897년 11월에 완공되었다. 높이 약 15미터, 너비 약 12미터인 화강암으로 되어 있다. 규모는 파리의 개선문보다 적으나 모양은 유사하다. 남쪽 머리에는 한글로 "독립문", 북쪽은 한자로 "獨立門"이라고 새겼다. 그런 문이다.

그 문이 1979년 도시계획에 밀려 원래의 자리에서 약 80미터 북쪽으로 옮겨졌다. 서대문구 현저동(峴底洞)이다. 구와 동까지 바뀌었다. 독립공원 안에 있다고는 하나, 그 앞을 지나가는 고가차도 위에서 내려다보면 초라하기 짝이 없다. 푸대접을 받고 있다는 느낌이다. 많은 건축물들이 파괴되고 옮겨지기도 한다. 그러나 자주독립의 상징으로 어렵게 만들어진 독립문과 같은 기념물은 옮기지 말았어야 옳았다고 생각한다. 반드시 그래서만은 아니겠으나, 시진핑(習近平)의 중국이 한국을 얕보는 것도 독립문을 푸대접하는 우리의 의식과 무관하지 않을지 모른다.

외국의 문

중국은 어떤가? 중국인은 그들의 나라가 지대(地大), 물박(物博), 인다(人多)라고 자랑한다. 땅이 넓고, 물자가 넘치고, 사람이 많다는 말이다. 땅이 넓으니 곳곳에 성도 많고, 문도 많다. 문 가운데는 관문(關門)도 있다. 가장 유명한 문은 천안문(天安門)일 것이다. 북경 중앙에 위치한 자금성(紫金城)의 북쪽 문이다. 명나라 영락제(永樂帝)가 1417년에 지은 승천문(承天門)이 그 전신이다. 어떤 연유에서인지 그것이 불에 타자, 그 자리에 다시 문을 세우고 '천안문'이라 했다. 1651년의 일이다. 유명한 것은 그 앞의 광장이다. 동서 500미터, 남북 880미터, 1958년 확장공사로 오늘날의 크기로 넓어졌다. 금수교(金水橋)라는 다섯 개의 흰 대리석으로 연결되어 있다. 문 위에는 모택동(毛澤東)의 초상화가 걸려 있다. 무슨 일이 있으면 그 광장에 사람들이 많이 모인다.

기억해야 할 일은 1989년 6월 초에 발생한 천안문 사건이다. 민주화를 요구하며 연좌시위를 하던 학생, 노동자, 시민들이 계엄군에게 무차별·무자비하게 학살당한 사건이다. 군이 기관총을 난사하면서 장갑차로 시위 군중을 깔아뭉갰다. 1만 명이 넘는 사상자가 발생했다. 금수교의 흰 대리석이 선죽교의 만 배로 붉게 물들었던 것이다. 권력은 그렇게 해서라도 유지해야 하는 것인지 모른다. 배후는 흑묘백묘(黑猫白猫)라는 궤변(詭辯)을 희롱하며 개혁개방을 주장했던 등소평(鄧小平)이다. 등소평은 죽었지만, 오늘의 시진핑에 이르기까지 중국은 무자비한 철권의 공산당 일당독재국가다.

관문은 국경이나 기타 요해처에 설치된 문이다. 가로질러 잠그는 빗장이 있다. 나무때기도 있고, 쇠장대도 있다. 좀 유식한 말로는 관건(關鍵)이라 한다. 사물의 가장 중요한 곳 혹은 핵심을 말하기도 하나, 원래 뜻은 빗장이다. 밤이나 유사시(有事時)엔 빗장을 잠근다. 열어 사람이 통행할 때는 출입하는 사람을 조사한다. 유명한 관문이 여럿이다. 몇 적어 본다.

먼저 함곡관(函谷關)이다. 하남성(河南省) 영보현(靈寶縣)의 황하 유역에 있다. 험준하기로 이름난 골짜기의 관문이다. 〈사기〉(史記)의 "맹상군전"(孟嘗君傳)은 이런 얘기를 전한다. 전국시대 제(齊)나라의 맹상군은 처음 설(薛) 땅의 영주였다. 식객이 많았다. 일찍이 진소왕(秦昭王)에게 잡혀 있은 적이 있었다. 소왕의 애첩에게 석방을 부탁하였다. 애첩은 "흰 여우의 가죽으로 만든 호백구(狐白裘)를 가지고 싶다"고 했다. 천금의 외투다. 맹상군은 그 외투를 하나 가지고 왔다가 소왕에게 헌상했기 때문에 수중에 없다. 애첩의 요구에 응할 수가 없었다. 말석의 식객 한 명이 한밤중에 개 흉내를 내면서 궁중 창고에 들어가 그 외투를 훔쳐 가지고 나왔다. 애첩에게 전했다. 그 덕에 탈출할 수 있었다. 바쁜 도망길에 함곡관에 이르렀다. 관의 규칙은 닭이 울기 전에는 관문을 열지 않는 것이다. 맹상군을 놓아주고 후회한 소왕의 추격군이 뒤를 쫓는 터다. 이번에는 닭 우는 소리를 잘 흉내 내는 식객이 나섰다. 그의 흉내를 따라 닭들이 울기 시작했다.

관문이 열렸다. 맹상군의 일행은 도망에 성공했다. 여기서 생긴 성어가 계명구도(鷄鳴狗盜)다. 송(宋)의 왕안석(王安石)은 맹상군이 "기껏해야 개같이 도적질을 하거나 닭의 울음소리를 흉내 내는 자들의 우두머리에 지나지 않았다"고 비하했다. 왕안석 때문은 아니나, 계명구도는 천한 사람을 가리키는 말이 되었다.

〈삼국연의〉(三國演義)에는 조조(曹操)에게 붙잡혀 있던 관우(關羽)가 유비(劉備)의 소식을 듣고 단기(單騎)로 하북(河北)을 향하여 다섯 관을 지나면서 여섯 장수를 죽이는 대목이 있다. 오관참육장(五關斬六將)이다. 관문을 열고 그대로 보냈으면 아무 탈이 없었다. 그러나 관을 지키던 조조의 부하들은 관우가 통행증을 지니지 아니했다고 저지했다가 변을 당했다. 관문의 통행증을 봉전(封傳)이라고 한다. 소설에서는 봉전 대신에 문빙(文憑, 증거가 될 만한 서류)이란 말을 쓰고 있다. 요즘의 여권에 해당한다.

또 유명한 관은 양관(陽關)이다. 감숙성(甘肅省) 돈황현(燉煌縣) 서남에 있던 관이다. 성당(盛唐) 왕유(王維)의 〈송원이사안서〉(送元二使安西)란 시에 나온다. 원이를 안서로 보내면서 지은 시다.

渭城朝雨浥輕塵 客舍青青柳色新 (위성조우읍경진 객사청청유색신)
위성의 아침 비는 가벼운 먼지를 적시고 여관의 버드나무는 더욱 푸르러 싱싱하다.

勸君更盡一杯酒 西出陽關無故人 (권군갱진일배주 서출양관무고인)
권하노니 그대여 한 잔 술을 다시 비우게나, 서쪽 양관을 나서면 친구라곤 없을 것일세.

안서는 지금의 신강(新疆)이다. 당나라 때 안서도호부(安西都護府)를 두어 변경을 지켰다. 위성은 장안 서북에 있는 지명이다. 여기서 서역(西域)으로 가는 이들을 작별했다고 한다. 이때 버드나무 가지를 꺾어 주며 나그네를 전별하는 풍습도 있었다. 그날따라 버들잎이 더욱 푸르렀던 모양이다. 이별은 슬픈 일이나, 아침부터 술을 마셨으니 좋았겠다. 이 시는 당나라 때 이별 노래로 널리 불렸다 한다.

옥문관(玉門關)은 양관과 더불어 서역으로 가는 주요 관문이다. 어떤 관인가? 이백의 〈관산월〉(關山月)이란 시에서 알 수 있다. 관산은 관문에서 가까운 산이란 뜻이다. 고향이란 뜻도 있다. 관산월은 그 산 위에 뜬 달인데, 악곡(樂曲)의 이름이기도 하다.

明月出天山　蒼茫雲海間　(명월출천산 창망운해간)

　　명월은 천산 위에 떴는데 넓고 멀어 구름 속에 아득해

長風幾萬里　吹度玉門關　(장풍기만리 취도옥문관)

　　바람은 장장 수만 리 불어 옥문관 넘어 날아가네.

漢下白登道　胡窺青海灣　(한하백등도 호규청해만)

　　한나라 군사가 백등산에 출격하자 오랑캐는 청해만을 엿보았고

由來征戰地　不見有人還　(유래정전지 불견유인환)

　　그때부터 그곳은 줄곧 전쟁터인데 살아 돌아온 사람은 보지 못했네.

戍客望邊色　思歸多苦顏　(수객망변색 사귀다고안)

　　병사들은 변경의 풍물을 원망하며 돌아갈 생각에 얼굴이 어둡고

高樓當此夜　歎息未應閒　(고루당차야 탄식미응한)

　　높은 누각에서 이 밤을 지새며 탄식 속에 초조히 기다릴 뿐이네.

탄식하며 초조히 기다리는 사람은 누군가? 전쟁에 간 남편을 생각하는 아낙들이다. 밝은 달을 보면 임이 더욱 그립다. 옥문관 넘어 드넓은 서역의 전장에서 돌아오지 않는 출정 병사와 그들을 기다리는 아낙들의 서글픔이 이 시에 녹아 있다. 아무리 전쟁은 그런 것이라고 해도, 옥문관을 다시 넘어 돌아온다면 얼마나 좋을까? 아! 문은 그런 것인가? 한번 나가면 다시 오지 않는 문도 있는가?

이왕 관문 이야기가 났으니, 이백의 〈촉도난〉(蜀道難)이란 시를 잠시 본다. 촉으로 가는 길이 험난하다는 것을 말하고 있다. 길기 때문에 몇 구만 적는다.

其險也如此 (기험야여차)

　　이렇듯 험난하거늘

嗟爾遠道之人胡爲乎來哉 (차이원도지인호위호래재)

　　아아 먼 길 따라 온 그대 어이하다 여기 왔는가?

劍閣峥嶸而崔嵬 (검각쟁영이최외)

　　검각은 험준하게 우뚝우뚝 높이 솟아

一夫當關萬夫莫開 (일부당관만부막개)

　　한 지아비가 관문을 막으면 만 지아비도 열지 못하네.

한 사람 혼자서 관문을 지켜도 만 명을 당할 수 있다. 그만큼 험하다. 이 시에 관하여는 여러 가지 설이 있다. 당 현종이 안록산(安祿山)의 난을 피해 촉으로 피난 간 것을 풍자한 것이라느니, 혹은 사로(仕路, 벼슬길)나 인생행로의 어려움을 비유한 것이라는 설 등이 있다. 그것은 다른 이야기다. 그때는 촉으로 가는 길이 그렇게 험했다지만, 요새는 기차도 가고 비행기도 간다. 옛날의 관문들은 이제는 기념물로만 남았을 뿐이다. 통행증을 검사하지도 않는다.

중국 이야기만 하나? 일본에도 문은 많다. 하나만 이야기 한다. 아카몬(赤門)이다. 동경대학 입구의 문이다. 붉기 때문에 붙은 이름이다. 동경대학의 딴 이름으로도 쓰인다. 많은 인재들이 여기를 드나들었다.

서양에도 문이 많다. 큰 문도 있고, 작은 문도 있다. 파리에는 개선문이 있고, 베를린에는 브란덴부르크문이 있다. 전자는 나폴레옹 1세가 승전을 기념하기 위해 1806년에 계획한 문이다. 높이 49미터, 너비 45미터, 근대고전주의 건축 양식이다. 1836년에 완공되었다. 고대 로마에도 그러한 기념문이 많았다. 후자는 프로이센제국이 강대국의 위상을 뽐내기 위하여 1791년 베를린 중심가에 세운 문이다. 높이 26미터, 가로가 65.5미터로 아테네의 아크로폴리스로 들어가는 프로필라이아문을 본떠서 만들었다고 한다. 이 문은 1961년 베를린 장벽이 세워지면서 동서독 사이의 관문이 되었다. 독일 분단과 냉전의 상징이었다. 그러다가 1989년 베를린 장벽이 무너지자, 이제는 통일 독일의 상징이 되었다. 유럽 도처에는 고성(古城)도 많고, 성마다 그 나름의 문들이 많을 것이다.

그러면 미국은? 샌프란시스코에는 금문해협(Golden Gate Strait)이 있고, 그 위의 다리가 금문교(Golden Gate Bridge)다. 금문(金門)이라지만, 사람이 드나드는 문은 아니다. 미국은 독립 전에 영국과의

전쟁에서 이겼다. 남북전쟁에서는 북군이 이겼다. 그러나 파리의 개
선문과 같은 문은 없다. 역사도 짧지만, 제국주의를 경험하지 않은
나라이기 때문이다.

마치면서

우연히 '좁은 문' 이야기를 듣고 시작한 글이 길어졌다. 문은 주로 사
람이 드나드는 장치다. 대개는 닫았다 열었다 한다. 아니 닫혔다 열
렸다 한다. 노상 열려 있는 문도 있다. 사람이 드나드는 문은 아니나,
소문(笑門)도 있고 소문(掃門)도 있다. 웃음이 가득한 집에 만복이
들어온다는 '소문만복래'(笑門萬福來)란 말이 있다. 또 집안을 깨끗
이 쓸고 닦아도 만복이 들어온다 하여 '소문만복래'(掃門萬福來)란 말
도 생겼다. 누구의 글인지는 모르나, "閉門是卽深山(폐문시즉심산)
讀書隨處淨土(독서수처정토)"란 말을 어려서부터 안다. "문을 닫으
면 바로 깊은 산이요, 책을 읽으며 따라가는 곳이 정토"라는 뜻이다.
정토는 번뇌가 없는 깨끗한 세상을 말한다. 독서삼매(讀書三昧)에 들
면 그렇다는 얘기다. 그러니 이런 잡문이나 쓰고 앉았지 말고 일심불
란(一心不亂)하게 좋은 책을 읽는 것이 낫지 않을까 한다. 이것도 "생
명으로 인도하는" 좁은 문의 하나일 것이란 생각이 든다.

(2018년 2월 18일)

214

어화지란(漁火之亂)

2014년 11월 5일 수요일이다. 매달 첫 수요일은 초수회(初水會)라 부르는 대학동기 모임이 있다. 적으면 칠팔 명, 많으면 열댓 명이 정오에 모인다. 장소는 역삼역 상록회관 뒷골목에 있는 '가연'이란 국숫집이다. 이런저런 세상 이야기를 하면서 야채전과 명태부침을 안주로 막걸리와 맥주 혹은 소주도 마신다. 칼국수를 반 그릇씩 비우면 한 시 반쯤 된다. 미진하지만 일어난다. 그런데 그 모임의 좌장인 김옥조 형이 그야말로 미진한지 내게 다가와서 일간 이메일을 하나 보내마고 했다. 무슨 사연인지는 모르나 할 말이 있나 보다 하고 헤어졌다.

그랬는데 일간 보내겠다는 메일이 "잡상"(雜想)이란 제목으로 그날 저녁 늦은 시간에 왔다. 궁금해할까 봐 내일 수업 준비를 잠시 옆으로 미루고 메일을 쓴다면서, 최근 며칠 동안 최 교수를 생각하게 하는 몇 가지 일이 연거푸 있어서 그 사연을 이야기하려 한다고 하였다. 그리고는 몇 가지 이야기 가운데 어화에 관한 이야기를 먼저 하였다. 그 부분을 아래에 인용한다.

제가 뭣도 모르면서 민숙 '어화'에 관한 얘기를 꺼냈다가 저서(〈술의 노래〉)를 통해 최 교수의 엄청난 박람강기를 접하고 한없이 부끄러웠던 적이 있었습니다. 그런데 그 어화를 또 다시 일본에서 접하고 최 교수를 떠올렸습니다.

내자가 10월 하순 칠순이 되어 자식들의 강권에 밀려 일본에 다녀왔습니다. 말하자면 마누라 '고희 여행' 수행이죠. 우리가 잡은 잠자리는 규슈의 구로카와(규슈 구마모토현) 온천 한 여관이었습니다. '오쿠노유'(奧の湯)라는 이름 그대로 시냇가 아주 한적한 곳에 자리 잡은 깨끗하고 품위가 있어 보이는 숙소였습니다.

첫날 저녁 먹는 자리였습니다. 문자 그대로 '個室'〔일본말 같은데, 우리말로는 독실이 아닌지?〕 식사였습니다. 무심코 방을 휘 둘러보니 '품위가 있어 보인다'는 선입견에 맞게 한시가 적힌 액자가 눈에 들어왔습니다. (중략) 자세히 들여다보니 아는 글자가 몇 자 눈 안으로 기어들어 옵디다. 그중 하나가 '漁火'였습니다. 옳지! 이거 최 교수가 저서에 실은 그 시(〈풍교야박〉인가 뭔가 하는)가 아닌가 싶었습니다. 어화에서 단서를 잡았지만 이어 까마귀 '烏'자나 서리 '霜'자도 눈에 띄고 해서 전체 맥락을 짚어 보았습니다. 결정적인 실마리는 어화와 한산사였습니다.

최 교수의 저서를 건성건성으로 읽었다고 생각했는데 그 액자의 대략적인 의미도 훑을 수 있었습니다. 그래서 최 교수를 먼 외국에서 잠시 떠올렸습니다. 행사의 주인공(내자)에 열중해야 할 순간에 친구를 생각하게 된 것입니다. 귀국해서 〈술의 노래〉를 당장 펴 보았습니다. 그 액자도 탁본이었습니다. 최 교수가 학교에 기증했다는 탁본과 출처가 같은 데가 아닌지 모르겠습니다.

한국 최고의 학문의 전당인 서울대에 걸린 한시 탁본이 그곳에 걸려 있다니 오쿠노유와 서울대가 동격인가? 아니면 서울대생과 오쿠노유 숙박객이 동격인가? 그것도 아니면 이런 명시를 고른 최 교수와 그 탁본을 손님방에 갖다 건 여관주인이 동격인지(이 대목은 대단히 실례)? 잠시 헷갈린다고 할까요.

　외국의 여관방에 걸린 한시의 탁본을 보고 내 생각을 하였다니 나로서는 영광이라고 해야 할 것이다. 그건 그렇고, 내가 서울대에 기증했다고 한 탁본에 관한 이야기를 하려는 것이 이 글의 본지이다. 나는 〈술의 노래〉의 "어화"라는 글에서 장계(張繼)의 〈풍교야박〉(楓橋夜泊)이라는 시비(詩碑) 탁본을 1990년 중국 여행 중 쑤저우(蘇州)의 한산사(寒山寺)에서 샀다는 이야기를 했다. 또 그것을 표구하여 사회과학대학에 기증했고, 그것이 사회과학대학 건물인 16동 4층에 걸려 있다고 썼다. 분명 걸려 있었다.

　그런데 마침 그 초수회가 있던 주의 토요일(2014년 11월 8일)이다. 참석해야 할 행사가 둘 있었다. 하나는 서울대 교수산악회 모임이다. 성낙인 총장의 취임이 얼마 되지 않아 축하하는 의미도 있고, 산악회에 관심을 좀더 가지라는 뜻에서 산행을 한번 같이하자고 하였는데, 날짜가 그날로 잡혔다. 대단한 산행이 아니다. 관악캠퍼스에 모여 안양 서울대 수목원까지 걷고, 안양서 점심을 하는 프로그램이다. 다른 하나는 정치학과 대학원 졸업생 모임인 초토회(初土會)다. 매달 첫째 토요일에 모이기 때문에 그런 이름이다. 통상 오후 3시에 사회과학대학건물에서 모인다. 연구발표가 있고, 저녁을 같이 한다.

산악회 회원들이 농생대 건물 앞에 모였다. 시간은 오전 10시다. 총장과 함께하는 자리라 그런지 건물 안에 다과가 준비되어 있었다. 산행 도중에는 수목원 원장인 박필선 교수의 단풍이며 낙엽 진 나무 이야기가 압권이어서 힘든 줄 모르고 걸었다. 안양수목원 도착은 12시 반쯤이었다. 수목원에서 준비한 과일과 음료도 있고, 수목원에 대한 간단한 설명과 소개도 있었다. 이어 〈숲에서 만나는 친구들〉이란 책을 참가자 모두에게 한 권씩 준다. 2014년도 녹색자금지원 '숲 체험 교육사업'의 일환으로 제작된 책으로 초등학생을 대상으로 만든 것이라고 머리말에 쓰여 있으나, 실은 누구에게나 숲에 대한 관심을 불러일으키기에 충분한 내용을 담고 있다.

그리고는 학교 버스로 수목원 정문에서 시내 쪽으로 좀 가다가 바른편에 있는 유명한 보리밥집으로 이동했다. 밥은 둘째다. 총장 옆자리라 든든해서인지, 소맥을 여러 잔 마셔도 처음에는 취기가 동하지 않았다. 그러다가 앞자리에 앉은 의대의 정성은 교수와 본격적으로 마시기 시작했다. 대주호와의 대작은 늘 유쾌하다. 다시 학교 버스로 관악캠퍼스에 도착한 것은 2시 반이 좀 지나서였다.

이제는 초토회 모임이다. 총장과 산악회 회원들과 헤어져서 나는 16동으로 걸음을 옮겼다. 건물 앞에서 마침 초토회 회장인 정치학과의 권형기 교수를 만났다. 그래 반갑게 악수하고, 회의 장소인 3층의 정치학과 세미나실로 같이 가다가, 문득 〈풍교야박〉에 생각이 미쳤다. 그 액자가 보고 싶었다. 며칠 전 받은 김옥조 형의 메일 때문이었다. 내가 2006년 봄에 정년한 후 관악캠퍼스에 간 것이 몇 번 안 되고, 더구나 16동엔 거의 가지 않았었다. 그래도 나는 그것이 어디에 있는지 안다. 그래서 권 교수를 끌고 4층으로 갔다. 3시까지 시간도 좀 있었기 때문이기도 했다. 그런데 〈풍교야박〉은 보이지 않는다. 그 자리에 "實事求是 新栽舊邦"(실사구시 신재구방)을 두 줄 횡서로 쓴 여초(如初) 김응현(金膺顯)의 글씨가 대신 걸려 있다. 사회대 어디에서 전에 보던 것으로 눈에 익다. 여초는 내가 존경하는 서예가다. 그의 글씨가 걸려서 잘못된 일은 물론 아니다. 그러나 이상하다 싶었다.

오래 그 자리에 있던 내가 기증한 액자가 어찌 나 모르게 사라졌는지 이해가 되지 않았다. 나와는 일언반구의 상의도 없이 그런 일을 하다니 과연 있을 수 있는 일인가? 나는 김옥조 형의 메일을 받고 누가 언제 기증한 것이란 작은 팻말을 액자 아래에 만들어 다는 것이 어떨까 하는 생각도 했었다. 액자가 없어졌으니 팻말이고 자시고 이제는 그만이다. 3층 발표장으로 향했다.

정치학과 95학번 박수인은 금년 여름에 미국 시애틀의 워싱턴대학에서 박사학위를 받고 돌아왔다. 논문은 플라톤의 에로스에 관한 새로운 해석이다. 제목은 "At Liberty and In Love"이고, 발표는 그 일부를 소개하는 내용이었다. 나는 그 논문을 먼저 읽었기 때문에 편하게 앉아 있었다. 소크라테스 이야기도 나왔다. 질문도 많았고 토론도 활발했다. 사회자가 나보고도 한마디 하라고 한다. 다른 이야기도 잠시 했지만, 아테네의 소크라테스 감옥 이야기를 하였다. 바로 그 얼마 전인 10월 하순에 그 감옥을 보고 왔기 때문이다. 소크라테스는 사형 받기 전 근 일 년을 그곳에서 보냈다고 한다.

저녁은 '백상갈비'다. 모두들 취했다. 그러나 나의 머릿속에는 탁본의 행방만이 오갔다. 그 다음 주다. 박찬욱 사회대학장에게 전화하여 탁본의 행방을 물었다. 알아보겠다고 했다. 두어 시간 후 답이 왔다. 사회대 창고에서 그 액자를 찾아 학장실로 가져왔다고 하면서, 매우 미안하게 생각하는 어조(語調)다. 그러면서 전임 학장 때 액자를 바꾼 모양이라고 했다. 그래서 그 〈풍교야박〉이 창고로 갈 정도의 대접밖에 못 받는다면 차라리 내가 도로 가져오겠다고 하였다. '야박'이지만 그렇게 야박하게 말하지는 않았다.

한 일주일이 지났다. 권형기 교수가 전화했다. 학장실이라면서, 학장은 그 탁본을 학장실 앞 복도에 걸었으면 한다는 이야기였다. 사회대에서 천덕구니 노릇을 하는 탁본이다. 그러지 말고 시간이 나면 퇴근길에 내 사무실로 가져왔으면 좋겠다고 했다.

26일 저녁이다. 권 교수가 액자를 내 사무실로 가져왔다. 정치학과의 백창재 교수, 성신여대의 김경희 교수, 경희대의 정하용 교수도 왔다. 판이 커졌다. 이제 다섯 주당이 모였으니 마시는 일만 남았다. 사무실 건물 1층의 '사와'에서 이 술 저 술 마시기 시작했다. 그러자 백 교수가 학장에게 택배로 보내라고 할 것이지, 왜 권 교수에게 심부름을 시켰느냐고 나를 힐난하는 것이었다. 딴은 그렇다. 내 생각이 모자랐던 것이다.

기증했던 물건을 다시 찾아온 것이 잘한 일인지 어떤지는 모른다. 그러나 그것이 컴컴한 사회대 창고에서 썩고 있는 것보다는 밝은 방에 있는 것이 나을 수도 있다는 생각도 든다. 대접을 제대로 받을 수 있는 다른 곳에 보낼 수도 있다. 이 글의 제목을 "漁火之亂"이라고 하였는데, 아무튼 이것으로 〈풍교야박〉 탁본 액자의 수난(受難), 아니

수모(受侮)가 끝났으면 한다. 그런저런 일의 발단은 김옥조 형의 메일 때문이었다.

　이야기가 하나 더 있다. 그 후 얼마 안 되어 김옥조 형과 점심을 하게 되었다. 어화가 다시 화제에 올랐다. 나는 탁본의 행방이 묘연하여 처음에는 의아(疑訝)하였으나, 창고에서 발견되어 분실은 되지 않아 다행이라고 했다. 그랬더니 큰 박물관이나 미술관이야 소장품이 많기 때문에 작품들을 돌려 가며 전시하는 것이 관례이지만, 서울대에서 그것도 명예교수가 기증하여 오래 전시되던 작품을, 이유는 어떻든지, 기증자와의 상의 혹은 허락 없이 어떻게 창고에 처박을 수가 있느냐면서, 서울대도 그러냐고 핀잔을 주었다. 한 방 맞은 기분이었다.

　그러면서 아래 이야기를 하였다. 당신이 잘 아는 이 아무개라는 서양화백의 국립미술전 특선작을 청와대에서 샀다고 한다. 얼마 후 그 화백은 그림이 청와대 어디에 걸려 있는지 궁금하여 수소문하였는데, 창고에 있더란 말을 들었다는 것이다. 기분이 좋을 리가 없다. 공연히 알아보았다고 후회하더란 이야기였다. 청와대와 서울대 사회대와는 다르다. 그러나 이 화백이나 나나 모르고 지내는 것이 좋았을 것이란 생각도 순간 들었다.

(2014년 11월 29일)

〈추기〉

우연인지 위의 글을 끝낸 아침 〈조선일보〉(2014년 11월 29일) 를 보다가 'Books' 섹션에 눈길이 갔다. 김준연 고려대 교수의 인터뷰 기사가 실렸다. 〈중국, 당시의 나라〉라는 책을 최근 출판하여 책 소개를 겸한 인터뷰였다. 그런데 김 교수의 사진이 크게 나와 있고, 사진의 배경이 〈풍교야박〉의 탁본 시비였다. 반가웠다. 나는 김 교수를 전혀 모르지만 그도 장계의 시를 좋아하는 모양이고, 그래서 그 시비의 탁본 앞에서 사진을 찍은 모양이다. 아래와 같은 사진 설명이 있다.

김준연 교수가 장계(張繼) 의 시 〈풍교에서 밤을 정박하다〉(楓橋夜泊) 를 설명하고 있다. 중국은 400톤짜리 돌에 이 시를 새겨 기네스북에 세계 최대 시비로 등재했다.

그런지도 모른다. 나도 그 시비를 보았으나, 전혀 400톤짜리로 보이지는 않았다. 아무리 돌이지만 400톤이면 엄청 클 것이다. 40톤짜리라도 크다. 내가 다녀온 후 400톤짜리 돌의 시비가 새로 세워졌는가? 한산사에 가 보면 알 일이다.

(2014년 11월 29일 밤)

국가의 간성

〈술의 노래〉가 지난여름(2014년)에 출판되자, 나는 여러 권을 주문하였다. 책에 등장하는 인물들을 포함하여 가까운 사람들에게 주기 위해서였다. 책에는 "국가의 간성"이란 글이 있다. 악필(握筆)로 유명한 석전(石田) 황욱(黃旭) 선생의 이야기다. 거기에는 국방대학원 교수였던 황병무 교수가 나온다. 〈술의 노래〉를 읽은 사람은 알겠지만, 황 교수는 석전의 장조카다. 그를 통해 석전의 글씨 한 점을 얻으려고 공작을 꾸몄고, 그래서 황 교수의 아파트에 가서 "國家之干城"이란 글씨를 보게 되었다는 이야기도 했다. 황 교수는 그것을 나에게 주겠다고 하였으나, 그런 글씨를 받을 형편이 아니라 '마다'(거절) 했다고 썼다. 오래전의 일이다.

주문한 〈술의 노래〉 한 권을 8월 중순경에 황 교수에게 보냈다. 그랬더니 며칠 후 고맙다는 전화가 왔다. 점심이라도 같이하자는 것이다. 약속한 날짜가 9월 24일이다. 점심을 내가 살 요량으로 신사동의 파스타집 '피오렌티나'로 오라고 했다. 오랜만에 만난 것이다. 반가웠다. 그는 여전히 건강해 보였다. 포도주를 한 병 시켰는데, 그는 반잔이 끝이다. 그래 나 혼자 병을 비웠다. 내가 밥값을 낸 것이 미안했던지, 해가 가기 전에 한 번 또 보자고 한다. 그리고 헤어졌다.

11월 21일, 황 교수가 문자메시지를 보내면서, 12월 16일이나 17일 중 점심이 가능한 날을 알려 달라고 했다. 16일이 좋겠다는 답을 보냈다. 그랬더니 16일 열두 시 반에 지하철 1호선 영등포역 출구와 연결된 롯데백화점 10층에 있는 '얌차이나'에서 만나자고 다시 메시지가 왔다. 지하철 노선도를 보니 9호선 노량진역에서 1호선을 타면 되겠기에 노량진역으로 갔다. 그런데 1호선과 바로 연결이 되는 것이 아니어서 지상으로 나가 한참 걸어야 했다. 날씨는 찬데, 겨우겨우 제시간 조금 지나서 약속 장소에 도착했다. 황 교수가 먼저 와서 음식 주문을 해 놓고 기다리고 있었다. 그러면서 자기는 차를 몰고 왔으니 술은 아니 먹겠다는데, 나에게 물어보지도 않고 '옌타이'(烟台) 고량주 작은 병을 시키는 것이다. 점심 세트메뉴의 음식이다. 술이 있으면 평소라면 맛없는 음식도 맛있다. 술이 술술 들어간다. 한 병이 모자라 한 병을 더 주문했다. 약간 기별이 왔다. 그러자 누런 봉투를 하나 내민다. 열어 보니 복사한 A4용지 넉 장이다.

석전은 영·정조 시대의 실학자인 이재(頤齋) 황윤석(黃胤錫)의 7대손이다. 이재가 짓고 현대의 서예가인 강암(剛菴) 송성용(宋成鏞, 1913~1999년)이 쓴 〈매화시〉(梅花詩) 액자가 근자에 발견되어 그 시에 관한 이야기가 두 장이고, 다른 하나는 황욱 선생의 묘비 제막에 관한 소식이고, 마지막은 황병무 교수의 노력으로 '이재연구소'가 설립된 경위에 대한 신문기사였다.

첫째, 〈매화시〉는 이재가 25세에 지었다. "여촌에서 출발하여 집으로 돌아왔다. 노령을 넘는 도중에 골짜기에 매화가 피어 홀로 빼어났는데 매우 사랑스러웠다."(余村歸家 蘆嶺途中 見澗中有梅樹開花 孤絶可憐) 그래 지었다는 것이다.

絶澗梅查在 春寒晚作花 (절간매사재 춘한만작화)

외진 골짜기에 매화나무 있어 봄추위에 느지막이 꽃 피었네.

自開還自落 未欲向人誇 (자개환자락 미욕향인과)

스스로 피었다 스스로 지나니 사람들에게 뽐내려 하지 않네.[1]

매화가 고절(孤絶)한 것이 아니라, 이재의 인품이 고절했음이 느껴지는 시다.

둘째, 석전의 묘비는 석전의 20주기를 맞아 건립되었다. 2013년 6월 27일에 고창군 성내면 조동리 구슬마을, 선생의 묘역에서 제막식이 있었다. 자세한 설명이 첨부되었는데 아래에 옮긴다.

석전 황욱 선생은 조선의 대실학자 이재 황윤석 선생의 후손으로서 1898년 전북 고창군 성내면 조동리에서 태어났으며, 고절한 도학(道學)의 선비로 지내시다 1993년 향년 96세로 별세했다. 웅건(雄建)하고 괴석(怪石)처럼 꿈틀거리는 용비(龍飛)의 형상을 지녀 독보적인 석전체(石田體)를 창안하여 화엄사와 오목대 등 곳곳에 현판 글씨를 남겼으며, 국

---

1 〈이재난고〉(頤齋亂藁), 제 2권, 126쪽(1753년 3월 21일).

내 유수 언론사들이 석전 선생의 전시회를 개최했다. 특히 65세에 시작된 수전증(手顫症)을 우수악필(右手握筆)로 이겨냈으며, 오래잖아 다시 오른손마저 불편해지자 좌수악필(左手握筆)로 기적처럼 위기를 극복했다.

오랜 숙원이었던 석전 선생의 묘비 건립은 석전의 아들 황병근 전라북도 유도회장이 많은 공력을 들여 준비했으며, 묘비의 비문은 〈전북일보〉 사장을 역임한 김남곤 시인이 지었고, 글씨는 손자인 황방연 서예가가 썼다. [2]

셋째, "호남 실학의 학문과 사상에 대한 체계적 연구의 밑거름이 되고 싶다"고 말문을 연 황병무 교수는 이재 황윤석 선생의 호를 딴 '이재연구소'의 설립과 더불어 "호남의 지역 역사와 문화에 대한 깊이 있는 연구가 지속되기를 기대한다"고 밝혔다. "이재 선생은 전북 고창 출신으로서 실학자 홍대용(洪大容, 1731~1783년)·신경준(申景濬, 1712~1781년) 등과 교류하며 학문의 지평을 넓혔다. 성리학과 천문·역상학·역사학·지리학 등에 큰 업적을 남겼다.

특히 10세 때부터 세상을 뜨기 이틀 전까지 53년간 써 내려간 일기 〈이재난고〉는 조선시대 일기류(日記類) 가운데 최대 규모이다. 57권 분량의 이 책엔 일용품의 가격과 품질 등은 물론 여행일지와 지명, 1,800여 수의 시조까지 담겨 있어 당시 생활사 연구에 귀중한 자료로 평가받고 있다." 또 황 교수는 연구소가 "호남 지역 실학 사상가들의

---

2 〈고창군정 소식〉, 제376호(2013년 7월).

학맥을 찾고 번역 작업을 통해 깊이 있는 연구를 해 나가는 산실이 될 것으로 믿는다"고 포부를 말하기도 했다. 황 명예교수는 이재 선생의 8대 종손으로 사재 2억 원을 털어 연구소 설립을 도왔다"는 것이다. [3] 갸륵한 일이다.

    점심이 대강 끝나자 커피를 마시러 가자고 한다. 점심은 황 교수가 샀으니 커피는 내가 사겠다 하고 따라나섰다. 백화점 지하로 간다. 백화점 VIP고객을 위한 찻집이다. 그래 커피를 한 잔씩 마셨는데, 집이 어디냐 묻는 것이다. 방배동이라고 했다. 그랬더니 자기도 방배동에 갈 일이 있다면서 차에 타라고 했다. 무심히 차에 탔다. 차가 노량진을 지나 국립현충원 앞을 지난다. 그래 이왕 여기까지 왔으니 우리 집까지 데려다주면 좋겠고, 차라도 한잔 대접하겠다고 했다.

    차가 주차장에 도착하자 뒷좌석에서 액자 하나를 꺼낸다. "言忠信行篤敬"(언충신행독경) [4] 여섯 글자를 세로로 쓴 아담한 석전의 글씨다. 가로 21센티미터, 세로 125센티미터의 크기다. 그것을 주려고 나를 만나자고 했고, 내 집까지 온 것이다. 이번에는 "마다"할 수가 없어서, 그냥 고맙다고 하며 받았다. 매실차를 마시면서 황 교수는 석전이 액자의 글씨를 쓴 것은 1970년대라고 했다. 수전증이 온 후의 초기 악필(握筆)이다. 거실이 환해졌다.

---

3 〈국민일보〉, 2007년 7월 17일.
4 "말은 충성되고 신의가 있어야 하고, 행동은 돈독하고 공경스러워야 한다." 〈논어〉, "위영공"(衛靈公)편 5장.

황 교수가 가고, 조금 있다가 들어온 아내가 웬 글씨냐고 하기에 자초지종을 설명했다. 그리고는 〈술의 노래〉를 읽고 석전의 글씨를 하나 주고 싶었던 모양이라고 했다. 사실 아내는 〈술의 노래〉를 내지 말라고 했다. 술 먹는 이야기가 뭐 그리 대단하냐는 것이다. 출판이 된 뒤에도 읽는 눈치가 보이지 않았다. 그랬는데 '국가의 간성'은 읽은 모양이다. "그 글을 읽고 글씨를 주지 않을 수 없었겠네요!"

(2014년 12월)

사고

사고(事故)는 늘 있다. 큰 것도 있고, 사소한 것도 있다. 나에게는 없으면 하지만, 그게 마음대로 되는 것도 아니다. 사고인지 사건인지는 모르나, 오스트리아 황태자가 세르비아에서 총을 맞았다. 그것이 제 1차 세계대전의 불을 댕겼다. 그렇게 큰 역사적인 사건의 이야기를 하자는 것은 아니다. 근자에 내가 저지른, 작다면 작고 크다면 큰 사고 이야기다.

사전에 의하면, 사고는 "평시에 있지 않는 뜻밖의 사건"이다(이희승 편, 〈국어대사전〉). 영어로는 'accident'일 것이다. 영어사전을 찾아본다. 크게 두 가지 뜻이 있다. 하나는 우연한 사건·우연·우발적일(chance), 다른 하나는 〔불의의〕 사고(casualty)·화(禍)·재난(mishap) 등이다.[1] 나의 사고는 뜻밖의 일이긴 하나 거창한 것은 아니다. 그냥 골프장에서 불의의 사건이 터진 것이다.

---

1 *Si-sa Elite English-Korean Dictionary.*

내 골프의 역사는 길다. 시작은 1965년 여름이다. 일리노이대학 대학원에 입학하여 봄학기를 마친 후였다. 서머스쿨에 등록하여 다소 바쁜 나날인데, 하루는 룸메이트인 찰스(Charles)가 골프연습장엘 가자는 것이다. 그는 법과대학에 다니고 있었다. 그래 따라 나선 것이 그만 발을 잘못 들여놓게 된 것이다. 처음 가서 채를 휘둘러 보니 재미가 있었다. 그래 여름 동안 틈만 나면 찰스를 따라다녔다. 가을학기가 되자 찰스는 떠났다. 다른 룸메이트를 맞았다. 식품학(food science)을 전공하는 아서(Arthur)라는 친구다. 시카고 남쪽 출신으로 폴란드계였다. 남자가 식품학을 공부한다고 하면 창피한 일이라고 생각했던지, 누가 전공이 무어냐고 물으면 한사코 화학이라고 대답하는 수줍은 청년이었다. 공부밖에 몰랐다. 그러니 골프 얘기는 꺼낼 수도 없었다.

당시 나는 기숙사 식당에서 매일 세 끼를 먹고 지냈다. 그런데 기숙사는 일요일 저녁은 주지 않았다. 그래 일요일 저녁이면 으레 이태전(李太田) 형네에 가서 저녁을 먹곤 했다. 이 형은 가형의 친구(서울대 문리대 물리학과 동기)로서 박사학위 과정을 거의 마쳐 가고 있었다. 학위가 거의 끝나 가니 시간적 여유도 있었고, 차가 없는 나를 위해 쇼핑 등의 일을 많이 도와주던 터였다.

그러다가 하루는 골프 이야기가 나왔다. 몇 번 연습장에 다닌 전과자(?)라서인지는 모르나, 유학 온 지 한 학기 지나자마자 골프를 시작했다는 말이 어렵게 나왔다. 이실직고했던 기억이다. 그때 이 형은 가끔 골프를 치는 모양이었고, 후배가 골프를 시작(?) 했다니 반가워했다. 당장 내일 골프채를 사러 가자는 것이다. 그래 'K마트'란 대형

쇼핑몰에 갔다. 제일 싼 놈으로 하프 세트(half-set) 한 벌을 샀다.[2] 얼마를 주었는지 기억이 없으나, 그래도 몇 십 달러는 주었을 것이다. 그러나 대학원 초짜가 공부하기도 힘겨운데, 골프연습장엔 자주 갈 형편이 아니었음은 물론이다. 그러나 이 형이 가자는 날이면 더러 따라갔고, 그는 선배답게 여러 가지 코치를 하는 것이었다. 그는 찰스 다음의 내 두 번째 골프 선생이다.

그런데 채가 있으면 무얼 하나? 골프연습장을 가려면 걸어갈 수는 없다. 채를 메고 다니는 것은 골프장에서의 일이고, 기숙사부터 채를 메고 골프장까지 갈 수는 없다. 그런데 일리노이대학에는 '어셈블리 홀'(Assembly Hall)이란 강당 비슷한 유명한 건물이 있고, 바로 그 옆이 골프연습장이다. 찰스와 다닌 곳이기도 하다. 그 건너에는 공동묘지가 있다. 당시 나는 자동차를 살 형편이 못 되어 자전거를 타고 다녔다. 자전거고 자동차고 하는 것은 문제가 아니다. 골프채를 싣고 다닐 수 있으면 된다. 그래 나는 골프채를 자전거 뒤에 매달고 연습장에 가곤 했다. 그러다가 들은 이야기가 있다. 학위논문을 쓸 때, 지도교수가 까다롭게 굴면 골프공에 지도교수의 이름을 써서 공동묘지 쪽으로 날린다는 것이다.

이것이 시작이다. 그러나 실은 자전거에 채를 싣고 다니면서 골프를 치고 다닐 형편도 아니었다. 1968년에 중고 무스탕(1965년형)을 샀지만, 차를 타고 골프 치러 다닌 기억도 별로 없다. 공부가 공부인 만큼 사실 딴 데 한눈팔 여지가 없었다. 이것이 일리노이에서의 골프

---

2 우드(wood) 1과 3번, 아이언(iron) 3, 5, 7, 9번과 퍼터(putter).

이야기다. 미국 생활을 마치고 귀국할 적에 나는 그 하프 세트 골프채를 갖고 나왔다. 그러나 그것을 들고 필드에 나갈 기회는 한 번도 없었다. 여러 해가 지났다.

1985년 6월로 기억한다. 가형의 중학교 동기로 선우동원(鮮于東源) 박사가 있다. [3] 어려서부터 아는 형이다. 그가 연세대의 교환교수로 나왔다가 미국으로 돌아가면서 세간을 처분하겠다고 하였다. 그래 그가 쓰던 가구 몇 가지와 골프채를 샀다. 아이언은 'PGA'라는 레이블의 것이다. 거의 새것과 다름없었다. 우드는 진짜 감나무 뿌리로 만든 '혼마' 브랜드였다.

그 임시 마침 지하철 2호선 방배역 근처, 지금의 백석대 자리쯤 되는 공터에 골프연습장이 있었다. 그래 퇴근길에 더러 연습했다. 당시는 요즘같이 타석의 공이 자동으로 올라오지 않고, 어린 여성들이 앞에 앉아서 공을 티에 올려놓으면 치곤 했다. 그게 안쓰럽기도 하고, 딱하기도 하고, 미안하기도 한 시절이었다. 시내버스에서 여차장이 요금도 받고, '오라이!' 하면 떠나는 것과 비교하면 될까?

나는 1995년경에 골프를 끊었다. 그전에도 몇 달에 한 번 필드에 나갈까 말까 하는 수준이었으나, 아주 끊은 것이다. 비용도 비용이고, 차를 운전하고 멀리 다니기도 귀찮았다. 더 중요한 것은 골프가 끝나고 나서다. 끝나면 점심이고 저녁이고 먹어야 한다. 한잔 술이

---

3 그는 서울 문리대 사회학과를 졸업하고 조선일보사에 입사하여 기자로 활약하다가 미국 미주리대학에서 유학했다. 커뮤니케이션을 전공하였다. 샌프란시스코 주립대학의 교수를 지냈다. 연전에 작고했다.

없을 수 없다. 그러면 운전이 문제다. 그것이 더 싫었다. 안 마시자니 그렇고, 마시자니 그렇고. 에이, 골프를 치지 말자. 그렇게 된 것이다. 아니, 그런 것보다도 십 년 남짓 남은 정년까지 좋은 책이나 한두 권 더 썼으면 하는 생각이 많았다. 물론 골프장에 안 간다고 공부를 더 많이, 더 잘하는 것은 아니겠으나 그러한 생각을 한 것이다.

골프를 끊은 것이 공부에 얼마나 도움이 되었는지는 모르나, 정년 전에 〈춘추전국의 정치사상〉 같은 책을 내기도 했다.[4] 2000년에 환갑이 되면서 나는 교내 '포스코 스포츠센터'에서 운동을 시작했다. 수영도 하고, 스트레칭도 하고, 근력운동도 했다. 일주일에 두세 번 퇴근 전에 들르곤 했다. 그러다가 2004년 봄에 서울대 교수산악회의 일을 맡게 되었다. 산에는 전에도 더러 다녔지만, 산악회 일을 맡자 매월 두 차례 정기적인 산행을 하게 되었다. 그러니 따로 운동할 필요를 별로 느끼지 않았다.

정년을 맞으면서 산악회 일도 그만두고, 산행도 전처럼 정기적으로 다니게 되지 않게 되었다. 그러자 무엇이든 운동을 다시 해야겠다는 생각이 들었다. 그래서 강남고속버스터미널 옆에 있는 메리어트 호텔의 피트니스센터 회원권을 구입했다. 아내가 이미 회원이었기 때문에 가족회원이 되어 반값에 샀다. 집에서 가깝다. 지하철 7호선으로 한 정거장이다.

피트니스센터에는 골프연습장이 있다. 처음 한 2년은 어차피 안 치

---

4 다른 곳에서 썼다시피 그래도 계획했던 〈중국공산당사〉의 집필을 마무리 못한 것은 유감이다.

기로 한 골프인지라 연습장에 내려가지도 않았다. 그러다가 생각이 조금씩 바뀌기 시작했다. 2009년 여름부터 연습을 시작했다. 물론 잘되지 않았다. 그래도 오랜(?) 구력(球歷)이라 내 식으로 그런대로 볼을 때렸다. 연습장에 있는 채로 때렸다. 그나마 15분 내지 20분이 고작이다. 연습을 하게 되니 자연 필드에 나가고 싶은 생각도 들었다.

그러다가 어느 날 대학 동기들의 '청바지모임'에서 골프 이야기가 나왔다. 내가 연습을 더러 한다고 하였더니, 모임의 김경철 군이 그러면 언제 한번 필드에 나가자고 했다. 그래서 근 20년 만에 필드에 나갔다. 2012년 5월 12일 '뉴서울 골프장'이었다. 성남 어디다. 처음 가는 곳이다. 나는 한승준 군의 차로 갔고, 김경철 군은 최상태 군과 같이 왔다. 그런데 내가 갖고 나간 골프채는 형 친구에게서 산 고색창연한 것이다. 이른바 우드는 셋 모두가 감나무 뿌리로 만든 것인데, 아직도 이런 채를 들고 다니느냐는 듯이 일행은 나를 이상하게 보는 눈치였다. 물론 채도 좋은 것이 좋겠지만, 아무 채로나 치더라도 잘 치면 된다는 것이 나의 지론이기에 그날은 그렇게 지나갔다. 그래도 근 20년 만의 필드다. 혼자 연습을 좀 했다고는 하더라도 잘 칠 수가 없다. 그러나 내기를 하는 것도 아니고, 노인들이 어슬렁거리는 것이니 그런대로 좋았다.

그런데 뉴서울에 다녀온 다음다음 날이다. 웬 택배가 집으로 왔다. 김경철 군이 여벌의 채라면서 캐러웨이 골프채 한 세트를 보낸 것이다. 감나무 우드를 들고 나온 내가 딱해 보였던 모양이었다. 고맙게 받았다. 받은 채를 들고 그해(2012년) 6월 15일에 같은 멤버가 충주의 '센트리움 골프장'에 갔다. 우드가 감나무가 아니라고 더 잘 맞을

리가 없다. [5] 그리고 그 사이에 고등학교 동기인 김정운·최국진·한
승준 군과 경기도 여주군 산북면에 있는 '렉스필드 CC'에도 간 적이
있다. 6월 4일이었다. 귀경길에 경기도 광주시를 지나게 되었고, 곤
지암읍에 사는 나의 대학 동기인 김옥조 군을 불러서 '한정식 옥이'란
곳에서 저녁을 같이한 기억도 있다. 김정운·최국진 군은 술을 좋아
하여 많이 마시고, 나는 잘 치지 못한 골프를 술로 앙갚음하려 했던지
그들에게 지지 않게 마셨다.

　골프 늦바람은 그렇게 불기 시작했다. 그러다 보니 필드에 나갈 기
회가 자주 생겨서 한 달에 한두 번은 나가게 되었다. 김정운의 동생인
김정구 군을 따라 '뉴코리아 CC'에도 몇 번 간 기억이 있다. 형제가
다 골프를 좋아하고 잘 친다. 2012년 여름이다. 김정운 군이 렉스필
드 CC의 회원권을 팔고 경기도 광주군 '남촌 CC'의 회원이 되었기 때
문에 큰 김(정운)과 동행으로 남촌 CC에 자주 가게 되었다. 자주라야
한 달에 두어 번이다. 그리고 무주리조트에 큰 김의 콘도가 있어서 거
기에도 몇 번 갔다. 그런데 큰 김의 눈에 내 골프채가 마음에 안 드는
지, 당신의 여벌 채를 주겠다고 하였다. 나는 김경철 군에게서 받은
채로 괜찮은데, 잘 치는 사람의 안목은 다른 모양이다. 아무튼 채가
하나 더 생겼다. 그게 2013년 6월이었다. 그 후로는 큰 김에게서 받
은 채를 들고 다닌다. 그리고 먼저 쓰던 채는 정치학과 백창재 교수에
게 주었다. 처음 것도 그에게 주었기 때문에 그에게는 나에게서 받은
채만 두 벌이다. 골프채는 휘둘러 공을 치는 것이나, 돌고 돌기도 하

---

5 실은 감나무 채가 더 좋은 것인지도 모른다.

는 것인 모양이다.

　이것이 근자의 나의 골프 이야기이다. 이것만이라면 싱겁다. 그래 골프를 치다가 사고를 낸 이야기를 지금부터 하려는 것이다. 2014년 8월 14일(목요일)이다. 예의 남촌 CC에서다. 김정운·유주용·한승준 그리고 나 넷이 나섰다. 간단한 점심 후, 12시 30분에 동 코스로 나갔다. 가는 비가 약간씩 뿌린다. 우산을 쓰기도 무엇하고 안 쓰기도 무엇한 그런 날씨다. 비 때문인지 별로 내키지 않는 기분이다. 그냥 빨리 끝났으면 했다. 전반 나인 홀이 끝났다. 후반의 4번 홀이다. 가는 비는 그치지 않는다. 앞 팀의 진행이 좀 느리다. 앞 팀에는 여자 두 명과 남자 두 명이다. 그런데 드라이버의 첫 샷이 잘 맞아서 공이 꽤 멀리 갔다. 두 번째 샷을 3번 우드로 잘 치면 그린에 올릴 것 같은 기분이었다. 그런데 멀리서 보니 앞 팀은 퍼팅을 끝내고 그린 오른편 카트 도로에 나가 있다. 무슨 일이 있는지 움직이지 않고 이야기를 계속하고 있는 것 같이 보였다. 비 때문인지, 빨리 가고 싶었던지, 아니면 앞 팀이 그린에서 나갔기 때문인지 샷을 해도 괜찮겠다는 생각이 들었다. 3번 우드로 공을 때렸다.

　맞기는 잘 맞았는데, 방향이 좀 바른편으로 틀어졌다. 카트 길에 떨어져서 한 번 튄 것이 앞 팀의 여자에게로 갔다. 여자가 가슴에 손을 얹고 쭈그리고 앉는 모습이 멀리 보였다. 아이고! 사고를 냈구나! 나는 겁에 질리고 걱정이 앞서서 그리로 뛰어갔다.

　어떠냐고 물었다. 말로는 괜찮다고 하는데 눈물이 보였다. 우선 미안하다고 할 수밖에 다른 도리가 없었다. 그리고 문제가 생기면 연락하라고 명함을 꺼내려는데, 그날따라 지갑을 클럽하우스 카운터에

맡겼기 때문에 명함이 없다. 클럽하우스에 가서 주마고 했다. 4번 홀이 끝나면 그늘집이다. 우리가 도착했을 적에 앞 팀은 거기서 쉬고 있다. 어느새 그녀는 경기 운영 쪽에서 가져온 얼음주머니를 가슴에 대고 있다. 눈물은 없었다. 나는 다시 미안하다고 했고, 그녀는 또 괜찮다고 했다. 그러면서 자기네는 좀 쉴 터이니, 앞서 나가라고 했다. 나머지 다섯 홀을 어떻게 쳤는지 정신이 없었다.

대강 샤워를 하고 먼저 프런트로 갔다. 사고를 당한 팀을 기다렸다. 우리 팀 모두도 조금 뒤 샤워를 끝내고 나왔다. 그러자 그네들이 도착했다. 어떠냐고 다시 물었다. 괜찮다는 것이다. 나는 명함을 건네면서 저쪽의 연락처를 물었다. 그랬더니 저쪽의 한 남자가 "프로예요!" 한다. 공에 맞은 여자가 프로 골퍼라는 말이다. 프런트에서 얻은 메모지에 그녀의 이름과 전화번호를 받았다. 나진아 프로다. '스포월드'란 골프연습장에서 일한다고 했다. 받은 쪽지를 지갑에 넣었다. 괜찮다고 하여 안심이 되었다고 앞에서 말했으나, 나는 계속 긴장한 상태였다. 그러나 나에게도 우리 팀의 든든한 응원군이 있다. 사고무친(四顧無親)이 아니라 사고유친(事故有親)인 것이다.

서울에 7시쯤 도착했다. 술 마시기 좋은 시간이다. 내 사무실이 있는 건물 일층의 '사와'란 일식집이다. 내가 갖고 내려온 스카치(밸런타인 17년)를 마셨다. 아니 한 병으로는 모자랐을 것이다. 핑계이긴 하나, 사고를 잊고 싶어서인지 많이 마셨다. 전화가 오면 어쩌나 하는 불안(?) 속에서 일주일이 지났다. 솔직히 말해 전화 걸 용기가 나지 않았다.

21일(목요일)은 아내와 영주 시골집에 가기로 한 날이다. 오전 아홉 시쯤 떠났다. 영주에 가자면 으레 중앙고속도로 치악휴게소에 잠시 쉰다. 그곳 농산물판매소에도 들른다. 그날따라 별로 살 만한 것이 눈에 띄지 않는다. 그래도 무엇을 좀 팔아 주었으면 하는 생각이 들어 복숭아를 몇 개 샀다. 지갑에서 카드를 꺼내서 계산했다. 다시 차를 몰았다. 영주에 가면 으레 점심은 풍기의 '솔마음'이란 식당이다. 그 집은 여름이면 콩국수도 잘 하지만, 들깨 국수가 일품이다. 여름이라고 이열치열(以熱治熱)은 아니나, 더운 것이 좋다. 국수 한 그릇을 비웠다. 계산하려고 지갑 넣는 주머니에 손을 넣었다. 아무것도 잡히지 않는다. 그래 혹시 차에 흘렸나 하여 부리나케 가서 둘러보았다. 없다. 화불단행(禍不單行)이라더니 사고가 겹친 것이다.

방정맞은 이야기인지는 모르나 나는 무얼 잘 잃어버리고 다니지 않는다. 무엇을 잃어버린 기억이 없다. 그런데 지갑을 잃어버린 것이다. 지갑에는 현금도 좀 있지만, 카드가 여러 장 있다. 그래도 수첩에 카드번호를 적어 놓은 것이 있어서, 급한 대로 카드를 발행한 은행·백화점 등에 분실신고를 했다. 그리고 가만히 생각하니 아무래도 치악휴게소 농산물판매소에서 지갑을 흘린 것이 분명했다. 휴게소에 전화를 걸면 된다. 그런데 전화가 불통이다. 가는 수밖에 없다. 가면 지갑을 찾을 것 같았다. 주인도 잘 안다. 가게에 손님이 좀 많았던 것이 마음에 걸리긴 했으나, 보관을 잘 하고 있으려니 하는 아전인수식의 생각을 하면서 오던 길의 반대 방향으로 북행의 중앙고속도로를 타기 시작했다.

근 1백 킬로미터의 거리를 허위단심에 달려 남원주 IC에서 나가 차를 돌렸다. 그날따라 비는 억세게 내리는데, 도착하니 희망과는 반대다. 주인도 모른다는 것이다. 분실물센터에도 갔다. 허탕이다. 다시 영주로 가는 수밖에 없다. 근 2백 킬로미터를 헛걸음친 것이다.

 일주일이 지나도 나 프로에게서는 소식이 없다. 괜찮은 모양이란 생각이 들었다. 그래도 내가 전화번호를 받았는데 내 편에서 전화하는 것이 옳은 일이란 생각도 들고, 또 예의라는 생각도 들었다. 그러나 그 전화번호를 적은 쪽지는 잃어버린 지갑에 있다. 연락할 길이 없어진 것이다. 다시 며칠이 지났다. 그런데 일이 되려는지 8월 28일, 영주경찰서 생활질서계의 이재홍 경사에게서 작은 소포가 왔다. 급히 뜯어보았다. 지갑이 온 것이다. 돈은 없으나 카드 등은 모두 있다. 다행이다. 나 프로의 전화번호를 적은 쪽지도 있다. 짐작건대, 어떤 사람이 지갑을 주워서 돈만 빼고 우체통에 넣은 모양이다. 하필 그것이 영주경찰서로 간 것도 신기하다. 지갑에는 내 명함과 운전면허증도 있다. 그래 내 주소로 보낸 것이다. 그런데 우편요금은 받는 사람이 내는 이른바 착불(着拂)이어서, 내가 3천 3백 원을 지불했다. 그래도 고마웠다. 그래 이 경사에게 고맙다는 편지를 썼다. 그런데 그 편지가 돌아왔다. 마침 270원짜리 우표가 있어서 그것이면 되려니 했다가 30원이 모자란다는 쪽지와 함께 반송된 것이다. 다음 날 30원을 보태서 다시 보냈다.

 낙수(落穗) 같은 이야기를 하나 보탠다. 나의 딸 정인이가 지갑 잃어버렸다는 말을 듣자 새 지갑을 하나 사 보냈다. 몽블랑이다. 내겐 과분한 것이다. 먼저 지갑은 워낙 오래된 것이어서 바꿨으면 하던 참이기는 했었다. 헌 것과의 인연은 그것으로 자연히 끝났다.

잃어버린 지갑이 도착한 다음 날인 29일에 남촌 CC에서 다시 골프를 쳤다. 차 안에서 이만저만한 일이 있었다는 이야기가 나왔다. 김정운 군이 나 프로에게 연락해서 약속이 되면 스포월드에 한번 가자는 것이다. 9월 1일(월요일) 오후 5시 반에 약속이 되었다. 그래 김정운 · 유주용 군과 셋이 언주로에 있는 스포월드로 갔다. 어쩐 일인지 한승준 군은 안 나왔다. 한 시간쯤 레슨을 하겠다고 하여 그런가 보다 하고 연습을 좀 했다. 무언가 찜찜한 생각이 들어서인지, 미안한 생각이 아직도 있어서인지 재미가 없다. 사고의 책임이란 생각이 들어서 나 프로에게 위로금을 조금 전했다.

그런데 김정운 군이 바로 그 옆 골목에 있는 '예향'이란 음식점을 잘 안다면서 가자고 했다. 허선옥이란 미인 사장이 들어와 시중을 든다. 등심과 양구이가 괜찮다. '화요'란 소주를 마셨다. 어떻게 집에 왔는지 기억에 없다. 만만치 않은 저녁값이 김정운 군의 몫이었다는 기억만 있다. 김정운 군은 마음이 너그러워 친구가 저지른 사고값을 대신 치른 것이다.

돌이켜보면, 공을 잘못 친 것도 지갑을 잃어버린 것도 모두 그날의 운(運)인지도 모르나, 나의 실수다. 실수가 본수(本手)란 말도 있지만, 실수 없이 살았으면 좋겠는데 모든 것이 마음대로 되지 않는 것이 세상사다. 그런가 한다.

(2014년 9월 15일)

소풍길

"사고"란 글에서 이야기한 것처럼, 나는 별일이 없으면 매주 금요일에 김정운·유주용·한승준과 골프를 친다. 가는 곳은 경기도 광주시 곤지암읍에 있는 남촌 CC다. 먼저 대장격인 김정운의 청담동 집에 유주용과 내가 간다. 그 집에는 좀 오래되기는 했어도 씽씽 잘 달리는 시보레 밴이 있다. 기사도 있다. 거기서 송파구 아시아선수촌 아파트의 한승준의 집으로 간다. 좀 돌기는 해도 가는 길이다. 골프장에 도착하여 점심을 먹고, 대체로 12시 반에서 1시 사이에 티업을 한다. 클럽 회원인 김정운이 매번 예약하고 연락한다.

2016년 5월 27일 금요일이다. 이날은 12시 45분이 티업 시간으로 예약되었다고 연락이 왔다. 그런데 그날은 내가 오래 봉직하던 서울대 정치학과의 1996년 입학생들이 입학 20주년을 기념하는 사은회 모임을 갖기로 한 날이다. 사은회 모임은 저녁 7시고, 장소는 리츠칼튼호텔이다.

그런데 12시 45분에 시작하여 18홀을 돌면 5시 반쯤 끝난다. 빨리 목욕한다고 해도 6시에 출발하기 바쁘다. 곤지암엘 오가자면 중부고속도로를 이용하는데, 금년 초부터 평창동계올림픽을 준비하느라 그런지 도로 보수공사가 한창이다. 길이 많이 막힌다. 6시에 출발한다고 해도 도저히 7시까지는 리츠칼튼호텔에 도착할 수 없다. 보통 한시간 반은 족히 걸리기 때문이다. 그래서 그날은 티업 시간을 앞당기자고 했다. 마침 11시 52분 시간이 났다. 근 한 시간 일찍 티업하게 되었다. 김정운 집에서 9시 30분에 출발했다.

골프도 골프지만, 넷이서 차를 타면 이런저런 동서고금의 이야기 꽃이 핀다. 그것이 더 재미있다. 나를 제외하면 모두들 사회경험도 풍부하고 박학하기 때문에 배우는 것이 많다. 운동보다 모임 자체에 더 끌린다고나 할까? 아무튼 그렇다. 그런데 그날 김정운의 기분이 평소보다 더 좋아 보였다. 소풍가는 기분이라고 했다.

자진하여 설명한 이유는 이렇다. TV에서 골프레슨 방송을 듣고 스윙 폼인지 타법(打法)인지를 바꿨더니 전보다 더 잘 된다는 것이다. 그래 그 새 기법으로 오늘도 치려고 하니 기분이 좋다는 것이다. 또 일본에서 주문한 새 드라이버로 치게 되어 기대가 크다고 했다. 브랜드가 무엇이냐고 물었다. 모른다는 것이다(나중에 필드에서 그 드라이버를 직접 보니 정말로 브랜드 이름은 없다. 크게 "Specialist"라고 적혀 있고, 작은 글씨로 "Designed by Grand Prix"란 것이 눈에 띌 뿐이다. 무명의 명장(明匠)이 만든 모양이다). 그래 도시락을 싸서 소풍가는 기분이라고 한 것이다. 정말 도시락을 싸 왔느냐고 물었다. 거기에는 대답이 없었다.

톨게이트를 한 2백 미터 지났을까? 기사가 태극기 게양대 앞 갓길에 차를 세운다. 내리더니 왼쪽 앞바퀴에 펑크가 났다는 것이다. 크고 작은 차들이 씽씽 달린다. 위험하다. 그래 우리 일행은 차에서 내렸다. 가드레일을 건너서 게양대 밑으로 갔다. 게양대에는 태극기가 날리고 있으나 주변은 황량했다. 관리가 잘 되지 않았다. 어수선하고 지저분하다. 기사가 보험사에 부지런히 전화하는 모양이다. 한 15분 지났을까? 수리차량이 왔다. 진단인즉 펑크가 난 것이 아니라 바람 넣는 밸브가 망가져서 바람이 그리로 샌다는 것이다. 스페어타이어로 교체하면 간단히 해결되는 문제다. 그런데 문제는 스페어타이어를 여는 도구를 못 찾겠다는 것이다. 차를 끌고 가는 수밖에 없다. 그런데 수리차량이 오기 직전에 우리 차 약 20여 미터 앞에서 어떤 트럭과 SM5가 슬쩍 부딪치는 접촉사고가 발생했다. 그래 그 두 차가 멈춰서 시비를 하고 있었다. 경찰차는 오지 않고 한국도로공사의 순찰차가 하나 왔다. 조금 있다가 조금 큰 순찰차 또 하나가 왔다.

우리는 택시를 불렀다. 그러나 못 온다는 것이다. 그래 우리 대장인 김정운이 나서서 먼저 온 순찰차의 기사와 무슨 수작을 거는 눈치다. 들으나 마나, 적당한 사례를 할 터이니 우리를 태워 달라는 얘기였을 것이다. 아무튼 수작이 유효했던지 큰 순찰차를 타게 되었다. 그때가 11시 좀 넘은 시각이었다. 차는 기아의 소렌토였다. 앞좌석에는 기사와 조수(?)가 타고, 바로 뒤에 김정운과 내가, 그 뒤에 유주용과 한승준이 앉았다. 비좁지만, 그래도 골프 클럽 넷과 가방 넷을 실을 수 있어서 다행이었다. 꾸겨 타고 앉은 기분이나, 차를 탄 것만도 기적에 가까운 일이다. 길은 막히는데, 우리가 탄 차는 도로공사의 순찰차다. 경적을 울리면서 달린다. 다른 차에게 미안한 생각이 많다. 그러나 물은 이미 엎질러진 상태다. 가만히 있을 수밖에 없다. 그나저나 그런 속도로 골프장까지 간다고 해도 티업 시간을 맞출까 말까 하게 시간이 자꾸 흐른다. 그런데 차는 업무로 나온 것이다. 곤지암읍 읍내의 도로공사 건물(차고지)까지 가는 길에 우리에게 호의를 베푼 것이다. 거기서는 택시를 타고 가라는 것이다. 그나마 감지덕지다. 택시는 불러 주겠다고 했다.

차가 곤지암 톨게이트에 도착하기 좀 전이다. 내 옆의 김정운이 지갑에서 10만 원짜리 수표 두 장을 꺼내 기사에게 전하는데 막무가내로 안 받는다. 다른 뜻은 없고, 선의의 고마움 표시라고 누차 얘기해도 소용이 없다. 뒷자리의 한승준이 답답했던지, "우린 팔십이 다된 노인이고, 당신들은 손자뻘인데, 어른들이 주는 것인데 좀 받으면 안 되느냐?"라고까지 말했으나 통하지 않았다. 금액이 커서 '김영란법'에 저촉되는지 몰라도, 받아도 무방한 돈을 기어이 안 받는 것이다. 할 수 없다. 우리가 졌다. '우리나라의 공직자가 다 저랬으면!' 하는 생각도 했다. 차가 목적지인 공사 건물에 도착한 것이 11시 30분경이었다. 고맙다고 인사하면서 운전한 공사 직원에게 명함을 한 장 달라고 했다. '도로안전팀 과장 김동완'이다. 그러면서 차의 번호를 보았다. 또 차체에 '한국도로공사 경기광주 751'이란 글씨가 보였는데, 그런 것은 주요한 일이 아닐 것이다.

한 5분 기다렸을까? 택시 한 대가 와서 유주용과 한승준이 먼저 떠났다. 그런데 다음 차가 오지 않는다. 김정운과 내가 건물 대문 밖까지 나와서 두리번거리는데 소식이 없다. 대인난(待人難)이란 말이 있다. 사람을 기다리기가 퍽 힘들다는 말이다. "기다리게 해 놓고 오지 않는 사람아!"하는 유행가사도 있다. 오죽 사람 기다리는 것이 어려우면 그런 노래가 생겼는가? 그런데 우리는 대차난(待車難)을 겪고 있는 것이다. 이것도 어렵다. "시간은 자꾸 가는데" 다시 한 10분쯤 기다렸을까? 차가 왔다. 내가 앞자리, 김정운이 뒷자리다. 넓게 앉은 것이다. 그가 차 안에서 옷을 갈아입겠다고 했기 때문이다. 시간을 절약하기 위함이다. 그리고는 부스럭부스럭 옷을 갈아입는 것이다. 차 안에서 옷을 갈아입은 적이 이전에도 있었다고 했다. 그러면서 하는 말이 3번 국도에서 벗어나 약간 한적한 길로 들어서면 차를 세우고 자리를 바꿔서 나보고도 옷을 갈아입으라고 했다. 그래 난 옷 갈아입는데 별로 시간이 걸리지 않으니 그냥 가겠다고 했다.

차가 국도를 벗어나자마자 김정운의 전화가 울렸다. 유주용에게서 온 것이다. 티업 시간을 맞추기가 어려워서 원래의 약속시간인 12시 45분으로 바꿨다는 얘기였다. 좋게 말하여 원상회복이다. 시간을 당기고 자시고 한 여러 조치가 소용이 없게 되었다.

다른 문제가 생겼다. 18홀을 다 돌면 내가 사은회 시간에 맞춰 가기가 어렵다. 그렇다고 나 한 사람을 위하여 몇 홀을 남기고 그만두자고 할 수도 없다. 두고 볼 수밖에 없는 처지가 되었다. 당장은 한 시간쯤 벌었다. 느긋하게(?) 점심을 먹고 필드로 나갔다. 그러나 김정운의 경우에 소풍 얘기는 쑥 들어갔다. 새 스윙 폼 혹은 타법의 덕을 크게 보는 것 같지도 않아 보였다. 그동안 폼과 타법을 여러 가지로 연구하고 시도도 했을 것이다. 또 늘기도 했을 것이다. 그러나 어제의 솜씨가 오늘 크게 나아질까? 발전을 위해 노력은 해야겠지만, 노력과 관계없이 잘 되는 날도, 잘 안 되는 날도 있는 것은 아닌지? 그날그날의 컨디션도 있고, 우리말로 일진(日辰)이란 것도 있다. 새 드라이버도 먼저 것과 비교하여 더 잘 맞거나, 더 멀리 공이 날라 가는 것 같아 보이지도 않았다. 물론 도구가 중요하다. 그러나 그에 못지 않게 중요한 것은 치는 사람의 실력(?)이다.

적당한 비유는 아닌 것 같으나, 미국의 민주주의에 관하여 브라이스(James Bryce)라는 정치학자가 이렇게 말한 것을 기억한다. "미국 민주주의는 도구의 결함을 장인(匠人)의 솜씨가 극복한 예다." 제도는 비록 최선의 것이 아니지만, 미국인의 우수성이 제도의 부족함을 메우고도 남는다는 칭찬이었다. 그는 영국식 내각책임제가 미국의 삼권분립제보다 좀더 좋은 제도라고 했다. 그러나 그것은 20세기 초에 한 말이다. 21세기에 들어서서, 특히 2016년 미국의 대선 과정을 보면 미국인의 장인 솜씨가 많이 망가졌다는 생각도 든다. Brexit(영국의 유럽연합탈퇴)에서 본 바와 같이 영국의 의회민주주의도 정말 좋은 제도인지 의심이 든다. 아무튼 브라이스의 말을 들었을 적에 미국 사람들은 좋아했을지 모른다. 그러나 지금은 아닐 것이다. 또 장인의 솜씨 운운한 위의 말을 김정운이 듣는다면 좋아할까?

몇 가지 생각이 남는다. 첫째, 만일 사은회 일이 없어서 처음 예약된 12시 45분에 맞추어 떠났다고 하자. 그래도 차바퀴의 바람은 빠졌을 것이다. 어떻게 가기는 했겠으나 예정보다 많이 늦어졌을 것이고, 골프 자체가 무산됐을 가능성도 있다. 요행히 쳤다고 해도, 해가 길다지만, 매우 늦게 끝났을 것이 뻔하다. 둘째, 우리 차 앞에서 트럭과 승용차의 접촉사고가 없었다면, 아무리 우리 차 기사가 전화했다고는 하지만 도로공사의 순찰차가 두 대씩이나 왔을까? 의심스러운 바이다. 셋째, 우리에게는 앞일을 아는 힘이 없다. 한 치 앞을 모른다는 말도 있다. 알았다면 구차스럽게 차 안에서 옷을 갈아입지는 않았을 것이다. 그러나 나는 김정운의 준비성에 감탄했다. 넷째, 이것은 전혀 과학적이 아닌 생각이지만, 그래도 우리가 태극기 게양대 앞에서 차 고장을 당하고, 게양대 아래서 우리 일행이 서성대고 있었기 때문에 순찰차나마 탈 수 있은 것은 아닌지? 애국가의 "하느님이 보우하사"가 아니라 "태극기가 보우하사"라고 하면 사람들은 웃을지 모른다. 그러나 그게 아니다. 애국가의 하느님이나 태극기나 다 그 보우 아래 우리가 살고 있는 것이다. 국가도, 국기도 나라의 상징이다. 하느님이 우리를 보우할 뿐 아니라, 우리도 국가를 보우하고, 그 상징인 국기를 길이 보전해야 할 것이다.

그러면 나는? 다른 차편으로 세 홀을 남기고 먼저 떠났다. 7시 정각, 사은회 장소에 도착했다. 김정운에게 전화를 걸었다. 차는 잘 고쳐 왔다고 하고, 곤지암읍의 '란이네'란 음식점이라고 했다. 술이 거나한 목소리다. 란이네에 가면 으레 안창살이 안주다. 밑반찬도 괜찮다. 입에 군침이 돈다. 그러나 내게도 준비된 저녁이 있다. 과거의 동료 교수들과 96학번의 제자들을 만난다. 반가운 만남이다.

(2016년 6월 6일)

지하철

우리나라의 첫 번째 지하철은 서울 지하철 1호선이다. 1971년 4월에 착공하여 1974년 8월 15일에 개통되었다. 서울역에서 청량리역까지 9.54킬로미터였다. 그날 정오 좀 전에 종로역에서 개통식이 있었다.

8월 15일은 광복절이고 건국일이다. 아침 10시부터 국립중앙극장에서 그 기념식이 거행되었다. 박정희 대통령이 치사를 하는 도중에 문세광이란 재일교포 극좌분자가 어떻게 들어왔는지 돌연 나타났다. 단상을 향하여 권총을 쏘았다. 다행히 대통령은 맞지 않았으나, 단상 뒷좌석에 앉아 있던 육영수 여사가 희생되었다. 단하에 있던 여학생 한 명도 유탄에 맞아 사망했다. 문세광이 권총을 발사하며 단상으로 돌진할 때, 단상의 인사들은 본능적으로 자리를 피해 숨었다. 그것을 비꼬아 "단상(壇上)에 인영(人影)이 불현(不見)"이란 신문 표제도 있었다. 대통령 경호실장 박종규 씨만이 피스톨을 들고 좌왕우왕했다. 엄숙한 기념식장에서 상상할 수도 없는 비극이 발생한 것이다.

그 난리 속에서도 박 대통령은 치사를 계속했다. 그리고는 지하철

1호선 개통식으로 자리를 옮겼다. 영부인이 사망했음에도 불구하고 예정된 다른 공식행사에 참석한 것이다. 지도자로서의 리더십이다. 1호차 앞에 앉아서 작은 태극기를 흔드는 박 대통령의 담담한 모습을 텔레비전으로 본 시청자들은 눈시울을 붉혔다. 지하철에 대한 나의 첫 인상이다.

40여 년 전의 일이다. 그 후 우리나라의 지하철은 괄목할 발전을 거듭했다. 서울뿐 아니라 부산, 대구, 대전, 광주 등에도 지하철이 건설되었다. 서울의 지하철도는 9호선까지 늘어났다. 지하는 아니라도, 지하철과 연결되는 전철이 춘천, 양평, 천안, 아니 더 멀리 다닌다. 승객의 입장에서 편리하기 짝이 없다. 지하철이 없다면 그 많은 인구의 효율적인 이동은 불가능할 것이다. 문명의 이기(利器) 혹은 정부의 시책이 그만큼 중요한 것이다.

더구나 정부인지 지하철공사인지가 관대하기 짝이 없다. 이른바 경로(敬老)라고 하여 65세 이상의 승객은 무료다. 흔히 "지공도사"라고 한다. 지하철이 공짜인 도사라는 뜻이다. 나이 먹은 승객들이 스스로를 폄하하여 부르는 말이다. 나도 10년 전부터 지공도사가 되었다. 탈 때마다 고마운 생각보다 미안한 생각이 많다. 그래도 경로우대증이 있으니 그것을 이용한다. 그렇다고 천안이나, 양평이나, 춘천을 공짜로 간 적은 아직 없다.

그런데 지하철을 타면 기분이 언짢은 경우가 많다. 승객이 붐비는데도 등산배낭 같은 큰 가방을 메고 탄다. 내려놓으면 좋을 것이다. 큰 소리로 시시덕거리는 것은 보통이다. 휴대폰에다 소리를 지르는 족속도 흔하다. 일회용 음료수 컵을 슬그머니 발 아래로 내려놓는 놈들도 있다. 일부 승객들의 작태는 지나쳐도 한참 지나친다. 다른 사람에 대한 배려가 조금도 없다. 국민의 교양을 한눈에 볼 수 있는 곳이 지하철이라고 해도 과언이 아니다.

오늘(2015년 10월 22일) 광화문에 모임이 있어서 강남고속버스터미널역에서 3호선을 탔다. 종로 3가에서 5호선으로 갈아타고 한 정거장을 가면 된다. 마침 경로석 바로 옆문으로 들어가게 되었다. 경로석 한쪽 자리가 모두 비었다. 나는 비교적 멀리 가는 경우에도 잘 앉지 않는다. 노인 행세를 하기도 싫고, 아직은 서서 다닐 만하니 주로 문 근처에 선다. 그런데 그날은 붐비지 않아서 앉았다.

신사역에서 대학생으로 보이는 한 여자가 타더니 냉큼 내 옆자리에 앉는다. 그리고는 배낭에서 포켓북을 꺼낸다. 호기심에 슬쩍 옆을 보았다. 불어책이다. 지하철에서 핸드폰을 들여다보지 않고 책을 읽는 것은 신통한 일이다. 그러나 젊은이가 경로석에 앉은 것은 잘못이다. 무슨 말을 할까 망설이게 되었다. 그런데 반대편 쪽에 내외로 보이는 두 노인이 앉았는데, 남자가 우리 쪽을 보면서 여자에게 무어라고 하는 것이다. 알아들을 수도 없고 알아들을 필요도 없으나, 짐작건대 젊은이가 왜 경로석에 앉느냐고 말하는 눈치 같았다. 무어라고 말을 하는 것이 옳은 일이란 생각이 들었다. 잘못하면 시끄럽게 될 수도 있다. 슬쩍 얼굴을 보았다. 한국인 얼굴이기도 하고 아닌 것 같기도 하다. 불어 책을 읽는 것으로 보아 외국인일 수도 있다(불어책을 읽는 한국인도 물론 있다). 내 딴에는 조심스럽게 물었다.

"한국인이세요?" 그랬더니 머리를 가로젓는다. 한국인이 아니라도 우리말은 알아들을 수 있다. 그래 다시 물었다.

"한국말 아세요?" 다시 고개를 젓는다. 그래 재차 물었다.

"English?"

"Yes!"란 대답이 나왔다. 영어로 무어라고 하기도 무엇하여, 옆 벽의 그림을 가리켰다. 그 자리에 앉아도 되는 사람들의 그림이다. 그랬더니 아무 말 없이 일어나 문 쪽으로 간다. 몰랐다든지, 미안하다든지, 가르쳐주어서 고맙다든지, 무슨 의사 표시가 있었으면 좋지 않나 하는 생각이 들었다. 무안하여 아무 말 안 했을 수도 있으나 교양이 없다.

그녀가 간 쪽을 보니 두 성인 남녀가 서 있다. 여행객같이 보였다. 남자는 서양인이고, 여자는 한국인 얼굴이다. 남자의 웃옷은 "UBC"란 문자가 찍힌 셔츠다. UBC는 캐나다의 밴쿠버에 있는 "University of British Columbia"의 약자다. 그러면 남자는 캐나다 사람일 것이라고 순간 생각했다. 가족이 한국에 온 것이구나. 캐나다 사람의 교양도 그런가? 밴쿠버엔 지하철이 없어서 지하철의 예절을 모르는가? 어머니가 한국인이어서 그런가? 내 멋대로 여러 가지 생각을 하다가 5호선으로 갈아탔다.

오는 길은 반대 방향이다. 한쪽 경로석에 세 자리가 비었다. 오전 일이 다시 생각났다. 앉지 않고 서 있는데, 충무로에서 여승 두 명이 오르더니 그냥 앉는다. 얼굴로 나이를 알아보기가 쉬운 일은 아니나 한 사람은 환갑쯤 되어 보이고, 다른 한 사람은 그보다 훨씬 젊어 보인다. 내가 나설 일은 아니나, 또 객기가 발동했다.

"여기 앉으면 안 되는데요" 했더니 젊은 여승이,

"허리가 좀 아파서요" 하면서 천연스럽게 옆에 앉은 동행과 무슨 말인지 계속하는 것이다. 참고 입을 다물었다. 선배 사회학자에게서 오래전에 들은 이야기다. 베를린 지하철에서 경로석 비슷한 자리에 무심히 앉았는데, 옆자리의 할머니가 안내판을 가리키면서 호통을 치더란 것이다. 무안해서 혼났다고 했다. 우리나라에선 애나 어른이나 대체로 예의도 없고, 염치도 없다. 한마디로 교양이라고는 약에 쓰려고 해도 찾기 힘들다. 그래 서울서 새는 바가지가 베를린까지 가서 샌 모양이라고 생각한 적이 있다. 예의나 규칙을 좀 지키면 안 되나? 남에 대한 배려가 좀 있으면 안 되나?

우리나라는 좋은 나라라 그런지, 베를린의 할머니처럼 야단치는 사람도 없다. 이래서는 선진국이 될 수 없다. 그러면 우리 사회는 왜 그런가? 교육이 잘못된 까닭이다. 예의염치는 학교에서도 가르쳐야 하나, 그것은 아주 어려서부터 가정에서 배우는 덕목이다. 어머니가 가르치는 것이다.

야마시다 도모유키(山下奉文)는 일본 육군대장으로 제2차 세계대전 말에 필리핀 주재 일본군 총사령관이었다. 그는 전범으로 마닐라에서 사형을 당했다. 형장으로 가는 차 안에서 동반하던 군의 승려가 "남기실 말씀은?" 하고 묻자,

"인간 품성의 밑뿌리는 학교에 다니기 전에 자기 집 어머니의 교육으로 이루어진다. 나의 유언은 부인들의 교육을 좀더 높여서 좋은 어머니를 만들어야 한다는 것이야. 이것을 조국에 바랄 뿐이라고 전해 주기 바라네."

조용히 그렇게 말하고 아무렇지도 않은 듯 교수대에 올랐다고 한

다. "생사를 초탈한 그의 가슴 속에는 일본의 재흥은 어머니의 어깨에 걸려 있다는 신념뿐"임을 토로했다고 야마오카 소하치(山岡莊八)는 〈태평양전쟁〉이란 책에서 말하고 있다.[1] 야마시다의 말이 반드시 옳은 것인지, 또 그가 정말 그렇게 말했는지는 알 수 없다. 다만 여기서 나는 어머니의 교육이 얼마나 중요한지 생각하고 싶다. 위의 글을 읽을 적에 나는 일본의 재흥 혹은 부흥에는 관심이 없었다. 그러나 야마시다가 말한 어머니의 교육의 중요성만은 가슴에 와닿았다.

30여 년 전의 일이다. 어떤 연유에서인지 나는 국사학과의 한우근 (韓㳓劤, 1915~1999년) 교수를 자주 만났다. 한 교수는 정치학과의 김영국(金榮國, 1930~2000년) 교수와 자주 바둑을 두었다. 나는 옆에서 관전을 더러 했다. 그때도 나라가 몹시 어지러워서 걱정을 많이 했다. 걱정을 잊으려고 바둑으로 시간을 보냈을 것이다. 하루는 한 교수가 나에게 물었다. 내가 명색이 정치학도였기 때문인지 모른다.

"이 난세를 바로 잡으려면 얼마나 걸릴까?"

"글쎄요? 바른 길로 들어선다면 그때부터 삼사십 년은 걸릴 것이고, 지금부터 시작한다고 해도 바른 길로 들어서기까지가 또 삼사십 년은 걸릴 터이니, 짧게 잡아도 칠팔십 년은 기다려야 할 것 같네요."

야마시다 도모유키를 생각한 대답이었다. 다소 비관적인 말이나, 나의 계산은 이러했다. 훌륭한 어머니들을 기르는 데 드는 시간, 그

---

1 야마오카 소하치(山岡莊八) 지음, 박재희 옮김, 〈태평양전쟁〉(동서문화사, 1973), 제6권, 103~104쪽.

어머니들이 자식을 낳아서, 그 자식들이 어른이 될 때까지를 생각한 것이다. 그렇게 되기 위해서는 훌륭한 어머니의 전제가 되는 여성 교육뿐 아니라, 교육 일반이 제 길로 들어서는 것이 선행이다. 그것이 이루어지지 않은 상황에서 하루아침에 난세가 치세로 바뀌는 것을 기대할 수는 없다. 나는 당시 우리 사회가 희망이 없다고 생각했었다. 나아지기는커녕 우리 사회는 더 나쁜 방향으로 흘러갔다. 지금은 더 나쁜 방향으로 흘러가고 있다.

누구에게나 어머니는 있다. 소크라테스의 부인이 악처란 이야기는 읽었어도 그 어머니의 이야기를 들은 기억은 없다. 플라톤이나 아리스토텔레스의 어머니도 마찬가지다. 그러나 훌륭했을 것이다. 우리는 맹모삼천(孟母三遷)이란 고사를 안다. 또 율곡(栗谷)의 모친인 신사임당(申師任堂)도 안다. 한석봉(韓石峯)의 어머니도 안다. 아니, 모든 어머니는 훌륭했을 것이다. 교육을 어떻게 하느냐의 차이가 있을 뿐이다. 반드시 어머니의 이야기가 아니라도, 또 페스탈로치가 아니라도 교육은 중요하다. 루소도 〈에밀〉에서 아동 교육의 중요성을 강조하였다.

금년(2015년)은 일제의 압정(壓政)으로부터 벗어난 해부터 친다면 70년이다. 70년이면 긴 세월이다. 그 70년 동안 대한민국이 건국되었고,[2] 6·25사변이란 무서운 전쟁도 치렀다. 그리고도 여러 분야에서 많은 발전이 있었다. 경제도 기적에 가까운 성장을 이뤘고, 정치

---

2 이인호, "광복절은 대한민국 건국을 기념하는 날이다", 〈중앙일보〉, 2015년 8월 13일.

도 민주화가 되었다고 한다. 그러나 나라가 진정 선진국이 되기 위해서는 국민 각자가 교양 있는 민주시민이 되어야 한다. 예의염치가 있는 국민이 많아야 한다. GDP가 3만 달러가 된다고 해서 선진국이라고 할 수 없다. 또 국민 각자가 교양 있는 민주시민이 되기 전에는 GDP가 3만 달러가 될 수도 없다. 경제발전도 국민의 교양 수준과 관계가 있다. 그러기에 우리나라에서는 10여 년째 GDP가 3만 달러의 벽을 넘지 못하고 있다. GDP는 그냥 올라가는 것이 아니다. 제조, 수출, 관광 등의 각 분야에서, 막말로 얘기하여 돈을 많이 벌어야 한다. 그런데 그게 안 된다. 재벌이 문제라는 억지 주장도 있으나, 열심히 노력하여 좋은 제품을 만들려는 기업의 발목을 잡고 있는 노조가 문제다. 정부의 각종 규제가 문제다. 나라가 망하면 노조도 없다. 그런데 왜 그런가?

지하철이건 어디건 남에 대한 배려가 없는 것이 한국적 특색이다. 길에서 함부로 침을 뱉고, 휴지나 담배꽁초를 아무 데나 버리는 것을 볼 적마다 과연 이 나라가 선진국이 될 수 있나 하는 걱정이 든다. 간단하다면 간단하고, 쉽다면 쉬운 일들이 우리에게는 남의 일이다. 상식이 있는, 교양이 있는 사회를 만들자! 훌륭한 어머니들을 만들기는 어렵고, 오랜 노력이 필요하다. 다른 방법은 없나? 지도자들이 모범을 보여야 한다. 그러나 불행히도 우리나라에서는 모범을 보이는 지도자가 없다. 특히 정치 분야가 그렇다. 옛날에 진(秦) 나라의 재상이던 상앙(商鞅)은 "법이 시행되지 않는 것은 위에서부터 법을 범하기 때문이다"(法之不行 自上犯之)고 말했다. 그래서 상앙은 엄형중벌(嚴刑重罰)을 정치의 기본으로 삼았다. 진나라가 질서 있고 부강하게 된 연유이다. 윗물이 맑아야 아랫물이 맑게 된다는 이야기다. 우리는 어떤가? 엄형중벌도 중요하다. 그러나 그 이전에 교육을 제대로 받고, 예의염치를 아는 지도자의 출현이 절실하다.

내가 어려서는 우리나라에도 '도덕 재무장(Moral Re-Armament) 운동'이 있었다. 그것은 나치의 등장으로 세계대전의 전운이 감돌 때, 미국인 목사 프랭크 벅먼(Frank Buckman)이 1938년에 창시한 운동이다. "위기는 기본적으로 도덕적인 것이다. 국가들은 도덕으로 재무장하여야 한다. 도덕의 회복은 분명 경제의 회복에 앞선다. 도덕의 회복은 삶의 각 분야에서 위기를 만들지 않으며, 신뢰와 단합을 창출한다"고 외쳤다. [3] 우리나라에는 어떻게 들어왔는지는 모르나, 그 운동은 세계적 공감을 얻었었다. 우리에게도 '도덕 재무장'은 아니라도, '예의염치' 운동이 필요하다고 생각한다. 누군지 나서야 할 것이다.

(2015년 10월 22일)

---

3 "Moral Re-Armament"는 1961년에 "Initiatives of Change"로 이름이 바뀌었다. 영문 위키피디아 참고.

정치학과 유실사건

서울의 한 유수한 대학이 구조조정을 한다는 소식이 일간지에 톱기사로 난 일이 있다. 구조를 조정하든 기구를 개편하든 그런 것은 그 조직의 사정에 따른 것이겠으나, 나는 평생을 대학에 몸담고 있던 사람이라 관심이 없을 수 없었다. 그 신문에 새로 조정된 도표가 있기에 자세히 들여다보았다. 그런데 내가 평생 전공하고 가르치던 정치학과(혹은 정치외교학과)는 눈을 비비고 봐도 없었다. 뭐가 있기는 한데, 그것은 '행정·정책' 그런 것이었고, 정치학은 없었다. 사회학과는 있었다. 이상하다고 생각했다.

다음 날인가? '만물상'이란 〈조선일보〉 칼럼에 "대학 학과 통폐합"이란 제목의 김태익 논설위원의 글이 실렸다. 1950년대에 정치학과는 "모든 젊은이들에게 우상의 학과였다"고 한 원로 언론인의 말을 인용하고는, "광복 후 새 나라를 세울 인재가 필요할 때 대학의 정치학과는 인재의 산실이었다"고 했다. 그런 정치학과가 그 대학의 구조조정에서 날아간 모양이다. 이제는 인재가 필요하지 않은가? 인재를 배출하지 못하는가? 아니면 요새 우리의 여의도 정치가 하도 개판이라 그것이 정치학과와 관련이 있다고 판단한 결과인가?

정치와 정치학은 다른 것이다. 정치학은 정치를 연구대상으로 하는 학문이다. 대학에서 정치학을 잘못 가르쳐서 우리의 정치가 개판이 된 것은 아니다. 그것을 연구하고 분석함으로써 보다 나은 정치의 기틀을 제공하고자 하는 것이 정치학 공부의 본연인 것이다.

시대가 변하면, 그래서 시대의 요구가 변하면 뭐든지 변한다. 그것을 나무라는 것은 아니다. 변해도 되고, 변해서 좋은 것도 있다. 그러나 변하지 말아야 하는 것도 있다. 정치학은 모든 학문의 대종(大宗)이다. 그래서 아리스토텔레스 때부터 학문은 정치학과 물리학으로 대표되었다. 19세기 영국의 사상가로서 〈영국의 헌법〉이란 책으로 일세를 풍미한 월터 배젓(Walter Bagehot)도 〈물리학과 정치학〉이란 불후의 명작을 남겼다. 또 공자나 맹자를 예로 들 것도 없다. 〈논어〉나 〈맹자〉도 다 정치학 교과서이다. 수신제가를 한 다음에 나라를 다스리면 좋은 사회가 된다는 이야기다. 우리의 조상들이 왜 사서삼경을 읽고 또 읽었겠는가? 거기에는 그 나름대로 정치학의 진리가 있었기 때문이다.

요즈음은 기술의 시대인지 모른다. 그러나 기술자들만 모여서 그 조직이 잘되는 것은 아니다. 기술자들을 끌고 갈 지도자가 필요하다. 정치학과에서 배출하는 인재는 바로 그러한 지도자인 것이다. '군자불기'(君子不器)라고 했다. 한두 가지 기술에 능한 것이 아니라 모든 것을 포용하는 창조적 리더십의 인재를 만드는 곳이 정치학과이다.

흔히 이야기되는 문사철(文史哲)의 본산이 정치학인 것이다. 세월이 흐르면 요즘의 사회과학대학이 정치학대학이 될지도 모른다. 그 밑에 사회학과나 경제학과가 있을 수도 있다.

(〈조선일보〉, 2010년 1월 12일)

정치학과 재직 시절

1. 들어가며

3년 전부터 서울대 정치학과에서 60주년 행사를 한다고 하고, 책자도 낸다고 하여 그런가 하였는데 소식이 없었다. 3년이 지나 63주년을 앞두고 다시 논의한 모양인지, 지난 5월 13일(2008년) 스승의 날을 이틀 앞두고 전·현직 교수들이 모여 점심을 하는 자리에서 이 행사를 주관하는 이정복 교수가 전직 교수들에게 "나의 재직 시절"이란 제목의 글을 써 달라고 부탁했다. 그것도 7월 말까지라는 것이었다.

　진작 부탁을 받았으면 생각도 하고 준비를 하였을 것인데, 느닷없는 부탁을 받고는 바로 앞에 앉은 이 교수에게 "오래되어 재직 시절에 관한 기억이 없다"고 웃으면서 말했다. 정치학과에서 하는 일은 으레 늦다. 대한민국 건국 60년이 되는 2008년의 한국정치가 아직도 후진을 면치 못하는 이유도 같은 맥락인지 모른다.

　기억이 없다고 했지만 쓸 수 있는 것은 있다. 좀 심한 표현인지 모르나 "나의 재직 시절은 벌써 끝났다"는 것이다. 꼭 써야만 된다면 이 말만 써 보내면 제일 좋겠지만, 그럴 수 없는 것 같아 아래의 글을 쓰려는 것이다. 나이 먹을수록 마음이 약해지기 때문일까?

나는 서울대가 종합화되면서 관악시대를 연 1975년 3월부터 2006년 2월 말 정년퇴임을 할 때까지 만 31년을 정치학과 교수로 재직했다. 관악으로 오기 전 문리과대학의 동숭동 시절, 1개월 모자라는 만 3년을 서울대 신문대학원에 재직했기 때문에 서울대 재직 기간은 거의 만 34년이다. 65세에 정년을 맞아 학교를 떠날 당시, 생애의 반이 넘는 세월을 서울대와 보냈다. 학부를 다닌 것을 더하면 기간은 더 늘어난다. 아니, 그 많은 세월을 정치학과와 더불어 보낸 것이다. 기억이 없다 해도, 어찌 감회야 없겠는가?[1]

2. 교수들

서울대가 1975년에 종합화계획에 따라 관악으로 오면서 동숭동 문리대 시절은 막을 내렸다. 문리과대학 정치학과가 사회과학대학 정치학과로 이름을 달리하게 되었다.

1975년 사회대 정치학과에는 8명의 교수가 모였다. 민병태·김영국·구영록·이홍구·배성동·김학준 교수가 문리대, 최창규 교수

---

1 나는 2006년 2월 정년에 즈음하여 〈나의 글, 나의 정치학〉(인간사랑, 2006)이란 글 모음집을 냈다. 이 책의 12장에서 재직 시절의 이야기를 좀 하였다. 중복을 되도록 피하려고 하는데, 여의치 않은 부분도 있을 것이다. 독자의 양해를 구한다.

가 교양과정부 그리고 내가 신문대학원에서 와서 8명이 된 것이다. 나를 제외한 다른 분들은 모두 일당백의 학식과 뛰어난 인품을 갖고 계셨기 때문에 서울대 정치학과는 명실공히 한국의 으뜸 정치학과였다. 민병태 교수는 당시 강의는 안 하셨지만, 김영국·이홍구 교수가 서양 정치사상, 구영록 교수가 국제정치와 미국정치, 배성동 교수가 정치 과정과 서구 및 일본정치, 최창규 교수가 동양 및 한국 정치사상, 김학준 교수가 구 러시아정치 그리고 내가 중국정치를 주로 가르쳤다. 사상·과정·국제정치 그리고 주요 지역연구 혹은 비교정치가 묘하게 조화를 이루고 있었다.

이 여덟 명 가운데 세 분이 작고하셨다. 이 분들에 관하여 생각나는 것을 잠시 쓰기로 한다.

민병태 교수는 한국정치학 제1세대를 대표하는 학자셨고 서양 정치사상의 대가셨지만, 1970년 가을에 병환이 나셔서 강의는 못하셨다. 호가 公三(공삼)이다. 내가 정치학과로 오기 전, 신문대학원에 있을 때부터 선배 교수들을 따라 후암동 자택으로 민 교수를 찾아뵙던 기억이 많다. 거동은 다소 불편하셨지만 정신은 말짱하셨고, 온화한 인품이셨다. [2] 1973년이 민 교수의 환갑이었다. 그해 가을에 환갑 기념행사가 동숭동 의과대학 구내의 '함춘원'에서 성대히 열렸고, 환갑 기념논총 봉정식도 있었다. 당시로서는 상당히 호화로운 논총이었다. 논문을 써 주신 분들도 많았다. [3] 1977년 65세 정년을 한 해 앞

2 민 선생님의 정치학에 관하여는 예컨대, 이정복 편, 〈公三 閔丙台(공삼 민병태) 선생의 정치학〉(인간사랑, 2008) 등을 참조.

두고 타계하셨다. 부여 선산에 모셨는데, 그 후 선생님의 기일(忌日)마다 우리 과 교수와 학생들이 부여를 찾곤 했다. 선생님은 붓글씨도 잘 쓰셔서 "正雅苑"(정아원)이라고 쓰신 현판이 지금도 우리 대학 한국정치연구소에 걸려 있다. 언제 쓰신 것인지는 알 수 없으나 우아한 필치이다. 선생님의 성품을 그대로 나타내고 있다고 생각한다. 1985년 10월 17일 서울대 미대의 김태 교수가 그린 공삼 선생의 초상화 기증식이 있었고, 그 초상화가 또 한국정치연구소에 걸려 있다. 단아한 모습이시다.[4]

내가 김영국 교수를 처음 만난 것은 1970년 10월 말이었다. 날짜는

---

3 〈公三 閔丙台 博士 華甲紀念論叢〉(삼공 민병태 박사 회갑기념논총)(서울대 출판부, 1973) 참조. 나도 이 책에 "문화혁명과 中共의 정치"라는 글을 기고했다. 나는 민 교수에게서 직접 강의를 들은 적은 없다. 그러나 그의 강의에 관하여 많은 이야기를 들었기 때문에 직접 배운 것이나 마찬가지라는 생각을 가끔 한다.

4 언제 그린 것인지는 알 수 없으나, 아마 1970년대 초반 선생의 문리대 시절을 그린 것이라고 생각된다. 댁에 있던 초상화를 과에서 기증받은 것이다. 그림 이야기가 났으니, 문리대 시절부터 정치학과에 있던 그림 두 점에 관하여 여기서 말하는 것이 좋을 듯하다. 하나는 모자이크 비슷하게 그린 사슴 그림이고, 다른 하나는 가을이 깊어서인지 초원이 붉게 타오르는 그림이다. 둘 다 작가는 알 수 없다. 어떤 경위로 정치학과에서 그 그림들을 소유하게 되었는지 모르나, 후자는 구영록 교수가 가져왔다는 이야기를 들은 적이 있다. 앞의 것은 분실이 되었는지 근자에는 보이지 않고, 뒤의 것은 지금도 정치학과 사무실에 걸려 있다. 내가 오래전에 두 그림의 이름을 지었는데, 전자는 "指鹿爲馬"(지록위마)라 하였고, 후자는 "A single spark can fire the whole prairie"라 하였다. 설명은 생략한다.

기억이 나지 않으나 한국정치학회에 데뷔하는 자리였다. 숙명여대에서 열렸던 학회 월례발표회에서였다. 가을은 깊었고 날은 어두웠다. 발표가 끝난 후 다과회 자리였다. 당시 정치학계에 아는 사람이 별로 없었던 나는 이제나 그때나 구석에서 혼자 술을 마시고 있는데, 웬 분홍빛이 감도는 양복을 입은 댄디 타입의 신사가 다가와서 "내가 서울대 김영국이오" 하였다.

나는 그해 7월에 귀국하여 서울대 교양과정부 등에서 강의하고 있었지만, 김 교수를 늦게 만난 것은 그가 그해 여름 프랑스에 가 있었기 때문이었다. 김 교수에 관하여는 전부터 귀가 아프도록 이야기를 들어서 처음 만났지만 처음 같지 않았다. 나에게 이런저런 이야기를 하시면서 자주 만나자고 하시는 것이었다. 그날도 혼자지만 많이 마셨다. 김영국 교수에 관하여는 아래와 같은 일화가 생각난다. [5]

1971년 봄이다. 당시는 내가 시간강사 시절이나, 틈만 나면 문리대에 자주 놀러갔었다. 가서 마땅히 있을 곳도 없는지라 '인구 및 발전문제연구소' [6] 에서 주로 시간을 보냈다. 소장 이해영 사회학과 교수가 바둑을 좋아하여 바둑을 두곤 하였는데, 김 교수도 바둑을 좋아하여 같이 어울리는 경우가 많았다. 그러다가 어느 날 저녁에 김영국 교수와 무교동의 '하이웨이'라는 대형 맥줏집에 간 일이 있었다. 그날은 현재 우리 대학 경제학부 명예교수인 김세원 교수와 셋이 갔다.

---

5 이 이야기는 2000년 1월 28일 김 교수의 장례식에서 내가 읽은 조사에도 있다. 최명, 〈나의 글, 나의 정치학〉, 285~287쪽.
6 현재 사회과학대학의 사회발전연구소의 전신이다.

당시 맥줏집은 여러 종류가 있었다. 이른바 대형은 극장식으로 큰 홀에 여러 테이블이 있고, 무대에서는 일류 가수들이 노래를 부르곤 하는 그런 집이었다. 김영국 교수는 술을 많이 하는 편은 아니고, 김세원 교수와 나는 이른바 고래 축에 드는 편인데, 그날 마침 무대에서 노래를 부른 가수 중에는 인천 출신의 박경원 씨가 있었다. 〈이별의 인천항구〉 등 그의 히트곡을 부르고 있었다.

"나 저놈 아는데, 나하고 인천서 소학교를 같이 다녔어."

"그러면 막간에 잠간 부르지요."

박경원 씨가 우리 테이블로 왔다. 서로 반가운 눈치였는데, 김 교수는 그가 무얼 하는 사람인지 알지만, 박경원 씨는 김 교수의 직업이 궁금했던 모양이었다.

"야, 너 뭐 하니?"

"응, 나 서울대 교수야!"

"야, 너 공부를 그렇게 잘하더니, 결국 그렇게 되었구나!"

김영국 교수는 초등학교 때부터 공부를 썩 잘했다고 하고, 대학도 한 학년 월반하여 입학했다. 특히 어학에 능통하여 일본어는 물론이고 영어·독일어·프랑스어·이탈리아어 등도 잘했다. 어려서 서양 신부에게서 외국어를 배웠다는 이야기를 들은 적이 있다. 또 책읽기를 좋아하여 소설도 무척 많이 읽으신 모양이었다. 예컨대, 〈삼국지〉에 관하여는 책도 쓴 나보다도 더 많이 아셨다. 한 수 위셨다. 아무튼 박학 덩어리라고 할 수 있을 만큼 아는 것이 많은 분인데, 말년에 〈물명고〉(物名攷) 라는 박물학 서적을 복사하여 나에게 주신 기억이 있다. [7]

그런 인연의 김영국 교수다. 내가 정치학과 교수가 되면서 그와 나는 더 자별해졌다. 무언지 모르나 사회는 모두를 외롭게 만들었다. 정치는 사람을 외롭게 만들기도 하고, 외롭지 않게 만들기도 한다는 것을 그때 깨달았다. 1975년에 김 교수는 1년 동안 프랑스에 다시 가 있었고, 그때 주고받은 편지가 한 10여 통이 된다.[8] 김 교수가 귀국한 후 사회대 휴게실에서, 아니 바둑판이 있는 곳이면 어디서든 바둑을 무척 많이 두었다. 그때 사회대에서 바둑을 좀 잘 두고, 또 많이 두기로는 경제학과의 조순 교수와 한승수 교수, 사회학과의 이해영 교수, 김영국 교수 등이었다.[9] 김 교수는 하수 골탕 먹이기로 호가 났었다. 그 밥이 작고하신 국사학과의 한우근 교수였다. 또 낚시도 자주 다니셨는데, 한우근 교수와 사회학과의 김채윤 교수가 늘 동행이었다. 나보고도 낚시를 다니자며 낚싯대를 사 주신 것을 기억한다. 낚시라면 아마 다음 이야기를 해야 할 것 같다.

1980년 추석 전날이다. 그때 김영국 교수는 사회대학장이고, 나는 정치학과장이었다. 내가 정치학과장이 된 것은 1978년 2월이었다. 2년 임기를 마치고 그만두었다. 후임 학과장은 배성동 교수였다. 그런

---

7 김영국 교수의 학문에 관하여는 김학준, "김영국 교수의 정치학: 삶, 그리고 연구와 강의를 중심으로", 〈세계화시대의 가치파탄과 한국정치사상의 과제〉(故 仁山 김영국 교수 2주기 추모학술대회 발표 논문집; 서울대 정치학과·현대사상연구회, 2002), 1~53쪽 참조.

8 그 편지의 마지막 것을 나는 김 교수의 2주기 기념행사에서 읽은 기억이 있다. 추모행사였기 때문이다.

9 자주 어울리지는 않았으나, 그래도 고수는 경제학과의 양동휴 교수였다. 지리학과의 유우익 교수도 고수라고 하지 않으면 서운할 존재였다.

데 배 교수가 몇 달 되지 않아서 대학신문의 주간이 되는 바람에 학과장 자리가 결석이 되었다. 지금도 그런지 알 수 없으나, 학과장 보직은 부교수 이상이 맡아야 한다는 규정이 있었다. 그런데 과에는 이런저런 사정으로 할 사람이 없어서 내가 다시 학과장직을 맡게 되었다. 김영국 교수는 1980년 8월에 사회대학장이 되었는데 인기가 좋았다. 그때 교무학장보는 심리학과 이장호 교수, 학생학장보는 사회복지학과의 최일섭 교수였다.[10] 점심때가 가까워지면 학장실이 붐볐다. 별일이 없으면 다 같이 점심을 하러 나가는 것인데, 대체로 자주 가는 곳이 '천수장'이라는 고깃집이었다. 고기를 약간 구워 먹고 거기에 밥을 비벼 먹는 것이 단골 점심메뉴였다. 그러다 보니 나와 술을 좋아하는 최일섭 교수가 김영국 학장을 모시고 다닐 기회가 많았다. 추석 전날부터의 이야기로 돌아가기로 한다.

1980년 추석은 양력으로 9월 23일(화요일)이었다. 낚시를 가기로 하였다. 그래서 그 전날인 월요일 오후에 김영국 학장, 최일섭 교수 그리고 내가 예당(예산·당진) 저수지엘 갔다. 학장 차를 타고 늦게 도착하였다.[11] 그곳에는 김 교수가 자주 다니는 숙박집이 있었는데, 추석에 차례를 지내야 하기 때문에 방을 빌려줄 수 없다고 하여 동네의 작은 여관방으로 갔다. 저녁은 근처 중국집에서 시키고, 고량주도 많

---

10 언제부터인지 지금은 부학장이라고 부르지만, 당시는 학장보라고 불렀다. 영어로는 학장(dean)의 'assistant'이다. 부학장도 말이 안 되는 것이고, 학장보도 말로는 이상하다. 훨씬 전에는 교무과장, 학생과장이라고 하였다. 같은 일을 하는 같은 자리이면서 이름이 자꾸 바뀐 것이다.

11 당시는 학장에게 학교에서 차가 배정되었다.

이 마셨다. 당시는 콜라병보다 좀 작지만 모양이 비슷한 병의 수성고
량주가 유행이었다. 병 생김새가 수류탄과 흡사하다 하여 수류탄이
라고 부르던 술이다.

다음 날 아침 우리는 배를 타고 저수지 중앙의 좌대로 갔다. 고기가
입질하는 것을 기다리고 있는데, 붕어가 사람보다 현명한지 아니면
그들도 추석을 지내느라 바쁜지 도무지 기척이 없었다. 얼마 시간이
안 지났을 때다. 김 학장의 단골 숙박집 주인이 어제는 미안했다면서
아침을 한 상 잘 차려서 배에 싣고 왔다. 잘 먹었을 것이다. 그리고
기다렸다. 그래도 찌는 미동도 하지 않았다. 밥은 우리가 먹었는데
붕어도 배가 부른지 알 수 없는 일이었다. 최 교수와 나는 초보지만
백전노장인 김 학장의 찌 역시 별 볼 일 없었다.

누가 발의했는지는 기억이 나지 않으나, 재미가 없으니 그만두자
는 것이었다. 아마 한 10시쯤 되었을 것이다. 그러나 바로 서울로 가
기는 무언가 아쉬웠다. '온양온천'에 들러 우선 목욕을 하기로 하였
다. 점심 후 온천 방에서 김 학장과 최 교수는 바둑을 두고 나는 옆에
서 구경하는데, 김 학장이 느닷없이,

"실은 저녁에 김세원이가 자기 집에 오라는데…" 하는 것이었다.

"그럼 가시지요."

그래서 서울 오는 길에 당시 동부이촌동 한강주공아파트에 살던 김
세원 교수 집으로 갔다. 추석이 아니라도 그 댁은 음식 솜씨가 뛰어났
다. 물론 또 마셨다.

다음 날 9월 24일 목요일, 오후 늦은 시간이다. 퇴근하기엔 좀 이
르고, 책도 읽히지 않는 시간이다. 말하자면, 퇴근 전 좀이 쑤시는 시

간이다. 무슨 건(件)이 없나 하고 6동 사회대 휴게실로 갔다. 김 학장이 예의 최일섭 교수와 바둑을 두고 있었다. 내가 김 학장 옆에 앉고, 내 앞에 경제학과의 정병휴 교수가 앉아서 관전을 하였다. 여섯 시 퇴근 좀 전인데, 김 학장의 바둑 두는 솜씨에 난조가 보이기 시작했다. 평소 그답지 않은 수를 놓는 것이다. 이상하다고 느끼는 순간, 김 학장이 그 자리에서 쓰러졌다.

그때 휴게실에는 몇 교수가 더 있었는데, 놀라기는 마찬가지였다. 마침 보건진료소에 앰뷸런스가 있어서 서울대병원 응급실로 달렸다. 김 학장도 처음이었겠지만, 나도 난생 처음 앰뷸런스를 탄 것이다. 나중에 알게 된 것이지만 심장에서 머리로 가는 동맥이 약간 막혀서 일이 벌어진 것이다. 김 학장은 젊어서 기계체조 선수였고, 당시도 요샛말로 몸짱이었다. 문제는 담배가 아니었나 한다. 병에는 장사가 없다지만, 그는 무지무지한 골초였다. 병원에서 3주 치료를 받고 상태가 좋아졌다. 10월 14일에 퇴원, 다시 학장 일을 하게 되었다.

이럭저럭 그해도 가고 1981년이다. 그럭저럭 몇 달이 지났다. 어느 일요일 저녁이다. 이홍구 교수가 전화했다. 그날 오후에 김영국 교수가 한우근 교수댁에서 바둑을 두다가 또 쓰러졌다는 소식이었다. 지금 대학병원 응급실인데, 가도 소용이 없으니 알고나 있으라는 이야기였다. 잊히지 않는 것은 그날이 4·19였기 때문이다. 5월 6일에 퇴원하고 다음 날 학장직 사표를 썼다. 5월 28일 외교학과의 손제석 교수가 후임 학장이 되었다.

김영국 교수는 그 후에도 두세 번 더 쓰러졌는데, 그때마다 주위에 아는 사람이 있어서 응급조치를 받았다. 운이 좋다면 좋았다. 1986년

초에 바이패스 수술을 받은 것도 순전히 운의 소치였다. 그 전해 12월
에 김 교수가 또 같은 병으로 서울대병원에 입원했다. 그때 마침 조중
행이란 의사가 미국에서 일시 귀국하였다가 김 교수의 바이패스 수술
을 하게 되었다. 서울의대 은사에게 인사를 갔다가 인연이 된 것이
다. [12] 당시만 해도 한국서는 바이패스 수술을 하지 못할 적인데, 심
장 수술의 권위자를 만나서 시범수술을 받은 것이다. [13]

　보통 바이패스 수술을 받으면 육칠 년 정도 더 산다고 한다. 그런데
김 교수는 그 배를 더 사셨다. 수술 후 가끔 농담조로 "지금은 덤으로
사는 거야!" 하셨다. 길다면 길고, 짧다면 짧은 덤이다. 1995년 8월
에 정년을 하시고, 5년을 더 사셨다. 그래도 가끔 둘이 있을 때면 웃
으면서 "그래도 참 잘 살았지!" 하셨다. 그 의미를 그때나 지금이나

---

12 조 씨는 서울의대를 졸업하고 레지던트까지 마치고 미국엘 갔다고 한다. 다
　만 수술 날짜는 확인할 수 없다. 내가 1986년 1월 중순부터 한 달 넘게 미국
　에 갔었는데, 그 사이가 아닌가 생각한다. 내가 서울에 있었으면 기록이 있
　을 것이고, 기억도 있을 것이기 때문이다.

13 정치학과의 이정복 교수와 경제학과의 이승훈 교수가 김 교수의 문병차 서
　울대병원에 갔다가 엘리베이터에서 조 씨를 우연히 만났다는 것이다. 조 씨
　는 이승훈 교수와 고등학교 동창이고, 이정복 교수와도 잘 아는 사이였다고
　한다. 여기 웬일이냐며 이야기가 시작되었고, 그것이 조 씨가 집도하게 된
　계기가 되었다는 것이 나의 기억이다. 이정복 교수에게 당시 상황을 물었더
　니, 조 씨가 수술을 한다는 것을 미리 알게 되었고 수술 후에 심부름을 한
　일은 있으나, 엘리베이터 건은 아닌 것 같다는 이야기였다. 이승훈 교수 또
　한 엘리베이터에서 조 씨를 만났을 수도 있으나, 수술의 직접적인 계기는
　병원의 다른 채널일 가능성이 크다고 말했다. 어쨌거나 김 교수는 한국서
　처음 바이패스 수술을 받았다. 그래서 운이라고 한 것이다.

다 이해하지는 못하나, 말하자면 지족(知足)의 경지에서 노신 것이 아닌가 생각한다.[14] 김 교수의 호는 인산(仁山)이다.

구영록 교수를 언제 처음 만났는지는 기억은 없다. 아무튼 만났다. 1974년 6월 하순경에 미시간대학의 앨런 화이팅(Allen Whiting) 교수가 한국에 왔다. 그는 중국 연구의 대가다. 그때 구 교수가 당신의 클래스에 화이팅 교수를 초빙하였으니,[15] 나보고 통역, 아니 클래스를 맡아 달라는 것이었다. 별것은 아니지만 잘했던 것 같다. 그 후 구 교수는 나를 좋아했다.

그 다음 해 구 교수가 국제정치학회장이 되면서 나에게 편집이사직을 맡겼다. 논총도 잘 나왔다. 표지 디자인도 새롭게 단장하고, 〈국제정치 문헌해제〉란 부록집도 함께 냈다. 구 교수는 돈을 끌어오는 재주도 있어서, 학회가 좀 풍성하게 지냈다고 생각한다.

또 기억에 특히 남는 일도 있다. 구 교수가 서울대 미국학연구소 소장직을 맡고 있던 1982년이다. 한미수교 100주년인 해였다. 6월 하순 하와이대학의 한국학연구소(소장 서대숙 교수)와 미국학연구소가 공동으로 주최한 한미수교 100주년 기념 국제학술대회가 하와이대학에서 열렸다. 미국과 한국에서 꽤 여러분이 참석하여 회의는 성황이

---

14 김영국 교수의 학교생활 등에 관한 자세한 내용은 김학준, 위의 논문을 참고할 것.
15 구영록 교수는 미시간대학에서 박사학위를 받았던 덕분에 화이팅 교수와 교분이 있었을지도 모른다. 하지만 애초에 구 교수는 국제정치 전문가 사이에서 발이 넓었다.

었다. 정치학과에서는 구 교수는 물론이고, 길승흠 교수, 김학준 교수 그리고 내가 참석하여 논문을 발표하였다. 그 논문들은 하와이대 학출판부에서 단행본으로 나왔다.[16] 회의엔 그러나 즐거움도 있었지만 유감도 있었다.

유감을 먼저 말하자. 지금도 그런지 알 수 없으나, 당시엔 학과 교수의 몇 퍼센트 이상이 한꺼번에 해외로 출장을 갈 수 없다는 규정이 있었다. 이 규정에 의하여 당시 부총장이던 이현재 교수가 학과장인 나는 갈 수 없다고 하였다. 물론 학교의 사정도 있었겠지만[17] 아무튼 난감했다. 그래서 나는 회의 초에 논문만 발표하고 바로 귀국한다는 약속을 하고 하와이에 갔다. 순서를 바꿔서 회의 첫날에 발표를 하고 서둘러 귀국했다. 즐거운 추억은 있다. 막간에 시간이 좀 있어 호텔 수영장에서 수영을 하다가 물구나무서기를 하였다. 그때 옆에서, 지금은 작고하신 행정대학원의 박동서 교수가 "최 선생, 웬 물구나무야?" 하였다. 당신이 못하는 운동을 보고 부러워한 말씀인지, 아니면 그래도 적지 않은 나이에 그러는 것이 갸륵해서 한 말씀인지는 알 수

---

16 Youngnok Koo and Dae-sook Suh(eds.), *Korea and the United States* (Honolulu: University Press of Hawaii, 1984).

17 당시도 학생 데모가 심했다. 대학장이 어느 대학의 학생모임에(아마 굿 비슷한 행사였는데) 찾아가 큰절을 하였다는 이유로 학장직을 그만두라는 압력을 받아 자리에서 물러난 사례가 그 직전에 있었다. 그런 상황이었다. 만일 정치학과 학생들이 주로 관여한 문제가 사회대에서 발생했다면 학과장에게도 어디서 무얼 했냐며 문책이 있을 법했다. 그러나 그럴 때 학과장인 내가 서울에 있었다고 하여도 정치학과 학생들의 의사표현을 꺾지는 않았을 것이다. 완곡히 표현하면, 서로 눈치만 보고 지내던 시절이었다.

없으나, 나는 즉각 "세상이 바로 보이나 싶어서요"라고 대답했다. 그리고 둘이 껄껄 웃었다. 그때나 이때나 세상을 바로 보고 싶은 것이 나의 심정이다.

국제정치는 말할 것도 없이 정치학의 한 분야이다. 구 교수는 강의에도 충실하였지만, 훌륭한 저술도 많이 내어 학계에 기여한 바가 크다.[18] 서울대의 정치학과와 외교학과는 불행히도 분리되어 있다. 두 학과는 통합되어야한다고 생각한다.[19] 그런 움직임이 없는 것도 아니고 노력도 있었지만, 아직 숙제로 남아 있다. 구 교수를 생각할 때 그러한 아쉬움이 자꾸 가슴을 때린다.

타계하기 얼마 전부터 구 교수는 *Tuesdays with Morrie* (1997)라는 책 이야기를 자주하셨다. 스포츠 기자인 미치 앨봄(Mitch Albom)이 대학 시절 은사인 모리 슈워츠(Morrie Schwartz)를 모리가 숙환으로 세상을 뜨기 전까지 열네 번, 매 화요일마다 찾아가 인생의 의미를 찾으며 이야기하는 논픽션이다. 책의 내용이 감동적이라서 구 교수가 감명을 받으셨겠지만, 당신의 운명에 대한 예감을 그때부터 느끼고 계셨는지도 모른다.[20] 2001년 5월 21일 천안공원묘지에서의 영결식

---

18 구 교수의 업적 등에 관하여는 〈한국정치연구: 一如 具永祿 교수 정년퇴임 기념호〉(제 8·9 합병호; 서울대 한국정치연구소, 1999)를 볼 것.

19 정치학과와 외교학과가 분리된 대학은 아마 서울대가 세계에서 유일하다고 생각한다. 우리나라에서는 정치외교학과란 이름이 유행이다. 그것도 우스운 명칭이다. 예컨대, 생물동물학과, 물리양자역학과, 혹은 역사동양사학과란 이름은 없다. 정치비교정치학과는 없는데 정치외교학과는 있다.

20 위의 〈나의 글, 나의 정치학〉, 289쪽 참조.

때 날씨는 맑았다.

다 아는 일이지만 관악으로 온 후, 길승흠·안청시·이정복·김홍우·황수익·김세균·장달중·박찬욱·유홍림·임경훈·백창재·임혜란 교수가 충원되었다. 그리고 내가 퇴임한 후 김영민·김용찬·권형기 교수가 충원되었다.[21] 어느 조직이나 구성원이 중요한 것은 말할 것 없다. 그래서 충원은 늘 어렵다. 내가 퇴임한 후의 일은 모르지만, 쉽게 의견의 일치를 본 경우가 드물었다. 그러나 결국 합의를 보고 순탄하게 의사결정을 내려 온 것이 우리 과의 특징이기도 하다. 예를 들어 투표까지 한 적은 한 번도 없었다. 충원뿐만 아니라 다른 의사결정에서도 학과 교수회의에서 투표한 기억은 없다.

3. 학생들

서울대 재직 30여 년 동안 훌륭한 교수도 많이 만났지만 훌륭한 학생도 많이 만났다. 정치학과 학생들뿐 아니라, 우수한 서울대생들을 무수하게 가르쳤다. 내 전공과 연관된 정치학 과목을 주로 가르쳤으나, 직접 관련이 없는 국민윤리 등도 가르쳤다.

종합화 이전에 교양과정부에서 비전공 교양의 정치학개론이나 민주주의론과 같은 과목을 가르치기도 했다. 본격적으로 정치학과 학

---

21 엄청나게 늘어난 것같이 보이지만 그렇지 않다. 정계로 진출한 교수도 있었고 김영국 교수 이후 정년퇴임한 5명의 교수도 있어서, 30여 년 동안 교수 정원이 넷밖에 늘지 않은 것이다. 정원이 더 늘어야 한다고 생각한다.

생을 가르치기는 1973년 봄학기 문리대에서의 비교정치론 강의가 처음이었다. [22] 지금도 그렇지만 비교정치는 정치학과 2학년 전공필수다. 나는 열심히 가르쳤다. 그때 학생들이 72학번이다. 가을학기엔 73학번들에게 정치학개론을 가르쳤다. 당시 정치학과 학생들은 정치학개론을 한 학기에 4학점씩 두 학기, 그러니까 총 8학점 이수해야 했다. 수업은 교양과정부가 있던 공릉동 캠퍼스에서 진행됐다.

매우 우수한 학생들을 가르친 것이다. 그때 정치학과 학생 정원이 20명이었다. 너무 적은 숫자였다. 내가 알기로는 서울대 개교 후 정치학과에 백여 명씩 입학하던 시절도 있었다. 정원이 들쭉날쭉하기는 했다. 예컨대, 내가 대학에 들어간 1958년만 해도 정치학과 학생 정원은 60명이었다. [23] 그러던 것이 5·16혁명 후 62학번부터 정치학과와 외교학과의 정원이 각각 20명으로 줄었다. 박정희 대통령의 어록에는 "있어도 그만이고 없어도 그만인 학과가 정치학과와 법과"라는 대목이 있다고 한다. 대통령의 그런 선입관에 더해, 정치학과 학생들이 데모를 잘했기 때문에 당시 정권이 정치학과 학생 정원을 줄였다고 생각한다. 과를 아예 없애지 않은 것만도 다행인지 모른다. 정원이 20명에서 약 배로 늘어난 것은 전두환 정권 때였다.

---

22 1972년 유신이 일어나고, 새 헌법에 따라 1973년 초에 유신정우회가 구성되었다. 구범모 교수가 유신정우회의 의원으로 선출되면서, 그가 오랫동안 가르치던 비교정치를 나에게 물려준 것이다.
23 그중 13명은 외교학과로 졸업했다. 내가 알기로 정치학과에서 외교학과가 분리된 것은 1956년 입학생부터이다. 이용희 교수가 독립을 선언하며 나갔다는 것이다. 나의 재직 시절 이야기가 아니니 긴 말은 아니 하기로 한다.

정치학과에 다닌다고 하여 모두 정치학자가 되는 것도, 정치가가 되는 것도 아니다. 지금까지 정치학과를 졸업한 인재들은 사회의 각 분야에서 뛰어난 활동을 했다. 물론 우수한 학생들이 입학했기 때문이다. 그러나 그것은 정치학의 본질과 관련이 있다고 생각한다. 정치학을 공부하면 어떤 상황에서든 무슨 일이든 잘 해낼 수 있는 능력이 생긴다고 생각한다. 이것이 정치학의 본질이다. 그렇기 때문에 정치학과에서는 되도록 많은 학생을 뽑아서 가르치는 것이 나라의 발전에 절대적으로 유익하다는 것이 나의 지론이다.

그런데 학생들을 가르치다 보면 이런저런 일들이 생긴다. 유쾌하고 재미있는 일들도 많았다. 그렇지 못한 일들도 있었다. 예를 들면 이런 일도 있었다.

1976년 6월 중순이다. 과에서 3·4학년생들과 가평으로 야유회를 갔다. 계곡 자갈밭에 두어 팀으로 둘러앉자 노래를 부르는 순서가 있었다. 내 차례가 되어 한 곡을 뽑았는데, 다시 차례가 돌아왔다. 노래를 더 부르지 않으려고,

"난 아까 그 노래밖에 모르는데" 하고 얼버무렸더니, 옆에 있던 한 학생이,

"에이, 늙은이는 죽어야 돼!" 하는 것이었다. 그때 나는 30대 후반이었으니 늙었다고는 추호도 생각지 않던 시절이다. 그러나 학생들 눈에는 늙은이로 보였던 모양이다. 그러고도 30년을 더 학교에 다녔으니 학생들이 어떻게 느꼈을까? 소름이 끼치는 일이다.

이런 일도 있었다. 정확한 날짜는 기억이 없으나, 나는 1970년대 말에 사회대의 연극반 지도교수를 한 적이 있었다. 연극에 조예가 깊

어서도 연극을 좋아해서도 아니지만, 누군가가 맡아야 했기 때문이다. 그런데 문제는 연극반 학생들이 모여서 연습이라도 하면 지도교수가 그 자리에 임석해야 하는 것이다. 참으로 모양새 없는 당국의 방침이었다. 당시는 그랬다. 학생들이 연극 연습을 빙자하여 혹시 데모 모의를 하는 것은 아닌지 관찰, 지도하라는 것이었다. 아무튼 〈아일랜드〉란 작품을 공연한다고 하여 모이곤 했다. [24] 그래서 나는 연극반 모임에 여러 번 참석했고, 학생들의 얼굴을 대강 알고 있었다.

학기 말이었다. 중국정치론 기말시험을 보고 답안지를 걷어서 내 방으로 왔다. 그러자 금방 누가 뒤따라왔다. 이름은 모르지만 연극반 학생이었다.

"웬일이냐?"

"시험을 못 보았는데요?"

나는 그 학생이 내 강의를 듣는다고 생각하고 있지 않았다. 아마 몇 번 출석을 부르다가 출석을 아니 하니 출석부에서 이름을 지워 버렸을 것이다.

"너, 내 강의 수강신청을 했니?"

"네."

"난 강의실에서 너를 한 번도 본 일이 없는데."

잠시 침묵이 흘렀다.

---

24 남아연방의 반인간적인 흑백 인종차별을 다룬 작품으로 아돌 후가드 등 3인이 구성한 작품이다. 두 죄수의 이야기이다. 유신시대의 우리 사회와 상통하는 바가 있어서 학생들이 그 작품을 선택했다고 생각한다.

"그건 그렇고, 왜 시험을 안 봤냐?"

"후배 보고 대신 들어가라고 했는데, 안 들어갔습니다."

"뭐야! 너, 무슨 과야?" 옆에 있었으면 귀싸대기라도 한 방 후렸을 것이다. 나는 당장 그 학생 소속 학과의 학과장 사무실로 달려갔다. 흥분이 아직 가시지 않은 채 자초지종을 설명하고는,

"이런 놈은 퇴학을 시켜야 합니다" 하였다. 그랬더니 그 교수 왈,

"최 선생님, 그저 잘 봐주십시오" 하는 것이었다.

내가 특별히 못나서 그랬는지도 모른다. 그러나 교수들의 권위가 그랬고, 교수들이 할 수 있는 일도 별로 없었다. 내가 할 수 있는 일은 고작 F학점을 주는 것이었다. 그런 시대의 학생이었고, 교수였다.

또 이런 일도 있었다. 1978년 초라고 기억한다. 74학번의 내 지도 학생 한 명이 졸업을 못 하게 되었다. 졸업학기에 한 과목을 낙제했기 때문이었다. 당시는 학생지도가 유별나던 시대였고, 학생에 따라서는 대학본부가 교수에게 가정방문까지 지시하던 시대였다. 그 학생의 집을 방문한 적도 있었다. 형편이 딱했다. 졸업을 시켰으면 하였다. 그래서 왜 학점을 못 받았는지 알아보았다. 그 과목은 리포트만 제출하면 되었는데, 기한을 넘겼다는 것이다. 나는 그 과목의 담당 교수를 찾아갔다. 학생의 딱한 형편을 설명하고, F만 면하게 해 달라고 하였다. 일단 나간 성적을 고치기가 쉽지 않은 것은 나도 잘 알고 있었다. 무리한 부탁을 한 것이다. 처음에는 안 된다고 하던 그 교수가 고쳐 주겠다고 하기에 고맙다고 하고 나왔다. 당시는 성적을 고치려면 교수가 사유서를 써야 했다. 그런데 조교가 사유서를 들고 뛰어왔다.[25] 행정실에서 사유서를 받지 않는다는 것이다.

어떻게 썼기에 안 받느냐며 사유서를 좀 보자고 하였다. 거기엔 이렇게 적혀 있었다.

"정치학과 학과장이 사정을 하여 성적을 고치기로 한다."

내가 행정실 요원이라도 그런 문서는 받지 않았을 것이다. 그러나 물은 이미 엎질러졌다. 그 교수에게 전화했다. 이왕 고쳐 줄 바에야 행정실에서 받아 주도록 고쳐 달라고 다시 부탁했다.

그 교수는 나를 교육시키려고 짐짓 그런 사유서를 썼는지도 모른다. 내가 잘못한 일이었다. 성적을 주는 것은 교수 고유의 권한이라는 것을 모르는 바도 아니다. 학과장이 무슨 힘이 있는 것도 아니다. 단지 학생의 딱한 처지를 생각하여 고육지계를 쓴 것이다. 이 사건은 두고두고 내 뇌리를 떠나지 않는다. 또 이런 일도 있었다.

지금은 정치학과의 대부분 교수가 한 학기에 두 과목만 가르친다.[26] 전에는 대체로 정치학개론과 전공 두 과목을 가르쳤다. 전공은

---

25 지금 서원대의 박종성 교수가 당시 바로 그 조교였다.

26 그렇게 된 것이 이수성 총장 때부터다. 학기 당 10학점(학점 당 한 시간, 그러니까 10시간)의 수업을 해야 했기 때문에 3학점짜리 세 과목을 가르쳐도 한 시간이 모자랐다. 그런데 여섯 시간을 가르치고 나머지 네 시간은 논문지도 학점으로 계산하여 10시간을 채우는 편법이 이루어졌다. 당장 적게 가르치니 교수들은 좋아했지만 부작용도 많았다. 시간 강사를 더 써야 하는 것은 둘째이고, 주요한 과목을 못 가르치는 경우도 비일비재였다. 물론 과에 따라 사정이 다르겠지만, 나는 지금도 우리 학교 교수들이 학기 당 세 과목은 가르쳐야 한다고 생각한다. 교수만 편해진 것은 아니다. 학생들의 졸업학점도 점점 줄었다. 지금은 130학점인 모양인데, 1970년대에는 160학점이 아니었나 한다. 공부를 적게 시키는 것이 우리 교육의 추세라고 느낀다. 무서운 일이다. 우리 학생들이 어찌 세계 유수대학 학생들과 경쟁하겠는가?

학부 한 과목, 대학원 한 과목. 대강 그런 식이었다. 그래서 나는 정치학개론을 거의 매 학기 가르쳤다.

1980년대 언제라고 기억한다. 개론수업이었다. 학기가 시작된 지 얼마 되지 않았을 때다. 민주주의에 관하여 강의하다가 "government of the people, by the people, and for the people"이란 말이 나오는 링컨 대통령의 게티즈버그 연설을 이야기하게 되었다. 나는 약간의 장난기가 발동하여 말했다. "게티즈버그 연설을 외우는 학생은 A학점이다. 누구 있으면 손 들어!" 한 학생이 손을 들었다. 그리고는 한마디도 틀리지 않고 외웠다. 칭찬한 것은 물론이다. 그리고는 잊고 있었다.

학기 말 성적을 제출하였는데 웬 학생이 찾아왔다. A학점을 준다고 했는데 F가 나왔다는 것이다. 출석부를 보니, 그 일 이후 그 학생이 출석도 전혀 아니 하고 기말시험은 물론 중간시험도 보지 않아서 출석부에서 이름이 지워진 상태였다. A학점을 준다고 했을 때, 나의 생각은 보통으로 강의에 임하는 것이 전제였다. 시험을 다소 잘못 보아도, 출석이 좀 나빠도 A를 준다는 것이었다. 그러나 나에게 유리한 해석만 할 수도 없었다. 궁지에 빠진 것이다.

일단 그 학생을 보내 놓고 교수휴게실로 갔다. 그리고는 여러 교수 앞에서 상황을 설명하고 어떻게 했으면 좋겠느냐고 물었다. 다수의 의견은 약속한 것이면 지켜야 한다는 것이었다. 그래서 나는 그 F를 A-로 고쳤다. A를 준다고 했지, A+를 준다고 하지는 않았기 때문이다. 사유서를 어떻게 썼는지는 기억이 나지 않는다.

그런데 문제는 그것이 아니다. 나는 그 학생이 그래도 A를 받게 되었으니 지나가는 길에 고맙다고 한번 들렀으면 했다. 그러나 그는 나타나지 않았다. 그 재주라면 사회의 지도자가 되기는 어렵지 않을 것이다. 재주가 있고, 기술이 있고, 아는 것이 많으면 좋다. 그러나 거기에는 인격과 교양이 따라가야 한다. 기술과 지식은 있으나 교양이 없는 사람들이 사회의 지도층을 형성하고 있는 것이 우리의 현실이다. 어디서 시작되었는지는 알 수 없으나, 잘못된 교육의 결과인 것이다. 지식도 중요하지만, 그것과 병행하여 교양이 있는 사람들을 배출하여야 한다. 이것이 지난 몇 십 년 동안 나의 염원이었다.

물론 교양이 훌륭한 학생들도 많았다. 내가 정치학과에서 가르친 학생 가운데는 교양이 문제가 되는 학생은 거의 보지 못했다. 그래 그런지 정치학과 졸업생 수가 많지는 않았지만, 그래도 그들은 각 분야에서 앞서갔다. 지식 때문만은 아닐 것이다. 그리고 이러한 현상은 앞으로도 계속될 것이다. 정치학을 공부하면 그렇게 된다는 것이 나의 지론이라고 앞서 말했다. 학부는 물론 대학원에서도 훌륭한 학생을 많이 만난 것을 축복으로 생각한다. 그러나 그들의 이야기를 이루 다할 수가 없다. 학생들의 이야기는 여기서 그치기로 한다.

4. 시대

나만의 경험은 아니지만, 내가 서울대에 몸담고 있던 30여 년은 한마디로 표현하면 '난세'였다. 1970년대는 유신의 어두운 시대였다. 그 시대를 나는 인하대의 김용호 교수에 쓴 편지에서 아래와 같이 표현했다.

우리가 처음 만날 당시는 이른바 유신의 어두운 시절이었네. 그래도 뜻 있는 사람들은 묵묵히 각자의 길을 걸었던 것이 아닌가 하네. 그래서 자네도 대학원에 진학한 것이고, 자네와 나의 긴 인연이 생긴 것이네. 그러나 위수령이다, 긴급조치다, 또 이에 맞선 학생들의 데모는 끊이지 않고 캠퍼스가 조용한 날이 없었으니 강의가 제대로 될 리가 없고, 공부의 의욕이 날 리가 없었던 것일세. 자네는 자네 나름의 고민이 있었겠지만 나는 나대로의 고민이 있었네. 독재에 항거하여 싸우는 학생들을 대할 때 부끄러움을 느끼면서도 그러한 학생들을 '지도'한다고 좌왕우왕하였다네.

불의에 〔대하여〕 저항을 못 하는 나약한 나의 모습이 싫었고, 그러한 환경 속에서 살지 않으면 안 되는 현실이 미웠네. 지식도 쥐꼬리만 하였지만, 도대체 정치학도로서 무엇을 학생들에게 가르쳐야 되는지 알지를 못했네. 그래서 나는 시도 때도 없이 술만 마시고 지냈는데, 그런 나에게서 자네가 무엇을 배웠겠는가? [27]

솔직한 심경의 고백이었다. 데모가 났다 하면 경찰이 캠퍼스 안으로 진입하는 것이 예사이고, 강의실까지 최루탄 냄새가 진동했다. 그뿐 아니다. 교수들은 결코 자발적이 아닌 안보궐기대회에 참여하면서 〈우리의 결의〉 등의 성명을 채택하기도 했다. 또 학도호국단 사열식에 교수들도 참여하라는 지시가 내려오기도 했으니, 한심한 시

---

27 〈서울대 정치·외교학과 동창회보〉, 51호, 2000년 6월 1일. 이 편지는 〈나의 글, 나의 정치학〉, 232~234쪽에도 있다.

절이었다. 예컨대, 1975년 12월 12일 사회대 학도호국단 사열식에서 나는 정치학과 교수를 대표(?) 하여 학생들 후미에서 열심히 걸었다. 보무당당했다고 표현할 수 있으면 얼마나 좋을까? 또 호국단 학생들의 행군에 따라다니기도 했다.

그러나 유신체제가 무너지고도 상황이 나아지지 않았다. 1987년 이른바 6·29선언이 있고 대통령 직선제로 헌법이 개정되기까지 데모는 줄어들지 않았다. 학생지도를 강화하라는 지시도 끊임없었다. 나는 데모하다가 연행된 학생을 만나러 경찰서에 간 적도 있고, 담당 검사와 밥을 먹은 기억도 있다. 나만 그런 것은 아니었을 것이다. 또 데모 기미가 보이면 교수들을 학장실에 모이게 하여 학장 인솔 아래 데모 현장으로 나가기도 했다. 교수들이 삼삼오오 나뉘어 지켜야 하는 구역도 정해졌다. 교수들이 학장을 따라 데모 현장으로 가는 모습을 "바보들의 행진"이라고 한 교수는 있었지만, 항의 한마디 하는 교수는 없었다. 지금 생각하면 "양들의 침묵"이 아닌가 한다.

그래서 시대와 환경을 핑계 삼아 술을 많이 마셨다고 한 것이다. 1970년대에는 저녁이면 관철동의 맥줏집엘 자주 다녔다. '사슴'·'낭만'·'여울' 등의 맥줏집 이름이 생각난다. 당시만 해도 강북에 사는 교수들이 많았고, 교직원 통근버스가 다니던 시절이라 퇴근길에 종로통으로 나가기가 쉬웠다. 학교 근처라면 봉천사거리의 '삼진'이란 일식집, 아니면 신림사거리의 '동경'이란 국숫집에서 점심부터 정종 대포를 마셔 댔다. 1980년대에는 방배동의 '유나', 압구정동의 '다정' 등에도 많이 갔다. 아무튼 마신 것이다. 지각들이 없었다. 지금 같으면 다 재임용 탈락감이라고 생각한다. 그런 의미에서 역설적으로 말하면 좋은 시절인지도 모른다.

6·29선언 후 학생 데모는 현저히 줄었다. 정치가 민주화의 길로 들어섰다고 말하는 사람이 많다. 그러나 한국의 민주화는 아직 멀었다고 생각한다. 민주화는 민주주의를 정착시키는 일이다. 물론 완전한 것은 없다. 그러나 그 방향으로 가는 것이 민주화라고 생각한다. 나는 한국에서 민주화의 길은 험난하다고 생각한다. 민주주의가 내용이냐, 형식이냐는 논의는 그만두더라도 발달된 정치문화가 조성되기 전에는 도달하기 어려운 것이 민주주의라고 믿기 때문이다. 시민들 사이에 관용과 타협, 타인에 대한 배려가 없는 상황에서는 자유·평등·비밀·직접의 선거로 대표를 선출하는 형식적인 제도가 보장된다고 해도 민주주의 정치라고 하기 어렵다는 생각이다. 우리 현실에서 민주주의가 요원한 원인은 깊숙한 곳에 있다. 군부독재 시대를 이야기하지 않을 수 없다.

군부독재 시대에 대한 평가는 여러 측면에서 이루어졌고, 공과에 대한 논의도 분분하다. 나는 권위를 중심으로 이야기하곤 한다. 사회는 여러 종류의 하위체계로 구성되어 있다. 사회가 건전하게 유지되려면 그 사회를 구성하는 여러 하위체계들이 건전하여야 한다. 하위체계들이 자율성을 가져야 함은 물론이지만, 또한 그들이 권위를 지녀야 한다. 권위는 '정당한 영향력'이다. 권위가 있으면 사람들이 따른다. 다 아는 이야기지만, 막스 베버는 권위의 원천으로 합법성, 카리스마, 전통을 꼽았다. 이런 것에서 정당한 힘이 나온다는 것이다. 이외에 전문가의 지식도 권위를 갖는다. 그런데 군부독재의 극이었던 특히 유신정권은 한마디로 이러한 권위를 말살시켰다.

사회가 건전하게 유지되려면, 민주사회가 되려면 정의를 담당하는 그 사회의 하위체계들이 건전해야 한다. 그 체계들이란 무엇인가? 대학·법원·언론 등이다. 대학이 진리를 진리라고 하지 않고, 법원이 옳은 것을 옳다고 판결하지 못하고, 언론이 정부의 잘못을 비판하지 않는다고 가정해 보자. 그들은 권위를 상실한다. 정당성을 상실하는 것이다. 쿠데타로 권력을 장악한 정권은 폭력의 수단만을 장악하면 할 수 없는 일이 없다고 판단해서인지 교수재임명제 등을 통한 대학탄압, 사법파동, 언론파동이라 하는 일련의 폭력행위를 통하여 정의의 기둥들을 파괴하였다. 중요한 하위체계들의 권위를 말살한 것이다. 대통령을 제외하고는 어디에서든지 권위가 있는 조직 혹은 인물이 없게 되었다. 그러다 보니 이제는 대통령조차 권위가 없다. 우리의 현실이다. 이것이 군부독재 정권들이 남긴 유산이다.[28]

그 유산이 지금도 판을 친다. 우리 사회에서는 모든 분야에서 정당성이 없어졌다고 해도 과언이 아니다. 따라서 누구를 존경하고 따르는 풍습도 없어졌다. 권위라는 것이 아예 없어진 것이다. 권위가 없는 사회는 오래가지 못한다. 답답한 일이다.

1980년대의 군사정권이 끝나고 문민정부가 들어섰다고 하나, 권위가 없는 정권들이었다. 이념의 갈등이 커지면서 사회는 점점 파편화의 길로 치닫게 되었다. 대학인들 오죽했겠는가? 교수들 사이에서도

---

28 군사독재 정권의 또 다른 유산은 이른바 민주화세력을 키운 것이다. 민주화세력의 도움으로 정치가 다소 민주화가 된 것은 부인할 수 없다. 그러나 불행히도 민주화세력을 등에 업고 불순한 좌파세력이 둥지를 틀어 우리 사회를 혼란 속으로 몰아넣고 파편화시키려는 것이 우리의 현실이다.

"아무개는 훌륭해!" 하는 말은 적고 "저놈은 안 돼!" 하는 사고가 팽배한 것은 아닌지? 학생들의 데모가 줄고, 교수들에 대한 정부의 간섭이 줄기는 했다. 그러나 근본은 크게 변하지 않았다고 생각한다. 교수의 권위가 없는 것은 마찬가지다. 학생들은 교수를 존경하지 않는다. 교수는 그저 지식만을 전수할 뿐이다. 학생들은 그저 학점 따기에 급급할 뿐이다. 교양이 없기도 마찬가지다. 이것이 내가 재직하던 시대의 상(像)이다.

5. 끝내며

문제는 있다. 해답은? 시간이 가면 나아질 것인가? 파천황(破天荒)의 지도자가 나타나서 권위의 복구 작업을 해야 한다는 것이 나의 해답이다. 나는 여기서 청(淸)의 공자진(龔自珍, 1792~1841년)의 시를 하나 읊으려 한다. 그는 나라가 쇠퇴하는 것을 안타까이 여기고, 어떻게 하면 나라를 다시 바로 잡을 것인가 고민하였다. 인물이 나타나야 한다고 생각했던 것이다.

> 九州生氣恃風雷 萬馬齊瘖究可哀 (구주생기시풍뢰 만마제음구가애)
> 구주의 생기는 풍뢰를 믿고 있고, 뜻있는 용사들은 침묵하니 오로지 슬플 따름.
> 我勸天公重抖擻 不拘一格降人材 (아권천공중두수 불구일격강인재)
> 하늘이시어, 내가 비나니 거듭 힘내시어 격에 구애 없는 인재를 내려 주소서.

이 시를 쓴 것은 1839년이다. 아편전쟁이 발발하기 전해이다. '사람들은 미신이나 믿고, 용감한 인물들은 입을 다물고 있다. 한탄할 일이다. 나라를 구할 인물을 하늘에 비나이다. 제발 보내주십시오.' 이것이 시의 뜻이다. 아편전쟁의 영웅 임칙서(林則徐)의 자별한 친구이기도 한 공자진은 나라를 구할 인물을 내려 달라고 하늘에 빌었다.

그러나 인물은 하늘에서 떨어지는 것이 아니다. 하늘이 내는 인물도 교육을 잘 받아야 훌륭한 인재가 된다. 참으로 지금은 우리에게 인물이 필요한 때다. 정치학과에서 그런 인물이 나와야 되지 않겠는가?

나의 재직 시절은 그렇다고 하고, 정치학과 졸업생, 교수, 학생 그리고 관련된 모든 이들의 분발을 하늘에 빌며 이 글을 마치려 한다.

(2008년 7월)

〈추기〉

위의 글은 〈서울대 정치학과 60년사〉(서울대 정치학과, 2009), 175~191쪽에 수록됨.

3

여행기

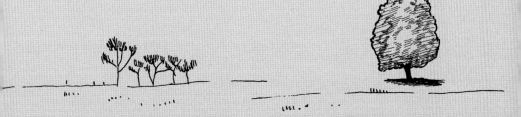

지중해 크루즈

무엇이든 처음이 어렵다. 2011년 여름 첫 크루즈 여행으로 러시아와 북유럽 7개국을 다녀온 지 3년이 지났다. 어디서 무슨 얘기를 들었는지 아내가 지중해 크루즈에 관심을 보였다. 1990년 7월에 나 혼자 콜럼버스 동상이 있는 바르셀로나 해안에서 지중해를 바라본 적은 있다. 마드리드에서 열렸던 세계사회학회에 참석하고 돌아오는 길이었다. 그 바다를 혼자 본 것이 미안하여 한번 가자고 했다. 그랬더니 롯데관광에 알아본 모양이다.

처음보다 쉽게 진행되었다. 두 번째이기 때문이다. 그런데 둘만 나서기가 무엇하여 강현두 교수와 김세원 여사 부부와 같이 가자 하였다. 성사가 되었다. 그래 그리스·터키·크로아티아·이탈리아 동부를 경유하는 지중해 크루즈를 다녀왔다. 출발은 2014년 10월 25일(토요일)이다.

10월 25~26일(토~일요일). 저녁 8시 30분까지 인천공항 3층 출

291

국장 서편 M카운터의 롯데데스크에 모이라는 연락이다. 바로 앞 아파트에 사는 강 교수 내외와 한 차로 출발했다. 8시 좀 넘어 도착했다. 너무 이른지 인솔자도 나오지 않았다. 데스크의 여사무원이 필요한 서류를 준다. 비행기는 터키항공이고, 출국수속은 36번 게이트다. 출발시간인 11시 50분까지는 여유가 있다. 첫 기항지는 이스탄불이다. 11시간이 걸린다. 서머타임이 해제되어 서울과의 시차는 6시간이다. 밤참인지 저녁인지도 먹고, 포도주도 마시고, 자며 말며 하다 보니 이스탄불이다. 새벽이다.

　이스탄불은 처음이다. 약 2시간, 공항에서 쉬다. 다시 터키항공으로 베니스의 마르코폴로공항에 도착하다. 2시간 반이 걸렸다. 베니스하면 셰익스피어의 〈베니스의 상인〉이 먼저 떠오르지만, 일본 작가 시오노 나나미의 〈바다의 도시 이야기〉(정도영 옮김, 한길사, 1996)도 생각난다. 베네치아공화국의 1천 년 역사의 기술이다. 바이런(Lord George Gordon Byron, 1788~1824년), 스탕달(Stendhal, 1783~1842년), 괴테(Johann Wolfgang von Goethe, 1749~1832년) 등도 베니스에 와서 기행문을 남겼다. 그런데 나도 베니스엘 온 것이다. 베니스의 날씨는 쾌청, 구름 한 점 없다. 그야말로 "Not a cloud was to be seen"이다(이것은 하디(Thomas Hardy)의 *Alicia's Diary*란 단편소설 첫 페이지의 문장이다. 그 생각이 난 것이다]. 공항에서 선착장까지는 버스로 약 20분 거리이나, '베니스 국제마라톤 경기'가 열리고 있었기 때문에 근 한 시간 넘게 걸렸다. 11시에 도착하다.

　오후 2시 코스타 마지카(Costa Magica)에 승선하다. 선상 생활의 시작이다. 3시 반에 우리 일행이 따로 모이다. 윤소라라는 한국 승무

원이 크루즈에 관한 여러 정보를 전해 준다. 이제부터는 강 교수와 포
도주를 마셔야 한다. 또 떠나기 얼마 전에 받은 임혁백 교수의 〈산과
강은 바다에서 만나고〉(나남, 2014)를 읽어야 한다. 임 교수 내외가
2013년 7월 친구인 김찬영 교수 내외와 같이 중부유럽·지중해·아
드리아 해를 순례한 여행기다. 우리가 들르는 두브로브니크와 같이
겹치는 지역도 있어서 기대되는 읽을거리다.

27일(목요일). 12시 30분 바리(Bari)에 기항하다. 바리는 남부 이
탈리아의 큰 항구도시다. 원래는 농상공업의 중심지였으나 중세부터
활발한 교역항으로 발전했다고 한다. 하선하기 전 점심 뷔페식당에
서 목요상 씨 내외와 인사하다. 명함을 준다. 대한민국헌정회 회장이
다. 부회장인 유경현 군이 내 친구라고 하였더니, 자기는 법대 13회
라고 한다. 그런데 점심 후 방에 와서 다시 그의 명함을 보았다. 뒷면
은 영어인데, "Yo, Sang-Mok"으로 인쇄되었다. 성이 요 씨로 잘못
된 것이다. 본인은 그것을 모르는 것 같아서 저녁 자리에서 이야기하
였다.

바리에서 하선하자 영어로 말하는 현지인 가이드가 있고, 한국인
가이드는 통역을 한다. 이탈리아 작가인 크롤라란자(Giovan Battista
di Crollalanza, 1819~1892년)의 이름을 딴 크롤라란자 거리를 잠시
거닐다. 그는 시, 희곡, 역사물 등을 썼다는데 한국에는 알려지지 않
은 인물이다. 작은 고기잡이배들이 여러 척 정박해 있다. 스베보성
(Castello Svevo)에도 오르다. 또 몰로산니콜라(Molo San Nicola)라
는 곳에서는 시내를 조망하다. 그리고 바리의 구시가지로 갔다. 바리

는 오래된 도시라 고대 로마 양식의 건물이 많고, 비잔틴 문명과 노르만 양식이 혼합된 건물도 있다. 산사비노(San Savino) 성당과 성니콜라스(Saint Nicholas) 교회도 보았으나, 소문처럼 그렇게 큰 감명을 주지는 않는다.

3시쯤 되었을까? 구경도 별로라는 생각이 든다. 커피나 한잔 마실까 해서 이리저리 골목길을 기웃기웃하다가 'Cattulo'란 카페가 눈에 띄어서 들어갔다. 카툴루스(Catullo)는 라틴 시인의 이름이다. 카푸치노를 주문했다. 잠시 후 화장실에 갔더니 2.5유로를 받는다.

카페의 화장실은 열려 있는 게 보통인데, 아무리 관광지(?)라지만 너무하다는 생각이 든다. 여기가 이탈리아인 것을 내가 잊고 있었다. 시인도 돈을 내고 화장실에 가야 한다.

28일(화요일). 오늘은 그리스의 카타콜론(Katakolon)이다. 배에서 점심하고 하선하다. 카타콜론은 19세기에 들어서서 주목받기 시작한 작은 항구이고, 부근에 있는 전설적인 올림피아(Olympia, 고대 그리스의 성지)와 연관이 있다. 기록에 의하면, 올림피아는 신들의 왕인 제우스(Zeus)가 자신의 문화를 그리스인에게 전파하기 위하여 초원에 건설한 도시라고 한다. 아폴론(Apollon)에게 바쳐진 도시인 델피(Delphi), 아테네(Athens)와 함께 고대 그리스의 가장 중요한 전설적 장소이다.

올림픽 경기도 여기에서 시작되었다. 그리스의 서정시인 핀다로스(Pindar, BC 522?~443?)가 기술한 그리스의 전통문화에 따르면, 경기는 전설적인 인물인 펠로포스(Pelope)를 기리기 위하여 시작되었다. 펠로포스에서 펠로폰네소스(Peloponnesus) 란 어휘가 생겼다. 또 그 이름을 가진 그리스 남부의 반도가 있고, 그곳은 초기 미케네 문명의 발상지이다.

올림픽은 처음에는 충성과 용기를 바탕으로 한 몇몇 군사적 기예(技藝)의 시합에 불과했다. 하루면 끝나는 행사였다. 언제부터인지는 모르나, 경기는 아주 큰 축제로 발전했다. 4년마다 하지(夏至) 다음 날에 시작하여 몇 주간 계속되었다. 그 기간에 다른 시합은 모두 중단된다. 경기의 참가자는 그리스인에 국한되었다. 또 헤라(Hera, 여성 성직자)를 제외한 여성의 참가도 금지되었다. 우승자들은 황금빛의 돌에 새겨진 증명서를 받았고, 실물 크기의 입상(立像)이 세워졌다. 1,200여 년 계속되던 올림픽 경기는 303년 테오도시우스 1세 때 중단되었다. 그것이 1896년 아테네에서 프랑스의 남작 쿠베르탱(Pierre de Coubertin, 1863~1937년)에 의하여 부활한 것은 우리가 다 아는 바와 같다.

올림피아의 생활은 신전과 기타 종교적인 건축물들이 있는 성소(聖所)의 돌벽 안에 국한되었다고 한다. 올림피아가 발견된 것은 1776년이나, 가장 중요한 발굴은 그로부터 1백 년 후였다. 독일 고고학자들이 1875년에 제우스 신전을 발견했다. 그들은 우승자들의 입상을 수집하면서 신전의 전면과 측면 기둥의 상당부분을 복원하는 데도 성공했다. 또 그들은 신전에 바쳐진 많은 공물(供物)과 지진에 의하여 파괴된 작은 신전들을 복원했다. 성소의 가장 오래된 구역은 헤라에게 바쳐졌으나, 테오도시우스가 이교도 숭배를 금지하면서 파괴되고 약탈당했다고 한다.

모처럼 유명한 곳에 왔으니 일행을 따라 고적을 구경하는 수밖에 없다. 그러나 사람이 붐벼서 이동하기가 힘들다. 그래도 우리는 헤라 신전과 제우스 신전을 가까이 혹은 멀리서 보았다. 여기저기 돌과 돌기둥만 남았다. 스타디움도 보았다. 허허벌판 같다. 약 4만 5천 명의 관중을 수용할 수 있었다고 한다. 마지막으로 박물관엘 들렀다. 올림피아의 모든 것이 모여 있는 듯했다. 안팎이 모두 조각이다. 경기장에서 발굴된 기념물 중 유명한 전시물은 밀티아데스가 아테네의 마라톤 전쟁 승리 후에 제우스에게 바쳤다는 밀티아데스 헬멧(Miltiades Helmet)이라는데, 건성건성 구경하느라고 보았는지 어쩐지 기억이 없다.

오늘은 마침 아내의 생일이다. 축하 저녁을 하자 하여 클럽 레스토랑인 '비첸차'(Vicenza)에서 늦은 저녁을 하다. 한 사람당 25유로를 더 받으나, 조용하고 음식도 뷔페보다 낫다. 뷔페가 아니라 좋다. 포도주(Morelliano di Scansan) 두 병을 마시다. 세금 포함하여 한 병이 31유로다.

29일(수요일). 오늘은 그리스 문명의 요람인 아테네를 관광하다. 피레우스(Piraeus) 항에 기항하다. 그리스 인구의 3분의 1이 아테네에 산다. 총 600만이 넘는다. 신타그마(Syntagma, 헌법) 광장, 아크로폴리스, 오모니아(Omonia) 광장이 주요 볼거리다. 정치·역사·행정과 관련된 건물들이 모여 있다.

그리스 신화에 의하면, 아테네는 지혜의 여신인 아테나(Athena)가 다른 신들과의 싸움 끝에 타협한 결과로 생겼다고 한다. 싸움을 했으면 했지, 그 결과가 도시의 탄생이란 것은 잘 납득이 되지 않는다. 그래 신화인지 모르나, 다소 우스운 이야기다. 싸우지 말고 좋은 도시를 만들자고 협력했다면 더 훌륭한 도시가 건설되었을지 모른다.

그러나 실제 역사는 신화와는 다르다. 아테네는 기원 2천 년 전에 페니키아 사람들(Phoenicians)이 건설했다고 한다. 민주주의의 발상지이기도 하다. 그리스에서 민주주의가 어떻게 시작되었는가?

나는 귀국하여 플라톤 연구자인 박수인 박사에게 물어보았다. 그랬더니 아래와 같은 글을 2016년 10월 17일에 보내왔다.

아테네 민주주의의 역사적 배경은 극심한 빈부차이의 심화에서 발생한 기존 귀족체제의 혼란과 동요, 그 와중에서 나타난 독재정치의 경험이다. 가문이 아니라 재산에 근거하여 시민의 등급을 넷으로 나누고 가난한 사람들의 채무를 탕감하는 등의 솔론(Solon)의 개혁(BC 594년)은 크게 실효를 거두지 못하고, 오히려 구체제의 빈부 두 계층 모두의 불만을 사게 되었다. 이런 시기에 페이시스트라토스(Peisistratos, BC 600?~527년)는 민중의 지지를 동원하여 권력을 독점하고 참주정(僭主政) 시대를 열었다. 그것이 스파르타의 개입으로 무너지고, 다시 귀족들의 경쟁이 일어났다. 이 경쟁에서 일반대중(demos)의 지지를 얻은 클레이스테네스(Cleisthenes)가 권력의 독점을 막고, 대중에게 권력행위에 참여할 수 있는 기회를 부여하는 평등한 질서(isonomia)를 수립하기 위한 개혁을 단행하게 된다(BC 509~508년).

이로써 노예가 아닌 모든 아테네 남성 시민들은 선출·추천·민회에의 참석 등을 통해 입법·사법·행정 등의 권력행위에 동참할 수 있었

고, 이른바 민주정 (demokratia) 이란 독특한 아테네 정치체제의 기초가
만들어졌다. [1]

또 아테네인들은 민주정과 그에 따른 자유를 수호하기 위하여 군사
력을 강화하기도 했다. 그 후 여러 세기 동안 아테네는 지중해 연안에
서 유수한, 특히 지적인 문화를 자랑했다. 선망과 질시의 대상이었
다. 시간이 흐르면서 지중해 일대에 군림하던 아테네의 지적 우월성
은 비잔틴제국의 수립과 더불어 쇠퇴하기 시작했고, 급기야 12세기
에 와서는 사라센 사람들에 의하여 거의 다 파괴되었다.

15세기에 터키인들이 아테네를 지배하게 되었을 적에 아테네의 인
구는 불과 몇 천 명이었다고 한다. 기원전 400년에서 기원후 1400년
사이에 아테네는 적어도 30회 이상의 침략과 약탈을 당했고, 화마(火
魔)에 휩싸였다. 19세기에 들어서서야 아테네는 재건되기 시작했다.
1896년 올림픽의 부활로 옛 명예를 되찾았다.

이른 점심을 배에서 하고, 12시에 피레우스에 기항하다. 꾸불꾸불
언덕 위로 올라간다. 시내가 한눈에 내려다보인다. 아니, 그곳에 아
크로폴리스가 있다. '아크로'는 언덕이고, '폴리스'는 도시이다. '언덕

---

1   박 박사는 아래와 같은 책들을 참고하여 아테네 민주주의의 발생 배경을 정
    리하였다 한다. 예컨대, Paul Woodruff, *First Democracy: The Challenge
    of an Ancient Idea*(Oxford University Press, 2005); Sara B. Pomeroy,
    Stanley M. Burstein, Walter Donlan, Jennifer Tolbert Roberts and
    David Tandy, *Ancient Greece: A Political, Social, and Cultural History*
    (3rd ed., New York: Oxford University Press, 2012) 등.

위의 도시'인 것이다. 고대 건축의 백미다. 압권이다. 설명이 필요 없다. 보면 안다. 또 파르테논 신전, 제우스 신전도 있다. 그러나 분위기는 쾌적하지 않다. 사람이 많기 때문이다. 관광지는 대개 그렇지만, 여기는 너무나 유명한 곳이라 온갖 인종이 다 모인 것 같다.

내려왔다. 올림픽 경기장을 지나 '소크라테스의 감옥'이란 곳을 구경했다. 안으로 들어가 보지는 않았으나, 무슨 굴 같기도 한데 상당히 엉성해 보였다. 소크라테스가 정말로 그곳에 갇혔었는지는 알 수 없다. 아무튼 그는 "젊은이들을 타락시키고, 나라가 믿는 신을 믿지 않고, 다른 새로운 영적인 것들(daimonia)을 믿음으로서 죄를 범"했다는 비난을 받았다. [2] 당시는 그것이 죽을죄였던 모양이다.

그런데 실은 그 죄 때문이라기보다는 다른 이유가 있었다고 한다. "소크라테스의 죽음은 한 철학자의 일생에 걸친 철학적 작업에 대한 당대 사람들의 … 몰지각과 부질없는 시기심 그리고 당대 아테네의 정치 지도자들의 … 이기적인 적대심이 영합하여 빚은 어이없는 결말이었던 셈이다." [3]

아니, 또 다른 설명도 있다. 이것도 박수인 박사가 보낸 글이다.

소크라테스의 재판이 열렸던 기원전 399년은 404년에 아테네의 패배로 끝난 펠로폰네소스 전쟁(BC 431~404년) 직후 아테네 정치의 혼란기였

---

2 "소크라테스의 변명", 24b. 플라톤 저, 박종현 역주, 〈플라톤의 네 대화편: 에우티프론·소크라테스의 변론·크리톤·파이돈〉(서광사, 2003), 127쪽.
3 위의 책, 93쪽.

다. 스파르타의 후견으로 BC 404년 4월부터 BC 403년 9월까지 1년 반 정도의 기간 동안 아테네에 설립된 과두정체(공포정치로 '30인 참주정'으로 흔히 불린다)가 민주정파에 의하여 무력으로 무너진다. 이때 내전의 상처를 보듬기 위해 과두정과 민주정 양 정파는 과거의 정치행위를 불문에 부치기로 하는 사면(amnesty) 조치에 합의한다. 소크라테스의 재판은 이와 같은 사면 합의에 어긋나는 민주파의 정치적 공격으로 볼 수도 있다.[4]

복잡한 사연이 있는, 어려운 이야기다. 또 소크라테스가 죽음을 맞을 때 "악법도 법이다"라고 말했다는 전설이 있는데, 그런 말은 한 적이 없다는 것이다.

귀선길에 시내의 기념품가게 한두 곳에 들르기도 했는데, 살 만한 것은 없었다.

30일(목요일). 오늘은 터키 이즈미르(Izmir)다. 이즈미르는 근 3백만 인구의 항구도시다. 인구로는 이스탄불 다음이다. 옛날에는 스미르나(Smyrna)라고 했다. 도시 주변의 전통적인 농업은 그렇다고 하고, 근자에 와서 조선과 정유와 관련된 기계 및 화학공장이 늘어났다고 한다. 도시의 변화다.

멋진 언덕에 둘러싸인 아름다운 만(灣)에 위치한 이 도시가 현대적인 대도시로 둔갑한 것은 근년의 일이다. 고고학적 발굴에 따르면,

---

4 각주 1 참조.

이즈미르에 사람이 살기 시작한 것은 기원전 3천 년경이라고 한다. 다시 기원전 1천 년경에 레스보스(Lesbos) 섬에서 농민들이 여기로 이주하여 정착했다. 1백 년쯤 지나 이오니아인(Ionian)에게 점령을 당했고, 그때부터 경제와 문화가 발전하기 시작하였다. 기원전 334년엔 마케도니아의 알렉산더 대왕(BC 356~323년)에 의하여 점령을 당했다. 다시 로마에 의하여 점령당한 기원전 27년부터 이즈미르는 새로운 번영기를 맞는데, 당시에 건조된 거대하고 사치스러운 기념물의 흔적들이 오늘도 남아 있다.

흥망성쇠란 말이 있다. 이즈미르는 178년에 지진으로 크게 파괴되었으나 마르쿠스 아우렐리우스(Marcus Aurelius, 로마 16대 황제, 재위는 161~180년)의 명령 아래 재건된다. 그 후 콘스탄티누스 1세(Constantine I, 재위는 324~337년) 때 이즈미르는 중요한 '주교의 자리'(Bishop Seat)를 얻는다. 그러나 아라비아인의 침략으로 서서히 몰락한다. 1076년에 도시는 다시 터키족에게 점령된다. 그러면서 에게해(Aegean Sea)의 해군기지로 이용되기 시작했다. 역사는 복잡하다. 이어 이즈미르는 '로즈 기사단'(Knights of Rhodes, 11세기경 예루살렘 순례자를 보호하기 위하여 결성된 종교적 군사결사)의 분쟁지역이 되었고, 다시 메흐메트 1세(Mehmed Çelebi, 오토만 황제, 재위는 1413~1421년)에 의하여 오토만제국에 합병된다. 그사이 베네치아 함대와 수차례의 전투가 있었으나, 그래도 이즈미르는 동서양을 연결하는 요충의 상업항구로서 번영을 유지할 수 있었다고 한다.

시내 볼거리의 으뜸은 코낙광장(Konak Square)에 있는 아랍 스타일의 근대적인 시계탑이다. 여기서 시청 건물을 볼 수 있다. 또 그곳에서 멀지 않은 곳에 스미르나 아고라(Smyrna Agora)가 있다. 아고라는 집회장이고, 그것을 중심으로 공회당, 회랑, 상점 등의 유적과 건물터가 있다. 그러나 우리는 주마간산이다. 다시 버스로 근 한 시간 걸려서 간 곳이 에베소(Ephesus)의 고고학 유적지다. 기억나는 유적은 로마의 귀족들이 살았다는 테라스하우스(Terras House), 전면만 남아 있는 셀수스도서관(Celsus Library)과 2만 5천 명을 수용할 수 있는 대형극장 등이다. 배에 돌아와 점심을 먹었으니, 육지에서는 반나절도 못 있은 셈이다.

31일(금요일). 크로아티아의 두브로브니크(Dubrovnik)로 가는 멀고 지루한 항해, 하루 종일 배를 타다. 오늘은 강현두 선생네의 결혼 기념일이다. 1968년에 결혼하였다고 한다. 그러니 46주년이다. 저녁에 다시 비첸차에서 포도주를 마시다.

11월 1일(토요일). 두브로브니크는 아드리아해(海), 달마티아(Dalmatia) 해안의 아름다운 항구다. 바다에서 보면 그림 같은 언덕이 펼쳐져 있다. 아니, 하늘에서 보아도 그럴 것이다. 아일랜드 출신 극작가인 버나드 쇼(George Bernard Shaw, 1856~1950년)가 "지상에서 천국을 찾는다면 두브로브니크에 가서 중세 거리를 걸어 보라!" 했다는 이야기가 있다. 또 보헤미아 출신 오스트리아 시인인 릴케(Rainer Maria Rilke, 1875~1926년)는 그의 연인이던 살로메(Lou Andreas-Salomé, 1861~1937년, 러시아 출신의 정신분석가이자 문인)와 두브로브니크를 여행하면서 그곳을 "아드리아해의 보석"이라고 했다고 한다. 시인이야 무슨 표현인들 못 할 것이 없겠지만, 나에겐 두브로브니크가 "아드리아해의 다이아몬드"로 보였다. 12세기부터 4세기에 걸쳐 건설되었다는 꾸불꾸불한 성곽 길을 걸어 보면 그것을 실감할 수 있다. 오른쪽에는 푸른 바다, 가깝고 먼 곳을 지나는 크고 작은 배들, 왼쪽에는 주황과 빨강색이 어울린 지붕의 아름다운 집들이 보인다. 간단한 음식을 파는 성곽 위의 가게들도 예쁘다.

그러나 보석에도 문제는 있었다. 1991년 10월, 크로아티아가 유고슬라비아연방에서의 탈퇴를 선언하자 두브로브니크는 세르비아군의 공격을 받았다. 전쟁은 3개월간 계속되었다. 도시는 파괴되었다. 도시의 구시가지는 1979년 유네스코가 지정한 세계문화유산이다. 하지만 문화유산도 전쟁으로부터 자유로울 수는 없었다. 전쟁이 종료되면서 크로아티아는 독립했다. 1999년경부터 도시복원작업이 시작되었다. 성채, 왕궁, 수도원, 교회 등의 역사적 기념물들이 옛 모습으로 다시 나타나게 되었다. 보석의 재탄생이었다.

성곽 길을 약 한 시간쯤 걸었을까? 성곽에서 내려와 플라차(Placa)라고 불리는 중앙도로를 또 걸었다. 프란체스코 수도원을 보고, 작은 골목길로 들어섰다. 아이스크림 가게가 눈에 띈다. 아이스크림을 먹다 보니 그 집에 양주를 파는 코너가 있다. 잭다니엘 큰 병이 보인다. 강 교수와 반병 넘게 마시다. 이것이 나의 두브로브니크 기행이다. 전반은 맑은 정신, 후반은 취중의 그것이다.

2일(일요일). 아침 8시에 베니스 도착하다. 하선하자 우리 측 안내인이 관광을 위해 한 사람당 100유로씩 내라고 한다. 곤돌라를 타고 운하를 한 30분 돌았다. 또 산마르코(St. Marcos) 광장을 거닐다가 거의 3시나 되어 한식당엘 갔다. 메뉴는 불고기비빔밥이라는데 참으로 맛이 없다. 키안티(Chianti) 두 병을 시켜서 강 선생과 내가 한 병, 다른 병은 목요상 씨 테이블에 보냈다. 전전날인가? 목 씨가 자기네 결혼기념일이라 하여 선상에서 포도주 한 병을 우리 테이블에 보낸 적이 있었다.

마르코폴로공항에서 다시 터키항공을 타고 이스탄불에서 환승하여 서울에 도착한 것이 3일 오후 6시 20분. 열하루가 그렇게 갔다. 아니, 아직 다 가지 않았다. 서울 도착한 다음 날인 11월 4일, 강현두 교수 내외와 '미네스시'에서 우리 나름의 해단 모임을 거하게 했다. '거하게'란 부사의 내 속뜻은 술을 많이 마셨다는 말이다.

(2015년 1월)

고베 · 대만

나는 명사란 사람들을 잘 모른다. 모른다기보다는 만난 적이 거의 없다. 명사가 어떤 분인가 하는 얘기도 어렵지만, 이른바 명사란 분이 나를 찾아오는 경우는 물론 없고, 내가 그들(?)을 만나려 하지도 않았기 때문이다. 그런데 근자에 명사 한 분을 만나게 되었다. 만나고 어쩌고 하는 것이 우연일 수도 있고, 인연일 수도 있다. 하기야 우연도 인연의 장난인지 모른다.

이것은 김동길 박사와 나의 만남 이야기다. 내가 늦게 만났을 뿐, 김동길이란 분은 세상이 다 아는 명사다. 만난 것은 최근이나 그를 전부터 알고 있다. 얼마 전까지 그는 '낭만논객'이란 TV 프로그램에 고정출연자로 나왔다. 여러 번 보았다. 박학하고, 기억력이 비상하고, 이야기하는 솜씨가 구수하여 밉지 않았다.

내가 그를 처음 만난 것은 금년(2015년) 3월 25일이다. 김병기라는 화백이 만 1백 세를 앞두고 전시회를 여는 날이었다. 4시 반쯤 '가나화랑'에 갔다. 오프닝은 5시인데도 사람이 운집해 있었다. 김 화백과 악수를 하고, 좀 떨어진 곳에 있는 김동길 박사와 첫 인사를 했다는 이야기는 앞의 "백세청풍의 화백: 김병기"란 글에서도 썼다. 4월 9일에 김동길 박사가 김병기 화백의 만 1백 세 생일축하연을 마련했고, 그 자리에 초대를 받아 김동길 박사를 두 번째로 만났다는 이야기도 했다. 그리고는 또 무심한 세월이 지났다.

그런데 4월 28일에 김혜선 박사가 내 아내에게 전화했다. 어버이날 특선 크루즈라면서 같이 갔으면 한다는 내용이다. 김혜선 박사는 잘 안다면 잘 아는 사이다. 나와는 청운국민학교 동창이기도 하지만, 그는 오래전 작고한 나의 처형과 국민학교 때부터 친하던 친구였기에 그 동생인 나의 아내를 각별히 사랑하는 처지라 전화한 모양이다.

크루즈는 5월 8일부터 시작하여 8박 9일의 일정이다. 배는 일본 고베(新戶)에서 출발하여 규슈(九州)의 가고시마(鹿兒島)를 거쳐 대만을 들러서 다시 고베로 온다. 그런데 시간이 너무 촉박했다. 출발 9일 전에 같이 가자는 경우도 있는지 의심스러웠다. 문제는 아내다. 언니 친구의 유혹은 그만두더라도, 대만엘 아직껏 가보지 못했다며 갔으면 하는 눈치다.

그래 실무책인 김동길의 '링컨사상연구소' 홍의빈 처장에게 경비를 보냈다. 그랬더니 "김동길 박사와 함께 떠나는 크루즈 여행"이라는 안내서가 CCK라는 여행사에서 왔다. 프린세스 크루즈의 배라고 했다. 이제는 별 수 없다. 김동길 박사와 같이 다니는 수밖에 없다. 그랬는데 선상에서 강의를 한번 해 주면 좋겠다는 제의가 홍의빈에게서 왔다. 거절하기 힘들었다. 간다고 했기 때문이다.

8일 아침 7시가 김포공항에 모이는 시간이다. 출발은 8시 30분, 아

306

시아나항공(OZ1135)이다. 김혜선 박사와 김형국 교수 내외는 면세
점 근처에서도 만났지만, 반가운 사람이 여럿이다. 조완규 전 서울대
총장 내외와 연세대 명예교수인 최선홍 교수 내외가 보인다. 조완규
총장은 이웃사촌이다. 어쩌다가 동네의 서리풀공원에 아침 산보를
나가면 만나곤 한다. 최선홍 교수는 나와 중·고등학교 동기다. 그는
연세대에서 영국사를 가르치다가 정년을 맞았다. 자주 만나지는 않
았으나, 그가 전공한 제러미 벤담(Jeremy Bentham, 1748~1832년)을
나도 좋아하는 까닭에 그는 친구 이상의 친구다. 다 아는 얘기지만,
벤담은 "최대 다수의 최대 행복"을 주장한 공리주의자다. 그것이 구현
되는 사회면 얼마나 좋을까? 여행이 재미있고 유익할 것이란 예감이
들었다. 김동길 박사는 휠체어를 타고 먼저 탑승구로 들어간다. 이것
이 시작이다.

몇 가지 크루즈의 인상을 적는다. 첫째, 크루즈에서나 어디서나 사
람은 먹어야 한다. 하선하여 육지에서 점심을 하는 경우를 제외하면
조석은 매일 선내의 식당, 그것도 거의 같은 뷔페식당이다. 음식의
종류가 더러 바뀌기도 하나 대체로 그게 그거다. 그러나 저녁이면 술
마시는 재미는 쏠쏠하다.

둘째, 식당은 늘 붐빈다. 아는 사람과 같이 앉고 싶어도 여의치 않
는 경우가 많다. 그러나 술을 같이했으면 하는 일행과 자리를 한 경우
도 몇 번 있었다. 저녁이면 예외 없이 우드브리지(Woodbridge)라는
캘리포니아 포도주(병당 28달러, 플러스 세금)를 마셨다. 아니, 김형
국 교수가 참이슬을 작은 플라스틱 병(200밀리리터)으로 여럿 갖고

왔다. 가고시마에서는 사쓰마기시(薩摩義士)라는 소주를 샀고(900밀리리터, 32도), 또 대만에서는 금문도 고량주(58도)를 연일 샀으니 술은 넉넉함 이상이었다. 김형국은 내 기호를 잘 알기도 하지만, 나와 같이 마시는 것이 좋아서인지 술 공급에 부지런했다.

셋째, 하루 종일 배만 타는 날이 3일 있었다. 가고시마에서 대만의 기륭(基隆)으로 가던 제3일과 대만의 화련(花蓮)에서 다시 고베로 오는 제7, 8일이다. 그날에는 오전 10시에 우리 일행이 전부 모였고, 한 시간가량 강의가 있었다. 이 이야기는 다시 한다.

넷째, 보고 다닌 일도 중요하다. 고베를 떠난 제2일은 가고시마 시내를, 제4일은 타이베이 시내, 제5일은 가오슝(高雄), 제6일은 화련을 관광했다.

다섯째, 위에서 말한 바와 같이 여행의 제목이 "김동길 박사와 함께 떠나는 크루즈 여행"이다. 주인공은 김동길이다. 오래전부터 계획된 것이고, 여행 광고가 〈동아일보〉에 나기도 했다고 한다. 그 광고를 보고 온 사람도 있었다. 김포가 아니라 김해에서 고베로 와서 합류한 사람도 있었다. 나처럼 갑자기 참여한 경우는 예외다. 여행하는 동안 김동길 박사를 가까이서 접했다. 그를 잘 알게 되었다고는 할 수 없겠지만, 내 나름으로 그를 관찰할 수 있었다.

1. 보고 다닌 일

간사이(關西) 공항에 도착한 것은 출발 후 1시간 20분 만이다. 버스로 고베 시내로 갔다. 시내 중앙구의 '간코스토어로드점'(がんこトアロー

ﾄ店)이란 식당에서 점심을 했다. 생선회 두 점, 초밥 몇 덩어리, 튀김 등이 나왔다. 좁은 계단으로 올라가는 2층 방이고, 신발을 벗어야 했다. 오래전이기는 하나, 고베는 두세 번 방문하였다. 인상이 좋았던 곳이다. 그러나 우리가 간 음식점은 여러 가지가 신통치 않았다.

점심 후 다시 버스를 타고 항구로 갔다. 3시 승선까지 한 시간 남짓한 여유가 있다. 큰 쇼핑몰에 몰려들 간다. 승선에 앞서 방을 배정받았다. 12층 A604호다. 싫건 좋건 지금부터 고베로 다시 돌아올 때까지 8일 동안 지지고 볶아야 하는 방이다.

가고시마에서는 오후 2시 반에 하선하여 7시에 승선하였다. 짧다면 짧은 시간이다. 지난 4월 중순에 규슈 내륙의 구마모토(熊本)에서 대규모의 지진이 났다고 한다. 또 시내에서 서쪽으로 바로 보이는 우뚝 솟은 사쿠라지마(櫻島) 부근이 화산지대라고 한다. 재해가 언제고 일어날 수 있다. 그래도 여기 사람들은 태평하다.

가고시마는 메이지유신 삼걸(三傑) 중 하나인 사이고 다카모리(西鄕隆盛)의 고향이다. 또 바로 그 유신의 풍운아인 사카모토 료마(坂本龍馬)가 신혼여행을 왔다고 알려진 곳이다. 그의 동상이 시내 한복판에 있다. 시내를 잠시 둘러보고, 사쿠라지마라는 작은 섬으로 이동했다. 섬이긴 하나 1911년의 용암 분출로 인근 오스미(大隅) 반도와 연결되었다. 페리로는 약 15분 걸린다. 아리무라(有村) 용암전망소를 잠시 들르고, 호텔인지 여관인지 구별이 잘 안 되는 '씨사이드'란 낡은 집에서 온천욕을 하는 시간도 잠시 있었다. 흐린 날씨에 해는 저물어 갔다. 바닷가의 습기가 차게 느껴지는 사쿠라지마였다.

기륭에 도착한 것은 여행 4일째 되는 11일(수요일) 아침이다. 하선하여 근 한 시간쯤 버스로 간 곳이 타이베이 중심가의 101전망대다. 세계에서 세 번째로 높다는 101층 건물이고, 89층에 전망대가 있다. 한 30여 분 기다려서 전망대에 오르는 엘리베이터를 탔다. 89층까지 37초가 걸린다. 초고속이다. 기념품점에서 머그컵 하나를 골랐다. 오래전에 타이베이에서 쓰다 남은 돈을 갖고 온 것이 있어서 주었다. 요새는 안 쓰는 돈이라고 한다. 신용카드로 살 것까지는 아니란 생각이 들어서 그만 두었다. 김형국 교수 내외와 나의 아내는 처음부터 전망대에 오르는 것을 마다하고, 건물 지하의 슈퍼마켓에 가겠다고 하였다. 11시 반에 다시 일행 모두가 모였다. 슈퍼에서는 숭어 어란(魚卵)과 두리안을 샀다고 한다.

점심이다. '점수루'(點水樓)란 딤섬집이다. 딤섬만 있는 것이 아니라 소고기와 야채 요리, 볶음밥도 있다. 누군가가 또 금문고량주를 돌린다. 점심 후 간 곳은 중정(中正)기념관이다. 어마어마한 규모다. 중정은 장개석(蔣介石)의 호다. 1949년에 대륙에서 쫓겨나 대만으로 피난 온 그는 무자비한 독재를 펼쳤다. 대륙의 공산당과 싸우기 위해서는 어쩔 수 없었을 것이다. 부작용도 많았다. 그러나 그의 철권정치가 오늘날 대만의 번영과 안정의 기반이 된 것이다.

우리나라는 어떤가? 33년간 망명생활을 하며 독립운동에 평생을 바치다가 귀국하여 대한민국을 세운 우리의 초대 대통령 이승만은 기념관 하나 없다. 중정기념관을 돌면서 서글픈 생각이 앞섰다. 차라리 고궁박물관(故宮博物館)엘 갔더라면 그런 생각을 아니했을지 모른다. 이런 나라도 있고 저런 나라도 있지만, 그래도 너무 대조적이다.

중정기념관에서 나와 방문한 곳은 타이베이 북쪽의 야류지질공원(野柳地質公園)이다. 바닷가의 기암괴석이 장관이다. 크고 작은 예쁜 자갈이 널렸다.

　제5일인 12일(목요일)이다. 가오슝이다. 가오슝은 세계 굴지의 컨테이너 항구로, 타이완에서 두 번째로 인구가 많은 도시라고 한다. 먼저 간 곳은 영국영사관이다. 1865년에 축조되었다는데, 높은 언덕 위에 위치한 붉은 벽돌집이다. 아름답기 짝이 없다. 바다를 한눈에 보기 위하여 높은 자리에 지은 것이다. 영국이 아편전쟁에서 승리한 후 승승장구하던 때다. 가오슝이 아닌 어디에라도 무슨 건물이든 못 지었겠는가? 영사관에 오르는 계단이 많아 힘들다 하여 일행 가운데 15명만 내리고 나머지는 버스에 남았다. 이른바 잔류파다. 올라간 사람들은 한 시간쯤 영사관과 그 주변을 구경했다. 한 시간씩 볼 것은 없는데 점심시간을 맞추기 위한 것이었다. 커피를 마시기도 했다.

　내려와서의 이야기다. 최선홍 교수의 부인인 이영희 교수는 잔류파였다. 그래 나의 아내가 이 교수에게 기다리느라 지루했겠다고 하였더니, 재미있는 일이 많았다면서 그중 한 에피소드를 전했다. 버스에서 김동길 박사가 강성학 교수를 향하여 "어이! 사자대가리 나와! 얘기 좀 해!"하며 불러냈다는 것이다. 강성학 교수의 머리 스타일이 보기에 따라 사자머리와 같아보여서, 또 친하니까 그렇게 부른 모양이다. 내가 보기에도 멋있는 스타일이다. 그랬더니 강 교수가 앞에 나와서는 이번 여행의 경비를 마련한 이야기를 하더란 것이다. 내용인즉, 당신 몫은 제자들에게 내라고 했다는 것이며, 아내의 것은 세

아들을 불러서 내년이 너희 어머니의 칠순이니 이번 여행부터 비용을 내라고 했다는 것이다. 경비 조달의 방법도 다양하다. 사자가 머리를 굴린 모양이다. 전해 들은 이야기이니 얼마나 정확한 것인지는 알 수 없어도, 강 교수는 복이 많은 사람이다. 제자도 잘 두었고, 아들도 잘 두었기 때문이다. 그런저런 이야기를 듣느라고 지루하지 않았다는 것이다. 그럴 수도 있다.

점심은 '동풍화로'(東風火爐)란 이름의 샤브샤브집이다. 김형국 교수가 또 300밀리리터짜리 금문고량주를 두 병 사 왔다. 수산국가자연공원(壽山國家自然公園)에서 바다를 보며 잠시 쉬다가, 육합야시장(六合夜市場)에 들렀다. 먹거리로 유명한 곳이라는데, 눈요기만 하였다. 하기야 낮에 야시장엘 갔으니 무슨 볼일이 있겠는가?

제6일, 13일(금요일)이다. 대만 중동부에 있는 항구도시 화련 일부를 둘러봤다. 오전 9시경부터 버스로 한 시간 반 걸려 도착한 곳이 태로각협곡(太魯閣狹谷)이고, 그 일대는 태로각국가공원이다. 사방이 대리석 절벽의 산이고, 계곡이다. 날씨도 맑고, 공기도 맑다. 대만 정부는 1955년부터 3여 년에 걸쳐서 대중(臺中)에서 화련까지 원주민, 죄수, 군인들을 동원하여 중부횡단고속도로를 건설하였다. 곡괭이와 삽에 의존한 거의 수작업의 공사였다고 한다. 공사 도중에 사고로 비명에 간 사람이 250여 명이나 된다고 한다. 얼마나 난공사(難工事)였으면 그렇게 많은 사망자를 냈을까? 부상을 당한 자들은 더 많았을 것이다. 그래 공사 중에 사망한 인부들의 위패를 안치하고 영혼을 위로하기 위하여 장춘사(長春祠)란 사당을 지었다. 큰길에서 도

보로 한 20분쯤 걸리는 거리인데, 멀리서만 보고 떠났다.

만리장성 이전에도 토목공사는 있었다. 그때마다 힘없는 백성들이 동원되었다. 그것도 수천, 수만 명씩이었을 것이다. 중국만의 이야기는 아니다. 이집트가 그랬고, 로마가 그랬다. 지금 문화유산이라는 많은 건축물들은 인부들의 무덤 위에 세워진 것이다. 태로각협곡에는 그래도 장춘사가 있다. 그러나 그 많은 토목공사에서 불귀의 객이 된 사람들의 영혼은 어디서 떠도는가?

그래 그렇겠지만, "모든 사람은 평등하게 태어났다"는 사상이 생긴 것은 훨씬 후였다. 아니, 만리장성의 축조에 징발되었던 진승(陳勝)이 "왕후, 장군, 대신의 종자가 따로 있는가!"(王侯將相寧有種乎) 라고 외치면서 반란을 일으켰다. 인간평등을 외친 구호였다. 진승의 반란은 성공하지 못했다. 그 후로도 힘없는 자들은 이른바 국가를 위하여 희생되었다. 사회에 따라 정도의 차이는 있지만 오늘날도 마찬가지다. 위령소를 만든다고 억울하게 죽은 자가 살아나지 않는다. 우리나라에서도 경부고속도로 건설 때에 사고로 사망한 사람이 77명이었다. 금강휴게소에 위령탑이 있다.

그런저런 생각을 하면서 다시 버스를 타다. 그러나 저러나 산 사람은 계속 먹어야 한다. 대리석공장 지역을 지나 화련에서 제일(?) 좋다는 호텔에서 뷔페로 점심이다. 배에서도 뷔페, 육지에서도 뷔페! 만만한 것이 뷔페인 모양이다. 아니, 그게 아니고, 김형국 교수가 58도짜리 금문고량주를 또 들고 나타났다. 시쳇말로 약간 '헤드 빙빙'인데, 남도문화극장(南島文化劇場)에서 아미족(阿美族)의 전통공연을 보는 시간도 있었다. 재미가 없었다. 귀선길에 '까르푸'라는 큰 쇼핑몰에 들렀다. 모두들 시큰둥한 기색이다. 물건을 사지 않는다. 이제 부터는 망망대해만 보아야 한다. 고베로 가는 뱃길이다. 그것도 꼭 이틀 동안이다.

2. 강의

나야 마지막 순간(?)에 참여한 것이지만, 링컨사상연구소가 주최가 된 이번 크루즈는 그냥 배 타고 다니면서 먹고 노는 모임이 아니었다. 앞서 말한 바와 같이 교육적인 목표가 있는 여행이었다. 그래 나에게 도 강의 부탁이 왔던 것이다. 세 번의 강의가 있었다. 그때마다 김동 길 박사가 세상사에 대한 본인의 철학을 틈틈이 이야기하여 참석자들 의 교양 수준을 높였다. 그게 아니면 김동길 박사와 함께 다닐 이유가 없을 것이다.

첫 강의는 제3일인 10일 오전 10시, 강사는 김형국 교수다. 이순 신에 관한 두 가지 이야기다. 하나는 그의 '활쏘기 리더십'이고, 다른 하나는 '이순신과 동북아 지정학'이다. 이순신은 활의 명수였다. 활쏘 기는 무예이자 놀이다. 활을 같이 쏘는 것은 상하의 관계를 떠난 동고 동락의 놀이라고 했다. 리더십은 그런 공통 경험에서 자연히 나온다 는 설명이었다. 다른 하나는 한·중·일 세 나라가 "화합하기는 하 나, 뇌동(雷同)하지 않기 위해"〔화이부동(和而不同), 〈논어〉, "자로" (子路)편〕 이순신의 이름이 중요한 고리가 될 수 있다는 전제 아래, 세 나라에서의 이순신 연구 및 평가를 소개했다. 그러자니 명나라 도 독 진린(陳璘), 1905년 러일전쟁 당시 일본 연합함대 사령관 도고 헤이하치로(東鄕平八郞), 류성룡의 〈징비록〉(懲毖錄) 등으로 이야기가 이어졌다. 일본 현대작가 시바 료타로(司馬遼太郞)의 이순신론도 나왔다.

박수치고 끝낼 일이다. 시간이 짧다. 그런데 토론자들이 나섰다. 러일전쟁을 많이 연구했다는 강성학 교수의 긴 이야기가 있었고, 류성룡의 12대 손인 류돈우(柳燉祐) 씨의 코멘트가 있었다. 〈징비록〉은 내가 근자에 다시 읽은 책이다. 임진왜란의 수기(手記)다. 가슴이 아프고 속이 터져서 몇 번이고 책을 덮으며 읽었다. 징비는 "지나간 일을 징계(懲) 하고, 뒷근심이 있을까 삼간다(毖)"는 〈시경〉(詩經)의 한 구절이다. 그러나 '징비'해야 할 사건이 어디 임진왜란뿐인가? 가까이는 6·25전쟁이 있다.

두 번째 강의는 내가 하게 되었다. 제7일인 14일이다. 얼마 전 김형국의 부탁으로 이승만 대통령에 관한 글을 썼기 때문에 이승만을 이야기하였다. 그는 대한민국 건국의 아버지다. 그에 대하여는 평가도 다양하고, 심지어 폄훼도 있다. 그러나 사람을 평가할 적에는 공과 과를 비교하는 것이 중요하고, 공이 많으면 많다고 하는 것이 바람직하다는 것이 강의의 요지였다. 내 이야기는 김형국의 이순신 글과 같이 조만간 책으로 나올 예정이어서 여기서는 이 정도로 그친다.

마지막 강의는 다음 날(15일)에 있었다. 강성학 교수가 김동길 박사의 보스턴대 박사학위 논문(제목은 "Abraham Lincoln: An Oriental Interpretation")을 재미있게 소개했다. 대한민국 육군사관학교의 교훈인 '지(智)·인(仁)·용(勇)'에 중용사상을 곁들인 군자의 모델을 정립하고, 그에 입각하여 링컨의 삶과 사상을 조명했다. 사서삼경을 읽지 않았더라도 링컨은 동양적 덕목도 갖춘 인물임에 틀림없다고 했다. 하기야 사서삼경을 읽더라도 그런 덕목을 갖추긴 어려울 것이다.

이어 김동길 박사의 역사에 대한 강의가 잠시 있었다. E. H. 카(Edward Hallett Carr)가 〈역사란 무엇인가?〉란 책에서 언급한, 역사는 "과거와 현재의 대화"라는 말을 알기 쉽게 설명하였다. 역사가 과거와 현재의 대화라는 것도 징비와 같은 말일 것이다. 강의를 들으면서 나는 미국의 철학자 조지 산타야나(George Santayana)가 한 말을 생각했다. "Those who cannot remember the past are condemned to repeat it."[1]

그런지도 모른다. 내 식으로 번역을 하면 이렇다. "역사를 기억하지 못하고, 지난날을 반성하지 못하는 놈은 죽어도 싸다."

3. 여담

크루즈의 우리 일행은 대개 나이가 많다. 몇 살이어야 나이가 많다고 하는지 모르나, 좌장인 김동길 박사, 조완규 전 서울대 총장, 심치선 전 이화여고 교장이 1928년생 동갑이다. 제일 나이가 많다. 나도 보통 어느 모임에서든 나이로는 꿀리지 않는 편인데, 그분들에 비하면 젊다. 김동길 박사와 심치선 교장은 다리가 약간 부실하여 더러 휠체어를 탄다. 심 교장은 김혜선 박사가 이화여중 1학년 때 잠시 임시 담

---

1 폴란드 아우슈비츠 기념탑에는 좀 다른 표현이나 같은 뜻의 말이 적혀 있다. "Those who do not learn history are doomed to repeat it."

임이었다고 한다. 부산 피란 천막교실 시절이다. 교실이 모자라 반의 이합집산이 있었던 모양인데, 1952년이었다. 그런 인연만은 아니겠으나 끔찍이 선생님을 모신다. 매번 휠체어를 밀고 다닌다. 보기 좋다고도 할 수 있으나, 보기 딱하기도 하다. 김혜선 박사도 적은 나이가 아니기 때문이다. 그래 내가 몇 번 휠체어를 민 적도 있다. 조완규 총장은 아주 역강하시다.

'장수회'란 모임이 있다. 흔한 이름이다. 김동길과 조완규가 같이 참여한다. 그 모임에는 또 〈조선일보〉 방우영 고문이 있다. 방 고문은 김동길 박사와 특별히 가깝던 사이라는데, 우리가 고베에 도착하자마자 그날 아침에 별세했다는 소식이 왔다.[2]

9일 가고시마에서 사쿠라지마로 가는 버스에서의 이야기다. 한 시간 남짓 걸리는 거리다. 김동길 박사가 마이크를 잡고, 전날 작고한 방우영 회장의 이야기부터 시작한다.

"병환이 중하게 된 지 좀 되었는데, 식사를 아니 한다는 말을 듣고 바로 문병을 가서 '먹지 않으면 어쩔 것이냐? 좀 먹어야 한다'는 말을 하고 왔다. 그 후에 좀 회복이 되었다고 들었는데, 그렇게 갈 줄은 몰랐다."

사람은 누구나 한 번 왔다 한 번 간다. 그런 생각을 하면 누가 죽었다고 아쉬워할 것도 없고, 슬퍼할 것도 없다. 그때 나는 장자(莊子)를 생각했다. 장자의 아내가 죽자 혜자(惠子)가 문상을 갔다. 장자는

---

2 그 뒤 〈조선일보〉에 방우영 고문에 대한 김동길 박사의 추모사가 실렸다
   (2016년 5월 10일 자). 선상에서 쓴 애절한 글이다.

마침 두 다리를 뻗고 앉아 항아리를 두드리면서 노래를 하고 있었다. 혜자가 말했다.

"아내가 같이 살면서 아이들을 기르다가 늙어서 죽었으니 곡을 하지 않는다면 그것도 과한데, 더구나 항아리를 두드리며 노래하고 있으면 너무 심하지 않은가?"

장자가 대답했다. "그렇지 않소. 아내가 죽었을 때 나라고 어찌 슬프지 않았겠소? 그러나 그 처음을 돌아보면 본래 생명이 없었소. 생명이 없었을 뿐 아니라 형체도 없었소. 형체뿐 아니라 기(氣)란 것도 없었소. 그저 혼돈 속에 섞여 있다가 무언지 변하여 기가 생기고, 기가 변하여 형체가 생기고, 형체가 변하여 생명이 생긴 것인데, 이제 다시 변하여 죽음에 이른 것이오. 이것은 춘하추동 네 계절의 운행과 같은 것이오. 아내는 지금 바로 천지라는 큰 집에서 안식하고 있소. 그런데 내가 만일 소리치면서 통곡한다면, 이것은 내가 하늘의 운명을 모르는 것이 아니면 무엇이오? 그래서 곡을 그친 것이오."[3]

몰랐을 적은 슬펐으나, 사물의 이치를 터득한 다음에는 슬프고 자시고 할 것이 없어졌다는 말이다. 달리 표현하면, 이성으로 정을 완화시킨다(以理化情)는 이야기일 것이다. 김동길 박사는 평생 장가를 안 갔는지 혹은 못 갔는지, 아내가 있어 본 적이 없다. 그러니 아내와 사별할 염려는 없다. 그러나 친구의 죽음을 '이'(理)로 이해하는 듯싶었다. 달관의 경지에 이르면 그렇게 되는 모양이다.

친구의 이야기를 마치자 김 박사는 영어 노래 두 곡, 일본 노래 두

---

3 〈장자〉, "지락"(至樂) 편.

곡 그리고 고복수의 〈타향살이〉와 박목월 작사(김성태 작곡)의 〈이별의 노래〉를 구성지게 불렀다. 기분전환으로 그랬을 것이다. 버스 속의 명창이다. 마지막 노래 가사의 내력도 설명하였다. 목월이 한때 바람이 나서 제주도에 갔다가 사랑하는 이와 헤어진 이야기다.

교육과 관련된 이야기도 있었다. 당신의 누이인 김옥길 전 이화여대 총장이 교육부장관이 되고 얼마 안 됐을 적이다. 하루는 고병익 서울대 총장이 왔더라는 것이다. 어쩐 일로 오셨냐고 물으니, 고등교육국장이 불러서 왔다는 대답이었다. 그래서 그 국장을 불러서 "어떻게 서울대 총장을 오라 가라 하느냐!" 하며 야단쳤다는 것이다. "교육부가 없어져야 대한민국의 교육이 제대로 된다"는 일갈이 뒤따랐다.

나는 속으로 생각했다. 교육부는 없어지기는커녕 계속 승승장구다. 교육부장관은 언제부터인지 부총리로 승격했다. 지위의 문제가 아니라 내용의 문제다. 일찍이 칸트(Immanuel Kant)가 "내용 없는 사상은 공허하고, 개념 없는 직관은 맹목"이라고 했다지만, 참으로 내용이 문제다. 아마 김동길 박사도 그런 생각을 하며 우리나라의 교육에 대한 우려를 말했을 것이다.

하나 더 하고 싶은 이야기가 있다. 앞서 크루즈 제 7일째인 14일에 강성학 교수의 강의가 끝난 다음, 김동길 박사가 역사에 관한 얘기를 했다고 했다. 그 끝 무렵에 영국 시인 테니슨(Alfred Tennyson, 1809 ~1892년)의 시를 읊었다. 〈The Dying Swan〉이란 긴 시다.

백조는 죽을 때 아름다운 노래를 부른다고 한다. 그래서 백조의 노래라고 하면 음악가나 배우 등이 죽음이나 은퇴 전에 내놓는 마지막 작품 혹은 공연이란 뜻도 있다. 지금 생각하니 김동길 박사는 작고한 친구 방우영을 생각하고 그 시를 읊은 것인지도 모르겠다. 혹은 죽음에 대한 대비를 백조의 노래에 비유하여 이야기한 것인지도 모른다. 죽기 직전에 아름다운 노래를 부를 수도 있다. 그러나 아름다운 노래를 젊어서부터 부를 수 있으면 더 좋을 것이다. 욕심일까? 테니슨의 〈The Dying Swan〉을 적어 본다.

The plain was grassy, wild and bare

Wide, wild, and open to the air,

Which had built up everywhere

An under-roof of doleful gray.

With an inner voice the river ran,

Adown it floated a dying swan,

And loudly did lament.

It was the middle of the day,

Ever the weary wind went on,

And took the reed-tops as it went.

Some blue peaks in the distance rose,

And white against the cold-white sky,

Shone out their crowning snows,

One willow over the river wept,

And shock the wave as the wind did sigh,

Above the wind was the swallow,

Chasing itself at its own wild will,

And far thro' the marsh green and still

The tangled water-courses slept,

Shot over the purple, and green, and yellow.

The wild swan's death-hymn took the soul

Of that waste place with joy

Hidden in sorrow at first to the ear

The warble was low, and full and clear,

And floating about the under-sky,

Prevailing in weakness, the coronach stole

Sometimes afar, and sometimes anear,

But anon her awful jubilant voice,

With a music strange and manifold,

Flow'd forth on a carol free and bold,

As when a mighty people rejoice

With shawms, and with cymbals, and harps of gold,

And the tumult of their acclaim is roll'd

Thro' the open gates of the city afar,

To the shepherd who watcheth the evening star.

And the creeping mosses and clambering weeds,

And the willow-branches hoar and dank,

And the wavy swell of the soughing reeds,

And the wave-worn horns of echoing bank,

And the silvery marish-flowers that throng

The desolate creeks and pools among,

Were flooded over with eddying song.

그런데 백조의 노래가 더욱 알려진 것은 테니슨의 시보다 그 시에서 영감을 얻은 파블로바(Anna Pavlova, 1881~1931년)가 1905년에 공연한 발레 때문이었다. 프랑스 작곡가인 생상스(Charles-Camille Saint-Saëns, 1835~1921년)의 〈백조〉(Le Cygne)란 음악에 맞춰 춘 춤이었다. 그런데 백조의 노래에 관하여 재미있는 이야기가 몇 가지 더 있어서 소개한다.

백조의 노래에 관한 이야기는 역사가 깊다. 그리스 신화에 따르면 백조는 아폴론에게 바쳐진 새였다. 때문에 조화와 미(美)의 상징이란 것이다. 노래는 둘째다. 또 〈이솝우화〉에도 백조와 거위 이야기가 있다. 이솝은 참으로 별 것도 다 썼다.

"어떤 부자가 시장에서 거위와 백조를 한 마리씩 사 와서 길렀다. 거위는 요리해 먹을 요량으로, 백조는 노래를 듣기 위해서였다. 거위를 요리할 날이 되었다. 요리사가 거위를 잡으려는데 어두운 밤이라 잘못하여 백조를 붙잡았다. 곧 죽게 된 백조는 소스라치게 놀라서 노래를 불렀다. 목소리로 자신의 존재를 알린 것이고, 그 멜로디 때문에 살게 되었다."

이솝의 이 이야기도 여러 버전이 있지만, 싱겁다면 싱거운 이야기다. 그 후 아이스킬로스(Aeschylus, 그리스의 비극시인·극작가)도 그의 〈아가멤논〉(*Agamemnon*)에서 백조 이야기를 했다. 아가멤논의 아내 크라이템네스트라(Clytemnestra)가 죽은 카산드라(Cassandra)를 "그 최후의 탄식을 노래하는" 백조에 비유했다는 것이다. 플라톤도 "백조는 보통 때에도 울지만 죽기 직전처럼 아름답게 울지는 못한다"고 소크라테스를 인용했다.[4] 아리스토텔레스도 백조는 "음악적이고, 주로 죽음에 임박해서 노래한다"고 했다.[5] 이러한 믿음은 기원전 3세기경에 이르러 격언이 되다시피 퍼졌다고 한다.

또 로마의 시인 오비디우스(Ovid)도 "백조가 죽으면서 자신의 장송곡을 마지막으로 부르듯이, 거기서 그녀는 눈물을 흘리며 기어들어가는 목소리로 슬픔에 가득 찬 비애의 말을 쏟아 냈다"고 적었다.[6] 백조는 베르길리우스(Virgil)과 마르티알리스(Martial)와 같은 시인의 작품 속에서도 노래하는 새로 묘사되곤 했다.

그 후로 백조의 노래에 관하여 논란이 많았던 모양이다. 백조는 노래를 하지 않는다는 말도 있었다고 한다. 그러나 난다 긴다 하는 시인과 작가, 초서(Chaucer), 다빈치(Leonardo da Vinci), 셰익스피어(Shakespere)도 백조에 관하여 한마디씩 했다. 예컨대, 다빈치는 "백조는 점 하나 없이 희다. 죽을 적엔 아름답게 노래한다. 생의 마감의 노래인 것이다"라고 이야기했다. 셰익스피어도 〈베니스의 상인〉에

---

4 *Phaedo*, 84d.
5 *History of Animals*, 615b.
6 *Metamorphoses*, vol. 14, 320~396, "The Story of Picus and Canens".

서 포샤(Portia)의 입을 빌려 떠벌렸다. "그가 원하는 대로 음악을 울리게 하라. 그리고 만일 그가 잘못되면 음악을 멈추고, 백조의 끝과 같이 되게 하라." [7] 이 이야기들은 내가 여러 자료를 적당히 모아 구성한 것이다. 이야기는 더 있으나 이 정도로 그친다.

백조를 언급한 속담도 있다. "사람은 누구나 자기의 거위를 백조라고 생각한다(Every man thinks his own geese are swans)." 맹목적인 편견을 말하는 것이다. 또 "그가 가진 모든 백조가 거위가 되고 말았다(All his swans are turned to geese)"는 표현은 운명의 역전(逆轉)을 지적한 것이다.

위에서 테니슨의 시도 적었지만, 그리스 신화부터 2천 년도 훨씬 뛰어넘어 김동길도 백조의 노래를 읊은 것이다.

백조의 노래가 길어졌다. 모두 크루즈 때문에 생긴 이야기이니, 다시 배로 돌아가 보자. 제8일인 15일 아침이다. 김동길 박사가 따로 아침을 하자 하여 뷔페식당이 아닌 다른 방에서 모였다. 열 명의 자리가 마련되어 있었다. 여기는 주문한 음식을 웨이터가 가져다준다. 번잡하게 왔다갔다 하지 않아도 된다. 김동길 박사, 심치선 교장, 이양훈·이영훈 자매, 김형국 내외, 최선홍 내외, 그리고 내 처와 나, 열 명이 둥그렇게 앉았다. 김혜선 박사도 왔으나 자리가 부족해서 옆 테

---

7 "Let music sound while he doth make his choice; Then, if he lose, he makes a swan-like end, Fading in music." *The Merchant of Venice*, Act 3 Scene 2.

이블에 따로 앉았다. 내 기억에 별로 중요한 이야기는 없었던 것 같다. 그래 내가 덕담을 하나 했다. 덕담을 하게 된 경위랄지 사연인지가 있다. 먼저 그 설명이다.

내가 강의하던 날, 솔직히 말해서 김동길 박사가 내 뒤를 이어서 무슨 말씀을 하는 것이 좀 안쓰러웠다. 그분의 이야기를 듣고 싶지 않아서가 아니라, 또 많이 들었기 때문에, 좀 쉬시라는 뜻에서였다. 그래 김 박사에게 미리 "제가 길게 이야기하겠습니다" 하고 양해를 구했었다. 나도 요령이 없다. 이 얘기 저 얘기 하다 보니 시간이 많이 지났다. 그래 김동길 박사가 말씀하실 시간이 없었다. 나의 처음 계획(?)대로 된 것이다.

그런데 앞서 말한 것처럼 나의 강의는 이승만 대통령에 관한 것이었으나, 시작에 앞서 다른 이야기를 하였다. 김동길 박사가 방우영 고문의 서거를 매우 슬퍼하시기 때문에, 죽음에 대한 이야기를 하고 싶었다. 나는 두 가지 이야기를 했다. 하나는 〈아이반호〉(*Ivanhoe*)란 소설을 쓴 월터 스콧(Walter Scott)이 임종의 침상에서 사위인 록카트(John Lockart)에게 한 말이다.

"Be virtuous, be religious, be a good man. Nothing else will be any comfort when you come to lie here(덕을 행하고, 신앙을 가지고, 좋은 사람이 되게. 자네가 이 자리에 눕게 될 때 위안이 될 것은 그것들뿐이네)."

다른 하나는 구약성경의 〈민수기〉 23장 10절에 등장하는 발람(Balaam)의 얘기였다.

"Let me die the death of righteous, and let my last end be like his〔나는 의인(義人)의 죽음같이 죽기를 원하며, 나의 종말이 그와 같이 되기를 바란다〕."

나는 방우영 고문의 종교는 모르지만, 아마 그는 스콧이 말한 것처럼, 또는 발람의 기원처럼 살았을지 모른다는 이야기를 덧붙였다. 김동길 박사를 위로한 말이었다.

그런데 스콧의 유언(?)을 말하다 보니, 그의 소설 〈아이반호〉이야기를 하게 되었다. 이 소설은 1952년에 영화로도 만들어졌다. 한국어 제목은 〈흑기사〉(黑騎士)다. 남자 주연은 로버트 테일러(Robert Taylor), 여자 주연은 엘리자베스 테일러(Elizabeth Taylor)와 조안 폰테인(Joan Fontaine)이다. 그런데 후자의 언니가 올리비아 드 해빌랜드(Olivia de Havilland)란 또 유명한 배우다. 이양훈·이영훈 자매가 폰테인과 해빌랜드 자매처럼 아름답다는 것이 나의 덕담이었다. 이것 역시 싱겁다면 싱거운 이야기다. 별로 할 이야기가 따로 있지 않아서 심심파적의 이야기였다고 생각한다. 이영훈 씨는 김혜선 박사의 친구이고, 링컨모임에 열심이다. LA에 거주하는 그 언니 양훈 씨는 크루즈를 같이 가려고 귀국했던 것 같다.

마지막으로 별로 유쾌하지 않은 이야기가 있다. 제 8일째가 되는 15일 저녁이다. 포도주를 두 병 시켰다. 그날 밤에 계산서를 배달받아 보니, 세 병을 마신 것으로 되어 있다. 그래 16일 아침 일찍 승객 카운터로 갔다. 술을 주문할 때면 내가 사인을 한다. 두 병의 사인 용지만 있다. 그래 한 병 값은 환불받았다. 크루즈 측에서 고의로 그렇게 한 것이라고 생각하지는 않았다. 그러나 계산서를 확인하지 않았다면 마시지도 않은 한 병 값 32달러를 그냥 냈을 것이다.

4. 크루즈 후

김동길 박사는 '자유의 파수꾼'이란 칼럼을 9년 가까이 매일 쓴다. 그런데 크루즈가 끝나고 약 보름이 지나 쓴 글이 눈에 띄어 여기에 소개한다. "사랑하는 '술꾼들'에게"(5월 31일, 2,953회)란 제목의 글이다. 〈명정 사십년〉(酩酊 四十年)의 변영로(卞榮魯)를 시작으로 왕년의 대주호 천관우(千寬宇, 1925~1991년)와 선우휘(鮮于輝, 1922~1986년)의 이야기를 하고는, 마지막으로 김형국 교수와 내 이야기를 하였다. 내가 술을 좋아하는 것을 딱하게 여기고 쓴 글이다. 나야 그렇지만 김형국은 주당은 아니다. 그러나 한 사람만 가지고 무어라고 하기가 좀 불편하여 두 사람을 내세운 것이 아닌가 한다. 좀 인용한다.

선우휘나 천관우는 과음 때문에 하늘이 그들에게 맡긴 일을 다 끝내지 못하고 빨리 떠났습니다. 두 사람 다 늠름한 사나이들이었는데 술 때문에 예상보다 빨리 무너진 셈입니다. 친구로서, 동지로서 애석하기 짝이 없는 '겨레의 불상사'였습니다. ⋯ 요새 내가 '웃음 띤 얼굴로' 바라보는 두 술꾼이 있는데 하나는 최명이고, 또 하나는 김형국입니다. 둘 다 서울대학에서 가르쳤는데 둘 다 볼 만한 작품들입니다. ⋯ 내가 이 두 사람을 노려보고 있다는 사실을 저들도 느끼고 있을 겁니다. ⋯ 머지않아 우리 집에 불러다 술을 잔뜩 먹이고 야단을 치겠지만, 그들이 돌아갈 때에는 좋은 술을 한 병씩 주겠습니다. 바라보기만 하지 마시지는 말라는 엄명과 함께!

그런 글이었다. 그런데 부르지를 않는다. 그러다가 6월 25일(토요일)에 크루즈 뒤풀이가 있다는 초청을 받았다. 김동길 박사의 사무실이 있는 태평양회관에서다. 정확히는 모르겠으나, 조완규 총장 내외분과 최선홍 교수 외에 두세 명이 빠지고 거의 다 모였다. 기대하지도 않았지만, 술은 물론 없다. 음식은 김병기 화백의 백수연 때와 마찬가지로 예의 냉면이다. 돼지편육과 빈대떡도 나왔다. 술이 없으니 맛은 별로다. 그런데 "바라보기만 하지 마시지는 말라"는 글귀가 생각나서, 나는 오래 소장하고 있던 영지(靈芝) 술을 한 병 갖고 갔었다. 김동길 박사도 "바라보기만" 하시라고 들고 간 것이다.

모임의 헤드테이블은 3인석이다. 김동길 박사가 가운데, 그 좌우에 강성학 교수 내외가 앉았다. 그날은 영국의 유럽연합(EU) 탈퇴가 국민투표로 결정된 다음 날이기도 했다. 이른바 브렉시트(Brexit)가 51.9퍼센트의 찬성으로 결정된 것이다. 나도 영국의 탈퇴를 못마땅하다고 여기고 있었는데, 김동길 박사도 거기에 관하여 몹시 서운해하는 눈치였다.

영국의 민주주의는 1215년의 마그나 카르타(Magna Carta)에서 시작되었다고 해도 과언은 아니다. 영국 의회민주주의가 이와 같이 오랜 전통을 갖고 있다. 김동길 박사는 그런 얘기를 하면서, 훌륭한 지도자가 없어서 그렇다고 하였다. 지지난 세기의 글래드스턴(William Ewart Gladstone, 1809~1898년)이나 디즈레일리(Benjamin Disraeli, 1804~1881년), 혹은 20세기의 처칠(Sir Winston Churchill, 1874~1965년) 같은 지도자가 없어서 영국이 쇠락의 길을 간다는 이야기도 하였다. 의회민주주의의 본산인 영국에서 국민투표가 무엇이냐는 말씀도 있었던 것 같다. 지도자가 중요하다는 얘기였다. 할 수 없다. 나라에도 팔자가 있는 모양이다.

그러면서 김동길 박사는 또 아일랜드의 시인 예이츠(William Butler Yeats, 1865~1939년)의 〈The Lake Isle of Innisfree〉란 시를 읊으셨다. 나도 젊어서 읽었던 시다. 아름다운 시, 동경(憧憬)의 시다.

I will arise and go now, and go to Innisfree,
And a small cabin build there, of clay and wattles made;
Nine bean rows will I have there, a hive for the honey bee,
And live alone in the bee-loud glade.

And I shall have some peace there, for peace comes dropping slow,
Dropping from the veils of the morning to where the cricket sings,
There midnight's all a glimmer, and noon a purple glow,
And evening full of the linnet's wings.

I will arise and go now, for always night and day
I hear lake water lapping with low sounds by the shore;
While I stand on the roadway, or on the pavements gray,
I hear it in the deep heart's core.

김동길 박사가 그 시를 다 읊지는 않았다. 누구라도 읽으면 좋다는 생각에, 그냥 시의 전문을 적은 것이다. 그건 그렇고, 나는 용아(龍

兒) 박용철(朴龍喆, 1904~1938년)이 이 시를 번역한 것을 기억한다.
가물가물한 기억이다.

　　나는 일어나 바로 가리, 이니스프리로 가리.
　　진흙 이겨 잔가지와 섞어 오두막을 작게 짓고,
　　아홉 이랑 콩을 심고, 꿀벌은 한 통…. 〔이하 생략〕

　　예이츠와 직접 관계는 없으나, 용아의 데뷔작인 〈떠나가는 배〉
(1930)를 사랑하여 여기에 적는다. 예이츠를 닮았다는 생각이다.

　　나 두 야 간다
　　나의 이 젊은 나이를
　　눈물로야 보낼 거냐
　　나 두 야 가련다.

　　아늑한 이 항구인들 손쉽게야 버릴 거냐
　　안개같이 물 어린 눈에도 비치나니
　　골짜기마다 발에 익은 묏부리 모양
　　주름살도 눈에 익은 아 — 사랑하는 사람들.

　　버리고 가는 이도 못 잊는 마음
　　쫓겨 가는 마음인들 무어 다를 거냐
　　돌아다보는 구름에는 바람이 회살짓는다

앞 대일 언덕인들 마련이나 있을 거냐.

나 두 야 가련다.
나의 이 젊은 나이를
눈물로야 보낼 거냐
나 두 야 간다.

크루즈 뒤풀이 행사는 이래저래 끝났다. 다시 몇 사람이 모여 담소하는데, 김동길 박사가 그곳에서 가까운 김옥길기념관으로 가자 한다. 김옥길기념관의 수리가 다 되었다는 것이다. 태평양회관에서도 곧 철수한다고 했다. 그러니 태평양회관에서의 냉면파티는 그날이 마지막이다. 새로 단장한 기념관은 아담하다. 김 박사의 살림집과 붙어 있다. 그랬더니 김형국 교수와 나에게 포도주를 세 병씩 주신다. 그러나 "우리 집에 불러다 술을 잔뜩 먹이고…" 운운의 약속대로는 아니다. 그것 대신인지 모른다.

그 두 주일 전에 소규모의 크루즈 해단모임도 있었다. 6월 11일(토요일) 점심에 나는 김혜선 박사, 이영훈 씨, 최선홍 교수 내외와 김형국 교수 내외를 신사동의 '사와'란 일식집으로 초대했다. 모두 여덟 명인데, 반이 술을 안 마신다. 그래도 내가 준비한 포도주 네 병은 남지 않았고, 나에겐 미진했다.

(2016년 7월)

오키나와

---

1. 들어가며

①

이 세상에 태어나 고생만 하다
봄 여름 가을이 덧없이 가고
눈 내리는 어느 날 늙고 병들어
왔던 곳 찾아서 되돌아가네.

②

왕검성에 달이 뜨면 옛날이 그리워라
영명사 우는 종은 무상을 말합니다.
흥망성쇠 그지없다 낙랑의 옛 자취
만고풍상 비바람에 사라져 버렸네.

패수야 푸른 물에 이천 년 꿈이 자고

용악산 봉화불도 꺼진 지 오랩니다.

능라도 버들 사이 정든 자취 간 곳 없고

금수산 오르나니 흰 옷도 드물어라.

우뚝 솟은 모란봉도 옛 모양 아니어든

흐르는 백운탄이라 옛 태돈들〔태도인들〕 있으랴.

단군전에 두견 울고 기자묘에 밤비 오면

지난날도 그리워라 추억도 쓰립니다.

하늘에는 별도 많고, 사람에겐 말도 많다. 말 가운데는 시(詩)란 것도 있다. 중국의 옛 책인 〈우서〉(虞書)에 "시는 뜻을 말하는 것이요, 노래는 말을 길게 하는 것"(詩言志 歌永言)이라고 하였다.[1] 시는 뜻을 말로 표현한 것이니 무수히 많을 수밖에 없다. 뜻만큼이나 많다. 뜻은 "어떠한 것을 하겠다고 속으로 먹는 마음"이라고 사전에 적혀 있다. 사람마다 뜻이 있고, 그것도 여럿일 수 있다. 자꾸 따지고 캐면 점점 어렵게 된다. 시는 마음을 표현하는 언어의 한 형식이다.

나는 2017년 5월 20일부터 25일까지 "김동길 박사와 함께하는 오키나와 크루즈 여행"을 다녀왔다. 앞의 두 시는 24일 오후 김동길 박사의 강연에서 들은 것이다. 프린세스 크루즈의 사파이어라는 배 위에

---

1 주광잠(朱光潛) 지음, 정상홍(鄭相泓) 옮김, 〈시론〉(詩論)(동문선, 1991), 13쪽.

서였다. ①은 김 박사의 자작시이고, ②는 그가 소학생 시절에 배운 것이다. 김 박사와 여행한 것이 처음도 아니고 시도 앞선 여행에서 들은 것 같은데, 이번에는 그것이 유달리 마음에 다가왔기에 적은 것이다. 먼저 강연 내용을 간단히 소개한다.

크루즈의 다른 이름은 "김동길 박사와 함께하는 인생 크루즈"다. 그래 강연의 주제는 인생이었고, 그의 전공이 역사인 만큼 역사 이야기도 있었다. 김 박사는 금년이 구순(九旬)이다. 그 나이의 사람들이 다 그렇지만, 격동기를 살았다. 식민지 시대에 태어나, 일제의 교육도 잠시 받았다. 월남을 했다. 미국 유학도 했고, 교수도 했고, 감옥에도 갔고, 정치도 했다. 남다른 감회가 많을 것이다. 그래 인생타령이 먼저 나왔다.

강연은 언제 지은 것인지 알 수 없는 ①번의 자작시로 시작했다. 이러쿵저러쿵 따질 것 없다. 늙고 병들면 가는 것이다. 어디로 가나? "왔던 곳 찾아 되돌아간다"는 것이다. 왔던 곳이 어딘가? 사람마다 다를 것이다. 김 박사는 독실한 기독교인이다. 하느님의 섭리를 따르는 것이 되돌아가는 것인지 모른다. 인도인이라면 갠지스(Ganges) 강의 진흙에서 나와 다시 갠지스강으로 돌아간다고 믿을지 모른다.

나이가 많든 적든 누구나 간다. 그것을 모르는 사람은 없다. 그러나 나이가 들수록 가는 것에 대하여 생각이 많다. 그래 그 가는 것을 염두에 두고, 김 박사는 근자의 심정을 포함하여 이런저런 이야기를 하였다. 시 다음의 이야기는 요즘 세태에 대한 개탄이다.

"바로 이틀 전(현지 시간으로 22일 저녁 7시 좀 넘어서) 영국 맨체스터에서 폭탄 테러가 있었다. 아리아나 그란데(Ariana Grande)란 미국 가수의 공연장에서 폭탄이 터져 20여 명이 사망하고 60여 명이 부상 당했다. 젊은이들이 많이 희생되었다. 테러가 그것만이 아니다. 자주 있다. 악의 세력이 있기 때문이다. 양혜왕(梁惠王)을 만났을 적에 맹자는 인의(仁義)의 중요성을 말했다. 지금도 그것이 필요하다. 방법은 무엇인가? 사람들 사이에 담을 쌓지 않는 것이 한 방법인지 모른다. 그런데 트럼프는 멕시코와의 국경에 담을 쌓겠다는 것이다. 일찍이 미국에 그렇게 상식 없는 대통령은 없었다. 그러나 우리가 미국 걱정이나 하고 있을 때인가?"

이어서 자신의 삶을 되돌아보는 이야기가 뒤따랐다.

"나는 성공하지 못한 사람이다. 백낙준(白樂濬, 1896~1985년) 박사가 나를 미국에 유학 보낸 것은 공부하고 돌아와서 연세대를 맡아 운영하라는 뜻에서였다. 돌아왔다. 한참 일할 나이에 군사정권이 들어섰다. 군사쿠데타는 민주주의 국가에서 있을 수 없는 일이다. 민주주의를 공부한 나는 군사정권에 맞서지 않을 수 없었다. 여러 해 옥살이를 했다. 굽히지 않았다. 10·26 이후 잠시 연대 부총장 일도 했다. 그러나 전두환 정권의 등장으로 그것도 여의치 않았다. 그러다가 정주영 씨를 만나 정치에 관여하기도 했다. 그러나 그 또한 여의치 않았다. 옛날 의식(意識)을 갖고 세상을 살았기 때문이다."

삶의 성공과 실패는 누가 판단하는 것인가? 김 박사는 자신이 성공하지 못한 삶을 살았다고 하였다. 겸하(謙下)의 말이다. 정치 이야기는 그만 두더라도, 군사정권이 등장하지 않아서 별 탈 없이 백낙준 씨의 뜻대로 총장이 되어 연세대를 이끌었다면 성공한 삶이었을까? 평

교수로서 많은 학생들을 가르치고, 훌륭한 인재들을 양성한 것은 성
공과 먼 일인가? 누구나 자신의 생애를 돌아보면 잘한 일도, 잘못한
일도 있다. 제 3자가 평가한다고 해도 같다. 성공도 있고 실패도 있
다. 인생의 성공과 실패는 누가 어떤 시각에서 어느 측면을 보느냐에
따라 다르다.

그를 좋아하고 사랑하는 사람들이 많은 것, 마음에 맞는 사람들과
90 나이에 여행할 수 있는 것만으로도 김동길의 삶은 성공이라고 나
는 믿는다. 하루에도 스스로를 세 번 돌이켜본다는 증자(曾子) 같은
사람도 있는지 모르나, 사실 절대다수의 사람들은 자신의 삶이 성공
이냐, 실패냐 하는 문제를 생각조차 못해 보고 일생을 마친다. 자신
의 삶을 돌아볼 수 있는 것만으로도 축복이라고 해야 할 것이다.

인생과 역사는 김 박사가 평생 생각해 온 두 명제다. 인생의 주제는
사랑이고, 역사의 주제는 자유라고 그는 주장했다. 사랑은 인간이 추
구해야 할 보편적인 가치이며, 역사는 자유가 인류의 저변으로 확대
되는 과정의 기술(記述)이라고 했다. 사랑과 자유는 김동길 사상의
초석이다. 그러한 사상을 갖고, 그 사상을 전파할 수 있다는 것을 생
각하면 그의 삶은 실패와는 거리가 멀다. 그러나 무언지 아쉽다. 누
구나 그렇다. 이제 "왔던 곳 찾아서 되돌아간다"고 읊을 때, 그는 고
향을 그리워하고 있는 것이 분명하다. 고향이 "왔던 곳"인지 어떤지는
모르지만, 고향이 그립다. 그래서 〈왕검성에 달이 뜨면〉이란 시를
또 생각한 것이다.

강의 때 그 시를 들으면서 대강 적기는 했으나, 정확하지 않았다.

그래서 강의가 끝난 후, 김 박사의 방으로 갔다. 그 자리에는 김 박사를 끔찍이 모시는 황무영 회장도 있었다. 그 시에 대하여 다시 물었다. 거기에는 평안도의 지명과 유적지 이름이 여럿 나온다. 어떤 곳인지도 궁금하고, 또 한자로 어떻게 쓰나 하여 사전(이희승 편, 〈국어대사전〉)을 찾아보았다.

- 왕검성(王儉城): 고대 평양을 일컬음. 원래 선인(仙人)의 도읍지라고 전해 왔던 곳으로 기자(箕子)의 후예라고 자칭하는 부왕(否王)·준왕(準王)이 이곳에 도읍하였음. 그 후 위만(衛滿) 조선도 이곳에 도읍하고, 낙랑군(樂浪郡)의 치소(治所)도 이곳이었음. 뒤에 고구려의 도읍지로 되었음.

- 영명사(永明寺): 31본산의 하나. 평양 금수산(錦繡山)에 있음. 고구려의 광개토왕이 지은 아홉 절의 하나로 추측되나 확실치 않고, 지금은 교종(敎宗)의 본산이 되어 있음.

- 낙랑(樂浪): 한사군(漢四郡)의 하나. 지금의 청천강 이남 황해도 자비령 이북 땅에 둠. 기원전 108년에 베풀어져서 그 뒤 여러 번 변천을 거듭하다가 미천왕 14년(313년)에 고구려에 병합되었음.

- 패수(浿水): ① 옛날 낙랑의 수도와 국경에 있던 수명(水名). 왕검성의 패수는 지금의 봉천(奉川) 해성현(海城縣) 서남에 있는 어이하(淤泥河)라 하며, 누방(鏤方)의 패수는 대릉하(大凌河) 곧 백랑하(白狼河)라 함. ② 대동강의 옛 이름. 패강(浿江).

- 용악산(龍岳山): 평양 만경대 구역에 있는 산. 높이 292미터. 경치가 아름다워 평양의 금강산이라 불림.〔이것은 이희승 사전에 없다. 인

터넷의 〈두산백과〉를 참고하여 작성하였다.〕

· 능라도(綾羅島) : 평양 대동강 가운데 있는 경치 좋은 섬.

· 금수산(錦繡山) : 평양 교외에 있는 산. 이 산 위에 모란봉(牧丹峰)이 있음.

· 모란봉(牧丹峰) : 평양 북부에 있는 작은 산. 산봉우리가 모란꽃 같다고 하여 일컬음. 꼭대기에 누각이 있고, 동쪽은 절벽을 이루며 대동강에 임하여, 평양의 절경으로 이름난 곳.〔바로 위 금수산 항목에도 나왔다.〕

· 백운탄(白雲灘) :〔백운탄도 이희승 사전에 없다. 인터넷에 찾아보니 직접 설명은 없고, 이 지명이 나오기는 한다. 공교롭게도 그것은 김동길 박사의 '자유의 파수꾼'이란 연작 칼럼에 나온다.[2] 이 이야기는 다시 한다. 한자는 없다. 필경 "白雲灘"일 것이라고 내가 추정했다.〕

· 단군전(檀君殿) :〔평양 강동구 강동읍 칠포동에 있는 옛터. 단군의 제사를 지냈던 곳이라고 인터넷의 〈조선향토대백과〉에 나와 있다.〕

· 기자묘(箕子墓) :〔기자묘도 이희승 사전에 없다. 箕子陵(기자릉)은 있다. 기자릉은 "평양 을밀대 아래에 있는 이른바 기자의 묘. 800여 년 전 고려 숙종이 이를 모셨고, 조선 성종 때 중수한 것"이라 한다.〕

백운탄에 관한 설명에서, 나는 김동길의 칼럼 이야기를 하였다. 강의에서도 칼럼에서도, 그는 그 시를 안동혁이란 분에게서 배웠다고 했다. 안 씨는 감옥생활도 오래한 사상가였고, 감옥에서 그렇게 되었

---

2 "고향을 생각한다", '자유의 파수꾼'(2014년 9월 8일).

는지 앞을 못 본다고 했다. 그러나 애국자였다. 평양고보 학생들을 모아 놓고 우리나라 역사와 시를 가르쳤다. 그때 김 박사는 평양 심상 소학교에 다닐 적인데, 상당히 조숙했던 모양이다. 그는 말한다.

"소학교 학생이던 나는 그 틈에 끼어서 뜻도 모르는 시를 암송하였는데 그 시의 참뜻은 세월이 한참 흐른 뒤에야 비로소 깨달을 수 있었습니다. … 남들이 다 추석을 맞아 고향을 찾는다는 오늘 아침에 나는 홀로 이 망향가를 읊조리며 을밀대와 만수대가 그리워 눈물집니다. 어머님이 안 계신 고향을 이제 찾아서 무엇하리오!"[3]

"고향을 이제 찾아 무엇하리오!" 하고 썼으나 고향이 그리운 것이다. 그 칼럼을 쓸 때보다 이제 세 살을 더 먹었다. 고향 생각이 더 난다. 어머님이 안 계셔도 고향은 고향이다. 그래 김 박사는 자작시와 더불어 〈왕검성에 달이 뜨면〉을 읊은 것이다.

내가 김 박사의 방에서 시를 정확하게 받아 적을 때, 둘째 연 끝의 "금수산 오르나니 흰 옷도 드물어라"란 구절에서 멈칫했다. 흰 옷은 우리 민족의 상징이다. 갑자기 김동인의 단편 〈붉은 산〉(1932)이 생각났기 때문이다.

만주 어디인가 조선인 소작인들이 모여 사는 작은 마을에 '삵'이라는 별명의 투전과 싸움으로 이름난, 고향이 어딘지 알 수 없는, 망나니가 있었다. 송첨지라는 노인이 소출을 가지고 중국인 지주에게 갔다가, 소출이 좋지 못하다고 두들겨 맞아 죽는 사건이 발생했다. 그러자 삵은 그 중

---

3 위의 칼럼.

국인 지주를 죽인다. 그리고는 중국인들에게 몰매를 맞고 눈을 감으면서, 주위의 조선인들(소설에서는 일인칭 화자인 조선인 의사)에게,

"보고 싶어요. 붉은 산이…. 그리고 흰옷이!" 죽음에 임하여 고국과 동포를 생각한 것이다. 그리고는,

"선생님! 노래를 불러 주세요. 마지막 소원…. 동해물과 백두산이 마르고 닳도록…." 그때 둘러섰던 조선인들은 조용히 그리고 숭엄하게 애국가를 불렀다.

"무궁화 삼천리 화려 강산…."

나는 어려서 〈붉은 산〉을 읽을 때, 붉은 산과 흰 옷 사이에 '푸른 하늘'을 넣었으면 좋지 않았나 하고 생각한 적이 있었다. '붉은 산, 푸른 하늘, 그리고 흰 옷!'이라고. 푸른 하늘도 붉은 산, 흰 옷과 더불어 당시 조선인의 동경(憧憬)이었다. 아니, 지금도 그렇다.

김 박사는 강의에서 자작시와 〈왕검성에 달이 뜨면〉 외에 일본의 시인이고 소설가인 시마자키 도손(島崎藤村, 1872~1943년)의 〈첫사랑〉(初戀)이란 시도 소개했다. 왜 그 시의 이야기가 나왔는지는 기억에 없다. 시마자키는 메이지 학원을 졸업하고, 메이지 여학교의 영어 교사로 재직하였다고 한다. 그때 만난 여학생(?)을 좋아했던지 〈첫사랑〉이란 시를 지었다. "앞머리에 꽂은 꽃 장식 빗을 보고, 꽃이 핀 당신이라 생각했다오"〔前にさしたる花櫛(はなぐし)の 花ある君と思ひけり〕하는 구절이 특히 아름답다고 김 박사는 말했다.

김 박사도 〈왕검성에 달이 뜨면〉을 배울 임시에 첫사랑을 경험하

고 있었나? 하기야 그는 조숙했으니 그럴 만도 했을 것이다. 그 때문에 시마자키를 떠올렸는지 모른다. 시마자키는 여성 편력이 복잡했다고 한다. 첫사랑은 실연(失戀)이었다. 그래 그런 시를 쓴 것이다. 나도 실연과 연관된 이야기를 안다.

하나, 시마자키와 같은 젊은 교사가 한 여학생을 좋아했다. 그러나 그 여학생은 눈길 한번 주지 않더란 것이다. 교사가 편지를 썼다. "천년 묵은 안압지도 돌 던지니 '퉁' 소리 있더라. 열일곱 이 계집애야, 너는 귀도 없나, 입도 없나?"

둘, 열일곱인지 여덟인지의 여학생이 젊은 선생님을 사모하는데, 선생은 도무지 조금의 반응도 보이지 않았다. 그래 그 학생이 읊었다. "뜨거운 뺨, 끓는 가슴을 만져보지도 않고, 도(道)를 일컫는 학자여! 외롭지 않은가?"

그 계집애에게 귀와 입이 있어도, 그 여학생의 뜨거운 뺨과 끓는 가슴을 만져보아도 별 수는 없었을 것이다. 사람은 누가 무어라도 외로운 존재다. 혼자다.

누가 이 글을 읽으면, "최 아무개는 김동길 박사를 팔면서 자기 이야기를 하는구나?" 할지 모른다. 그러나 오늘밤에도 왕검성에는 달이 뜰 것이고, 내일 아침에는 해가 뜰 것이다. 나는 김혜선 박사에게 "이번 여행에서 건진 것은 〈왕검성에 달이 뜨면〉뿐"이라고 했다.

2. 일지(日誌)

5월 20일(토요일).　우리가 가는 곳은 난세이(南西) 제도 혹은 류큐(琉球) 제도다.　여기 사람들은 오키나와(沖繩) 라고 부른다.　일본 규슈(九州) 남쪽에서 서남으로 650킬로미터 떨어진 곳에서부터 타이완 북단까지 펼쳐진 군도(群島) 다.　55개의 섬으로 이루어졌다.　행정구역으로는 오키나와 현이다.　그 가운데 세 섬을 방문한다.　옛날에는 이들 지역이 독립 왕국이었으나 중국과 일본의 영향을 많이 받았다. 조선과의 교류도 있었다.　그러다가 1879년에 일본에 합병되었다.

오키나와는 처음이다.　그 섬에 대하여 관심을 갖게 된 것은 언젠가 야마오카 소하치(山岡莊八)의 소설 〈태평양전쟁〉을 읽고부터다. [4] 소설이라고는 하나, 논픽션에 가까운 대작이다.　작가가 태평양전쟁 당시 종군기자였기 때문인지 리얼한 기록이 많다.　전쟁 말 오키나와 전투 때도 잠시 그곳에 있었다.　오키나와는 미군이 일본군과 지상전을 치른 유일한 곳이고, 1945년 4월부터 석 달 동안 계속된 전투로 일본인 20여만 명이 사망한 곳이기도 하다.　그중 약 절반이 민간인이었다.　전쟁터가 다 그렇지만, 재수가 없다면 억세게 없는 곳이다.

전쟁이 종식된 후 오키나와에는 미군의 군정이 실시되었다.　그것이 민정으로 이어졌다가, 우여곡절 끝에 1972년에 일본으로 반환되었다.　그러나 아직도 미국의 군사기지가 도처에 있고, 4만여 병력이

4　야마오카 소하치 지음, 박재희(朴在姬) 역, 〈태평양전쟁〉, 전 10권(동서문화사, 1973).

주둔하고 있다고 한다.

우리가 배 타고 오키나와에 가는 것은 이틀 후 22일이고, 오늘은 먼저 오후 2시 20분 출발의 아시아나항공 713편으로 대만행이다. 정오까지 인천공항에 집합이다. 반가운 얼굴이 많다. 탑승까지는 꽤 기다려야 한다. 반가운 얼굴이 많은 것은 좋은 일이나, 기다리는 시간이 긴 것은 별로다. 그러나 여유가 있어서 좋다.

탑승하기 전에 간단히 요기를 하기로 했다. 아내의 친구인 이옥엽·최인자 두 분이 동행이라 함께 파리바게트로 갔다. 그들은 지난번 장강 크루즈 때도 동행이었다. 샌드위치와 커피 등을 주문했다. 그래도 시간이 남는다. 무슨 이야기로 시간을 보내야 한다. 내 아내와 그의 친구들은 돈독한 기독교 신자들이다. 내가 교회에 가지 않기 때문에 갔으면 하는 눈치다. 나는 중학교에 가기 전까지는 교회에 다녔다. 더구나 군대 갔을 적에 군목실(軍牧室)에서 군종하사관으로 근무한 적도 있다. 부대 안의 교회에서 자고 먹고 했다. 그래 그곳을 떠날 때 교회를 졸업(?) 한 기분이었다. 교회에 가지 않는 나의 이유다. 그런 등등의 이야기와 나의 군목실 시절의 경험담으로 시간을 보냈다. 모든 이야기는 하기 나름이나, 군목실 이야기는 길다. 다 마치지 못하고 탑승장으로 향했다.

탑승 직전 황무영 회장을 만났다. 보여 줄 것이 있다면서 스마트폰을 꺼낸다. 경술국치(庚戌國恥) 전, 우리나라에 통감으로 와 있던 이토 히로부미(伊藤博文)의 통감인(統監印, 도장)을 어렵게 수중에 넣었다면서 그 사진을 보여 준다. 자랑하는 눈치다. 나는 인장에는 관심이 없다. 그러나 이토에 관하여 무슨 이야기를 해야 했기에 비교적 근자에 출간된 책을 소개했다. 한상일 교수의 〈이토 히로부미와 대한제국〉(까치, 2015)이다. 훌륭한 책이다.

비행기 좌석은 우연이겠지만, 내가 김동길 박사의 바로 뒤에 앉게 되었다. 그 옆은 김혜선 박사이고, 내 옆은 나의 아내다. 창가다. 무슨 얘기 끝에 김 박사가 나에게 "나누어 먹으라"며 가오루(Kaol, 일제 은단)를 한 병 주신다. 그래 내가 "이걸 어떻게 나눕니까?" 했더니 하나를 더 주신다. 농담으로 한 말이었는데, 염치없게 되었다.

비행기에서 내렸다. 입국수속도 마쳤다. 마중 나온 버스를 타고 호텔로 갈 참이다. 그런데 버스가 떠나지 않는다. 우리 일행의 한 여성이 다른 사람의 가방을 잘못 들고 나왔기 때문에 문제가 생긴 것이다. 그래 근 한 시간을 기다렸다. 지루하다. 지루함을 푸는 일은 김동길 박사의 몫이다. "1957년 미국 유학에서 귀국할 적에 오키나와에 들렀다. 질서를 잘 지키는 것이 인상적이었다"는 등의 이야기가 있었다. 또 윤선도(尹善道)가 바위를 두고 지은 〈오우가〉(五友歌)의 하나를 읊으신 것은 기억이 있다.

꽃은 무슨 일로 피면서 쉬이 지고
풀은 어이하여 푸르는 듯 누르나니
아마도 변치 아닐 손 바위뿐인가 하노라.

바위처럼 잠자코 기다리면 된다는 뜻인지도 모른다. 그래서인지 다행히 가방을 제대로 찾은 장본인이 뒤늦게 버스에 올랐다. 자기의 잘못으로 일어난 일로 여러 사람을 기다리게 했는데도 일언반구의 미안하다는 말이 없다.

6시에 도착한 곳이 '원산대반점'(圓山大飯店, The Grand Hotel) 이다. 이 호텔은 본래 장개석(蔣介石) 총통의 부인 송미령(宋美齡) 여사의 주도로 1952년에 세워졌고, 1973년에 대대적인 개축으로 지금의 14층 건물이 되었다. 고전적인 궁전식의 큰 건물이다. 앞에는 기륭강(基隆河), 뒤에는 양명산(陽明山), 동쪽은 송산(松山), 서쪽은 담수(淡水)를 내려다 볼 수 있어 대북 제일의 경치를 자랑한다. 좋은 호텔에 묵는 것에는 비용이 추가된다. 한 사람이 120달러를 더 내다.

저녁 후, 8시 반에 로비에서 모이란다. 야경(夜景)을 보러 나가자는 것이다. 홍의빈 처장이 택시 삯이라며 대만 돈 200원을 건넨다. 걸어서 약 15분 걸린다는데, 택시를 탔다. 검담역(劍潭站, Jiantan chan) 에서 내리다. 95원이 나온다. 길을 건너면 스린(士林) 야시장이다. 음식점이 많은 골목이다. 사람은 많고, 길은 비좁다. 거리 전체가 불난 호떡집이다. 입구에서 택시를 되짚어 타고 호텔로 오다.

도대체 대북에서 제일 좋다는 호텔의 하루 방값이 얼마나 되나 하고 가격표를 보았다. 보통객실의 경우에 대만 돈으로 8,200원이다. 한화로 30만 원이 좀 넘는다. 여행사에서 좀 싸게 흥정했을 것이다.

5월 21일(일요일). 오전 11시에 호텔 로비에 모인다고 한다. 그때까지 시간 여유가 있다. 작년 5월에 대북에 왔을 적에 유명한 101층 빌딩 지하 슈퍼에서 말린 숭어 어란(魚卵)을 산 일이 있다. 아내가 갔으면 한다. 택시 두 대가 움직였다. 한 차에는 홍의빈·황무영·이희정 씨, 내가 탄 차에는 이옥엽·최인자 씨와 나의 아내가 탔다. 빌딩

상가는 11시부터 연다고 하여 허탕인가 생각했는데, 홍의빈 처장이 뒷문을 발견하여 식품점에 들어갈 수 있었다. 어란 한 개에 1,980원이다. 101층 빌딩까지 택시비는 편도가 295원이다. 뒷문은 후문(後門)이다. 후문이란 말은 중국에서 뒷거래란 좀 나쁜 의미로도 쓰인다. 상가 후문으로 들어갔으나 뒷거래는 없었다.

부두에 도착한 시간이 12시 10분. 승선의 절차가 복잡하고, 타려는 사람의 줄이 길다. 두 시간 넘게 서서 기다려서 겨우 승선. 배정받은 방에 들어갈 시간이 없다. 바로 식당행이다. 점심이라고 먹고 나니 3시 30분. 그런데 4시부터 해상안전을 위한 교육이다. 방에서 짐을 풀 겨를도 없이 구명조끼를 들고 훈련에 임하다. 지루한 훈련이 45분이나 걸리다.

저녁 후 김동길 박사와 김혜선·황무영·홍의빈과 우리 내외가 모였다. 어쩌다가 월남(月南) 이상재(李商在, 1850~1927년) 선생이 화제가 되었다. 김 박사가 월남의 일화 둘을 이야기 하였다. 둘 다 수주(樹州) 변영로(卞榮魯, 1898~1961년)와 관계된다.

하나, 월남이 YMCA의 일을 보실 때이고, 수주는 월남을 따르던 때다. 하루는 수주가 종로 어디를 걸어가는데, 누가 뒤에서 "변정상 씨!"라고 부른다. 돌아보니 월남이 웃고 계시더란 것이다. 변정상(卞鼎相)은 수주의 아버지다. 그래 수주가 월남을 보고,

"부자를 혼동하시는군요!" 하였더니, 월남이,

"예끼, 이놈아! 네가 변정상의 씨가 아니고 무엇이냐?" 하더란다.

수주는 졸지에 아무개의 '씨'(種子)가 된 것이다.

또 하나, 한번은 월남이 임종 얼마 전인지 많이 편찮으셔서 문병을

갔더란다. 수주를 보고 월남은, "나 뒈지는 것을 보러왔냐?" 하셨다는 이야기였다.

그렇게 들어서 적었지만 '뒈지다'는 말은 비속어다. 아주 친하게 느껴서 그랬는지는 모르나, 월남이 그런 농(弄)을 했을 것 같지는 않다. 나도 월남의 일화를 더러 안다. 하나만 적는다. 언젠가 월남이 을사오적의 하나인 이완용(李完用, 1858~1926년)을 만났다. 월남이 "대감, 일동(日東, 동경)에 안 가시오?" 하였다. 이완용이 "일동은 왜요?" 하고 묻자 월남이 대답하길, "대감은 나라 망치는데 이골이 난 사람인데, 일동에 가면 일본이 망할 것 아니오."

민태원(閔泰瑗, 1894~1935년)의 〈월남 이상재〉란 책에서 읽은 기억이다. 또 민태원하면 〈청춘예찬〉이란 수필이 떠오르고, 그것은 고등학교 국어교과서에 실렸다. 요새도 그런지 모른다.

5월 22일(월요일). 배에서의 첫 아침이다. 오전 10시에 김동길 박사의 강의가 있다 하여 14층 라운지에 모이다. 그런데 마이크가 준비되어 있지 않다. 마이크 없이는 누구라도 강의하기 어렵다. 모두 으레 마이크가 준비된 줄 알았다. 금방 된다는 것이 5분, 10분 기다려도 소식이 없다. 여행사 측이 준비를 소홀히 한 것이다. 한 30분이 지나자 기다리다 못한 김 박사가 일어났다. 공자(孔子)라도 화가 남직한 상황이나 내색은 안 하신다. 말씀을 요약하면 이렇다.

"오래 사는 게 어렵다. 이 같은 일(마이크가 준비 안 된 일)이 생긴 것을 믿을 수가 없다. 우리나라 사람들이 하는 일이 이렇다. 정부가 약속을 지키지 않으니, 백성도 그런 모양이다. 인간에게 가장 중요한 것은 책임이다. 그런데 우리의 경우엔 책임을 지지 않는다. 미국이나 일본을 두고 우리가 어쩌니 저쩌니 하지만 그들은 신용사회다. 우리는 아직 멀었다."

그리고는 고려 말 목은(牧隱) 이색(李穡, 1328~1396년)의 시조를 읊으신다.

백설이 자자진〔녹아 없어진〕 골에 구름이 머흐레라〔많이 끼었구나〕
반가운 매화는 어느 곳에 퓌었난고〔피었는가〕
석양에 홀로 서서 갈 곳 몰라 하노라

이색은 충신이다. 기울어 가는 나라의 운명을 개탄한 것이다. 그는 수천 수의 한시를 지었으나, 우리말 시조는 이것 하나뿐이다. 아니 이 하나로 그는 그의 애국충절을 유감없이 나타내고 있다. 백설은 고려조의 신하들을 비유한 것이다. 눈처럼 녹아 없어졌다. 구름은 기세등등하게 일어나는 이성계 일파를 일컫는다. 매화는 그 구름을 날려 보내 고려를 부흥시켜야 할 임무를 띤 지사들이다. 거의 없다. 상황이 이 지경에 이르렀는데 나의 힘은 너무나 미약하구나! 무엇을 할 수 있는가?

김동길 박사의 강의는 늘 우리의 현실을 염두에 두고 있다. 탄핵정국이 급기야 새 정권의 등장으로 이어졌다. 마음에 들지 않는다. 그렇다고 "내가" 무슨 일을 할 수 있겠는가? 생각이 그렇게 미치자, 이색의 시가 자연히 떠오른 것이 아닐까? 나의 생각이다.

10시 40분이 되어서 마이크가 준비되었다. 그렇다고 그 마이크를 잡을 김동길이 아니다. "이렇게 늦게 온 마이크를 나는 안 쓴다. 다리가 후들후들 떨려도 서서 마이크 없이 이야기한다." 마이크 설치를 제때에 하지 못한 여행사측을 간접으로 야단치시고는, 잠시 무슨 생각을 하시더니, 다시 고려 말 우탁(禹倬, 1262~1342년)의 〈탄로가〉(嘆老歌, 늙음을 한탄하는 노래) 한 수를 읊으신다.

한 손에 막대 잡고 또 한 손에 가시 쥐고
늙는 길 가시로 막고 오는 백발 막대로 치렸더니
백발이 제 먼저 알고 지름길로 오더라.

이런 것이 인생이다. 어쩔 수 없다. 발버둥 쳐도 막을 수 없다. 그러다가 이야기는 다시 국내 정치로 잠간 흘렀다(속상하는 이야기다. 그의 국내 정치 이야기는 생략한다). 그리고는 종교를 갖고 사는 것이 필요하다고 하였다. 사르트르는 종교가 없었으나, 신앙이 있었다면 불행한 죽음을 맞지 않았을 것이라는 이야기도 있었다. 훌륭한 죽음을 각오한 안중근 의사의 이야기도 있었다. 사형이 선고되자 "이보다 더 심한 형벌은 없느냐?" 하고 대갈(大喝, 큰 소리로 꾸짖음) 하였다는 이야기였다. 생각건대, 우탁의 시조에서처럼 늙는 것이 문제가 아니라 어떻게 죽음을 맞느냐가 중요한 것이고, 그러기 위해서는 종교가 필요하다는 이야기로 나는 이해했다.

"메마른 입술이 쓰디쓰다"란 가사가 있다. '씁쓸하다'는 형용사도 있다. '쓰디쓰다'는 것은 '몹시 쓰거나, 괴로운 것'을 가리키며, '씁쓸한' 것은 '맛이 조금 쓰다'란 의미라고 사전에 나온다. '씁쓰름하다'는 말도 있다. 그러한 맛들의 오전이었다.

　우탁은 아래와 같은 시조도 지었다. 위의 시조와 같은 맥락의 '탄로가'다.

　春山에 눈 녹인 바람 건듯(잠깐) 불고 간 데 없다.

　적은 듯 빌려다가 머리위에 불이고저(불게 하여)

　귀밑에 핵 묵은 서리(흰 머리)를 녹여볼까 하노라.

　이백은 〈추포가〉(秋浦歌, 제15수)에서 이렇게 읊었다.

　白髮三千丈　緣愁似箇長　(백발삼천장　연수사개장)

　　삼천 장이나 되는 긴 백발은 근심 속에서 그렇게 자랐구나.

　不知明鏡裏　何處得秋霜　(백발삼천장　연수사개장)

　　맑은 거울 속에 비치는 모습은 보지만 어디서 백발이 생겼는지는 알
　　길이 없네.

　우탁은 이백의 〈추포가〉에서 영감을 얻었을 것이라고 나는 생각한다. 그러나 이백보다는 적극적이다. 이백은 흰 머리(秋霜)를 보고 탄식하는 데 그치고 있다. 그러나 우탁에게는 그것을 검게 바꾸려는 의지가 있다. 그래 흰 눈을 녹인 바람을 빌렸으면 하는 것이다.

　〔6·25사변 전 내가 국민학교 저학년 시절에 우리 집에 신영철(申瑛澈)이 지은 〈고시조신석〉(古時調新釋, 1946)이란 책이 있었다. 우리 선인들의 시조를 처음 접한 것은 이 책에서였다. 이 책의 첫 두 시

조가 우탁의 것이어서, 내가 기억하는 것이다. 그에게는 〈고문신석〉(古文新釋, 1947)과 〈신문장 강화〉(1950) 등의 다른 저술도 있다. 1917년생이다. 금년은 그의 탄생 일백주년이 되는 해다. 조선어학회의 일을 많이 보기도 한 국어학자다. 우리가 기려야 할 인물이다. 불행히 그는 6·26사변 때 납북되었다. 김동길 박사의 강연을 듣고 우탁의 다른 시가 생각나서 참고로 적은 것이다.〕

배에서 점심 후 오후 1시 반경에 오키나와 나하(那霸)에 입항하다. 현청 소재지다. 하선하여 2시 30분경에 관광버스를 타다. 첫 행선지는 오키나와월드(Okinawa World)란 곳이다. 한 시간쯤 가다. 동양에서 제일 길다는 교쿠센도(玉泉洞)라는 종유석 동굴이 있는 동네다. 주변은 동굴 때문에 조성된 민속촌이다. 민속공연도 있다고 한다. 그러나 우리는 바쁘다. 부슬부슬 내리는 비를 맞으며 굴로 들어가다. 잘 꾸며진 좁은 길을 따라 어두운 동굴 속을 걷는다. 기온은 높지 않은데(섭씨 20도 정도), 습하다. 습도가 약 78%라고 한다. 쾌적하지 않다. 말인즉, 일산화탄소가 많아야 종유석이 잘 자란다는 것이다. 그래 그런지 공기도 좋지 않다. 굴속을 30분쯤 걷다. 40여 년 전에 본 미국 켄터키주의 석회암 동굴인 맘모스 케이브(Mammoth Cave)에 비하면 아주 작은 아기 굴이다. 그런대로 관리는 잘 되어 있었다.

굴에서 나와서 아열대 식물원, 유리공예점, 도기(陶器) 판매장 등을 지나다. 관광지가 다 그렇지만, 가는 곳마다 장사꾼이다. 나중 이야기다. 김혜선 박사는 비가 와서인지 오키나와월드에 가지 않았다. 버스에 그냥 있었다. 돌아와 내가 그에게 던진 말이다.

"It's a sweating cave. You didn't miss much."

4시 35분, 다시 버스는 슈리(首里)성을 향하여 떠난다. 슈리성은 옛 류큐왕국 때에 축조된 성으로 14세기 무렵부터 약 500년 동안 정치·외교·문화의 중심이었다고 한다. 특히 중국과 일본의 축성문화를 융합한 독특한 건축 양식과 정원은 문화적 가치가 크다 하여 2000년에 세계문화유산으로 등록되었다. 또 중국, 일본 및 동남아시아 여러 지역과 교역한 흔적이 많이 남아 있다. 특히 눈에 띄는 것은 성의 정전(正殿)이다. 1945년의 전투에서 흔적도 없이 다 타 버렸다고 하는데, 오키나와의 일본 귀속 20주년을 기념하기 위하여 1992년에 다른 여러 유적과 함께 복원되었다고 한다. 그러나 자세히 볼 시간이 없다. 주마간산은 여기서도 통한다.

5시 40분 승차, 'サムス(사무스) 레스토랑'이란 곳에 저녁을 먹으러 간다고 한다. 'サムス'가 무언가 했더니, 'Sam's'를 그렇게 쓴 것이다. 입구에 영어로 "SAM'S MAUI 鐵板燒"란 간판이 걸려 있다. 철판구이집인 것이다. 사방에서 고기 굽는 냄새가 진동한다. 고기 맛은 그저 그렇다. 음식과 관련이 없는 에피소드 하나가 있다. 마침 내가 김동길 박사 옆에 앉게 되었다. 김 박사가 턱받침 수건의 끈을 목뒤로 매려고 하시기에 일어나 뒤에서 매드렸다. 식사 후에 아이스크림으로 후식도 먹었다. 턱받침 수건을 풀 차례다. 다시 도와드리자 약간 겸연쩍게 여기시는 눈치다. 그래 내가 말했다. "결자해지(結者解之)인데요." 웃으셨다. 나도 웃었다. '결자해지'는 맺은 사람이 풀어야 한다, 즉 자기가 저지른 일은 자기가 해결하여야 한다는 말이다.

저녁 후 마키시역(牧志驛)란 곳으로 이동하다. 국제상가거리로 연결된다. 7시 반인데 아직 훤하다. 길도 넓고 깨끗하다. 고급 상점들이 즐비하다. 아내와 그의 친구들은 '파이카지'(Paikaji)란 양품점에서 무엇을 사는 모양이다. 모이자는 시간보다 30여 분 늦은 팀이 있었다. 버스에서 또 기다렸다. 배에 와서 시계를 보니 9시 45분이었다.

23일(화요일). 어제와 달리 날씨는 화청하다. 오늘은 미야코지마(宮古島) 관광이다. 미야코열도(列島)의 여섯 개 섬 중 하나다. 그중 가장 큰 섬이라지만, 크루즈가 바로 접안하지 못한다. 바다 가운데 배를 세우고, 작은 배를 타고 섬에 내린 것이 아침 10시 18분이다. 다시 버스로 이동이다. 먼저 간 곳이 이라부대교(伊良部大橋)다. 미야코섬과 이라부섬을 연결하는 3,450미터의 다리다. 유료다리를 제외하고는 일본에서 제일 긴 다리로, 개통된 지는 2년 남짓이라고 한다. 버스에 앉아 다리를 건너다. 바다는 청옥의 빛이고, 멀리 보이는 산은 높지 않다. 하늘엔 기이한 구름들이 한가롭게 떠 있다. 하운다기봉(夏雲多奇峰)이다. 다리를 건너자 버스가 잠시 쉰다. 땡볕 아래서 모래를 밟는 사람들도 있다.

다시 버스를 타고 반대방향으로 다리를 건너 어느 동네로 갔다. 버스정류장 근처에는 마트(mart)와 몰(mall) 등이 몰려 있다. '하비이(はびい) 식당'에서 야채국수로 점심을 때우다. 시간이 남아 식당 근처에 있는 'LaPax World Mall'이란 잡화상엘 잠시 들어가다. 볼 것도, 살 것도 없다. 지루한 오후다. 인내심을 강요당하는 기분의 오후다. 크루즈에 도착한 시간이 2시 반.

〔미야코섬은 설염(雪鹽, ゆきしお: 눈소금)으로 유명하다. 나중에야 알았다. 여행을 시작할 때 받은 정보지에 설염이 미야코섬에서 살

만한 물건으로 나와 있었는데, 잘 보지 않았던 것이다. 불찰이었다. 알았으면 쇼핑몰에 들렀을 적에 조금 샀을지도 모른다. 짜겠다!〕

저녁은 뷔페가 아닌 정찬식당에서다. 김교창 내외, 노정무 내외, 김혜선, 이영훈, 이영희, 이옥엽, 최인자, 나의 처와 나, 열한 명이 한 테이블에 앉았다. 여럿이 모이면 말하지 않아도 중구난방(衆口難防)이다.

24일(수요일). 오늘은 이시가키(石垣) 섬이다. 8시 25분에 보트로 착안, 잠시 후인 9시 5분에 버스로 다시 이동하다. 날씨는 청명하고 기온은 섭씨 27~28도. 10시 좀 지나 도착한 곳은 가비라만(川平灣)이다. 여기는 연안의 산호초(珊瑚礁)가 볼 만하다고 한다. 밑바닥을 유리로 깔아 아래를 내려다 볼 수 있게 꾸민 작은 배들이 기다린다. 많게는 스무 명이 탈 수 있는 배다. 한 20여 분간 해안의 섬 하나를 돌며 바다 밑을 구경하다. 물은 맑지 않고, 아름답게 보이는 산호도 없다. 다소 실망이다. 그러나 멀리 보이는 바다와 섬들은 아름답다. 갑자기 입에서 이태리 민요 〈바다로 가자〉가 맴돈다.

물결 춤춘다, 바다 위에서. 백구 춤춘다, 바다 위에서.
흰 돛 단 배도 바다 위에서. 바다 그 바다 끝이 없다.
해가 서산을 넘어서 가면 달은 동녘에 솟아 오네.
크고 끝없는 저 바닷가로 나를 불러서 오라는 듯.
바다로 가자, 바다로 가자.
물결 넘실 춤추는 바다로 가자, 바다로 가자.

354

"바다로 가자"가 아니라 "바다에 왔다". 일본에 와서 이태리 민요는 어울리지 않을지 모르나, 아름다운 음악은 세계 공통일 것이다.

유리 배(?)에서 내려 해안을 따라 조금 걷다가 다시 버스. 류큐진주 주식회사가 운영하는 '가비라진주 직매장' 구경. '川平'을 '가비라'라고 읽는 것이 이상하여 물었다. 오키나와는 고유의 언어전통이 있어서, 한자의 발음이 본토와 크게 다른 경우가 많다고 한다. '川平'을 가비라라고 읽는 것이 그 한 예다.

직매장을 떠나 다시 버스로 약 40분 간 곳이 섬의 북동에 위치한 타마토리사키(玉取崎)라는 전망대다. 바다를 보는 전망대다. 오른편은 태평양이고, 왼편은 동지나해(東支那海)라고 한다. 북쪽에는 무슨 반도 같은 긴 육지가 멀리 보인다. 풍광이 수려해 보인다. 어디냐고 물었더니, 히마쿠보(平久保) 반도라고 한다.

나의 착각일까? 그 끝에 멀리 등대가 하나 보이는 것이다(하기야 등대는 여럿 보았었다). 갑자기 시엔키에비치(Henryk Sienkiewicz, 1846~1916년)의 〈애스핀월의 등대지기〉란 단편이 머리에 떠오른다.

파나마운하 근처의 애스핀월(Aspinwall)이란 무인고도(無人孤島)에서 일하던 등대지기가 어느 날 갑자기 사라졌다. 바위에서 실족하여 파도에 쓸려 간지도 모른다. 70대의 폴란드 출신 노인이 그 후임이 된다. 혼자다. 외롭다. 그러나 매일 4백여 개의 가파른 계단을 오르내리며 조석으로 등대의 불을 밝히고 끄는 힘든 일과에도 불구하고, 어느덧 섬 생활에 적응하여 마음의 평화를 얻는다. 열심히 임무를 수행한다. 그런데 어느 날 물과 식량을 싣고 온 연락선에 편지뭉치가 있었다. 그는 그 속에서 고향의 시집(詩集) 하나를 발견한다. 조국 폴란드를 사랑하는 시인의 노래였다. 고향을 떠난 지 40여 년이 흘렀다. 방랑의 세월이었다. 이제 섬은 노인의 안식처가 되었다고는 하나, 그 시집을 읽게 되면서 고향의 산하가 말할 수 없이 그리워진다. 맡은 일을 제대로 수행하지 못할 정도로 향수(鄕愁)에 젖는다.

그리고 그만 그 향수 때문에, 고향 생각 때문에 일을 제대로 못하게 된다. 하루는 등대의 불을 밝히지 못한 것이다. 불을 보지 못한 배가 난파되는 사고가 난다. 해직(解職)이다. 별 수 없다. 섬을 떠나지 않을 수 없다. 새로운 방랑의 시작이다.

대강 그런 기억의 소설이다. 어려서 읽고 울던 소설이다. 왜 그 소설이 생각났는지는 나도 모른다.

히마쿠보반도에도 등대지기가 있을까? 외롭지 않을까? 등대지기라고 모두 외로운 존재는 아니겠으나, 인간은 본래 외로운 존재가 아닌가? 이 생각, 저 생각을 하다 보니, 버스는 토진묘(唐人墓) 지역으로 간다. 1852년에 억울하게 죽음을 당한 중국인 쿠리(苦力, 비숙련 노동자) 400여 명을 기리기 위해 조성된 묘역이라는데, 볼 것이 정말 없다. 이런 곳을 왜 관광코스에 넣었는지 알 수 없는 일이다. 하기야 어제는 미야코섬에서 독일문화촌에 가기로 했다가 시간이 모자란다고 하여 못 갔었다. 생각건대, 독일문화촌은 고베(神戶)에 있는 기타노이진칸(北野異人館, 외국인촌)과 비슷할지 모른다. 갈 만한 곳은 안 가고, 안 가도 그만인 곳은 가는지도 모른다.

토진묘에 들르느라고 그랬는지 예정 시간보다 늦게 크루즈에 도착했다. 2시 15분이다. 서둘러 점심을 해야 한다. 4시부터는 이 글의 앞머리에서 이야기한 김동길 박사의 강의가 있다.

오키나와를 떠난다. 내일 아침이면 대만의 기륭항이다. 오키나와를 떠나면서, 두 가지 이야기를 덧붙이고 싶다.

하나는 22일 나하항에서 오키나와월드로 이동할 때, 송윤호란 젊은 버스가이드에게서 들은 것이다. 두서없이 옮긴다.

오키나와의 섬은 모두 161개이고, 그중에 사람이 사는 섬은 49개다. 제주도보다 크다〔섬들 전체의 면적을 합한 것인지, 제일 큰 오키나와 섬을 말한 것인지는 확실하지 않다. 후자일 것 같다〕. 총인구는 143만 2천이다. 국제공항이 셋 있다. 기후 탓인지 모르나, 사람들은 천성이 느리다. 운동도 잘 안 한다. 5월에서 6월 초까지는 장마철이고, 여름이면 태풍이 20여 차례 지나간다. 작년(2016년)엔 태풍이 스물세 번 왔다. 그래도 본토까지 가는 것은 드물다. 겨울에도 기온은 섭씨 18도 아래로는 잘 내려가지 않는다. 장수하는 사람들이 많다. 90세가 넘어야 노인이라 하고, 75세에서 90세 사이는 준노인(準老人)이라 한다.

기후가 그러하니 사철이 꽃의 계절이다. 따라서 과일도 풍부하다. 파인애플만 해도 2천여 종이고, 그 가운데 먹을 수 있는 것이 2백여 종이다. 농산물의 48%는 사탕수수와 자색고구마다. 또 '몽키 바나나'도 유명하다. 동물로는 돼지를 많이 키운다. 따라서 돼지고기의 소비가 많다. "돼지는 우는 소리만 빼고는 다 먹는다"는 말도 있다("중국인은 다리가 넷인 것은 책상 말고는 다 먹는다"고 하는데, 돼지 우는 소리 얘기에는 애교가 있다). 오키나와 이곳저곳엔 미군기지가 많고, 현재도 4만 7천 명이 주둔하고 있다. 그중 제18비행단이 유명하다.

다른 하나. 이것은 크루즈와는 직접 관련이 없는 나의 감상이다. 앞에서 나는 〈태평양전쟁〉이란 책을 읽었다고 했다. 오키나와는 미군과 일본군이 여러 달을 두고 지상전을 치열하게 치른 유일한 곳이란 이야기도 했다. 내가 그 책을 읽으면서 느꼈던 것을 다시 생각한다. 많은 전쟁이 대개 그러하지만, 지자고 하는 전쟁은 없다. 그러나 태평양전쟁은 일본으로서 무모한 전쟁이었다. 일본은 진주만 공격을 시작으로 미국과의 전쟁을 시작했다. 전쟁의 막바지인 1945년 4월 1일, 미군은 오키나와에 상륙했다. 누가 봐도 일본은 절망적인 상황이었다. 그래 그랬는지 슈리(首里)에 주둔한 일본군 제32군 사령부는 옥쇄(玉碎) 작전을 택했다. 4월 6일, 제32군 사령관 우시지마 미쓰루(牛島滿) 중장은 다음과 같은 훈시를 내렸다.

… 황국(皇國)의 안위(安危)는 오로지 제32군의 총공격과 승패에 달려 있다. 전군이 대사일번(大死一番)하여 멸적(滅敵)에 임하라. 우리 장병에게는 진사(進死)가 있을 뿐, 결단코 후퇴가 있어서는 안 된다. 전우의 사상(死傷)을 돌볼 여가가 있으면, 오히려 십살(十殺)에 힘쓰라. 전우가 쓰러져 혼자가 되더라도 과감히 분진하여 추적(醜敵)을 멸살하라. 성상의 위광〔이〕머리위에 있나니, 간절히 감투를 비노라.[5]

---

5 위의 책, 제7권, "전혼"(戰魂), 43쪽.

이것은 무엇인가? 죽어도 항복은 하지 않는다. 천황과 황국만이 있고, 개인은 없다는 정신이다. 보기에 따라서는 "정신 빠진" 훈시다. 그러나 이것이 당시 대부분의 일본군의 정신이었다. 또 이렇게 외친 장교도 있었다. "생사와 승패는 문제가 아니다. 오로지 죽어서 두려움 없는 전투를 수행하자."[6] 아니, 오키나와의 최후에 임박하여, 위의 우시지마 사령관은 상부에 전문을 보내면서, 말미에 아래와 같이 썼다.

총알이 다하여 천지를 물들이고 죽더라도
넋이 되살아, 넋이 되살아 황국(皇國)을 지키리라.
가을을 못 기다려 말라 가는 섬의 파란 풀은
황국의 봄엔 다시 소생하리라.[7]

그리고 그들은 그러한 정신 아래 오키나와에서 죽었다. 그 와중에 민간인도 근 10만 명이 사망했다. 거기에는 부상 군인을 치료하기 위하여 간호보조로 징집된 어린 여학생 수백도 포함되었다.

오키나와의 전투에서 일본군이 어떻게 괴멸했는지, 혹은 얼마가 희생되었는지는 중요하지 않을 수도 있다. 전쟁은 어차피 피를 요구하기 때문이다. 위에서 "정신 빠진" 것이라고 볼 수도 있다고 말한 그러한 정신 때문에 전쟁은 오래갔다. 희생만 늘었다. 아니, 급기야 원

6 같은 책, 128쪽.
7 같은 책, 223~224쪽.

자탄까지 맞았다. 그래도 그 멸사봉공(滅私奉公)의 정신이 남아서 전후의 급속한 부흥과 오늘의 번영을 이룩한 것은 아닌지? 시대가 변하면 사람들의 생각도 변한다. 그러나 일본인의 사고에는 무언지 모르는 저력(底力)이 있다. 전통으로 이어져 내려오는 정신적 힘이다.

그러한 힘이 우리에겐 없다. 올바른 힘이라고 할 수 없는 것인지도 모른다. 일본은 과거에 우리에게 온갖 악행, 만행, 죄악을 저질렀다. 우리에게만 그랬던 것도 아니다. 그러나 지난 일이다. 지나치게 과거에 집착하여서는 안 된다. 보다 중요한 것은 미래다. 일본은 우리보다 한참 선진(先進)의 나라다. 배울 것이 많은 나라다. 비근한 예를 들면, 어디를 가나 청결하다. 길에는 버려진 담배꽁초 하나, 휴지조각 하나 눈에 띄지 않는다. 울퉁불퉁하여 걷기 불편한 도로도 없다. 그리고 사람들은 친절하다. 부지런하다. 작은 것같이 보이지만, 그러한 것들이 일본의 국력인 것이다. 일본인이 노벨과학상을 스물 넘게 받은 것은 말하고 싶지도 않다. 우리는 아직 하나도 없다.

25일(목요일). 크루즈의 마지막 날이다. 대만의 기륭항에서 10시에 하선하여, 고궁박물관으로 이동하다. 근 한 시간 버스를 타고, 또 한 30분 기다려 어렵사리 입장하다. 박물관에서 김동길 박사가 *The National Palace Museum: 100 Treasures of Emperors*(2014)란 책을 사주신다. 공부하란 뜻이다. 그런데 서명이 없다. 그래 서명을 부탁했다. 책도 책이지만, 나는 김 박사의 글씨를 좋아한다. 달필로 아래와 같이 쓰셨다.

崔明 博士

丁酉年 五月 二十五日

於 台北 故宮博物館

金東吉

‘소반’(小班)이란 한식집에서 중화(中火, 길 가다 먹는 점심), 아시
아나항공 714편으로 인천에 도착했다. 저녁 8시 20분이었다.

(2017년 7월)

김동길과 크루즈 ③
장강(長江)

중국은 땅이 넓다. 큰 강도 많다. 둘을 꼽으라면 황하와 양자강이다. 중국 문명은 황하 유역에서 시작하였다. 순 임금이 우(禹)를 시켜 치수하게 한 것이 황하였다. 양자강은 그보다 더 중요한 중국의 젖줄이다. 양자강은 장강의 일부다. 장강 하류, 양주(揚州)에서 상해에 이르는 부분을 가리킨다. 장강은 세계에서 세 번째로 길다. 나일과 아마존 다음이다.

　장강의 시작은 청해성 서부다. 세계의 지붕인 파미르고원 밑이다. 거기서부터 흘러 흘러간다. 정처 없이 가는 것이 아니라 낮은 곳을 향하여 간다. 유수부쟁선(流水不爭先)이란 말이 있다. 1950년대 일본의 바둑 명인 다카가와 가쿠(高川格)가 휘호로 즐겨 쓰던 말이다. 흐르는 물은 앞을 다투지 않는다는 것이다. 노자 같은 말이다. 장강도 앞을 다투지 않으나, 쉬지 않고 흐른다. 상해에서 바다를 만난다. 상해에서 장강의 끝을 본 것은 여러 번이나, 이번에는 장강을 중경에서부터 보았다.

362

나는 어려서부터 이백(李白)의 〈早發白帝城〉(조발백제성)이란 시를 알고 있다. 백제성은 장강의 중류, 강이 내려다보이는 언덕 위에 있다. 그래서만은 아니나, 장강에 대한 동경(憧憬)이 있었다. 가보고 싶었으나 기회가 없었다. 히포크라테스가 자신의 의학 경구에서 "기회는 달아나고, 실험은 불확실하고, 판단은 어렵다"고 말한 것을 기억한다.[1] 기회는 달아난다고 하였다. 그러다가 장강 여행의 기회가 내게 왔다.

"김동길 박사와 함께하는 인문학 크루즈"에서 제의가 왔다. 김동길 박사와는 작년(2016년) 5월에 일본과 대만을 같이 여행한 적이 있다. 이번에는 장강 크루즈를 하자는 것이다. 여행사에서 보낸 책자에 김 박사가 전하는 글이 있다. 그 후반을 여기에 적는다.

이백을 시선(詩仙)이라고 하는 까닭은 그가 한세상을 신선처럼 살고 간 시인이기 때문입니다. 어려서부터 뛰어난 시재(詩才)를 발휘했지만 워낙 술을 좋아하고 거칠 것이 없는 호탕한 성격이라 관직에 오르기가 어려웠습니다. 40이 넘어서야 한림원의 학사가 되었고 당나라 현종의 궁중시인이 된 것입니다. 비유하자면 영국의 시인 Tennyson처럼 된 것입니다.

---

1 "Opportunity fleeting, experiment uncertain, and judgement difficult." 그 앞의 두 구는 다음과 같다. "Life is short, art is long." 히포크라테스는 외과의사였던 것 같다. '실험이 아니라 수술이 필요한 것도 같은데, 수술을 해야 할지 어떨지 참으로 판단하기 어렵구나.' 대충 그런 고뇌를 토로한 것이다.

그는 현종의 요청에 따라 양귀비를 찬양하는 시도 써서 궁중을 몽땅 감동시키기도 했습니다. 그러나 그 시가 간신들에 의해 중상모략의 근거가 되어 그는 2년 정도밖에는 한림원의 학사 자리를 지키지 못하고 밀려나 다시금 방랑의 삶을 이어 갈 수밖에 없었습니다. 돈도 없고 일자리도 없고, 그래도 매일 술을 마실 수는 있는 주선(酒仙)이기도 했습니다.

회갑을 넘길 수 있었던 이태백이 결코 단명한 사람은 아니었으나, 그에게는 죽는 날까지 낭만이 있고 해학이 있었습니다. 그는 멋있는 사나이였습니다. 중국을 대표하는 시인만이 아닙니다. 전 세계가 그의 천재 앞에 고개를 숙입니다. 천의무봉(天衣無縫)이나 자유분방(自由奔放) 같은 사자성어는 이태백을 위해서 만들어 낸 말인 것도 같습니다.

이번에 장강에 배를 타고 가면서 이태백을 그리워하겠습니다.

그렇다면 이번 여행에서 배우는 것은 이백의 시와 사상이라 할 수 있다. 그러나 나에게는 다른 의미가 있다. 나는 어려서부터 〈삼국연의〉를 여러 번 읽었다. 장강을 따라 내려오자면 그 소설과 연관된 장소가 많다. 그래 따라 나선 것이다. 더구나 내가 연전에 〈소설이 아닌 삼국지〉[2]란 책을 썼기 때문에 저쪽도 내가 같이 갔으면 하는 기대가 있다. 강의 부탁도 있다. 11월 20일에 출국하여 12월 1일에 귀국하였다. 주선은 CCK라는 여행사였다.

우리가 탄 배는 중국 국적의 '세기신화'(世紀神話, Century Para-

---

2 조선일보사에서 1993년에 출간했다. 이 책을 개정한 것이 〈삼국지 속의 삼국지〉, 전 2권(인간사랑, 2003)이다.

gon)다. 2013년에 건조된, 비교적 최신 모델이다. 무게 12,516톤, 길이 141.8미터, 폭 19.8미터라고 한다. 보통 크루즈에 비하면 작으나 시설은 더 낫다. 예를 들면, 욕실에 텁(tub)도 있다. 승객은 408명, 승무원은 150명이라고 설명서에 적혀 있다. 강에도 수파(水波)는 있겠으나 바다와 같은 폭풍은 없다. 잔잔한 물 위의 여행이다.

여행의 우리 일행은 크게 두 팀으로 이루어졌다. 본래는 모두 성도(成都)로 갔다가, 그곳에서 기차로 중경으로 이동하는 계획이었던 모양이다. 그런데 고령(?)의 여행객이 아니라도 짐을 든 채 기차를 타고 내리는 것은 불편한 일이다. 그래 중경(重慶)으로 직행하는 팀과 성도를 거쳐서 오는 팀으로 나뉘었다. 두 팀은 22일 오후 중경서 배를 탈 적에 합류했다. 중경 직행이 근 40명, 성도 팀이 약 그 두 배가 되어 총 인원은 130명쯤이다. 배의 전체 승객 중 약 3분의 1이 우리 일행이다. 육지에서는 4대의 버스로 이동했다.

1. 일지(日誌)

11월 20일(일요일). 인천공항 아침 6시 반이다. 반가운 얼굴들이 눈에 띈다. 출발은 8시 40분, 아시아나 항공이다. 중경까지 4시간 20분이 소요된다. 현지 시간으로 정오 좀 지나 도착했다(한 시간의 시차가 있다). 점심때다. '북악산'이란 한식당으로 안내받았다. 삼겹살구이에 된장찌개다. 선택의 여지가 없다. 중국 와서 첫 식사가 삼겹살구이라니! 시작은 그랬다.

점심이 끝나자 바로 중경임시정부 청사로 갔다. 안내판에는 아래와 같은 말이 적혀 있다.

　이곳은 대한민국임시정부가 1945년 1월부터 11월까지 사용한 마지막 청
　사이다. 1919년 4월 13일 중국 상해에서 수립된 대한민국임시정부는
　1932년 윤봉길 의사의 상해 홍구공원(현 노신공원) 의거를 계기로 일본
　군의 압박이 심해지자, 이를 피하여 항주, 가흥, 장사, 광주, 유주, 기
　강 등지를 거치면서 1940년 중경에 도착했다. …

　1945년 8월 15일, 일본의 항복으로 우리나라는 해방을 맞았다. 중
경의 임정요원들은 11월 환국했다. 국민당 정부는 모택동의 공산군
과의 전쟁 끝에 1949년 대만으로 패주했다. 장개석 정부의 도움으로
우리의 임시정부가 청사라도 마련할 수 있었던 것은 다행이지만, 처
음부터 그 자리에 있었던 것은 아니다. 몇 군데를 전전하다가 지금의
부지로 옮겼다. 임정요원들의 환국 후, 청사의 관리가 오랫동안 어떻
게 됐는지 알 수 없다. 더구나 1991년 도시계획으로 청사의 존립이
위기를 맞기도 했다. 우리나라 대기업들의 지원으로 복원작업이 이
루어졌다고 한다. 일반에게 공개된 것은 1995년이다. 1992년에 한중
수교가 성립되었으니 그럴 만도 했을 것이다.
　그러나 청사 주변은 매우 산만하고 더럽다. 안 할 말로, 청사도 꾀
죄죄한 모습이었다. 내가 ‘꾀죄죄하다’고 했더니, 옆에서 아내가 ‘초
라하다’는 표현이 더 어울린다고 한다. 관리는 중국 정부가 한다. 성
의가 없을 것이다. 그곳을 방문하는 사람들은 거의 대한민국 국민이
다. 무슨 수를 써서라도 우리 정부가 주변 정화나 관리를 했으면 하는

생각이 들었다.

그러자 우울한 생각이 엄습했다. 나라 생각이다. 게다가 날씨마저 음습했다. 중경의 날씨는 대개 그렇다고 한다. 해를 보기 힘들다고 한다. 해가 나면 개들이 해를 보고 짖는다는 말까지 있다. 오랜만이라 반가워 짖는가?

다음에 간 곳은 유중구(渝中區)의 아령공원(鵝岭公園)이다. 유중구는 장강과 가릉강(嘉陵江)이 둘러싼 반도로서 구시가지의 중심이다. 공원은 구시가지에서 가장 높은 곳(338미터?)에 있다. 하늘에서 보면 유중구는 거위처럼 생겼고, 공원은 그 목 부분에 해당한다고 한다. 공원의 이름이 여기서 유래했다. 공원은 명나라 때 어떤 부자의 개인 저택이었다. 장개석의 별장으로 쓰인 적도 있다. 주위에 아름다운 집들이 많고, 또 두 강과 중경 시내를 내려다 볼 수 있다. 그러나 좁은 언덕길에 차는 많고, 사람도 많다. 불난 호떡집이 따로 없다.

다음 간 곳은 홍애동(洪崖洞)이다. 이곳은 묘족·장족 등의 소수민족의 전통가옥 양식인 조각루(弔脚樓)를 본 따 지은 집들로 유명하다. 조각루는 건물의 앞부분을 허공으로 툭 튀어나오게 짓는 건축 양식이다. 그러나 그런 양식의 집들은 높은 언덕 위에 있고, 많아 보이지도 않는다. 상점과 식당만이 눈에 띈다. 이래저래 오후가 늦었다. 가뜩이나 침침한 중경에 저녁이 다가온다. 켐핀스키(Kempinski) 호텔에 짐을 풀었다.

11월 21일(월요일). 아침, 중경시에서 서북쪽으로 약 160킬로미터 떨어진 대족현으로 갔다. 호텔에서 버스로 두 시간 남짓 달렸다.

대족구(大足區)의 라마다호텔에서 점심이 끝나자, 곧 보정산(寶頂山)에 갔다. 유명한 대족석각(大足石刻)이 있는 곳이다. 대족현에는 보정산, 북산, 남산 등 여러 산이 있고, 곳곳에 석각이 지천이다. 그 가운데에서 남송의 승려 조지풍과 그 제자가 70여 년을 두고 조각한 보정산 석각이 가장 유명하다. 1999년에 유네스코의 세계문화유산으로 지정되었다. '북돈황 남대족'(北敦煌南大足)이란 말이 있다고 들었다.

석각은 경주 석굴암과 같은 마애불상의 조각 양식을 연상하면 된다. 그러나 여기의 석각들은 굴속에 있지 않고, 산기슭 벽면의 조각이다. 또 불교, 도교, 유교, 밀교 등의 사상이 혼합된 작품들이다. 모습이 훨씬 다양하다. 대족현에 있기 때문에 '대족석각'이란 이름이 생겼겠지만, 대족은 큰 발이다. 우리는 발이 크면 도적놈 발이라고 한다. 중국에는 예로부터 도적이 많았다. 그것도 보통 도적이 아니고 대도(大盜)가 많았다. 그러나 대도들이 개과천선하려고 석각을 만든 것은 아닐 것이다.

보정산 석각으로 가는 길의 입구는 오슬로의 비겔란(Vigeland) 조각공원과 비슷한 인상을 준다. 입구를 지나 작은 차를 타고 한참 가야 석각이 시작되는 벽을 만난다. 오르락내리락하는 긴 벽이다. 약 700미터 길이의 암벽조각이 뻗쳐 있다. 걷기가 불편하여 자주 휠체어를 이용하는 김동길 박사도 끝까지 같이 다녔다. 대족현은 칼로도 유명하다. 이런저런 칼을 파는 가게가 널렸다. 100위안을 주고 작은 손칼 셋을 샀다. 날카롭다.

호텔에 도착하기 전에 '千尋百味'(천심백미)란 식당에서 저녁을 했

다. 우리 테이블에 앉은 전병식 박사가 술을 좋아한다. 내가 대족석
각 입구에서 산 백주를 같이 마셨다.

22일(화요일). 아침, 호텔에서 체크아웃했다. 오후 5시에 크루즈
에 탑승해야 하기 때문이다. 낮 시간은 중경 시내 관광이다. 먼저 시
서부에 위치한 인민대례당(人民大禮堂)으로 갔다. 중경의 대표적인
건물이다. 멀리서 보기에는 화려하고 웅장하다. 건물 앞의 큰 광장도
넓다. 가는 비가 내려 우산을 꺼냈으나, 광장에서 우리 일행이 단체
사진을 찍을 때는 비가 그쳤다. 대례당 안에는 들어가지 않았다. 대
례당은 인민대회가 열릴 때만 쓰인다고 한다. 인민대표들의 집합장
소다. 일반에게는 내부를 공개하지 않는 모양이다.

대례당 맞은편은 2006년에 문을 연 삼협(三峽) 박물관이다. 장강
문명과 관련된 역사·문화유산 17만 점을 보유하고 있다고 한다. 볼
것은 많으나 전시의 짜임새는 부족하다. 산만한 느낌이다. 약 한 시
간 반을 머물렀다.

근처의 샤브샤브집에서 점심하다. 이름은 잊었다. 크루즈 탑승까
지 다소 시간이 있다. 자기구(磁器口)란 곳에 갔다. 2천 년 전부터 자
기를 구웠다는 곳이다. 그러나 자기는 눈에 띄지 않고, 구불구불한
좁은 골목길에 관광상품점만 즐비하다. 볼 것도, 재미도 없다. 바로
버스로 와서 일행이 모일 때까지 무료한 시간을 보냈다.

23일(수요일). 아침마다 여행사에서 그날의 스케줄을 적은 "유람
선 일정표"를 보낸다. 그런데 소략하기가 짝이 없다. 도착지가 어디

란 말도 없다. 오늘 받은 것에는 그냥 "풍도귀성 하선관광"이라고 되어 있다. 8시에 모여 크루즈의 첫 기항지인 풍도에서 하선하다. 중경부터 172킬로미터 떨어진 곳이다. 배 타고 멀리 오긴 왔다. 조금 걸으니 "仙山幽趣"(선산유취)라고 쓴 큰 아치(arch)가 보인다. 그리고 그 앞에 대형의 조화(造花)가 둘 있다. 피안화(彼岸花)라고 한다. 피안의 사전적 의미는 "이승의 번뇌를 해탈하여 열반에 도달하는 일"이나, 여기서는 상사화(相思花)란 뜻이라고 한다. 연정에 사로잡힌 꽃인 모양이다. 이성(異性)이 아니라도 인간이 무언가를 그리워하는 정황을 꽃으로 표현한 것이 아닌가 생각했다. 일행을 따라 움직이려니 이것저것 생각할 여유가 없다.

조금 더 가니 "귀성"(鬼城)이라고 큰 글씨로 쓴 여행객 센터가 나타난다. 건물은 볼 것이 없고, 안에 들어서자 전 국가주석 강택민(江澤民)의 "豊都名山"(풍도명산)이란 큰 글씨가 전면을 장식하고 있다. 귀성은 옥황상제 등을 모신 도교의 귀신성(鬼神城)이다. 민간신앙의 집합소라고 해도 좋다. "鬼國幽都"(귀국유도)란 현판의 문을 지나서 197개의 계단을 올라갔다. 올라가면서 세었다. '형합사'(哼哈祠)란 건물이 나온다. 도교 사당임을 금방 알겠다. "형합"은 명대 소설인 〈봉신연의〉(封神演義)의 주인공인 두 장군이다.[3] 건물은 그들의 신

---

3 〈봉신연의〉는 작가가 불분명한 명나라의 신마(神魔) 소설이다. 고대 은나라와 주나라의 교체 시기의 전승신화(傳承神話), 명 후반에 나타난 삼교합일사상(三教合一思想)과 기타 민속적 밀교(密敎) 설화 등이 혼합된 내용이다. 〈서유기〉(西遊記)·〈평요전〉(平妖傳)과 같이 신선요귀(神仙妖鬼)의 영이세계(靈異世界)를 다루고 있다.

을 모신 곳이다.[4]

거기서 다시 93계단을 올랐다. "中國神曲之鄕"(중국신곡지향)이란 현판이 보인다. 중국판 단테의 고향인 모양이다. 그곳을 지나면 돌다리다. 이 다리를 건너면 팔자가 핀다고 한다. 아니, 악인은 건널 수가 없다고 한다. 다리의 이름은 내하교(奈何橋)이다. 영어로 "Bridge of Troubled Water"라고 적혀 있다. 인간사가 고생(trouble) 덩어리인지는 모르나, 물이 무슨 고생일까 하는 생각이 머리를 스쳤다. 내하(奈何)는 '어떤가?' 또는 '어찌하여?'란 뜻이다.

"내하"라고 하니 기원전 300년경 전국시대의 한빙(韓憑)의 아내 하씨(何氏)가 지었다는 시가 생각난다.

南山有鳥 北山張羅 (남산유오 북산장라)
　남산에 까마귀 있어 북산에 그물을 폈네.
鳥自高飛 羅當奈何 (오자고비 라당내하)
　까마귀 스스로 높이 날아가니 그물 너는 어찌하나.

한빙은 송(宋) 강왕(康王)의 신하다. 폭군이 대개 그렇듯이 강왕은 호색가였다. 한빙의 아내가 미인이란 소문을 들었다. 남편을 잡아가둔 뒤 그녀를 겁탈하려 했다. 그녀는 굴하지 않고 자결했다고 한다. 그때 지은 시다. 비운의 여자였다.

비운의 여자는 많지만, 또 하나의 비운의 여자는 우미인(虞美人)

---

4 "鎭守西釋山門 宣布敎化保護法寶 爲哼哈二將之神"이란 글이 보였다.

이다. 우미인은 항우(項羽)가 사랑하던 여자다. 그가 죽기 전날 사면 초가(四面楚歌) 속에서 우미인과 이별의 술을 마시면서 부른 노래를 기억한다. 〈해하가〉(垓下歌)다.

> 力拔山兮氣蓋世　時不利兮騅不逝　(역발산혜기개세 시불리혜추불서)
> 　힘은 산을 뽑고 기운은 세상을 덮네. 때가 불리하니 오추마도 나아가
> 　지 않는구나.
> 騅不逝兮可奈何　虞兮虞兮奈若何　(추불서혜가내하 우혜우혜내약하)
> 　추도 달리지 않으니 난 어쩌나? 우야 우야 너는 어찌 되나?

　이 시에도 "내하"란 말이 나온다. 그런데 산스크리트로 "내하"는 '지 옥'이란 뜻이다. 그렇다면 내하교는 지옥의 다리인 것이다. 지옥의 다리를 건너면 열반(涅槃)으로 넘어간다는 말인지도 모른다. 권선징 악(勸善懲惡)을 가르치는 다리란 생각도 들었다. 쓸데없는 생각이 머 리를 스친다.

　내하교를 지나자 열반이 아니라 옥황전(玉皇殿)이 나타난다. 옥황 상제의 사당이다. 그 뜰에 있는 한 비석이 내 눈을 끌었다. 높이 1미 터가 좀 못 되는 화강석 같은 돌에 세로로 "生母七十"(생모칠십)이라 고 새겨 있고, 왼쪽 아래에 작은 글씨로 "海瑞 書"(해서 서)라고 되어 있다. 해서(海瑞)가 썼다는 것이다.

　해서는 명나라 말기의 관리다. 황제에게 충언하다가 파직당한 인 물이다. 그러자 문득 문화혁명이 떠오른다. 중국공산당은 1949년에 국민당을 무력으로 제압하고 대륙을 통일했다. 통일은 했으나, 그 후

372

잘못된 정책과 이상한 사건이 많았다. 문화혁명도 그중 하나다. 그 문화혁명이 해서와 관련이 있다. 해서에 관하여 잠시 이야기한다.

1959년 여름 두 차례에 걸쳐 중국공산당의 중요한 회의가 강서성(江西省) 여산(廬山)에서 소집되었다. 첫째는 7월 2일에서 8월 1일까지의 중앙정치국 확대회의였고, 둘째는 8월 2일에서 16일까지 열린 8기 8중전회다. 첫 회의에서 당시 국방부장이던 팽덕회(彭德懷)는 대약진·인민공사·총로선이란 이른바 삼면홍기(三面紅旗) 정책을 신랄하게 비판했다. 모택동은 그것을 자신의 권위에 대한 도전으로 생각했다. 곡절은 있었으나 팽덕회는 숙청되었다. 임표(林彪)가 뒤를 이어 국방부장이 되었다. 모택동이 승리한 것이다. 그러나 공산당 지도자 내부의 갈등이 해결된 것은 아니다. 중국정치의 저류로 잠재했을 뿐이다. 그러면 그것과 문화혁명과는 무슨 관계인가?

1960년 북경시 시장이던 오함(吳哈)은 〈해서파관〉(海瑞罷官)이란 역사극을 써서 다음 해에 발표하였다. 공연도 크게 성공했다. 처음에는 모택동도 그 극을 좋아했다고 한다. 그러나 정치는 그렇게 간단하지 않다. 잠재해 있던 공산당 내의 갈등이 문화혁명이란 이름으로 폭발한 것이다. 그 발단이 〈해서파관〉이다. 당시 중국공산당의 내분을 좌와 우로 나눈다고 하면, 좌측은 〈해서파관〉이 팽덕회를 옹호하는 것이라고 판단했다. 단순히 판단만 한 것이 아니라 의도적으로 그쪽으로 몰고 갔다. 권력투쟁이 서서히 표면화되기 시작한 것이다.

1965년이다. 그해 11월 10일 자 상해의 〈문회보〉(文匯報)란 신문에 요문원(姚文元)이 "신편 역사극 〈해서파관〉을 평한다"는 글을 발표했다. 계획된 것이었다. 요문원은 모택동의 처인 강청(江靑)의 측근이자 좌측이었다. 모택동은 처음에는 이러한 일련의 움직임이 팽덕회 사건과 관련이 있는지 몰랐다고 한다. 그러나 역시 좌측의 강생(康生)이 모택동을 "〈해서파관〉이 팽덕회 사건과 관련이 있다"며 요샛말로 꼬드겼다. 모택동은 그로부터 한 10년을 더 살았지만, 당시 이미 치매 초기였다. 흐려진 판단력이 막연한 정적들에 대한 증오심으로 변했다. 팽덕회의 동류로 분류된 유소기(劉少奇)·등소평(鄧小平) 등을 숙청하자는 좌측 조류에 합류했다.

그래 10년대란(十年大亂)이라는 문화혁명이 시작된 것이다. 좌측의 이른바 사인방(四人幫)은 역사극을 빌미 삼아 거국적인 정치파란을 일으켰다. 중국은 인명살상, 문화파괴, 정치난동으로 10년을 보냈다. 남의 나라의 일이나 딱한 사건이었다.

그런 일을 떠올리면서 해서가 쓴 "生母七十"(생모칠십)을 보았다. 처음에는 그것이 무슨 뜻인지 얼른 떠오르지 않았다. '낳은 어머니가 70이 되어 축하한다'는 의미라고 막연히 짐작하고 지났다. 그러나 자꾸 그것이 머리에 남았다. [5]

---

5 귀국 후 나는 인천대의 중국 전문가 안치영 교수에게 해서의 "생모칠십"에 관하여 물었다. 답은 이렇다. "어딘지는 모르나 해서의 사당에 그의 글씨가 전시되어 있다고 한다. … 그중 제일 의미가 있는 것이 '壽'(수) 자라고 한다. … 생모의 70세 생신에 해서가 쓴 글자(壽) … 글자의 상반부는 '生'(생) 자, 하반부는 '年'(년) 자로 구성. 전체 글자에서 머리 부분과 꼬리 부분을 없애면 '老'(노) 자. 생자의 마지막 횡(橫)과 '老'(노) 자의 마지막 획이 '百'(백) 자. 그래서 전체 '壽'자가 '生老百年'으로 구성됨. 합하면 '壽生老百年'의 의미. 모친의 70세 생신에 쓴 것이기 때문에 '生母七十'이란 해석도 있음." 안 교수가 보낸 해서가 썼다는 "壽"자를 보면, 그것도 그 옆에 있어서

옥황전 뒤로는 '망향대'(望鄕臺), '오운루'(五雲樓), '천자전'(天子殿)이란 건물들이 있다. 망향대는 20.3미터 높이다. 죽은 자가 고향 쪽을 바라보며 고향을 그리워하는 누대다. 올라가 보려고 했지만 문이 굳게 닫혀 있다. 산 사람은 올라가서 고향을 볼 수 없는 모양이다. 물론 죽은 사람도 걸어서는 못 올라가고, 그 혼만이 오르는 것인지도 모른다.

다른 곳도 그렇지만, 관람객 대부분은 중국인이다. 사방에서 어찌 담배를 많이 태우는지 귀성 일대가 담배연기라고 하면 좀 과장일까? 옥황상제와 염라대왕도 요새 같으면 폐암에 걸렸기 쉽다.

이것이 귀성에 다녀온 이야기다. 그런데 나는 글자는 달라도 다른 귀성을 안다. 가 본 적은 없으나 더 사랑스러운 곳이다. 〈삭주귀성〉(朔州龜城)이다.[6] 여기에 적지 않을 수 없다. 소월 김정식(素月 金廷湜)의 시다.

물로 사흘 배 사흘
먼 三千里

본 것 같은 기억이다. 그러나 해서가 쓴 그 "壽"자를 그대로 옮길 수가 없다.

6 삭주(朔州)는 평안북도 삭주군의 군청소재지다. 신의주에서 동북 약 80킬로미터 지점에 있다. 귀성(龜城)은 삭주군 남쪽 귀성군의 군청소재지다. "龜城"은 '구성'이라고 사전(이희승 편, 〈국어대사전〉)에 나와 있다. "龜"는 '거북 구'이지만, '귀'로 읽는 경우도 있다. 예컨대 거북껍데기를 말할 때는 '귀'다. "龜甲"은 '귀갑'이다. 사전대로라면 "朔州龜城"의 옳은 발음은 '삭주구성'일지 모르나, 나는 '귀성'이라고 읽는다. 어려서부터 그렇게 읽었다.

더더구나 걸어 넘는 먼 三千里

朔州 龜城은 산을 넘는 六千里요.

물 맞아 함빡히 젖은 제비도

가다가 비에 걸려 오노랍니다.

저녁에는 높은 山

밤에 높은 山.

朔州 龜城은 山 넘어

먼 六千里

가끔 가끔 꿈에는 四五千里.

가다 오다 돌아오는 길이겠지요.

서로 떠난 몸이 길래 몸이 그리워

님을 둔 곳이 길래 곳이 그리워

못보았소 새들도 집이 그리워

남북으로 오며 가며 아니합디까.

들 끝에 날아가는 나는 구름은

半쯤은 어디 바로 가 있을 텐고,

朔州 龜城은 山 넘어

먼 六千里.

귀성에서 배에 돌아오니 10시 35분이다. 일찍 다닌 셈이다. 오후

376

는 바쁘다. 2시부터 한 시간은 김동길 박사의 첫 강의이고, 4시 반에는 석보채(石寶寨) 구경이다. 강의 내용을 먼저 소개한다.

강의는 시종일관 나라 걱정이었다. 나라가 잘 되려면 훌륭한 지도자가 나와야 된다. 훌륭한지 어떤지는 모르지만, 중국의 시진핑(習近平) 이야기가 있었다. 얼마 전 그는 페루 리마를 방문했다. 열렬한 환영을 받았다. 그는 도광양회(韜光養晦)를 뛰어넘어 중국의 꿈(中國夢)을 실현코자 굴기(崛起)의 전술로 나아가고 있다. 지도력이 뛰어나다. 그러한 지도자가 있기에 중국은 비약적으로 발전하고 있는 것이다. 그런데 왜 우리나라에는 그런 인물이 없는가? 이야기는 자연히 박근혜 대통령으로 이어졌다. 상당히 동정적이었다.

시진핑의 이야기를 하면서 김 박사는 시진핑을 당 현종에, 또 그 부인 펑리위안(彭麗媛)을 양귀비에 비유했다. 미모가 그렇다는 이야기일 것이다. 현종은 초기에 개원(開元)의 치(治)를 연 명군이었다. 그러나 양귀비에 현혹되고 환관들에게 놀아났다. 정사를 그르쳤다. 안록산(安祿山)의 난이 일어났다. 그러면서 김 박사는 안록산의 난이 반드시 옛날이야기만은 아닐 것이라는 암시를 비치기도 했다.

김 박사의 강의는 늘 구수하다. 우국지사의 면모가 약여하다. 강의를 들으면서, 나는 나라에도 팔자가 있다는 생각을 했다. 그렇다면 우리는 그 팔자를 고쳐야 한다. 어떻게 고치나? 훌륭한 지도자가 나오기를 기다려야 하나? 하늘에 빌어야 하나? 모사재인(謀事在人)이라 했다. 어려운 이야기다. 그런저런 생각을 하게 하는 강의였다. 3시 좀 지나 끝났다.

그간 배가 좀 더 내려왔는지? 4시 반부터 석보채로 향한다. 석보채는 양자강 북쪽 옥인산(玉仁山) 기슭에 위치한 누각이다. 절벽을 뒤로 하고, 깎아지른 산 밑에 지은 55미터 높이의 12층 누각이다. 산은 본래 섬이 아닌데, 삼협댐 건설로 수위가 높아져서 섬이 되었다고 한다. 그래 배가 정박한 석보진 마을에서 누각으로 가자면 한 15분 걸어야 하고, 다시 출렁이는 긴 다리를 건너야 한다. 못을 하나도 사용하지 않고 지은 것이 누각의 특징이라고 한다. 이곳에서는 누각을 강상명주(江上明珠)라고도 한다. '강 위의 밝은 구슬'이란 뜻이다.

누각의 2층에서는 오의 감녕과 촉의 엄안 등 삼국시대 장수들의 초상이 눈길을 끈다. 정상에는 좌우에 관평과 주창이 시립하고 있는 관우의 초상이 있다. [7] 또 옥황상제의 상도 있다.

좁은 계단을 따라 12층을 다 올랐다. 일단 오르기 시작하면 일방통행이라 뒤로 내려올 수는 없다. 누각 위에서 나오자 왼편에 강희・건륭 때에 지었다는 '천자전'(天子殿)이란 절이 있다. 날이 어두워져서 자세히 보지는 못했다. 나처럼 끝까지 오른 우리 일행이 몇 명이나 되는지 모르나 열 명도 못 되었을 것 같다. 내려와 보니 우리 일행은 아무도 보이지 않는다. 큰길을 따라가라는 여행사 측의 이야기는 들었으나, 급한 마음에 짧다고 생각한 후미진 골목길을 혼자 뛰다시피 달렸다. 배에 도착했을 때는 아주 어두웠다.

24일(목요일). 아침에 우리 일행의 간사인 링컨연구소의 홍의빈 처장이 전화했다. 26일 예정인 나의 강의를 오늘 해 달라는 부탁이

---

7 관평(關平)은 관우의 양자이고, 주창(周倉)은 충복이다.

다. 어차피 한 약속이다. 좋다고 했다. 매도 먼저 맞는 것이 상책이라는 말이 있다.

오늘 일정은 바쁘다. 오전에는 백제성(白帝城), 오후엔 신녀계(神女溪) 유람이 있다. 백제성은 전한 말기에 공손술(公孫述)이 지었다고 한다. 유비가 죽은 곳이다. 관우가 형주를 지키다가 오의 여몽(呂蒙)에게 패하여 죽자, 유비는 원수를 갚으려고 군사를 크게 일으켰다. 그러나 이릉(夷陵) 전투에서 육손(陸遜)에게 대패했다. 백제성으로 철수했다. 그는 그 다음 해에 감기 어려운 눈을 감았다(223년). 기대를 걸고 배에서 내렸다. 이번 여행의 하이라이트다.

백제성은 높은 곳에 세워졌다. 긴 다리를 건너고 계단을 많이 올라야 한다. 계단 아래 가마가 여러 대 대기하고 있다. 택시인 셈이다. 한 사람을 태우고 앞뒤에서 지든지 메든지 하고 오른다. 더러 타고 가는 모양이다. 250위안을 받는다. 가마를 지고 가기가 힘들겠지만, 비싸다. 내가 걸어 올라가면서 계단을 세어 보았다. 360여 개다.

올라가자 만나는 첫 건물이 백제묘(白帝廟)다. 입구부터 육유(陸游)의 "入瞿塘白帝廟"(입구당백제묘), 소순(蘇洵)의 "題白帝廟"(제백제묘) 등 송나라 시인 문장가들의 글씨가 보인다. 또 묘 건물에 들어가기 전, 바른편 벽에는 촉의 문신들(등지, 방통, 장송, 미축, 장완, 비의, 손건, 이엄, 동화, 법정)의 상이 있다. 왼편 벽에는 무신들(관우, 장비, 조운, 마초, 황충, 위연, 엄안, 강유, 왕평, 향총)의 상이다. 첫 다섯 무신은 유비가 임명한 오호대장(五虎大將)이다.

또 건물 앞 중앙 전면에는 〈三國演義序詞〉(삼국연의서사)를 모택동이 일필휘지한 큰 작품이 새겨 있다. 나는 모택동을 좋아하지 않으나 그 글은 좋아하기 때문에 여기 적는다.

　滾滾長江東逝水　浪花淘盡英雄　(곤곤장강동서수 낭화도진영웅)

　　곤곤히 흐르는 장강, 동녘으로 흐르는 물 위에 거품처럼 일어났다 사

　　라진 영웅들.

　是非成敗轉頭空　靑山依舊在　(시비성패전두공 청산의구재)

　　시비와 성패가 머리만 돌리면 허황하구나, 청산은 예와 같이 푸른데

　幾度夕陽紅　白髮魚樵江渚上　(기도석양홍 백발어초강저상)

　　몇 번 지나갔나 석양의 노을이여, 강가에서 고기 잡고 나무하던 늙은

　　이들이여

　慣看秋月春風　一壺濁酒喜相逢　(관간추월춘풍 일호탁주희상봉)

　　가을달과 봄바람을 볼대로 보았구나, 탁주 한 병 안고 서로 반갑게 대

　　하니

　古今多少事　都付笑談中　(고금다소사 도부소담중)

　　고금의 크고 작은 모든 일들, 술잔에 곁들여서 웃음 속에 보내는구나.

　고금의 크고 작은 모든 일의 시비성패를 논하는 것이 모두 헛된 일
이란 뜻이다. 정말 그런가? 묘 건물 안으로 들어간다. 유비의 상이 묘
중앙이다. 그 뒤 바른편에서 왼편으로 쓴 "羽葆神風"(우보신풍)이란
글이 보인다. '우보'(羽葆)는 새의 깃털을 자루 끝에 매달은 일산(日
傘) 같은 의장(儀仗)이다. 그 우보가 해를 가리는 것이 아니라 무슨
신비로운 바람을 일으킨다는 뜻인 듯한데, 그 글과 유비와는 무슨 관
계인지 알 수 없었다.

그래 서울 와서 이 글을 초하다가 우보가 무엇인지 다시 궁금했다. 그래 〈사해〉(辭海)를 찾아보았다.[8] 그저 우개(羽蓋)라고 했다. 새 털로 만든 '덮개'란 것이다. 왕망(王莽)이 그런 덮개를 만들었다는 이 야기만 있다. 유비와는 관계가 없다. 그래 다시 〈대한화사전〉(大漢 和辭典)을 찾아보았다.[9] 여러 이야기 가운데 선주(유비)가 어렸을 적 에 종중의 아이들과 나무 아래서 놀다가 장난으로 말하기를, "덮개를 새털로 만든 수레를 반드시 타고 말겠다"(吾必當承此羽葆蓋車)고 했 다는 말이 나온다. 그리고 그것이 진수의 〈삼국지〉(三國志), "촉서 선주전"(蜀書 先主傳)에 나온다는 것이다. "선주전"을 다시 찾아본 다. 같은 이야기가 있다. 유비의 말을 들은 그의 숙부[자경(子敬)]가 "그런 헛된 말 하지 마라. 우리 집안이 망한다"(汝勿妄語 滅吾門也)고 했다는 것이다.[10]

그러나 〈삼국연의〉(三國演義)에서는 이야기가 좀 다르다. 유비가 어려서 살던 동네 이름이 누상촌(樓桑村)이다. 그의 집 동남쪽에 큰 뽕나무가 있고, 그 높이가 50여 척이나 되었다. 멀리서 보면 마치 거 개(車蓋, 비단으로 만들어 수레 위에 받치는 일산)와 같이 보였다고 한 다. 유비가 무어라고 한 이야기는 없고, 한 술객이 그 앞을 지나다가 유비의 집을 가리키며 "이 집에서 반드시 귀인이 나고 말지" 하고 예

---

8 上海辭書出版社, 1989, 하권, 5068쪽.
9 모로하시 데쓰지(諸橋轍次) 편찬, 쇼와(昭和) 60년 수정판, 9권, 98쪽.
10 진평양후상 진수(陳壽) 지음, 송중서시랑 서향후 배송지(西鄕侯 裴訟之) 주석, 〈三國志〉(臺北: 宏業書局有限公司, 중화민국 65년), 32권, "촉서"(蜀 書) 2장, 871쪽.

언했다는 이야기는 있다.

모두 허황된 이야기다. 백제묘의 "우보신풍"도 그렇고, 내 이야기도 그렇다. 그러나 다시 생각하면, 유비는 어렸을 적부터 큰 뜻을 품었다. 그 뜻이 신풍(神風)을 타고 그가 황제가 된 것을 묘사한 것은 아닌지?

그건 그렇고, 유비의 좌우에는 제갈량과 장비의 상이 있다. 공명은 그렇다고 하고, 장비가 그 자리에 있는 것은 어울리지 않는다. 장비가 있으면 관우도 있음직하다. 그런데 관우는 없다. 잠시 외출한 모양인가? 건물에서 나오면 왼편에 무후사(武侯祠, 제갈공명의 사당)와 후주사〔後主祠, 유선(劉禪)의 사당〕가 있다. 더 왼편으로 가면 유명한 탁고당(托孤堂) 건물이 있다. 유비가 죽기 전에 성도에 있던 제갈량을 불러 아들 유선의 장래를 부탁한 곳이다. 인형이 즐비하게 놓여있다. "자식을 아는 것은 아비만 못하다"(知子莫如父)는데, 유비는 자식을 알았는가, 몰랐는가? 못난 자식에게 그래도 물려주고 싶었던가? 그래 촉은 망했다. 아니 더 강성한 세력이 중원에서 일어났기 때문인지도 모른다. 역사는 그렇게 흐른다.

그 앞을 지나자니 '기룡'(夔龍)이란 이름의 큰 용의 상이 있다. '기'(夔)는 〈산해경대황동경〉(山海經大荒東經)에 나오는 기이한 동물이라고 한다. 백제성이 있는 곳이 사천성 봉절현(奉節縣) 기주(夔州)다. 그래 '기룡'의 상이 있는 것 같지만 자세한 내막은 모르고 떠났다. 그런데 그냥 떠난 것이 아니라, 백제묘 앞에서 서북쪽으로 펼쳐진 구당협(瞿塘峽)을 바라보고 떠났다.

중국 제일의 경치라고 해도 좋을 듯하다. 매우 아름답다. 10위안짜리 인민폐(人民幣, 중국 화폐)의 뒷면에 이 경치의 그림이 들어 있다. 정말로 '경치게' 아름다운 경치다. 구당협을 배경으로 사람들은 사진 찍기에 바쁘다.

삼협의 강물이 빠르게 흐르듯이, 시간은 그에 못지않게 더 빠르게 흐른다. 백제성에서 귀선하자 11시 반에 다시 배 앞쪽에 모이라고 한다. 배에서 구당협을 보자는 것이다. 그곳의 깊은 수심은 170미터라고 하고, 그야말로 단애(斷崖)가 천척(千尺)이다. 무협관광(巫峽觀光)이다. 그러나 이것은 주마간산(走馬看山)이 아니라 '좌선간협'(座船看峽)인 것이다. '배에 앉아서 협곡을 보다.' 대충 뭐 그런 것이다.

오늘은 바쁘다. 점심이 끝나기 무섭게 다시 모이란다. 이번엔 신녀계에 간다고 법석이다. 28인승의 작은 배를 타고, 계곡으로 들어간다. 수장봉(手掌峰), 기운봉(起雲峰)을 지나 칠려당(七女塘)인가 하는 곳에서 배에서 내리다. 부교를 한참 지나니 월량석(月亮石)이란 팻말이 있는 장소가 나온다. 강가의 작은 운동장만 한 공간이다. 별로 볼 것은 없다. 다시 돌아와 배를 탔다. 삼협댐 공사로 댐 상류의 각종 지류를 포함한 장강의 수위가 자연히 높아졌다. 수몰된 곳도 많으나, 그 대신 월량석과 같은 곳에 쉽게 접근할 수도 있게 되었다는 것이다.

좀 늦었다. 돌아오니 5시가 좀 못 되었는데, 5시 15분부터 한 시간은 나의 강의로 배정된 시간이다. 바삐 모임장소인 지하 1층 선상영화관으로 갔다. 〈삼국지 정치·전략론〉을 발표했다. 시간이 짧아서 준비한 것을 다 이야기하지 못했다. 강의가 끝나자 홍 처장이 수정방(水井坊)을 한 병 건넨다. 강의료(講義料)가 강의주(講義酒)로 둔갑

한 케이스다. 좋은 술이다.

　25일(금요일).　오전에 삼협댐 구경이다. 어제 한밤중에 배가 댐 아래로 내려가니 구경을 나오라는 광고가 있었다. 한밤중에 구경은 무슨 구경? 일찍 자려 누웠다. 둥싯둥싯하다 장계(張繼)의 〈풍교야박〉(楓橋夜泊)이란 시의 "夜半鐘聲到客船"(야반종성도객선)이란 글귀가 떠올랐다. 혹시 여기서도 한산사(寒山寺)의 종성과 같은 소리가 한밤중에 들린다면 나가 볼까 하는 생각을 잠시 하다가 잠이 들었다.

　1994년에 시작하여 2009년에 완공된 삼협댐은 아마 만리장성에 버금가는 공사라고 해도 좋을 것이다. 양자강 범람으로 인하여 발생한 폐해가 많았기에 홍수를 막기 위하여 댐을 건설해야겠다는 발상은 전에도 있었다. 손문(孫文, 1866~1925년)도 그러한 생각을 피력한 적이 있다. 그러나 만만한 공사가 아니다. 공사 규모의 책정과 비용의 문제도 있었을 것이고, 댐을 건설하면 수몰지역이 무수히 생긴다. 그곳에 있는 문화재의 보존과 처리, 그 지역에 사는 사람들의 생존권도 어려운 문제였다.

　그러나 중국은 다르다. 우선 개인은 토지소유권을 가질 수 없다. 집을 짓고 농사를 하면서 살든지, 강가에서 고기잡이를 하면서 생계를 꾸려가든지, 개인에게는 그러한 자유(?)가 있는 것 같지만, 정부가 그만두고 떠나라 하면 찍소리 한번 못하고 떠나야 하는 것이 중국의 실정이다. 정부의 정책에 반대하면 쥐도 새도 모르게 잡혀간다. 정부로서는 일하기가 아주 편한 체제이다. 그런 점에서 국가권력이 막강한 위력을 발휘하는 것은 진시황 시절이나 오늘날이나 같다.

이명박 정부가 추진했던 4대강 공사의 잘잘못은 그만두더라도 그
것이 계속 문제가 되는 우리와 다르다. 정치체제로서는 우리의 것이
월등히 발달한 것이다. 그러나 말이 많은 체제다. 공권력을 집행하는
경찰이 데모대에게 폭행을 당해도 정부는 힘을 못 쓴다. 그런 나라가
지구상에 몇이나 있을까?

　　삼협댐은 중경과 무한(武漢)의 중간 지점인 호북성 의창(宜昌)의
댐이라고 해도 좋다. 구당협, 무협, 서릉협(西陵峽)의 세 협곡을 잇
는 댐이라고 해도 좋다. 가히 세계 최대의 댐인 것만은 확실하다.

　　아침 8시 45분 하선하다. '노황릉묘'(老黃陵廟) 옆을 지나 버스로
10여 분 간다. 댐의 입구다. "游三峽看大坝"(유삼협간대패)라고 적혀
있는 입장표를 하나씩 준다.[11] 공항검사처럼 까다롭지는 않으나 짐을
검사한다. '삼협공정모형실'(三峽工程模型室)을 잠시 구경하고, 에스
컬레이터를 여러 번 갈아타 해발 262.48미터 고지에 오르다. 댐의 전
경이 눈에 들어온다. 또 〈단자령람승〉(壇子嶺攬勝)이란 책 모양의
큰 조형물 안내판이 있고, 거기에 각종 정보자료가 있다. 그 자료에
따르면, 댐의 높이는 185미터, 길이는 2,309미터, 최대 저수량은
390억 톤, 최고 수위는 175미터, 총 시설용량은 1,820만 킬로와트,
연간 발전량은 847억 킬로와트라는 것이다. 이러한 숫자만 가지고는
그 규모가 얼마인지 상상이 안 된다. 상상은 해 무엇 하나? 그런가 하
고 지나면 되지 않나?

　　부근에 기념품 상점도 있고, "萬年江底奇石"(만년강저기석)이라고

11　한자로 댐은 "壩"(패)다. 중국어 발음은 bà(빠)고, 간자로는 "坝"이다.

적힌 큰 돌이 위용을 자랑하고 있다. 물건답다. 댐을 건설하는 와중에 강 밑에 있던 기이한 돌을 하나 건져서 전시하고 있는 것이다. 댐에서 내려와 '절류기념원'(截流紀念園) 이란 공원을 잠시 둘러보았다. "截"은 '끊을 절'이다. 막는다는 뜻도 있다. '절류'는 흐르는 물을 막는다는 말인데, 장강을 막아 댐을 쌓은 것을 기념하기 위하여 조성된 공원이다. 그러나 특이한 것은 눈에 띄지 않았다.

다시 버스로 어마어마하게 크고 긴 '서릉장강대교'(西陵長江大橋)를 건너, 의창으로 가서 다시 승선하다. 배에서 점심. 오후엔 무슨 영화 상영이 있다고 하였는데, 관심이 없어서 가지 않았다. 나중에 들으니 가져간 테이프와 배의 영사기가 맞지 않아 상영은 불발이었다.

26일(토요일). 오전 10시 30분에 김동길 박사의 두 번째 강의다. 다시 5층 바에 모였다. 이번 여행의 인문학 주제는 위에서 말한 것처럼 이태백이다. 이백의 시 다섯 수가 여행사에서 준비한 책자의 말미에 적혀 있다. 물론 김 박사가 고른 것들이다. 그것은 읽으면 된다. 책자에 있는 것인 만큼, 여기에 순서대로 옮겨 적는다. 김 박사는 이백의 시를 한둘이라도 암기하라 하신다.

〈山中問答〉(산중문답)
問余何事棲碧山 笑而不答心自閑 (문여하사서벽산 소이부답심자한)
　어인 일로 깊은 산에 사느냐 묻네, 미소 짓고 대답 않아 마음 편하다.
桃花流水杳然去 別有天地非人間 (도화유수묘연거 별유천지비인간)
　복사 꽃잎 흘러흘러 간 곳 묘연해, 별 천지라 인간세상 아닌 듯하이.

〈子夜吳歌〉(자야오가)

長安一片月 萬戶擣衣聲　(장안일편월 만호도의성)

　장안에는 한 조각달이 밝은데 집집마다 다듬이 소리 처량해.

秋風吹不盡 總是玉關情　(추풍취부진 총시옥관정)

　가을바람 끝없이 불어오는데 옥문관에 얽힌 정 야속도 하이.

何日平胡虜 良人罷遠征　(하일평호로 양인파원정)

　언제면 오랑캐를 다 물리치고 정든 님 내 품에 돌아오려나.

〈靜夜思〉(정야사)

牀前看月光 疑是地上霜　(상전간월광 의시지상상)

　침상 머리 달빛보고 서리인가 의심했네.

擧頭望山月 低頭思故鄕　(거두망산월 저두사고향)

　고개 들어 달을 보고 고개 들어 고향 생각.

〈獨坐敬亭山〉(독좌경정산)

衆鳥高飛盡 孤雲獨去閑　(중조고비진 고운독거한)

　뭇 새들 높이 날아 다 사라지고 외로운 구름마저 자취 감추네.

相看兩不厭 只有敬亭山　(상간양불염 지우경정산)

　아무리 마주봐도 싫증 안 나는 그대 경정산이 있을 뿐이네.

〈早發白帝城〉(조발백제성)

朝辭白帝彩雲間 千里江陵一日還　(조사백제채운간 천리강릉일일환)

　아롱진 빛깔 사이 백제성 떠난 아침, 천리 길 강릉까지 하루에 가네.

兩岸猿聲啼不住 輕舟已過萬重山 (양안원성제부주 경주이과만중산)

양쪽 언덕 원숭이 울고 또 우나, 가벼운 배 타고 첩첩산중 다 누볐네.

번역이 매우 훌륭하다. 김동길 박사의 번역일 것이다. 그렇다면 그는 시인이다. 각 시에 대한 해설은 없었으나, 〈추포가〉(秋浦歌) 란 시에 대한 김 박사의 이야기는 길었다.

白髮三千丈 緣愁似箇長 (백발삼천장 연수사개장)

흰 머리가 삼천 장이나 자랐네, 근심 따라 이렇게 길어졌네.

不知明鏡裏 何處得秋霜 (부지명경리 하처득추상)

밝은 거울 속의 나의 모습 모르겠다, 어디서 얻어진 흰 서리인가?

김동길 박사는 이 시를 통하여 자신의 늙음을 부지불식간에 토로하는 것이었다. 늙은 다음은 무엇인가? 죽음이다. 아니, 누구나 다 죽는다.

다른 이야기도 있었다. 김동길 박사는 말씀을 이어갔다. "1964년부터 연세대 신입생의 문화사 시간이면 나는 칠판에 'Justification by Faith'라고 쓰고 강의를 시작했다. '믿음으로 의롭다'는 뜻이다.[12] 그렇게 쓴 것은 사람은 의롭게 살아야 한다는 것을 강조한 것이다."

---

12 '믿음으로 의롭다'(Justification by Faith)는 신약성경 〈로마서〉 3장 28절에 나온다. 내가 잘못 들었는지 모르나, 칠판에 쓴 것은 마틴 루터(Martin Luther)의 글이라는 것이다. 루터가 신약성경을 독일어로 번역할 때, 그 대목의 이름을 그렇게 붙인 것인지도 모른다. 영어는 물론 그 후의 일이다.

정확한 인용은 아니다. 그러나 그 말씀을 듣고, 나는 내 나름대로 아마 당신도 의로움을 목표로 의로운 삶을 살아왔고, 여생이 얼마나 남았는지 모르나 계속 그렇게 살 것으로 생각하시는 모양이라고 이해했다. 그런 한편, 김 박사의 그 말씀에는 사연이 있다. 바로 그 얼마 전, 우리 일행 중 어떤 장년의 남성이 김 박사에게 다가와 인사하면서, 자기는 김 박사 때문에 이번 여행에 참여하게 되었다고 이야기했다 한다. 자기가 연세대에 입학하였을 적에 선생님이 'Justification by Faith'란 말을 칠판에 쓰고 강의하셨다면서, 그것을 평생 잊지 않고 살아왔다고 고백(?) 했다는 것이다. 그래 위의 이야기를 한 것이라고 했다.

　　김동길 박사가 그 제자 이야기를 분명 하셨을 터이나, 나는 딴 생각을 하고 있었는지 기억이 없다. 제자 이야기는 동행했던 김혜선 박사로부터 나중에 들었다. 그러면서 김혜선은 제자들의 그러한 인사를 받는 것이 교수들의 보람일 것이라면서 아마 부러워하는 눈치였다. 그래 김동길 박사는 그 제자 내외와 기념사진까지 찍었다고 했다. 퍽 신통하게 생각한 모양이다. 우연을 뛰어넘는 인연이라고나 할지?

　　그건 그렇고, 내가 무식해서 그랬겠으나, 나는 처음에 'Justification by Faith'를 'Justification by Fate'로 들었다. '운명에 의한 정당화'라고 이해한 것이다. 그리고 속으로 생각했다. 김 박사는 신앙인이고, 나는 숙명론자다. 기본 생각이 다르니까 듣는 것도 내 나름으로 듣는 모양이다. 사람은 이렇게 다르다.

　　다시 〈추포가〉에 대한 내 생각이다. 그것은 노쇠한 얼굴과 길게 자란 백발을 과장한 시다. 추포는 안휘성(安徽省) 귀지현(貴池縣)에 있다. 이백이 말년에 방황하던 곳 중의 하나다. 말년이라고 해도 환갑 전일 것이다. 환갑 다음 해에 죽었기 때문이다. 그러나 지난날이라고 편안하고 즐거운 시절이 아니다. 근심과 서러움으로 점철된 과거다. 하기야 근심걱정이 없는 편안한 삶을 살았다면 그런 시가 나올 수 없다. 문학이고 예술이고, 안락한 삶 가운데서는 뛰어난 작품이 나오기 어렵다. 〈추포가〉는 17수로 된 연작시다. 대부분 말년의 쓸쓸함을 표현하고 있다.

저녁에는 무한시 시내의 한수(漢秀) 극장에서 쇼를 구경했다. 4시에 모여 버스를 탔다. 먼저 간 곳이 시 중앙의 강한로(江漢路), 매우 번화한 상가지역이다. 그러나 무얼 사겠는가? 우리 팀(이옥엽·최인자·내 처와 나)은 근처에 있는 7성급이라는 완다루이화(万達瑞華) 호텔 로비에서 잠시 쉬었다. 두바이에도 있다는 말은 들었으나, 칠성급 호텔은 처음 들어가 본다. 로비의 벽이 온통 옥(玉)이다. 백옥도 있으나 청옥(靑玉)이 더 많다. '청옥의 바다'는 내가 알지만, '청옥의 로비'는 처음이다. 청옥의 바다는 춘성(春城) 노자영(盧子泳, 1898~1940년)의 시에 있다. 〈갈매기〉라는 제목의 시다. 어차피 옆으로 샌 글이니, 내가 좋아하는 그 시를 여기에 적는다.

님의 품을 바다 같다고 누가 말하였습니까?
별들이 나리고 珊瑚가 가지 치는
그 넓은 바다, 그 푸른 바다 ─

님의 품은 情熱과 매력의 珊瑚가 그늘진

薔薇빛 바다 靑玉의 바다

그 품을 누가 바다 같다고 말하였습니까?

바다를 못 잊어 떠도는 갈매기

아, 나두 바다 같은 님의 품이 그리워

애닯게 헤매고 떠도는 한 마리 갈매기입니다.

'백제원'(白帝園)인가 하는 한식집에서 삼겹살로 저녁이다. 격이
안 맞는다. 먹는 둥 마는 둥, 극장으로 갔다. 8시부터 한 시간 반쯤
진행된 수륙공(水陸空, 극장 측의 선전이 그러했다)의 곡예 쇼를 보았
다. 그냥 곡예만 하는 공연이 아니라 두 남녀의 사랑 이야기를 주제로
구성한 것이다. 그러나 지루하다. 김혜선 박사는 곡마단(?)에는 취
미가 없다 하여 배에 그냥 머물렀는데, 현명한 선택인지도 모른다.
그러나 무대 장식[270도의 광각(廣角)]이며 수륙공의 곡예는 세계 유
일이라고 한다. 관람료는 좌석의 위치에 따라 다르나, 우리 것은 2백
위안쯤이다. 늦게 귀선하였다. 하루가 또 그렇게 갔다.
　아니, 삼국시대의 적벽대전으로 유명한 적벽도 지났다. 또 소동파
가 배 타고 놀면서 〈적벽부〉(赤壁賦)를 지은 곳도 지났을 것이다.

　27일(일요일).　오전 9시 반, 무한의 신해혁명기념관에 도착하다.
무한은 본래 무창(武昌)·한양(漢陽)·한구(漢口) 세 도시가 합쳐진
곳이다. 무한삼진(武漢三鎭)으로 불렸다. 양자강과 그 지류인 한수

(漢水)가 만나는 호북성, 아니 화중 지방의 군사와 교통의 요충지다. 1856년 제 2 아편전쟁으로 불리는 애로호 사건(Arrow War) 2년 후에 체결된 천진조약에 의하여 무한은 개항장이 되었고, 서구열강의 조계지로 전락했다. 청나라 정부의 힘이 미치지 못했다. 급기야 무한은 혁명세력의 온상이 되고 말았다. 무창은 1911년 신해혁명의 발상지다. 무창기의(武昌起義)로 청조는 무너졌다. '起義'란 의병 혹은 혁명군을 일으킨다는 뜻이다.

무창기의의 '군정구지'(軍政舊址)란 곳 바로 뒤에 손문의 동상이 있다. 그 뒤편에 있는 기념관은 상당히 넓은 2층 건물이다. 각종 자료와 사진의 전시장이다. 특히 "天下爲先"(천하위선)이란 손문의 글씨가 눈길을 끈다. 그는 〈예기〉 "예운"(禮運)편에 나오는 "天下爲公"(천하위공)이란 말을 평생의 좌우명으로 삼았고, 휘호(揮毫)로도 많이 남겼다. 천하를 자신의 사유물로 보지 않고, 공공의 것으로 본다는 의미이다. '천하위선'은 천하를 자신의 이익에 앞세운다는 뜻인데, 출처는 미상이다.

기념관 가까이 '황학루'(黃鶴樓)가 있다. 이번 여행의 목적 중 하나는 양자강 근처에 있는 유명한 누각을 관상하는 것이다. 또 원하는 사람들만의 남경 프로그램도 있다. 중국의 유명한 누각으로는 '황학루' 외에 남창의 '등왕각'(藤王閣), 호남 악양의 '악양루'(岳陽樓), 항주의 '성황각'(城隍閣)이 있다. 이 넷이 이른바 4대 명루다. 그러나 다 볼 수는 없다.

황학루는 무창 사산(蛇山)에 있다. 무한의 간판급 건축이다. 그것이 처음 축조된 것은 삼국시대 오나라 황무 2년(223년)이다. 손권이

392

하구성(夏口城)을 건설하고 성의 서남에 수비대로 지은 것이 황학루다. 군사용 망루였다. 신선 자안(子安)과 비문위(費文褘)가 황학을 타고 이곳을 지났다는 전설이 있다. 이름의 유래다.

당나라 때(756년) 멋진 누각으로 개축되었다. 시인 묵객들의 놀이터가 되었는데, 오랜 풍상을 거치면서 30여 차례의 훼손이 있었다고 한다. 비교적 가까이는 백여 년 전 광서 10년(1884년)의 화재로 인한 소실이다. 1985년에 밖에서는 5층으로 보이나 안으로는 9층인 건물로 중건 복구되었다. 전면에서 보면 누각의 맨 위에 "黃鶴樓"란 현판이 높이 있고, 그 반대편 꼭대기에는 "楚天極目"(초천극목)이란 현판이 높이 붙어 있다. "초나라의 하늘을 끝까지 본다"는 뜻 같은데, 망루이니 그런 표현이 있을 수 있을 것이다. 물론 처음부터 그런 현판이 있었던 것은 아니겠고 1985년 중건되었을 적에 건 현판이 분명하나, 역사적인 무엇이 있을 것 같다.

안으로 들어갔다. 엘리베이터도 있다. 그러나 작동되지 않는다. 맨 위층까지 걸어 올라 사방을 둘러보았다. "欲窮千里目 更上一層樓"(욕궁천리목 갱상일층루)란 왕지환(王之渙)의 시를 생각하면서, 더 멀리 보고 싶어서 한 층 한 층 오른 것이다.[13] 무한 시내와 장강이 일목요연하게 들어온다.

누를 가운데 두고 주변일대가 공원이다. 〈황학귀래〉(黃鶴歸來)란 조각을 비롯하여, 〈악비동상〉(岳飛銅像), '백운각'(白雲閣) 등 볼거

---

13 왕지환은 성당(盛唐)의 시인이다. 〈등관작루〉(登鸛鵲樓)란 시로 "白日依山盡 黃河入海流 欲窮千里目 更上一層樓"란 내용이다.

리가 많다. 그중 하나 이야기하고 싶은 것은 바로 '각필정'(擱筆亭)이
다. 이 정자에 들어서면 신선 비문위의 큰 벽화가 전면에 있고, 중앙
에는 대형의 벼루가 있다. 당의 최호(崔顥, 704~754년)가 이곳에 와
서 〈황학루〉란 제목의 시를 지었다고 한다.

昔人已乘黃鶴去　此地空餘黃鶴樓　(석인이승황학거 차지공여황학루)
　　옛 사람 이미 황학 타고 떠났지, 지금 이곳엔 그저 황학루만 남았지.
黃鶴一去不復返　白雲千載空悠悠　(황학일거불부반 백운천재공유유)
　　황학은 한번 가선 다시 안 오고 흰 구름만 천 년을 유유히 떠도네.
晴川歷歷漢陽樹　芳草萋萋鸚鵡州　(청천역력한양수 방초처처앵무주)
　　맑게 갠 강가에 한양나무 또렷하고 앵무주엔 향기로운 풀 우거졌다. [14]
日暮鄉關何處是　煙波江上使人愁　(일모향관하처시 연파강상사인수)
　　날은 저무는데 고향은 어디인가, 안개 낀 강가에서 시름만 더해지네.

　시의 앞부분은 황학루에 얽힌 전설을 통하여 대자연의 유구함을 읊
고 있고, 후반에는 초목을 빌미삼아 자연의 무궁함을 나타내는 동시
에 고향을 그리는 자신의 심정을 토로하고 있다. 나의 해석이다.
　그런데 얘기는 그게 아니다. 이백이 최호보다는 좀 늦게 황학루에

---

14 앵무주는 무한시 서남의 장강 가운데 있는 작은 섬이다. 후한 말 강하태수
　황조(黃祖)의 아들이 이곳에서 잔치를 벌였다. 누가 앵무새를 바쳤다. 당
　시 기인 선비인 예형(禰衡)이 그곳에 있어서 〈앵무부〉(鸚鵡賦)를 지었다는
　데, 그가 죽자 그곳에서 장사지냈다. 그래서 앵무주란 섬 이름이 생겼다고
　한다.

와서 최호의 시를 보았다고 한다. 〈당재자전〉(唐才子傳)에 의하면 이백은 "눈앞에 펼친 풍경을 말로 표현할 길 없으나, 최호가 지은 시가 머리 위에 있다"(眼前有景道不得 崔顥題詩在上頭)고 칭찬을 하고는 붓을 놓고 (각필하고) 떠났다. 이후 그는 금릉의 '봉황대'(鳳凰臺)에 올라 〈등금릉봉황대〉(登金陵鳳凰臺)라는 제목의 시를 지었다.[15] 금릉은 남경이다. 〈당시선〉(唐詩選)에도 수록되어 있다.

鳳凰臺上鳳凰遊　鳳去臺空江自流　(봉황대상봉황유 봉거대공강자류)
　　봉황대 위에 봉황 놀았다지만 봉황은 가고 빈 대 아래 강물만 흐른다.
吳宮花草埋幽徑　晉代衣冠成古丘　(오궁화초매유경 진대의관성고구)
　　오궁의 화초는 한적한 길에 묻혔고 동진 귀족들도 옛 언덕의 흙이네.
三山半落靑天外　二水中分白鷺洲　(삼산반락청천외 이수중분백로주)
　　세 산은 청천 밖으로 반쯤 기운 듯하고 두 줄기 강은 백로주를 끼고 흐르네.
總爲浮雲能蔽日　長安不見使人愁　(총위부운능폐일 장안불견사인수)
　　아이고, 뜬 구름이 태양을 가리기에 장안이 그리운 나만 시름에 젖네.

　환관의 참언[부운(浮雲)이라 표현함]으로 조정을 떠나지 않을 수 없다. 떠돌이 신세다. 황량한 봉황대에 올라 유유히 흐르는 장강을 본다. 역사는 무상하고 인생은 덧없다. 그래 이백은 자신의 심사를 노

---

15 신문방 지음, 임동석 해제 및 역주, 〈당재자전〉(김영사, 2004), 109~112쪽 참고.

래하지 않을 수 없었던 것이다. 최호를 염두에 두고 지은 시는 아니다. 그러나 사람들은 〈황학루〉와 연관시킨다. 최호의 시가 당의 칠언율시 가운데 으뜸급이나, 그는 이백을 시로 당할 수 있는 인물은 결코 아니다. 아니, 누가 시로 이백을 당하랴! 말 좋아하는 사람들이 황학루를 선전하느라고 지어낸 말일 것이다.

황학루 관람을 마치고 나니 정오가 조금 지났다. '초조왕'(楚寵王)이란 중식당에서 점심을 했다. 2층 홀이 넓다. 음식은 푸짐하다. 그러나 시끄럽기는 여기도 중국이다. 귀선 도중에 무한 시내의 조계지(租界地)를 구경하겠다는 사람들은 버스에서 내렸으나, '보면 무얼 해?' 하는 마음이 동해서 바로 배로 갔다. 좀 쉬자니 어두워진다.

저녁 전, 바람을 쏘이려 6층 갑판으로 혼자 나갔다. 배는 '무한제이교'(武漢第二橋)를 지나 쏜살같이 내려가는데, 야경이 매우 아름답다. 고개를 들어 하늘을 본다. 검은 하늘이나 구름 한 점 없고, 하늘 저쪽에 별이 하나 빛난다. 아! 저게 샛별이로구나! 샛별은 금성이다. 다른 별들이 나오기 전에 빛을 발한다. 일찍 뜨고 일찍 진다. 갑자기 이명한(李明漢, 1595～1645년)의 시조가 입에서 맴돈다.

샛별지자 종다리 떴다 호미 메고 사립 나니
긴 수풀 찬 이슬에 베잠방이 다 젖는다.
아희야 시절이 좋을 손 옷이 젖다 관계하랴.

이와 같이 여유 있고 좋은 나라가 나의 조국이다. 나는 밖에서 이렇게 유람이나 다니고 있지만, 지금 나라는 어떤가? 분열로 치닫는다.

무너지려 한다. 걱정이 밀려온다. 눈물이 핑 돈다. 그러나 보는 사람이 없다. 다행이다. 아니, 본 사람이 있다 한들 내가 왜 눈물을 흘리는지 모를 것이다.

28일(월요일). 오늘도 쾌청이다. 흐리고 음습한 중경을 떠나서부터 날씨는 늘 우리 편이다. 구강(九江) 시를 떠나 강서성 남창으로 간다. 남창은 1927년 중국공산당이 최초로 무장폭동을 일으킨 곳이다. 1921년 상해에서 창당된 공산당은 이런저런 노선의 갈등을 겪다가 군사적 과격노선의 길을 택하게 된다. 남창폭동이 그 출발이다. 성공하지 못했다. 그러나 폭동이 시작된 8월 1일을 중국에서는 인민해방군의 건군절(建軍節)로 기념하고 있다. '해방군'은 나중에 생긴 그들의 말이고, 한동안은 의용군이라고 했다. 공산주의자들은 말을 잘 만드는 무리다. 우리는 1950년 6·25전쟁을 겪었다. 통일을 눈앞에 둔 우리에게 나타난 것이 이른바 중공(당시는 중국을 '중공'이라 불렀다)의 '의용군'이었다. 1950년 10월 하순 압록강을 건너와 우리의 통일을 막았기 때문에 통일이 '강 건너' 간 것이다.

남창 시내로 들어가는 큰 다리의 이름이 '팔일대교'(八一大橋)다. 다리 위에는 등소평의 "黑猫白猫"(흑묘백묘)란 기치가 걸려 있다. "흑묘백묘"는 '쥐만 잘 잡으면 되지, 그 고양이가 검은지 흰지는 문제가 아니다'는 말이다. 국가발전과 경제성장을 위해서는 사상이 중요하지 않다는 것이다. 등소평은 문화혁명 당시 지독한 곤욕을 당했다. 그러나 1978년부터 서서히 복권, 오늘날 중국의 기반을 잡은 인물이다. 그러나 1989년 천안문사태를 무력으로 강경하게 진압한 장본인이기도 하다. 흑백을 구분하지 않고 철권을 휘둘렀다.

다리를 건너자 터널이 나온다. '등왕각터널'이다. "아! 이게 바로 등왕각이구나!" 하는 탄식과 더불어, 11시 20분경 등왕각 경내로 들어갔다. 등왕각이 천하의 누각이 된 이유는 왕발(王勃)의 〈등왕각서〉(騰王閣序) 때문이 아닌가 한다. 천하의 명문이다. 나는 소싯적부터 그 글을 여러 번 읽었기에 아는 곳에 온 기분이다.

여기에는 이러한 일화가 있다. 당 고조의 아들인 이원영(李元嬰)이 홍주자사가 되고서 화려한 누각을 지었다. 그가 등왕으로 봉해졌기 때문에 등왕각이라 했다. 그 후 당 고종 상원 2년에 염백서(閻伯嶼)란 인물이 홍주자사가 되었다. 누각을 중수하고 요샛말로 큰 파티를 열었다. 9월 9일 중양절이다. 그는 사위인 오자장(吳子章)의 문장을 자랑하고 싶었다. 그에게 각의 중수를 기념하는 서문을 미리 지어 놓게 하고는 참석한 손님들에게도 서문을 지으라고 하였다. 모두들 그의 뜻을 알아차리고 사양했다. 마침 아버지가 현령으로 있는 교지(交趾)로 가던 길에 우연히 이곳에 들른 나이 어린 왕발이 선뜻 지필을 받아들고 글을 쓰기 시작했다. 염백서는 생각지 못한 젊은 놈의 불손한 행동을 보고 노했다. 자리를 떴다. 그러나 궁금하다. 하인을 시켜 그가 쓰는 글을 보고 전하라고 하였다. 처음에는 그저 그런가 하다가, "落霞與孤鶩齊飛 秋水共長天一色"(낙하여고목제비 추수공장천일색, 저녁노을은 짝 잃은 따오기와 나란히 떠 있고, 가을 강물은 넓은 하늘과 같은 빛깔이다) 이란 곳에 이르자, 무릎을 치며 경탄하였다고 한다. 다시 잔치를 열어 그의 문재를 칭찬한 것은 말할 것도 없다.

왕발은 초당사걸(初唐四傑) 가운데 한 사람이다. 여섯 살에 이미 글을 할 줄 알던 천재였다. 그는 29세에 남해에서 익사, 요절했다. 내가 어려서 들은 이야기는 그가 교지로 갈 적에 누군가가 어디에서 소지(燒紙)를 하라 하였다는 것이다. 소지는 신령 앞에서 빈다는 뜻으로 얇은 종이를 불살라서 하늘에 날리는 의식이다. 그런데 왕발은 그것을 잊고 그만 지나쳤다. 그래 그가 요절했다는 것이다. 그와 같은 천재도 잊고 지나치는 것이 있는가? 아니, 그의 팔자가 그랬던 것인가? 아! 아무래도 나는 숙명론자인가 보다. 그러나 나는 "사람이 결정하면 하늘을 이긴다"(人定勝天)는 순자(荀子)의 교훈도 기억하고 있다.

등왕각이 들어선 부지는 황학루의 그것처럼 넓지 않다. 그러나 아담하다. 9층의 탑이 눈앞에 전개된다.[16] 각의 앞마당에 당의 한유(韓愈)가 쓴 대형의 〈신수등왕각기〉(新修騰王閣記)가 눈이 부시게 들어온다. 각에 오르니, 5층에 동파거사(東坡居士)의 글씨인 〈騰王閣詩序〉(등왕각시서)가 한 벽을 차지하고 있다. 찬찬히 한 번 읽는다. 날짜는 없다. 끝에 전양해(田良解)가 조각했다고 적혀 있다. 아마 현대인일 것이다.

일행은 먼저 가고, 혼자 내려온다. '경덕진(景德鎭) 도자연구소'(陶瓷研究所)가 지하에 있다는 안내판이 보인다. 내려가 보았다. 경덕진은 도자기 생산으로 유명한 곳이다. 그런데 등왕각 지하에 각종의 경덕진 도자기가 전시되고 있다. 팔기도 한다. 작은 찻주전자 넷을 샀다. 선물용이다.

---

16 높이가 57.5미터이고, 1989년에 복원되었다고 한다.

등왕각은 그래 보았다. 오르기도 했다. 그러나 악양루(岳陽樓)에 못간 것은 유감이다. 대신 여기에 두보(杜甫, 712~770년)의 〈등악양루〉(登岳陽樓)를 적는다.

昔聞洞庭水　今上岳陽樓　(석문동정수 금상악양루)
　동정호 소문은 예전에 들었는데 이제야 악양루에 올랐네.
吳楚東南坼　乾坤日夜浮　(오초동남탁 건곤일야부)
　오와 초는 동남으로 갈라졌고 하늘과 땅이 밤낮으로 호수에 떠 있네.
親朋無一字　老病有孤舟　(친붕무일자 노병유고주)
　친한 친구들은 소식 한 자 없고 늙고 병든 몸엔 외로운 배 한 척뿐.
戎馬關山北　憑軒涕泗流　(융마관산북 빙헌체사류)
　관산 북쪽에서 전쟁은 이어지고 누각 난간에 기대서서 울고 있을 뿐.

이 시는 두보가 56세 때인 768년〔대력(大曆) 3년〕에 악양루에 올라 읊은 것이다. 숙원의 악양루에 오르니 만감이 교차한다. 동정호의 모습은 그렇다고 하고, 나는 무엇인가? 친구들의 소식은 물론 없고, 나이 먹고 병든 나는 외롭다. 북쪽에는 전란이 계속되는 모양인데, 어찌할 것인가? 그런저런 생각을 하다 보니, 눈물 말고 무엇이 있겠는가? 이백은 자연을 사랑했다. 두보는 사람을 사랑했다. 정이 많은 사람이었다.

　나는 두보에게 묻는다. "누가 악양루에 가라 했던가?"

　대답이 없다. 나는 두보에게 다시 말한다. "그대는 일찍이 악양루에 올라 좋은 시를 지었는데, 나는 동정호도 못 보았으니 속내를 말하기도 어렵구려(君曾登樓作好詩 我未見水難說心)!"

그런데 악양루의 명성이 더 높아지게 된 것은 범중엄(范仲淹, 989
~1052년, 북송의 정치가·학자) 때문이다. 북송 인종(仁宗) 경력(慶
曆) 4년(1045년)에 등자경(騰子京)이[17] 파릉군(巴陵郡)의 태수로 유
배되었다. 이듬해가 되자 정치가 일신하였다. 그는 악양루를 중수하
고, 범중엄을 불러 〈악양루기〉(岳陽樓記)를 짓게 했다. 가지도 않은
악양루에 대하여 내가 장광설을 늘어놓는 것은 가지 못한 미련 때문
일까? 그러나 한마디 하고 싶은 것은 범중엄의 글 말미에 "천하의 근
심은 누구보다 내가 먼저 하고, 천하의 즐거움은 모든 사람이 즐거워
한 다음에 즐긴다"(先天下之憂而憂 後天下之樂而樂歟)는 문장이다.
최고 지도자의 덕목이다. 왜 우리에겐 그런 덕목을 갖춘 지도자가 없
는가?

점심이다. 등왕각 정문에서 가까운 '신동방대주점'(新東方大酒店)
이다. 나쁘지 않다. 1시 30분이 좀 지나서 다시 버스에 오르다. 도심
의 무슨 가게 터를 지나 어디인지 간다.

29일(화요일). 안휘성 지주(池州)에서 내리다. 구화산(九華山)으
로 향하다. 대효대원(大孝大願)의 지장보살(地藏菩薩)을 모신 곳이
다. 주봉은 높이가 1,300여 미터이고, 600미터까지는 버스가 간다.
걸어서 케이블카가 있는 주봉의 반대 계곡의 작은 마을로 들어가다.

---

17 하남(河南) 사람으로 이름은 종량(宗諒), 자경(子京)은 자(字)다. 공전을
    낭비한 혐의로 탄핵을 받았다고 한다.

먼저 '동애빈관'(東崖賓館)이란 호텔에서 점심이다. 꽤 크다. 절 근처의 호텔식당이라 그런지 고기류가 전혀 없다. 순전히 채소다. 지장보살도 고기를 안 드셨는지 모른다. 중은 고기 맛을 보면 안 되나? 호텔 바로 아래에 이태백이 심었다는 은행나무가 두 그루 있다. 꽤 크고 높다. 이태백이 심었다면 1,600년은 되었을 터인데, 그렇게 보이지는 않았다. 그 옆에 '태백서당'(太白書堂)이란 건물도 있다. 초라하다. 이백이 정말 이곳에 와서 나무를 심고, 초당에서 시를 지었는지는 의문이다.

화성사(化城寺)를 지난다. 신라 성덕왕의 큰 아들인 김교각(金喬覺)이 출가하여 이곳에 와서 지었다는 절이다. 99세에 구화산에서 열반했다고 한다. 절 앞에는 월아지(月牙池)란 연못이 있다. 물고기를 방생을 하는 곳이다. 큰 잉어들이 유유자적이다. 어떻게 잡혀 왔는지는 모르고 논다.

구불구불 좁은 골목 계단 길을 한참 오른다. "東南第一山"(동남제일산)이란 팻말이 있고, '육신보전'(肉身寶殿)이 나타난다. 육신보살을 모신 곳이다. 지장보살의 육신이 그 안에 있다고 쓰여 있다. 육신보살은 중생과 마찬가지로 육신이 있는 보살이다. 자질구레한 전각이 계속된다. 산 전체가 절인 듯하다. '지장선사'(地藏禪寺)란 또 하나의 큰 건물을 뒤로 하고 내려오다.

일행 가운데는 계단이 많아 힘들다 생각하여 그랬는지, 아니면 독실한 기독교 신자들이라 지장보살을 모시는 절에는 관심이 없어서인지, 월아지를 구경하고는 호텔로 내려간 분들도 있었다. 종교란 어느 경지에 이르면 서로 통한다는데, 설마 나중의 이유 때문은 아니었으면 하는 생각을 하다.

30일(수요일).   아침에 배가 양주(揚州)에 도착했다. 8시 40분경에 배에서 내렸다. 버스가 남경으로 향한다. 남경에 가는 것은 김동길 박사가 '남경에코(Echo) 국제학교'에서 특강이 있어서인데, 우리는 응원차 따라나선 것이다. 10시 좀 넘어 그 학교에 도착했다. 학교는 2003년에 남경시의 허가를 받아 설립되었고, 그간 크게 발전하였다고 한다. 자리도 옮겨 새 건물을 짓는 중인데 거의 완성된 모양이다. 새 건물로 갔다. 처음 간 남경이라 그 동네가 어디인지는 모르나, 주위는 조용하고 학교 건물은 아담했다. 초등에서 고등까지 "이 시대의 인물을 양성하고자 하는 학교"라고 한다. 이제는 학교 명칭도 한 단계 높여 '남경에코포르테(Echo Forte) 국제학교'로 이름을 바꾸려 하는데, 이번에는 남경시가 아니라 강소성의 허가를 받아야 된다는 이야기다. 곧 받는다고 한다. 새 건물의 입구에도 "에코포르테"라고 적혀 있다.

안평모 교장과 선생 몇이 우리를 맞았다. 인물이 반듯한 안 교장은 마흔 좀 넘어 보인다. 학생은 140명, 교사는 50명이라고 한다. 휴게실에서 잠시 차를 대접받았다. 어떻게 시작이 되었는지 모르나, 김동길 박사는 10여 년 전부터 이 학교와 인연을 맺어 왔다고 한다. 매년 한 번씩 여기 와서 특강을 하고, 도움도 준다는 것이다. 갸륵한 일이다. 이번 우리 여행과 일정을 맞춰 김 박사가 여기에 온 것이다. 김 박사가 강의하는 시간, 그를 가까이 모시는 몇을 제외한 나머지는 중산릉(中山陵)으로 향했다.

중산은 손문의 호다. 손문은 신해혁명(1911년)으로 청조를 무너뜨리고, 수천 년의 왕조정치를 공화정으로 바꾼 인물이다. 국민당이나 공산당이나 일치단결 그를 국부로 추앙한다. 1925년, 그는 59세의 나이로 세상을 떠났다. 신해혁명을 잊지 말라는 유언을 남기면서, 남경의 자금산(紫金山)에 묻어 달라고 하였다. 손문의 유해는 처음에는 북경의 향산(香山) 벽운사(碧雲寺)에 안치되었다가 남경으로 옮겨졌다. 어마어마한 능이 1926년에 착공되어 1929년에 완공되었다. 청천백일기를 상징하는 하얀 벽과 푸른 색 기와로 된 건물의 가장 안쪽에 유해가 안치되어 있다고 한다. 그 건물까지 가려면 근 400개의 계단을 올라야 한다. 나도 물론 올랐다. 계단을 세다가 잊었는데, 나중에 들으니 392개라고 했다. 신해혁명은 그렇다고 하고, 그 후에도 그에게는 잘못이 많았다. 잘못은 모두 능 속에 숨었고, 무언지 잘한 일만 능 밖에 남았다. 우리가 배워야 할 일이다. 대한민국의 건국 대통령인 이승만 박사가 계속 매도되는 우리의 현실을 어떻게 설명해야 하나? 우리는 남의 잘한 일은 말도 않고, 잘못한 일만 떠든다. 칭찬이 아쉽다.

능에서 나와 다시 작은 차를 타고 간 곳은 '중산기념관'이다. 아담한 건물에 여러 자료가 전시되어 있다. 부럽다. 이승만기념관이 없는 우리 현실을 또 어떻게 설명하나?

12시 반에 중산릉을 출발하여 능 근처에 있는 '북경고압점'(北京烤鴨店)으로 갔다. 북경오리집이다. 우리 일행은 세 테이블에 앉았다. 나는 김동길 박사, 안평모 교장, 그리고 학교 측 몇 인사와 자리를 같이했다. 북경오리구이도 오랜만이고, 다른 음식들도 훌륭했다. 그러나 유감이 있었다. 나는 안 교장에게 〈삼국지〉의 일화를 하나 이야기했다.

적벽대전을 앞두고 오나라의 도독 주유(周瑜)가 갑자기 병이 났다. 제갈량이 그를 방문했다. 공명은 죽는 시늉을 하는 주유의 병을 고치겠다고 하면서, 지필묵을 가져오라 하여 열여섯 자를 썼다.

欲破曹公　宜用火攻　(욕파조공 의용화공)
　　조조를 깨치려면 마땅히 화공을 써야 한다.
萬事具備　只欠東風　(만사구비 지흠동풍)
　　만사가 다 준비되었는데 동남풍만이 없구려.

그 글을 보고 주유는 벌떡 일어났다. 제갈량은 호풍환우(呼風喚雨)하는 재주를 가지고 있었다. 동남풍을 불게 하였다. 조조를 깨치고 대승했다. 그 이야기를 마치면서 나는 덧붙였다. "오늘 여러 가지가 잘 준비되었는데, 하나 빠진 것이 있다. 그것은 백주다(只欠白酒)." 그런데도 술을 주문할 생각을 아니한다. 내 의도를 잘못 알아들었는지도 모른다. 아니, 가져오라고 하여도 그만두라 하였을 것이다. 점심값을 우리 측에서 내려고 일인당 100위안씩인가 갹출하였으나 받지 않는다. 학교 측인지 김동길 박사인지, 누가 냈을 것이다. 1시 반이 좀 넘어 점심이 끝났다. 다시 양주에 정박하고 있는 배로 가야 한다. 두 시간 넘게 버스를 타야 한다.

남경에서 돌아오는 버스 속이다. 김동길 박사가 다시 마이크를 잡았다. 대강 기억나는 그의 이야기 요지를 적어 본다.

맹자가 양혜왕을 처음 만났을 때다. 왕이 맹자를 보고 "노인께서 천리를 멀다 아니하시고 오셨으니, 역시 장차 내 나라를 이롭게 함이 있겠습니까?" 하고 묻자 맹자가 대답했다. "왕께서는 하필 이롭게 한다 말하시오? 오직 인의(仁義)가 있을 따름입니다." 인의는 맹자 사상의 중심이 되는 덕성이다. 우리에게 지금 필요한 것도 그것이다. 특히 의(義)가 필요한 때가 아닌가 한다. 우리에게는 성삼문과 같은 사람이 필요하다. 그는 문종과의 약속을 지켜 단종을 복위하려다가 실패하고 형장의 이슬로 사라졌다. 이슬이 아니라 사지가 찢어지는 형을 당했다. 의로운 사람의 말로였다. 그는 이런 시조를 지었다.

이 몸이 죽어 가서 무엇이 될꼬 하니
봉래산 제일봉에 낙락장송 되었다가
백설이 만건곤할 때 독야청청하리라.

그가 또 형을 당하기 전에 읊은 시도 있다.

擊鼓催人命 回頭日欲斜 (격고최인명 회두일욕사)
　북소리 둥둥 명을 재촉하는데 고개를 돌려 보니 해는 지려 하네.
黃泉無一店 今夜宿誰家 (황천무일점 금야숙수가)
　황천길에는 주막도 없다는데 이 밤은 어디서 묵어야 하는가.

김동길 박사는 의로운 사람의 예로 성삼문을 들었다. 그런 사람이 많이 나와야 된다는 얘기였다. 김동길 박사의 얘기를 듣고서, 나는 나대로 다음과 같은 생각을 했다. 성삼문은 다른 시도 지었다.

　수양산(首陽山) 바라보며 이제(夷齊)를 한하노라
　주려 죽을진대 채미(采薇)도 하는 것〔인〕가
　비록애〔아무리〕 푸새엣〔푸새의〕 것인들 그 뉘 땅에 난 건가.

이제는 백이(伯夷)와 숙제(叔齊)다. 그들은 요서(遼西) 고죽국(孤竹國)의 왕자였다. 서로 왕위를 사양하였다. 어진 사람들이었다. 그들은 당시 은(殷)나라의 서백(西伯, 나중의 문왕)이 늙은이들을 잘 대접한다는 말을 듣고 서쪽으로 향했다. 마침 서백은 죽고 그 아들 무왕이 은의 주왕(紂王)을 토벌하려고 군사를 일으켜 나가던 참이었다. 그들은 무왕의 말고삐를 잡고 간했다.

"부왕이 돌아가시어 장례도 아직 치르지 않았는데 간과(干戈)를 잡았으니 효(孝)라 할 수 없소. 또, 신하로서 임금을 시해하려 하니 인(仁)이라 할 수 있겠소?"

병사들이 그들을 참하려 하였으나, 태공(太公, 무왕의 군사)이 "이들은 의로운 사람이다"며 그들을 부축해 보냈다. 그 후 무왕은 은나라를 평정하였고, 천하는 이제 주나라를 종주국으로 삼게 되었다. 백이와 숙제는 그것을 부끄럽게 여겼다. 그래서 주나라의 곡식을 먹지 않고 수양산으로 들어가 고사리로 연명을 하다가 굶어 죽었다. 사마천의 〈사기〉, "백이열전"의 이야기다.

성삼문이 위의 시조에서 백이와 숙제를 못마땅하게 여긴 것은 그들이 죽음으로써 불의에 저항하지 않았기 때문이다. 살신성인이란 공자의 말도 있지만, 인의를 위하여 죽기는 참으로 어려운 일이다. 그런데 성삼문은 그렇게 죽은 것이다. 백이와 숙제보다 훨씬 더 훌륭하다고 해야 할 것이다.[18] 요즈음은 성삼문은 그만두더라도, 백이와 같은 사람도 없다. 그래 나라가 어지러운가? 아니, 다 성삼문 같다면 죽지 않고 살아서 일할 사람은 누구인가? 신숙주(申叔舟)와 같은 인물도 있어야 하지 않겠는가?

그런저런 생각을 하다가 창밖을 내다보니 허허벌판이다. 벌판을 가로지르는 고속도로 위를 버스는 달린다. 시간이 좀 남았다. 그래 내가 앞으로 나가 마이크를 잡았다. 무슨 이야기를 할까? 중국에 왔다. 이백을 그리워하는 투어다. 중국 시와 관계된 이야기를 하면 좋을 것 같았다. 한시의 우리말 번역 이야기가 어떨까? 그러자 〈두시언해〉(杜詩諺解)가 머릿속을 스쳤다. 〈춘망〉(春望)이 제일 먼저 떠올랐다.

"國破山河在 城春草木深"(국파산하재 성춘초목심), "나라이 파망하니 뫼콰 가람이 있고." 여기까지는 그렇다고 하고, 다음 구는 "거리에 봄이 왔으나 그저 초목만 무성할 뿐이다"는 말인데, 〈두시언해〉에서는 어떻게 번역이 되었는지 갑자기 생각이 나지 않았다. 그래 얼버무리다가 한시의 아름다운 우리말 번역으로 슬쩍 넘어갔다. 이백의 시를 하나 먼저 소개했다. 〈아미산월가〉(峨眉山月歌)다.

---

18 백이와 관련된 성삼문의 이야기는 내가 다른 곳에서 한 바 있다. 〈술의 노래〉(도서출판 선, 2014), 409~410쪽.

峨眉山月半輪秋　影入平羌江水流　(아미산월반륜추 영입평강강수류)

　　아미산 가을 반달이 평강 물에 잠겨 예네.

夜發清溪向三峽　思君不見下渝州　(야발청계향삼협 사군불견하유주)

　　청계 떠나 밤길 삼협, 님 못보고 유주 가네.

　누군가가 위와 같이 번역하였는데, 아주 잘 된 번역이라는 것이다. 어려서 아버지에게서 들은 것이다. 이 시는 칠언절구 안에 지명이 다섯이나 있는 것으로도 유명하다. 그런데 왜 하필 중국 시를 예로 드나? 그래 이 충무공의 〈수국〉(水國)이란 시를 또 읊었다.

水國秋光暮　驚寒雁陣高　(수국추광모 경한안진고)

　　물나라 가을빛이 저물었는데 추위 놀란 기러기 떼 높이 떴도다.

憂心輾轉夜　殘月照弓刀　(우심전전야 잔월조궁도)

　　근심 속에 둥싯둥싯 잠 못 드는 밤, 지는 달이 활과 살에 으스레 비치네.

　'잠겨 예다'라든지, '둥싯둥싯'이라든지, '으스레 비치다'는 번역은 이백의 재주 못지않게 빼어난 우리말 시적 표현이란 것이다. 또 이런 것도 있다. 우리가 〈동심초〉(同心草)라는 가요(김성태 작곡)로 잘 아는 시는 중당(中唐)의 여류시인 설도(薛濤)의 〈춘망사〉(春望詞)라는 작품의 하나다.

風花日將老　佳期猶渺渺　(풍화일장로 가기유묘묘)

　　꽃잎은 하염없이 바람에 지고 만날 날은 아득타 기약이 없네.

不結同心人 空結同心草 (불결동심인 공결동심초)

　무어라 맘과 맘은 맺지 못하고 한갓되이 풀잎만 맺으려는가.

　안서 김억(岸曙 金億)의 번역이다. 김억은 김소월의 스승이다. 소
월에 가려서 별로 빛을 내지 못한 시인이다. 그러나 그의 시에는 소월
이 넘볼 수 없는 경지가 있다. 그것은 그렇고, 우리의 시에는 한시의
번역 같은, 혹은 시상(詩想)을 한시에서 얻어온 글이 많다. 문학에서
도 우리는 중국의 영향을 많이 받았다. 그렇다면 차라리 안서처럼 아
예 아름다운 우리말로 번역하는 것이 더 좋을 수도 있고, 그것이 정직
한 것인지도 모른다. 대강 그런 이야기를 하였다.[19]

　12월 1일(목요일). 여행의 마지막 날이다. 상해다. '상하이'다. 지
명이고 인명이고, 나는 이제까지 다 내가 읽는 대로 썼다. 북경을 '베
이징'이라고 부르는 것은 그들 발음이 그렇기 때문이다. '상하이'도 마
찬가지다. 그러나 특히 인명의 경우에는 신해혁명을 기점으로 그 전
은 우리 한자음으로 읽고, 그 이후는 중국 발음으로 읽는 것이 우리의
표기법인 모양이다. 그래서 예컨대, 멀리 이백은 말할 것도 없고, 임
칙서(林則徐)나 증국번(曾國藩)은 그냥 그렇게 읽고, 모택동은 '마오
쩌둥'으로 읽어야 한다는 것이다. 우스운 일이다.

---

19 한시의 번역 이야기는 오래전에 〈부싯돌〉(제17호, 2002년 여름)이란 문·
　사·철 애호가들의 글 모음집에 실렸다. 그것은 다시 〈나의 글, 나의 정치
　학〉(인간사랑, 2006), 89~90쪽에 수록되었다.

제일 먼저 간 곳이 상해의 우리 임시정부 청사다. 전에 왔을 적보다 좀 정리가 된 것같이 보였다. 청사에서 나와 그 근처 거리를 걸었다. 상전벽해란 말처럼, 지금은 주변이 크게 변했다. 임정요인들도 그 거리를 오갔을 것이다. 상해에서의 점심은 '자하문'(紫霞門)이란 한식집이다. 삼겹살이 아니어서 다행이었다. 비빔밥을 주문했다. '참이슬'을 시키는 사람도 있었으나 참았다. 지루한 오후를 공항에서 보내다가 다시 아시아나로 김포에 도착. 저녁 9시 10분이었다.

2. 사람들

여행을 떠나면 여러 사람을 만나게 마련이다. 일석대좌도 5백 년의 연분이라고 하고, 옷깃을 스치는 것도 인연이라 한다. 하물며 여러 날 같이 여행을 다닌 사람들과는 전생의 무슨 인연이 있어서인가? 이번 여행에서도 여러 좋은 사람들을 만났다. 전에 알던 사람이나, 오래 못 만나다가 다시 만난 경우도 있고, 처음 만났으나 친하게 된 사람도 있다. 그 가운데 몇은 귀국 후에 대신동 '김옥길기념관'에서 다시 만나기도 했다.

김동길 · 김혜선 · 홍의빈 세 사람은 전부터 잘(?) 아는 터이고, 작년에 일본 · 대만 여행도 같이 다녀왔었다. 인천에서 같이 출발하지는 않았으나, 22일 중경의 조천문(朝天門) 부두 선착장에서 아내의 친구, 이옥엽 · 최인자 두 여사를 만났다. 나는 처음부터 그들과 같이 인천에서 출발하는 것으로 알았다. 그러나 그들은 성도(成都)를 거쳐서 오는 팀이어서 배 타는 날 아침에 중경에 도착했다. 우리가 가지 않은 성도를 반나절이나마 관광했다고 한다. 크게 밑지지는 않았을 것이다. 그러나 크루즈는 동행이다. 객실도 가까이다. 특별한 경우가 아니면 내 아내와 나는 이 두 여사와 또 김혜선 박사와 같이 다녔다. 식사도 늘 같이했다. 아니, 내가 정성껏 그들을 모시고 다녔다.

인천공항에서 만난 반가운 사람 가운데는 유종해·오세임 내외분이 있다. 유종해 박사는 연세대 명예교수이고, 존경하는 나의 대학 대선배(8년)이다. 그를 안 것은 1970년대 초반이니 오래되었다면 오래되었다. 행정학 전공이다. 한동안은 정치학회에서도 더러 만났는데, 근자에는 문자 그대로 적조했었다. 또 한 분은 김환수 씨다. 오랫동안 미국공보원(USIS)에서 일하였다. 이분도 1970년대 초부터 서로 안 사이다. 나보다 몇 해 연상의 선배다. 몇 해 전에 무슨 큰 수술도 하였다는데 혼자 여행 다닐 수 있으니 건강하신 것이다.

전에 만난 적은 없으나 이름은 잘 아는 명사도 만났다. 유종호 교수다. 문학평론가다. 이화여대에서 영문학과 교수로 오래 봉직했다. 그의 평론집도 읽었지만, 그를 잘 알게 된 것은 그의 회고록인 〈나의 해방 전후〉, 〈그 겨울 그리고 가을〉을 근년에 읽었기 때문이다. 또 작년(2016년)에 출간된 〈회상기〉도 읽었다. 근 3개월간 충주에서의 6·25 일기다. 그래서만은 아니나, 늘 심정적으로 가깝게 느껴지던 터였다. 여러 차례에 걸쳐 이런저런 이야기를 많이 했다. 1958년 중국공산당의 여산회의 이야기도, 이백의 시 이야기 등도 있었다. 서울 와서 유 교수가 내게 편지를 한 번 하고, 이백의 〈장간행〉(長干行)을 에즈라 파운드(Ezra Pound)가 영역한 것을 보냈다. 그 답으로 나는 〈벽초, 임꺽정 그리고 나〉를 보냈다. 답이 또 왔다. 벽초에 관하여 당신도 글을 하나 쓰겠다고 하였다. 어쩐 일인지 유 교수도 혼자의 여행이었다.

그리고 전병식·정옥희 내외다. 전병식 박사는 서울 문리대 화학과 54학번이고, 부인은 불문과의 56학번이다. 그때도 캠퍼스 커플이 있었는지 모르나, 그런 모양이다. 정옥희 씨는 나의 형수의 친구이고, 내 아내와도 잘 아는 처지다. 같은 테이블에서 술과 밥을 먹은 적도 여러 번 있었다. 전 박사는 내가 버스에서 마이크를 잡고 두서없이 이야기하는 모습을 동영상으로 찍기도 했다. 술을 좋아해서 나와 죽이 잘 맞았다.

술 좋아하는 사람으로 치면 김호기 박사다. 나의 고등학교 2년 후배인 공학박사다. 버스를 타면 늘 가까이 앉게 되어 이런저런 이야기를 많이 했다. 아버지는 유명한 은행가시고, 어머니는 소설가 한무숙 씨다. 부인 김강옥 여사와 금슬이 매우 좋아 보인다. 삼협댐을 구경 갔을 적이다. 입장 티켓을 버스에서 미리 받았는데, 부인이 그것을 버스에 두고 내렸다고 하여 다시 버스에 간 일이 있었다. 그래 내가 "티켓은 가져오고, 부인을 버스에 두고 온 것보다 낫다" 하여 웃은 일이 있다.

신숙원 교수도 있다. 서강대에서 영문학을 가르치면서 도서관장을 오래 지낸 분이다. 셰익스피어가 전공이라고 했다. 한번은 버스 옆자리에 앉게 되었다. 내가 잘 아는 서강대 교수들이 많기 때문에 자연히 이야기의 주제는 서강학파(?)의 이모저모였다.

서광영·김문자 부부도 있다. 서 씨는 무슨 사업을 크게 했다는데 정확히는 모른다. 입이 무거운 분이다. 부인 김문자 여사가 소망교회에 다니고, 내 아내의 친구 이옥엽 여사는 그 교회 성가대원이라 두 사람 서로 친하다. 그래 거의 매번 식사 때면 같은 테이블에 앉았다. 착한 사람들이다.

황무영·윤장우·정규태 제씨도 구면이라 사진도 같이 찍고 잘 지냈다. 규태 씨의 계씨인 영태 씨는 초면이지만, 친하게 술을 마시는 사이가 되고 말았다. 김동길 박사와 중학인가를 같이 다녔다는 대구의 방수영 씨도 좋은 말씀을 버스 속에서 하신 기억이 있다. 모두 좋은 분들이다. 김교창 변호사 내외도 1호차에 같이 탔으나, 별로 대화가 없었다. 1호차는 아니나, 최종태 변호사와 권영빈 씨(일제피해아세아연대 본부장)와도 이야기를 많이 나눴다. 특히 최 변호사는 내 친구 여러 명과 친하다. 내 연배다.

3. 낙수(落穗)

장시간 버스를 타는 경우가 많다. 4대의 버스가 움직였다. 내가 타는 차는 1호차다. 김동길 박사도 1호차다. 김 박사는 말하자면 대장이라 책임감이 있어서 그랬겠으나, 중요하고 유익한 말씀이 많다. 또 우리 버스의 가이드 채 선생은 나이가 환갑쯤 된 연변 사는 조선족이다. 목포인지 군산인지가 고향(?)이라고 한다. 아는 게 많다. 가는 곳마다 관련된 이야기를 열심히 한다. 더러 틀린 이야기도 있어서 지적을 받은 적도 있다. 그러나 개의치 않고 성심성의껏 설명을 계속한다. 직업의식인 것이다.

28일 남창으로 가는 길이다. 강소성 여산을 지난다. 여기서 1958

년 중국공산당의 중요한 회의가 있었다는 이야기는 앞에서 했다. 여산에는 이백의 시로 유명한 향로봉이 있다. 우리도 잠시 쉬어 향로봉을 보는가 했다. 버스는 그냥 간다. 내릴 수도 없다. 그래 내가 겁도 없이 앞으로 나가 마이크를 잡았다. 아래는 내가 한 이야기다.

나는 못 가 보고 오늘도 그냥 지나가나, 여산은 아름다운 곳이다. 이백이 여기서 시를 지어서가 아니라 향로봉이란 뛰어난 봉도 있다. 그 봉에서 뿜어 내려오는 폭포도 있다. 그것을 두고 이백은 읊었다. 〈망여산폭포〉(望廬山瀑布) 다.

日照香爐生紫煙　遙看瀑布挂長川　(일조향로생자연 요간폭포괘장천)
　　향로봉 햇빛 비쳐 푸른 연기 서리고 멀리 폭포는 긴 강 걸어 놓은 듯

飛流直下三千尺　疑是銀河落九天　(비류직하삼천척 의시은하낙구천)
　　삼천 길이나 날아 곧추 떨어지는데 은하가 하늘에서 흘러내리나?

9만 리 장공에서 쏟아지는 물줄기에 푸른 연기가 서리는 것을 보면 이백이 아니라도 시흥(詩興)이 일어나지 않을 수 없을 것이다. [20]
　그런데 이 시와 관련된 일화가 있다. [21] 하루는 석주 권필(石洲 權

---

20 이백은 같은 제목의 오언시(五言詩)를 짓기도 했다. 그 첫 네 구(句)는 이렇다. "西登香爐峰　南見瀑布水　挂流三百丈　噴壑數十里(서쪽에서 향로봉에 올라 남으로 폭포수를 본다. 매달려 흐르기를 삼백 장이고 계곡으로 분출해서 수 십리를 간다)." 1장(丈)이 10척(尺)이니 삼천 척이다. 앞의 시와 같은 과장이다. 시작은 그렇다. 그러니 향로봉에 오르긴 한 모양이다.

肆, 1569~1612년, 광해 때의 시인)이 개성 박연폭포에 갔다고 한다.
선비 몇이 시를 짓고 놀다 남루한 차림의 웬 사람이 나타나니, 시를
아느냐 묻는다. 석주는 다른 이의 시를 빌려도 괜찮으냐며 이백의 앞
의 시 마지막 두 구를 외었다. 선비들이 비웃자 석주는 이어 읊었다.

古昔青蓮先我得　(고석청련선아득)
　　그 옛날 청련이 나보다 앞서 지었는데
未必廬山勝朴淵　(미필여산승박연)
　　여산이 박연보다 났다고는 못할걸!

선비들은 깜짝 놀라 석주를 상좌에 모셨다고 한다. 청련은 이백의
호다. 어려서 들은 이야기다. 그런데 그 후 내가 김득신(金得臣, 1604
~1684년)의 글을 보니, 누군가가 비슷한 상황에서 석주와는 한 구가
다른 글을 읊었다고 한다.

謫仙此句今方驗　(적선차구금방험)
　　적선의 이 구가 이제 바로 증험은 되나
未必廬山勝朴淵　(미필여산승박연)
　　여산이 박연보다 낫다고는 못할걸!

이에 다른 사람들은 붓을 던졌다고 한다. 적선(謫仙)은 '귀양 온 신

---

21 〈삼국지 속의 삼국지〉(인간사랑, 2003), 1권, 107~110쪽.

선'으로 이백을 가리킨다. 김득신의 글은 그의 〈종남총지〉(終南叢志) 란 시화집에 있다. 그 시화집은 홍만종(洪萬宗, 1643~1725년, 조선 후기의 문신)이 편찬한 〈시화총림〉(詩話叢林)에 수록되어 있다.[22] 이어 다른 이야기를 하나 더 하였다.

여기에 오니 인심이 너무 좋다. 사탕이고, 초콜릿이고, 과자고, 주위에서 자꾸 준다. 특히 잘 주는 이가 홍의빈이다. 간식을 준비해 왔기 때문인지도 모른다. 어떤 때는 받기가 싫다. 그냥 싫다고 하면 상대방의 호의를 무시하는 것이다. 이런 이야기를 들은 적이 있다. 케네디 가에서는 거절할 때, 그냥 'No, thank you!'라 하지 않고, 'Thank you! But, no, thank you!'라고 말하라고 가르친다는 것이다.

그렇게 말하다 보니, 김시양(金時讓, 1581~1643년)의 〈부계기문〉(涪溪記聞)에서 읽은 일화가 생각났다. 계속했다. 김시양은 광해군 때 사람이다. 〈부계기문〉은 그가 함경도 종성(鐘城)으로 귀양 갔을 적에 지은 인물평론집이다. 부계는 종성의 다른 이름이다.

당나라 때 누후덕(累厚德)이란 사람이 그의 형 사덕(師德)에게, '나는 남이 내 얼굴에 침을 뱉으면 닦을 따름입니다'라고 말하자, 형이 걱정스러운 표정을 지으면서 대답했다.

---

22 홍만종 편찬, 허권수(許捲洙)·윤호진(尹浩鎭) 역주, 〈시화총림〉(도서출판 까치, 1993), 하권, 193~194쪽 참조.

"그 말은 나를 근심스럽게 만든다. 남이 너의 얼굴에 침을 뱉는 것은 너에게 성을 내는 것이다. 그런데 네가 그것을 닦아 버리면, 그 사람의 뜻을 거스르는 것이고, 더욱 성을 내게 하는 것이다. 닦아 버리지 말고 저절로 마르게 해야 한다."

그러한 사덕의 태도는 군자가 처세하는 태도가 아니라고 하면서, 김시양은 사덕을 천한 인간이라고 말했다. 그러나 사덕은 그러한 처세술 덕분인지 측천무후의 조정에서 오래 부귀를 누렸다.

그리고는 조선조 초기의 명재상인 황희(黃喜, 1363~1452년)의 일화를 덧붙였다. "두 가비(家婢)가 다툴 적에 둘의 말이 다 옳다고 하고, 다 옳다면 뉘 말이 정말 옳다는 것이냐는 부인의 말에, '그 말씀도 옳다'고 했다"는 다 아는 이야기를 하고[23] 마이크를 놓았다.

막 일어나려는 참이다. 김동길 박사가 나보고 노래를 하나 부르라고 한다. 27일 황학루 다녀온 날 저녁에 배의 노래방에 간 일이 있었다. 황무영 씨에게 끌려갔다. 노래 한 곡을 불렀다. 그것이 김 박사의 귀에 들어간 모양이다. 그래 나보고 노래를 부르라는 것이다. 술이나 취했으면 모를까? 대명천지, 그것도 중국 대륙 한복판, 그것도 흔들리는 버스 안, 노래는 무슨 노래? 단호히 사양했다. 나중에 들은 바에 의하면 김 박사가 노래 부르기를 좋아하여, 나를 먼저 시키고 당신이 부르려고 했다는 것이다. 내가 사양하자 김 박사는 참지 못하고 "The Autumn Leaves"의 가사만을 읊으시는 것이다. 곡조 없는 노래였다.

---

23 〈삼국지 속의 삼국지〉, 1권, 81~83쪽 참조.

내가 이 대목의 제목을 낙수(落穗)라고 했다. 낙수는 '추수 후 땅에 떨어진 이삭'이다. 골라서 거두어도 되고, 버려도 되는 낱알이다. 해도 그만, 안 해도 그만인 그런 이야기다. 그런데 낙수로 말하면, 술 이야기를 하지 않을 수 없다.

김동길 박사는 내가 술 많이 마시는 것을 좋아하지 않으신다. 야단을 치겠다는 글도 쓰셨다.[24] 잘못이 있으면 야단이 아니라 더한 것을 맞을 수도 있다. 그러나 아직 야단을 맞지는 않았다. 김 박사뿐 아니라 내가 술 많이 마시는 것을 좋아하는 주변 사람은 없다. 특히 나의 아내는 걱정이 태산 같다. 나도 술을 자제하려고 노력한다. 자제가 잘 안 되는 경우도 있다. 그건 나도 안다. 팔자거니 한다.

〈삼국지〉에 관한 내 특강 후 강의주(講義酒)를 받았다는 이야기는 위에서 했다. 그뿐 아니다. 포도주도 두 병 받았다. "長城于葡萄酒"(장성우포도주)란 라벨의 중국산 포도주다. 여행사에서 김동길 박사와 홍의빈 처장에게 한 병씩 선물한 모양인데, 내게로 왔다. 배에서 그 술을 팔기에 값을 알아보았다. 137위안이다. 우리 돈으로 3만 원쯤이다. 또 28일 남창으로 가는 길에 휴게소에 잠시 머문 적이 있었다. 휴게소 앞에 작은 가게들이 있다. 김동길 박사가 술을 한 병 산다. 버스에서 내가 여산폭포 등에 관한 이야기를 끝내자, 김 박사가 좀 전에 산 그 술을 나에게 주셨다. 납작한 금속 병이다. 250밀리리터쯤 될까? 그러나 독하다. 67도짜리다. 등왕각을 보고 나와 점심을 할 때, 마침 정규태 씨가 옆에 앉았다. 둘이 다 마셨다. 빈 병을 달라

---

24 김동길, '자유의 파수꾼', 2953회, 2016년 5월 31일 (화).

고 하여 주었다. 지금 생각하니 라벨이라도 보고 줄 것인데, 그냥 마시는데 급급하여 어디서 만든 무슨 백주인지는 확인하지 못했다.

술은 많았다. 내가 인천공항에서 산 조니워커 블랙라벨도 있고, 중경에서 김호기 박사가 산 우리앙예(五糧液) 등도 있었다. 내 술은 아니지만 자꾸 권해서 몇 잔씩 두어 번 마신 기억도 있다. 또 전병식 박사가 가져온 조니워커(블루라벨), 나폴레옹 코냑도 있었다. 배의 식당에서 포도주는 물론이고, 우리 참이슬도 팔았다. 한 병에 90위안이었다. 더구나 정규태 씨가 200밀리리터짜리 종이팩에 든 참이슬을 열두어 개 가져왔는데, 거의 초장에 동이 났다. 저녁이면 술은 넉넉했다. 유유상종(類類相從)이란 말도 있지만, 술 좋아하는 사람들끼리 모여 주고받고 했던 것이다. 도연명(陶淵明)의 시를 기억한다.

千秋萬歲後　誰知榮與辱　(천추만세후 수지영여욕)
　천추만세 후에 누가 영예와 치욕을 알겠는가.
但恨在世時　飮酒不得足　(단한재세시 음주부득족)
　오로지 한스러운 것은 살아생전에 술이 부족했던 아쉬움뿐.

이 시는 그의 만가(挽歌) 끝 구절이다. 그에겐 평생 술이 부족했는지 모르나, 나의 장강 여행에는 술이 부족하지 않았다.

또 생각나는 일인지, 사건인지가 있다. 남창 등왕각을 보고 온 다음날 아침이다. 홍의빈 씨가 무엇을 전한다. 김동길 박사가 A4용지 반쯤 되는 종이에 친히 쓴 조조(曹操)의 시 〈보출하문행〉(步出夏門

行) 의 일부다.²⁵ 달필이다. 조조는 건안(建安) 시단의 으뜸이라고 해도 좋을 시인이다. 아들들도 그렇다. 특히 〈칠보시〉(七步詩) 를 지은 조식(曹植) 은 말할 것도 없다. '대주당가'(對酒當歌) 로도 알려진 조조의 시 〈단가행〉(短歌行) 은 흔히 회자되나 〈보출하문행〉을 아는 사람은 적을 듯싶다. 그나저나 받은 글을 적는다.

神龜雖壽 猶有竟時　(신구수수 유유경시)

　신들린 거북 오래 산다 해도 끝장이 있고

騰蛇乘霧 終爲土灰　(등사승무 종위토회)

　안개 타고 하늘 오르는 용도 결국 한 줌 흙이 되네.

老驥伏櫪 志在千里　(노기복력 지재천리)

　늙은 준마가 마판(馬板) 에²⁶ 엎으려 있으나 뜻은 천리에 있고

烈士暮年 壯心不已　(열사모년 장심불이)

　열사는 늙었지만 큰 뜻을 버리지 않네.

丙申秋 於南昌

山南 金東吉 書

김 박사가 조조의 위의 시를 나에게 써서 준 이유가 무엇일까 생각해 본다. 〈보출하문행〉은 '갈석편'(碣石篇) 으로도 알려진 4언 14구의

---

25 "夏門"은 낙양의 북서쪽 문.

26 마구간에 깔아놓은 널빤지.

비교적 긴 악부(樂府) 형식의 시다.[27] "동쪽 갈석에 이르러 창해를 바라본다"(東臨碣石 以觀滄海)로 시작한다. 갈석은 하북성 동부 해안이다. 조조에게는 전쟁터의 괴로움을 달래기 위하여 지은 시가 더러 있는데, 〈보출하문행〉도 그 하나다.

건안 12년(207년)에서 다음해 정월까지 조조는 오환(烏丸)을 토벌했다. 오환의 정벌은 그의 군사행동 가운데 가장 큰 것으로 평가된다. 그러나 익숙지 않은 북방의 전쟁에서 온갖 어려움을 겪었다. 때로는 말을 잡아 배고픔을 달래기도 했고, 얼어붙은 땅을 3백 척이나 파서 물을 얻기도 했다고 한다.[28] 그때 지은 시가 〈보출하문행〉이다. 건안 12년은 조조가 53세 되는 해였다. 전쟁의 괴로움도 괴로움이지만, 조조는 이미 스스로 노년임을 의식하고 있었다. 마판에 엎드려 있다지만 친히 어려운 토벌에 나섰다. 그러나 몸의 피로는 어찌할 수 없다. 그런 심정을 토로한 것이다.[29]

---

27 악부(樂府)는 한 무제(武帝)에 의하여 설립된 음악을 담당하는 관청이다. 궁중 제사 때 연주하는 악곡을 제정하고, 가사를 수집하고, 악원을 훈련·양성하였다. 당시 한 왕조는 서역과 교통이 성행하여 서역의 문물을 수입하였는데, 음악도 따라 들어왔다고 한다. 그때 들어온 서역의 새로운 음악을, 한참 후이나, 조조는 특히 애호하였다 한다. 그래 본래 있던 아악(雅樂)을 대신하여 수입된 "新聲"(신성)으로 궁중음악의 주류를 삼았던 모양이다. 서역으로부터의 새로운 곡조가 가사에도 영향을 미쳤다고 한다. 그리하여 악부에서 연주되는 새로운 악곡과 노래의 가사가 악보와 문서로 정착하게 되었다는 것이며, 그 가사가 악부(樂府) 또는 악부시(樂府詩)라 부르게 되어 문학의 한 장르가 되었다고 한다. 다케다 아키라(竹田 晃) 저, 정병탁 역, 〈조조평전〉(서울: 제오문화사, 1978), 214~215쪽 참조.
28 〈조조평전〉, 239쪽.

422

그렇다면 김 박사도 노년을 의식하고 그 시를 나에게 전한 것인가? 그러나 조조는 "정말 다행스럽다, 노래로라도 마음을 읊을 수 있으니" (幸甚至哉 歌以詠志) 라고 시의 끝을 맺는다. '정말 다행'인지 모른다. 김 박사가 그 시의 일부를 나에게 전할 수 있는 것만도 아주 다행한 일이다.

하나 더 있다. 남경 가는 버스 속에서의 김동길 박사의 말씀이다. "며칠 전(11월 25일)에 쿠바의 카스트로(Fidel Castro)가 죽었다. 영욕의 인생이었다. 1926년생이니, 90년을 산 것이다. 너무 오래(?) 살았다. 체 게바라(Che Guevara, 1928~1967년)처럼 일찍 죽었으면 경외(敬畏)의 대상이 되었을 것인데, 카스트로는 그러지 못했다."

김 박사는 카스트로의 사망 소식을 듣고 죽음에 대하여 다시 생각하신 것 같다. 그러나 죽고 사는 것이 어디 마음대로 되는 것인가? 오래 산 것이 문제가 아니라, 어떻게 살았는가가 문제일 것이다.

배에서의 마지막 저녁이다. 채 선생에게 수고비를 주자 하여 1호차 승객들의 세 테이블에서 돈을 걸었다. 2,200위안이 걸혔다. 채 선생을 불러 그 돈을 주었다. 잠시 후 신숙원 교수가 또 300위안을 걸어왔다. 이 나중 돈은 뷔페식당 웨이터의 몫이 되었다. 좀 많지 않나 하는 생각도 있었으나, 여러 날 우리 테이블의 시중을 열심히 들었다.

(2017년 1월 29일)

---

29 진순신(陳舜臣) 지음, 서석연(徐石演) 옮김, 〈중국시인전〉(中國詩人傳) (서울출판미디어, 1997), 21쪽.

〈추기〉

여행은 그저 자리를 옮겨 다니며 먹고, 마시고, 도시나 산천을 구경하는 것이 아니다. 더구나 중국 여행은 그렇다. 중국 여행은 예컨대 캐나다나 아이슬란드에 가는 것과 다르다. 중국의 여행객(遊客)들도 오고, 우리도 간다. 그러나 우리는 "중국이 우리에게 무엇인가"를 생각하여야 한다. 병자호란 이전은 그만두자. 구한말에도 원세개의 청군이 갑신정변을 수포로 몰아넣었다. 근대화의 싹을 싹둑 자른 것이다. 제2차 세계대전 후 한반도 분단은 그렇다고 해도, 김일성의 불법 남침으로 야기된 6·25전쟁 때 우리 국군의 힘과 유엔군의 도움으로 통일을 눈앞에 두었을 적에 중국의 참전으로 통일은 요원해졌다.

그뿐 아니다. 1992년, 우리는 대만과의 수교를 끊고 중국과 수교를 텄다. 세계적인 추세를 따른 외교인지는 모른다. 그러나 중국은 그와는 관계없이 늘 북한 편에 서 왔다. 북한은 우리의 주적(主敵)이다. 그편을 드는 중국도 우리의 적이다. 우리는 이것을 명심해야 한다. 우리는 중국이 대국으로서의 금도(襟度)를 보였으면 한다. 그러나 중국을 탓하기 전에 우리가 정신을 차려서 단결해야 한다. 적(敵)은 밖에 있지 않고 '안'에 있다.

서안·상해 여행

작년(2014년) 10월 16일이다. 명지대 이지수 교수가 점심을 하자고 하여 전어로 유명하다는 삼청동의 '병우네'란 집에 간 적이 있었다. 누가 오는지 모르고 갔는데, 정치학과 제자들인 류창수 군과 박수인·이선우 박사가 왔다. 그런데 류 군이 북경 한국대사관의 공사로 발령이 나서 곧 임지로 떠난다고 하였다. 전어는 별로였고 민어탕은 괜찮았다. 점심이지만 소주가 여러 병 동났다. 그러다가 류 군이 북경에 오면 융숭한 대접을 하겠다고 했다.

그러자 이지수 교수가 내 아내와 나를 모시고(?) 북경에 한번 가겠다고 했다. 문득 머리에 떠오른 것이 〈패왕별희〉였다. 아내는 이제껏 중국에 가 본 적이 없다. 다른 것은 그만두고 북경에서 〈패왕별희〉와 같은 경극을 한번 보고 싶다고 한 말이 생각났기 때문이다. 그래 북경에서 경극을 한번 보는가 했다. 그리고는 잊었다.

금년(2015년) 7월 초다. 서울대 국제대학원의 조영남 교수가 전화했다. 인천대의 안치영 교수, 외교안보연구원의 구자선 교수와 셋이

서 선생님 내외분과 중국엘 갔으면 좋겠다는 얘기였다. 별생각 없이 그러자고 했다. 며칠 지나서 다시 전화가 왔다. 여행의 구체적인 일정 등을 상의했으면 한다는 것이다. 그래서 내 사무실에서 그들 셋과 만난 것이 7월 18일(토요일)이었다. 나는 류창수 군과 이지수 교수가 한 말이 생각이 나서, 북경은 그만두고 상해와 서안(西安)을 갔으면 좋겠다고 했다. 8월 말로 날짜가 잡혔다. 8월 24일에서 28일까지 4박 5일의 여행이 확정되었다. 일은 그렇게 시작이 되었다.

그랬는데 7월 21일 오후다. 전화가 왔다. 주원항공여행사의 신남경이라면서 여행 정보를 전하는 것이다. 이번 여행에 남경을 들르지는 않지만, 여행사 직원다운 이름이란 생각이 들었다. 이틀 후 여행에 필요한 소식을 문자로 보냈다. 여권 사본이 필요하다는 것과 서안에서 상해 구간의 비행기 요금, 호텔값, 비자발급비용 등이 174만 원이라고 했다(서울에서 서안, 상해에서 서울 비행 편은 대한항공이라 마일리지를 쓰기로 하여 돈을 내지 않았다).

여행사에서는 비자와 이티켓(전자비행기표)을 보냈고, 안 교수에게서 일정과 경비 등에 관한 정보가 왔다. 서안 2박(24~26일), 상해 2박(26~28일)이다. 서안과 상해에서 무엇을 할 것인가에 대해 간략한 정보가 있고, 또 현지에서 사용할 예상 경비는 1인당 5천 위안으로 책정되어 있다. 거마비, 식사대, 관람지 입장료, 가이드비용 등이 포함된 금액이다. 186만 2,500원에 1만 위안을 샀다.

24일(월요일). 오전 7시 좀 못 되어 인천공항에 도착하다. 9시 15분 출발의 비행기다. 세 친구들이 기다리고 있다. 이른 시간이나 사람이 붐빈다. 발권은 간단했다. 여권을 발권기에 넣자 탑승표가 나온다. 그러나 짐 부치는 줄이 길다. 8시 반이 넘어서야 탑승장으로 들어갈 수 있었다. 자동출입국 심사증을 받으면 출입국 심사가 간편하다는 말을 듣고 심사증을 받았다. 탑승까지는 시간이 좀 남는다. 2만 원을 주고 돌아오는 날 정오까지 전화기 자동로밍서비스도 받았다.

제시간에 탑승하다. 기종은 AIRBUS A300-300이다. 나와 아내는 창가에 앉고, 조 군과 안 군은 우리 바로 뒷좌석이다. 구 군은 통로 건너 옆자리다. 조간신문을 대충 보고 있자니 아침을 준다. 시장기는 없었으나 음식을 받았다. 포도주를 받고 싶었기 때문이다. 아침식사에 포도주를 자꾸 시키는 것은 이중으로 눈치가 보이는 짓이다. 스튜어디스의 눈치를 보아야 하고, 옆에 앉은 아내의 눈치도 보아야 한다. 뒷좌석은 그렇다 하고, 구 군의 눈치를 또 보았다. 그는 술을 즐기지 않으나, 선생님이 호주가인 줄 잘 알기 때문에 혹시 그가 나를 위하여 포도주를 한잔 대신 주문해 주나 기대했다. 기대는 무산됐다. 서안 도착이 그곳 시간으로 11시 30분, 한 시간의 시차를 고려하면 세 시간 남짓 걸린 것이다.

내가 서안을 처음 간 것이 1990년이다. 당시는 공항도 시골 간이역 같이 촌스러웠다. 4반세기 전이다. 강산이 변해도 두세 번은 변했을 것이다. 괄목할 발전이 눈에 띄었다. 입국수속도 간단했다. 두 대의 택시에 분승하여 서안 성벽 남문 옆의 샹그릴라호텔로 갔다. 한 시간 남짓 걸린다. 호텔은 아주 크고 번듯했다. 1990년에 묵었던 당성(唐城) 호텔과는 비교가 안 된다.

호텔 중식당에서 간단한 점심을 하고 시내 구경을 나섰다. 먼저 간 곳이 비림(碑林)이다. 문묘(文墓, 공자묘)가 있는 비석박물관이다. 비석을 이곳에 수집하기 시작한 것이 송나라 원우(元祐) 2년(1087년)이라니 근 1천 년 전이다. 현재는 비석진열실이 7개, 비정(碑亭, 비석정자)이 8개, 묘지랑(墓誌廊, 묘지를 모아 놓은 회랑)이 6개 있다. 진한(秦漢)에서 비교적 근대에 이르기까지 비석에 새긴 진귀한 작품들이 4천여 점이다. 어마어마한 규모다. 전에 왔을 때는 많은 비석이 풍우에 노출되어 있었다. 지금은 거의 모두가 건물 안에 있다.

비림에서 나와 종루(鐘樓)를 보다. 근처의 고루(鼓樓)를 지나면 무슬림 주거지 일대가 나온다. 그 안에 '시안청진대사'(西安淸眞大寺)라는 큰 절이 있다. 여기도 관광명소다. 절은 당 현종 천보(天寶) 원년(742년)에 창건되었다고 하나. 근 1천 3백여 년 전의 일이다. 그 후 여러 차례 중수(重修)되고 확장되었다고 한다. 공산당 집권 후에도 소수민족 보호 차원에서 특별한 지원이 계속되었고, 약 1만 3천 평방미터의 부지에 각종 아름다운 건물, 누각, 정자들이 즐비하다. 회교도 복장의 남자들이 삼삼오오로 거니는 모습이 눈에 띄었다.

절에서 가까운 거리에 회교들의 큰 시장이 있다. 처음엔 조영남 교수가 양고기를 맛있게 하는 집이 있다고 하여, 그곳에서 저녁을 하려했다. 그러나 그 집을 찾을 수 없었다. 마땅한 다른 곳도 없다. 사방에서 무슨 고기를 굽는지 연기만 진동한다. 정나미가 떨어졌다. 그래 내가 호텔로 가자 하였다. 길은 좁고, 사람에 밀리고 치여서, 택시를 타러 큰길까지 나오는 데도 근 한 시간이 걸렸다. 시장에서 저녁을 하지 않고 호텔로 돌아온 것은 잘한 결정이었다.

25일(화요일). 아침에 진시황의 병마용(兵馬俑)을 보러 가다. 도처에 도로공사로 지체되기는 했어도, 한 시간 남짓 걸렸다. 1990년에 갔을 적보다 많이 정돈되었다. 건물도 많이 늘었다. 병마용을 소개하는 영상물도 많다. 전에 없던 것이다. 병마용을 보면서 "俑"자를 다시 생각하다. 맹자의 일구(一句)가 떠올랐다. 맹자는 "처음 나무사람(俑)을 만든 사람은 후손이 없을 것"(始作俑者 其無後乎)이라고 공자가 말했다고 했다〔〈孟子〉, "양혜왕장구"(梁惠王章句), 상권, 4〕. 죽은 사람을 장사 지낼 때 인형을 만들어 죽은 이를 수종(隨從)케 하는 풍습이 있었다. 후에 와서는 산 사람으로 수종하기에 이르렀다. 순장(殉葬)이다. 그래 공자가 그런 말을 한 것이다.

공자가 병마용을 보았으면 더 놀랐을 것이다. 불가사의한 거대 지하갱을 건조하며 무수한 사람들이 희생되었을 터이니, 그들의 신세 역시 순장으로 묻히는 것과 다름없었던 것이 아닌가 생각했다.

다음에 간 곳은 화청지(華淸池)다. 서안을 가면 으레 들르는 곳이다. 양귀비가 목욕하던 온천이다. 당의 시인 백낙천(白樂天)의 〈장한가〉(長恨歌)에는 이런 구절이 있다.

春寒賜浴華淸池 溫泉水滑洗凝脂　(춘한사욕화청지 온천수골세응지)
　봄추위 쌀쌀한 때 화청지에 목욕케 하였는데, 온천물은 부드럽게 엉긴 기름 같은 그녀의 몸을 씻었다네.

侍兒扶起嬌無力 始是新承恩澤時　(시아부기교무력 시시신승은택시)
　시녀들이 부축해 일으켜도 그녀의 몸은 요염하게 힘이 없었으니, 이것이 바로 천자의 은총을 받게 된 시초라네.

雲鬢花顔金步搖　芙蓉帳暖度春宵　(운빈화안금보요 부용장난도춘소)

　　구름 같은 머리에 꽃 같은 얼굴을 황금비녀로 장식하고,　부용 수놓은
　　장막 안은 따뜻하고 봄밤은 깊어만 갔네.

春宵苦短日高起　從此君王不早朝　(춘소고단일고기 종차군왕부조조)

　　봄밤이 너무 짧아 어느덧 해 높이 뜬다,　그로부터 천자는 아침 조회를
　　보지 못했다네.

　〈장한가〉는 양귀비에 대한 당 현종의 사랑을 노래한 것이다.　양귀
비는 본래 개원 23년(735년)에 현종의 열여덟 번째 아들 수왕(壽王)
의 비(妃)로 책봉되었다.　열일곱이었다.　그런데 현종은 그녀에 반하
였다.　홀린 것이다.　그래도 약간의 양심은 있었던 모양이다.　양귀비
를 태진(太眞)이란 이름의 도사(道士)로 만들어 태진궁에 머물게 하
다가,　천보(天寶) 4년(745년)에 귀비로 책봉하였다.　정사(政事)를
뒤로하고 극진히 총애하였다.　급기야 안록산(安祿山)의 난을 당한 것
이다.　현종이 황황하게 촉으로 피난을 떠날 때,　병사들은 나라를 망
친 장본인인 그녀와 그녀의 육촌 오라비인 양국충(楊國忠)의 목을 베
자고 하였다.　그녀의 목은 장안 교외의 마외파(馬嵬坡)에서 떨어졌
다.　37세였다.

　화청지는 장안에서 동쪽으로 35킬로미터 떨어진 여산(驪山)에 있
는 온천이다.　본래 '온천궁'으로 불렸는데 천보 6년(747년)에 '화청궁'
으로 개칭하고,　온천지(溫泉池)도 화청지라 부르게 된 것이다.　지금
은 양귀비가 목욕하던 탕을 관광객이 볼 수 있다.　또 여기서 유명한
볼거리는 〈장한가 가무〉 쇼라고 한다.　저녁 야외공연이다.　저녁까지

기다려야 하니 우리는 볼 수가 없다.

그런데 이곳에 오면 꼭 먹어야 하는 국수가 있다고 한다. 1천 년이 넘게 내려온 섬서(陝西)의 전통국수인데, 이름이 'biang biang'면이라고 했다. 'Biang'은 획이 41인가 하는 복잡한 글자다. 보통 옥편에 획이 가장 많은 것은 33획이다. 그런데 이 글자는 그것보다 8획이 많고, 유명한 〈강희자전〉(康熙字典)에도 없다. 우리 음으로는 빵빵면, 뽕뽕면 혹은 뽐뽐면이라고도 한다는데, 섬서는 방언이 심한 곳이라 이렇게도 들리고 저렇게도 들린다고 했다. 그래 한 음식점에 들어가 그 국수를 시켰다. 맛은 우리나라 보통 중국집의 울면과 짬뽕의 중간쯤 된다고나 할까? 시장한 김에 잘 먹었으나, 국수는 국수다. 오는 길에 '옥록산장'(玉綠山莊)이란 옥 파는 가게에 잠시 들러 구경하다.

이럭저럭 또 저녁때가 되었다. 안치영 군이 시내의 유명한 양고기집을 예약했다고 한다. 전날 저녁에 회교 시장에서 양고기를 먹지 않고 후퇴(?)한 것이 아쉬워서 그런 것 같다. '대가양장'(大家羊莊)이란 양고기 전문점이다. 대가양장은 서안에만 세 곳이라는데, 우리가 간 곳은 유명한 대안탑(大雁塔) 북광장의 서북쪽에 위치한 곳이다. 6시로 예약을 했다고 하여 갔는데 아직 준비가 안 됐다고 하여 다시 거리로 나왔다. 대안탑이 보인다. 가려니 좀 멀어 보인다. 좀 가다 말고 다시 식당으로 가서 기다리기로 했다. 큰 방에 대여섯 명이 앉을 수 있는 테이블이 두 개다. 처음엔 두 팀이 예약되었나 했다. 한쪽 테이블에는 작은 양 한 마리가 석쇠 위에 통째로 펼쳐져 있다. 밑에는 숯불이 이글거린다. 별미다. 백주를 곁들이지 않을 수 없다.

그러나 다섯이서 아무리 먹어도 줄어들지 않는다. 3분의 2나 먹었을까? 그만 먹겠다고 했더니, 저쪽 테이블로 자리를 옮기라는 것이다. 먼저 자리는 구운 고기를 먹는 자리고, 이제는 양의 내장 등의 부위를 육수에 익혀 먹는 자리다. 각종 야채와 함께 끓는다. 희한(稀罕)한 맛이다. 그러나 유감스럽게도 반의 반도 못 먹고 남겼다. 서울 같으면 남은 것을 싸 달라고 하겠지만, 그럴 수도 없는 처지다. 아깝다. 영어의 'wasteless'란 단어를 생각했다. 그래 또 하루가 갔다.

26일(수요일). 누가 발의를 했는지 모르나, 서안박물관으로 향했다. 호텔에서 택시를 탔다. 그런데 줄이 말이 아니다. 수학여행을 온 것 같은 학생들의 줄이 끝이 없다. 여기서 박물관에 들어가기를 기다리다가는 부지하세월(不知何歲月)이다. 서울도 못 간다. 그래 그 대신 대안탑에 가자했다. 이제는 '大雁塔'이 아니라 그 대신의 안(案)으로 갔으니 '代案塔'이다.

멀지 않다. 대안탑은 대자은사(大慈恩寺) 경내에 있다. 당 고종(高宗)의 영휘(永徽) 3년(652년)에 지어졌고, 현장법사(玄奘法師)가 인도에서 가져온 불경을 번역하고 보존하던 곳으로 알려졌다. 측천무후 때 증축됐고, 지금은 64미터 높이의 7층이다. 올라갔다. 가면서 계단의 수를 세어 보니 모두 261개였다. 내려오면서 다시 세어 보니 213개였다. 차이가 나도 너무 난다. 무언가 잘못되었는데, 그렇다고 다시 올라가면서 세어 볼 수도 없다. 그러나 그 제일 꼭대기에 섰을 때, 성당(盛唐)의 시인 왕지환(王之渙)의 〈등관작루〉(登鸛鵲樓)가 입에서 맴돌아 한 번 읊었다.

白日依山盡　黃河入海流　(백일의산진 황하입해류)

　붉은 저녁 해가 산에 기대어 〔서쪽으로〕 지려는데 황하는 〔동쪽〕 바다
로 흘러간다.

欲窮千里目　更上一層樓　(욕궁천리목 갱상일층루)

　천 리 저 멀리까지 더 보고 싶어 다시 한 층 위로 올라가 본다.

　누각과 탑은 다르나 더 멀리 보고 싶은 사람의 마음은 같다.

　상해로 간다. 2시 출발의 중국동방항공은 연발이다. 3시 30분에야
출발이다. 이런저런 이야기로 시간을 보내다. 나쁘지 않다. 어차피
같이 시간을 보내기 위한 여행이다. 상하이 포동(浦東) 공항에서 택
시로 간 곳은 힐튼호텔이다. 좀 낡았다.

　27일(목요일). 아침에 조영남 군의 안내로 중국 제일의 수향(水
鄉)이라는 '주장'(周庄)에 가다. 다섯이 탈 수 있는 큰 차를 빌렸다.
한 시간 반 거리다. 다른 사람들은 초행이나, 조 군은 네 번째라고 했
다. 능숙하게 안내한다. 주장은 강소성 곤산(昆山)에 있다. 송나라
때 형성되기 시작하여 9백여 년이 지났다. 주적공랑(周迪功郎)이란
사람이 전복사(全福寺)라는 절에 시주를 하면서 주장이란 이름을 얻
었다고 하는데, 전복사의 자취는 없다. 주마루(走馬樓)와 의거각(宜
居閣) 등을 구경하고, 유명한 쌍교(雙橋)를 건너기도 했다. 배도 탔
다. 베니스의 곤돌라만은 못해도, 여기 오면 으레 타는 배라 한다.

　주장에서 간단한 점심 후, 상해의 호텔로 와서 잠시 쉬다. 저녁은
포동에 있는 '해중주'(海中舟)란 생선전문점이다. 바다 가운데 배란

뜻이나 바다 가운데 있는 것은 아니고, 멀쩡한 육지 위에 있다. 집은 매우 크다. 정문으로 들어가니 크고 작은 수족관이 널려 있다. 목전의 죽음을 아는지 모르는지 각종 생선과 갑각류가 유영을 한다. 고객이 그 수족관의 생명체를 이것저것 지적하면, 그것이 요리로 둔갑하여 상에 오른다. 그런 집이다. 술도 맛있는 집이다.

호텔로 와서 자려는데 침대가 좋지 않다. 침대가 휘어 허리가 아프다. 잠이 오지 않는다. 그래 바닥에 누워서 잤다. 실은 어제도 그랬다. 이틀 자는데 방을 바꿔 달라 하기도 무엇하다. 방을 바꾼다고 하면 제자들이 미안하게 생각할 것이다. 그래 그냥 바닥에서 잔 것이다. 단군 자손들이 언제부터 침대에서 잤는지?

28일(금요일). 대장정이 끝나고 서울로 간다. 오후 1시 35분의 대한한공이다. 오전에 시간의 여유가 있다. 그래서 '예원'(豫園)엘 갔다. 예원은 명나라 때 건립된 개인 화원(花園)이다. 상해의 명물 관광지다. 나는 전에도 온 적이 있어서 별로 신기한 생각이 없이 걸었다. 걸어서 서울로 갈 수 있으면 좋겠다는 생각도 했다. 1시 35분 출발이라던 비행기가 40분 연발이다.

인천공항에서 올림픽도로로 들어서자 막히기 시작했다. 길만이 아니다. 사람 사는 것은 막히기도 하고 뚫리기도 한다. 계속 막힐 수도 있다. 노력을 하여 뚫으면 좋겠으나, 안 되는 경우도 많다. 그게 사람 사는 것이다.

어쨌거나, 조영남·안치영·구자선 세 제자 덕분에 서안과 상해를 다녀온 것이다. 중국에 그때까지 못 가 보았다는 나의 아내와 같이 갈 기회를 마련한 것을 고맙게 생각한다.

(2015년 10월)

대만 여행

매년 정월 초이틀이면 제자들이 나에게 세배를 온다. 여러 해 되었다. 시작이 언젠지도 기억 못 한다. 전에는 집으로 왔다. 그러면 여러 가지가 복잡하다. 아내는 손님 대접하느라 바쁘다. 그래서 근년에는 신사동에 있는 내 사무실에서 세배꾼을 맞는다. 세배는 건성으로 하는 것이고, 나도 절 받는 것에는 익숙지가 않다. 그냥 악수로 대신하는 경우가 많다. 중요한 것은 술 마시는 일이다. 술은 물론이지만 안주도 있어야 한다. 나는 나 나름으로 준비를 하나, 제자들이 술과 안주거리를 들고도 온다. 내가 술을 좋아하고 많이 마시니 자연 술을 좋아하는 제자들이 많이 온다. 다들 취해야 일어난다. 작년(2017년) 정월 초이틀까지 그랬다.

2018년 정월 초이틀이다. 내가 금주(禁酒)인지 단주(斷酒)인지를 시작한 지가 7개월이 넘었다. 내가 술을 안 마신다고 세배를 오지 않을 위인들이 아니다. 오후 5시경부터 한둘씩 모인다. 마시기 시작이다. 풍경은 뻔하다. 그런데 서울대의 백창재 교수가 봄학기가 안식학

436

기라면서 대만에 가 있을 예정이라는 것이다. 대만사범대학과 연락이 되었다고 했다. 그래 언제 가느냐고 물었다. 다음다음 날(4일) 간다는 것이다. 바쁘겠다고 했더니 거기엔 대답을 않는다. 다 준비된 듯 술만 마신다. 그러면서 한번 오라는 얘기였다. 인사말로 들었다. 하기야 2007년 10월에도 백 교수가 안식년으로 동경에 있을 적에 방문한 적이 있었으니 망발은 아니다. 그러나 잊고 있었다.

2월 초다. 인천대의 안치영 교수가 전화해 대만에 가자는 것이다. 안 교수와는 2015년 8월에 서안에 같이 갔었다. 그 여행이 기억에 남았다. 그래서 다음에는 성도(成都)에 가기로 약속하였다. 그래 그 다음 해인 2016년과 그 다음 해인 2017년 가을에도 안 교수는 성도에 가자고 하였다. 그러나 2016년부터 한중관계가 나빠졌다. 한국의 사드(THAAD, Terminal High Altitude Area Defence, 고고도미사일 방어체계) 배치를 트집 잡아 중국은 여러 형태로 한국과의 관계를 악화시켰다. 대국답지 못한 행위였다. 우리 정부도 거기에 맞서서 응분의 조치를 취했어야 했었다. 그러나 그러질 못했다. 그러한 우리 정부도 밉지만 중국도 미웠다. 시진핑이 미웠다. 그래 성도 가는 것을 그만두자고 했었다. 성도 가는 약속 말고도 중국 가는 다른 계제도 있었으나, 모두 거절했던 것이다.

그러나 대만은 중국이 아니다. 그래 일이 진척되었다. 2월 22일부터 3박 4일로 다녀오기로 결정되었다. 서울대의 권형기 교수도 동행한다고 했다. 권 교수와는 2007년 동경에도 같이 갔었다. 모두 정초에 세배 오는 팀의 일원이다.

안 교수와 몇 번 전화로 연락했다. 22일에 출발하여 25일에 오는 비행기 표를 받았다.

　2월 22일(목), 대북은 비. 인천공항에서 아침 9시 40분 출발의 진에어(Jin Air, LJ0081편, 기종은 BOEING 777-200/200ER)다. 저가항공이다. 값싸게 잘 가면 그게 더 좋은 항공이다. 7시 30분에 공항에 도착하다. 안·권 두 교수가 기다린다. 면세점에서 담배와 소주를 산다. 백 교수의 기호품이다. 요새가 대만의 기후가 좋은 때라 그런지 관광객으로 보이는 탑승객이 많다. 비행기가 만석이다. 저가항공은 밥을 주지 않는다는 얘기를 들었는데, 도시락 박스를 준다. 참치를 마요네즈에 비빈 김밥 한 덩어리, 바나나 하나와 불가리스(요구르트)가 들어 있다. 또 "Brookside"란 상표가 붙은 다크초콜릿도 하나 있다. 커피는 없고 냉수만 있다. 저가 항공답다.
　아내는 다크초콜릿을 좋아한다. 'Dark'를 좋아하는지, 아주 최근에 개봉된 영화 〈다키스트 아워〉(The Darkest Hour)도 좋다고 했다. 독일과의 협상을 단호히 거절하고 전쟁을 불사한 제2차 세계대전 당시의 영국수상 처칠의 이야기다. 우리에게도 그런 지도자가 필요한 시점이다. 처칠은 없지만, 다크초콜릿 하나는 내 손에 있다〔영화 〈다키스트 아워〉에서 처칠 역을 한 게리 올드먼(Gary Oldman)은 2018년 오스카 시상식에서 남우주연상을 받았다〕.
　10시 10분에 이륙한 비행기는 12시 50분에 착륙한다. 도원(桃園)공항이다. 비행시간은 2시간 40분, 현지의 시간은 서울보다 한 시간 늦다. 11시 50분이다. 입국수속장이다. 양손의 식지(食指)를 인식기(認識機)에 올렸다. 반응이 없다. 몇 번 시도 끝에 성공은 했으나 시간이 좀 걸렸다. 설거지를 많이 하여 지문이 닳아 없어진 모양인지? 아니면 기계가 둔감할 수도 있다.

짐을 찾아 나오다. 12시 20분, 백 교수가 기다린다. 반갑다. 안 교수가 부른 밴을 한 20분 기다렸다. 청사 밖으로 나왔다. 날씨는 생각보다 쌀쌀하고 굵은 비가 내린다. 건국남로(建國南路)에 있는 '복용대반점'(福容大飯店, Fullon Hotel)에 짐을 풀다. 808호가 내 방이고, 803호는 안 교수와 권 교수의 방이다. 방이 괜찮다. 비행기에서 스낵을 먹었으나 다시 점심을 하러 나가자는 것이다. 유명한 곳이 있다고 하여 따라갔다. 호텔에서 멀지 않다. 걸어도 20분쯤 걸리는 거리나 택시를 탔다. 금산남로(金山南路)에 있는 '영강우육면'(永康牛肉麵)이란 국숫집이다. 미국 오리건주 리드칼리지의 유형규 교수가 추천한 집이라고 했다. 오래전이지만 유 교수는 대만에 유학한 적이 있다. 그 후에도 여러 차례 여기 왔다고 한다.

소나기같은 비가 좀 누그러졌다. 부슬부슬 내린다. 유명한 집이라 그런지 오후 1시 반이 지났는데도 사람들이 줄을 섰다. 우리도 그 끝에 우산을 꺼내 들고 섰다. 기다릴 수밖에 다른 도리가 없다.

우육면은 서울에도 있다. 유육탕면과 같은 것이라고 생각하면서, 자리가 났다 하여 안으로 들어갔다. 홀에 테이블은 여남은 되고 방도 있는 것 같은데, 시끄럽다. 우육면 세 그릇과 흰 국수 한 그릇을 시켰다. 또 작은 접시의 건건이 야채 셋을 시켰다. 김치도 있다. 우육면은 문자 그대로 소고기 국물에 국수를 말은 것이다. 그런데 사태로 보이는 고깃덩이가 제법 많고 매우 부드럽다. 그래 내가 'skim milk'(저지방 우유)는 'skinny cow'에서 나오는데, 여기 고기는 'soft cow'를 잡은 모양이라고 하였다. 아무도 웃지 않는다.

4시가 좀 넘었다. 대만 사림(士林) 로터리클럽의 조의홍(趙義弘) 사장에게 전화했다. 6시까지 호텔로 오겠다고 한다. 조 사장은 1971년 내가 고려대에서 미국정치론을 강의할 때 학생이었다. 그것이 인연이 되어 그는 나에게 중국어를 가르쳤다. 정치학은 내가 선생이나, 중국어는 그가 선생이었다. 그는 성북동 우리 집에 일주일에 두 번씩 왔다. 내 중국어가 시원치 않을 것을 보면 오래 배운 것 같지는 않다. 그러다가 그는 귀국했다.

1977년 7월 25일에서 8월 1일까지 나는 정치대학의 국제관계중심의 초청으로 대만을 방문한 적이 있다. 그때도 조 사장을 여러 차례 만났다. 그는 나를 고궁박물관 등의 대북(台北)의 명소는 물론, 대중(台中)과 유명한 '일월담'(日月潭)을 관광시킨 적도 있다. 그 후 몇 해 안 되어 그는 한국에 다시 왔다. 이번에는 유학생이 아니라 주한 중화민국대사관에 근무하기 위해서였다. 한국통이기 때문이었을 것이다. 그러다가 그는 1989년 공보참사관이 되었다.

불행하게도 1992년 8월에 한국과 중화민국이 단교하게 되어 그는 귀국했다. 2002년 다시 한국에 왔다. 대만대표부의 전과 같은 직책인 공보참사관으로 부임한 것이다. 다만 국교가 단절되었기 때문에 대사관이 대표부가 되었을 따름이다. 한국을 떠난 것이 2007년이라고 하니 한국에서 근 18년이나 살았다.

나는 앞서 한국과 중화민국과의 국교 단절이 불행한 일이라고 했다. 1979년 미국이 중국(중화인민공화국)과 국교를 정상화하면서 중국과의 수교가 세계적인 추세가 되었다. 한국도 그 뒤를 따랐다. 그것이 국익에 도움이 된다고 판단한 것이다. 중국은 우리에게 중화민국과의 국교 단절을 요구했다. 국제관계에서는 영원한 적도, 영원한 우방도 없다는 말이 있다. 그러나 중화민국과 한국의 오랜 관계를 생각하면 단교에 있어서도 합리적인 절차를 밟았어야 옳았다. 내가 알기로 당시 한국 정부는 중화민국 정부에 대하여 일언반구의 사전 설명 혹은 통고 없이 중국과의 수교를 발표했다. 외교상의 결례였다.

나는 1991년부터 〈소설이 아닌 삼국지〉를 집필하였다. 마지막 장이 "정통론"(正統論)이다. 현대중국어와 한문으로 된 여러 논문과 책을 읽고 참고해야 했다. 번역이 어려운 부분을 조 사장의 부인 이수미(李秀美) 여사가 도와주었다. 이 여사는 당시 경희대에서 한국문학을 전공하였다. 조병화(趙炳華) 교수의 지도로 석사학위를 받은 재원(才媛)이다. 삼국지에 관하여 책을 쓸 적에는 반포로 이사 온 후다. 예쁜 두 딸을 데리고 반포동 집에도 왔었다. 40년이 넘는 교류다. 그러나 11년 전에 귀국하고는 연락이 끊겼다.

수소문 끝에 서울서 어렵게 통화가 되었다. 그래 일정을 간단히 전하고, 대북에 도착하면 다시 전화하기로 약속한 것이다. 정시에 왔다. 그 집 내외와 우리 일행 다섯이 택시 둘에 분승하여 간 곳이 중산북로(中山北路)의 앰배서더호텔이다. 이 호텔에 조 사장의 사무실이 있다. 로터리클럽의 일을 보기 전까지 그는 행정원 신문국의 처장(處長)이었다. 2층 큰 방 하나가 우리를 기다리고 있다.

우리가 앉은 테이블 옆에 큰 테이블이 하나 더 있다. 그 위에 술병이 가득하다. 조 사장은 내가 술을 좋아하는 줄 알기 때문에 많이 준비한 모양이다. 포도주 한 병과 금문고량주 큰 병 하나가 동이 났다.

그 정도로 그친 것이 다행이었다. 그러면 술 말고는 무얼 먹었나?

① 六喜碟(Assorted Dishes)：南乳春鷄·脆皮叉燒·烘鳥魚子·
干貝豆泥·四川烤鴨·風味木耳
② 松茸燉花膠(Stewed Fish Maw and Matsutake Soup)
③ 胡椒牛油龍蝦尾(Lobster with Butter and Pepper)
④ 慢燉和牛頰佐野菇(Braised Beef Cheek with Mushroom)
⑤ 頭抽煎龍虎斑(Pan-fried Grouper with Soy Source)
⑥ 貝酥臘味油飯(Steamed Glutinous Rice with Scallop and Chinese
Sausage)
⑦ 四季鮮果(Seasonal Fruits)
⑧ 芝麻糊湯圓(Rice Ball with Sesame Paste)

음식은 훌륭했다. 나는 식사가 끝날 무렵 조 사장에게 말하고 테이블 위에 있던 차림표를 가져왔다. 오래전 일이 생각났기 때문이다. 1990년 2월 초, 처음 서안에 갔을 적이다. 우리 일행은 당성(唐城) 호텔에 묵었다. 술을 한잔 걸치고 저녁이 끝났다. 그런데 거기서 멀지 않은 고도(古都) 호텔에서 서강대의 이근삼 교수가 전화했다. 오라는 것이다. 이 교수는 물론 다른 팀과 왔다. 그 전날 북경에서 우연히 만났었다. 그래 나의 일정을 알고 있었던 것이다. 술이 부족했던지 친구들이 그리웠던지, 택시를 타고 그의 호텔로 갔다. 다시 술을 마시면서 들은 이야기다. 그날 저녁만찬 때의 일이다. 테이블 위에 손바닥 크기의 차림표가 사람 수대로 놓여 있었다. 그런데 Y대의 C모 교수가 자기 앞의 그것을 주머니에 넣었다는 것이다. 수집하기 위해서였던 모양이다. 웨이터가 테이블을 정리하면서 하나가 모자란다고 하였다. 분명히 머릿수대로 있었는데, 왜 하나가 없느냐고 했다. 모두들 모른다고 했고, 그래서 시비가 되었는데, C 교수는 끝내 그것을 내놓지 않았다는 것이다. 차림표 쪽지 한 장이라도 아끼는 것이 호텔의 방침이었는지도 모르고, 관광객을 골탕 먹이려고 그랬는지도 모른다. 또 C 교수도 "이만저만해서 내가 주머니에 넣었다. 기념으로 가져가려 했다" 했으면 될 일이었다. 그러나 그는 끝까지 시치미를 떼었다. 호텔의 방침이 차림표를 찾는 것이라면, C 교수의 방침은 그것을 감추는 것이었다. 그 사건이 생각났던 것이다.

나는 출국 전에 조 사장에게 무슨 선물을 줄까 생각하다가 〈삼국지 속의 삼국지〉를 가방에 넣었다. 또 공항에서 홍삼차 한 상자를 샀다. 그가 내 호텔에 왔을 적에 조그만 상자를 주기에, 나도 내 선물을 전했다. 그가 나에게 준 것은 '펑리수'(鳳梨酥)다. 파인애플과 우유를 섞어 만든 케이크다. 작은 찹쌀떡만 한 게 12개 들어 있다. 다음 날 그것을 우리 일행에게 하나씩 주면서 맛을 보라고 하였다. 맛있다는 것이다. '酥'는 '연유(煉乳) 수'라고 옥편에 나와 있다. '酥'란 글자를 처음 알게 된 것은 〈삼국연의〉에서다. 그 이야기를 여기에 적는다.

유비와 조조가 한중(漢中)을 놓고 싸울 적이다. 조조는 싸움에 승산이 없어서 우울한 날을 보내고 있었다. 어느 날이다. 포관(庖官, 식사병)이 계탕(鷄湯)을 바친다. 뚜껑을 열어 보니, 계륵(鷄肋)이 담겨 있다. 계륵은 닭갈비다. 먹자 하니 먹을 것이 별로 없고, 그렇다고 버리기는 아깝다. 그러든 차에 하후돈이 들어와 그날의 야간구호를 묻는다. 조조는 무심결에 "계륵! 계륵!" 하였다. 그 구호가 중관(衆官)에게 알려지자, 행군주부(行軍主簿) 양수(楊修)는 행장을 수습하여 돌아갈 준비를 하였다. 소문이 퍼지자 다른 군사들도 돌아갈 준비를 차린다. 조조가 울적하여 밖에 나왔다가 군사들이 짐을 싸는 것을 보았다. 어찌하여 짐을 꾸리느냐 물었다. 양수가 승상께서 곧 반사령(班師令, 군사를 이끌고 돌아가는 명령)을 내리실 것이라고 했기 때문이라고 대답한다. 조조는 군심을 어지럽힌 죄를 씌워 양수의 머리를 베게 했다. 수급(首級)을 원문(轅門) 밖에 높이 달도록 했다. 양수는 재주가 많았으나 다소 방정맞은 행동으로 조조의 미움을 샀었다. 그 한 예가 '酥'와 관계된다.

한번은 누가 '酥' 한 합(盒)을 보냈다. 조조는 그 합위에 "一合酥"라고 손수 써서 안두(案頭, 책상머리)에 두었다. 양수가 그것을 보고 숟갈로 떠서 여러 사람에게 한입씩 나누어 주었다. 조조가 그 연고를 물었다.

"합 위에 一人一口酥라 써져 있기에 그랬습니다. 어찌 승상의 명을 어겼다고 하겠습니까?"(合을 풀어 쓰면 '人一口'이므로 一合은 一人一口가 된다.)

조조는 껄껄 웃어넘겼다. 그러나 속으로는 미워하게 되었다. 나는 〈삼국연의〉를 여러 번 읽었다. 그러나 조조가 왜 "一合酥"라고 썼는지는 이제껏 이해하지 못하고 있다. 평소에 조조의 눈 밖에 났던 양수다. 그러다가 그만 닭갈비 때문에 비명에 간 것이다. 재승덕박(才勝德薄)의 결과였다.

23일(금), 맑음.   오전 국립고궁박물관에 가다. 작년(2017년) 5월에도 온 곳이다. 유명한 박물관이 대개 그렇지만, 전시물은 일정한 기간을 두고 바뀐다. 바뀌지 않아도 좋다. 좋은 것은 자꾸 보아도 좋기 때문이다. 입장 때는 그리 붐비지 않았다. 막상 들어가 보니 만만치 않다. 특히 청대의 취옥백채(翠玉白菜, 배추 모양의 비취 조각)가 있는 방은 사람이 너무 많다. 구경을 제대로 하기도 힘들고 공기도 너무 탁하다. 그래 나는 사람이 비교적 적은 회화와 서예작품을 주로 감상했다. 작년에는 김동길 박사와 같이 왔었다. 그때 김동길 박사가 고궁박물관의 *100 Treasures of Emperors*라는 책을 사서 내게 주셨다. 나는 그 책을 자세히 읽었기 때문에 그야말로 "아는 것만큼 볼 수 있었다". 근 두 시간 머물렀을까? 박물관 내의 기념품점에 들러서 작은 찻잔 셋을 샀다. 동행한 세 제자에게 주었다. 부인들 선물이다.

먹으러 가는 것인지, 구경하러 가는 것인지? 택시를 타고, 다시 기차를 타고 담수역(淡水站)에서 내렸다. 신북시(新北市)의 담수는 유명한 관광지다. 그 건너 팔리(八里) 역시 일몰 경치로 유명하다고 한다. 담수의 다운타운에 위치한 '구도'(九濤)라는 식당으로 갔다. 백 교수가 몇 번 가 보았다는 해물전골집이다. 석두화과(石頭火鍋), 영어로는 'stone hot pot'이다. 각종 해물과 야채를 큰 돌그릇에 익힌다. 맛이 없을 수 없다. 점심이 2시 반에 끝났다. 백 교수가 다시 이끄는 대로 바닷가 샛길을 거닐다가 '수만'(水灣)이란 커피숍에 들렀다. 석양을 바라보며 차를 마시기 좋은 장소다. 잠시 담소. 다시 담수역에서 기차를 타고 종점인 상산(象山)역에 내리니 5시 10분이었다.

저녁은 시내 남경동로에 있는 '형제대반점'(Brother Hotel) 2층의 난화청(蘭花廳)이다. 박물관은 그렇다고 하고, 일몰의 경치가 유명하다는 관광지에도 갔으나 일몰은 못 본 것이다.

24일(금), 흐림. 백 교수와 대북역에서 10시에 만나다. 거기서 서방역(瑞芳站)까지 간다. 바로 탈 수 있는 표가 없다. 겨우 산 것이 11시 54분 표였다. 그래 역사(驛舍) 2층에 있는 커피숍에서 노닥거렸다. 대북역에서 노닥거리나 서방역에 도착해서 노닥거리나 마찬가지다. 그래도 기다려진다. 12시 34분에 목적지에 도착했다. 40분이 걸렸다. 점심때다. 두리번거리다가 찾은 곳이 '미식광장'(美式廣場)이다. 입구 큰 간판에 그렇게 씌어 있다. 미식이 '미국식'인 줄 알았는데, 그게 아니라 큰 먹자판 도떼기시장이다. 미식축구장보다 더 크다. 미국식(영어)으로 푸드코트(food court)다. 국수로 간단한 점심.

1시 30분, 다시 버스를 타다. 15분 걸려 간 곳이 기산(基山)이다. 고지다. 멀리 바다가 보인다. 관해정(觀海亭)이란 작은 정자가 바다를 향해 있다. 그 앞 도로가 구빈로(九份路)다. 무슨 뜻인가? 옥편에 '份'은 '彬'(빛날 빈)의 옛글자(古字)라고 나와 있다. 실은 그게 아니다. '份'은 10을 말하는 단위라고 한다. 열 가구를 뜻했다고 한다. '九份'이면 90가구다. 또 '份'은 '廚'(부엌 주)의 의미도 있었다. 10가구가 한 부엌을 썼다는 의미이기도 하다. 한솥밥을 먹는 것을 단위로 삼은 것이다. 여러 가구를 묶어 단위로 삼아 다스린 것은 옛날 진(秦)의 상앙(商鞅)이 시작한 것이다. 그의 신법(新法)에 따르면, 10호를 십(什), 5호를 오(伍)로 짜서 서로 감시하여 연좌의 책임을 지도록 했었다. '九份'이란 것도 그 잔재인지 모른다. 어려운 것도 많고, 모르는 것도 많다.

멀리 바다를 보는 것 외에 별로 볼 것이 없는 관광지다. 먹자골목이 있고, 그 안은 몹시 붐빈다. '빙고'(氷庫)라는 작은 집에서 빙수 같은 아이스크림을 하나씩 먹고 버스를 다시 타다. 3시 출발의 십분역(十分站)으로 가는 기차를 타다. 협궤(狹軌)의 기차다. 구불구불 산길을 따라 여러 터널과 계곡을 지나간다. 산길을 오르자니 기차는 더디다. 내가 타보지는 않았으나, 서울서 원산가는 기차가 경원선이다. 그것이 복계(福溪) 근처를 지날 때면 오르막길이 매우 가팔라서 기차가 속도를 내지 못한다고 들었다. 하기야 톱니바퀴의 철도도 있다. 1968년 6월에 미국 뉴햄프셔주의 화이트마운틴에서 그런 기차를 탄 기억도 있다.

그건 그렇고, 여기도 경치는 아름답다. 날씨는 아직 쌀쌀하지만 나뭇잎들은 푸르다. 하기야 여기는 겨울이 없다. 내려다보이는 계곡물이 휘돌아나가 기륭강(基隆河)을 이룬다고 한다. 넓은 벌 동쪽 끝으로는 아니나, 기륭강이 휘돌아 나가고 있었다. '십분역'이라 하여 십분이면 가는가 하였다. 근 40분을 갔다.

평계(平溪)라고 했다. 천등(天燈) 활동을 구경하자는 것이다. 서울의 청계천 비슷한 넓이의 내가 흐르는데, 냇가에서 천등을 띄우는 행사(?)를 한다. 천등은 사방 1미터가 좀 못 되어 보이는 마대 비슷한 천으로 만든 자루에 불을 붙여서 하늘로 띄우는 등이다. 작은 기구(氣球)를 연상하면 된다. 등에 소원을 쓰고, 대개 남녀가 마주 잡고 있다가 띄운다. 소원이 이루어지기를 기원하며 띄운다. 수십 미터 상공으로 올라가는 것도 있고, 조금 오르다가 떨어지는 것도 있다. 높이에 관계없이 소원이 올라가다가 떨어진다. 사람들은 그것을 소원 성취라고 하는 모양이다. 장삿속이다. 관광객들은 알면서도 천등을 산다. 한국말로 떠드는 소리도 가끔 들린다. 한국인 관광객들은 시도 때도 없이, 오나가나 극성이다. 남 생각을 안 한다. 아직 멀었다.

4시 15분, 다시 1시간 버스를 타고 내린 곳이 목책역(木柵站)이다. 대만정치대학이 그 근처라고 한다. 한국 유학생이 많은 곳이기도 하다. 잠시 거닐다가 저녁을 어떻게 할 것인가에 관한 논의가 있었다. 대만 오면 꼭 먹어야 한다는 딤섬 전문식당으로 가는 것이 어떠냐는 의견이 있었다. 그러나 아내는 반대다. 그러면서 저녁을 자기가 사겠다고 한다. 딤섬은 한두 개나 먹을까 말까 하는 것이다. 저녁으로 그것만 먹기는 무언지 아쉽다고 생각한 모양이다. 더구나 여기는 타이베이다. 그리하여 바로 전날 갔던 형제대반점에 다시 가게 되었다. 전날의 음식은 대만요리였다. 이날은 광동요리다. 식당도 매화청(梅花廳)이다. 호텔로 돌아와 커피숍에서 한동안 담소가 이어졌다. 10시에 문을 닫는다고 한다. 이야기는 남았는데 일어나야 한다. 인간사는 늘 미진하다.

3월 25일(일), 맑음. 오전 9시 호텔 앞, 백 교수와 작별할 시간이다. 펑리수를 한 상자씩 선물로 준다. 3월 말에 서울에 잠시 온다고 한다. 그때 해단식(?)을 하자고 했다. 그리고는 서울팀은 공항으로 향했다. 다시 진에어(0082편)다. 이번에는 김밥 대신 케이크를 준다. 맛이 괜찮다.

얼떨결에 다녀온 여행이다. 그러나 오랜만에 반가운 친구도 만났다. '萬里異國逢故友'(만리이국봉고우)다. 다른 나라의 풍물은 늘 흥미롭다. 그러나 외국에 가면 빨리 집에 가고 싶은 생각이 많다. 그러다가 돌아오는 비행기에서 내리면, 다음엔 어딜 가나 하는 생각을 하게 된다. "가긴 또 어딜 가? 차분히 집에 들어앉아 좋은 책이나 읽을 것이지!"

(2018년 3월 20일)

〈추기〉

앰배서더호텔(Ambassador Hotel) 메뉴에 있는 '六喜碟'의 '碟' 자가 옥편에는 '접시 접'으로 나와 있으나, 한글 프로그램에서 찾을 수 없다. 또 '鳳梨酥'(펑리수)의 '酥' 자도 옥편에는 '연유 수'인데, 한글 프로그램에는 없다. 그런데 안치영 교수가 찾아주었다. '碟'은 '가죽 다룰 설'이라고 한다. 왜 가죽을 다루는데 '돌(石) 변'이냐고 물었더니, 옛날에는 가죽을 돌로 다루었는지 모른다고 했다. 그럴지도 모른다. 한글 프로그램에는 '설' 음에 나와 있다. 가르친 것이 별로 없었으나, 전에는 내가 명색이 그의 선생이었다. 이제는 그가 나의 선생이다. 안 교수뿐 아니라, 요즘은 내가 제자들에게서 많이 배운다.

3월 하순, 백 교수가 잠시 귀국하여 해단식(?)이 있었다. 25일(일) 낮에 일식집 '사와'에 모였다. 권형기 교수는 지방 출장이라 못 오고, 이대 김수진 교수와 명지대 이지수 교수가 참석했다. 낮인데도 백 교수와 김 교수는 소주를 제법 마셨다. 나도 전이라면 그랬을 것이다.

(2018년 3월 26일)

대구 나들이

'대구' 나들이라고 하면 경상북도 대구광역시에 다녀온 이야기려니 한다. 그러나 그 대구하고는 아무런 연관이 없는 '생선 대구' 이야기다. 거제도에 가서 대구를 먹고 사 온 이야기다. 무얼 쓸 것이 없어서 그런 것을 쓰나 하는 생각도 든다. 쓰고 나서 재미없으면 그야말로 없었던 일로 하면 된다.

어떻게 시작이 되었는지는 모른다. 외우 김형국 교수가 대구 철에 거제도 외포항에 한번 가자는 이야기를 한 적이 있었다. 12월(2016년) 초순쯤으로 기억한다. 김형국은 대구에 "조예가 깊다거나" 혹은 "일가견이 있다거나" 뭐 그런 사람이다. 대구뿐이 아니다. 마산이 고향이라 어려서부터 생선과 친하게 지내며 살아서인지, 생선이라면 멸치 앞에서도 사족을 못 쓴다. 그만큼 생선을 좋아한다.

오래전에 대학에서 정년을 했지만, 재직 시절에도 학교 도서관보다는 노량진수산시장을 더 자주 찾지 않았나 한다. 밥상에 발 달린 동물의 고기는 없어도 그만이지만, 물고기는 없으면 안 된다. 그 부인 김외련 여사도 남편과 같이 마산 출신이라 그런지, 아니면 부창부수(夫唱婦隨)라 그런지, 생선 사랑하기는 남편에 지지 않는다.

김형국의 집은 평창동이다. 북한산 산자락에 높이 앉아 있다. 남산이 멀리 보이는 남향집이다. 거실 바로 밖에는 낙락장송은 아니라도 아름다운 소나무 여러 그루가 사철 푸르다. 아니, 그게 아니라, 베란다 밖에 무엇을 널면, 솔솔 부는 북한산 바람에 잘 마르게 된 구조다. 무얼 말리는가? 겨울에는 대구가 빼곡히 널려서 하늘을 향해 큰 입을 벌리고 바람을 쐰다. 노량진 수산시장에서 사기도 하겠지만, 거제도 외포항에서 직송된 것도 있다. 나는 일 년에 한두 번 그 집에 초대받는다. 민어 철이면 민어 요리도 별미지만, 겨울에는 단연 대구가 민어의 뺨을 친다.

대구는 한자로 '大口'라고 쓴다. 입과 머리가 커서 그런 이름이 생겼다. 대구과에 속하는 한류성 어종이다. 같은 과에는 명태가 있다. 말리면 북어가 되는 명태보다 대구는 훨씬 크다. 4~5년 자란 놈은 길이가 1미터나 되고 무게도 20킬로그램쯤 된다고 하나, 우리나라 근해에서 잡히는 것은 7~8킬로그램만 되도 큰 놈에 속한다. 대구는 지방 함량이 다른 흰살 생선에 비해 턱없이 적다. 1퍼센트도 안 된다. 그 대신 단백질 함량은 엄청 높아서 17.5퍼센트쯤 된다. 담박(澹泊)하고 고소한 맛은 거기서 나오는 모양이다. 김 교수는 사람이 담박하기 때문에 담박한 맛의 대구를 좋아하는 것이라고 생각한 적도 있다.

대구는 수심 30~250미터 되는 깊은 바다에서 무리를 지어 산다. 겨울이 산란기(産卵期)인데, 자신이 태어난 얕은 해역으로 와서 알을 낳는다. 우리나라에서는 남해의 가덕만과 진해만 일대가 중요한 산

란장이고, 따라서 주어장(主漁場)이다. 예전에는 대구가 흔한 생선이었다고 하는데, 1980년대 중반부터 개체수가 크게 줄어 귀한 생선이 되었다. 그러다가 1987년부터 수정란 방류사업이 시작되었고, 산란기인 1월 한 달을 금어기(禁漁期)로 지정하는 등 어민들의 노력이 좋은 결과를 냈다고 한다. 1990년 우리나라 전체 대구의 어획량이 487톤이었으나, 2014년에는 20배가량 늘어 9,940톤이 잡혔다고 한다.[1] 값도 많이 싸졌다.

앞에서 나는 농담 비슷하게 김형국 교수가 노량진수산시장에 자주 간다는 이야기를 했다. 단골가게가 있다. 가게의 김병선이라는 사장과도 친하다. 그래 김 교수는 그 집에 드나드는 이야기를 일간지에 쓰기도 했다. 사시장철 들르지만, 특히 자주 찾는 계절은 동지가 지난 한겨울이다. "알배기 대구를 형편대로 구해다가 시원한 대구국도 끓이고, 갈무리로 통대구도 말릴 겸 알젓·창자젓을 담기 위해서다. 알배기 대구를 만나면 처리할 수 있을 만큼 많이 산다"는 것이다.[2]

다 때가 있는 모양이다. 이야기가 구체화되었다. 그래 거제에 다녀온 것이 지난 12월 27일(2016년)이다. 김혜선 박사와 김 교수 내외, 그리고 내 아내와 나, 다섯이 일행이었다. 김혜선 박사는 김 교수네와 우리 내외의 공동 팬(mutual fan)이다.

1 대구에 관한 이런저런 이야기는 네이버 지식백과를 많이 참조했다. http://navercast.naver.com/contents.
2 "노량진 수산시장의 향기", 〈문화일보〉, 2015년 8월 28일.

아침 7시 서울역발 부산행 KTX 109편 5호차 특실에 들어간 것은 출발 10분 전이다. 세 사람이 먼저 와 자리를 잡고 있다. 어영부영 부산에 도착한 것이 9시 40분. 나는 부산에서 거제도에 가는 것이 처음이다. 이제부터는 대장격인 김 교수의 지시를 따르는 수밖에 없다. 지하철과 버스를 탄다는 것이다. 부산역에서 지하철 1호선으로 하단역(11번째 정거장)에 내린 것이 10시 20분이고, 거기서 2000번 버스를 15분 기다렸다. 거제시 장목면 외포항까지 4,500원씩이다. 낙동강 하구언다리를 지나고, 또 을숙도를 지나 외포항에서 하차한 것이 11시 25분이었다. 버스를 50분 탔다. 외포초등학교를 왼편에 두고 바른편에는 개울이다.

5분쯤 가다 오른편으로 양천교를 지났다. 어촌이 나타난다. 생각보다 크지 않은데 사람들은 북적댄다. 경상도가 아니랄까 시끌벅적하다. 점심때다. 김 교수가 지정한 '국자횟집'으로 갔다. 그 집은 각종 자연산 활어를 소매도 하고 도매도 하는 '성원수산'에서 운영하는 집이다. 성원수산은 생대구·마른대구·대구젓갈류·광어·도다리·장갱이·물메기 등을 취급한다고 한다. 그래도 대구가 주류다. 작은 어촌의 큰 기업인 셈이다. 김 교수는 연전에도 국자횟집에 왔다고 하는데, 필경 노량진수산시장의 김 사장을 통해서 알게 된 모양이다.

무언지 먹어야 한다. "사는 것은 먹는 것이다." 내 지론이다. 김 교수가 먼저 아구수육을 시킨다. 대구를 먹자 하여 왔는데 아구는 본령이 아니다. 비싸다. 중짜가 4만 원이다. 그건 술안주고, 식사(밥)도 주문해야 한다. 네 명은 대구탕(한 그릇에 1만 5천 원)을 주문했다. 김 교수는 대구떡국을 먹겠다고 했다. 그곳 특식이라는데, 탕보다 2천

원이 싸다. 내가 점심값을 내겠다고 하니 싼 것을 시켰나? 식성도 각
각이다. 소주 두 병, 맥주 두 병도 있었다. 모두들 맛있게 먹었다.

특히 김혜선 박사가 탕국물을 '맛있게 마시는 것을 보고' 내 아내가
"공무원이 됐으면 큰일 날 뻔했다"고 하여 웃었다는 나중 이야기도 있
었다. 전에는 공무원인지 공직자인지 '국물'만 좀 먹었나 본데, 요새
는 그들이 '건더기'까지 깡그리 먹어치우는 줄은 몰랐던 모양이다. 떡
고물 이야기도 한동안 사람들의 입에 회자(膾炙) 됐다. 시루째로 떡
을 먹으려는 놈도 많은 것이 요즘 세상이 아닌가 한다.

이제는 대구를 사는 일이 남았다. 식당 바로 앞이 시장이다. 앞서
말한 성원수산의 기(旗) 가 날린다. 배도 부르겠다, 한잔 했겠다, 그
냥 따라나섰다. 흥정이 이루어진다. 김 교수야 작심하고 온 대구의
본고장이니 말할 것도 없다. 많이 사는 것 같다. 김혜선 박사도 누구
에게 선물한다고 한두 마리 사서 택배를 부탁하는 모양이다. 배려가
있다. 나의 아내도 무얼 좀 사고 싶은 눈치다. 반쯤 마른 큰 대구 한
마리와 생대구알 몇 보를 산다. 그들은 서울로 오면 내 술안주다. 주
머닛돈이 쌈짓돈이라지만 계산은 내 몫이다. 대구가 3만 원이고, 알
여섯 보인지 덩어리인지가 4만 원이다. 두 박스에 따로 담았다. 택배
비가 5천 원씩이다.

외포항에서의 일이 대강 끝났다. 온 길을 되짚어 돌아가야 한다. 2
시 40분이다. 다시 2000번 버스를 타고 가서 하단역에서 내리다. 무
엇을 하나? 김 교수는 세 가지 안을 제시했다. 첫째, 거기서 멀지 않
은 몰운대(沒雲臺) 에 가는 것이다. 다대곶 동편에 위치한 몰운대는
임진왜란 때 충무공 이순신의 선봉장인 녹도만호(鹿島萬戶) 충장공

정운(忠壯公 鄭運)이 전사한 곳이다. 그는 이곳의 이름을 듣고, "'雲'과 '運'은 음이 같다. 내가 이 대에서 죽는다(我沒此臺)"는 비장한 말을 하고는 싸움에 임했다고 한다. '沒雲'과 '沒運'이 같다는 뜻을 비친 것이다. 그의 순절을 기리는 유적비(忠臣鄭運公 殉義碑)도 여기에 있다. 둘째, 낙동강 하구의 에코센터 방문이다. 2007년에 개관한 이 센터는 을숙도철새공원을 보존·관리하고, 철새를 포함한 주변 자연생태를 전시·교육·연구하기 위한 시설이다. 셋째, 다 그만두고 그냥 부산으로 가는 것이다. 4시가 가까워지고 있었다. 바람이 매섭게 부는 추운 날씨다. 거리는 황량했다. 새벽부터 부산 간다고 부산을 떠느라고 피곤들 하기도 했다. 몰운대 혹은 에코센터 방문은 다음 기회로 미루자는 결론이 났다.

하단역에서 9번째 역인 자갈치시장역을 향해 다시 전철에 올랐다. 외포항의 대구와 자갈치시장의 대구를 비교하면서 시장을 일별하고는 부둣가를 잠시 거닐었다. 갈매기가 지천이다. 왼편으로 영도대교(영도다리)와 영도가 보인다. 김혜선 박사는 1·4후퇴 후 부산 피란 시절에 영도에서 피란민학교인 영선국민학교를 5~6학년 다니고 이화여중에 입학했다고 했다. 감회가 새로운 모양이다. 큰 배가 지날 때면 다리 가운데의 한 부분이 위로 들렸다. 그래 다리를 건너려는데 다리가 갑자기 올라가는 꿈(惡夢?)을 걸핏하면 꾸었다고 했다. 다리가 올라가면 건널 수 없다. 기다려야 한다.

또 그때는 초승이면 "영도다리 난간 위에 초생달만 외로이 떴다"는데 요새도 그런지? 가수 현인(玄仁, 1919~2002년)의 히트곡 〈굳세어라 금순아〉(작사 강사랑, 작곡 박시춘)의 한 구절이다. 그 가사를 적는다. 1·4후퇴 때 가족과 생이별을 하고 미군 LST 함정을 타고 부산으로 남하한 북한 피란민의 피눈물 나는 노래다. 이런 노래는 우리가 기억해야 한다.

눈보라가 휘날리는 바람 찬 흥남부두에
목을 놓아 불러 봤다 찾아를 봤다
금순아 어데로 가고 길을 잃고 헤매었더냐
피눈물을 흘리면서 1·4 이후 나 홀로 왔다.

일가친척 없는 몸이 지금은 무엇을 하나
이 내 몸은 국제시장 장사치기다
금순아 보고 싶구나 고향 꿈도 그리워진데
영도다리 난간 위에 초생달만 외로이 떴다.

철의 장막 모진 설움 받고서 살아를 간들
천지간에 너와 난데 변함 있으랴
금순아 굳세어 다오 북진통일 그날이 오면
손을 잡고 웃어 보자 얼싸안고 춤도 추어 보자.

하기야 나도 감천(감내)에서 괴정국민학교 사하분교를 다녔다. 1951년이다. 감천이 그때는 조그만 어촌이었다. 연전에 벼르고 별러서 한번 갔었다. 어마어마한 항구로 변모했다. 상전벽해는 이런 것을 두고 쓰는 말일 것이다.

또 저녁이다. 유명하다는 자갈치시장의 '부산명물횟집'에 들어섰다. 작은 집이다. 아직 이른 시간이라 붐비지는 않았다. 도미회정식인지 회백반인지가 명물이란다. 1인당 3만 3천 원이다. 싸지 않다. 그래도 시켰다. 점심에 아구와 대구를 먹지 않았더라면 더 맛이 있었을 것이다. 저녁 7시 출발의 KTX 158호를 타다. 서울역 도착이 9시 50분이었다. 그래 나들이는 끝났다. 싱겁다면 싱겁다. 하루 여정으로는 좀 짧다. 몰운대라도 갈 시간, 아니 영도다리라도 건널 시간이 있었으면 좋았다. 무엇에 홀려 정신없이 거제도에 갔다 온 기분이다. 대구가 나를 홀렸나? 내가 대구에게 홀렸나?[3]

다음날 택배로 온 대구는 구워서 며칠 두고 먹었다. 알은 약 한 달간 아파트 마당에서 말렸다. 비도 눈도 거의 안 와서 잘 말랐다. 어쩐 일인지 두 덩어리는 상해서 버렸다. 말리는 데 수고한 경비원들에게 맛보라고 한 덩어리를 주고, 나머지는 아직 냉장고에 있다.

나의 대구 나들이 이야기는 이것이 대충 끝이다. 그러나 김형국 교수의 대구 타령은 끝나지 않았다. 일간지에 만족하지 않은 김 교수는 월간지에도 글을 썼다.[4] 통대구, 약대구, 건작, 장재젓 등 가지가지 대구 먹는 법, 해방 전에 통영에 갔던 시인 백석(白石)의 대구 말리는

---

3 "홀린 것"이 아니라 "버린 것"이 있다. 아래와 같은 가사가 생각난다. "저 달을 바라보며 눈물 흘리는 당신이 보고 싶은데, 오늘도 이렇게 잠 못 이루고 긴 밤을 지새우네. 사랑이 당신과 나를 '버렸나'? 당신과 내가 사랑을 '버렸나'? 옛날을 생각하면 눈물 흐르고, 당신이 보고 싶은데, 가까이 있어도 만날 길 없네. 그리운 내 사랑아!" 이용의 노래가 아닌가 한다.

4 "미학(味學)도 미학(美學)이다", 〈월간조선〉, 2017년 2월, 490~496쪽.

모습을 읊은 시도, 또 대구의 세계사(世界史)도 소개하고 있다. 아는 것도 많고 글도 잘 쓴다.

시작이 있는 것은 모두 끝이 있다고 일찍이 플라톤이 말했다지만, 김 교수의 대구 사랑과 글쓰기는 끝이 없어 보인다. 아니, 그게 아니다. 김 교수의 글에 곁들여 나온 부인 김외련 여사의 〈대구알젓〉과 〈서울 강북 산자락집의 대구덕장〉이란 수채화 두 점은 일품(逸品)이다. 생선 즐기는 입맛은 같은지 모르나, 재주는 각각이다.

(2017년 2월)

울산 방문기

누가 이 책을 읽으면, "이놈은 해외에만 다니고 국내여행은 안 다니나?" 할지 모른다. 외국 다닌 이야기가 많기 때문이다. 그러나 사실 나는 우리 국토를 사랑하여 방방곡곡 다니고 싶었다. 아니, 지금도 그렇다. 이곳저곳 다니지 아니한 것은 아니지만, 별로 글을 남기지 않았다. 이 책에는 "대구 나들이" 뿐이다. 그래 비교적 최근에 다녀온 울산 이야기를 쓰게 되었다.

울산이 어떤 곳인가는 설명이 필요하지 않다. 나와는 인연이 있다면 있는 곳이다. 몇 번 갔기 때문이다. 가기만 하면 인연이 있다고 할 수 있는가? 다른 곳에서도 한 말이지만, 일석대좌도 5백 년 전의 인연이란 말이 있다. 연분이라고 해도 좋다. 그런데 이것은 사람과의 만남을 말하는 것이다. 물론 땅과 관계하여서는 지연이란 말이 있다. 그러나 몇 번 갔다고 해서 지연이 있는 것인지는 알 수 없다. 지연이라는 말도 물론 그런 의미가 아니다. 땅으로 해서, 혹은 지역 때문에 생기는 사람과의 연고를 지칭하기 때문이다.

울산 방문은 이번이 4번째다. 처음은 1974년 11월이었다. 대한석유화학공장을 방문하였다. 그때 양산 통도사와 경주도 주마간산 격으로 다녀온 기억이다. 두 번째는 1979년 5월이다. 현대자동차의 포니를 사러 간 것이다. 1950년대 후반에 시발이란 국산차가 출시되었다. 자가용도 있었겠으나 본 기억은 없다. 택시는 있었다. 그러다가 국산차로서 대(?) 유행의 서막을 올린 것이 포니가 아닌가 한다. 포니를 사려면, 계약은 다른 곳에서도 가능했겠지만, 인수는 공장이 있는 울산에서 해야 했다. 반드시 그래야 했는지는 분명치 않으나, 나는 차를 받으러 울산에 직접 갔다. 수첩을 보니, 4월 24일에 계약했고 계약금으로 30만 원을 지불했다고 적혀 있다. 같은 날 나의 〈미국정치론〉 재판 인세를 40만 원 받았으니, 그 돈으로 차 계약금은 된 모양이다. 인수하러 울산에 간 것이 5월 16일이다. 3주가 좀 넘게 기다린 것이다. 계약금은 그렇다고 하고, 차 가격이 얼마인지는 수첩에 없다. 40년 전의 일이다. 지금 생각하면 자동차 산업도 파천황(破天荒)의 괄목할 발전을 했다. 당시는 그 작은 포니도 아낀다고 시트에 커버까지 씌워 타고 다녔다. 격세지감이 있다.

울산에 세 번째 간 것은 1993년 1월이다. 10일에 있었던 정치학과 82학번 송주명 군의 결혼주례를 위해서다. 신부(김유향) 집이 울산이어서 울산에서 식을 올린 것이다. 신랑이 신부 집에 가서 결혼식(?)을 하는 것이 우리의 전통이긴 하다. KBS의 같은 학번 이강덕 군과 한 비행기를 타고 갔다. 그리고 금년(2018년) 3월 초에 갔으니, 25년 만에 간 것이다. 가게 된 경위는 이렇다.

명지대의 이지수 교수는 작년 8월부터 주말부부다. 검사인 부인이 울산으로 발령이 났기 때문이다. 부인이 서울에 오지 않는 주말은 남자가 울산엘 간다. 울산이 좋다고 자랑하면서 같이 한번 가자고 했다. 그러마고 대답한 것이 성사가 되었다. 그리하여 9일(금요일)에서 1박 2일로 다녀왔다. 수서역에서 이 교수와 울산행 SRT를 탄 것이 오전 10시다. 2시간 8분 걸린다. 울산에 도착했다. '주식회사 한주(韓洲)'의 이선규 사장이 기다리고 있다. 이 사장은 처사촌이다. 1979년 포니를 인수하러 울산에 갔을 적에는 그가 대한유화에 근무하고 있었다. 그때도 신세를 졌었다. 지금은 울산공단에 에너지를 공급하는 큰 공장을 운영하고 있다. 공급하고 남는 열이 있다. 그 열로 바닷물을 정수하여 소금을 만든다. 언젠가 울산에 한번 갈 계획이라고 하였더니 연락하라고 한 적이 있었다.

점심시간이다. 이 사장의 밴을 타고 간 곳이 '언양 기와집 불고기'다. 그런 집이 다른 곳에도 있겠으나, 울산엘 가면 꼭 들러야 한다는 집이라고 소문이 나 있다. 식후경이다. 한 시간쯤 갔을까? 간절곶이다. 해가 제일 먼저 뜨는 곳이라고 한다. '간절곶'이라 새겨진 큰 바위가 서 있다.

간절곶
간절욱조조반도(艮絕旭肇早半島)
간절곶에 해가 떠야 한반도에 아침이 온다
서기 2000년 1월 1일 새아침
울주군

간절곶 표지석 약간 남쪽에 근 10미터 높이의 탑이 있다. 탑 아래에 "CABO DA ROCA"라고 적혀 있다. 카보다호카(호카곶)는 포르투갈의 신트라(Sintra)에 있는 곳이다. 유럽 대륙의 최서단이라고 한다. 간절곶은 우리나라의 최동단이기 때문에 호카곶과 대비된다. 그래 세워진 탑이다. 또 표지석 약간 북으로 조금 떨어진 곳에 커다란 '소망우체통'이 있다. 여기에 소망을 담은 내용의 편지를 넣으면 소망이 이루어진다는 우체통이다. 아름다운 등대도 있다.

바닷가라지만 바람이 세게 분다. 다행히 기온은 그리 낮지 않다. 근처의 '카리브 레스토랑'에서 잠시 쉬다 간 곳이 앞서 잠시 말한 주식회사 한주다. 공장 방문이다. 사장이야 기차역에서부터 동행이지만, 조일래 총괄본부장 겸 공장장이 나와서 안내한다. 회사의 자랑은 앞에서 말한 것처럼 30년 전통의 한주소금이다. 이온교환막을 이용한 정제기술로 중금속과 기타 유해성 물질을 걸러내어 순도가 99.5% 이상이라고 한다. 한주소금은 '본소금'과 '꽃소금'이 대표 브랜드다. 약한 시간의 방문을 마치고 대왕암으로 향했다. 차에서 내려 바닷가의 산책길을 약 50분 걸었다. 대왕암이란 바위가 나타났다. "대왕암의 전설"이란 팻말에 아래와 같이 쓰여 있다.

신라 제30대 문무왕(재위 661~681년)은 평소 지의법사(智儀法師)에게 말하길 "나는 죽은 후에 호국대룡이 되어 불법을 숭상하고 나라를 수호하려고 한다" 하였다. 재위 21년 만에 승하하자 유언에 따라 동해구(東海口)의 대왕석(大王石)에 장사 지내니 용으로 승화하여 동해를 지키게 되었다. 이렇게 장사 지낸 문무왕의 해중룡을 대왕바위라 하며 경주시

양북면에 있다.

대왕의 승하 후 왕비도 세상을 떠난 뒤에 용이 되었다. 문무왕은 생전에 삼국통일의 위업을 달성하였고, 죽어서도 호국의 대룡이 되어 그의 넋은 쉬지 않고 바다를 지키거늘 왕비 또한 무심할 수 없었다. 왕비의 넋도 한 마리의 호국룡이 되어 하늘을 날아 울산을 향하여 동해의 한 대암 밑으로 잠겨 용신이 되었다고 한다.

그 뒤 사람들은 그 대암을 대왕바위(대왕암)라 하였으며, 용이 잠겼다는 바위 밑에는 해초가 자라지 않는다고 전해 온다.

그런지도 모른다. 문무왕과 그 왕비는 죽어서도 나라를 지키려고 하였다. 요새는 어찌된 영문인지 살아서도 나라를 지키려는 사람이 드물다. 지키는 것은 고사하고, 팔아먹을 작정인 사람들도 있는 것으로 보인다.

대왕암을 떠난 차는 다시 어디론지 달린다. 날이 어두워지기 시작한다. 주전몽돌해수욕장이다. 그게 몽돌인지는 모르겠으나, 검정색의 작은 차돌이 널려 있다. 모래사장이 아니라 몽돌석장(石場, 모래사장에 빗대어 내가 지은 말)이라 부를 수 있겠으나 사방이 지저분하다. 그곳에서 지척인 곳에 '주전식육횟집'이란 식당이 있다. 우리가 가려는 집이다. 이 집은 이 교수의 부인이 직장 동료와 더러 가는 집이라고 한다. 큰 방 하나가 우리 일행을 기다린다. 그날은 그 집이 쉬는 날이라는데, 우리를 위하여 특별히 열었다는 것이다. 여덟 명의 자리가 준비되어 있다. 한주의 사장과 본부장, 이 교수 내외와 우리 내외 그리고 두 명의 정치학과 제자들이다. 85학번의 주재술 군과 94

학번의 정창국 군이다. 주 군은 울산과학기술원의 학사팀 팀장이고, 정 군은 연구교수다.

횟집의 여주인 최소명 씨는 해녀다. 환갑은 되어 보이는데, 요새도 바다에 들어가 몸소 생선을 잡는다고 한다. 식탁에 오른 다금바리가 직접 잡은 것인지는 묻지 않았으나 싱싱하다. 박달대게도 있다. 그런데 주 군이 고향의 명주(名酒)라는 '영양초화주'(英陽椒花酎)를 두 병 들고 왔다. 내가 술을 잘 마시고 좋아하는 줄은 아나, 내가 술을 끊은 줄은 모른 모양이었다. 맛있어 보였다. 그림의 떡 같은 술이다. 커피는 우리 숙소인 다운타운의 롯데호텔이다.

다음 날이다. 아침에 8시 좀 넘어 이 교수 내외가 호텔로 왔다. 오늘도 바쁜 일정이다. 11시에 영남알프스 얼음골에서 주재술 군을 만나기로 했다는 것이다. 그전에 아침을 먹어야 한다. 터미널식당이 좋다고 한다. 절에 간 색시가 따로 없다.

언양IC에서 국도 24번을 타고 밀양 방면으로 한참 간다. 가지산 도립공원이다. 주 군이 기다리고 있다. 케이블카로 해발 1,020미터인 하늘정원까지 올라간다. 운행길이는 1.8킬로미터, 국내 최장, 최고 높이의 삭도(索道, 케이블카)라고 한다. 표고차가 680미터인데, 그것도 국내 최고라고 한다. 케이블카에서 내려 사방을 둘러보니 경치도 최고다. 나뭇가지 끝마다 매달린 얼음꽃의 아름다움은 표현이 불가능하다. 아름다운 곳, 아름다운 경치는 여기만이 아닐 것이다. 금수강산이라고 했다. 강산은 그런데, 사람은 어떤가? 사람이 하는 정치는 어떤가?

또 먹어야 한다. 얼음골에서 내려와 정 군을 따라간 곳은 울산시 울주군 상북면의 '가랑잎새'라는 토속음식점이다. 연잎전문점이다. 작은 규모의 산골집이다. 뛰어나다. 다시 가고 싶은 곳이다. 오후에 예약한 기차 시간까지 여유가 있다. 양산 통도사를 둘러보고 늦은 오후에 수서역에 도착했다. 이것이 간단한 울산 여행의 전말(顚末)이다.

(2018년 4월 10일)

2005년 K2 트레킹

유산기

프롤로그

A 형! 내가 '발토로' 빙하지역 탐사를 간다고 하였을 적에 형은 말렸습니다. 나이도 생각해야지, 위험하고 고생스러운 곳을 왜 가느냐고 하였습니다. 어쨌거나 탐사도 트레킹도 못하고, 도중에 돌아왔습니다. 좀 창피한 이야기지만, 형에게 보고는 해야겠기에 이 글을 씁니다. 오래전 영국 하원에서의 일입니다. 어떤 초선 의원이 처녀 연설을 하기 위하여 등단하였습니다.

"I conceive… I conceive… I conceive…" 하고는 더 이상 말을 잇지 못하고 그냥 내려왔습니다. 떨려서 말을 못한 것입니다. 다음 등단한 다른 의원 왈,

"먼저 의원은 세 번 임신을 하였는데, 모두 유산이었다."

이번 나의 일을 생각하다가 위의 일화가 떠올랐습니다. 심사숙고

466

한 결정이었고, 어려운 여행이었습니다. 그러나 나의 탐사는 그만 유산이었습니다. 심심파적으로 읽으십시오.

일지

7월 22일 금(맑음). 공항에 어떻게 나갈까 궁리하다가 콜밴을 부르다. 짐도 짐이거니와 이웃에 사는 최명언·박지향 교수와 동행하면 좋을 것이기 때문이다. 더구나 나는 아내와 동행이니, 넷이 타려면 큰 차가 필요하다. 오전 6시 반, 차가 오다. 황실아파트 앞 5거리에서 최 교수가 기다린다. 부인과 두 아들도 아버지를 배웅하기 위하여 함께 나왔다. 조심하여 다녀오겠다고 최 교수 부인에게 인사하고 박교수의 신동아아파트로 가다. 8시 10분전에 공항에 도착하다. 여러 사람들이 먼저 와 있다. 초행의 트레킹이라 모두들 긴장이 얼굴에 감돌았으나, 그래도 의연한 모습들이다.

산악회 총무 임경훈 교수와 교수협의회의 김영남 씨가 배웅 나오다. 임 교수에게서 경제학부 정병휴 명예교수가 어제 타계하였다는 소식을 듣다. 바로 그제 그분 방에서 담소하였는데…. 인생무상이다. 그러나 고생을 안 하고 돌아가셨으니 팔자가 좋은 분이다.

10시 20분 출발의 타이항공 629편을 타다. 홍콩·방콕을 거쳐 라호르(Lahore)로 간다. 이륙 후 한 시간쯤 지났을까? 점심이 나왔다. 오전이지만 스카치를 한 잔 마시다. 비행기만 타면 마시는 것이 나의 나쁜 버릇이다. 홍콩에서 약 3시간을 기다리는 동안 책방에 들르다. 창(Jung Chang)과 할리데이(Jon Halliday)가 공저한 *Mao*: *The Un-*

*known Story*를 살까 망설이다가 그만두다. 짐이 되기 때문이다. 창의 중국 이름은 '張戎', 문혁 당시 홍위병이었던 그녀는 10여 년 전에 *Wild Swans: Three Daughters of China*(〈대륙의 딸들〉이란 이름으로 우리말로도 번역됨)를 출판하여 낙양 지가를 올린 천재 작가다. 영국인 역사학자 남편과 이번에 모택동 전기를 새로 집필한 것이다. 두 페이지에 걸친 긴 서평을 얼마 전 주간지 *Time*에서 읽은 기억이 있다.

방콕 공항에서 4시간을 기다리다.

7월 23일(토). 새벽 2시 반이 채 못 되어 라호르에 도착. 옛 무굴(Mughal) 제국의 수도다. 비행기에서 내리자 습하고 더운 공기가 엄습한다. 한 40분 걸려서 숙소인 앰배서더호텔에 도착하다. 몹시 후졌다. 그러나 방은 크고 천정이 높다. 방 안의 가구가 헐었지만 디자인은 고급이다. 처음 지었을 적에는 꽤 고급호텔이었을 것이다. 그런데 기후 탓인지 침대가 축축하다. 잠시 눈을 붙이고 떠나야 한다. 5시 반 기상, 6시 아침식사, 6시 반 출발이란다. 극기훈련이다. 허나 선택의 여지가 없다.

비가 내려 그런지 아침은 약간 서늘하다. 7시 좀 넘어 공항에 도착하다. 분명 몇 시간 전에 도착한 공항이다. 그때는 한밤중이라 잘 보지 못하였는데, 밝은 아침에 보니 청사는 새 건물 같다. 서울역사(驛舍)를 연상케 하는 불그스름한 벽돌 건물이다. 바닥 대리석이 잘 다듬어져 아름답다. 상당한 수준의 건축미를 과시하고 있다. 이슬라마바드 행의 비행기를 기다리는 동안 의대의 조수헌 교수가 고산병 증세에 관한 자료를 나누어 준다. 간단한 설명도 있다. 모두들 경청하는 눈치다.

파키스탄국제항공(PIA)으로 8시에 출발하다. 한 시간 남짓한 비행 후 이슬라마바드국제공항에 도착하다. 몇 도나 되는지 매우 덥다. 이슬라마바드는 1961년에 건설된 신수도이다. 거리가 넓고, 비교적 깨끗하다. 호텔에 여장을 풀기에는 이른 시간이라 탁실라(Taxila) 박물관엘 먼저 가다. 약 한 시간 거리다. 대표적인 박물관이라는데 규모가 생각보다 작다. 전시품의 대부분은 고대 불교유물이다. 불상은 대개가 얼굴이 없다. 이슬람교가 들어오면서 불상의 훼손이 심했던 것이 아닌가 한다.

아침을 건성으로 하여서인지 시장하다. 안내의 김수연 양이 간식으로 '소모사'란 것을 사 왔다. 양념한 매시트포테이토(mashed potato)를 밀가루로 싸서 튀긴 것이다. 하나 먹다. 시장해서인지 맛이 있다. 탁실라박물관에서 줄리안(Julian)이란 유적지로 갈 예정이었으나 시간이 없다고 한다. 대신 고대 도시의 발굴지로 이동하다. "Plan of Sirkap City"라는 간판이 달린 유적지다. 유네스코(UNESCO)가 지정한 세계문화유산이라는데 빈약하기 이를 데 없다. 지루한 시간이다.

정오가 좀 넘었다. 다시 시내로 향하다. 한 시간여 걸려서 시내 중심부의 우스마니아(Usmania)라는 전통적인 파키스탄 식당에 가다. 'Usmania'가 무슨 뜻인지 모르겠는데, 김안중 교수가 US mania라고 하여 웃다. 한국에서는 반미가 심한데, 미국광(美國狂)이라! 음식은 양고기 찐 것, 닭요리, 요구르트 등이다. 모두들 포식하다. 시장도 하였겠지만 보통 먹기 힘든 음식이었기 때문일 것이다. 점심 후 근처의 호텔크라운플라자(Hotel Crown Plaza)에 짐을 풀다. 중급의 호텔이다.

6시 30분에 모여 '차이나타운'이란 중식당에 가다. "Szechuan Food"(사천요리)라고 간판 아래에 적혀 있다. 마침 낭가파르바트(Nanga Parbat, 8,138미터로 세계 9위)의 동남 수직벽(4,500미터) 등정에 성공한 광주산악연맹팀이 이슬라마바드에 있다는 소식이 있다. 우리가 저녁을 초대하다. 대장 이성원과 정상등반조의 이현조·김창호를 포함하여 13명이다. 낭가파르바트의 그 코스를 등반한 것은 세계에서 두 번째라고 했다. 1백 일이 걸렸다고 한다. 한국 산악인들의 저력이다. 이현조는 정영목 교수와 호형호제하는 사이다. 그들에게서 조니워커 블랙라벨 한 병을 선사받았다. 한국대사관에서 받은 선물이라 했다. 귀한 술을 우리에게 준 것이다(그런데 이 술은 나중에 분실되었다). 우리는 서울대 교기(校旗) 등을 기념으로 주고, 안희수 교수가 축시(祝詩)를 즉석에서 지어 읽기도 했다.

파키스탄은 회교국이다. 술은 금물이다. 그러나 융통성은 있다. 음식은 신선로(샤브샤브), 북경오리, 볶은 국수, 볶음밥, 만두 등이다. 저녁값은 미화로 370달러였다는데, 근 50명의 포식치고는 매우 저렴하다. 저녁 먹기 직전 마침 오늘이 윤동천 교수와 권석만 교수의 생일이어서 케이크를 주문하다. 촛불을 켜고 "Happy Birthday to You!"를 부르다.

24일(일) 맑음. 아침 5시 30분에 모여 6시에 출발이란다. 자는 둥 마는 둥 3시 반에 깨다. 6시 32분에 출발. 일행이 두 차로 나누어 타고, 다른 한 차는 짐을 싣다. 내가 탄 차에는 조수헌 내외, 안희수, 박지향, 손병주, 윤동천, 김영진, 권석만, 정영목, 여행사 측의 김형우, 안내를 맡은 현지인 안와르 그리고 나의 아내가 탔다. 기사까지 14명이 스카르두(Skardu) 로 간다.

유머러스하고 시를 잘 짓는 안희수 교수가 일행을 즐겁게 한다. 떠난 지 얼마 안 되어, 그는 말한다.

"내가 시를 쓴다고 말하면, 진짜 시인들은 가만히 있습니다."

그래 내가 말했다.

"그래서 내가 가만히 있는 것입니다."

모두 웃었다. 싱거운 소리를 하며 가야 먼 길도 쉽게 간다. 하기야 서양 속담에는 "No road is long with good company"(좋은 동행이 있으면 길이 멀지 않다) 란 것이 있다.

히말라야 전초기지인 스카르두까지는 약 724킬로미터이다. 비행기로는 45분이면 간다는데, 길이 좁고 험하여 자동차로는 이틀이 걸린다. 그 길을 '카라코람 하이웨이'(Karakoram Highway) 라고 부른다. 1966년부터 1978년까지 12년 동안 중국의 도움을 받아 건설되었다. 옛날 실크로드(Silk Road) 의 일부이다. 1966년은 중국에서 문화혁명이 발발한 해이다. 외교에 신경을 쓸 여유가 없었을 것이다. 그럼에도 불구하고 이 하이웨이 건설에 참여한 것은 1962년 인도와의 전쟁 이후 인도를 간접으로 견제하기 위하여 파키스탄을 원조한 것이리라. 적의 적은 나의 동지라던가?

8시 40분, 이슬라마바드를 떠난 지 두 시간쯤 되었다. 차가 힘들어

한다. 고도계는 1,050미터를 가리킨다. 에어컨을 끄고 창문을 연다. 열기가 사정없이 차 안으로 들어온다. 20여 분을 더 갔을까? 아보타바드(Abbotabad)란 동네가 나온다. 제법 크다. 여기 말로 'abad'는 땅이란 뜻이다. 영국식민지 시절에 수도원이 생겼고, 아보트(Abbot)란 원장이 있었기 때문에 생긴 이름이다. 그러니까 'Abbotabad'는 수도원장의 땅이란 의미다. 육군사관학교도 있고, 유아교육의 몬테소리 간판도, "Singer Machine"이라는 간판도 보인다. 그러나 동네는 더럽고, 길은 좁고, 먼지투성이다. 먼지가 없는 곳은 없다. 진세(塵世)란 말은 파키스탄 사람들이 만든 말인지도 모른다. 진짜 진세다.

어딘지 잠시 쉬다. 체중들을 줄이기 위해서다. 그런데 차가 막 떠나려는데 안희수 교수가 타지 않은 것이다. 누군가가 외친다.

"Stop!"

안 교수가 타면서 왈,

"참았더니, 잘 안 된다."

내가 받아서,

"참는 자에게 복이 있다고 하는데, 이상하다."

이어서 당황스러운 일과 황당한 일에 관한 이야기가 있었다. 버스 뒤에서 일을 보는데 차가 떠나는 경우와 차가 후진하는 경우, 전자에는 당황스럽고, 후자에는 황당하다는 이야기. 경험하지 않은 사람은 모를 것이다. 아 참, 그 전에 안희수 교수가 김영수 시인의 〈개사돈〉이라는 시를 읽다. 앙코르 소리가 나와서 다시 읽다. 흥을 돋운 것이다.

누군가가 말했다. 점심 먹는 곳까지는 길이 좋다고. 포장이 되었다는 말이다. 그러자 누군가가 또 말했다.

"점심을 되도록 늦게 먹고, 많이 가자."

점심을 굶고 가면 내내 길이 좋은 모양이다.

안와르가 갑자기 배가 아프다고 한다. 김영진 교수가 수지침을 주고, 내 아내가 손가락 끝을 따서 피를 내다. 돌팔이, 적각의생(赤脚醫生, barefoot doctor) 등의 말이 나왔다. 배 아픈 데 콜라가 효과가 있다는 말도 있었다. 그러나 안와르의 복통의 주범은 박지향 교수다. 앞자리에 앉은 안와르에게 어려운 질문을 계속하여 안와르의 진을 뺐기 때문이다. 우리가 비록 탐사연구팀이라지만, 답하기 어렵고 딱한 질문을 계속 퍼부었다.

안와르는 한국 등산팀의 단골 안내인으로 고용되는 인물이다. 본래 스카르두 출신이고, 집도 그곳에 있다고 한다. 고등학교 중퇴라는데 영어를 잘한다. 그러나 읽지는 못한다고 한다. 파키스탄에서는 초등학교에서부터 영어를 가르친다는데, 아무리 고교 중퇴라지만 문맹이라는 것은 이해가 안 간다.

12시. 어딘지 길가의 작은 집에 차가 멈춘다. 식당이 있다. 마당 한가운데 수국(水菊)이 탐스럽게 피어 있다.

카라코람 하이웨이는 그야말로 구절양장(九折羊腸)이다. 대부분 산을 깎아 길을 낸 것인데, 아래는 천야만야한 절벽이고, 그 밑에는 레미콘에서 나오는 시멘트 빛의 강물이 요동치며 흐른다. 말로만 듣던 인더스(Indus) 강의 상류인 것이다. 그게 끝이 없다. 갑자기 남구만(南九萬, 1629~1711년)의 시조가 떠오른다.

풍파에 놀란 사공, 배 팔아 말을 사니,

구절양장이 물도곤 어려왜라〔물보다 어렵구나〕.

이후란 배도 말도 말고 밭 갈기나 하리라.

　남구만도 이런 길은 상상하지 못했을 것이다. 〈조발백제성〉(早發
白帝城)의 이백(李白)도 상상하지 못했을 것이다. 중국의 강은 도도
히 흐르는데, 파키스탄의 인더스는 요동을 치는 것이다. 안희수 교수
가 저 물의 흐름을 어떻게 표현하는 것이 좋을까 하면서, 그것을 형용
하는 단어를 끝없이 주워댄다. 그리고는 나보고 다른 무엇이 없겠느
냐고 묻는다. "지랄발광"을 추가하라고 하였다. 그러나 이것은 좀 점
잖지 못한 말이다. 순간 질풍노도(疾風怒濤)란 말이 생각났으나 가만
히 있었다.

　다른 차에 탄 고원 교수는 질풍노도(Strum und Drang)를 잘 알 것
이다. 그는 혼자 있을 적에 늘 난해한 프리드리히 횔덜린(Johann
Christian Friedrich Hölderlin, 1770~1843년)의 시를 읽는다. 횔덜린
의 시는 개념이 주류를 이루는 철학시(哲學詩)다. 그의 〈라인강〉
(Der Rhein)은 인더스와 다른 철학의 강이다.

　어느 새 나의 입 속에는 이백의 〈장진주〉(將進酒)가 맴돈다.

君不見黃河之水天上來 　(군불견황하지수천상래)

　그대는 황하의 물이 하늘에서 흘러내리는 것을 보지 못하는가?

奔流到海不復回 　(분류도해불부회)

　내달리듯 흘러 바다에 이르면 되돌아오지 못한다.

君不見高堂明鏡悲白髮　(군불견고당명경비백발)

그대는 또 높다란 대청에서 밝은 거울을 대하고 흰 머리를 슬퍼하는 모습을 보지 못했는가?

朝如靑絲暮如雪　(조여청사모여설)

아침엔 검던 머리 저녁엔 눈과 같이 희었네.

人生得意須盡歡　(인생득의수진환)

사람이 뜻을 얻었을 적엔 반드시 기쁨을 다해야 하는 것이니

莫使金樽空對月　(막사금준공대월)

금 술잔 들고서 공연히 달만 보고 있지 말라.

시는 입 속에서 계속된다. 단애천척(斷崖千尺)이 발아래 있다. 그러나 내 손에는 잔이 없다. 인더스의 물도 하늘에서 내려와 내달리듯 흐르는가? 그것도 바다에 이르면 돌아오지 못하는가?

오후 2시 10분. 베샴의 콘티넨털(Besham Continental) 호텔에서 점심하다. 밤 10시나 되어야 저녁을 먹으니 많이 먹어 두라는 것이다. 이상한 카레 맛의 수프, 닭요리, 밥, 국수야채 그리고 참외 같은 과일이다. 물은 어디서나 생수(mineral water)다. 점심 후 장정(長征)은 계속된다. 문득 영화 〈돌아오지 않는 강〉(The River of No Return)의 한 장면이 떠오른다. 로버트 미첨(Robert Mitchum)이 마릴린 먼로(Marilyn Monroe)와 뗏목을 타고 내려가던 강도 물살이 저렇게 셌다. 그러나 그 물은 푸르렀다. 산과 물은 그래도 푸르러야 운치도 있고 낭만도 있는 것이 아닌가?

이런 생각에 잠겼는데, 정영목 교수가 배가 아프다고 한다. 우리

차에는 환자가 많다. 그러나 생각하면 아픈 곳을 지금 알지 못할 뿐 우리 모두는 환자다. 차는 흔들리고 먼지는 계속 들어온다.

오후 6시 10분. 다쑤(Dassu)란 작은 마을의 카이베르로지(Khyber Lodge, Hotel & Restaurant)에 머물다. '짜이'란 차를 마시다. 오렌지색의 밀크티다. 앞으로 이 차를 많이 마시게 된다고 누군가 말한다. 강가의 경치가 좋고, 멀리서 세 명의 남자가 메카를 향해 절을 하는 모습이 보인다. 이슬람교도들은 보통 하루에 다섯 번씩 그러한 의식을 행한다고 한다.

오후 10시. 칠라스(Chilas)에 도착. 샹그릴라인더스뷰(Shangrila Indus View) 호텔에 들다. 늦은 저녁이다. 식사는 낮과 같이 뷔페. 그런데 오늘은 조수헌 교수의 생일이란다. 촛불 없는 케이크(?)를 놓고 "Happy Birthday to You!"를 부르다. 이승만 박사가 초대 대통령으로 선출된 날에 태어났다는 것이다. 1948년 5월 10일 선거로 제헌국회가 구성되고, 7월 17일에 헌법이 제정되었다. 그 헌법에 따라 국회는 간접선거로 국회의장이던 이 박사를 대통령으로 선출한 것이다. 그것이 1948년 7월 24일이다.

방은 방갈로가 쭉 붙은 구조인데 크다. 큰 선풍기가 천정에 매달려 있고, 벽에도 큰 선풍기가 있어서 에어컨 역할을 한다. 그러나 방은 후지다. 고단하여 모두들 일찍 자겠지! 내일은 6시에 아침식사, 6시 반에 출발이란다.

7월 25일(월). 예정보다 좀 늦어 7시 5분 출발. 차는 어제 탄 멤버대로 분승. 누구의 아이디어인지 일행을 편 갈라놓자는 모양이다. 한

20분 갔을까? 길가에 "Budhisattva and Stupa"란 팻말이 보여 차를 멈추다. 길 양 편 바위에 일종의 마애불 같은 것이 몇 점 보인다. 사진을 찍다. 차가 막 떠나려는데 윤동천 교수가 선글라스를 잃어버렸다는 것이다. 모두 다시 내려 마애불 근처를 살폈는데 못 찾았다. 차에 오르자 윤 교수는 "어! 여기 있네!" 하며 안심하는 표정이다. 차에 두고 밖에서 찾은 것이다. 허탈한 심정으로 차에 올랐을 것이다. 그러나 지금은 아니다. 사람의 마음이란 시시각각으로 변한다.

차가 다시 출발하여 조금 갔을 때다. 이번에는 김영진 교수가 "어!" 하더니 워킹스틱을 호텔에 두고 왔다는 것이다. 찾아야 한다. 트레킹에 필수이기 때문이다. 호텔에 다시 오니 직원이 워킹스틱을 들고 나와 있다. 우리가 되돌아올 줄 알고 기다린 것이다. 그러면서 20호 방의 열쇠를 받지 못했다는 것이다. 20호에는 김안중·이병기 두 교수가 잔 방이다. 그들은 다른 차를 탔기 때문에 찾으면 돌려준다고 하고 떠나다(열쇠는 나중에 이병기 교수의 주머니에서 나왔다). 길가 산자락에서 온천수가 떨어진다. 잠시 쉬면서 그 물에 손을 담그기도 하다. 매우 뜨거운 물이다. 온천을 개발하면 좋을 듯싶으나 이 오지(奧地)에 누가 와서 목욕을 하나?

10시 45분. "Junction Point of Three Mightiest Mountain Ranges of the World"라는 팻말이 붙은 곳에서 사방을 둘러보며 사진을 찍다. 그것은 히말라야(Himalayas), 카라코람(Karakoram), 힌두쿠시(Hindukush)의 세 산맥을 지칭한다.

다시 얼마를 갔을 때. 예의 안 교수가 박지향 교수를 향하여 입을 열었다.

"박 교수는 앞차의 최갑수 교수와 같은 서양사학과인데 어찌 그리 조용하신가?"

최갑수 교수는 매사에 적극적이다. 그는 이번 트레킹을 위하여 파키스탄과 K2 일대에 대하여 많은 연구를 하고 왔다. 틈만 나면 강의를 한다. 그래서 그런 질문이 나온 것이다. 하기야 최 교수는 우리와 다른 차를 타고 가기 때문에 우리는 그의 강의를 못 듣는다. 조용히 갈 수 있는 좋은 점도 없지 않은 상황인데, 그래도 안 교수는 강의가 듣고 싶은 모양이다.

박 교수가 아무 말 아니하고 웃고만 있다. 소이부답(笑而不答)인 것이다. 잠시 어색한 분위기다. 내가 나설 수밖에 없다. 나는 박 교수의 업적을 설명하기 위하여 먼저 그의 〈영국사〉란 책으로 이야기를 시작했다. 그 전반은 통사(通史)지만, 후반은 이슈별로 영국의 현안 문제를 보수와 개혁의 구도에서 다룬 수준 높은 책이라고 하였다. 또 〈제국주의〉란 책도 있다. 제국주의의 신화와 현실을 알고 싶은 사람은 이 책을 꼭 읽어야 한다고 소개했다. 이 두 책을 내가 읽었기 때문이다. 그리고 최근의 저술인 〈슬픈 아일랜드〉와 〈일그러진 근대〉로 이야기가 옮겨 갔다.

교수들이 대개 그런지 모르나, 전공에 관하여는 박 교수도 결코 조용한 편은 아니다. 전공뿐이 아니다. 안와르에게 배가 아프도록 말을 시킨 것을 보면 박 교수는 결코 조용한 편이 아닌지도 모른다. 안 교수의 관찰은 정확한 것이 아니다. 공연히 시비를 건 것이라는 의심도 간다.

박 교수가 아일랜드에 관한 책을 썼다고 이야기하자 아일랜드가 화제로 등장하였다. 감자, 기근, 독립, 미 대륙으로의 이민, 오늘의 현실 등에 관하여 질문이 쏟아진다. 그러나 가장 재미있는 부분은 아일랜드의 작가에 관한 박 교수의 해설이다. 예이츠(William Butler Yeats), 와일드(Oscar Wilde), 조이스(James Joyce) 등에 관한 이야기다. 우리는 이렇게 격조 높은 이야기를 하느라고 자동차의 흔들림과 먼지를 잊고 간다. 다른 차에서는 무슨 일이 있고, 무슨 이야기가 오갔을까?

아일랜드는 영국의 지배를 오래 받았기 때문인지 2류 국가로 취급되기도 하고, 아일랜드 사람이 영국인에 비하면 머리가 나쁘다는 소리도 있다. 그래서 런던 피커딜리서커스의 극장에서 익살꾼이 만담을 하면 먼저 영국인들이 웃고, 조금 있다가 아일랜드 사람들이 웃는다는 농담도 있다고 내가 말했다. 또 이어 말했다.

"재미있는 이야기를 할 때는 적어도 세 사람이 있어야 한다. 물론 이야기하는 사람이 있어야 하고, 그것을 즉각 알아듣는 사람이 있어야 하고, 못 알아듣는 사람이 있어야 한다. 못 알아듣는 사람이 있어야 정말로 재미있다. 그런데 아일랜드 사람들은 못 알아듣는 것이 아니라 좀 늦는다."

오후 2시. 스톡날라에서 점심. 계곡의 물살이 매우 급박하게 치는 곳이다. 푸른 물이 흐르고 주변에 푸른 나무들이 있다면 선경(仙境)일 것이다. 빛은 뿌옇고, 주위는 맨 흙돌산이다. 음식은 닭고기 요리다. 3시에 다시 출발하여 6시 15분에 스카르두에 도착. 서부영화에 나오는 황량한 도시 같은 인상이다. 마셔브룸(Masherbrum) 호텔에 짐을 풀다.

7시 반 저녁. 무엇을 먹었는지? 입에 어떻게 들어갔는지? 서울을 언제 떠났는지 아득하다. 하늘 끝에 온 느낌이다. 일찍 자리에 들었으나 잠이 오지 않는다. 긴장해서인가? 전전반측(輾轉反側)!

26일(화), 맑음. 아침 8시에 식사. 9시에 모이다. 카르포초요새(Karphocho Fort) 구경. 산 중턱에 있는 요새다. 동네의 시장 골목을 지나 오르다. 산꼭대기에 검은 기(旗)를 단 장대가 서 있는 것이 인상적이다. 봉화를 연상하다. 기온은 높으나 날씨는 맑고, 사방의 경치가 좋다.

사진을 많이 찍는다. 어제까지는 김영진 교수가 주로 사진을 찍었고, 윤동천 교수도 더러 찍었다. 카메라를 갖고 다니는 사람은 취미도 취미지만, 부지런한 사람들이다. 최명언 교수도 부지런하다. 아주 좋은 카메라를 들고 다닌다. 그것도 하나가 아니다. 카메라를 들고 다니는 사람은 대개 두 개 이상 들고 다닌다. 권순국 교수와 황상익 교수도 열심이다. 사진을 찍는 사람은 대체로 두 부류인 것 같다. 인물을 주로 찍는 사람과 경치를 주로 찍는 사람이다.

다 내려와서다. 트랙터가 흙을 잔뜩 싣고 가려는 모양인데 발동이 안 걸린다. 두 사람이 차를 밀지만 꿈적도 않는다. 그래서 우리 교수들이 나서서 밀었다. 발동이 걸렸다. 그 사람들이 고맙다고 인사한다. 도움을 받으면 고맙게 느끼는 것은 어디서나 인지상정인 모양이다. 그런데 내가 미는 힘을 인력(引力)이라고 잘못 말했더니, 박지향 교수가 금방 틀렸다고 지적한다. Push와 pull은 분명히 다르다. 미는 힘을 한자로 무엇이라고 하나 잠시 생각하다가 '퇴력'(推力)이라 하면

480

되지 않을까 생각하였다. 문장을 고치는 것을 '퇴고'(推敲)라고 하는데, 이 표현이 '미느냐? 두드리느냐?'에서 나온 것이기 때문이다.

그래서 당의 시인 가도(賈島)의 고사를 일행에게 설명하게 되었다. 그가 한번은 늙은 말을 타고 수도의 대로를 달리면서 시 짓기에 열중했다. "중이 두드린다(敲), 월하의 문을." "중이 민다(推), 월하의 문을." 어느 것이 좋은지 생각하다가 경조윤(京兆尹, 시장) 한유(韓愈)의 행차에 부딪치게 되었다. 무례한 자라고 관속들이 나무랐으나, 한유가 그 연유를 듣고 '敲' 자가 좋다고 하였다. 가도의 시는 "鳥宿池邊樹 僧敲月下門"(조숙지변수 승고월하문)이다. 퇴고란 말이 생긴 유래다〔이 글을 쓰면서 사전을 찾아본다. '推力'(미는 힘)은 '추력'으로, 퇴력이라고 읽지 않는다. 추력이란 말은 잘 쓰지 않지만, 추진력(推進力)이란 말은 흔히 쓴다〕.

12시. 점심이다. 라면과 현지 쌀밥, 고추장과 김치, 그리고 오이·토마토·양파를 썰어 섞은 샐러드다. 여기 샐러드는 천편일률로 그런 모양인데 맛이 없다. 그리고 후식은 망고와 허니듀멜론(honey-dew melon) 같이 생긴 과일인데, 맛은 박속같다. 망고는 그렇다고 하고, 후자는 맛이 없으니 '구박'(驅迫)이다.

호텔에서도 인더스의 지류 같은 강이 보이고, 사위(四圍)는 높은 흙산의 연봉이다. 이곳의 고도가 2,400미터이니, 주위의 산들은 5천 미터 이상 되어 보인다. 밖을 내다보니 하늘은 맑고 푸른데, 간혹 흰 구름이 기이한 모양을 하고 있다. 하운다기봉(夏雲多奇峰)이라더니, 이것을 말함인가? 작년에 갔던 재팬 알프스, 다테야마(立山) 일대가 연상된다. 그러나 일본의 산은 푸르다.

저녁은 공항 근처의 파이어니어(Pioneer) 호텔에서 뷔페. 닭고기와 소고기인지 염소고기인지를 양념하여 쇠꼬챙이에 꿰어 바비큐한 것이 별미라면 별미다. 소주 맛에 먹다. 산골의 밤은 더 어둡다. 더 적막하다.

낮에 장가지(Muhammad Ali Changazi)를 통하여 20달러를 바꾸다. 1달러가 58루피(rupee, 파키스탄의 돈 단위)다. 호텔에서는 1달러에 55루피라고 한다. 장가지는 이곳 여행사의 대표다. 라호르에서 우리를 마중하여 이제껏 동행이다.

7월 27일(수). 오전 7시 10분부터 트레킹 예행연습으로 근처 산을 오르다. 돌 아니면 모래다. 12시에 내려오다. 다들 각오가 되어 있는지 잘 걷는다.

오후 3시쯤 되었을까? 다시 일행이 모여 차로 15분 걸리는 사트파라(Satpara)라는 호수에 가다. 넓고 푸른 호수다. 근처에서 볼 수 없는 맑고 푸른 물이다. 그곳의 고도가 2,700미터쯤 되고, 호수 중앙에 위치한 섬(Fairy Tale Island)이 인상적이다. 큰 호수의 모양이 마치 백두산 천지와 비슷하다고 누군가가 말한다. 나는 백두산을 이제껏 못 가 보았으니 비교를 할 수는 없다. 못 간 것이 아니라, 안 간 것이다. 남의 땅(중국)을 밟고, 우리의 영산(靈山)을 가기 싫었기 때문이다.

8인승의 모터보트를 탄 일행도 있었고, 빌려 온 낚싯대로 고기를 잡으려고 열심인 일행도 있었다. 피라미 한 마리 올라오지 않았다. 누군가가 "고기를 잡으러 강으로 갈까요? 고기를 잡으러 바다로 갈까요?"하는 노래를 불렀다. 호수에서는 고기가 안 잡혀서 "호수로 갈까요?"하는 가사는 없는 것인지? 닭과 감자튀김을 주문하여 또 소주를 마시다.

내일부터는 진짜 장정(長征)이다. 혼자 남아 있을 아내를 위하여 K2모텔로 숙소를 옮겼다. K2모텔은 이제까지 있던 마셔브룸호텔보다 조용하다. 정원도 넓고 시내에서 떨어져 있어서 먼지도 덜하다. 그러나 언제 지었는지 시설이 매우 낡았고, 방에 전화도 없다.

저녁은 스카르두에서 32킬로미터 떨어진 샹그릴라모텔. 장가지가 와서 함께 가다. 너무 멀다. 메뉴는 엊저녁과 비슷한 뷔페. 야외인데 너무 어두워서 음식이 내 입으로 들어가는지 다른 사람 입으로 들어가는지 모를 지경이었다.

7월 28일(목). 아침 5시 45분에 아내와 작별하고, 마셔브룸호텔로 가다. 6시에 아침을 먹는다고 하여 간 것이다. 기분이 이상하다. 5분 전인데 식당에 아무도 없다. 혼자 먼저 커피를 한 잔 마시면서 기다리다.

6시 50분, 여러 대의 지프에 분승하여 아스콜리(Askoli)로 출발하다. 나는 1호차 앞자리, 뒷자리에는 김안중·안희수 교수와 김형우 대원이 탔다. 내가 명색이 탐사대의 단장이기 때문에 선두 차의 앞자리에 앉은 것이다. 어제 김안중 교수가 오늘 박영석 대장도 오고 하니 우리에게도 일종의 질서(?)를 정하는 것이 좋겠다고 하였다. 그래 그 일을 김 교수와 정영목 교수에게 일임하였다. 전문산악인들에게는 엄격한 위계질서가 있다. 위험한 상황도 발생하기 때문에 일사불란

한 명령계통이 요구된다. 김안중 교수는 박영석 대장의 눈에 우리 탐사대가 오합지졸로 보일까 걱정이 된 모양이다. 그런데 우리의 질서란 별 것은 아니다. 대체로 원로교수와 여자들을 앞자리에 앉도록 정한 것이다. 앞자리가 다소 편하기 때문이다. 또 오늘부터 막영(幕營, 천막을 치고 자는 것)이 시작되는데, 텐트메이트도 정한 모양이다.

스카르두에서 아스콜리까지는 132킬로미터다. 그러나 길은 카라코람 하이웨이보다 몇 배 더 험하다. 보통 6~7시간 걸린다. 처음 약 30킬로미터는 포장이 되었으나, 나머지는 돌과 모래다. 그나마 지프 한 대가 겨우 지나갈 정도로 좁다. 한쪽으로는 천길만길의 낭떠러지 계곡이다. 계곡 아래의 물은 역시 인더스 상류의 물이라 요동친다. 다른 한쪽은 대부분 깎아지른 산기슭이다. 뿐만 아니다. 거의 360도로 유턴하는 꼬부랑도 있다. 게다가 빙하 녹은 물이 산기슭에서 느닷없이 쏟아지기 때문에 길이 유실되는 경우도 잦다는 것이다. 우리 일행도 그런 경우를 당하여 새 길을 내느라고 한 시간 반 넘어 지체했다. 게다가 흙먼지가 계속 날린다. 마스크를 써도 별로 도움이 되지 않는다.

갑자기 이백의 〈촉도난〉(蜀道難)이 입에서 맴돈다.

噫吁戱 危乎高哉 蜀道之難 (희우희 위호고재 촉도지난)
　아아 참, 위험하고도 높구나, 촉으로의 길 가기가 어렵구나.

難於上靑天 (난어상청천)
　푸른 하늘에 오르는 것보다 어렵구나.

　(중략)

其險也如此 嗟爾遠道之人　(기험야여차 차이원도지인)

　그 험난함이 이와 같거늘, 아아, 그대 먼 길을 온 사람이여!

胡爲乎來哉　(호위호래재)

　무엇 때문에 여길 왔는가.

(중략)

蜀道之難 難於上青天　(촉도지난 난어상청천)

　촉으로의 길 가기가 어렵구나, 푸른 하늘에 오르는 것보다 어렵구나.

側身西望長咨嗟　(측신서망장자차)

　몸을 기울여 서쪽 바라보고 길게 탄식할 뿐이구나.

(하략)

　이백이 여길 왔으면 무어라 했을까? 시심(詩心)도 뭣도 다 달아났을 것이다.

　통골이란 곳에서 중식하고, 목적지인 아스콜리 야영장에 도착하다. 오후 3시가 좀 넘었다. 야영장이 꽤 넓다. 사방은 산이다. 먼 곳의 산에는 눈이 덮여 있다. 빙하 녹은 물이 졸졸 흐른다. 수건에 묻혀 얼굴을 닦다. 그러는 동안 텐트가 쳐진다. 그리고 텐트메이트가 발표되었다. 나는 1호 텐트에서 정영목·김영진 교수와 지내게 되었다. 부부인 경우를 제외하고는 한 텐트에 세 명씩 배정되었다.

　4시가 좀 지났다. 오희준 대원이 와서 권한다.

　"소주 한잔 하시죠!"

　차 타는 것에 질려서인지 매우 피곤하다. 술 생각을 하고 있던 차다. 닭백숙이 안주다. 다시 마시기 시작하다. 이어 닭죽. 오나가나

닭이다.

한잠 자고 깨다. 시계를 보니 자정이 지났다. 밖에서 떠드는 소리가 난다. 일어났다. 큰 텐트에 박영석 대장이 와서 소주를 마시고 있다. 11시 반에 도착했다 한다. 아홉 살짜리 둘째 아들과 산악인이 장래희망인 중학생 세 명, KBS PD 한 명, 카메라맨 한 명 그리고 이슬라마바드에서 헤어졌던 김수연과 왔다. 장가지도 왔다는데 어디서 자는지 보이지 않는다. 박영석과 인사하자, 같이 마시자 한다. 정영목 교수가 옆에서 말린다. 차를 한 잔 마시고 다시 텐트로 오다.

7월 29일(금). 자는 둥 마는 둥하다가 새벽 5시 반에 기상. 천막 밖을 나가 보니 벌써 일어나 서성대는 사람도 있고, 기척도 없이 치운 텐트도 있다.

주방에서는 아침 준비가 바쁘다. 왕추라는 네팔 출신 요리사가 오이 껍질을 열심히 벗기고 있다. 나물을 만드는 작업이다. 한국음식 솜씨가 매우 좋다고 한다. 우리말도 곧잘 한다. 익산에서 2년인가 살았다는 것이다. 새벽 공기는 차고, 검은 구름이 무섭게 여기저기 흩어져 있는데, 해가 사방의 높은 봉우리에 비친다. 장관이다. 오늘 하루의 일정을 생각하면서 졸졸 흐르는 골짜기 물에 세수하다.

아침은 한식이다. 국에 밥에 김치에 김에 하다못해 갓난아이 손만한, 굴비 되다만 조기새끼를 구운 것도 있다. 우리 음식을 먹는 것은 좋으나, 준비가 복잡하고 영양이 시원치 않은 것이 흠이다. 그러고도 산에서 기운을 차릴 수가 있을까? 정영목 교수가 옆에서 단백질이 필요하니 굴비인지 조기인지를 먹으라고 권한다. 비리다.

7시 15분 출발. 트레킹의 시작이다. 모두들 비장한 각오의 얼굴이다. 야영장에서 약간 가파른 언덕을 오르자, 한 50여 호의 집이 모여 있는 동네가 보인다. 동네 한복판을 지나면 밀밭길이다. 그리 힘들지 않은 길이 뻗어 있다. 좀 가다가 일행이 모여 사진을 찍고 다시 걷는다. 선두는 안와르와 김안중 교수다. 조금 처져서 나와 고원 교수가 그 뒤다.

장갑을 낄까 하고 꺼냈는데, 덥기도 하고 길도 평탄하여 다시 왼쪽 바지 주머니에 넣고, 고 교수와 독문과 이야기를 하면서 걸었다. 별안간 돌길이 나왔다. 그냥 돌길이 아니라 큰 돌들을 부숴 놓아 약간 험한 모습이다. 그러나 그 길이 길지 않기 때문에 무심히 걸었는데, 한눈을 팔았는지 넘어졌다. 사고가 난 것이다. 일어나려고 하니 왼손 엄지 아래 손바닥 도톰한 부분에서 피가 솟는다. 날카롭게 깨진 돌 모서리에 벤 것이다. 얼른 입으로 빨았다. 소용이 없다. 피가 멈추지 않는다. 8시 30분이다.

뒤따라오던 조수헌 교수가 손을 꼭 쥐어 지혈을 하면서 나를 편편한 곳으로 옮겨서 눕혔다. 조 교수는 의사지만 예방의학이 전공이다. 임상과는 거리가 멀다. 그러나 의료장비를 준비해 왔는데, 그것은 카고 백에 들어 있다. 포터들이 뒤처졌기 때문에 정영목 교수가 빨리 조 교수의 카고 백을 가져오라고 연락한다. 나는 하늘을 쳐다본다. 푸르다. 손바닥에서 흐르는 피는 붉다.

한 30분 기다렸을까? 카고 백이 왔다. 조 교수가 상처 주변에 마취 주사를 놓고 여섯 아니 일곱 바늘을 꿰맸다. 나는 난생 처음이고, 조 교수는 30년 만이라고 한다. 박영석 대장의 일행도 왔다. KBS 카메라맨도 꿰매는 장면을 본다. 내가 이건 찍지 말라고 하다. 순간 〈알리바바와 40인의 도적〉에서 욕심 많은 카심(Cassim)의 토막 난 몸뚱이를 꿰매는 신기료장수가 머리에 스친다. 너무 징그러운 이야기다. 그래서 대신 화타(華陀)가 관운장의 팔을 수술하는 〈삼국지〉의 이야기를 하였다. 나는 아픈 것을 참으며 말하는데, 모두들 내 아픔과 상관없이 재밌게 듣는 눈치다.

조수헌 교수는 수술을 끝내고서 세프라딘(Cephradine, 250밀리그램) 20여 알을 주면서 하루에 세 번 먹으란다. 항생제다. 진통제도 주었다. 자! 이제는 어쩌나? 참담한 심정으로 하산하는 수밖에 도리가 없다. 하산도 어렵고, 아스콜리에서 스카르두로 가는 것도 쉬운 일이 아니다. 그러나 다행히 어젯밤에 박영석과 함께 온 장가지가 아직 아스콜리에 있다. 지프도 있다. 장가지가 만일 일찍 떠났던지 하여 차편이 없었다면 어찌하였을까? 다친 것은 그렇다고 하더라도 운이 좋다. 트레킹 고생도 하지 말고, 13일 동안 혼자 있을 아내에게로 가라는 신의 뜻인지도 모른다.

안와르가 내 짐을 메고 함께 하산하다. 안와르의 신발이 형편없다. 내 등산화를 주려고 하니 크다고 하고, 운동화가 없느냐고 한다. 카고 백에 있는 것을 꺼내 주다. 연전에 미국서 산 것인데, 몇 번 신지 않은 새 것이다. 오전 11시 아스콜리를 출발하여 K2모텔에 도착하니 오후 5시 반이다. 빨리 온 셈이다. 아내가 놀란다.

7월 30일(토). 아침에 장가지가 부하직원인 하지드와 함께 와서 병원엘 가자고 한다. 장가지는 능해 보이고 친절하다. 수염도 많다.

그러나 복심은 모른다. 나이가 궁금하나 묻기 무엇하여 언제 결혼했느냐, 아이가 몇이냐 물었다. 스물두 살에 결혼하였고, 아들과 딸이 넷씩이라고 한다. 큰 아들이 스물다섯 살이라니, 50은 된 것이다. 크게 여행사를 한다고 한다. 한국 산악인들이 올 적마다 주로 그가 안내한다는 것이다. 나중에 들으니 등정대의 경우에는 경비의 10%, 트레킹의 경우에는 20%를 받는다고 한다. 경비를 어떻게 산출하는지는 모르겠으나, 우리 팀은 숫자가 많기 때문에 많이 남는 장사를 하는 것이다.

스카르두에서 군병원(D. H. Q. Hospital)에 가다. 시설은 열악하고 환자는 많다. 그래도 장가지의 덕인지 별로 기다리지 않고 의사를 보았다. 상처를 보더니 잘 꿰맸다고 한다. 남자 간호사에게 드레싱을 지시하고 약 처방을 한다. 병원에도 일하는 사람은 전부 남자다. 스카르두에서는 이곳 여자를 볼 수 없다. 옥도정기로 상처를 소독하고 다시 붕대로 감았다. 나를 본 의사는 소령으로 이름이 샤(Shah)다. 키가 작고 얼굴은 까만데 똑똑하게 생겼다. 눈이 반짝거린다. 군병원이지만 민간인도 치료한다. 파키스탄은 인도와 전쟁이 잦아서인지 특히 외과의술의 수준이 높다고 한다. 또 의약분업은 우리보다도 한층 더 심하여, 약을 사는 것은 물론 심지어 붕대도 약국에서 사 와야 한다.

돌아오는 길에 약국에 들르다. 처방받은 약이 없다. 하지드가 사서 모텔로 나중에 가져오겠다고 한다. 오후에 그가 가져온 약은 시프로플록사신(Ciprofloxacin)이란 항생제와 진통제다. 병원비, 약값, 시내교통비를 합하여 1,020루피(약 18달러)가 들었다. 여행보험도 들었지만 기대하지 않는 것이 좋겠다고 생각했다. 또 아스콜리에서 지프를 타고 온 값으로 4,500루피를 청구하는데, 이것은 말도 안 되는 수작이다. 어차피 나는 스카르두로 오게 되어 있고, 게다가 편승한 것이기 때문이다.

조 교수에게 받은 약이 많이 남았고, 약간 미심쩍은 생각이 들어서 새 약은 안 먹기로 하다.

7월 31일(일). 여기 음식이 입에 맞지 않는다. 처음에는 그런가 보다 하고 먹었는데, 여러 날 지나다 보니 지겹다. 맛으로 먹는 것이 아니라, 이제는 살려고 먹는 꼴이 되었다. 아침에 포리지(porridge), 삶은 달걀, 토스트 두 쪽을 먹다. 우리가 흔히 오트밀(oatmeal, quaker oats 혹은 rolled oats라고도 한다)이라고 하는 귀리죽을 영국에서는 주로 '포리지'라 한다.

K2모텔은 약간 시내 변두리에 위치하여 조용하다. 그런데 오늘은 아침부터 시끄럽다. 알고 보니 무슨 이슬람기념일이라고 한다. 그래 그런지 산행의 우리 일행도 오늘은 빠유(Paiju)라는 곳에서 하루를 쉰다고 들었다. 포터들의 휴무를 위해서인지 모른다.

무료한 하루다. 갈 데도 없고, 갈 수도 없다. 스카르두가 세계적인 휴양지이고 날씨도 서늘하다는 말은 잘못 전해진 것이다. 우선 덥다. 먼지가 많다. 공해가 심하여 나다닐 수가 없다. 위리안치(圍籬安置)가 차라리 날 것이다. 잘못 따라나선 아내를 13일씩이나 이런 곳에 혼자 있게 했다면 두고두고 그 원망을 어떻게 감당했을까? 가기 싫다는 사람을 왜 끌고 온 것인가? 후회막급이다. 다쳐서 내려오기가 천만다행이란 생각이 든다.

　박지향 교수에게서 빌린 박완서의 〈산이 정말 거기 있었을까〉를 읽기 시작하다. 오후 늦게 장가지가 왔다. 내일 비행기가 뜨면 이슬라마바드로 갈 수 있다고 한다. 기다리는 것 말고는 다른 방도가 없다. 헤밍웨이의 〈킬리만자로의 눈〉이 생각난다. 주인공 해리는 미모사나무 아래에 누워서 무언가 기다리고 있다. 비행기가 오는 것을 기다리는 것 같기도 하고, 말로는 아니라고 하면서….

　장가지에게 들으니 가셔브룸(Gasherbrum II, 8,035미터)에 오르려다 성공하지 못한 한국 등반대가 스카르두에 왔다는 것이다. 반가운 생각이 든다. 그에게 부탁하여 연락이 되었다. 시장 근처에 있는 한 식당에서 만나다. 순천대 산악반이다. 대장은 89학번의 이정현이고, 같은 학번의 OB 한 명과 재학생 남녀 두 명으로 구성된 팀이다. 이슬라마바드에서 따라온 연락장교와 포터 두 명을 데리고 나왔다. 고산 등정의 경우에 여기 관광청에서 감시역할을 하는 연락장교를 딸려 보낸다고 한다. 5월 30일에 서울을 출발하여 두 달 동안 고생했다는 것이다. 저녁을 대접했다. 이 대장은 광주 매일유업에 근무한다고 한다. 돈 벌어 전부 산에 갖다 바치는 모양이다. 내일 비행기로 이슬라마바드로 간다고 하기에 공항에서 만나자 하고 헤어지다. 같이 가게 되었으면 좋겠다.

　산에 간 사람들은 오늘 파유에서 쉰다지만, 별 탈들이 없는지 궁금하다. 다친 손이 붓는다. 다행히 신경이나 근육이 다친 것 같지는 않다. 어제 의사가 엄지손가락을 움직여 보라고 하였다. 움직여졌다.

8월 1일(월). 잘하면 오늘 비행기를 타게 된다. 아침 일찍 식당에 가서 포리지와 삶은 계란 두 개를 시키다. 한참 있다가 가져온 것은 삶은 것 대신 부친 계란 넷을 가져왔다. 부친 계란에 기름이 많다. 방값은 우리가 내지 않아도 된다니 다행이나, 오늘 떠나니 식비는 계산해야 한다. 계산서를 가져오라고 하였는데 무소식이다. 카운터에 직접 가서 계산하다. 모두 3,785루피.

오전 9시면 이슬라마바드에서 비행기가 뜨는지 안다고 한다. 비행기가 뜨면 공항으로 가는 것이다. 9시가 되었는데, 9시 반이 되어야 안다고 한다. 그러더니 10시가 되어야 안다는 것이다. 초조하다. 10시가 좀 못 되어 장가지가 나타났다. 비행기가 떴다는 것이다. 이렇게 좋을 수가! 드디어 간다. 장가지와 같이 비행장에 도착하여 수속을 하는데 술렁거리는 소리가 들린다. 아니나 다를까, 오던 비행기가 기후 때문에 회항했다는 것이다. 우리도 회항이다. 어차피 오늘은 못 떠난다.

공항에서 돌아오는 길에 병원에 가서 드레싱을 다시 하다. 기운 없이 돌아와서 샌드위치로 간단한 점심. 맛이 없다.

오후 5시가 좀 넘었다. 이정현 대장이 모텔로 왔다. 어제 저녁을 사서 고맙다고 인사하면서, "2005 순천 가셔부름 II 원정대"란 팸플릿을 준다. 2000년에 성공한 K2 남남동릉 등정을 포함하여 대단히 화려한 경력이 적혀 있다. 비행기를 포기하고 내일 버스로 떠난다고 한다. 한참 그와 이야기하는 동안 갑자기 날이 어두워지더니 비가 올 듯 바람이 일고 컴컴해진다. 이런 날씨는 처음이다. 내일도 비행기가 못 뜨는 것이 아닌가 하는 불안이 감돈다. 산행팀은 어떤지? 그곳의 날씨도 이러면 안 되는데…. 불안이 갑자기 겹친다.

바람이 불면 정원의 사과가 떨어질지 모른다고 하면서 사과를 주우러 아내가 나간다. 빈손으로 돌아온다. 사과가 안 떨어진 모양이다. 비가 오면 다음 날 맑을 가능성이 크다는 소식을 대신 가져왔다.

여기 사람들은 대부분 순진무구해 보인다. 행동은 느리다. 이래도 그만, 저래도 그만인 듯하다. 음식을 시켜도 정신없이 기다려야 나온다. 그것도 한 접시가 나오고, 또 한참 기다려야 다음 접시가 나오는 식이다. 그러나 인사는 잘 한다. 반가운 사람 혹은 오랜만에 만나는 사람과는 악수는 물론 포옹까지 한다. 예를 들어, 스카르두와 아스콜리 사이의 좁은 길에서 두 지프가 마주치면, 운전수는 으레 차를 멈추고 악수한다. 반갑게 무어라고 한참 떠든다. 그 길을 다니는 지프 운전수들은 대체로 스카르두 사람이니 서로들 잘 아는 관계이겠으나, 그래도 차가 마주칠 때마다 악수하고 이야기하는 것이 신기하다. 그렇게 착한 사람들이 잘살지 못하는 것은 무슨 까닭인가? 종교 때문인가? 정치 때문인가? 알라의 뜻인가? 그래도 그 사람들이 행복한지도 모른다. 절대적인 삶의 질은 아무 데도 없다.

8월 2일(화). 창밖을 내다보니 구름이 잔뜩 끼었다. 오늘도 비행기가 뜨지 못하는 날씨가 아닌가? 산에 간 사람들은 어떤가? 밤새 낙엽이 많이 떨어졌다. 마당에서 비질하는 소리가 요란하다.

이슬람교도가 신봉하는 금과옥조(金科玉條)는 '알라의 뜻에 따라'라는 의미의 '인샬라'(Inshallah)다. 철저한 숙명론이다. 사람들은 게으르고 진취적인 기풍이 없다. 정부가 학교를 세우고, 길을 닦고, 수도를 놓고, 전기가 들어오게 하고, 개량된 농사짓는 방법을 가르쳐도 백성들의 반응이 적다고 한다. 그러니 정치도 그 모양, 백성도 그 모양이다. 시민사회의 이론이 생길 여지가 없다. 하기야 나도 비행기 뜨기를 기다리는 신세이니, 이것도 '인샬라'가 아니고 무엇인가?

여기서 고통스러운 일은 읽을 책이 없는 것이다. 박완서 씨의 책은 다 못 읽었는데, 어제 가는 줄 알고 카고 백에 넣고 맡겼다. 최갑수 교수에게서 빌린 〈열정〉이란 소설도 마찬가지다. 읽을 것이라고는 〈다이제스트〉8월호뿐인데, 이미 알알 샅샅이 읽어 이젠 그만이다.

오늘도 10시가 되어야 비행기가 오는지 안다고 한다. 방에 전화가 없으니 뻔질나게 카운터에 가서 듣는 소식이 그렇다. 갑자기 떠오르는 옛 영국의 노래. "It is a long way to Tipperary." 이어지는 가사는 "Goodbye Piccadilly, Farewell Leicester Square." 이것은 제 1차 세계대전 때 남부 아일랜드의 티퍼래리(Tipperary) 라는 촌에서 출정한 병사의 노래다〔1911년 잭 저지(Jack Judge) 가 지어 유행시켰다〕. 나는 "Goodbye K2 Motel, Farewell Skardu!" 하고 부르고 싶다.

10시다. 오늘도 비행기가 이슬라마바드에서 뜨지 않았다는 것이다. 연일 망연자실(茫然自失) 이다. 10시 좀 지나 하지드가 장가지의 아들과 함께 왔다. 어떻게 하는 것이 좋겠느냐고 의논하러 온 것이다. 장가지의 큰아들 짜민은 여행사에서 아버지의 일을 돕는다고 한다. 내일도 비행기를 탈 수 있을지 모르는 상황에서 무턱대고 기다릴 수만도 없다. 방으로 돌아와 아내와 상의하고 자동차로 떠나기로 결정하다.

차는 작은 도요타. 낡았지만 에어컨도 작동한다. 장가지의 여행사로 가서 그를 대동하고 스카르두를 떠난 시간이 정오 좀 넘어서였다. 그런데 장가지가 미안한 듯이 차 빌리는 값이 2만 루피라고 한다. 이것도 말이 안 된다. 본래 그가 나와 아내를 스카르두에서 이슬라마바드까지 데려다 주기로 했기 때문이다. 그것은 아스콜리에서 스카르두로 지프를 타고 온 값을 받겠다는 것과 같은 논리이다. 그러나 내가 따질 형편이 아니다. 비행기로 갈 경우에 그 값을 여행사 측이 지불하기로 된 것이니, 2만 루피에서 비행기 삯을 빼고 주마고 했다.

차는 그래도 잘 달린다. 또, 높은 곳에서 낮은 지역으로 가는 것이니 힘이 적게 들 것이다. 며칠 전에 온 길이라 익숙하나 험하기는 마찬가지다. 다소 생소해 보이는 구간도 있다.

스톡날라에서 늦은 중식을 하다. 막 떠나려는 참에 장가지가 자기가 잘못 말했다면서 차 대여비가 2만 루피가 아닌 2만 2천 루피라고 한다. 잠자코 있었다.

얼마를 더 갔는지? 파키스탄에서 제일 더운 지역이란다. 마침 길가에 흐르는 물이 있어서 잠시 쉬다. 불어닥치는 열풍의 뜨거움이 숨을 막는다. 〈울어라 열풍아〉란 노래가 생각난다.

못 견디게 괴로워도 울지 못하고
가는 님을 웃음으로 보내는 마음
그 누구가 알아주나 기막힌 내 사랑을
울어라 열풍아 밤이 새도록
님을 보낸 아쉬움에 흐느끼면서
하염없이 헤매 도는 서러운 발길

내 가슴의 이 상처를 그 누가 달래 주리

울어라 열풍아 밤이 새도록[1]

오후 6시에 칠라스를 지나다. 어둡기 시작한다. 밤길을 달린다. 베
샴 콘티넨털호텔에 도착한 시각이 밤 10시 30분. 식욕이 없다. 그냥
자기로 하다. 그런데 너무 더워서 잘 수가 없다. 방에 에어컨이 있기
는 하나 바람만 나온다. 젊어서 고생은 사서도 한다지만, 이건 무엇
인가? 나는 그렇다고 하고, 아내는 무엇인가?

잠이 안 온다. 산에 간 동료들이 다시 걱정된다.

아하, 무사히 건넜을까

이 한밤에 남편은

두만강을 탈 없이 건넜을까.

저리 국경 강안(江岸)을 경비하는

외투 쓴 검은 순사가

왔다 ― 갔다 ―

오르명 내리명 분주히 하는데

발각도 안 되고 무사히 건넜을까?

(하략)

---

1 한산도 작사, 백영호 작곡, 이미자 노래.

문득 떠오르는 파인(巴人)의 〈국경의 밤〉.

아하, 오늘도 무사히 걸어서 올랐을까?
높은 산 험한 돌길, 발목들은 괜찮을까?
낮엔 덥고 밤엔 추운 발토로 빙하,
나처럼 다친 사람은 없었을까?

8월 3일(수). 눈을 붙이며 말며 하다 3시 반에 일어나다. 5시에 출발하기로 하였으니 일어나도 그렇게 억울하지는 않다. 5시에 나가니 아무도 없다. 그러다가 순천대팀을 다시 만났다. 같은 호텔에 묵은 것이다. 그들도 출발 준비를 하고 있다. 헤어지기에 앞서 이정현 대장에게 사탕 한 봉지를 주다.

5시 반 출발. 8시 반 아보타바드에서 아침. 라왈핀디(Rawalpindi)를 지나 먼저 묵었던 이슬라마바드의 크라운플라자호텔에 도착한 것이 낮 12시경이다. 빨리 온 것이다. 서울에 다 온 것 같은 기분이다.

3시 50분. 라왈핀디의 장가지 사무실에서 전화가 왔다. 김안중 교수가 전화로 내 소식을 물었다는 것이다. 그곳에도 별일이 없다는 것이다. 박영석 대장의 위성전화로 건 모양이다. 무사들 하다니 안심이다. 그러자 '나는 무엇인가?' 하는 생각이 다시 엄습한다. 전장에 간 장수가 부하들을 전투에 내보내고, 전투가 시작되자 처자를 데리고 도망가는 것과 같지 않은가?

잠시 후 다시 전화가 왔다. 정영목 교수다. 아직 서울에 못 갔느냐면서 손이 어떠냐는 것이다. 어디냐고 물으니, 아직 콩코르디아에 못 갔다고 한다. 그리고는 박영석을 바꾼다. 비행기 표를 빨리 구하려면 팁을 주어야 한다는 것이다. 'Tip'이란 말이 'to improve promptness' 의 약자라는 것은 나도 안다.

4시 20분. 장가지 사무소의 지배인인 칸(Nasser Khan)이 호텔로 왔다. 모레 떠나는 비행기 표를 사겠다며 여권을 가져갔다. 이슬라마 바드에서 홍콩까지는 PIA, 홍콩에서 인천까지는 KAL이란다.

아내가 운동부족이라면서 걷고 싶다고 한다. 매일 걷기운동을 조금씩 하다가 서울을 떠난 후 한 번도 제대로 못한 그다. 파이살모스크 (Faisal Mosque)까지 걷다. 왕복 6 킬로미터쯤 되는 거리다. 땀이 비 오듯 하다. 나는 손도 그렇고 하여 나가고 싶지 않은데, 여기까지 끌고 온 죗값으로 따라나섰다.

7시. 이슬라마바드의 유일한 한식당 '서울클럽'(Seoul Club)에 가다. 이정현 군에게 들어서 안 집이다. 전화를 걸었더니 차를 보냈다. 주인은 환갑은 되어 보이는 여자로 조 씨다. 중동에서 한 15년 살았고, 이슬라마바드에는 3년 되었다고 한다. 집은 주택가에 있고 2층에는 방이 네댓 개 있는데, 여관으로 쓰는 모양이다. 이정현 군 일행이 여기에 묵는다.

아내는 비빔밥을 시키고, 나는 김치찌개를 주문했다. 맛이 괜찮다. 평소에 나는 외국에 가면 그 나라의 음식을 먹어야 한다고 생각했었다. 그러나 그것도 상황과 정도의 문제다. 옆자리에 일본인 둘이서 식사를 하는데 맥주를 마신다. 국민들에게는 술을 못 마시게 하면서도 맥주공장은 있는 나라다. 외국인들에게 판다는 명목으로 그렇다는 것이다. 주인에게 맥주가 있느냐고 물었다. 일정한 쿼터로 사 오는데, 모자라는 것은 암시장에서 산다고 한다. 한 캔을 시키다. 맛이 좋다. 호프 맛이 강하게 느껴진다.

저녁 도중에 이정현 대장을 다시 만나다. 식사 후 2층에 가서 차를 마시자고 한다. 2층에서 다른 한 명의 산악인을 만나다. 경기산악연맹 소속이고, 직업은 중학교 기술교사라고 한다. 어쩐 일인지는 모르나 일행과 헤어져 혼자 귀국하는 길이라고 한다. 차를 마시면서 한참 이야기하다. 이정현 대장과 같은 인물을 도와서 박영석과 같은 세계적인 산악인으로 키웠으면 하는 생각을 했다. 어느 분야든 무명의 인물이 유명인사가 되기는 쉽지 않다. 재능과 소질이 있어야 하고, 스스로의 노력도 있어야 하고, 주위의 관심과 도움도 있어야 하고, 운도 따라야 한다. 국가가 무명의 영재들을 발굴한다고는 하지만 요원한 이야기다. 다른 것은 그만두고 과학고등학교와 같은 특목고에 대한 정책을 보면 안다. 자주 바뀐다. 일관성이 없다.

10시 반. 장가지가 전화하다. 내일 스카르두로 간다고 하다.

8월 4일(목). 9시 20분에 칸이 오다. PIA 대리점으로 비행기 표를 사러 가다. 표 사는 데 시간이 많이 걸린다고 하여 병원엘 먼저 가다. 연방정부병원(Federal Government Services Hospital)이다. 기다리지 않고 바로 의사를 보다. 감염이 되었다며 실을 뽑고 드레싱을 하였다. 옆에 있던 어떤 환자가 나를 보고 말을 건다.

"From Japan?"

"No, from Korea."

"Ambassador?"

"No, just a patient."

갑자기 *The English Patient*란 왕년의 영화가 머리를 스친다. 나는 'Korean patient'인가? 나에게 대사냐고 묻는 것이 이상했다. 우리 같으면 어디서 어떻게 다쳤느냐 따위를 물었을 것 같다.

약도 처방받았다. 칸이 사 왔다('Augmentin BD'(co-amoxiclav)인데 여섯 알이 든 두 병. 항생제일 것이다). 조 교수에게 받은 약이 몇 알 아직 남았다.

비행기는 홍콩까지 이슬라마바드에서 PIA로 직행이고, 홍콩서는 KAL이다. 두 사람이 탈 비행기 좌석값이 1,551달러다.

호텔에서 서너 집 떨어진 곳에 "Oxford University Press"란 간판이 달린 책방에 잠시 들르다. 책은 많지 않다. 말리크(Haffes Malik)가 편집한 *Pakistan: Founders' Aspirations and Today's Realities*를 9달러 주고 사다. 1947년 이후 파키스탄의 정치·경제·군사문제를 각 분야의 전문가 13명이 분석한 책이다.

오후 1시 30분. 한식당에 다시 가서 냉면을 먹다. 김안중 교수에게 그간의 경과에 대하여 편지를 쓰다. 오후에 칸이 온다고 하였으니 그때 그에게 전하면 된다.

6시. 칸이 오다. 우선 스카르두에서 올 적 차비를 계산하여 242달러를 주다. 칸이 시내 구경을 나가자 한다. 그래서 파이살모스크에 다시 가다. 본당(本堂)은 기도 시간에만 열기 때문에 들어가지 못했으나 그 주위의 대리석 마루(?)를 한 바퀴 돌았다. 사우디아라비아의 파이살 왕은 다른 이슬람 국가에 건축비를 지원하여 사원을 짓게 했다. 같은 종교 국가들의 환심을 사기 위해서였다고 한다. 이 사원의

500

설계는 터키 건축가가 했다. 근 100미터 높이의 네 기둥 탑이 명물이고, 돔으로 된 본당에는 수만 명이 들어갈 수 있는데, 돔 안에는 기둥이 없는 것이 특징이다. 저녁인데도 대리석 마루가 하루 종일 햇볕을 받아 뜨겁다. 모스크에서 마르갈라힐(Margala Hill)로 가다. 지대가 높은 시내 북쪽의 공원이다. 시내가 한눈에 들어온다. 사람이 많다.

저녁은 '카불'(Kabul)이란 이름의 아프가니스탄 식당에서 먹다. 구운 양고기가 맛이 있고, 다른 음식은 파키스탄 음식과 대동소이. 그래 또 하루가 가다.

8월 5일(금). 아침 8시에 호텔 출발. 2주 전 아침에 왔던 공항이나, 전혀 기억이 나지 않는다. 수도의 국제공항으로는 청사가 너무 좁고, 건물은 낮다. 11시 35분, PIA 출발. 20시 40분, 홍콩 도착. 기다리면서 갈 적에 사지 않은 *Mao: The Unknown Story*를 사다. 서울행 KAL은 자정 지나 0시 25분에 출발. 4시 45분, 서울 도착.

아내는 KAL을 타자 이제 마음이 놓인다고 한다. 서울 땅을 밟은 것이나 마찬가지 기분인 모양이다. 손만 다치지 않았으면 나도 한 잔 먹고 자련만…. 다치지 않았다면 이렇게 귀국하지도 않았을 것이다.

8월 10일(수). 어제 밤에 마셔브룸호텔로 전화를 하였는데 불통이었다. 아침 10시 반(그곳 시간은 오전 6시 반)에 다시 전화. 오희준과 통화하다. 무사히 내려왔으며 교수들은 K2모텔에 있다는 것이다. 다시 K2모텔로 전화하여 한국인이 있으면 바꾸라고 하였다. 잠시 후에 최갑수 교수가 나온다. 별일 없다는 것이다. 그러나 평소의 그답지 않게 기어들어가는 목소리다. 고생을 해서 그런가? 그러나 무사들 하다니! 이젠 걱정을 안 해도 된다.

8월 13일(토). 탐사대가 돌아오는 날이다. 콜밴을 다시 빌려 저녁에 공항에 나가다. 8시가 좀 못 되어 제일 먼저 손병주 교수의 모습이 보인다. 하나둘 반가운 사람들이 속속 나온다. 모두 무사히 귀국한 것이다.

에필로그

A 형, 되지도 않는 이야기 읽느라 지루하셨을 것입니다. 돌이켜 생각하면 탐사는 유산이었지만, 꿈같이 다녀온 여행이었습니다. 여행에서 돌아올 때면 다시 어디론가 떠나고 싶다고 언제가 형도 그런 적이 있지만, 아쉬운 여행이라 그런지 나도 어디론가 다시 떠나고 싶습니다. 아니, 어떤 여행에도 아쉬움은 늘 있나 봅니다.
두보(杜甫)가 〈성도부〉(成都府)란 시에서 이렇게 읊은 것을 기억합니다.

自古有羈旅 我何苦哀傷 (자고유기려 아하고애상)
  예부터 타관살이 신세야 있었지만 나는 왜 이렇게 마음 상하여 괴로워
  하나?

나는 또 이번 여행 도중에 고원 교수에게 내가 좋아하는 시를 읊은

502

적이 있습니다.

Nur wer die Sehnsucht kennt

Weiss, was ich leide!

Allein und abgetrennt

Von aller Freude,

Seh' ich an's Firmament

Nach jener Seite.

Ach! der mich liebt und kennt

Ist in der Weite.

Es schwindelt mir, es brennt

Mein Eingeweide.

Nur wer die Sehnsucht kennt

Weiss, was ich leide!

그리움을 아는 이만이 나의 괴로움을 안다.

홀로 그리고 모든 기쁨과 떨어져서

먼 곳의 창공을 바라보는 나.

아! 나를 알고 나를 사랑하는 사람은 멀리 있구나.

어지러운 마음 불타는 내 속.

그리움을 아는 이만이 나의 괴로움을 안다.

내가 좋아하는 괴테의 〈빌헬름 마이스터의 수업시대〉*(Wilhelm*

Meisters Lehrjahre)에서 미뇽(*Mignon*)이 부르는 노래입니다. 오래전의 일이지만 형과 괴테의 〈시와 진실〉(*Dichtung und Wahrheit*)을 읽던 기억이 납니다. 형은 단어도 나보다 훨씬 많이 알았고, 문법도 잘 아셨습니다. 낭가파르바트의 위용을 카라코람 하이웨이에서 처음 보았을 적에, 나는 옆의 누군가에 물었습니다. '파르바트'가 무슨 뜻인 줄 아느냐고? 아무런 대답이 없었습니다. 대답을 기다린 것도 아닙니다. 나는 속으로 말했습니다.

"파르바트는 꿈이란 뜻이다. 낭가파르바트는 '남가일몽'(南柯一夢)인 것이다."

낭가파르바트는 산스크리트로는 '벌거숭이산'이란 뜻이며, 그 지방 사람들은 '디아미르'라고 부르는데, 그것은 '산 중의 산'이란 뜻이랍니다. 그러나 그건 아무래도 상관이 없습니다. 나는 그냥 내 식으로 생각한 것입니다. 내가 꿈을 꾸고 싶어서 그랬는지도 모릅니다. 아니 히말라야 밑에서 꿈을 꾸고 왔기 때문인지 모릅니다. A형! 건강하세요. 그리고 나이를 생각해서 술 좀 작작 드세요. 부탁입니다.

〈추기〉

서울대 교수산악회 편, 〈인더스 강을 따라 히말라야까지: 서울대 교수 17인의 K2봉 트레킹〉(서울대 출판부, 2006), 268~301쪽에 있는 "나의 유산기(流産記)"란 글을 약간 수정한 것이다.

(2018년 4월 28일)

4

편지
추천사
서평 등

김혜선 박사에게

William Blake (1757~1827년)의 시 〈Auguries of Innocence〉의 시작 부분을 보내 주셔서 책을 찾아 적어봅니다.

Perhaps Blake's most famous as well as most far-reaching lines are the opening of quatrain of Auguries of Innocence. The poem itself is a long set of proverbs, a series of jottings rather than an ordered sequence. Various editors have rearranged the couplets so that the poem may be read as a continuing whole, and the condensed version here printed is another such rearrangement. Some of the statements are obscure, some are immediately compelling; in their cumulative effect they extend the epigrams into a glory of revelation.

— Louis Untermeyer (ed.), *A Treasury of Great Poems: English and American* (Simon and Schuster, 1955), pp. 607~608.

Auguries of Innocence

To see a world in a grain of sand

And a Heaven in a wild flower,

Hold infinity in the palm of your hand

And Eternity in an hour.

A robin redbreast in a cage

Puts all Heaven in a rage.

A dove-house filled with doves and pigeons

Shudders Hell through all its regions.

A dog starved at his master's gate

Predicts the ruin of the state.

A horse misused upon the road

Calls to Heaven for human blood.

Each outcry of the hunted hare

A fibre from the brain does tear.

A skylark wounded in the wing,

A cherubim does cease to sing.

The game cock clipped and armed for fight

Does the rising sun affright.

Every wolf's and lion's howl

Raises from Hell a human soul.

The wild deer wandering here and there

Keeps the human soul from care.

The lamb misused breeds public strife

And yet forgives the butcher's knife.

The bat that flits at close of eve

Has left the brain that won't believe.

The owl that calls upon the night

Speaks the unbeliever's fright.

He who shall hurt the little wren

Shall never be beloved by men.

He who the ox to wrath had moved

Shall never be by woman loved.

The wanton boy that kills the fly

Shall feel the spider's enmity.

He who torments the chafer's sprite

Weaves a bower in endless night.

The caterpillar on the leaf

Repeats to thee thy mother's grief.

Kill not the moth nor butterfly

For the Last Judgement draweth nigh.

He who mocks the infant's faith
Shall be mocked in Age and Death.
He who shall teach the child to doubt
The rotting grave shall ne'er get out.
He who respects the infant's faith
Triumphs over Hell and Death.

The child's toys and the old man's reasons
Are the fruits of the two seasons.
The questioner who sits so sly
Shall never know how to reply.

He who doubts from what he sees
Will ne'er believe, do what you please.
If the sun and moon should doubt,
They'd immediately go out.

To be in a passion you good may do,
But no good if a passion is in you.

The whore and gambler, by the state
Licenced, build that nation's fate.
The harlot's cry from street to street

Shall weave Old England's winding sheet.
The winner's shout, the loser's curse,
Dance before dead England's hearse.

Every night and every morn
Some to misery are born.
Every morn and every night
Some are born to sweet delight.
Some are born to sweet delight,
Some are born to endless night.

We are led to believe a lie
When we see with, not through, the eye,
Which was born in a night, to perish in a night,
When the soul slept in beams of light.

God appears, and God is Light
To those poor souls who dwell in night,
But does a human form display
To those who dwell in realms of day.

—*A Treasury of Great Poems*: *English and American*, pp. 608~610.

긴 시네요. 자세히 읽을 겸 한번 써 보았습니다. 내겐 영시집이 두 권 있었습니다. 하나는 위에서 인용한 Untermeyer의 책입니다. 다른 하나는 Francis Turner Palgrave가 편집한 *The Golden Treasury*인데, 초판은 1861년이라고 합니다. 그런데 내게 있던 것은 아마 맥밀란출판사에서 1930년대에 출판된 것 같으나 정확한 기억은 없습니다. 정년하면서 서울대 중앙도서관에 기증한 책 가운데 하나입니다. 10년도 넘었지만, 기증한 책에는 Thomas Gray(1716~1771년)의 사진이 있습니다. 그래서는 아니나, 나는 Gray를 좋아합니다.

한가하게 시나 읽으면서 지냈으면 하나, 그리 한가하지가 못합니다. 가끔 김 박사에게 이메일도 하고 카톡도 보내지만, 바쁘시면 답을 안 주셔도 됩니다. 허기야 답을 주셔서 Blake를 읽게 되었지만.

사람은 다 다르답니다. 그래서 누구는 피아노가 전공이고, 누구는 정치학이 전공이고…. 취미, 기호, 성격, 재주 등이 각각입니다. 아니 타고난 것부터 차이가 있습니다. 불평등의 시작입니다. 하느님이 그렇게 냈으니 그런가 하고 지내지만, 아쉬운 것도 많습니다. 그냥 푸념입니다. 잘 지내십시오.

2017년 4월 16일
최명

〈추신〉

Thomas Gray의 시집 중에서 유명한 것은 *Elegy Written in a Country Churchyard*입니다. 이것도 장시(長詩)입니다. 그 말미에 있는 〈The Epitaph〉를 내가 특히 좋아해서 덤으로 적습니다.

512

The Epitaph

Here rests his head upon the lap of earth

A youth, to fortune and to fame unknown;

Fair science frowned not on his humble birth

And melancholy marked him for her own.

Large was his bounty, and his soul sincere;

Heaven did a recompence as largely send:

He gave to misery all he had, a tear;

He gained from heaven ('twas all he wished) a friend.

No farther seek his merits to disclose,

Or draw his frailties from their dread abode

(There they alike in trembling hope repose),

The bosom of his Father and his God.

문성자 선생께 ①

망외에, 장문의, 그것도 감동적인 편지를 받고 저희 내외는 그저 망연한 마음으로 며칠을 보냈습니다. 한용진 선생의 근황을 알게 되어 기뻤고, 보내 주신 한 선생 전시회 책자도, 또 자당 손인실 전기도 고마웠습니다. 저와 제 아내가 번갈아 그 책을 다 읽었습니다. 훌륭한 분인 것은 전부터 알고 있었지만, 다시 생각하게 되었습니다. 감사합니다.

저는 사실 미술과는 거리가 먼 사람이나, 어쩌다 한 선생을 만나 기쁜 시간을 많이 가졌습니다. 인연이겠지요. 건강하시다니 고맙습니다. 더구나 Chris가 잘 보살펴 주신다니, 다 복 받고 복 받을 분이란 생각입니다.

한 선생 떠나신 후 제주엔 못 갔습니다. 가야 쓸쓸할 터이고….

한 선생이 제게 주신 돌에 관한 이야기를 쓴 것을 동봉합니다. 제 눈에는 새와 같이 보여서 "돌새"라고 이름을 지었지만, 선생은 다른 생각을 하고 만드신 작품인지도 모릅니다. 사람들의 생각은 다 다르지요. 보시고 한 선생께도 말씀해 주십시오.

미국도 그런 것 같지만, 여기도 나라가 어지럽습니다. 모레가 설 (구정)이라는데, 정말 새해에는 모든 것이 잘 되었으면 합니다. 건강하시고 새해 소원 성취 하십시오. 제 아내도 옆에서 응원합니다.

한용진 선생과 주위 분들 모두께 인사 전해주십시오.

2017년 1월 26일
서울서 최명 드림

문성자 선생께 ②

예쁜 카드에 적어 주신 편지와 선물 꾸러미 고맙게 받았습니다. 글은 여러 번 읽고 또 읽고, 선물은 아직 뜯지 않았으나 긴요히 먹겠습니다. 한용진 선생님 사진도 보고, 그냥 보고 있습니다. 건강하신 모습이 좋습니다. 혼자이시지만 혼자가 아니신 것을 두고, 제 처가 "한 선생님은 착하신 분이라 복이 많으시다"고 말합니다. 새해에도 건강하시기를 기원하고 있습니다.

저희도 잘 지냅니다. 나라가 안팎으로 온통 뒤숭숭하고 내일이 어쩔지 모르는 상황이나, 그저 하루하루를 덤덤히 보냅니다. 그러니 말로는 "잘 지낸다"고 할 수밖에 없습니다. 뾰족한 수도 없고, 힘도 없습니다. 예나 지금이나 백성들은 위정자를 잘 만나야 되는데, 그게 아쉽습니다. 한 선생님이 제주도에 계실 적에는 미국 가지 마시고 여기 그냥 계셨으면 했지만, 지금 생각하면 미국 가신 것은 백번 잘하신 결정입니다.

516

동봉하는 책은 보시면 아시겠지만, 김동길 박사의 구순을 기념하기 위하여 지난 10월에 나온 것입니다. 제가 한 꼭지를 썼습니다. 심심풀이로 봐 주시면 고맙겠습니다.

　　여러 가지 감사합니다. 새해 더욱 건강하기고, 태원 씨를 위시한 주위의 여러분께 안부하여 주십시오. 제 처가 옆에서 인사 여쭙니다.

2017년 12월 22일

서울서 최명 드림

장윤식 교수께

의외의 전화 반가웠습니다. 그러지 않아도 안녕하신지 늘 궁금했습니다. 편찮으셨다지만, 지금은 쾌차하신 모양이니 기쁩니다.

저는 잘 지냅니다. 전화로 이야기했듯이 술을 끊은 지 1년 가까이 되었으나, 무슨 일이 있어서가 아니라, 그동안 많이 마셨으니 그냥 그만 마시기로 한 것입니다. 풋술이어서 그런지 금단현상도 없었고, 그런대로 괜찮습니다.

〈술의 노래〉를 보내지 않았다니 이상합니다. 보낸 것 같은데 기억이 없고, 장 교수 이야기가 책에 나오는데 안 보냈다니, 아무래도 이상합니다. 그나저나 늦게라도 보내니, 용서하시고 받으십시오.

건강하게 안녕히 지내십시오. 또 연락 드리겠습니다.

2018년 3월 11일

서울서 최명 배

518

홍세준 박사에게

꽃님에게 들으니 홍 박사 건강이 안 좋은 것 같아서 걱정이오. 정도의 차이는 있겠으나, 나이 먹으면 다 그렇게 되는 것이 진리요. 그래서 사는 것을 고해(苦海)라 했고, 영어로는 그것을 'bitter sea'라고 번역한 것을 본 기억도 있다오. Fox Butterfield라고 북경에 오래 주재했던 *New York Times*의 기자가 오래전에 쓴 책 이름이 *Alive in the Bitter Sea*(New York: Times Book, 1982)였는데, 중국도 많이 변해서 지금은 공산당에서 'sweet sea'(甘海?)라고 선전하는지도 모르겠소. 아무튼 세상은 변하는 것이고, 사물에는 up and down도 있고, rise and fall도 있는가 하오. Everything is subject to change. 그렇다고 너무 비관적인 사고를 할 것은 아니고, 우리는 늘 희망을 갖고 살아야 한다고 믿소. 다시 건강을 회복하기 바라오.

어려서 읽던 책에 이런 구절이 있소. "Life is not a bed of roses, but neither need it be a field of battle." 그런데 그때 나는 나중 구절을 "neither need it be an ocean of sorrow"로 바꿨으면 하는 생각도

519

했다오.

　요시다(吉田)와는 더러 편지를 주고받고, 그도 이제는 팔십이 넘었다오. 그러나 아직도 학문 활동이 활발한 것 같소. 생각나는 사람도, 보고 싶은 사람도 많으나 다 욕심이겠지 하오. 그래도 좀 섭생을 하기 바라오. 〈술의 노래〉 후에 쓴 글이 몇 있는데 동봉하오. 심심파적으로 읽으시오.

　나는 아직은 잘 지내는 편이오. 하는 일 없이 바쁘다오. 집사람도 건강이 많이 좋아져서 그런대로 지낸다오. 사는 것이 무엇인지?
　Karen에게 안부하시오.

2015년 7월 29일
서울서 홍세준 박사를 사랑하는 최명

〈추기〉
2015년 11월 26일 추수감사절 아침에 타계했다는 소식이 왔다. 그래 위의 편지가 내가 그에게 보낸 마지막 것이 되었다.

존경하는 강신항·정양완 두 선생님께

불쑥 편지를 드려 송구스럽습니다. 〈사모문집〉의 독자입니다. 좋은 책을 펴내신 것에 대하여 경의를 표합니다.

몇 가지 생각이 있어서 말씀드립니다. 두서는 없습니다.

먼저 강 선생님의 글:

① 31쪽 위에서 11째 줄 "나른 비웃을…"은 "나를 비웃을…"

② 같은 쪽 아래서 11째 줄 "김영기 교수"는 국제정치의 김영진 교수가 아닌지? 김영기 교수도 조지워싱턴대학에 있고 2012년에는 영시로 신인문학상을 받았으나, 고영근 교수가 대갈일성을 한 것은 1992년 회의라서 헷갈립니다. 1992년에 김영기 교수가 그런 회의를 조직할 수 있었는지?

③ 39쪽 위에서 9째 줄 "이가 없었다," 여기 끝의 comma는 period? 사소한 것입니다.

④ 62쪽을 읽다 보니 59쪽 아래 부분에서 60쪽 윗부분(7줄까지) 과

아주 많이 중복됩니다. 다른 게재에 쓴 글이니 그럴 수도 있겠으나, 독자를 위한다면 중복을 피할 방법도 있을 법합니다.

⑤ 81쪽 아래서 12줄의 "근정전"에 관하여. 근정전은 경복궁에 있는데 경희궁에도 있었는지? 몰라서 여쭙는 것입니다.

⑥ 87쪽 아래서 11줄의 "할로우"는 "해로"? 'Harrow'의 발음이 영한사전에는 '해로'로 되어 있습니다. 예컨대, *Si-sa Elite English-Korean Dictionary*.

⑦ 글 끝에 집필 시기(연도 등)가 있으면 좋겠다는 생각입니다. 예컨대, 54쪽, 61쪽, 65쪽, 76쪽, 92쪽, 101쪽, 122쪽, 134쪽 등.

정 선생님의 글:

① 223쪽 아래에 위당 어른의 저서목록에서 이상한 것이 보여 적습니다. 아래서 셋째 줄, 〈담원국학산고〉(詹園國學散藁) (부산문교사, 1955, 장준하 선생) 부분에 관하여. 〈담원국학산고〉는 용재 백낙준 (庸齋 白樂濬) 선생이 서문을 썼고 문교사(文敎社)에서 출판되었으나, 문교사가 부산에 있다는 것은 책 어디에도 없습니다. 더구나 그 책이 장준하 씨와는 아무런 연고가 없다고 생각되는데, 장준하 이름이 왜 들어갔는지 의문입니다. 책의 앞부분 "담원선생약보"(담원선생약보) 말미에 저서목록이 있습니다. 거기에는 이렇게 되어 있습니다.

"著書 〈五千年間의 朝鮮의 얼〉(朝鮮史研究), 〈詹園文存〉, 〈月南李商在先生傳〉, 〈朝鮮文學源流考〉, 〈詹園時調集〉 其他論文多數"

참고하십시오.

②219쪽 아래에 있는 마속(麻束)에 관하여. 여러 해 전에 〈한국일보〉에서 읽은 조흔파(趙欣坡, 1918~1980년) 선생의 글이 생각납니다. 조 씨가 경기여중에서 국어를 가르칠 적 얘기입니다. 기억은 대강 아래와 같습니다.

삼단이 무엇인지 모르고 人蔘(인삼) 단이라고 하였다. 한 학생이 손을 들고는 '우리 아버지가 그러시는데 삼단은 인삼단이 아니고 마속이라 하시던데요.' 그래 '아버지가 누구시냐?' '정, 인 자, 보 자세요.' 아이고, 잘못 걸렸구나! 그러나 시치미를 떼고서는 '마속일 수도 있지만, 인삼은 귀한 물건이라 머리 단이 그같이 귀하다는 것을 표현한 것으로 볼 수도 있다'고 얼버무렸다. 그런데 며칠 후 교장실로 오라는 연락이 왔다. 교장실에 들어서니 위당 선생이 앉아 계셨다. 순간 사표 쓸 일이 머릿속을 오갔다. 인사를 드렸다. 그러자 위당께서 '요새 선생 노릇을 하자면 배짱(고집?)이 있어야 한다네' 하시면서 웃으셨다.

무슨 일로 학교에 오셨는지는 모르나, 위당 어른은 국어 선생의 몰골을 한번 보자고 교장에게 말씀하신 모양입니다. 조 씨가 그 일로 사표는 쓰지 않았다고 합니다. 오래전에 신문에서 읽은 것이라 기억이 정확하지 않고, 조 씨도 여러 해 전의 일을 쓴 것이라 그의 글에도 부정확한 것이 있었을지 모릅니다. 그런데 선고장께서 "어떤 작자가 내 딸에게 거짓말을 가르쳤느냐? 사형감이다"(219쪽)라고 말씀하셨다면 좀 지나친 감이 없지 않습니다. 그만한 일로 사형이라니요. 엄하셨던 분으로 알고는 있으나, 그렇게는 말씀하지 않으셨을 줄로 믿습니다.

필자는 조흔파 씨가 〈얄개전〉과 같은 익살스런 책을 저술한 것은 알지만 일면식도 없습니다. 그냥 마속 이야기를 읽다가 생각이 나서 적은 것입니다.

여러 가지 위의 이야기가 혹 결례가 되었으면 용서하십시오.

2017년 8월 9일
최명 드림

〈추기〉

며칠 후 8월 11일 자의 강 교수의 편지를 받았다.

시작은 이랬다. "이렇게 견디기 힘든 더위 속에서도 저의 보잘것없는 글을 정독해 주시고 또 간곡한 말씀을 해 주셔서 송구스럽게 여깁니다. 몇 가지 변명을 하겠습니다." 내가 지적한 1번과 3번은 오타이니 정정하겠다고 하였다. 그리고는 2번에 관하여는 다음과 같이 답해 주었다.

"② 김영기 교수는 한무숙 작가의 따님이며, 바깥 분은 프랑스 사람인데도 조지워싱턴대학에서 한국어문학 교수로 있으면서 1992년도 학술회의를 조직했었습니다. … 1992년도 학술회의의 명칭은 'The 8th International Conference of Korean Linguistics'였으며…."

이 대목은 내가 몰랐기 때문에 물어본 것이었다. 2012년에 영시로 신인상을 받았다고 했기에 젊은(?) 교수라고 생각했고, 따라서 이름이 비슷한 다른 사람인가 생각했던 것이다.

"④ 이미 다른 두 군데에 게재했던 것을 고치기도 어려워서 중복된 내용인 줄 알면서도 실었던 것입니다. 읽어 주시는 분들께 큰 결례를 한 것 같습니다."

"⑤ 임진왜란 이후, 1616년(광해군 8년)부터 경희궁은 몇 대 임금이 계셨기 때문에 '근정전'이 있었습니다. 경복궁은 1592년에 소실되어 1872년(고종 9년)에 재건되었습니다."

그러나 내가 알아본 바로는 경희궁의 정전(正殿)은 숭정전(崇政殿)이었고 근정전은 없었다. 더 고증이 필요하다.

"⑥ 교장선생님께서 말씀하신 대로여서 제가 확인을 못했습니다."
이것은 'Harrow'의 발음문제였다.

"⑦ 요 근래에는 출판사에서 原載年度(원재연도)를 밝히지 않아서 이렇게 되었습니다. 또 여러 글 가운데는 여러 책에 이미 두 번 실린 글도 있습니다. 앞으로 밝힐 수 있으면 밝혀 드리겠습니다. 정양완 관계 글은 다음에 쓰겠습니다."

대강 그러한 답신이었다. 그리고는 말미에 내가 7번에서 지적한 글들의 발표 혹은 집필년도의 상세한 기록이 추가되었다.

9월 4일에 강 교수의 9월 1일 자 두 번째 추신을 받았다. 편지를 그냥 옮긴다.

최명 선생님께
추신이 늦었습니다. 자료를 찾아보느라 늦게 글을 올리게 되었습니다. 우선 김성칠(金聖七) 선생님의 글은 조금 일찍 간행되었습니다.

〈歷史 앞에서〉(창작과 비평사, 1993. 2. 10)

〈담원국학산고〉는 말씀하신 대로 다음과 같이 되어 있습니다.

"四二八八年 八月二十日 發行

發行者 朴琦緒

發行所 文敎社"

그런데 어찌된 영문인지 1960년대부터 부산교문사(釜山文敎社) 간행이라고 알려져 있었습니다. 왜 그렇게 되었는지 앞으로 기회가 있으면 더 확인해 보겠습니다. 조흔파 선생 이야기도 더 알아보겠습니다.

"담원선생약보"에서 가장 마음에 걸리는 것이 "一九一〇年 中國遊學 東洋學을 專攻하시면서"라는 구절입니다. 망명을 유학이라고 했듯이, 자세히 살펴보면 엄연한 사실(史實)이 잘못 전해지는 수가 많습니다.

앞으로 많은 지도를 바랍니다.

2017年 9月 1日

姜信沆 드림

편지에 대한 나의 몇 가지 생각을 적는다.

① 나는 강 교수가 쓴 글들의 집필 시기가 있었으면 좋겠다는 의견을 말하였었다. 김성칠 선생에 관한 글(〈사모문집〉, 66~76쪽)도 그중 하나다. 내게 보낸 첫 번째 편지에 그 글의 집필(혹은 출간) 연도가 '2009. 6. 26'라고 하였는데, 고친 것이다. 〈역사 앞에서〉의 초판이 1993년이었고, 거기에 수록되었기 때문이다.

② 강 교수가 지적했듯이 〈담원국학산고〉의 발행소는 미스터리다.

③ 조흔파 선생 이야기는 1970년대 후반의 〈한국일보〉를 찾아보아

야 할 것 같다.

④ "담원선생약보"에 망명(亡命)이 유학(遊學)이라 표기된 것이 마음에 걸린다고 하였는데, 그것은 〈담원국학산고〉 앞부분에 실린 선생의 약보에서다. 차라리 '留學'이 날 뻔했다. 누군가의 잘못이었을 것이다.

〈사모문집〉에 대한 나의 독후감이 이렇게 되었다. 저자는 다소 귀찮게 생각하였는지 모르나 사실(史實)을 밝히는 것도 중요하고, 독자들의 궁금증을 풀어 주는 것도 저자의 책무라고 생각한다.

〈관중평전〉 추천사

학오 신동준 박사가 〈관중평전〉(管仲評傳)이란 책을 새로이 저술했다. 그는 중국 정치사상과 중국 역사의 대가다. 우리 시대의 드문 문장가요, 다작의 저술가다. 그는 120여 권의 저서를 이미 상재했다. 그러나 이번 집필은 새로운 의미를 갖는다. 오랫동안의 온축(蘊蓄)을 이 책에 모두 담았기 때문이다. 심혈을 기울였다고 해도 좋다. 그러면 왜 관중인가?

　관중은 '관포지교'(管鮑之交)로 이름난 춘추시대의 인물이다. 관중은 소싯적에 가난하여 항시 친구인 포숙(鮑叔)을 속였다. 그러나 포숙은 그를 나무라지 않았다. 현인으로 알았기 때문이다. 서로 다른 주인을 섬겼으나 그에 구애되지 않고, 포숙은 관중을 제환공(齊桓公)에게 추천하여 재상이 되게 하였다. 관중은 이렇게 말했다. "나를 낳아 준 이는 부모지만, 나를 알아 준 이는 포숙이다." 시성 두보(杜甫)로 하여금 〈빈교행〉(貧交行)이란 시를 쓰게 한 유명한 이야기다. 그러나 이것은 관중의 한 에피소드에 불과하다.

관중은 제환공의 재상이 되어 나랏일을 맞게 되었다. 군주의 절도 (節度)를 강조했다. 백성들에게는 예의염치(禮義廉恥)를 가르쳤다. 그러자 나라가 점차 안정되었다. 변변치 못하던 제나라가 부강하게 되었다. 〈관자〉(管子)라는 저서에서 "사람은 창고가 가득 차야만 예절을 알고, 의식이 족해야 영욕을 안다"(倉廩實而知禮節 衣食足而知榮辱)고 말했다.

공자도 관중의 정치를 높게 평가했다. "관중이 환공의 재상이 되어 제후들의 패주(覇主)가 되게 하였고, 천하를 크게 바로 잡아 백성들은 지금까지 그의 혜택을 입고 있다"(管仲相桓公 覇諸侯 一匡天下 民到于今受其賜)고 칭찬했다(〈논어〉, "헌문"(憲問)편, 18장). 이와 같은 공자의 칭찬에 동의하면서, 신동준 박사는 관중의 인물됨·경세가로서의 업적·사상가로서의 위치를 상세히 서술하고 있다. 바로 〈관중평전〉에서다.

관중의 사상과 성취에 관하여 간략히 언급한다. 관중의 저술로 알려진 〈관자〉는 법가의 사상을 기반으로 하고 있으나, 도가·음양가·유가·병가·잡가 등의 다양한 사상도 발견된다. 다른 학파의 주장을 적대시하지 않는 것이 그 특징이다. 우리는 여기서 관중의 사상적 다양성과 포용성을 알게 된다.

첫째, 관중이 중시한 것은 훌륭한 군주를 만드는 일이었다. 중국에서는 고래로 내성외왕(內聖外王) 사상이 있었다. 그러나 관중은 조금 다른 의미의 내성외왕을 주장했다. 개인이 수양을 통해 성인의 경지에 이르고 외면적으로는 왕의 덕을 갖추는 것이 아니라, 나라 안에서는 성군(聖君), 밖으로는 패자(覇者)로서 열국의 으뜸이 됨을 의미했다. 군주는 위엄과 은덕을 동시에 베풀어야 한다. 인자함만으로는 통치하기 어렵고, 위엄만으로는 백성을 휘어잡을 수 없다. 군주는 모름지기 평소에 음덕을 쌓고 하늘의 도를 지켜야 한다. 그래야 인재들이 모여들고 백성이 따른다. 통치를 위하여 군주가 힘써야 할 일은 치란(治亂)·안위(安危)·부빈(富貧, 가난한 자를 부유하게 하는 것)이다. 통치의 기술을 발휘하여야 한다. 훌륭한 관리의 충원이 필수적이다. 인격과 재능을 관찰하여 관직을 주고, 공적을 판별하여 녹을 준다.

둘째, 춘추시대는 열국의 분열이 특징이다. 다른 나라와의 관계, 요즘말로 하면 국제관계가 중요시되던 시대였다. 국내정치가 안정되고 백성들이 군주를 신뢰할 때, 백성들은 나라를 위하여 목숨을 내놓는다. 가까운 나라는 신의로 대하고, 먼 나라는 예의로 대한다. 약속은 반드시 지킨다. 이러한 일도 있었다. 환공은 노장공(魯莊公)과의 회맹에서 가(柯)라는 땅을 주기로 약속했다. 조말(曹沫)이라는 노나라 자객의 협박 때문에 마지못해 한 약속이었다. 그러나 이행했다. 나라 사이에 믿음이 중요하다는 관중의 진언을 실행에 옮긴 것이다. “주는 것이 갖는 것임을 아는 것, 이것이 정치의 요체”(知與之爲取 政之寶也)라고 관중은 말했다. 패자가 되게 하는 길을 환공에게 가르쳤다. 환공을 춘추시대 최초의, 제일의 패자로 만들었다.

셋째, 법을 중시한다. 나라가 잘 되려면 법이 공정하게, 또 엄격하게 집행되어야 한다. 물론 법다운 법이 제정되어야 한다. 법이 법답다는 것은 합리적임을 뜻한다. 위정자만의 이익을 위해서는 안 된다. 백성들을 탄압할 목적을 지녀도 안 된다. 신상필벌을 원칙으로 하되, 위정자가 솔선하여 법을 지켜야 한다.

신 박사의 허다한 저술은 나라 사랑이다. 바른 나라를 만드는 것이 꿈이다. 바른 나라는 뛰어난 경세의 지도자를 필요로 하고 있다. 어떠한 사람이 그런 지도자인가? 신 박사는 그것을 관중에게서 찾은 것이다. 치세(治世)를 갈망하는 사람들, 훌륭한 정치 지도자의 출현을 기대하는 사람들에게 〈관중평전〉이 올바른 길잡이가 되리라고 나는 확신한다. 강호의 제현에게 일독을 권하는 바이다.

2017년 10월
서울대 명예교수 최명 씀

〈조조통치론〉 추천사

"조조를 배우자. 조조를 올바르게 알아야 한다."

선진(先秦) 정치사상을 꾸준히 연구하여 일가(一家)를 이룬 신동준 박사가 〈삼국지〉의 영웅 조조(曹操)의 통치론을 집필하였다. 말할 것도 없이 조조는 분열된 삼국의 통일기반을 조성한 희대(稀代)의 인물이다. 당시는 난세였고, 난세는 영웅의 등장을 갈망한다. 오늘날 우리에게도 영웅의 출현이 절실하다. 〈조조통치론〉은 우리의 영웅대망론(英雄大望論)이다.

한(漢)나라는 유(儒)에 의하여 망했다. 전·후한이 마찬가지였다. 유는 복잡한 사상이다. 그러나 그것은 대체로 왕도를 이상으로 삼고 과거를 중시한다. 치국평천하를 표방하나, 효(孝)와 같은 덕목을 존중하기 때문에 가족주의적 성격이 강하다. 가족주의는 황실이 그 살림을 사는 환관과 외척의 발호를 배제하기 어렵게 한다. 임금이 어리석으면 특히 그러하다. 〈삼국지〉 서두를 장식하는 십상시(十常侍)의 난을 연상하면 된다.

유가 아니라면 패도를 숭상하는 현실주의여야 한다. 법이어야 한다. 조조의 진면목은 법가사상이다. 정치의 요체가 법률의 엄격한 집행이라는 것이다. 현실을 중시하는 점에서 그것은 마키아벨리즘과 상통한다. 병가(兵家)와도 맥을 같이한다. 조조는 〈손자〉13편의 주(注)를 완성한 최초의 인물이라고도 하고, 스스로도 병서를 저술했다고 한다. 천하통일의 원동력은 법치와 용병이라고 조조는 믿었고, 그것을 실천했다. 신불해(申不害)와 상앙(商鞅)의 법술을 받아들이고, 한신(韓信)과 백기(白起)의 기책을 이용하였다고 진수(陳壽)는 적고 있다.

조조의 현실주의는 인재의 등용에서도 나타났다. 사람의 능력을 식별하는 데 뛰어났다. 기본적 성격이 '기'(忌, 사람을 꺼림)여서 공융(孔融)과 양수(楊修) 같은 선비를 시기하여 죽이기도 했다. 그러나 그는 재능이 있는 자에게는 관직을 주고, 각 사람이 갖고 있는 능력을 때에 맞춰 이용하며, 자기의 감정을 자제하고 냉정한 계획을 세웠다. 옛날의 악행은 염두에 두지 않았다. 그리하여 평소 소행이 나빴던 곽가(郭嘉)를 중용하고, 원소(袁紹)의 편에 서서 자신의 가문을 비방한 진림(陳琳)을 용서했다. 위(魏)가 천하통일의 기틀을 마련한 것은 조조의 이러한 능률주의에 힘입은 것이다.

조조에 관하여는 할 이야기가 무궁무진하다. 무궁한 그 모든 이야기가 신 박사의 〈조조통치론〉 속에 있다. 이 책을 자세히 읽으면 치세(治世)의 인물됨이 무엇인가를 알 수 있을 뿐만 아니라, 스스로도 그러한 인물이 되리라고 생각한다.

"조조를 배우자. 조조를 올바르게 알아야 한다." 치세를 이룩할 인물의 등장을 기대하면서, 난세를 향하여 신 박사는 절규하고 있다. 조조를 분석함으로써 통치술(統治術)의 결정판을 저술한 신 박사의 노고를 치하하며, 강호 제현의 일독을 권하는 바이다.

2005년 5월 7일
서울대 정치학과 교수
최명 쓰다

〈추기〉

〈조조통치론〉 초판은 2005년 5월 30일, '도서출판 인간사랑'에서 나왔다. 2006년 이전에 쓴 대부분의 내 글들은 〈나의 글, 나의 정치학〉(2006, 인간사랑)에 수록되었으나, 어쩐 일인지 위의 추천사가 빠졌다. 그래 여기에 싣는다.

정치사상학회 서평모임의 辭(2005년)

나의 〈춘추시대의 정치사상〉(박영사, 2004)은 독창적인 내용의 책도
아니고, 일종의 교과서이기 때문에 정치사상학회 서평의 대상은 아
니라고 생각한다. 그런데 총무 장인성 교수가 무슨 말이든 '나와서'
해야 한다는 것이다. 그것은 책의 문제가 아니라면서, 이번 학기가
나의 마지막 학기이기 때문에 '정년을 맞이하는' 사람의 이야기를 듣
자는 의미가 있다고 했다. 그래서 출연(?)을 수락한 것이다.

그랬더니 무슨 말을 할 것인지를 글로 써야 된다는 주문이 뒤를 따
랐다. 11월 19일(토) 모임에 참석하는 회원은 그냥 이야기를 나누면
될 것이나, 참석하지 못하는 회원들을 위하여 몇 마디의 글을 쓰기로
했다. 순간의 판단인지, 결정인지의 결과가 이렇게 되었다.

나의 전공은 비교정치학이고, 또 중국정치이다. 정치사상에 관심
이 없었던 것은 아니나, 대외적으로 나의 전공이 사상은 아니었다.
중국에 관하여는 어려서부터 관심이 있어서 경전류(經典流)의 책을
읽기도 했고, 문학류(文學流)의 책도 비교적 많이 읽었던 것이다. 중

국정치를 전공하게 된 것도 이러한 배경과 무관하지 않을 것이다.

그런데 어느 분야를 공부한다든지 혹은 가르친다는 것은 대학 혹은 학과의 사정과도 관계된다. 내가 몸을 담고 있는 서울대 정치학과의 경우에 전통적으로 서양 정치사상이 강했고, 한국사상 내지는 동양 정치사상 전공인 교수가 있었다. 그러니 내가 설혹 사상을 공부하고 가르치고 싶다고 해도 끼어들 틈이 없었다. 그런데 그 교수가 일찍 학교를 떠났기 때문에 나의 과에서는 동양 내지는 한국 정치사상을 교수할 사람이 필요하게 되었고, 내가 그 역할을 맡게 된 것이다.

그런데 여기에는 다른 요소도 작용했다. 1982년 여름부터 나는 모교인 일리노이대학에서 안식년을 보냈다. 나의 계획은 1970년의 학위논문인 "중국의 당·군 관계 연구"를 보완하는 것이었다. 그런데 우연한 기회에 나는 도서관에서 2권으로 된 소공권(蕭公權) 선생의 〈중국정치사상사〉(商務印書館, 1945)를 발견하여 읽게 되었다. 번역해야겠다는 생각이 들어 착수한 것이 그해(1982년) 11월이었다. 이 책의 발견이 중국 정치사상을 가르치고 오늘 정치사상학회에 나오게 된 다른 요소인 것이다.

다음 해 귀국하여 대학원에서 소 선생의 책을 강독하기 시작했다. 한 학기 내내 읽어도 얼마 읽지 못했다. 번역에는 프린스턴대 모트(Frederick Mote) 교수의 영역본〔*A History of Chinese Political Thought*, *Vol. 1: From the Beginnings to the Sixth Century A. D.* (Princeton, NJ: Princeton University Press, 1979)〕이 크게 도움이 되었다. 그러나 책은 어렵고, 나의 한학(漢學) 실력이 어설퍼서 1권인 선진(先秦) 부분을 번역하여 출판하는 데만 6년이 걸렸다〔〈중국정치사상사〉(서울: 법문사, 1988)〕. 그만 진이 빠졌다. 뒷부분의 번역을 서원대의 손문호 (孫文鎬) 교수에게 부탁하였다. 1998년에 그 책의 완역이 끝나, 나와 손 교수의 공역으로 출간하였다〔〈중국정치사상사〉(서울: 서울대출판부, 1998)〕. 처음 시작부터 16년 만의 일이었다.

1980년대 중반부터 나는 학부에서 '동양 정치사상'을 가르치기 시작하였다. 강의 이름은 '동양 정치사상'이나, 내용은 중국 정치사상, 그것도 선진사상이었다. 가르치기 나름이지만, 선진사상만으로도 한 학기에 가르치기에는 분량이 많다. 법가사상도 제대로 가르치지 못하고 끝나는 학기가 많았다. 그런데도 강의노트는 점점 불어났다. 정리하면서 시일이 많이 흘렀다. 책은 그 결과물이다.

강의노트를 정리하는 데 많은 어려움을 겪었다. 강의노트가 불성실했기 때문이다. 노트에는 대강 안다고 생각하여 메모 정도로 그친 대목도 있고, 출처가 불분명한 것도 있고, 또 다른 사람의 이론이나 학설을 장황하게 소개한 부분도 있었다. 전체적인 균형의 문제도 있었다. 그것은 내 지식의 천박함과 천성의 게으름에서 생긴 문제이다. 어쩔 수 없는 일이다. 또 앞에서 말한 바와 같이 나의 독창적인 견해가 없다. 그렇기 때문에 여러 해를 두고 조금씩 정리할 수밖에 없었다. 그래도 부족한 부분이 많다. 솔직히 고백하지 않을 수 없다. 다만 다른 중국 정치사상사 책에서 별로 논의하지 않는 손자(孫子)의 이야기를 한 것은 특이하다고 생각한다.

책을 준비하면서 유의한 것은 아래의 것들이다. 우선 학생들로 하여금 되도록 한문의 맛을 보게 하기 위하여 고전의 원문을 본문에 많이 수록하였다. 둘째, 학생들이 도서관이나 서점에서 쉽게 접할 수 있는 중국철학사 혹은 정치사상사의 개설들을 주로 참고하고 인용했다. 셋째, 정치학의 기본 개념들을 소개하려고 노력하였다. 넷째, 짧고 평이한 문장을 구사하려고 노력하였다.

대강 이러한 이야기인 것이다.

〈추기〉

모임은 중앙대 정경관 AV Room에서 있었다. 서평은 영남대(당시 국민대)의 김영수 교수의 몫이었다. 나에게는 과분한 것이었다. 김 교수는 또 서울대 〈정치·외교학과 총동창회보〉(2005년 12월 1일)에도 "인간 지향의 정치를 꿈꾸며"라는 제목 아래 내 책의 서평을 썼다.

정치사상학회 축사

사상학회에 오래 참석하지 못하여 미안한 생각이 많습니다. 왜 참석을 하지 않았느냐고 물으시면 대답이 궁합니다. 나는 꼭 10년 전인 2006년 2월에 정년퇴임을 하였습니다. 그리고는 30십여 년 재직하던 학교와 또 정치학계와도 관계를 끊었습니다. 한 학기, 한 과목도 강의를 한 적이 없습니다. 공부도 부족하고, 훌륭한 후배와 제자들이 많은데, 늙은이가 강의실이나 기웃거리면 누가 좋아하겠습니까? 여기에는 내 자격지심도 작용했습니다. 학회도 마찬가지라고 생각하여 사상학회에도 한두 번 외에는 거의 참석을 안 했습니다. 한국정치학회에서도 정식으로 탈퇴했습니다. 나는 연부역강(年富力强)이란 말을 믿지 않습니다. 노익장(老益壯)이란 말도 믿지 않습니다.

그러면 오늘은 왜 왔느냐? 이 자리에는 내가 존경하는 정치사상 전공의 여러 분이 계시지만, 오늘 발표의 주인공인 이종은 교수와는 여러 가지 인연이 있습니다. 나는 이 교수가 한 10년쯤 후에 정년하는 줄로 알고 있었습니다. 그런데 이렇게 되었습니다. 그동안 정치사상학회는 물론이지만, 한국 정치사상학계에, 특히 정의에 관한 연구로 많은 공헌을 하고 계신 이 교수가 사상학회에서, 그것도 정년을 기념하여 발표를 하신다니 아니 올 수가 없었습니다. 그러나 어디 맨정신으로 올 수가 있습니까? 그래 낮술을, 그것도 혼자, 한잔하고 왔습니다. 술 힘을 빌려서 말씀을 드리는 것입니다. 용서하시길 바랍니다. 정의가 술에서도 나왔으면 합니다. 하기야 고대 희랍의 정치사상가들도 술을 마시고 떠들었습니다.

추상적인 질문이지만, 정의가 실현되지 않는 사회에서는 시민들은 어떻게 해야 합니까? 학회에서 발표만 하면 됩니까?

정치사상학회 회원 여러분, 특히 여기에 참석하신 분들, 건강하시고, 댁내 평안하시고, 연구 많이 하십시오. 정치사상학회뿐 아니라 대한민국의 발전을 위하여 큰 힘이 되십시오.

〈추기〉

2016년 3월 19일의 한국정치사상학회는 서강대 다산관에서 열렸다. 이종은 교수의 정년기념강연 후 몇몇 질문이 있었다. 행사는 국민대 김영작 명예교수와 이화여대 양승태 명예교수의 축사로 이어졌다. 식이 끝나고 저녁 모임은 서강대 정문 옆 '거구장'에서 있었는데, 나는 위의 내용을 중심으로 축사를 했다. 이어 국민대 한상일 명예교수의 축사도 있었다.

국민대 한상일 교수가 이종은 교수의 정년을 축하하는 저녁을 마련하겠다고 연락이 온 것은 4월 초였다. 4월 27일 저녁 7시에 '동보성'에서 모였다. 한상일 교수의 단골집이다. 초청인과 주빈 이종은 교수

외에 이대 양승태 교수, 서강대 강정인 교수, 전북대 박동천 교수와 '도서출판 까치'의 박종만 사장이 참석했다. 즐거운 시간이었다.

(2016년 4월 30일)

김동길의 〈좁은 문〉 창간사

나는 김동길 박사의 인품과 학식과 삶에 대한 그의 자세를 존경한다. 내가 그를 개인적으로 알게 된 것은 몇 년 안 된다. 그러나 마음속에는 수십 년의 지기(知己) 같은 느낌이 있다. 그의 얼굴에는 언제나 사랑스러움이 가득하다. 나도 모르게 정을 느끼고, 존경하는 마음을 갖게 된다. 더구나 그는 내게 가르침이 많다. 나는 늘 배운다.

나는 김동길 박사의 글을 좋아한다. 글이 곧 사람이란 말이 있다. 사람을 좋아하니까 글도 좋아하는지 모른다. 오래전부터 그의 글을 많이 읽었다. 책도 여러 권 읽었고, 영문으로 된 그의 박사학위 논문도 읽은 적이 있다. 지난 10년 동안 지겹지도 않은지 그는 매일 '자유의 파수꾼'이란 단상(斷想)을 발표한다. 나도 매일 읽는다. 세상을 이렇게 저렇게 구석구석 살펴보는 그의 눈이 신기하고, 이것저것 끌어다 대는 그의 박학이 매력이다. 선(善)을 권면(勸勉)하고, 악(惡)을 증오(憎惡)하는 교훈이 많은 글들이다.

또 근자에는 그가 매주 '100년의 사람들'이란 인물 에세이를 〈조선일보〉에 연재하고 있다. 작년 11월 마지막 토요일에 시작한 것이 어제로 21회를 맞았다. 그는 금년이 구십이다. 어느 때나 격동기(激動期)가 아닌 적이 없었겠으나, 그는 문자 그대로 격동기를 살았다. 그만이 그 시대를 산 것은 아니다. 그러나 그는 남달리 만난 사람도 많고 경험도 많다. 지난 100년의 증언이라고 해도 좋을 그의 인물 에세이는 장안의 화제다. 토요일 아침이 기다려지는 요즘이다.

그런데 바로 어제(4월 14일) 나는 연희동의 김혜선 박사가 집에서 점심을 차린다고 하여 갔었다. 김동길 박사, 황무영 회장, 김형국 교수 내외, 홍의빈 처장과 나의 아내와 내가 초대를 받았다. 그 자리에서 홍의빈 처장은 김동길 박사가 약관(弱冠)에 쓴 글을 하나를 전했다. 연희대 기독학생회의 〈좁은 門〉(The Strait Gate)이란 동인지(同人誌)의 창간사다. 1948년 10월의 일이다. 누군지는 모르나 김동길 박사를 흠모하는 어떤 분이 가져온 것이라는데, 그것이 그렇게 오래 보관된 경위는 모른다고 했다. 아무튼 귀한 자료다. 김동길은 당시 20세의 청년이었다. 70년 전이다. 김동길 박사도 그 글의 존재를 잊고 있었을 것이다.

내가 받은 것은 A4용지에 깨알 같은 글씨로 빼곡하게 인쇄된 것이다. 글씨가 작고, 인쇄인지 복사인지 선명치 않은 곳이 더러 있어서 확대경을 들고 읽었다. 그러나 오래전의 글이라 한자가 유난히 많고, 철자법도 요즘과 다른 것이 눈에 띄었다. 그래서 나 나름대로 읽기 쉽게 고쳤다. 여러 사람이 읽었으면 좋겠다는 생각이 들었다.

(2018년 4월 15일)

창간사(創刊辭)

근대과학의 모태(母胎)가 된다는 〈新 오르가논〉(*Novum Organum*)의 저술자 프랜시스 베이컨(Francis Bacon, 1561~1625년)은 1624년 그의 이상향 〈新 애틀랜티스〉(*Nova Atlantis*)를 발표함으로써 인류의 행복을 과학에서 발견하려고 하였다.

　과학의 만능(萬能)을 예언하다시피 한 그의 이상향은 그가 죽은 지 150년 만에 꿈 아닌 현실의 문제로 등장했다. 산업혁명의 봉화(烽火)가 영국에서 일어났다. 와트(James Watt, 1736~1819년)의 증기기관 발명은 방직기의 발달과 호응하여 생산의 조직을 일변시켰다. 독일인 마이어(J. R. Mayer, 1814~1878년)는 에너지의 보존설(保存說)을 제창하고, 영국 학자 다윈(Charles Darwin, 1809~1882년)은 〈종의 기원〉을 저술하여 생물의 진화를 역설했다. 풀턴(Robert Fulton, 1765~1815년)의 기선이 탬스(Thames)강 위에 뜬 것이 1803년의 옛날 일이며, 스티븐슨(George Stephenson, 1781~1848년)의 기차는 1830년 맨체스터와 리버풀 사이를 시운전했다. 새 아닌 새가 공중을 나르고, 물고기 아닌 물고기가 해저(海底)를 헤엄친다. 기상대는 내일의 일기를 예보하고, 전깃불은 희미한 석유등을 조소(嘲笑)한다. 하비 쿠싱(Harvey Cushing, 1869~1939년)은 뇌수술에 성공하였고, 발달된 의약에는 불치병이 없다고 장담한다. 라디오시티홀(Radio City Hall)에서 춤추는 소녀들의 고운 자태를 산 넘고 물 건너 수만 리 이곳 극동의 일우(一隅)에서도 볼 수가 있고, 아랫목에 누워서도 BBC의 올림픽 중계방송을 들을 수 있다.

베이컨의 이상향이 그대로 실현된 느낌이다. 베이컨은 과학이 발달하기를 진심으로 바랐다. 그러나 맹목적으로 그랬던 것은 아니다. 그가 과학에 큰 기대를 가진 것은 과학의 발달이 인류에게 행복을 갖다 주리라고 믿었기 때문이었다. 그러면 과학은 어떠한 행복을 우리에게 주고 있는가? 과학은 과연 인류의 행복을 위하여 사용되고 있는가? 과학이 좋은 목적을 위하여 쓰이는 경우가 전혀 없다는 그러한 편협한 이야기를 내가 하려는 것은 아니다. 또 그렇게 이야기할 수도 없다. 다만 비행기, 잠수함, 독와사(毒瓦斯, 독가스), 살인광선 등을 생각할 때, 과학은 분명히 인류에 대한 저주일 수도 있다.

시칠리아의 어떤 시인은 물방아가 돌아가는 것을 보고 인류도 장차 고역(苦役)에서부터 벗어나는 날이 있으리라고 심히 기뻐하였다고 한다. 기계의 진정한 목적은 인류의 노동을 절약하는 데 있었다. 그러면 노동이 절약됨으로써 인류는 어떤 이익을 보고 있는가? 기계로 인해서 절약된 노동은 완전히 향락을 통해서 소모된다. 작게는 장기(將棋)로부터 크게는 전쟁에 이르기까지 모두가 기계에 의해서 절약된 노동을 소모하는 방법에 불과하다. 또한 향락이라는 썩은 반찬이 골고루 분배된다면 그래도 모르겠으나, 기계는 인류 전체에게 대해 공평한 태도를 취하지 아니한다. 도리어 일부 계층에 대해서만 아첨하고 있으며, 소수 인사들의 배만 불리게 했던 것이다. 부자의 식탁에는 어제에 비해 더욱 기름진 음식이 오르고, 그들의 옷은 나날이 찬연(燦然)해 갔다. 그러나 부잣집 문 앞의 라사로의 꼴은 점점 누추해

가고, 헌 데가 아프고, 굶주림은 한층 심하여 간다(〈누가복음〉 16장 19~31절). 못 먹는 사람이 잘 먹는 사람에 대하여 부드러운 감정을 갖기 점점 어려워졌다. 가지라고 권하는 것조차 무의미한 일일 것이다. "너희는 인간을 도구로 만들려는 것인가?" 중세주의자인 존 러스킨(John Ruskin, 1819~1900년)의 이야기는 확실히 이 세대의 문명을 향해 던지는 커다란 경고가 아닐 수 없다. 그는 이어서 "그렇지 않으면 사람을 사람으로 만들려는 것인가? 그리고 이 둘을 다 선택할 수는 없는 것이다"라고 말했다.

기계는 인간의 지배로부터 벗어난 감이 없지 않다. 기계의 노예! 이보다 더 적절하게 이 시대의 궁상(窮狀)을 나는 표현할 수가 없다. 눈앞에 전개되는 모든 사실은 나의 이 당돌한 발언을 훌륭히 지지할 줄 믿는다. 다시 한 번 되풀이한다. "인류는 기계의 노예가 되어 가고 있다."

형제여! 나는 이 세대에 적지 않은 환멸(幻滅)을 느끼지 않을 수 없다. 기계의 발달은 도리어 근로인(勤勞人)의 생활을 위협한다. 생산의 과잉은 주기적인 경제공황을 가져온다. 군축회의의 평화회담이 천만 번 개최되어도 새로이 태동되는 전쟁의 기운을 막을 도리가 없어 보인다. 서구의 공기(空氣)는 험악하다. 오늘 분화(噴火)하려는지, 내일 분화하려는지, 이 화산의 운명을 단정할 자는 누구냐? 전쟁은 또다시 일어난다. 아들을 싸움터에 보내는 늙은 어머니들은 정거장 한 모퉁이에 초연한 모양으로 울며 섰으리라. 사랑하는 남편의 사진을 어루만지며 기나긴 겨울밤을 한잠도 못 이루고 지새우는 수천 수백만의 젊은 아내들이 생길 것이다. 아버지가 어디 있느냐고 묻는 어린 아들에게 대답할 말이 없는 미망인의 눈에는 눈물이 있을 뿐이다. 비극이다. 전쟁은 비극이다. 그리고 인류 역사 위에 가장 참혹한 비극은 바야흐로 그 막을 열려 하고 있지 않는가?

형제여! 무엇을 위한 살육이냐? 정의(正義)를 세우기 위함인가? 그러나 "힘이 곧 정의"(正義)라고 말한 니체(Friedrich Nietzsche, 1844~1900년)의 말은 나를 당황케 한다. 먹고살기가 어려워서인가? 그러나 국제적 전쟁이란 생산의 과잉이 없이는 시작하기 어려운 작란(作亂)이 아니었던가? 인류 역사 5천 년 동안 전쟁이 전혀 없이 지낸 것이 겨우 280년밖에 안 된다는 사실은 제3차 세계대전을 통해서 항구적 평화를 수립할 수 있다고 맹신하는 이들에게 좋은 경고가 될 수 있다. 인간의 손으로 만들어 놓은 평화를 인간의 손으로 쉽사리 허물 수 있다는 것을 그들은 알아야 한다. 그렇다고 이대로 가만히 있을 수도 없는 일이다. 그러니 이 시대의 어려움은 말할 수 없이 크다.

보라! 형제여, 자본주의의 기름진 뱃속에는 구더기가 슬기 시작하고, 공산주의의 철창 속에는 다시금 노예가 양성되고 있지 않는가! 주의(主義)와 제도(制度)는 수백 번 바뀌었다. 베이컨의 예언도 이루어졌다. 그러나 인생의 옷자락에는 아직도 눈물이 마르는 날이 없다. 정의를 주장하는 자 있는가? 너의 몸은 항상 피투성이가 되어 있으리라. 진리를 사수(死守)하려는 자 있는가? 너희 입에는 거미줄이 슬 것이다. 정의를 쫓는 자 이미 끊어졌고, 진리의 문전에는 잡초가 무성한 지 오래다. 이기주의(利己主義)의 쇠사슬은 인간을 꽁꽁 동여매서 수족을 까딱할 만한 자유도 없게 만들었다. 형식주의의 구렁텅이에서 인류는 그대로 신음하고 있다. 청교도의 나라 미국에는 어째서 간상배(奸商輩)만 늘어가며, 무산자(無産者)의 임금 스탈린(Joseph Stalin, 1879~1953년)은 공작저택(公爵邸宅)의 안락의자에 앉아 브라질커피만 들이켜고 있다〔김동길이 이 글을 쓴 1948년에는 스탈린이 죽지 않았다〕.

로망 롤랑(Romain Rolland, 1866~1944년)의 이른바 "우울한 싸움이나마 또 싸우는 이 누군가?" 공기(空氣)는 지나치게 무겁고, 태양은 빛을 잃고, 달빛은 음산하다. 스승은 목매는 법을 가르쳐 준다. 형은 살인을 강요하고, 아우는 도적질을 권한다. 악하고 패역(悖逆)한 세대여! 너는 참으로 심판을 기다리고 있구나. 친구여! 너의 웃음은 왜 그다지도 천하고 듣기 싫은가? 아름다운 장미여! 너의 얼굴은 왜 그다지도 음란하여졌느냐? 악하고 미련한 세대여! 장(壯)한 듯이 중심을 배반하고 나선 것이 적나라한 너의 모습이라면 악마는 이미 이 땅덩어리를 삼켜 버린 것 아니냐! 친구여! 너는 무엇을 하고 있는가? 보고도 못 본 체하는가? 그렇지 않으면 창과 검이 다 꺾였단 말인가? 힘이 없단 말인가?

"내 사랑하는 벗이여, 우리들이 죽을 때에는 우리들이 세상에 태어났을 때보다 이 세상을 조금이나마 더 살기 좋게 만들고 가야 할 것이 아니겠는가?" 천문학자 허쉘(Frederick William Herschell, 1738~1822년)이 스무 살의 청년으로서 친구에게 그렇게 편지하였다〔그의 아들도 천문학자였으나, 여기서는 아버지 허쉘인 것 같다〕. 얼마나 아름다운 마음이냐! 이 사회와 국가를 개량(改良)하자. 우리들의 평화와 기쁨을 방해하는 악마들을 남김없이 퇴치하자. 나사렛의 미천한 목수의 아들은 아직도 손을 저어 우리를 부른다. 갈릴리 해변으로 그를 찾아가자. 배 위에 서서 그는 무엇을 가르치고 있는가? 조그만 언덕으로 따라 올라가자. 신의 아들은 소박한 얼굴로, 그러나 힘 있는 어조로 이렇게 명령한다.

"좁은 문으로 들어가라. 멸망으로 인도하는 문은 크고 그 길은 넓어 그리로 들어가는 자가 많고, 생명으로 인도하는 문은 좁고 길이 협착하여 찾는 이가 적음이니라(〈마태복음〉 7장 13~14절)." 설명이 불필요하다. 그대로 "아멘!"이다. 좁은 문으로 들어가자. 험한 길을 지나 좁은 문으로 들어가자. 젊은이들이여! 너부터 이 문으로 들어오라. 그리고 손을 내밀어 너의 불쌍한 형제의 손목을 끌어들이라.

〈추기〉

"창간사" 바로 앞면에 연희대 백낙준 총장의 "축사"가 있다. 기록을 위하여 띄어쓰기만 고쳐서 아래에 적는다.

축사

우리 延禧大學校 基督學生會 會員이 同人誌를 發刊함을 致賀한다. 지난날 우리 學生界의 浮動狀態는 그동안 安定을 얻고, 安定은 思索反省의 機會를 供하고 思索深慮는 學問的 收穫과 發想의 結果를 내이게〔내게〕되고 그러한 所得은 畢竟 이러한 刊行物이 出世를 내이게〔내게〕된 줄 안다. 나는 우리 學園에 이러한 成果 있음을 祝賀한다.

基督學生會는 確固한 基礎 위에 세워져 있는 機關이요 基督學生會 會員은 篤實한 信仰을 가지인〔가진〕 줄 안다. 基礎가 튼튼하거니 動搖가 없을 것이요 信仰이 篤實하거니 疑惑이 없을 것이다. 그런데 不動搖, 無疑惑 精神의 涵養은 眞理와 自由의 把持에 있는 줄 안다.

諸君은 모름즉이〔모름지기〕眞理의 探究로 自由를 얻고 自由로써 眞理를 찾으며 永遠한 眞理의 體得으로써 안과 밖으로 얽매임이 없는 自由를 얻어 眞理의 人, 自由의 人이 되기를 勉勵할진저.

四二八一年 十月 二十三日

庸齋 白樂濬

한 영국 공군 조종사의 편지

그냥 이야기다. 지난 5월(2018년) 하순이다. 국내정치도 뒤숭숭하고, 북한 핵문제와 연관하여 미국의 트럼프 대통령과 북한의 김정은이 싱가포르에서 만나니 어쩌니 하는 뉴스가 연일 신문의 톱이다. 전문가라도 앞일을 예측하기 힘든 상황이다. 더구나 나 같은 비전문가야 말할 것이 없다. 한 치 앞을 내다볼 수 없다는 표현 바로 그대로다. 그러다가 오래전에 읽은 한 영국 공군 파일럿의 편지가 머리에 떠올랐다. "Though I feel no premonition at all, events are moving rapidly…"로 시작한다. "예측은 할 수 없으나, 사태가 빠르게 진전되고 있다"는 말이다. 편지의 첫 문장은 기억이 났으나, 그 뒤는 생각이 잘 나질 않았다. 그래 인터넷에 들어갔다. 내가 알고 있었으니 유명한 글일 것이다. 의외로 쉽게 찾았다.

읽다가 눈물이 났다. 그 편지를 처음 읽던 옛날 생각도 났다. 편지 전문을 프린트하려고 하였으나 잘 되지 않았다. 이것저것 시도해 보았으나 마찬가지였다. 그래 스마트폰으로 사진을 찍었다. 작은 글씨

를 확대하여 다시 읽으면서 여러 사람이 읽었으면 좋겠다는 생각을
했다.

　나는 김동길 박사를 가끔 만난다. 그가 주재하는 모임에도 어쩌다
간다. 그래 김 박사에게 제일 먼저 그 편지를 보내기로 했다. 그것만
불쑥 보내기가 무엇하여, 김 박사 앞으로 편지 한 장을 따로 썼다.

　김동길 선생님께

　안녕하시지요? 지난 11일 '링컨 아카데미'에서 뵈었으니 좀 되었습니다.
늘 그렇지만, 그날 말씀도 재밌고 유익했습니다. 더구나 *The Gettysburg
Address*의 예쁜 책자를 주셔서 고맙습니다. 잘 간직하겠습니다.

　요새는 밤 11시경이면 다음 날짜의 '석양에 홀로 서서'를 기다리느라
밤이 깊은지 어떤지 모릅니다. 또, 토요일 아침이면 '김동길 인물 에세
이'를 읽고 싶은 마음에 새벽잠을 설칩니다. 〈조선일보〉를 기다립니다.
오늘 아침에도 六堂(육당)에 대해 쓰신 글을 감명 깊게 읽었습니다. 친
일을 했다고 그를 폄훼하는 무리들이 있지만, 어디 그의 속마음이야 그
랬겠습니까? 친일을 꿈이라도 꾸었겠습니까?

　일제의 억압 속에서도 六堂은 우리의 역사를 보급하고, 문화를 창달
하기 위하여 밤낮으로 노심초사하였습니다. 많은 업적을 이룩하였습니
다. 그러한 그의 업적이 九牛(구우)라고 하면, 겉으로 나타난 친일 활동
은 一毛(일모)도 못될 것입니다. 만에 하나 그에게 친일의 잘못이 있었
다고 해도, 나라와 민족에 대한 그의 사랑은 그의 잘못을 씻고도 남습니
다. 過(과)를 功(공)에 비할 수 없습니다. 功이 너무 큽니다. 佐翁(좌

옹)이 그렇고, 春園(춘원)이 그렇습니다. 그 외에도 이상하게 친일로 매도되는 인사가 많습니다. 그들이 정당한 평가를 받는 날이 오기를 기대합니다.

동봉하는 영문편지는 제가 고등학교 3학년 때 읽은 것입니다. 61년 전입니다. "Though I feel no premonition at all, events are moving rapidly." 첫 문장입니다. 상황은 매우 다르나, 요즘의 한반도를 둘러싼 사태가 그 문장을 상기시켰습니다. 편지의 전문을 인터넷에서 찾았습니다. 어쩐 일인지 프린트가 되지 않습니다. 스마트폰으로 사진을 찍고 그것을 어렵게 한글 프로그램으로 옮겼습니다. *The Darkest Hour*란 최근의 영화도 있지만, 처칠과 편지의 저자와 같은 군인들이 있었기에 영국은 승전국이 된 것이라고 생각합니다.

선생님께서도 그 편지를 오래전에 읽으셨는지 모르나, '링컨 아카데미'나 '목요서당'에 소개하시면 좋겠다는 외람된 생각이 들었습니다. 건방지다 꾸지람 마시기 바랍니다.

안녕히 계십시오, 조만간 또 뵙겠습니다.

2018년 5월 27일

최명 재배

다음 날 아침(5월 28일) 위의 편지를 조종사의 영문편지와 함께 김박사에게 등기로 보냈다. 김 박사가 주재하는 '목요서당'은 매월 마지막 목요일에 모인다. 5월 마지막 목요일은 31일이다. 내가 김 박사에게 편지를 보낸 3일 후다. 나는 안 가지만, 아내는 서당모임에 간다. 갔다 와서 얘기다. 김 박사는 그 영문편지를 번역하여 읽었다고 한다. 읽으면서 격한 나머지 눈물을 보이면서 모임 내내 그 편지 이야기만 했다는 것이다. 그러면서 아내는 받아온 그 번역문을 나에게 건넸다. 나도 처음에 그것을 번역할 생각이 없지 않았는데, 김 박사는 어쩐 일인지 영어에도 뛰어나고, 우리말 구사력도 어느 문장가 못지않다. 내가 그보다 잘할 수가 없다. 김 박사의 번역문을 읽다가 또 눈물이 났다. 영문은 영문대로 맛이 있지만, 번역문은 번역문대로 맛이 있다. 아니 더 낫다. 이것을 읽고 눈물이 나지 않으면 나라를 사랑하는 마음이 없는 사람이다. 목석이나 짐승이다.

갑자기 옛 사람의 한 이야기가 생각났다. 어려서 〈삼국연의〉를 읽을 적에 어디에선가 읽은 것이다. 제갈공명의 〈출사표〉(出師表)를 읽고 눈물을 흘리지 않는 사람은 충신이 아니고, 이밀(李密)의 〈진정표〉(陳情表)를 읽고 눈물을 흘리지 않는 사람은 효자가 아니라고 했다. 또 한유(韓愈)의 〈제십이랑문〉(祭十二郎文)을 읽고 눈물을 흘리지 않는 사람은 우애가 없다는 것이다. 아마 아래의 〈영국 조종사의 편지〉를 읽고 눈물을 흘리지 않는 사람은 나라에 대한 충성심도 없고, 부모에 대한 효심도 없는 사람일 것이다. (5월 31일 저녁)

조종사의 편지와 김동길 박사의 우리말 번역

MY EARLY MISSION IS ALREADY FULFILLED
Vivian Rosewarne to his mother.

In May of 1940, a 23-year old RAF Flying Officer named 'Vivian Rosewarne' was killed during the battle of Dunkirk when the Wellington bomber that he was co-piloting was shot down above Belgium. Shortly after Rosewarne's death, his commander, Group Captain Claude Hilton Keith, discovered an unsealed letter amongst his belongings, to be forwarded to his mother in the event of his death. Such was its impact in private circles that the next month Vivian Rosewarne's mother gave permission for it to be published anonymously in *The Times* to wide acclaim. In fact, the letter was so popular that it was soon published in book form, 500,000 copies were sold that year alone.

Dearest Mother:

Though I feel no premonition at all, events are moving rapidly and I have instructed that this letter be forwarded to you should I fail to return from one of the raids that we shall shortly be called upon to undertake. You must hope on for a month, but at the end of that time you must accept the fact that I have handed my task over to the extremely capable hands of my comrades of the Royal Air Force, as so many splendid fellows have already done.

First, it will comfort you to know that my role in this war has been of the greatest importance. Our patrols far out over the North Sea have helped to keep the trade routes clear for our convoys and supply ships, and on one occasion our information was instrumental in saving the lives of the men in a crippled lighthouse relief ship. Though it will be difficult for you, you will disappoint me if you do not at least try to accept the facts dispassionately, for I shall have done my duty to the utmost of my ability. No man can do more, and no one calling himself a man could do less.

I have always admired your amazing courage in the face of continual setbacks; in the way you have given me as good an education and background as anyone in the country; and always kept up appearances without ever losing faith in the future. My death would not mean that your struggle has been in vain. Far from it. It means that your sacrifice is as great as mine. Those who serve England must expect nothing from her; we debase ourselves if we regard our country as merely a place in which to eat and sleep.

History resounds with illustrious names who have given all; yet their sacrifice has resulted in the British Empire where there is a measure of peace, justice and freedom for all, and where a higher standard of civilization has evolved, and is still evolving, than anywhere else. But this is not only concerning our own land. Today we are faced with the greatest organized challenge to Christianity and civilization that the world has ever seen, and I count myself lucky and honoured to be the right age and fully trained to throw my full weight into the scale. For this I have to thank you. Yet there is more work for you to do. The home front will still have to stand united for years after the war is won. For all that can be said against it, I still maintain that this war is a very good thing; every individual is having the chance to give and dare all for his principle like the martyrs of old. However long the time may be, one thing can never be altered - I shall have lived and died an Englishman. Nothing else matters one jot nor can anything ever change it.

You must not grieve for me, for if you really believe in religion and all that it entails that would be hypocrisy. I have no fear of death; only a queer elation ··· I would have it no other way. The universe is so vast and so ageless that the life of one man can only be justified by the measure of his sacrifice. We are sent to this world to acquire a personality and a character to take with us that can never be taken from us. Those who just eat and sleep, prosper and procreate, are no better than animals if all their lives they are at peace.

I firmly believe that evil things are sent into the world to try us; they are sent deliberately by our Creator to test our mettle because He knows what is good for us. The Bible is full of cases where the easy way out has been discarded for moral principles.

I count myself fortunate in that I have seen the whole country and known men of every calling. But with the final test of war I consider my character fully developed. Thus at my early age my earthly mission is already fulfilled and I am prepared to die with just one regret; that I could not devote myself to making your declining years more happy by being with you; but you will live in peace and freedom and I shall have directly contributed to that, so here again my life will not have been in vain.

Your loving son

"저의 최초의 사명은 이미 끝이 났습니다."
아들 Vivian Rosewarne 드림

1940년 5월 덩케르크(Dunkirk) 전투 당시, 23살의 영국 공군 조종사 비비안 로즈윈(Vivian Rosewarne)은 조종하던 웰링턴 폭격기가 벨기에 상공에서 격추되어 전사하였습니다. 그가 전사한 지 얼마 뒤에 그의 지휘관이었던 클라우드 힐턴 키스(Claude Hilton Keith)는 로즈원의 소지품 가운데서 자신의 사망 시 그의 모친에게 전달해 달라는 봉하지 않은 편지 한 통을 발견하였습니다. 가족 간의 일이었지만, 충격을 받은 그의 어머니는 다음 달 그 편지를 〈더타임스〉(The Times)에 익명으로 발표케 하여 뭇 사람을 감동시켰습니다. 그 편지는 소책자로 출판되었고, 그 한 해 동안만도 50만 부가 팔렸다고 합니다.

사랑하는 어머님.

제게 무슨 예감이 있는 것은 전혀 아니지만, 사태가 급격하게 변하고 있습니다. 저는 조금 뒤에 우리가 결행해야 하는 출격에서 돌아오지 못하면 이 편지를 어머님에게 전해 달라고 부탁하였습니다. 어머님은 한 달쯤 기다리셔야 합니다. 그 한 달이 끝날 무렵 어머님은 다음과 같은 사실을 받아들이셔야 합니다. 그 많은 훌륭한 병사들이 이미 그렇게 하였듯이, 저도 제가 하던 일을 매우 유능한 영국 공군 전우들의 손에 넘겨야 한다는 것입니다.

먼저 이 전쟁에서 제가 맡은 역할이 가장 중요한 것이었다는 사실을 어머님이 아신다면 좀 위로가 되실 것입니다. 우리 정찰용 비행기가 바다를 지키기 위해 북해 상공으로 출격을 하여 왔기 때문에 우리의 수송선들이 무사히 사명을 완수할 수 있었고, 한번은 우리가 건네준 정보가 파괴된 등대의 구조선에 탔던 많은 생명을 살리는 일에 결정적인 역할을 하였습니다.

어머님께서는 매우 어려우시겠지만, 이러한 사실들을 감정에 거두시고 받아들이려는 최선의 노력을 하지 않으신다면 저는 어머님에게 크게 실망할 것입니다. 왜냐하면 저는 최선의 능력을 다하여 제가 할 일을 완수하였을 것이기 때문입니다. 누군들 나보다 더 잘할 순 없을 것입니다.

　겹친 좌절 속에서도 어머님께서 발휘하신 놀라운 용기를 저는 존중해 왔습니다. 어머님은 이 나라의 누구보다도 훌륭한 교육을 제게 베푸셨고, 그 바탕도 마련해 주셨습니다. 그리고 언제나 미래에 대한 신념을 버리지 않으시고 항상 태연하셨습니다. 저의 죽음은 어머님의 노력이 허무했음을 뜻하는 것은 아닙니다. 어머님의 희생은 저의 희생 못지않았습니다. 영국을 섬기는 사람들은 영국으로부터 기대하는 것이 아무것도 없어야 합니다. 우리가 만일 우리의 조국을 단지 먹고 자는 장소로만 여긴다면 스스로를 천하게 만드는 것입니다.

　역사는 자기가 가진 모든 것을 바친 영웅들의 이름으로 가득 차 있습니다. 그러나 그들의 희생은 평화와 정의와 자유를 우리 모두에게 나누어 주어 오늘의 대영제국을 만들었습니다. 그리고 여기에 보다 높은 수준의 문화가 발전하고 지금도 앞을 향해 전진하고 있습니다. 세계 어디에도 이런 나라는 없습니다. 그러나 우리가 사는 이 땅을 두고만 말씀드리는 것은 아닙니다. 오늘 우리의 기독교와 그 문명은 일찍이 보지 못했던 최대의 조직적 도전에 직면하고 있습니다. 그리고 저는 저 자신이 행운아인 동시에 올바르게 살며 모든 일에 전력투구하도록 충분히 훈련되어 있다는 사실을 또한 영광스럽게 생각합니다. 이 일로 인하여 저는 어머님께 감사합니다.

그리고 어머님께서는 아직도 더 할 일이 있으십니다. 전쟁에 이긴 후에도 앞으로 여러 해 우리 사회는 굳게 뭉쳐야만 하기 때문입니다. 전쟁을 못마땅하다고 할 수도 있지만, 저는 이 전쟁이 훌륭한 전쟁이라고 주장하고 싶습니다. 마치 옛날의 순교자들처럼 우리 각자는 자신의 원칙을 지키기 위하여 각자가 가진 모든 것을 과감하게 바칠 수 있는 기회를 가질 수 있기 때문입니다.

시간이 가도 바꿀 수 없는 것이 한 가지 있습니다. 그것은 제가 영국인으로 살다가 영국인으로 저의 생을 마친다는 것입니다. 세상에 그 무엇도 문제될 것이 없습니다. 또, 세상의 그 무엇도 이 사실을 바꿀 수는 없습니다.

어머님, 저를 위하여 슬퍼하시면 안 됩니다. 어머님께서 가지신 종교를 믿고 모든 가르침을 또한 믿으신다면 슬퍼하시는 것은 위선이 될 수밖에 없기 때문입니다. 저는 죽음을 앞에 놓고 묘하게 기분이 들뜰 뿐입니다. 제게는 다른 길이 없습니다. 우주는 무한히 크고 그 역사가 오래됩니다. 그러므로 한 인간의 생명은 그의 희생의 크기로 정당화될 수밖에 없습니다. 우리가 이 세상에 온 것은 성품을 형성하고 인격을 조성하여 우리가 존재하기 위해서이고 우리의 성품과 인격은 누구도 우리에게서 빼앗을 수 없습니다. 단지 먹고 자고 잘살고 번식하는 일밖에 하지 않는다면, 한평생 편하게 살 수는 있을지 모르지만 동물보다 나을 것이 없습니다.

악한 것들은 우리에게 고통을 주려고 세상에 보내진다고 저는 확실히 믿고 있습니다. 조물주께서는 우리의 용기를 시험하기 위하여 일부러 악한 것들을 우리에게 보내시는 것입니다. 무엇이 우리에게 유익한 것인지 아시기 때문입니다. 성경에도 도덕적 원칙을 지키기 위하여 안일무사주의를 포기한 사례가 많이 발견됩니다.

저는 제가 행운아라고 생각합니다. 저는 이 나라 곳곳을 다 다녀 보았고 여러 분야의 사람들도 알고 지냈습니다. 그러나 전쟁을 체험하면서야 저는 제 인격이 충분히 발달되었다고 생각하게 되었습니다. 그리하여 아주 젊은 나이에 제가 이 땅 위에서 해야 할 일은 이미 다 끝냈으며, 다만 한 가지 유감을 안고 죽음에 임하고 있습니다. 건강이 쇠퇴하는 어머님의 노년을 모시고 사는 더 큰 행복을 누리는 일에 몸과 마음을 바치지 못한다는 한 가지 사실입니다. 그러나 어머님께서는 평화와 자유를 누리시면서 사실 것이고 저도 그 일에 직접 기여한 바가 없지 않습니다. 단연코 저의 삶은 결코 헛되지 않았습니다.

어머님을 사랑하는 아들로부터